CAMINHO SEM VOLTA

CAMINHO SEM VOLTA

MIRO MORAIS MATOS

MINOTAURO

CAMINHO SEM VOLTA

Autor: Miro Morais Matos

Diretor Almedina Brasil: Rodrigo Mentz
Editor de Ciências Sociais e Humanas: Marco Pace
Assistentes Editoriais: Isabela Leite e Larissa Nogueira
Revisão: Oficina das Palavras

Diagramação: Almedina
Design de Capa: Textura de Tinta/Officio

ISBN: 9786587017365
Dezembro, 2021

Dados Internacionais de Catalogação na Publicação (CIP)
(Câmara Brasileira do Livro, SP, Brasil)

Matos, Miro Morais
Caminho sem volta / Miro Morais Matos.
São Paulo : Minotauro, 2021.

ISBN 978-65-87017-36-5

1. Ficção brasileira I. Título.

21-80820 CDD-B869.3

Índices para catálogo sistemático:

1. Ficção : Literatura brasileira B869.3

Maria Alice Ferreira – Bibliotecária – CRB-8/7964

Este livro segue as regras do novo Acordo Ortográfico da Língua Portuguesa (1990).

Editora: Almedina Brasil
Rua José Maria Lisboa, 860, Conj. 131 e 132, Jardim Paulista | 01423-001 São Paulo | Brasil
editora@almedina.com.br
www.almedina.com.br

SUMÁRIO

Para minha grande família, a começar por meus filhos,
Miro Filho, Tadeu, Adriana e Andréa.
Para João Epifânio (pai) e Elvira (mãe) em memória de ambos,
e meus irmãos José Sadi (em memória), Itamar Sebastião, Sebastião
e minhas irmãs Maria Terezinha (em memória),
Dorilda, Cacilda e Romilda.

TUDO COMEÇOU ANTES DE

1

Ela, Mariana Paz, nasceu sem raiz e foi enredada nas artimanhas de vários destinos alheios que a envolveram em seus tentáculos desde de antes dela vir ao mundo. Quando, aos treze para quatorze anos, teve a confirmação de que ia ser mãe, sem saber exatamente quem era, para ela, o pai do seu filho, fixou suas primeiras ventosas de independência em um terreno movediço com a temerária decisão de quem afronta a sorte. Naquele tempo ela já tinha nascido duas vezes e sofrido mais do que uma só vida suporta. Tudo isso bastaria para Mariana Paz enrijecer o seu coração, mas, o acaso, cego e caprichoso, indiferente à sua ansiedade de ser mãe em circunstâncias tão tormentosas, e ao mesmo tempo à sua instintiva alegria de gerar uma vida, continuou a envolvê-la na intimidade de muitas histórias que não haviam começado com ela e que, tampouco, haveriam de, com ela, ter fim.

Depois de cumprir a parte mais nefasta nos seus primeiros anos de vida, Mariana Paz tomou a decisão de não se deixar levar pela má sorte e preservar seu filho das feridas do seu passado. No mesmo dia em que Mariano Paz nasceu, ela, ainda dolorida do parto, jurou abrigá-lo contra os desgostos por ela herdados e que deixaram marcas para sempre. Ele, sem nada saber do seu futuro, começou a viver os imprevistos do seu caminho, vendo o mundo pelos olhos de sua mãe. E, em boa parte, foi assim até o dia em que, anos depois, haveria de enfrentar, sozinho, a imprevista realidade de ser condenado à prisão por obra e desgraça de quem jamais ele esperava.

Os dois maiores desafios que Mariana Paz se propôs vencer não eram fáceis. Ao mesmo tempo em que ela lutava para se libertar das sobras de uma história nada invejável, jurou preservar seu filho das hostilidades herdadas e as do mundo que ele iria encontrar. Era o espírito de uma guerreira nascendo em um corpo de adolescente.

A dor do parto não a feriu. Ao contrário. Aquele foi o melhor dia que ela até então viveu. Era o dia 6 de janeiro. Dia que Mariana Paz lembraria para sempre. No calendário um dia como outro qualquer e por ser igual a todos logo é esquecido, mas para ela tinha o fascínio de ser o seu terceiro renascimento. E desta vez festivo. Foi o dia em que nasceu Mariano Paz. Nasceu na manhã do primeiro domingo de janeiro. Data dos Santos Reis. Para sua mãe foi o dia final de uma história indigna, armada sem sua participação pelo conluio de uma trama secreta, entre uma infinidade de entrelaçamentos urdidos por uma ordem fora de qualquer controle. Era, para ela, mais um recomeço de vida, apesar de tão pouca idade. Para Mariano, apenas o começo da vida. O elo inicial para acorrentá-lo em tudo que o tempo forjou. E para o mundo, alheio ao que os dois viviam e ao que iriam viver, não era NADA.

Aquele, como todas as datas afortunadas em que alguém nasce, era um dia que poderia marcar um bom prenúncio de vida para Mariano Paz. Dia da visita dos reis santos, o que por si só poderia ser a superação maga das graves incoerências do clima daqueles tempos. Então, tinha ocorrido um longo período de chuvas devastadoras depois da estiagem prolongada que secou os rios e evaporou as águas dos mananciais tidos como infindáveis. Fora isso, seria um dia de bons presságios se não fossem as imprevisíveis articulações dos acontecimentos e os envolvimentos em que ele se meteu; os já dispostos antes mesmo dele e de sua mãe nascer e os que ele enfrentaria nos dias mais difíceis que estavam por vir. Os infames dias em que teria de decidir entre o perdão e a vingança; entre matar o autor da sua maior desdita ou desconhecer e dar outro rumo à sua vida. Como fez a sua mãe, que desdisse a má sorte, encarou os seus desafios, superou os confrontos com um mundo de concorrências hostis, cicatrizou as feridas do corpo e do coração, e tomou o rumo das grandes conquistas.

Entretanto, para Mariano não havia muitas opções. Ou ele conquistaria o poder de desfazer a cadeia de ciladas que o enredou ou, simplesmente, aceitaria o seu destino e viveria com ele passo a passo, dia a dia. E isso incluía a vingança planejada, que, sem ele saber, tinha como alvo o seu presumível pai.

O destino de Mariano Paz começou antes de seu nascimento. Antes de sua mãe, recém-nascida, descer a serra nos braços de Antônia, em cima de uma velha mula, na tarde em que Antônia, e Prudente foram expulsos das terras de Custódio Cruz. Quem sabe, como em toda trama sem origem conhecida que envolve uma vida humana, os destinos de Mariano, e de sua própria mãe, iniciaram em um daqueles momentos perdidos da memória, nos confidenciais acontecimentos mundanos fora da consciência de quem os desencadeia; guardados secretamente à espera da data perfeita para tornar realidade o que estava oculto e desvendar o dia do maior dilema com que Mariano Paz iria se deparar: o dia em que teria de decidir matar ou perdoar o homem que armou a sua injusta prisão. O dia fatal em que ele desprezou as perguntas de onde tudo aquilo tinha começado e se confrontou com a adversidade dos fatos que exigia uma decisão.

Mariana Paz, nasceu duas vezes. Como se fosse o fruto da desdita que precisa carimbar duas vezes o passaporte da vida. Conheceu a dor carnal e a amargura da alma antes de saber que o seu corpo era fonte de prazer. Ainda assim encontrou forças para transformar o seu convívio com a morte em uma vida com muitos momentos venturosos. E talvez por isso, procurou dar para o seu filho um mapa capaz de evitar os tortuosos caminhos dos confrontos inúteis. Como se ela fosse a arquiteta da vida dele, traçou, dentro dela, um rumo capaz de desviá-lo da rota das fatalidades. Apenas ignorava que o destino de Mariano, tanto quanto foi o dela, já estava arquitetado muito antes deles nascerem. Ainda que também os autores das suas sinas sequer soubessem disso, envolvidos que estavam na cegueira das suas paixões, indiferentes ao desdobramento do que viviam. Todos eram elos de uma mesma corrente.

Tudo o que Mariana Paz disse e como o amou e protegeu, seus exemplos de vida, de nada serviram para desviar seu filho da tragédia. Ou por ventura e desventura, por legado desconhecido, ou por ter semeado e ter que colher, ou porque o seu fadário contou com a sua cumplicidade para se cumprir com impiedoso rigor, ou, quem sabe, por tudo isso, o fato é que Mariano Paz teve de fazer todo o percurso da sua rota. Sem poder conter o curso dos acontecimentos. Até chegar aonde chegou, mais de vinte e seis anos depois de ter nascido.

Muitos anos depois daquele dia 6 de janeiro em que Mariano Paz nasceu, ele viveu dias, na prisão, como quem escala uma montanha sem saber o que vai enxergar lá de cima. E pensava: “Só quando eu me deparar com quem procuro posso fazer o que decidi. Mas, e se fizer a descoberta errada? E se não achar quem eu busco? Serei capaz de me libertar deste crescente desejo de acerto de contas? Só saberei quando chegar lá. A incerteza do que vai acontecer é maior do que a minha decisão. Hoje sei que a única coisa constante na vida são as mudanças. As esperadas e as indesejadas. Nada é para sempre. E eu tenho que confiar na mudança a meu favor — e outro pensamento excluía o anterior. — E sendo assim, quem sabe um dia, apesar de tudo, eu ainda voltarei a ser feliz, como fui até a hora em que minha vida repentinamente se desfigurou. Voltarei a fazer voar os meus passarinhos de barro. E a ver no teto do meu quarto o elefante branco comendo favos de mel como os via na infância. Uma coisa está bem clara: nunca se pode dizer que um mortal está para sempre condenado a sofrer ou só destinado a ser feliz. Não antes que ele morra. Porque basta um só momento, um único, para um ser humano perder a sua fortuna ou se libertar das suas desventuras. Como aconteceu comigo. Essa lei está fora do meu alcance, mas pode voltar a estar ao meu favor. Por que não? “Benditas esperanças”, diria minha mãe.

Aqueles foram os dias mais longos que Mariano Paz viveu. Cada um deles era uma eternidade. E, dentre eles, os que mais o consumiram foram os dias em que reviu a sua história, buscando um sinal capaz de aclarar as razões de fazer ou não o que havia planejado. Isso se tornou mais penoso depois que remontou, peça por peça, o quanto pode da sua origem e teve consciência de que não poderia mudar nada do que o tempo articulou e antecipou em seu nome, como se ele fosse o peão movido por mão invisível em um oculto tabuleiro. Não suspeitava que os acontecimentos mais marcantes estivessem por vir. O seu futuro era tão incógnito quanto o tempo anterior ao seu nascimento; tanto quão a incomum história da sua mãe, nascida e revivida de dois cataclismos. Um desencadeado pela paixão destemperada entre a mãe dela, Antônia, e Custódio Cruz. O outro pela inquietação da natureza. Ambos, manifestações de forças indomáveis. E ele, filho sem pai conhecido e com um confronto dramático marcado.

Foi somente anos mais tarde, na varanda da casa no alto da serra, numa tarde em que o tempo tinha parado que Chico Ventura revelou o passado de Mariano Paz e o de sua mãe, Mariana. Ela mesma era fruto de uma paixão intempestiva, temperada com infidelidade, medo e submissão, humilhações e desespero, prazer e culpa. "Uma sopa com as letras da tragédia," resumiu Chico Ventura na ocasião.

Foi assim que Mariano ficou sabendo que a sua mãe era filha de uma história de amor e ódio, de enganos do coração e desejos incontidos entre a mãe dela, Antônia, o marido Prudente e Custódio Cruz, o dono das terras onde viviam agregados. Os três conviveram no centro de um redemoinho de gozo, falsidade, tramoia, traição e uma desenfreada atração. E dos segredos à flor da terra entre Antônia e Custódio Cruz e o servilismo de Prudente, um homem apegado a viver em paz, incapaz de ver o óbvio ou se fazendo de cego para não se confrontar com a realidade e gerar desgraça. Naqueles dias Antônia e Custódio viveram nutridos pela impetuosidade selvagem, que acabou fazendo jorrar uma sedução mútua incontida, ao mesmo tempo rejeitada e nutrida por ela. Um prazer e uma recusa e que só podia dar no que deu: sofrimentos e tragédia.

Foi lá no planalto, antes do nascimento de sua mãe, no velho casarão onde a vida era mais uma agressão do que uma graça, que começou a ser tecido o destino de Mariano Paz. Lá, a paixão entre Antônia e Custódio Cruz fundiu o anel mais forte que prendeu Mariano ao passado por uma corrente de elos impalpáveis e, ainda assim, resistentes a todas as suas forças e decisões. E assim foi até chegar o definitivo dia.

O dia 10 de junho foi marcante. Depois de o mundo dar tantas voltas Mariano Paz regressou da serra com as respostas que precisava para seguir em frente com seu plano de vingança. Sentou-se sozinho, no mesmo terraço da casa no alto do Morro da Lagoa, onde nasceu, e ficou olhando para o horizonte além da lagoa, das dunas e do mar, à espera da última gota de convicção para executar o seu plano. E se perguntou:

"Será o meu nome, que é o nome masculino da minha mãe, que atraiu este infortúnio? E me faz viver neste nevoeiro, procurando um feixe de luz para saber se é certo ou não matar o causador da minha prisão? Se eu devo ou não perdoar para sair desta caverna e voltar à superfície da vida? Ou se devo deixar aberta a minha ferida, sangrando a minha sede de desforra; ou devo desfazer os meus ódios, os meus rancores e mágoas, como minha mãe insistia em dizer que é o melhor para se viver? 'Procure viver pelo menos o que não lhe deixa infeliz, Mariano. É fácil. Vigie o que sente e pensa. Não deixe os seus pensamentos tomarem conta de você. Os pensamentos ressoam. São eles que trazem para dentro de nós o que queremos e o que não desejamos: a toxina que mata a alegria de viver e a cura contra os venenos que destilamos. Mantenha seu coração limpo. Tanto quanto puder. O que não for capaz de perdoar sorria para suas fraquezas e se perdoe por elas, até vencê-las. Isso vai lhe tornar mais forte. E então você será capaz de perdoar. Só quem perdoa pode viver feliz acredite, filho. Ou, pelo menos não ser infeliz. Viver assim — ela repetia — pode não ser grande consolo. Mas, pelo menos, vive-se e espera-se morrer em paz.' Isso era o que ela dizia e insistia, na ocasião em que Ana Melano me traiu com o Belo. Mas eu nada sei sobre a morte e o reviver, como ela sabia. Ela sabia da vida deste e de outro mundo. Eu, só sei o que sinto e o que quero fazer. Quero ter certeza de quem armou as ciladas contra mim. E matá-lo, ainda que seja quem dizem ter sido."

Era um pensamento recorrente. Dizia isso para ele mesmo desde o dia seguinte em que foi preso e continuou dizendo-se depois de ser solto e estar consciente de voltar a ser preso, desta vez por justa causa. As recomendações de sua mãe não serviram para nada. Como não serviram as orações de Antônia para se libertar da atração incontrolável por Custódio Cruz. "Tem coisas que nascem para ser vividas."

Nenhum dos nascimentos de Mariana Paz foi fruto da felicidade. Embora tenha nascido duas vezes —, pela força da manipulação preciosa do destino — uma do ventre de sua mãe, Antônia, a quem ela não teve tempo de ver para guardar seu rosto na memória, e outra ressurgida dos escombros dos morros desabados —, viveu sem ter um pai e uma mãe. Do pai oculto herdou os olhos cor de violeta, como dizem. Para ela um atributo sem origem. No outro nascer, três meses depois do primeiro, ela ressurgiu do ventre da terra. Literalmente. Do barro. E da terra ela também não lembrava como era, por não poder abrir os olhos durante os seis dias e seis noites em que esteve sepultada. Mas guardou o sabor e o cheiro do barro grudado no seu corpo e na sua alma por toda a vida, ainda que gostasse de tomar banho com os mais caros perfumes. Foi assim que Mariana tornou-se uma criatura única. "Nem a ciência nem a bíblia me previram: nasci ao mesmo tempo do pó e do sangue e nem por isso sou fruto do céu ou do inferno" — disse certa vez para o filho. "Pode não ser a melhor mistura, mas se você, quando era criança, fazia passarinho de barro voar, por que eu não poderia dar certo?"

Enquanto estava preso, Mariano Paz lembrava-se da mãe contando pedaços do que viveram. E se questionava:

"Mas, que sei eu sobre o céu e o inferno fora da terra? Minha mãe viveu no céu e no inferno da terra e salvou-se da morte daquele modo extraordinário. Porém eu sou apenas o seu filho. Por mais que ela quisesse o melhor para mim, só eu posso viver a minha vida, assim como só ela viveu a dela. De nada adianta a saudade, a querer voltar a ouvir a sua voz tentando colocar sabedoria em meu coração e luz em minha cabeça. Este tempo se foi. Ela, hoje, é só uma lembrança. Viva. Dominante. Nada mais do que uma lembrança. Iluminada, entre muitas outras. Ainda que o seu espírito esteja aqui, como ela tinha certeza de que o espírito da sua mãe lhe acompanhava, não passa disso. Posso vê-la andar pela casa, lamber o dedo melado com a torta de limão — que adorava —, degustar o espumante que ela amava e que só agora entendo de quem herdou esse prazer. Agora só nas lembranças posso voltar a ser abraçado por ela, ver o seu rosto se contrair quando eu fazia uma coisa, para ela, errada. Ouvir a sua voz carinhosa ou cheia de autoridade. E dizer: *Só os olhos, os ouvidos e a boca não bastam, Mariano: veja, enxergue, ouça e pense também com o coração.* — Pensar com o coração? Essa eu não entendi. — *Sim, pense com o coração. É ele que tem o melhor tempero para a vida. E o sabor da vida, doce ou amargo, vem dele. Não se esqueça.*" Eu lhe respondi, sem tirar os olhos do computador, com mau humor porque achava uma conversa chata, chata pra... Afinal, quem é o traído, escorrendo sangue amargoso que gosta de ser aconselhado a parar de sofrer? Quem?"

— Não se preocupe eu também sei escutar minhas intuições — rosnei.

E ela de imediato respondeu:

— Seja mais humilde, Mariano Paz — ela me chamava com o sobrenome quando queria mostrar o seu desagrado. — Cuidado. Muitas vezes a intuição é tão enganosa quanto a verdade que acreditamos. Não atraia sofrimento — disse e voltou a trabalhar em um dos seus programas, que eu considerava, às vezes, um tanto delirantes.

E eu lhe respondi com a pretensão de afirmação tão própria da minha idade de quinze anos, para cutucá-la, porque eu queria mesmo era ficar sofrendo em paz.

— Eu li que o inferno é o outro. Deve ser verdade. Quem não me deixa sofrer quieto.

— Sei, Sartre — disse ela. — É uma bela frase. Mas o inferno é você. E o dele foi ele mesmo. E ele sabia disso. E a frase nem é dele, é de Nietzsche.

— Neste caso, o céu também — eu respondi.

Ela voltou a olhar para mim, riu da minha resposta e disse, lembrando o que está por trás de cada escolha entre o céu e o inferno:

— Então, neste caso, saiba escolher em qual dos dois você quer viver. Beijo.

"Vou lembrar-me disso para sempre. Mas, não sei se lembrar ajuda alguma coisa, ainda que eu viva mais de lembranças do que do ar que respiro. Aqui onde estou agora, na varanda no Morro da Lagoa, onde convivemos por muitos anos, olho para o mar, as dunas, a lagoa, a igrejinha branca há séculos parada no alto da colina atraindo uma alma pedinte, o céu, hoje não tão azul, a mesma paisagem que ela tanto gostava de ver, e vejo que nada mudou. E me dou conta de que tudo o que existe fora de nós é indiferente ao que sentimos. Não importa se é a nossa felicidade ou a nossa angústia, ou quem aqui viveu. Que diferença faz para tudo isso que eu vejo, se minha mãe não está também vendo e não voltará a ver?"

"O pior é que eu achava que minha mãe era eterna. Olhava para ela e achava que ela nunca teria fim. Nunca pensei que ela fosse morrer. A vida com ela era tão boa que não podia acabar. Só podia ser eterna. Só em pensar em uma coisa pior para ela a terra ficava vazia. É assim, pensamos que a dor vai passar e o que é bom é eterno. — Franziu a testa e balançou a cabeça. — O que pensa um filho amado e que ama a sua mãe!... Ela dizia que a única coisa eterna que existe é a vida. Eu não entendia. Vejo agora que eterna é a morte. A vida é o engano. A morte não. A morte não tem contradição. A morte não contém ardil. Não têm desmentidos. E, no entanto, como vida e morte se entendem tão bem! Para o mal ou para o bem, então, a felicidade tinha para mim um encanto eterno e jamais via uma sombra da morte. Puro engano."

Quando Mariano Paz nasceu tinha tudo para ter um futuro feliz. O céu estava sem um só fiapo de nuvem. Nunca esteve tão azul e o dia tão lindo. Tudo indicava que aquele era um dia divisor entre a luz e a sombra, um começo de grandes renascimentos. E de certo modo era. A data marcou o fim dos trinta e dois dias de chuvas. O céu aquoso secou. De um dia para o outro. Começou um verão ensolarado e sufocante, a terra transformou-se numa descomunal estufa soltando uma respiração quente e vaporosa. Foi o verão mais abrasador desde quando a terra ficou deste jeito em que a vida começou a sair das águas. Era o que falavam os mais velhos, como se eles fossem as testemunhas dos tempos terrenos. E todos diziam: "Que tempo mais louco, uma hora a chuva afoga e o mar cresce e invade tudo, e outra o sol derrete as pedras e as moedas viram emplastos quentes no bolso, os passarinhos caem do céu como se fossem bolotas coloridas cheirando pena chamuscada. Os animais esticam a língua à procura de ar antes de morrer sapecados."

De fato, aquele foi um ano em que o sol ficou mais tempestuoso. Uma imensa bola de fogo que não esfriava nem durante a noite. O Pacífico, submisso ao El Niño, ignorou o gelo se derretendo na Antártida e ferveu, exalando o seu vapor como só aconteceu em tempos perdidos. E, como se não bastasse, o suor dos trópicos da Amazônia se espalhou até o Sul por um corredor diluviano.

Foi o tempo perfeito para muitos conhecidos governantes ficarem com aquela sofrida voz de tristeza e festejarem as verbas extras para as calamidades, sem precisar fazer concorrência. Como se a natureza fosse sócia das desgraças humanas e o cofre dos seus interesses subterrâneos.

Durante o dilúvio, que durou trinta e dois dias, mesmo quem nunca leu a bíblia e os que não acreditavam nas suas histórias morreram engolindo a água das tempestades. Uma água esparramada do céu que desfaz o horizonte e, já que começou com a maré de lua cheia, misturou o mar com os rios. E fez os corpos dos bichos mortos passarem boiando, entre as macegas e árvores arrancadas pelas enxurradas, vindos não se sabe de onde, congestionando as duas baías. Fosse cavalo, boi, porco, cachorro. Ou gente. Uma mulher aqui, um homem ali, uma criança acolá. Tantos que parecia a procissão dos mortos sobre as águas. Todos descendo na correnteza em direção ao mar sem fim olhando para o fundo. Todos boiando nas águas da morte.

Na manhã de sábado, 17 de dezembro, uma casa inteirinha passou boiando pela baía em direção à barra sul. Não faltou quem jurasse ter visto a arca de Noé e ele próprio, desconsolado, coçando a barba, se perguntando: por que fui me meter nessa encrenca? Da janela um cachorro olhava a terra, desamparado. No telhado as galinhas, os perus, os patos e os marrecos vestindo as mortalhas de penas encharcadas. E um papagaio entristecido. Sem um pio. Com a cabeça embaixo da asa como uma bolota de folhas verdes. E na varanda uma vaca holandesa, o bezerro malhado e um cavalo baio. Todos calados. E o único a se mexer era o touro, balançava a casa, que a qualquer momento poderia ir ao fundo. E atormentava a bicharada. Menos os macacos, os únicos felizes, saltitantes, alheios a tudo. "Coisa triste de se ver," disse uma mulher de cima da ponte. Era a mesma água guardada sabe-se lá onde que matou, porque não caiu do céu uma só gota e secou a terra durante três meses antes.

Mariana contava para Mariano, enrolado na manta de seda das crianças afortunadas, o que tinha acontecido:

— Antes a água matou com a sua falta, filho. Depois afogou tudo. E agora é este céu azul, sem nenhuma nuvem. Não parece a mesma terra com o céu negro de ontem. Só porque você nasceu...

"Como se eu pudesse ver, pois nem tinha os olhos ainda bem abertos. Mas a sua voz ficou guardada dentro de mim, e eu via, e ainda vejo, com os seus olhos e a escuto em meu coração, como ela me ensinou a fazer. Ela estava convencida de que eu a entendia porque eu era a sua única testemunha do que se passava em sua alma e ela acreditava que, como o seu sangue, a sua voz ficaria para sempre dentro de mim".

"— A sede matou tudo que tinha vida — ela contava enquanto ele se lambuzava com o seu leite e sentia a doçura que não lhe abandonou a boca. — Era triste ver os bichos com o coro seco ao sol, grudado nos ossos, e as plantações perdendo o verde, todos os dias um pouquinho a mais, até as colinas e os vales se transformarem em um deserto de palha seca. A areia das dunas queimava os pés dos turistas e sapecava os lagartos, que só sobreviveram porque se refrescavam mergulhando até o fundo da lagoa. Para onde se olhava os vegetais sem vida furavam os olhos. Justo onde antes eu sentia o prazer de ver tantos verdes. E as pessoas diziam "olha no que transformaram o planeta!" E agora a chuva matou com seu exagero, filho. Mas você está aqui vivo, graças a Deus. Ficou amparado dentro de mim até passar a revolta do céu e da terra e do que ficou para trás de mim. Agora você nasceu e pode ver como o céu azul é lindo. E como a luz brilha e não machuca os seus olhos." Foi o que Mariana Paz contou, ainda doída dos pontos do parto, para o seu filho dias após ele ter nascido.

Naquele dia, do mesmo terraço onde ele estava agora imerso em suas lembranças e pensando em como daria fim ao homem que lhe mandou para a prisão, Mariana Paz ficou olhando o céu com o filho no colo. Via as últimas nuvens torcidas pelas orações secarem e se desdobrarem em um lençol branco vagando diante dos seus olhos. Retorcidas como um lenço de secar as lágrimas das suas noites de medo e dor. As nuvens sumiram e ela viu o azul do céu até o infinito. Um raio do sol recém-criado a recobriu e ao seu filho. Então ela sorriu e festejou a vida com ele.

Ela e a criança deixaram-se ficar dentro da luz. Flutuando na felicidade, esquecida da dor do parto. E ele esperando os dias de abrir os olhos para ver o que só a sua mãe via e lhe contava sobre um mundo que seguia as suas leis e onde ela criava a sua visão íntima, com seus olhos violeta que não desgrudavam da vida e só choravam quando ninguém a via. Os olhos que ela se determinou a nunca abaixar. Fosse diante quem e por que fosse e em qualquer parte do mundo. Um mundo dos homens e das mulheres recheados de equívocos; abarrotados de confrontações; movidos a sonhos, lágrimas, amor e dor. Como ela. Recoberto pelo manto da solidão. Como ela. E, também, iluminado pela luz das suas renovadas esperanças. Lá fora e dentro dela. Um mundo em que Mariana Paz, já que não podia interferir no todo, procurava se salvar do todo. Vivendo a doçura de ter um filho, ainda que precisasse esquecer como ele foi gerado. Jurando que ele jamais viesse a saber quem era o seu pai.

Mariano nasceu naquele tempo de intimidade desnaturada, sem pudor, entre a vida e a morte. O tempo em que sua mãe sufocava qualquer sofrimento para lhe dar amor. Nasceu justo no dia em que o céu e a terra se harmonizaram e que Mariana se reconciliou com a esperança de um dia viver sem os estigmas do seu passado.

Mais de 25 anos depois, recém-saído da prisão, Mariano Paz estava sentado no mesmo terraço onde sua mãe ficava falando-lhe sobre a vida e o mundo e de onde lhe descreveu o céu e a terra pela primeira vez.

E, como ela, olhando a lagoa, as dunas, o mar e o infinito horizonte, lembrava, ia e vinha no tempo. Sem nada se perguntar sobre o futuro, além do que tinha se determinado fazer quando saísse da prisão e descobrisse quem criou a armadilha para condená-lo. E pensava:

“Com minha mãe que eu aprendi a morrer e a sobreviver muitas vezes dentro do presídio. Como aconteceu, de fato, com ela dentro da terra. A retirar das sombras a luz que ninguém vê. Ainda que para isso eu tivesse que me decidir a matar e me alimentar dessa ideia para dar um sentido à vida. Muitas vezes olhei para dentro de mim e escolhi continuar vivendo para cumprir esse propósito: sobreviver para matar quem articulou a minha injusta prisão e provocou a morte de tudo quanto eu acreditei que valia a pena viver. Agora me pergunto se vale a pena viver alimentado pelo desejo de matar. Uma pergunta inquietante que não cala e menos ainda muda a minha vontade’.

“E nem mesmo sei se na hora vou ter coragem. Mas, amanhã saberei.”

UM OLHAR PARA A VIDA

2

O tumulto entre o sol e a chuva, a contradição que todos sentiram, perdidos no tempo, durante mais de um mês dormindo com o dia emendado na noite e, de repente, acordarem com os olhos feridos pela claridade intensa de um sol colossal, causou assombro nas pessoas. Em Mariano Paz, que viu o mundo pela primeira vez através dos olhos de sua mãe, deixou lembranças imaginárias que o acompanharam durante toda a vida.

Mariano Paz cresceu aprendendo a viver e a sobreviver com o que a vida oferecia. Foi se instalando no mundo como qualquer mortal entre dias de luz e outros de sombra. E muitas vezes ambas misturadas. Como quando acontecia com o que ele queria e o que lhe era negado. E com o que não desejava e acabava tendo que aceitar. Movendo-se dentro de sonhos, negações e esperanças. Sentindo a um só tempo o desejo de estar em outro mundo e fazendo o que todos fazem para revigorar os significados da vida, ainda que por breves momentos. Fosse tomando um sorvete de jabuticaba no quiosque à beira-mar norte, enquanto ouvia as ondas contras as pedras misturando-se ao ronco dos carros; ou de um gelato limoncello, no Caffé Florian, da Praça São Marcos, em Veneza, enquanto ouvia as sinfonias de Bach, com a loura concentrada no violino sem perceber a sua blusa desabotoada; ou caçando grandes robalos na Ilha Moleques do Sul, para fazer uma moqueca a bordo do seu iate; ou metendo-se em uma aventura imprevista nas selvas da Amazônia e ver como os índios se tornaram espertos jogando vídeo game.

Gostava de caminhar pelas ruas das cidades e escolher frutas nos mercados públicos, deixar a imaginação vagar, fosse navegando em alto-mar e sonhando fisgar um grande peixe ou viajando e fazendo festas nos tempos de férias. As belas festas. Com seus amigos e amigas. No mar. Em Paris. A última festa, antes de ser preso, em Veneza. No meio de um círculo de oitenta e oito gôndolas no grande canal, iluminadas com archotes perfumados com óleo de âmbar. Ele tomando champanhe e ouvindo as oitenta e oito gaitas e os oitenta e oito violinos desafinados pela umidade com salitre, tocando I Più Belle Canzone Italiane. E em Dubai, visto de cima para não se sentir esmagado pelo concreto. No Rio de Janeiro, flutuando como um pássaro sobre o mar de São Conrado e depois noite adentro. Em Roma. Na primeira viagem, ainda adolescente, com a sua mãe, passando a tarde imaginando a fome dos leões e dos tigres, e o desprezo dos escravos gladiadores pela própria vida, sobre a terra do Coliseu, pulsando a emoção da coragem e o destemor da morte — como última e precária dignidade. Revivendo dentro das ruínas, dentro dos olhos de Mariano, que idealizava a excitação do povo para ver um dilúvio de sangue abatendo a poeira.

Queria entender o que não tinha explicação. Quantas vezes ele interrompeu a leitura de O Estrangeiro para procurar uma lógica inexistente em benefício de Meursault: os prodígios e as maldições se confrontando. O doce e o amargo estão por toda parte. Dentro e fora de cada um de nós. Ontem e hoje. Sempre. “E este absurdo justifica matar quem eu não conheço?”

Ou simplesmente gostava de ficar olhando as pessoas esquecidas da correria, paradas em torno do homem da Cobra, no Largo do Mercado Público, à espera de um prodígio que transformasse um só momento das suas vidas.

Olhava para a sucuri desdentada, solitária como um corpo sem vida, dormindo dentro de uma enorme caixa forrada com jornal fedido. Ao redor dela um aglomerado, as pessoas esquivando-se do seu mundo e, margeando outro que não era nem o delas nem o da cobra, pareciam sonhar. Ele se perguntava: "Sonhar com o quê?"

De quando em vez Mariano misturava-se com o grupo ao redor do Homem da Cobra, abastecia-se do sentido anônimo da vida. Contente por participar dos mesmos sonhos desamparados das possibilidades. Ficava feliz em se anular com aquela gente entorpecida diante de uma cobra que só comia dez quilos de carne moída uma vez por mês. Enquanto a cobra dormia enrolada como um nó sem pontas, o seu dono, um homem alto com voz possante, vestido com um jaleco branco, prometia milagres com a banha que dizia ter tirado da sucuri. "Quatrocentas e trinta e duas mil latinhas de banha, vendidas este ano. Isso quer dizer quase meio milhão de curas. E quem não quer ser curado por um preço desses? E hoje só sobram essas dezessete porções".

E, milagre dos milagres da multiplicação, as dezessete latinhas não acabavam nunca. E a cobra tinha, quando muito, uns oitenta quilos.

— Mas não se iludam — dizia o homem da cobra, sem parar de falar, sem tempo para molhar a boca. — Não vão querer fazer a mesma coisa. Sair por aí caçando cobra e retirando a sua banha para curar o seu reumatismo, a sua dor de cabeça, a sua erisipela, a sua úlcera aberta e as suas tristezas; ou a sua dor de cotovelo porque perdeu o seu amado ou a sua amada; ou para trazer de volta, amarrado e manso, o amor fujão; e para curar a ferida do seu coração porque seu amor morreu em um acidente, ou, que seja, porque bebeu e comeu demais antes de fazer amor com você. Sumiu de casa sem dizer nada. Nada disso. Esta banha milagrosa vem desta cobra caçada nas selvas onde só entram os homens que dominam os segredos da natureza. Índios e caboclos que sabem dos mistérios naturais e não acreditam no que os brancos dizem para eles há séculos. Esta é só um filhote da sucuri preta que comeu quatro pescadores no rio Acre, em um lugarejo perdido na divisa com o Peru. Lá, no fim de mundo onde o boto cor-de-rosa engravida as moças desavisadas. — E fazia a promessa: — Para o ano vou trazer um menino filho do boto-cor-de-rosa. Esperem para ver essa maravilha do amor entre a lindeza do homem peixe-cor-de-rosa e o assanhamento de uma moça formosa. — Portanto não se arrisquem.

As cobras são como os homens traiçoeiros e as mulheres que fingem dormir para se negar. Não são como esse casal de lindas crianças. Quer pegar na cobra? Quer? Eu ensino. Não? Não quer. Não é bom arriscar. Uma mordida mata em um minuto. Ela pode engolir uma criança do seu tamanho. Enrosca-se, esmaga, fecha a boca e engole. Basta levar a latinha de banha para quando brincar e esfolar o joelho. Você, lindo menino, acredita que a banha desta cobra vai curar os seus machucados quando cair da bicicleta? *Acredito.* E você linda menina, acredita? *Acredito.* Então levem estas duas latinhas de presente: uma para você; e esta para você. Isso, senhora, leve mais três para sua família... Outra para o senhor... Esta é de graça, moça bonita, para ajudar a cicatrizar o corte do enxerto de silicone, se é que fez, e manter a lindeza do seu peito... Mais uma para a senhora de bonitos cabelos ruivos... Pode usar, vai deixar os seus cabelos ainda mais brilhantes... Ao voltar aqui para me agradecer levará mais cinco... Obrigado. Muito obrigado. É isso aí, levem a banha, mas não saiam por aí caçando cobras... Afastem-se delas... Não confiem. Uma cobra sempre será uma cobra, assim como um homem é um homem e uma mulher uma mulher... Duas para a senhora. Aqui está o seu troco... salvo quando decidem deixar de ser. Mas a cobra nem querendo poder deixar de ser cobra e a mãe dessa aqui engoliu os quatro homens. E o seu bote não pode ser previsto. A irmã mais velha desta sucuri comeu um rapaz inteirinho na ribanceira do rio Tocantins. O irmão da moça que a estava espiando de amores com o boto cor-de-rosa. É o que dá espiar o que não carece. Comprem a banha para curar as suas dores e evitem o veneno... E não fiquem espiando o que não devem... Três para a senhora continuar com essa pele do rosto cor-de-rosa linda por muitos anos...

Era assim há mais dois meses, todos os dias, se não chovesse. E a cobra dormindo, sonhando com os riachos refrescantes. E o seu dono, mais anônimo do que a cobra, atraindo multidões em busca de um pequeno agrado para a vida.

Naquela manhã Mariano Paz saiu dali revigorado como se tivesse feito uma massagem com a banha da cobra. Continuou a andar, sentindo a alma da cidade. Foi parar no pátio da igreja de São Francisco.

Ficou olhando as torres iguais a um par de vasos desbotados com samambaias e figueiras pendentes. No portal os devotos entravam e saíam da igreja. Em silêncio. Guardando seus pedidos no coração. Quando passavam pela porta uma moeda caía nas mãos dos mendigos: *obrigado*. Mariano viu o sem pernas receber a moeda e voltar a encostar-se no canto da porta. — *Deus lhe pague* — repetiu, sem olhar a moeda e pensou, só por pensar: "Ainda bem que eles acham que Deus perdoa os seus pecados porque sustentam a nossa miséria. E acham que a esmola inspira os pobres a rezar por eles. Que pensem. Deve ser por isso que dizem que Deus ama os pobres, porque nós amolecemos o coração de quem não é miserável. É um joguinho sem azar. Todos saem ganhando."

Aquela manhã de outono estava linda. O homem da cobra vendia o milagre. As pessoas, dentro da igreja, rezavam em silêncio, debaixo de uma nesga da fronteira do céu com as desmaiadas pinturas de três séculos adornando o teto da igreja. Um verdadeiro refúgio das almas antes de se libertarem do peso do corpo. Os mendigos ficavam a três passos do lado de fora do portal de pedras, na sombra do umbral que separa o céu e a terra. Sem sonharem com o céu. E menos ainda com medo do inferno, já que este lhes era caseiro. Sentados no chão, faziam as suas misérias gotejar moedas. Sem trocar uma palavra entre eles. Quietos, sem reclamar da má sorte, já que desconheciam a boa sorte; sem lastimar a falta do que nunca tiveram. Só sentiam um pouco de inveja quando um deles ganhava um dinheiro maior. Mas nada dessas coisas de céu e inferno. O inferno era ali, antes de entrar pela porta azul. Eles ficavam no umbral. Nem dentro nem fora.

Um aleijão chamou a atenção de Mariano. Apalpava o rosto, parecendo ser dado a pensar, e a pensar, no que pensava. Talvez porque tivesse dificuldade de se mexer, Mariano Paz deduziu que ele pensava. Em certo momento ele parecia triste, em outro quase sorria. "Sabe-se lá por quê?" Ao lado dele uma moça índia guarani, com o vestido sem cor e os quatro filhos brincado. Estava rodeada por meia dúzia de bromélias sem frescor e outros matinhos murchando. A cena lembrou a Mariano o descaminho secular por ela percorrido até chegar à porta daquela igreja.

Mexia a esmo dentro de uma cesta, alheia aos que passavam e que tão pouco a viam. E já que perdera o passado e tinha um presente apenas tolerado, parecia ter os pequenos olhos sem brilho voltados para um mundo perdido dentro do seu futuro. Não estava incomodada com as abelhas zumbindo nas flores das bromélias. Nem com o homem de barba branca, sentado ao fundo do pátio, conversando em voz alta com o seu cachorrinho. O mesmo homem que fixou os olhos em Mariano como se quisesse resgatá-lo do fundo de um tempo imemorável.

Mariano Paz se deu conta que naquele pátio, tanto quanto os que assistiam o homem da cobra, a exceção dos mendigos, os que entravam e saíam da igreja, e ele próprio, cada um ao seu modo, achavam-se credores de alguma recompensa que a vida lhes pudesse oferecer. E a cidade, na manhã luminosa, abrigava a esperança de todos para manter a mais perfeita ordem.

Por essas frestas do tempo, essas rachaduras e remendos no reboco da vida, Mariano Paz, naquele dia e em muitos outros, abasteceu-se do sentido de viver e sentiu-se feliz.

À noite, já na cama, depois de passar quase quatro horas no computador, voltou a fazer, sem nenhum apego a qualquer juízo de importância, um balanço do que havia visto. "Hoje eu vi milagres. E desventuras. O azedume e a doçura espalhados na mesma cidade". Começou a dormir pensando: "Foi legal ver o Aleijão mover a boca e ficar esperando o momento em que ele parecia sorrir. E a sua indiferença ao ver uma moeda cair em sua mão. Nada de especial. Todos nós gostamos de receber uma esmola. Mesmo sabendo que é uma simples esmola e que temos direito a ela. Gostaria de saber por que o homem com o cachorrinho fixou os olhos em mim. Como se me reconhecesse. Outro dia eu voltarei lá e procurarei saber quem ele é."

A cidade era um festival de descobertas. A vida um oceano de revelações.

O que Mariano Paz não sabia era que a sua crença no ser humano estava com o tempo contado. E o desmentido viria de quem e da forma que ele menos esperava.

A TRAIÇÃO DE ANA MELANO

3

Mariano Paz não precisou viver muitos anos até sentir, pela primeira vez, a dor de uma traição e ver contaminada a sua confiança no ser humano. Muitas vezes relembrou, já sem mágoa, o quanto padeceu e destilou lágrimas quando Ana Melano fez o que fez.

Ana Melano era o grande amor de Mariano. Aquele amor que nunca vai acabar, mesmo que o planeta saia da sua rota e volte a ser poeira ele sobrevivi. "Então, eu nem sabia o que era um grande amor. Coisa que até hoje não sei — ria de si próprio ao relembrar —, mas sentia um arrebatamento do tamanho de tudo que eu via existir."

Naquele tempo ele tinha a miragem de ver o amor da sua vida como se fosse uma porta aberta para a felicidade eterna. — E quem vai saber, aos quinze anos, ou que seja lá em que idade for, o que é a vida e a eternidade e um amor tão grande quanto as duas coisas juntas? E acha que o verdadeiro amor é um castelo colossal de onde se contempla o fundo do horizonte? O ciúme que eu senti e o tamanho da dor da primeira traição de quem se ama pela primeira vez, com confiança que cega a realidade, foram mortais. Quem vai engolir a saliva que enche a boca de veneno e sufoca, justamente quando toda a vida é doçura? Justo quando se entrega o coração sem reservas, só sentindo a alegria do que se está vivendo? Quando o centro da vida deixa de ser a gente e tudo gira ao redor da única estrela que brilha? A única que se vê. A única no céu da vida. E o céu e a terra são uma só paisagem feita do corpo e do rosto e do brilho dos olhos de quem se ama? Quem vai saber o que cria tudo isso e, com um sopro, deixa tudo desmoronar um dia depois de escutar: *Qual é o presente que você quer no seu aniversário, Mariano? Uma coisa que eu compre ou o que só eu tenho bem guardado para quem eu amo?"* Quem? Não eu. Bicho falso.

Isso Ana Melano disse no domingo à tardinha na praia, beijando-se no sacolejo das ondas. Na segunda-feira à noitinha, quando voltava da aula de inglês, ele viu a amada passar de mãos dadas com seu amigo Belo, entre risinhos e olhares enviesados. Ela com as grandes pestanas negras tremelicando como asinhas de borboleta inquieta. Mariano fechou a boca para o coração não saltar. Quis morrer. *Pensei nisso seriamente.* Pensou em se atirar da ponte. Foi até lá, olhou para baixo, e desistiu. As águas da baía estavam podres. Fediam mais ainda com a maré baixa da lua minguante. O cheiro de mariscos e algas mortas e mais todo o esgoto que era jogado no mar, fermentando uma calda de sujeira, lhe causou um tremendo enjoo. *Não vou morrer respirando esse cheiro e afogado na merda. Não existe amor desfeito que mereça uma morte nojenta dessa. Vou pensar em coisa mais limpa.* Voltou para casa, onde podia chorar com conforto. E porque, no fundo, no fundo, acreditava mais na vida do que na morte. Fosse lá com que cheiro fosse. O do mar podre ou das traições. Ou, quem sabe um dia, com o perfume de um novo amor como sua mãe procurou convencê-lo.

Ficou com a alma enlutada durante nove dias e nove noites. Uma alma indignada e amortalhada dentro do seu coração ferido. Olhava para o céu e via a tragédia desabada sobre ele. Olhava para a terra e não sabia onde pisar sem se perder no abismo das suas tristezas. Ficou estranho. Trágico. Muito trágico. Parecia um Hamlet sonâmbulo. E quando, na manhã da quinta-feira, veio à tona e viu o céu, disse para si mesmo, como um zumbi amortalhado falando em nome de Shakespeare — que à época ele lia com impaciência de ver o final, mas se demorava nos monólogos: *"Todo esse azul, que sempre gostei de ver, se transformou nessa coberta escura, como se fosse a roupa da minha morte"*. Ainda bem que sua mãe não o ouviu. Teria gracejado e chorado.

Não era mais ele quem caminhava pelas ruas, era corpo e uma alma despojados da vontade de viver. Passava na frente do mercado público, sem olhar para o homem da cobra vendendo a poção prodigiosa de banha de porco, e não ouvia nem via nada, embora uma vez chegasse a pensar em comprar uma latinha da banha miraculosa para ver se com ela curava a chaga do seu coração. Estava cego e surdo para o mundo. À noite era pior. Arrastava-se por túneis que o levavam às visões dolorosas de si mesmo. Sentia-se um Lázaro coberto com as negras feridas da tristeza. Era a presa esfolada no seu próprio ardil. Como se ele fosse a vítima de seu sofrimento e não da traição que sofrera. Por vezes esquecia a traição e só sentia a sua dor. E se punha a questionar a tragédia da sua vida no melhor clima das tragédias de Sófocles, que leu sem parar." Escreveu no caderno de português: "*De que valeu o amor, se o destino o transformou em um monstro, em uma emboscada? Um monstro que não se contenta em roer a alegria e a felicidade; em soprar e espalhar pelo vento as cinzas da felicidade que me parecia eterna e desapareceu em uma só respiração? Como um inesperado coice no estômago. E continua a se alimentar da minha tristeza como um urubu insaciável."*.- Olhou para o teto do quarto e concluiu o que pensava ser o final do seu drama: — *Com certeza a morte não é tão destrutiva como a traição de quem se ama. O melhor mesmo é morrer; ou sumir no mundo. Pena que água da baía estava tão podre.* E entre um suspiro e outro imaginou que a redação valia 10. "*Modestamente, no mínimo.*"

Naquele dia Mariano amanheceu diante da mãe com a cabeça amortalhada em um capuz. As pálpebras negras estavam desabadas como o chapéu de um coveiro em sepultamento chuvoso. Ajeitou a mochila nas costas.

— Vou embora.

— E posso saber para onde?

— Para o mundo.

— O mundo não é endereço. Não tem CEP.

— Vou sumir.

Apesar de trágico, tinha um quê de comédia mal ensaiada. Mariana não sabia se chorava ou se ria. Os olhos dele estavam vermelhos e secos de tanto chorar. O rosto acinzentado pela insônia. Ela abriu a mochila. Só tinha os dezoito quilos do material do colégio e uma barra vencida de cereal com banana e castanha de caju. Olhou para o rosto de cera, viu os olhos engolidos pelas olheiras negras tão fundas que cabia um copo de lágrimas dentro deles. E, sem saber por onde começar, ela disse:

— Pelo menos você não esqueceu que precisa continuar a estudar. Está levando todo o seu material do colégio. Mas só com esta roupa do corpo não vai muito longe.

Mariano olhou para a mochila e se deu conta de que apenas a havia colocado nas costas, como estava. Perdeu a confiança no que pretendia fazer.

— Não faz mal. Esta roupa pode durar uma vida inteira — reagiu de imediato.

Mariana foi categórica:

— Dependendo do tempo que você queira viver pode, mas quem faz as malas para ir pelo mundo, como você diz, deseja viver muito tempo, senão espera a morte onde está — disse. — E se você vai embora sabendo que leva tudo o que está sentindo, tudo bem. Vá em frente. Mas, se acha que indo embora vai deixar aqui o que está sofrendo, tire esta mochila das costas. Ninguém até hoje conseguiu fugir dos seus problemas só por mudar de lugar com a mochila do material escolar nas costas e uma barra de cereal vencido. Além do mais, quando temos um bom canto para chorar e alguém com quem podemos dividir a nossa dor, a vida recupera o sentido mais ligeiro do que sumindo no mundo — disse com autoridade, sem disfarçar a ternura: — E não se preocupe muito com o que você está sentindo agora. É sempre assim. Quando se está feliz a gente pensa que é para sempre e quando se está sofrendo a gente pensa que é uma condenação eterna. E as duas coisas duram pouco. Tudo passa. Tudo. A dor e o sofrimento. Não faça o que vai sentir vergonha íntima lá na frente.

— Você não me entende. Só quero sumir. E quem quer sumir não precisa de endereço para onde vai.

— A questão não é o endereço, é que mudar de caminho levando a mesma carga não alivia o peso do que você carrega.

Não foi Mariano quem dispensou a mochila. A sua mãe a tirou dos seus ombros. Depois ela o abraçou, contendo as lágrimas. Ele a abraçou. Primeiro sem força e aos poucos a apertando, buscando todo o amparo que o mundo naquela hora lhe negava. Procurou conter-se e foi pior. Desabou em lágrimas.

— Não se envergonhe, chore. Chore até secar a sua dor — disse Mariana. — Quando você chorar, sem nenhuma vergonha, pelo amor de uma mulher, você se tornará um verdadeiro homem. Resistente como uma rocha e sensível como você está sendo agora. Todos os homens deveriam se sentir fortes para chorar por amor.

Ele desmoronou como um terremoto emocional. Soltou as lágrimas aos borbotões, até empoçar o chão.

— Agora chega de lágrimas — ela disse, três minutos depois, quando ele mal acabara de dar mais um soluço. — Estamos vivos. E somos donos da vida. Não vamos trocar a graça da vida por lágrimas sem fim. Ok?

Mariana sabia que as feridas do coração custam a sarar. E que algumas só saram com tratamento de choque, para não dar tempo de virarem apego. Outras, se irrigadas com lágrimas, não saram nunca. Desabrocham cada vez mais até virarem um jardim de flores secas. Nos dias seguintes ela procurou mostrar para Mariano que a vida, a dele ou a de qualquer mortal, foi, é e será sempre uma mistura de amor e de sofrimento, de conquistas e derrotas. Por vezes mais derrotas e mais sofrimentos. E isso não apagava o mapa para encontrar a felicidade, nem impedia de renovar os caminhos das esperanças. Só exigia mais destemor. E citou uma frase que escutou no México, atribuída de graça a Zapata dando ordens para o comandante Zurilla:

— *Hay momentos en que usted debe tener la sensibilidad de una mujer apasionada, y otros hay que tener cujones de toro. A hora ay que tener cujones.*

Ele arregalou os olhos. Não entendeu. Ela se deu conta que era esperar demais para quem tinha, quinze anos e o coração dilacerado pela traição. E aliviou:

— Isso é só um desvio, filho. O mapa que Deus desenhou dentro de nós ninguém apaga, Mariano. Temos que entender que só aos poucos aprendemos a caminhar e evitar as pedras que colocam no nosso caminho e as que nós mesmos desenterramos — ela disse. — E a nos desviarmos das armadilhas. Tanto as do ódio quanto as que podem vir juntas com o amor. Como esta que enredou você. Não há como viver longe de tudo isso. Só podemos evitar danos maiores. — Secou as lágrimas dele com as pontas dos dedos e beijou seus olhos. — Fugindo ninguém vai a lugar nenhum. E a morte, sabe-se lá, pode não apagar nada. Ao contrário. Então é melhor viver. Porque é vivendo que se pode escolher amar outra vez. É vivendo que você vai ser muito feliz, meu filho.

Ele a olhava e pensava: "Será que ela acredita mesmo que dizendo essas coisas vai curar a minha úlcera?" E voltava a sofrer. Um pouco mais aliviado, mas sofria.

Naquela época, todos os dias, Mariana criava um meio de fazer Mariano acreditar na vida sem precisar ficar prisioneiro do que nela existe de pior. Na sexta-feira à noite, vendo a lua nascente sobre o mar, depois de jantarem no terraço as postas de badejo gratinadas com uma fina camada de lascas de amêndoas crocantes, e arroz selvagem do Canadá com escamas de trufas, que ela mesma preparou, Mariana mandou servir creme amanteigado de abacate e sorvete de baunilha, gotejado com suco de limão siciliano. E fez a ele um convite até então incomum:

— Vamos tomar um champanhe?

— Um champanhe!

— É. Uma edição limitada da Laurent-Perrier 1990. A garrafa solitária que temos. Um champanhe entre mãe e filho para saudar a vida. E por que não? Quem já sofre por amor, também já pode tomar uma taça de champanhe com a sua mãe. Ele serve para deslumbrar momentos de amor e é um ótimo cicatrizante das chagas da traição. E, no momento certo para a pessoa certa, pode ajudar a seduzir uma nova conquista.

— Beleza. Isso é que é mãe — animou-se Mariano. — Então vamos saudar.

— Que tal?

— Não é bem o que eu pensava.

— E o que você esperava?

— Que fosse mais forte.

— Então você sabe o que pode ser uma bebida forte.

— Digamos que sim. Nada muito forte. Bebida muito forte nem o cheiro. E amarga deve ser pior ainda. Esta as estrelas borbulham na boca. Gostei.

— É refrescante, marcante. Lembra, de longe, avelãs e tâmaras. É uma questão de escolha e de momento. Como tudo na vida.

— E o que tem a ver a escolha de uma bebida com a vida? Posso saber?

— Tudo. Todas as escolhas, por menores que sejam, têm a ver com a vida. E neste caso, existem bebidas amargas, bebidas fortes, que embriagam logo, e bebidas que não são nem amargas, nem fortes, nem nos deixam sem controle da razão e de reconhecer o que é melhor para nós. E nos deliciam. São as que só nos dão prazer. Felicidade. Desde que degustadas com prudência, no momento certo. Que é como tudo o que nos dá maior encanto. Com equilíbrio, Mariano.

— Isso de equilíbrio é complicado, mas deixa pra lá. É por isso que eu li que amor demais também mata?

— Tudo que é demais mata. Até mel. Mas não dá para falar menos em amor e conversarmos sobre outras coisas?

— Você falou muito mais em amor do que eu — Mariano reagiu. — Onde é que está o equilíbrio?

— Tudo bem. Mas isso eu não sei lhe dizer. Amor que mata não deve ser amor — ela riu. — Só se for amor de um *serial killer* muito apaixonado. Coisa para americano.

— Não existe medida quando se está apaixonado, mãe. E menos ainda quando se leva um pontapé no saco.

— Concordo. Só estamos protegidos quando passamos do degrau da paixão, que está quase no nível do chão, para o patamar do amor. Mais próximo do céu. E então, eu não acredito que ele seja mortífero. Só dá mais gana de viver. Isso se aprende com o tempo, com as bordoadas das nossas ilusões e com as pessoas erradas que amamos.

— Não é o meu caso. Eu amava, e ainda amo a Ana Melano. Houve o que houve e eu não paro de pensar nela e de sentir amor. E sofro. Sofro e não paro de amar. Amo e não paro de sofrer. Isso é uma droga, para não dizer o que você me proíbe de dizer na sua frente. E menos ainda tomando esse champanhe. É uma m de vida, entende?

— E como entendo — disse Mariana. E repetiu: — E como entendo.

— Então me deixe sofrer. Até o meu coração estourar. A hora que ele explodir eu vou ficar legal. Deixe-me beber toda a garrafa, por favor. Esta e mais umas. Não ligo que seja de outra marca. Não estou em condições de ter frescura de Laurent 1990.

— Não tem por quê. O coração suporta qualquer sofrimento e sempre espera novas alegrias. Se você estiver bêbado nem vai vê-las chegar. Com o tempo ele aprende a resistir a qualquer agressão. Milhões de anos de sofrimento já fizeram calos nos corações humanos. Aprendemos a superar a dor — fez silêncio. — E mesmo assim, cada um sente sozinho tudo o que lhe pertence. Como se a dor do mundo fosse só dele. É a lei. Não será mais uma dúzia de garrafas de champanhe que vai mudá-la.

— Não existe isso de aprender a sofrer. Não vejo como. Não vejo, entende?

— Parece complicado. Mas não é. Quero dizer: é difícil, mas não complexo.

— E que receita mágica é essa que cura as feridas da traição para se encontrar novas alegrias? A banha da cobra do homem do largo do mercado público?

— Não é receita. Não existe receita para curar a dor do coração, nem para ser feliz. O que existe é a escolha que fizemos: aceitar a cura da ferida ou fazê-la sangrar. Ser feliz ou sofrer. Ou, pelo menos, não ser infeliz. Ou você acha que a sua felicidade está guardada no cofre do coração de alguém que você ama ou pensa que ama?

— Não sei. De repente pode ser. Ninguém é feliz sozinho.

— Mas ninguém é dono da felicidade ou da dor do outro. Ninguém vive o outro.

— Será mesmo? Eu não escolhi sofrer. Foi a Ana Melano que me fez sofrer.

— E vai continuar sofrendo enquanto mantiver esse contrato com o sofrimento. Como se assim estivesse se vingando de Ana Melano. Para se sentir vítima dos equívocos da vida, da malícia humana? Tudo isso existe e vai existir sempre, meu filho. Você não é vítima de nada. É parte do todo, entende? E, se não podemos escolher o mundo em que vivemos, podemos escolher de como queremos viver neste mundo. Você pode escolher agora: quer viver como um sofredor ou quer deixar de sofrer e sentir o sabor doce da vida? Consciente de que um desengano faz parte da vida e que vai passar? Confiante nas alegrias que virão?

— Você podia explicar melhor. Mas vou pensar nisso — abreviou Mariano.

— Você não faz outra coisa senão pensar, Mariano. Pare de pensar e comece a viver. Que mania de não parar de pensar. Pense com o coração mais iluminado. Isso de muito pensar nos nossos erros, e sofrimentos, confunde a razão, deixa o coração atordoado. É coisa muito pobre para uma vida. Aniquila a decisão do coração. Causa tumulto. Pare um pouco de pensar e sinta a vida. Agora que já sabe o que é um amor e o mal que quem ama pode causar, não é hora de pensar. É hora de decidir. Com a agilidade de quem salta para trás à beira de um precipício, para se livrar da morte. E não é pensando que se decide dar o salto. É sentindo gana de viver.

Olhou para a mãe, estendeu a taça e perguntou:

— Posso tomar mais uma taça? Preciso. Agora é mais sério. Você mexeu comigo, fundo. Pegou pesado no calo do meu coração. Preciso de um curativo líquido.

"Não é fácil" — ela respirou fundo. E rezou em silêncio: — "Meu Deus, eu sei que o coração humano gosta de loucuras, é profundo demais e que só Tu podes entender o que se passa dentro dele. Faço o que posso fazer. E vou continuar fazendo até que Mariano se liberte desse veneno que mata a alma e castiga o corpo. Sei que, como ele está, a morte ronda. Faça, Senhor, com que o meu filho entenda que este mundo é também feito de traições e desenganos, de desencontros entre quem amamos e quem nos quer amar, e não só de colheita de vitórias; e que temos de viver sem pedir mais do que a vida nesta terra nos pode dar. E dar mais do que ela oferece para sermos felizes… Ou pelo menos não sermos infelizes… O que já é um ganho. Mas dê força…"

— Posso? Mais uma taça? É sério. Uma taça, não. Uma garrafa. Vai. Não precisa ser essa 1990. É luxo demais para curar a dor de traição. Não vai ser o rótulo, mãe, que vai me desafogar. Que seja um desses nossos ótimos da Vila Paz dos Vinhedos, que você bebe no final do dia. Vai, mãe. Preciso. Uma garrafa só para mim. Depois, se você quiser a gente conversa mais e eu presto atenção em tudo que você disser. Juro.

Ela sacudiu a cabeça e sorriu com suavidade:

— Quando coloca uma vontade dentro de você não adianta dizer não. Isso não é nada bom. Pode. Só mais uma e basta. É a terceira — e brindou com ele: — Que você saiba sempre superar as adversidades e a acreditar na felicidade. E a não pensar tanto. E menos ainda beber para achar que está se curando da tristeza.

— Mesmo sendo traído? Tem outro remédio com melhor efeito? Você sabe das coisas. Diga. Você não está com pena de mim.

— Pare com essa choradeira. Já deu — e pegou mais pesado para desviá-lo da ideia fixa. — Um dia será você quem possa ser o traidor. E nem por isso vai deixar de querer ser feliz.

— Sem essa, mãe. Não quero viver para trair ninguém. Nada.

— Isso é bom. Mas um dia você pode sofrer uma grande traição e é bom aprender a lidar com essas desventuras. Quem sabe a traição de Ana Melano possa servir para isso.

— Era só o que faltava. Ser traído para aprender a lidar com a desgraça! Saiiii urubuuuu. A conversa até que começava a ficar boa. E ia melhorar se eu tomasse mais umas. Será que você não descobre mais uma garrafa desse champanhe? Nem preciso de tanta nobreza. Juro que só preciso é do líquido. Sem rótulo mesmo.

UM NOVO DIA

4

Naquele sábado, quando acordou, Mariano Paz tinha começado a desistir de sofrer. Era dia seis de janeiro, quinze anos depois do seu nascimento. A borrasca de mágoas havia diminuído. Sobrou só uma nuvem insistindo em circular em cima da sua cabeça, querendo se abrigar dentro dele. Mas o poder da claridade da manhã, que ele amava ver, era mais forte. Intensa como a do dia em que ele nasceu. E o café da manhã havia se transformado em uma festa para saudar a data da sua vinda à vida. Tinha tudo o que ele mais gostava. Tortas de limão, avelãs, mirtilo, integral com recheio de cupuaçu, pão de queijo quentinho recheado com goiabada, docinhos de polvilho derretendo na boca.

— Tem até flores que eu nunca vi, mãe.

— São flores dos campos da serra. Chico Ventura e Doroteia mandaram.

— E essa louça azul e branca em cima desta toalha de renda!

— As louças nós compramos em Delf, na passagem pela Holanda, lembra? Quando você se envolveu com aquela alemãzinha no Museu Von Gogh. Esqueceu o que aprontou? A toalha é renda tramoia, feita com bilros pela dona Isaura, aqui, da Lagoa da Conceição. — Era uma toalha bordada com fios de linho durante dois anos, em milhões de movimentos articulados pelos dedos ágeis, sobre uma almofada, e sob o domínio da alma, em cada ponto, em cada arabesco, até se tornar aquele grande manto. — Ela me disse que a bordou pensando em um manto para Jesus.

— Ouvi dizer que ela é bruxa. Se for, Jesus passa longe.

— Quanta bobagem.

— Começar um dia com um pouco de luxo e muito carinho é bom, não é mãe?

— Só uma vez se faz quinze anos, filho. E você já é quase um homem feito.

— Quase?! E você parece minha irmã, mãe.

— Nada disso, eu tenho o dobro da sua idade. Fui registrada como tendo nascida no mesmo dia que você, mas somos de tempos diferentes. É só uma coincidência.

— Viver e ter esta mãe vale a pena. Quero que você seja eterna. Você é tudo.

E era. Sem ela Mariano Paz não teria um só parente vivo. Ficaria sem mãe e avós, sem saber quem era o seu pai, sem um irmão ou quem fosse com o seu sangue, para poder dividir a sua orfandade e compartilhar a vida. Tinha o tio Salvador Cruz, raramente citado, mas era como se ele não existisse. E o tempo revelou por quê.

Muitos anos depois, na solidão da prisão, ele haveria de lembrar o que então pensou sentado à mesa naquela manhã. Só ele e sua mãe. Comia o bolo, escutava-a na alma e repetiu. *Vale a pena viver para fazer quinze anos e tomar um café da manhã assim, com a mãe que eu tenho. Apesar da raiva com o que a Ana Melano me fez, eu estou quase feliz. Ou pelo menos não estou me sentindo tão infeliz, como ela diz.*

Naquele dia pediu:

— Já que hoje é o meu aniversário fale outra vez sobre o dia em que eu nasci.

Ela relembrou mais uma vez:

— Nada desaparece sem ser para dar espaço a outra coisa, não é verdade? Boa ou má, mas nova. Você nasceu no dia em que parou uma chuva que durou trinta e dois dias e noites. Na manhã do trigésimo terceiro dia o sol nasceu de novo. Eu via a luz do sol surgindo enquanto você nascia. Um sol como eu nunca vi tão lindo, tão intenso e ao mesmo tempo suave, filtrado entre as nuvens de algodão que as chuvas tinham abandonado. E que aos poucos se desfizeram para mostrar todo o céu azul. — Serviu-se de mais café. — É sempre assim. Depois da tempestade vem o sol e o céu azul. Mesmo quando já esquecemos como era o sol e o céu azul, como aconteceu naquele tempo, nós voltamos a vê-los como se antes eles nunca tivessem existido. Assim como dentro da noite escura e cheia de esconderijos podemos ver melhor as estrelas. E você fez o céu ficar mais lindo. — Mariano olhava para ela com os olhos do encanto. — Os dias e a noites tinham ficado enlaçados durante mais de um mês — ela continuou — mas o sol não morreu. O sol não morre. Só, em certas ocasiões, fica descansando em cima das nuvens. Nem o do céu nem o nosso sol, esse que guardamos para acender nas horas cinzentas, morre. Sempre, um dia ele volta — olhou sorrindo para ele. — E vejo que está voltando a sua alegria de viver. Que bom, meu filho.

Muitas vezes Mariano haveria de relembrar, sobretudo na prisão, palavra por palavra, o que sua mãe dizia. E o que ela repetia sempre que uma tempestade desabava. As do céu e as do coração. Ou quando o via entristecido sem nem ele saber por quê. Talvez só por ter nascido, estar vivo e não entender bem para o quê. Ele nem sempre aceitava o que sua mãe lhe falava, mas a alma de sua mãe era capaz de colher um pouco de luz escondida nas sombras e oferecer para ele. A luz que ela roubava das cinzas da vida, como dizia. E das cinzas dos seus segredos. Bem guardados.

Enquanto ele comia a torta de limão, ela continuou falando, como quem amanhece com uma homilia sonhada para a ocasião:

— E agora você já é um homem — e impostou a voz, no *homem.* — Não vai se amortecer só porque as coisas não são como você quer. Ainda bem que, na vida, nada é exato. Isso seria intolerável. Tudo exato seria terrível. Cada um de nós constrói um círculo para viver e quando outra pessoa entra nele traz consigo o seu próprio círculo. Então, já não temos o nosso espaço livre como antes. Nem nós nem os que entram em nossa vida. Quem chega e quem recebe tem uma história de vida armazenada, com seus condicionamentos, esquemas secretos de sobrevivência, lixos e pedras preciosas acumuladas. Muitas vezes essas heranças não são peneiradas. E cada um se envolve dentro do círculo do outro sem deixar de viver dentro do seu. Não existem dois círculos iguais, filho. E nenhum que se ajuste ao outro sem anular um pouco a si próprio e ao outro. Todos eles são apertados ou grandes demais para a nossa alma. A alma que queremos que seja infinita e indivisível e liberta. Uma pessoa, quando entra na vida de outra, sempre causa uma desarrumação e novas descobertas. E deixa marcas. Boas e más. Mas é a gente quem escolhe quais marcas quer guardar. Um dia você vai entender melhor o que estou lhe dizendo. Mas é assim. É a lei.

Mariano Paz ouvia e mergulhava nos seus pensamentos: Ana Melano, Belo. Amor. Traição. Marcas. Círculo. As noites sem dormir. O mar sujo olhado da ponte. O nojo da água poluída. O tumulto dentro dele. O querer um rumo e não saber dar o primeiro passo. "Primeiro pensei em matar o Belo. Mas ele não tem a culpa. No lugar dele eu faria o mesmo. Bonita como ela é. Ela sabe atrair, sem ligar para essas coisas de "se estou com um não saio com outro". Bem ao contrário do que a minha mãe outro dia me disse quando eu falei que achei a Mel lindona e ela me olhava com interesse: "Veja bem, temos que ter ética, também de cama, Mariano" — e lá veio a pregação. — "Nada de mudar de cama enquanto você estiver com a Ana Melano." — Coitada da minha mãe com essa moral. Não é à toa que um dia a Ana Melano me disse: "A vida é muito ampla para se viver uma coisa só". Bem o que ela disse: ampla. E eu nunca tinha ouvido essa palavra para entender a vida. Foi ela quem aprontou, na minha cara, com toda a amplidão. Mas contra ela eu não faria nada. Sei lá por que razões ela fez o que fez. Fiquei sem saída. Acho que foi por isso que comecei a pensar em me matar. Mas afinal, o que eu fiz de errado para me punir com a morte? Nada. E vai que ela não esteja nem aí? *Ah é, matou-se! Que idiota. Eu estou vivinha.* Essa ideia ajudou a me salvar. E o mau cheiro da água fedorenta da baía. A poluição serviu para salvar uma vida. E, claro, o que disse minha mãe. Com certeza a vida é melhor do que a morte. Pelo menos enquanto eu puder decidir. Mesmo que eu tenha essas tristezas enquanto espero outras alegrias, como ela disse. Que também, com certeza, virão. Mesmo que um cometa dê uma trombada com a Terra e acabe com tudo. Mas não será porque um dia a terra vai derreter que eu vou deixar de querer ser feliz hoje."

— Você está me ouvindo, filho?

— Claro. Estou, mãe — e repetiu: — A nossa alma é infinita e indivisível e não cabe dentro do círculo de outra alma. — "Quem não quer ter uma alma Indivisível e Infinita? Seja lá o que isso for, é bonito." — Foi isso que você disse, não foi?

— É, foi isso. Entendeu?

— Não se preocupe, mãe. Vou ficar muito bem dentro do círculo da minha vida.

— E não se esqueça de ser tolerante com a vida. Só assim você vai poder ser feliz. Coma mais torta de limão, vai. Encare a vida sem dramas. Essa menina...

— Ela não é uma menina, é uma mulher... E eu não sou um quase homem, sou um homem.

— Está bem... Tem razão... A Ana Melano se encantou pelo Belo, como antes se encantou por você. Não vele a pena querer compreender o por que certas coisas acontecem. No amor também ocorrem contradições. Assim como você podia e pode se encantar por outra — acentuou — *mulher*. E não vale a pena sofrer por ela mudar de encantamento. Pense: de repente ela pode voltar a se encantar por você.

— Não vou querer vê-la nunca mais. Prefiro dormir com a cobra que vende a banha. A Ana é uma cobra perigosa. Bastou beber o seu veneno uma vez.

— Isso é bobagem. Coisa de falso machão. Nunca sabemos o que vamos sentir amanhã. As escolhas do cérebro podem não ser as preferências do coração. De um momento para o outro você pode encontrar o amor maior da sua vida. — Enfatizou. — E isso vai lhe acontecer. Quando menos você esperar pode acontecer. Você vai ser muito amado e amar muito a mulher certa. Um verdadeiro amor eterno.

Ele respirou fundo e engrossou a voz, parando de falar em vários tons.

— Estou escolhendo o que o meu coração diz para minha cabeça, agora. E minha cabeça diz que a festa da vida é feita com quem nos dá alegrias. Não com quem nos faz sofrer. Quem nos causa tristeza não nos dá vida. Cava a sepultura da nossa vontade de viver. Eu não vou deixar que a Ana Melano nem enterre nem afogue a minha vontade de viver. Já decidi — fisgou a torta com o garfo. — Se ela quiser enterrar alguém de tristeza que seja o Belo. Ele que um dia se atire da ponte. Não eu.

— Tudo bem. Alguns poucos choram por amor, meu filho, mas ninguém morre de tristeza de amor. Só se for por outras razões misturadas. Em todo amor existe a festa da vida, e às vezes, muitas vezes, uma grande tristeza. Mas o que fica mesmo, quando se ama, é a festa da vida. Ainda que seja em forma de saudade. Quando se amou e foi amada, a nossa memória se alimenta é da felicidade que vivemos e não das dores que o amor provocou. Mesmo quando o amor machuca — passou os dedos nos cabelos encaracolados do filho. — Ainda assim, amar é a melhor festa para a vida. É o que todos querem viver. Mesmo sabendo que podem se machucar.

— Então a Ana Melano que siga festejando e machucando quem ela quiser. No caso, hoje, o dito cujo — tentou rir com certa maldade, mas a sua boca tinha ainda a mancha de desgosto e os lábios pendidos estavam a ponto de tremer. — De preferência com o Belo. Não me fale mais em eu voltar a me apaixonar por ela.

— A Ana Melano conseguiu o que queria — disse Mariana com um sorriso entristecido. — Você ficou enlouquecido de ciúmes.

— Eu? Eu com ciúmes!

— Tão enlouquecido que não percebe o ciúme que sente — sorriu com o que percebeu na alma do filho. — Não imaginava que você estivesse tão apaixonado.

Ele ficou sério.

— Pode ser. Mas sujou. Ela sujou o amor que eu sentia. E amor depois de sujar nem ácido de limpar obra tira a mancha. Nem a chama de um vulcão reanima.

— Não seja tão trágico, nem tão exagerado. Você vai descobrir que amor sofrido não se limpa com ácido. Clareia-se com mais amor, meu filho. Ainda que seja um amor sem retorno algum. Um amor que se basta a si mesmo e que não cobra nem troco nem explicações para existir. Nem faça chantagem. Um amor verdadeiro. Um amor que não julgue; que substitua o medo e a dor e ocupe o lugar do ressentimento e da vingança. Um suave amor que perdura. Mesmo sendo um amor que tomou o lugar da mágoa e do ódio. E isso não é fantasia. Ele existe.

— Por favor, mãe, que babaquice. Brincadeira! Você me confunde, não parece a pessoa racional que você é. Isso não existe. Isso sim é exagerar. Não dá liga. Isso é ilusão. Pura fantasia. Não existe nenhum amor sem uma troca justa. O que você fala não é amor, é delírio. Loucura pura. Coisa de fanático pirado. Quem quer receber deve dar. É o que você repete. E agora vem com essa...

— E quem disse que a paixão não é um delírio dos nossos neurônios? Gente com neurônios certinhos, dentro do esquema da razão oficial, não ama, necrosa o coração, anula o que sente, queima a mão e não geme — interrompeu Mariana. — E quem pode afirmar que o amor verdadeiro não é também uma doce loucura? Ainda maior dentro desse nosso áspero mundo ancorado na linguagem dos algoritmos on-line e gigabytes, cálculos e cifras. O amor é uma bela loucura, cheia de razões para existir, para diminuir o sabor amargo deste mundo que gira ao sabor das nossas loucuras. Para termos a ilusão de que de fato o céu existe, pelo menos por um tempo, dentro de nós. Existe sim, Mariano. Muita gente vive um amor assim. Um amor entre dois apaixonados que não estão nem aí para o que pensam deles. Ou um amor que vem de Deus e que pode incluir todas as pessoas. Ou, quem sabe, um amor um tanto doentio que não quer se curar? Quem vai saber onde acaba um e começa o outro? E ainda bem que quem ama não se preocupa se tudo está nos conformes gerais ou não.

— Eu não vivo neste tempo. Nem você. Não sei de onde lhe nascem essas ideias. É da bíblia? Ou você anda lendo esses livros de autoajuda para quem escreve. Dos que o Celso lê? Ou coisa mais doida ainda? Com certeza você não viveria um amor assim.

Ela o olhou por um instante através de uma neblina do passado. E ficou muda.

— Talvez não — depois disse. — Vá, coma um pastel de Santa Clara.

— Não quero. Prefiro o pastel de camarão do mercado público que comi ontem com meus colegas, na saída do colégio — justificou. — Pois, por mim, o amor exige tudo. Tudo o que precisa para mantê-lo vivo. Para mim a vida deve ter fogo e para ter fogo é preciso lenha. Ou gás. Nada de teoria metafísica. Tudo quente e rápido. Entende o que eu quero dizer? — olhou para a mãe. — Foi o que eu aprendi com você.

— Com certeza não lhe ensinei isso. Isso não é amor. É um negócio, Mariano. Um braseiro de churrasqueiro que queima o carvão de uma vez só e depois fica remexendo as cinzas. E aí acaba a festa. Falo de amor verdadeiro, meu filho, não do amor do cobrador de dívidas que ninguém fez. Falo de um amor que não é preciso as chamas do Vesúvio enfurecido para reanimá-lo, como você diz. Falo daquele amor que basta um olhar de carinho, um sorriso breve, que alcance o coração com uma palavra, um olhar, para criar a felicidade; de um olhar que deixa saudades. Ou mesmo uma vaga esperança, dessas que acariciam o sono e renascem a cada dia. Renovada como o sol depois das chuvas que espanta as nuvens do dia a dia. Ou então não é amor. É egoísmo ou puro prazer. Eu sei disso — disse Mariana, sem tirar os olhos do filho. — Um dia você entenderá isso melhor. Espero que entenda. E desejo que viva um amor assim. Com certeza ele existe. E você vai encontrá-lo. Acredite.

— Desculpe — disse Mariano — mas eu espero que um dia você viva o que está sonhando. Tudo bem, falando assim, meio que voando sem saber para onde, você pode ter razão, apesar de ser pura alucinação. Só esqueceu que não vivemos no reino das fadas, onde as bruxas castigam as belas mandando lavar o chão da casa e no fim elas serão felizes. Eu não vou ficar ligado em um futuro nem em um passado que não existem. A minha vida é hoje. É agora. Amanhã o mundo pode acabar. E eu tenho pressa de viver. Posso até não saber para onde vou, mas é como quero viver.

— Você não quer mais torta de limão? — perguntou Mariana buscando um tempo para pensar o que dizer.

— Só um pouquinho — beliscou a torta e desabafou: — Decidi. Ana Melano já era. Não vou deixar nada para o futuro nem ficar mastigando o que já não existe. O que importa é o que eu sou e estou vivendo agora. E seguir em frente. Comigo. Você me ensinou isso, lembra? Esta é a minha linha. Uma linha reta.

Disse isso misturando esperanças, sofrimento, raiva, ciúmes, tristezas e procurando coragem. E um grande esforço para sair do vazio. Sem parar de mordiscar e sem sentir o sabor da torta.

— Não foi bem o que eu disse. Você está esquecendo que a vida não é uma linha reta. Lembre-se do que lhe digo sempre, Mariano: a vida é feita de círculos e curvas, não de linhas retas. E não é à toa que assim gira a Terra e com ela a nossa vida. Este círculo sem eixo, girando sem a gente perceber enquanto temos a ilusão de estarmos no comando de tudo, traçando os rumos. Achando que a desgraça e a morte só acontecem longe da nossa casca, que o sofrimento não atinge o nosso coração. Não é assim, meu filho. O rumo que traçamos para nós não elimina as curvas e os círculos em que vivemos e que nos envolvem. Às vezes com a boa sorte, outras com o azar. O rumo é para o que queremos atingir, ainda que não possamos saltar fora do círculo.

Ele parou de mastigar e ficou olhando para ela. Trocando o gosto agridoce da cobertura de limão pelo olhar da sua mãe.

— Interessante isso.

E ela continuou:

— Devemos confiar na sorte. Não perder a esperança de que o melhor também nos venha pelas mãos do acaso. Do mesmo jeito como vem a desgraça. E para que a boa sorte entre em nossa vida precisamos manter os nossos corações limpos de rancores, raivas e invejas. E de ódio, mágoas e ressentimentos. E isso é o mais difícil, porque tudo isso, certas vezes, se mistura com o amor. E eu espero que você nunca se envolva nessas armadilhas. Deu para entender?

— Acho que é pedir demais para um pobre mortal, mãe. Você muitas vezes exagera. Delira. É possível um amor assim? — perguntou e respondeu. — Claro que não.

— É. É possível, sim. Não é fácil, mas é possível. É só um desafio a mais.

— Bobagem. Dê um exemplo.

— Um exemplo? — ela ficou pensando. — Poderia lhe mostrar uma pessoa que conseguiu isso e que, se não vive completamente feliz, não vive infeliz; o que para ela, depois de tudo o que lhe aconteceu, se tornou uma grande felicidade.

— Parece que você está dizendo tudo ao contrário do que existe. Mas fale.

— Agora não é o caso. Mas pense comigo: qual é a doçura que não azeda em um vaso sujo? Qual é a boa sorte que vai entrar em um coração amargurado? Nenhuma, Mariano. Você não vai poder modificar as dores do mundo, mas pode escolher quais dores ou alegrias quer sentir. Você já ouviu sobre Gestas e Dimas, os malfeitores crucificados ao lado de Jesus? No último minuto de vida, Gestas morreu sangrando ódio. E Dimas, iluminado de esperanças. E para quem crê, Dimas está no céu e Gestas… sei lá onde. É você quem possui a chave do seu coração e dos seus pensamentos. Não é o mundo. Nem a Ana Melano, nem ninguém. É você quem traça o círculo da sua vida para viver dentro dele. É dentro dele que você traça o seu rumo e os desvios para não se tornar um vaso sujo. Sei, não é fácil. É como rolar uma pedra montanha acima. Mesmo assim podemos. Ainda que a pedra volte a rolar montanha abaixo não devemos desistir. Não se esqueça disso.

— Você acha que eu sou um vazo sujo? É isso?

— Não distorça. Eu sou a mãe que te ama, não o seu juiz. O mundo já tem juízes demais e amor de menos. Só você pode saber, com muita procura e nenhuma distorção, o que se passa dentro do seu coração e da sua cabeça. E eu lhe digo: procure saber onde errou com a Ana Melano.

— Sabia! Era aí que você queria chegar. Mais esta? Só o que faltava — explodiu. — Ela passa na minha frente de mãos dadas com o Belo e eu errei. Você pirou?

— E por que não? Todos os dias nós podemos estar causando um mal a alguém. Ou a nós próprios. Ou você pensa que são apenas os outros que nos causam mal?

— Eu não causo mal a ninguém.

— Não seja arrogante. Não tenha tanta certeza disso. Causar mal é fácil. Nem se percebe. Difícil é parar para pensar no mal que causamos aos outros e a nós mesmos.

— Não sou de ficar ligado nessas coisas.

— Aí é que está. Assim, tudo fica mais fácil para a sua consciência. Só pensa no que lhe atropela e no que quer. E não no que pensa e sente e prática a cada momento. Entenda uma coisa, Mariano: sempre vem à tona algum sinal do que estamos sentindo, do que estamos pensando, do que estamos, enfim, vivendo. Não procuramos nos ligar nisso, para levar a vida em frente, como se estivéssemos sendo arrastados pela enxurrada ou levados por uma brisa. Mas toda vez que escondemos alguma coisa no porão da nossa cabeça a vida se torna menos luminosa. E lá na frente a escuridão pode ser total. Senão nessa, mas em outras vidas. E, vamos convir, meu filho, isso é um desperdício total, não é? É de uma cruel pobreza de espírito.

— Pode ser. Mas não fiz nada de mal para Ana Melano. Sei disso. Ela é que...

— Não tenha tanta confiança disso, Mariano. Basta um simples tijolo mal colocado para fazer vir abaixo o castelo que construímos durante uma relação inteira. Mais ainda se construirmos o castelo em cima de terreno movediço.

— Sem essa, mãe. Você acha que eu estava me enfiando em um castelo de areia por gostar da Ana Melano? Desses que eu fazia na praia e a maldita onda desmantelava antes dele ficar pronto? Eu acreditava no nosso amor, sem medo de traição. Não acreditar que o castelo fosse desmoronar e em traição, é um mal?

Mariana ficou calada um momento, como se escutasse alguém. Depois falou em um tom mais suave, como se repetisse o que escutava:

— E qual é a relação que não está exposta a traição e nunca pisa em um terreno movediço? Só a que temos com a morte. Você nunca terá certeza do que poderá acontecer quando o seu coração acredita em um amor. Não é por isso que se deixa de amar. Ao contrário, amamos mesmo assim. Acreditando um dia viver o amor sem queixas e sem traições, como eu sei que você irá viver — depois voltou ao tom anterior. — As nossas relações estão presas a detalhes. E sempre valorizamos mais os detalhes do que o universo inteiro. O que nos deixa felizes não é o cosmo, é a estrela que olhamos. Procure então saber o que você fez ou deixou de fazer, o que disse ou deixou de dizer, para magoar Ana Melano. No geral não existe uma atitude como essa sem haver uma razão: falsa ou verdadeira, nascida dentro dela ou provocada por você. De qualquer jeito uma razão transformada no tijolo podre, na pedra falsa, que abala o castelo. Por mais sólido que ele possa parecer. Entendeu?

Ele balançou a cabeça antes de dizer:

— Tudo bem. Vale pensar nisso. Vou pensar, prometo.

— Chega de pensar e comece a agir. Você não tem feito outra coisa a não ser pensar. Pare de pensar e faça o que deve ser feito.

— Não posso parar de pensar no que aconteceu.

— E pare de se lastimar. Nenhum choro reconstrói nada. Digo isso desde quando o ouvi chorar pela primeira vez. A vida se alimenta de sorrisos, ainda que nos faça escorrer lágrimas — disse Mariana. — Em vez de ficar alimentando o ressentimento, que cega para as coisas boas, veja o que há de bom nas adversidades. Entenda uma coisa muito simples: quem não tem coragem de cortar definitivamente com o sofrimento, doa a quem doer, só tem um caminho: continuar sofrendo e se culpando. Pelo menos aprenda a se libertar do que sofre para sentir o seu destino com otimismo.

— E você acha que eu preciso sofrer para aprender a não sofrer?

— Claro que não precisa. Deus não seria capaz de querer o sofrimento como caminho para se alcançar a felicidade. Isso está fora de cogitação. Porém, saiba tirar proveito do bom e do ruim. É assim que aprendemos a ser felizes, ou, pelo menos a não sofrer. Pelo simples fato de que somos nós os responsáveis por tudo o que pensamos e sentimos e fazemos. Tendo ou não consciência disso. O nosso destino pode ser um rumo fora da nossa vontade, mas quem percorre o caminho somos nós. A cada passo. A cada escolha. Ou é assim ou você deixa que as outras pessoas e o mundo assumam o controle da sua felicidade. E dos seus sofrimentos, claro. O mundo pode nos moldar, mas não nos amordaça. Pelo menos sonhe. Procure acreditar nisso.

Ele olhou para a mãe com astúcia:

— Você acredita mesmo no que diz, ou só faz de conta, para mudar o foco do meu sofrimento? Ou é só para me dar uma força?

— Se não é bem assim, procuro acreditar que pode ser — avaliou Mariana. — E se não acreditarmos que temos asas para sair do fundo do despenhadeiro em que caímos, para que vale a liberdade de voar?... Mesmo estando prisioneira posso voar.

— Isso é bonito. Gostei. Nisso concordo com você, mãe. Mas eu continuo com muita raiva da Ana Melano. Caracas, como eu tenho raiva. Se eu pudesse...

— Procure encontrar alguma coisa melhor do que a raiva dentro de você, Mariano. Algo mais sensato. Raiva é coisa de coração mendigo. Pura pobreza.

— Vou ser sincero. Às vezes ainda tenho vontade de comer o fígado dela. Assim, como um canibal faminto — abocanhou e mastigou a torta de limão com voracidade.

Mariana não pôde deixar de rir. As sobras da torta saindo da boca e ele comendo o fígado de Ana Melano.

— Assim é fácil e gostoso comer o fígado de um traidor. Impossível é sentir o gosto do seu sangue com a boca lambuzada de torta de limão. Como isso não vai acontecer, pelo menos enquanto você estiver com a boca cheia, decida outra coisa para a fome do seu coração, meu filho — disse Mariana ainda rindo. — E aprenda uma coisa a mais: essa ira não é alimento. É veneno mortal. E pode se transformar em ódio. Enquanto você sentir essa raiva não vai saber o que é a alegria. Pelo menos acredite na cura que só o tempo traz. A dor de hoje é apenas de hoje. E bem pode ser uma armadura para um amor maior amanhã. Um amor que não vai mais lhe machucar, porque você saberá evitar as tristezas que toda grande paixão esconde. Como a esperança pode ser a antecipação do mal porque o esperado não se realiza, diziam os gregos, a sua dor de hoje pode ser a proteção de amanhã. Você vai viver o seu grande amor. Acredite que ele está lhe esperando e esqueça o que diziam os gregos. Eles também gostavam de uma boa frase sem muita lógica. E limpe a camisa suja com o glacê de sangue da sua amada.

Mariano olhou para a sua mãe e, então, lembrou por um instante um banho de mar com Ana Melano. Tornou a sentir o seu corpo e o dela se dissolvendo como se fossem feitos com a espuma do mar. E disse, se lambendo:

— Um pouco deste veneno às vezes é bom. Ajuda a esquecer.

Ela riu e disse:

— Claro que é. Desde que não se morra dele.

Mariana Paz sabia muito bem o que dizer para o filho sobre os machucados de um coração ferido e como vencer os golpes baixos do destino. Tinha de fato convivido com os mortos. Tinha de fato sido violentada pelos vivos. E não poucas vezes se deu conta de que era menos assustador conviver com os mortos do que com os vivos. Para ela, as almas faziam menos intrigas, não eram tão arrogantes, mentirosas, ambiciosas, falsas, invejosas e traidoras, como são os mortais. No geral também eram mais tolerantes e solidárias. Não difamavam, não roubavam nem violentavam o corpo e a honra. Para elas, praticar o mal perdera o sentido. Salvo uma ou outra alma, entre aquelas que ainda não tinham se dado conta de que já não habitavam mais os seus corpos. As que continuavam coçando o dedo do pé em que a pulga infectada lhes causara a morte. Era o testemunho guardado por ela dos seis dias em que passou com os mortos, onde o tempo é um só bloco, sem cronologia, código ou marca. Daquela experiência, submersa no seu interior, muitas vezes Mariana Paz se pôs a pensar:

"Se nada muda na eternidade, se ela é sempre a mesma coisa, nela não existem alternativas nem contradições. Isso só existe enquanto eu viver e desfrutar a liberdade de escolher. Aqui eu escolho o meu céu e o meu inferno; os meus anjos e os meus demônios. Os meus e os que escolhem para mim e os que eu escolho para os outros. Mesmo sem querer. Os mortos já não têm escolhas. Nem equívocos. O desafio é para os vivos, não para os mortos. Eu quero viver sem guardar culpas e rancores. Sem ficar dividida

entre o amor e o ressentimento, entre esquecer o prazer que vivi e os desejos de voltar a vivê-los. Quero poder guardar os meus segredos e poder falar das minhas esperanças... Viver o desafio das minhas opções e contradições sem abrir novas feridas. E morrer sem arrependimentos. Sem ficar coçando o dedo morto."

Essas visões não a impediam de ser pragmática e tirar lições bem terrenas da sua temporada no reino dos mortos. E de ser sonhadora. Tinha plena consciência que, por ter estado lá, surgiu-lhe a ideia, louca para ser vivida na terra, de criar um programa digital capaz de revelar tudo o que cada pessoa pensa, sente e faz em tempo real. *Como é a vida entre os espíritos, onde reina uma consciência coletiva, onde ninguém pode esconder o que pensa nem o que sente; o que deseja fazer e o que fez, sem que todos tomem conhecimento.*

De repente, ela voltou para onde estava. Olhou para o relógio:

— Santo Deus, Mariano. São quase onze horas. Vou chamar Tila.

— Está com pressa? — ele perguntou ainda sentado.

— Não. Ainda podemos conversar. Hoje é o dia do seu aniversário.

— É também um dos seus dias. Nossos aniversários no mesmo dia. Isso deve ser raro entre mãe e filho. Posso saber por que este ano não quer comemorar?

— Dei-me conta de que devo comemorar todos os dias. Para mim não existe só um dia no ano para festejar o nascimento. Todos os meus dias devem ser uma festa da vida. É como quero viver. E, como nasci e fui registrada duas vezes, como festejar um só nascimento? — Não sei o dia exato em que fui desenterrada, mas isso é o que menos importa. — Eu não devo privilegiar uma data. Então, quero festejar todos os dias.

— Quanta animação! É verdade. Tem razão, para quem renasceu depois de seis dias sepultada entre pedras e lama, não basta um dia do ano para ser comemorado. — Foi abraçá-la. — Grande mãe. Quando a terra não lhe quis morta sabia que este mundo seria melhor com você viva.

— Quanto carinho, filho. Você quer me dar um grande presente?

— Claro. Qual é?

— Não esqueça o que conversamos nesses últimos dias.

— Não vou esquecer. Nunca — riu. — Quase que eu disse 'vou pensar'.

— E acredite, um dia, quando você menos esperar, a amada que você merece chegará de surpresa. É assim que o destino age. E você vai lembrar-se ainda do que estou lhe dizendo agora. Acredite nisso. Ela pode ainda nem ter nascido, mas isso não importa. Vocês vão se encontrar e ter uma longa vida de amor feliz. Um amor eterno.

LEMBRANÇAS DE UM AMOR SEM MANCHAS

5

Mariano Paz não esqueceu. Vida afora continuou lembrando-se daquela e de muitas outras conversas com sua mãe. Recordou, anos depois, quando, ao sair do cartório, encontrou Ana Melano na frente da igreja de São Jorge, dois dias depois de sair da prisão. A primeira coisa que entendeu foi que ela já não era tão linda como nas suas lembranças. De imediato esperava querer magoá-la, ou desconhecê-la ou sentir o seu coração disparar. Para sua surpresa, não sentiu nada além da superficial recordação de um afeto morto. "Nem é tão bonita como eu a via. Sinto-me é um pouco constrangido pelo desespero que vivi naqueles dias. Mas valeu."

Ana Melano foi ao encontro dele com os olhos não tão brilhantes, nem tremelicando as pestanas como borboleta inquieta, como nos tempos em que ele era apaixonado por ela. Ela olhou para ele meio embaraçada. Não fez nenhuma menção à prisão. Soltou a mão de Mariano e contou-lhe por que tinha passado diante dele de mãos dadas com Belo. "Loucuras da idade. Lastimo", ela disse. "Esqueça, nada de culpas. Bonito casaco", ele disse. E voltou a andar, lamentando não entender as coisas de modo certo no momento certo e desfazer o mal. E por ter feito de modo errado o que agora lhe parecia tão simples. "Por que se complica tanto o que nasce para trazer calmaria?" E por que guardou o que sentia, quando se tivesse conversado evitaria tantos sentimentos ruins para ambos? E mais uma vez ele recordou, de modo passageiro, as noites que ficou pensando por que o amor e o desamor são tão cheios de perguntas inúteis. E por qual razão ele, mesmo sabendo disso, continuava a se perguntar sobre o que já não existia. E por que a felicidade desaparece de um minuto para o outro, para dar lugar ao desgosto. E como, com o tempo, tudo parece ser trivial. E por que a vida não é vivida pelo modo simples de ser feliz, sem as complicações dos ciúmes que geram monstros, mágoas e sofrimentos. E para que perder o sono entre perguntas sem respostas. Lembrou-se, com detalhes, do que sua mãe tinha lhe disse naquele no sábado do seu aniversário. Um sábado revivido muitas vezes. E continuou pensando depois de despedir-se de Ana Melano, enquanto caminhava pelas velhas ruas com suas casas repintadas com cores vivas.

Mariano relembrou de como ele e sua mãe se abraçaram naquele sábado. Enquanto caminhava tornou a senti-la beijando-o. Respirou o leve perfume do colo de sua mãe entre as pessoas apressadas. Como se ainda estivesse apoiado em seu peito. “Aquele foi um sábado que não deveria ter acabado, e sim ter sido eterno”, voltou a desejar. “Mas é como ela disse: a grande certeza é a de que nada permanece”. E compreendeu como lhe entristecia ver o passado desvanecido e a solidão crescer. E como estava sozinho no mundo. Ele e seus pensamentos. Ele e suas lembranças. Ele levando pelas ruas a sua busca de significados depois de ter sobrevivido alimentado pela ideia fixa de vingança. Como se a vingança fosse o leite materno.

A felicidade do amanhã que a sua mãe anteviu não era nada. Era o sonho de uma mãe querendo consolar o seu filho magoado. Tudo o que ele queria era ter aquela mãe presente. Longe de todas aquelas desordens íntimas e seus destroços; voltar a flutuar na harmonia daquele sábado distante. Ela, afundando os dedos nos seus cabelos e ele, se deixando estar. Sem se mexer, para não afugentar o tempo, para não escoar a felicidade; para não interromper o carinho. Para não desfazer o céu, como um gato que se deixa coçar e faz de conta que está dormindo. Para não ser devolvido ao mundo de todos os abandonos e nenhum entendimento que valesse a pena.

Caminhando, sem pressa, reviveu a manhã longínqua em que começou a esquecer de maldizer a Ana Melano, a vida, o mundo e ele mesmo; de sentir-se vítima, de não mais querer sumir, virar andarilho, sem endereço. À procura sabe-se lá do quê. Aquele dia distante em que desistiu de se jogar da ponte e voltar a ser feliz.

Tornou a relembrar quando ele propôs:

— Vamos passear, mãe. Hoje à tarde vamos subir a serra, eu falto às aulas de segunda-feira, amanhã almoçaremos carne de sol com farofa de pinhão que a Doroteia faz, tomaremos banho na cachoeira e veremos os Aparados da Serra com as nuvens lá embaixo de nós. Como se elas fossem um grande lençol para a gente se deitar no céu. Vai ser um domingo legal.

— Não posso, meu filho. Além da academia à tarde, tenho outros compromissos e preciso concluir um programa neste final de semana.

— É tão importante assim?

— Para mim, é. Os parceiros não deram conta dentro do prazo que vence na terça-feira. Mas prometo que no próximo final de semana iremos subir a serra. Vamos andar a cavalo pelos caminhos dos pinheirais, vendo-os desaparecer dentro das curvas. Pelas muitas voltas que se dá, nunca sabemos ao certo aonde eles vão nos levar. Escutando as gralhas e os papagaios — e com mais entusiasmo — e o vento nas copadas e as águas sobre as pedras nos riachos. Estou precisando desse passeio.

— Combinado. Mas que programa tão importante é este? Mais importante do que um final de semana comigo? Eu não iria fazer a trilha para a Ponta dos Naufragados amanhã, só para subirmos a serra.

— É um programa piloto para monitorar em tempo real tudo o que acontece e mostrar para quem queira ver, sem precisar da intervenção distorcida das mídias. E como o mundo só é real por ser virtual... Nada de novo. Os sábios do passado já sabiam disso e hoje dispomos dos satélites que penetram no buraco de uma agulha.

— Revelar tudo, tudo?

— Tudo integrado em um só programa. Desde as notas e os trabalhos de um estudante, até a sentença de um juiz, cada parte de um processo, o movimento financeiro das empresas e de todos os órgãos públicos, o que está por trás de cada guerra e de cada partido político, de cada eleição, de cada organização criminosa ou legal. E para quem quiser monitorar, o antibiótico do salmão, a dosagem do herbicida da alface e do tomate. Enfim o que se faz e existe no planeta. Como já acontece com restrições. Esse programa servirá de ponto de partida para outro ainda mais necessário.

— Qual? — Mariano quis saber.

— Entre outras coisas, para qualquer pessoa, de qualquer parte do planeta, saber o que fizeram com o dinheiro do imposto que pagou para comer a batata frita, beber o veneno preto, comprar o material escolar, o remédio, a água que bebeu, a luz que acendeu, as ruas e as estradas por onde andou, pagar enfim tudo que é necessário para vivermos e que faz com que a vida se torne uma despesa cara e obrigatória às custas do Estado que nem ao menos garante o nosso direito de dormir em paz. Viver custa caro, Mariano. A metade do nosso tempo de trabalho é para pagar o direito de viver. Nada é de graça. E, a partir dele, outro programa ainda mais ambicioso: o que cada pessoa pensa e sente para praticar uma ação. Logo, logo chegaremos nele.

— Que loucura. Já acessei coisas incríveis, mas nada igual. Isso é possível?

— Na verdade, isso já existe em formatos separados, para atender interesses isolados e para revelar o que interessa só aos controladores. Gastamos mais de um ano para reunir tudo em um só toque de acesso. Não vai mais haver segredo sobre a Terra.

— Quer dizer que quem quiser, vai poder saber o que cada empresa, governo, padaria, boi, frango, pessoa, faz, come, gasta e pensa? E o que estão sentindo?

— Vai. Como já acontece, mas só que de modo oculto. A proposta é chegar mais longe. Não deixar nada camuflado. Nem a intenção de uma microcélula do corpo humano. Na natureza não existe nada oculto, só desconhecido. Então por que o que as pessoas pensam e fazem e sentem deve continuar servindo apenas aos interesses dos que criam as nossas ambições e controlam até os nossos sentimentos?

— Mas isso é cruel. Viola a privacidade da nossa intimidade — reagiu Mariano.

— Que privacidade, Mariano? Não existe mais isso de privacidade. Tudo o que receba uma mínima manifestação humana está emitindo informação para a inteligência artificial. O invisível humano desapareceu. Nesse mesmo momento nós estamos sendo vigiados por quem se interessar em saber o que gostamos e o que desgostamos; nossos planos de vida, nossas doenças, os remédios que tomamos, o que nos dá alegrias e o que provoca nossas indignações, cada minuto da nossa rotina. O código de barras do chocolate que você come informa quem você é e o que pretende ser. O que você faz no seu computador revela ao mundo a sua alma, o seu corpo, a sua classe social e as suas preferências políticas. A hora que você fala no seu celular está se revelando para todos os cantos do planeta. Isso de olho espião no bocal da lâmpada para sermos monitorados é do tempo dos dinossauros. Hoje não mais assistimos televisão. É ela quem está nos monitorando. Ela e tudo o que não vemos. A minha ideia é fazer com que todos, em qualquer tempo e lugar, saibam tudo o que acontece e o que poderá acontecer em qualquer tempo e lugar, a qualquer momento, de um modo simples e imediato sem precisar de qualquer identificador ou senha. Incluindo os pensamentos e sentimentos.

Ele não se conteve:

— Uma devassa. Então vai ter muito segredo escancarado e político fodido e mal pago.

— Olha o palavrão. Não sabe outro adjetivo? Lava essa boca.

— Qual é, mãe? Onde fica a minha liberdade de expressão? E é um substantivo.

— Já digo. Caso eu, neste momento, lhe mandasse para aquele lugar, o que nunca disse antes, isso violaria o respeito que você merece?

— No mínimo.

— E onde fica a minha liberdade de expressão? Pois então escolha a palavra de acordo com a ocasião, sobre o que fala e com quem fala. No mínimo.

— Mas que vai ter político como eu disse, vai. Ah, vai.

— Não só políticos. Pode ser um religioso, um pedófilo, um senhor de respeito que trai a sua mulher e faz palestras sobre moral, ou um filho que planeja matar os pais para comprar droga, ou a mãe que mata o filho para ele não atrapalhar a sua vida com o seu companheiro; ou quem multiplica por vinte o custo de uma escola, de uma rodovia, do papel higiênico comprado para os hospitais, mas não limpa o que deve; ou o carcereiro que furta o pão do preso, ou o preso que planeja matar o carcereiro para fugir, ou quem finge rezar em uma igreja enquanto rouba a bolsa da mulher ao lado, ou quem é um mito das grandes fortunas e da caridade e violenta crianças indefesas... — Mariana explicou, como se estivesse se justificando, — Ou, também, revelar quem esperou o inverno passar e viajou 12 mil quilômetros para entregar a mulher que ama um buquê de tulipas com todas as cores, colhidas no parque das flores, na Holanda. Ou o que sente um servente de pedreiro quando deixa de tomar a sua cerveja na sexta-feira à noite e guarda o dinheiro para comprar uma bola para o seu filho, que quer se tornar o rei do futebol, mesmo tendo uma perna mais curta do que a outra. Ou para que a oração solitária de uma mulher, ou de um homem, seja compartilhada por multidões e ganhe força para alcançar a graça pedida. Enfim, essas coisas do dia a dia e que já deixaram de interessar em se saber que existem. O mundo é vasto. É onde pretendemos chegar. Desnudar a realidade do mundo em que vivemos.

— Que vasto mundo, mãe? Será que este programa vai mudar alguma coisa? — questionou Mariano.

— Talvez. Pode forçar a mudar as escolhas das pessoas, o modo delas pensar na convivência humana como uma soma e não como disputa, no planeta como fonte de vida e não palco de discórdias e ganância; a revelar o que ainda se considera secreto. A constranger a grosseria e estimular a dar flores. Sim, pode ser o começo de grandes mudanças. Se é que vai. Depende de como for compartilhado. Quero criar o verbo vigiar na inteligência artificial. Vamos ver. Quero fazer o que acredito. Preciso fazer.

— Acho que não vai ajudar muito, não. Acabam sempre criando um meio de se apropriar do programa e usar para outros interesses. Cortina de fumaça para esconder isso é o que não faltará. Como sempre acontece.

— Pode ser, faz parte do risco. Mas também existe cypherpunk poderoso. E criamos fortalezas para proteger os nossos programas. Esse é o que a nossa empresa se propõe a fazer agora. O começo — considerou Mariana Paz. — E quem sabe, no futuro…

— Isso é a luta de sempre, do bem contra a mal, mãe. Seria legal se desse certo — disse Mariano. — Desculpe, mas não acredito.

— Não será pelas descrenças que eu vou desistir. Minha meta mesmo, meu filho, é criar um programa que antecipe o que se pretende fazer. Não importa se é o bem ou o mal. Pode ser que assim a vida no planeta fique mais visível e se evite tanto mal. Porque as religiões, as ideologias, as filosofias, as prisões, as normas, as leis ficaram parecendo uma farsa. E quem sabe assim o ser humano se torne o seu o seu próprio censor, fique mais humano, e não precise de tanto controle sobre o que faz e o que deixa de fazer. E no lugar de se gastar tanto com as deformações humanas se invista mais na sua elevação. — Deu-se conta do que considerava a síntese do que queria. — É um tanto pedagógico, não é, filho? Quem sabe o que se constrói tenha o seu justo custo? Quem sabe assim não seja preciso gastar tanto, e cada vez mais, para controlar e punir o ser humano e cada um encontre a sua liberdade na sua consciência da verdadeira essência do humano? Se gasta mais com a destruição do que com a construção da humanidade, você sabia? E assim sobre dinheiro para o que de fato precisamos: construir o humano. Sei que parece um sonho, mas você já pensou, Mariano, quanto mal perderá a raiz quando as pessoas souberem que estão visíveis por dentro e por fora? Todos sabendo o que cada um faz ou pretende fazer? Acredito que essa será a verdadeira liberdade, sem os sensores anônimos, os oficiais e as prisões.

— Foi o seu tempo de sepultada entre os mortos que inspirou isso?

— Como vou saber? Pode ser. Ver o que acontece também é muito provocador.

— E onde fica a nossa vida pessoal? — insistiu ele. — Não gosto de estar exposto.

— Não seja ingênuo, meu filho. Cada vez que você dá uma curtida está revelando para o mundo a sua intimidade e a sua personalidade.

Devemos viver como os mortos. Entre eles não existe vida pessoal sem espírito coletivo. O que cada um sofre, pensa, sente, quer e festeja todos os demais ficam sabendo. Todos sabem tudo de todos. O que fizeram, quiseram fazer, deixaram de fazer, através dos tempos. E nenhuma alma se sente ultrajada por isso. Não existe quarto fechado ou cofre com entre os espíritos. Então por que você acha que a sua vida pessoal é mais importante do que a vida protegida contra o mal que atinge a todos e afasta o bem que se deseja?

— Isso é coisa de serviço secreto perfeito. Olhar todo mundo como se estivesse planejando explodir o Vaticano na missa de Natal — disse Mariano.

— Não foi você quem, outro dia, finalmente se deu conta que o maior predador do homem e do planeta é o próprio homem? Ou foi mais uma frase do Facebook, como outras que logo caem no vazio? Foi você quem disse ter lido que se gasta mais trilhões de vezes com o combate à violência e com guerras do que com as necessidades humanas mais elementares? Que centenas de milhões de crianças morrem de fome e milhares delas são violentados todos os dias e a sociedade fica impune? E que muitos pais tiram proveito de meninas e meninos abusados, para ajudar a sobreviverem? Você não vive denunciando pelas redes sociais tudo o que acha injusto? Ou isso nada mais é do que breves pensamentos logo deletados? A cultura do *isso é coisa do passado, foi há dez minutos.* É isso que te faz se sentir justo? Não basta denunciar é preciso inovar.

— Faço isso por acreditar — justificou Mariano.

— E você acha que vai mudar a humanidade só com frases? — perguntou olhando dentro dos olhos do filho — Pois digo mais, Mariano: quero viver para criar programas que leiam e revelem a mente e a alma de cada pessoa antes de praticar o mal e o bem. Quero criar algo que invada as cavernas de cada um. Acho que esse direito de esconderijo em grutas do cérebro acabou no tempo em que as feras fugiam diante de um facho de luz. Agora a luz é outra e as feras são mais perigosas, não têm corpos. Agora é estimular sentir amor escancarado. E transformar em afeto o medo e a descrença da humanidade, que ainda acredita que viver é sofrer. Uma humanidade que não se desapega do chicote do senhor, ainda que não saiba quem ele é, e consequentemente também precisa chicotear o outro — acrescentou. — Que evita dizer *eu te amo* por achar isso uma fraqueza. E se fortalece no desamor e na indiferença para justificar tudo. Acredito no que vou fazer, Mariano. É o que mais quero. Só não sei ainda como evitar, definitivamente, que o programa que vamos criar seja usado para perseguir e condenar quem nada deve e inocentar os verdadeiros culpados. Posso não ter vida bastante para chegar lá, mas um dia isso irá acontecer. — Deu-se conta de estar falando alto demais. Fez uma pausa e modulou a voz. — E mais: se ligue. Essas conversas sem fim dentro de redes sociais com muralhas invisíveis podem se transformar na linguagem da solidão. Entendeu?

Mariano saiu do mergulho em que ela o afundou e sentiu orgulho da sua mãe.

— Desse jeito vai acabar até com as religiões que ameaçam com o inferno para vender o céu. Essas que veem o diabo escondido dentro do sorvete de coco. É isso?

— Nenhuma religião acabará. Até lá, só aparecerão mais. Todos nós precisamos ter fé e crer em algo superior. Os pregadores sabem explorar que quanto pior a terra mais se precisa acreditar no céu. Mas será bom elas abrirem os seus cofres para separar o ouro misturado com a fé. Vai chegar a hora da verdade total e da cobrança geral das mentiras. É mais ou menos por aí. Mesmo sabendo que tudo que se cria serve para o bem e para o mal, não vou desistir. Nem eu nem meus parceiros, que esperam que eu lhes dê as bases deste projeto — lembrou-lhe. — E pensando bem, quanto à vida íntima de cada pessoa já não há mais sentido. Eu me visto para mostrar meu corpo e não para escondê-lo. Todo mundo gosta mesmo é de mostrar que existe, mesmo sabendo que será reprovado e reprovado. Não importa como. Um menino que aparece na televisão com uma arma depois de matar para roubar é criminoso para uns e herói para outros, e apenas um a mais para o nosso mundo. E não duvido que ele sofra porque a lei não permitiu que o seu rosto fosse exibido na televisão. As meninas criam seios de silicone para mostrar que são mulheres e choram quando perdem a boneca. Isso parece uma afronta à natureza, mas é um estímulo para sua autoestima. Ou a das suas mães. Intimidade! O que é isso?

— Eu acho bonito — disse Mariano. — Gosto de ver as meninas com os peitos saltadinhos.

— Não se trata de ser feio ou bonito. A questão não é essa. E se quiser ir mais longe, pense: o crime cria o seu modo de convivência para mostrar, com orgulho, que é mais organizado e eficiente do que o lado aparelhado para combatê-lo, o lado onde pagamos para viver. E faz sua propaganda sem nenhum custo, enquanto o Governo gasta fábulas para divulgar o que não fez e para dizer que está tudo sob o seu controle, que você vive na melhor cidade, no melhor Estado, no melhor país do mundo, cheio de direitos garantidos. Enquanto isso, os adolescentes se enchem de tatuagens, se suicidam, matam ou se cortam para chamar a atenção. E milhões deles dizem em silêncio: *veja, eu estive aqui, falei, dormi, comi e bebi com vocês e vocês não me viram. Agora me enterram como se eu fosse amado.* Ou: *Não estão me vendo? Ora drogas, eu existo.* — Vou lhe contar, filho: maridos de amigas minhas dormem com a cara contra a parede enquanto elas assistem à novela na cama, depois de passarem o dia sem se verem. Vejo casais navegando no celular enquanto jantam à luz de velas, degustando vinhos nobres, em bistrôs caros. — Firmou mais ainda o olhar em Mariano. — A única coisa secreta que ainda existe é a origem do mal. Só a origem. Ele mesmo está a céu aberto. E ele ri do que as igrejas, os filósofos e juristas, os sociólogos, os antropólogos, psicanalistas e outros *istas* dizem sobre as suas causas. E já que nenhum deles e nenhuma das leis que são criadas, impedem a prática do mal, acredito que, se a sua origem ficar transparente aos olhos de todos, não vai acabar, mas com certeza vai diminuir. Porque pela aplicação das leis não se conhece um só homem que tenha se tornado um líder do bem. Pode ser que assim este mundo também venha a ser um mundo com mais alegria e prazer e as pessoas se sintam felizes se tornando humanas em um mundo humano. Como você diz que sonha ver o seu mundo, Mariano. Como você gosta de ouvir o que Chico Ventura diz.

— Foi você quem me ensinou a ver as injustiças e a sonhar com um mundo melhor. Você e Chico Ventura — disse Mariano.

— Mas acha que vai mudar o mundo só vestindo as bermudas caídas na bunda e a cabeça enterrada dentro de um capuz? É preciso ideias e atitudes novas, já que as velhas criaram o que estamos vivendo. Isso de fumar um baseado, sentar-se no jardim e tocar uma flauta achando que ela guarda poder mágico, é bonito, pode até encantar a serpente, mas não muda nada. É fechar os olhos achando que ninguém lhe vê.

— Esse programa me assusta. É muito doido. Todo mundo saber o que eu sinto e penso não me serve — reagiu outra vez Mariano. — Prefiro andar nu pelas ruas.

— E lá quem vive o bem está preocupado em esconder alguma coisa?

— Mas é uma invasão global na minha cabeça e no meu coração. É uma violência. Afronta os meus direitos.

— Não chega a ser tanto quanto o que sempre foi praticado pelas religiões, as leis, as escolas, os Freud, os governos, os serviços nada secretos, o comércio, a indústria, as agências de propaganda, a mídia, o marido, a mulher, a família, a polícia, a cibercomunicação, a cibercultura, a ciberpolítica, e tudo o que foi criado para modelar o que somos e pensamos, o que acreditamos e o que descremos. E, claro, o que sentir e como devemos sentir em cada situação — Mariana enumerou. — Só que nada disso evita o mal. Nem o que os messias, Jesus, Buda, Gandhi e outros seus milhares de iguais mandaram vigiar é vigiado: não vimos nem ao menos o que se passa dentro de cada um de nós. E já que ninguém se vigia, acho que é por isso que se criou tanto aparato para todo mundo ser vigiado e ter um formato único. Fica mais fácil governar todos, reduzidos a um só modelo. Mas, agora os tempos são outros. Agora, todo mundo, onde quer que esteja, pode ver o elefante passar pelo buraco da sua agulha sem se espantar. Não é mesmo?

— Pelo seu programa ninguém mais vai poder pensar nem sentir nada só para si? Isso é o sonho de poder de ditador louco. Você está com o cérebro encrencado, mãe.

— Você quer dizer que estou louca? É isso?

— Não chega a tanto, mas digamos, um tanto quanto com parafusos frouxos. Pode ser por trabalhar demais.

— O que me parece doido é o mundo em que vivemos. De fato. Não devia, mas isso ainda choca. Mas quem precisa se proteger em segredo para ser feliz e para fazer os outros felizes ou pelo menos não atrapalhar a felicidade do outro? Além do que, eu acho que você precisa da liberdade para ser feliz e não para causar infelicidade à custa dos seus segredos e artimanhas. E isso não impede em nada a sua ambição de construir riquezas. Ao contrário. No dia em que você enxergar melhor o mundo em que vivemos, e o quanto ele poderá se tornar melhor, entenderá o que acredito criar para isso acontecer. Ou você é contra mudar a forma de pensar para melhorar o que está aí?

Ele se rendeu:

— É, acho que vale a pena tentar. Você me convenceu. Em parte. É isso aí, mãe. Cada um luta com o que pode e pelo que acredita. Não é isso? — concordou Mariano. — Sabe, decidi não ser mais advogado. Talvez só vá fazer o curso para tentar entender a maçaroca das leis. Vou ser mesmo é uma fera na tecnologia virtual, como você. Deus sabia o que estava fazendo quando você nasceu duas vezes.

— Ninguém precisa nascer duas vezes para ajudar a construir um mundo melhor, meu filho. Basta que cada um faça a sua parte enquanto vive uma vida de cada vez.

— Pode ser. Mas em alguns casos acho que uma só vida não basta — disse ele. — Jesus e muitos outros que o digam. Não são levados a sério nem com vidas infinitas.

— Como assim? — Mariana perguntou — Não entendi.

— É simples. Mesmo onde Jesus viveu, até o que fizeram com ele, as pessoas continuam se matando e se odiando, como faziam pelos mesmos motivos, há milênios antes dele nascer. Por pura intolerância de como pensam e de como acreditam. Tudo igual. Será que valeu a pena sofrer tudo aquilo para o mundo ser melhor? Mesmo sabendo que pouco adiantaria? Ou ele era doidão mesmo? Ou você é mais doida ainda achando que com um programa que mostra tudo o que se faz vai melhorar o mundo?

— É uma boa pergunta. Para muitos, o que ele sofreu, fez e disse não tem o menor valor e outros fazem de conta que é importante. Mas ainda acho uma grande sugestão. A melhor. E no final, tudo de fato, se resume em amor e desamor. Você conhece outra proposta melhor?

— Não entendo muito bem a diferença entre amor e desamor. Passei a entender mesmo foi de traição. Mas gosto da ideia. E pode existir. Por que só iria existir uma única verdade? Vou pensar nisso — se propôs Mariano. — Ele precisaria reviver muitas vezes para tentar dar certo o que aconselhou. Ou pelo menos mais uma, como você.

— Uma só vida chega. Muitas vezes um só gesto, uma só palavra é o bastante. Até porque nascer duas vezes quer dizer que terá que morrer duas vezes — ponderou Mariana. — Basta uma só morte do corpo, você não acha? Mas não é o caso, agora. Com todas as contradições desta vida eu quero ainda viver muito, com meus projetos, minhas paixões, esperanças, boas e más lembranças e os segredinhos que todos nós temos — e concluiu rindo. — Pelo menos até que o meu programa esteja disponível.

Ele se recusou pensar em morte.

— Você é uma grande guerreira. E grandes guerreiros não morrem. Como Cristo, como Ghandi, como Buda, como Maomé, Abraão, Chico Xavier e sei lá mais quem...

— Mas nenhum deles foi guerreiro, Mariano, ao contrário.

— E Luther King... Sabe o que ele disse? "Para termos inimigos não é preciso fazer uma guerra, basta dizer o que se pensa." Aí mora o perigo. Isso não é coisa de um grande guerreiro? Lutar contra tudo o que viam, não é coisa de grande guerreiro? Só que no lugar de usar armas usaram o coração e a cabeça. Bem como você gosta de lembrar. Foi o que eu li há coisa de um mês. E é como fazemos hoje pelas redes sociais. Denunciar o que não presta e mostrar o que é bonito. Se vivessem no hoje não precisariam sair de casa, esfolando os pés e perseguidos de morte, para todo mundo saber o que eles diziam.

Ela viu, pelo brilho apagado nos olhos do filho, que ele estava inventando. Não tinha lido tanto quanto dizia. E omitia que fosse uma conclusão pessoal.

— É uma bela ideia, não tinha pensado nisso. E que bom existir pessoas que pensam assim. É muito inteligente. E que bom que você lê coisas assim. Orgulho-me de você, filho. Ler é muito importante. O que não está escrito a gente imagina que deveria estar. E acrescenta. Isso é sabedoria.

Ele percebeu que sua mãe não acreditou na história da leitura.

— Está bem. Eu pensei nestas coisas enquanto pesquisava sobre religiões monoteístas e sobre as grandes guerras e revoltas e a paz no mundo. Estudos. Em uma dessas páginas da Wikipédia, que multiplica as guerras por dez e a paz por menos zero, dependendo de quem escreve, só para impressionar. Você sabia que na Batalha dos Dez Reis…

— Na foram dez, Mariano, foram nove, na Batalha do Vale do Sidim…

— Vá, que sejam nove… Em apenas uma batalha morreram quase todos os soldados? E na batalha de Adrianópolis os bárbaros mataram mais de 40.000 soldados romanos? Os urubus ficaram engasgados, eu imagino. O concurso de quem mata mais em menor tempo só foi vencido com as bombas sobre Hiroxima e Nagasaki. A diferença é que os soldados das guerras antigas suaram sangue para se matarem e os nossos amigos do norte apenas apertaram um botão e voltaram para tomar o café da manhã com a família, comendo omelete de bacon, enquanto escutavam o noticiário. Isso sim é que é fazer guerra sem perder o conforto.

— Que loucura! Você se liga nessas coisas?! — surpreendeu-se Mariana.

— Sou ligado em estratégia. Por exemplo: a cavalaria dos bárbaros…

— Não sou ligada em estratégia de guerra, Mariano — ela disse.

— Você não acha que as guerras podem ser só virtuais? Sem matança?

— Em parte, já é. Mas logo será só disputa de ideais. Tomam um vinho, degustam um caviar, chamam o mordomo, “me passa a arma”, apertam o botão e desmantelam o argumento contrário. Mas boa parte não perde o gostinho de matar. Nem que seja ir a uma praia e filmar, para divulgar, a degolar vinte infiéis. Ou churrasquear o coração do rival da organização dentro de um presídio.

Animado, Mariano contou que antes de Carano expulsar Midas de Edessa — e a sua mãe nem sabia quem foi Carano — e fundar um novo reino, um sábio disse a um dos reis em guerra que ele não precisaria dessa mortandade toda para conquistar o que queria, já que o seu reino teria que se unir aos vizinhos para combater uma turba invasora. Só assim sobreviveriam.

— Posso contar uma história? Escute só. O sábio disse ao rei mais poderoso: *evite as mortes e guarde seus soldados e armas para lutarem juntos com os exércitos dos reis vizinhos, que combates, contra o rei invasor que logo chegará pela terra e pelo mar.* O rei prendeu o sábio para ninguém mais saber a sua revelação. Quando outro rei descobriu o que o sábio disse — espião era o que mais tinha —, mandou cortar a sua língua — carrasco também não faltava. — Livres do sábio festejaram: *agora sim o meu reino pode voltar a viver em ordem.* E fizeram a guerra com mais furor. Quando os seus exércitos estavam destroçados, o invasor, o tal rei Carano, surgiu das neblinas do mar e das chuvas da terra — naqueles dias o tempo estava péssimo. — Desembarcou o seu exército sem ter contra quem lutar. Ficou até meio p da vida. Assim, como se estivesse em uma excursão de férias, com direito a barraca, carneiro na brasa, banho de mar para aliviar as câimbras devido à longa viagem, caminhada na praia. Fácil, fácil. Os seus cobradores não davam conta de recolher imposto dos vencidos. E pelo que li, continuam até hoje pagando a dívida para os herdeiros do rei Carano. Mas o x da questão, para mim, é o seguinte: o velho sábio — eu acho que era velho, a gente acredita que todo sábio é um velho, todo lobo é mau e toda princesa é linda e incapaz de maldade, não é mesmo? — Enfim, sabe o que eu acho? O sábio foi o grande guerreiro derrotado. Um herói sem história, sem nome, como muita gente. Foi o que li. Não sei se é verdade, mas gostei. Quem quiser saber mais é só procurar no Google.

— Você não está misturando as histórias?

— Pode ser. A gente lê tanta coisa... Sabe como é o Google, a Wikipédia...

Mariana ficou olhando para o filho. E ele esperando a sua mãe falar alguma coisa. "Que diferença faz se essa história é verdadeira ou não, o quanto ele leu ou quanto inventou?", ela refletiu. Depois de um minuto disse:

— Gostei. É uma história linda. Mesmo com toda essa carnificina e essa maldade de cortarem a língua do sábio. Veja no que dá não querer ouvir um sábio. E se for verdadeira ou não, pouco importa, Mariano. O que desconhecemos não significa que não exista, ou não tenha existido, ou não vá existir. É uma bela história, meu filho.

— É só uma historinha — disse ele — e sorriu sem esconder a astúcia.

— É muito mais, meu filho. Uma historinha pode ter nela toda a história humana. Nada existe isolado do todo. Um grão de areia é toda a praia, tem em si todo o planeta Terra. Sem cada um deles a terra não existiria. Você é toda a humanidade.

— Isso é verdade. Tenho pensado nisso.

— Quando você entende uma coisa pode saber muito mais sobre o que se inclui nela. É como tudo se relacionasse a uma causa comum dentro do tempo. Gostei da historinha. Ela contém muitas explicações. Pena é o sábio ter perdido a língua e pagarem tanto imposto para o invasor.

— Caracas, eu estou sonhando? Até parece que está falando por mim.

— Não é sonho, não. A inteligência é uma só para todos, assim como a vida e a sabedoria do seu sábio. Só falta ser mais compartilhada. Se ainda não é assim, este dia chegará. O tempo vai se encarregar disso. E tudo está acontecendo muito rápido.

— Você acredita mesmo nisso, mãe?

— Acredito sim, Mariano. Um dia o ser humano se tornará mais humano, terá mais sabedoria e menos apego às quinquilharias. E se eu puder vou fazer um gesto que seja, para que isso se torne uma realidade mais cedo. Um dia a menos que seja — Mariana deu um sorriso descontraído, apontou o dedo para o filho e acrescentou: — Um dia alguém, no seu lugar, não vai querer comer o fígado de uma Ana Melano só porque foi vista pegando a mão de outro rapaz. Vai ser mais sábio.

Mariano riu. Sem nenhum prazer.

— É por isso que você me diz: *faça e sinta tudo com amor, Mariano? Assim você vai ver que o céu começa na terra. Dentro de você.* Isso é uma coisa muito vaga.

— É verdade. Este é um ganho de ouro em se viver, acredite. O problema é que sabemos disso e não praticamos. Preferimos os enganos tolos, o controle da polícia, da religião, da tortura emocional, do medo e de tudo que se criou para constranger, para regulamentar. Só que nada disso funciona. Mas, de repente, pode acontecer um novo meio — aproximou-se de Mariano e tornou a passar os dedos nos cabelos dele. — Entende por que eu não posso subir para a serra?

— Entendo. E se eu pudesse iria ajudá-la nos seus projetos.

— Um dia, com certeza, se não se tornar um ótimo advogado, você não só vai me ajudar como também irá criar seus próprios bons projetos de tecnologia digital. Amanhã podemos almoçar juntos. Que tal degustar as receitas japonesas do novo restaurante...

— Não. Não gosto de peixe cru com molho adocicado. Pode ter bactérias.

— Que exagero! E que tal almoçarmos a costela macia que você ama?

— Você esqueceu que amanhã vou fazer a trilha para o Farol dos Naufragados. Não iria se fosse para subirmos a serra. — Olhou calado ela. — Também vai ser bom.

Apesar de todo o seu empenho, Mariana Paz percebeu que aquele olhar ainda guardava uma nuvem de tristeza escondendo a mágoa. Uma nevoa encobria as sombras do sofrimento do filho. Os lábios de Mariano estavam contraídos, as pálpebras arroxeadas. Ana Melano tinha dado um choque de realidade no coração dele. Era como se ela tivesse jogado uma montanha de gelo dentro do vulcão dos seus sonhos e das empolgações do seu amor traído.

"Subiu muito alto em sua paixão — pensou Mariana — e não se preveniu para a queda no poço do mundo real. Isso dói, filho. Não é o que queremos viver. E com certeza você ainda vai subir e se esborrachar e se levantar muitas vezes. O importante não é o cair, é o querer se levantar e se apaixonar outras vezes. É prosseguir. Pior é ter um único amor, ficar sem ele e ficar amargo para sempre. Sem poder se entregar às escaladas de novos sonhos, de novas fantasias, de novas esperanças e de outros momentos de prazer. E, por que não, de outros desenganos. Ficar prisioneiro de um só amor perdido e um só desengano, isso sim é um martírio."

Naquele dia, caminhando pelas ruas velhas da cidade e em muitos outros dias e lugares por onde andou, Mariano Paz recordou as conversas com sua mãe. Anos depois, na prisão, continuou vendo o amor nos olhos da sua mãe e escutando a sua voz como se fosse um amparo, um farol, um auxílio milagroso colocando um pouco de paz dentro dele, um rumo menos incerto nos seus caminhos. Os caminhos que não tiveram voltas. E, dentro do cubículo, na noite de chuva em que estava mais convencido de que teria de matar o autor da sua desventura, fosse ele quem fosse, tornou a ouvi-la:

— Não guarde mágoas, meu filho. Não apodreça a sua vida com ressentimentos e rancores. Deixe o seu coração aberto para a alegria de viver onde quer que você esteja. O que quer que aconteça. Só você pode mudar o jogo entre o sofrimento e a felicidade, não importa se esteja cercado de muito luxo ou em uma prisão. Em qualquer situação devemos nos alimentar das nossas esperanças e das boas lembranças. As que despertam saudades. Deixe que a saudade venha dormir com você, mesmo em uma noite de tempestade. Para acordar com a alegria de viver. Procure deixar sempre a porta aberta para boas lembranças entrarem. Não custa nada.

Mariano Paz esqueceu ter visto Ana Melano e continuou caminhando pela cidade de volta à sua empresa, como se não estivesse se dirigindo a lugar nenhum. "Ela me mostrava o mundo através dos seus olhos. O mundo com que me deparei."

Lembrou-se do dia em que teve vontade de perguntar por que sua mãe lhe parecia dar mais valor às suas esperanças do que ao que ela podia viver no presente. Mas preferiu deixá-la viver os seus sonhos revestindo os seus secretos desgostos. Afinal era assim que ela se sentia feliz. Ou, não infeliz, como dizia.

"Além do mais, qual direito tem um filho de ficar escarafunchando o coração da sua mãe? Nem ela poderia compreender o meu, se entrasse naquele cubículo e eu lhe dissesse o que pretendia fazer quando fosse solto, sem prever o que de fato aconteceu. A verdade é que se ela me revelasse os seus segredos eles poderiam despertar a minha censura e a minha decepção. Ou a minha aprovação. Como vou eu saber? E acabaria o encanto. Difícil mesmo era estar cheio de dúvidas comigo, com o que seria feito, com o que pretendia fazer e o que iria ser dali para frente. E ainda ouvir minha mãe falar de tão longe, com toda aquela crença na felicidade de um mundo melhor. E, certas noites, escutar o seu choro enquanto ela dormia. O pior era a minha imaginação livre para acreditar em qualquer coisa que eu pensasse. Acabava pensando fantasias: o porquê do choro solitário de alguém dentro da noite despertar sempre muitas divagações? Quanto aos círculos que são as nossas vidas, ela tinha razão. Mesmo que a gente não entenda, não existe nada reto. É um sobe e desce contínuo. O amor vira desprezo. O desprezo transforma-se em amor. Depois em esquecimento. Alegria, de repente, é um sofrimento. A liberdade se transforma em uma prisão inesperada, como me aconteceu. E volta tudo ao ponto de partida: a única certeza é que nada permanece".

"Quando menos se espera, o sofrimento pode passar para o lado da felicidade. E no meio dessa loucura a gente ainda precisa encontrar um bom motivo para viver e esperar ser feliz. Que charada. "Louvado seja Deus", como ela dizia. Haja coração. Que encrenca. Às vezes esta vida é foda, minha mãe. Você não gostava de me ouvir dizendo essa palavra. Mas, já que você não está aqui, eu digo. É foda dentro ou fora da prisão. E se é assim, vamos viver assim. Alimentar um bom motivo para estar vivo hoje e amanhã. Mesmo sabendo que matar por uma causa justa, como a minha, pode ser injusto e desumano. Mas afinal, eu sou parte do todo. Sou o grão de areia, que minha mãe falava. Eu sou eu e toda a humanidade. Gostaria de saber onde tudo isso começou a ser maquinado. Ou se o destino se cumpre por si só, à revelia de qualquer outra participação. Mas, uma coisa é certa: o que me manteve vivo foi a minha determinação de querer saber quem e por que foi articulada a minha desgraça. E depois fazer o que eu decidi. Um dia, tudo isso ficará esclarecido."

Os pensamentos de Mariano Paz iam e vinham transportando-o por todos os lugares ao mesmo tempo sem nenhuma barreira. Uma semana depois DCE ser solto caminhava devagar, com as pernas atrofiadas pela cela. Antes de entrar na sua empresa, de volta do cartório em que registrou uma procuração para o advogado Douglas Mattos, tornou a pensar no que ele fez ou no que fizeram da sua vida. Tinha tomado uma decisão radical para reencontrar uma razão mais aceitável de viver e já não se era a mesma pessoa que fora antes de ser preso.

UM POUCO DA ORIGEM DE MUITOS DESTINOS

6

No início de tudo, lá no planalto —, se é que houve um início conhecido para tudo o que o tempo fez acontecer —, ninguém sabia a origem e o desdobramento do que estava sendo entrelaçado. Entretanto, ainda que tudo ocorresse com uma turbulência descomedida, havia dentro da trama uma ordem secreta bem elaborada e inabalável. Dois meses antes de Linda ser levada pelo vendedor de televisão e seis antes de Salvador Cruz fugir de casa, e oito meses antes de sua mãe, Teodora, desaparecer para sempre na trilha da campina e se enfiar dentro do ônibus, Custódio Cruz já tinha previsto o seu abandono chegando. E logo planejou uma saída. De noite chamou o agregado:

— Sente aí, Prudente. É. Aí, na minha frente. Já que quer se casar, vai logo buscar essa moça, a tal Antônia, e diz que é muito bonita, que conheceu na casa de Chico Ventura. Case logo. E se quiserem vou ser padrinho desse casamento, com muito gosto. Podem morar aí na casa que ocupa. Ou aqui em casa mesmo. Já sei que logo, logo, dos meus não terá mais ninguém aqui. A casa é grande e vai ficar deserta. Será bom para abrir as janelas e espantar essas sombras que dormem aqui durante o dia.

E foi o que Prudente fez. Bem como Custódio Cruz queria.

E ali ficaram, Prudente Paz e Antônia. E começou a trama de tudo que aconteceu. Sem o tempo parar de tecer as suas articulações. Cada dia um pouco mais, sem ninguém perceber muito bem a verdadeira divisão entre o bem e o mal, entre o prazer e a dor, a submissão e o desejo, entre a traição e a amizade e menos ainda onde tudo iria dar. Bem ao jeito daquele mundo que, como acontecia, uma hora era a praga de gafanhoto tapando o sol e um momento depois o céu desanuviado enchendo os olhos de uma esperança pousada na paisagem verde. Assim era. A chuvinha fina e as tempestades devastadoras iam e vinham. O gado estufado de gordo no verão e mostrando os ossos no inverno. Uma hora os pinhões vermelhos barrigudos que Deus dava e em outro inverno aquelas pinhas esturricadas, sem alma nenhuma, com gosto de tristeza. Ora era a chuva alargando os rios ou meses sem uma gota d'água, até o verde das pastagens nativas dos campos ficarem amarelados. Torrados como um deserto. E virar cinza depois do fogo queimando sem lei, levantando a fumaça que subia e misturava o céu e a terra, como se tudo fosse a mesma coisa, desnorteando os passarinhos e ardendo os olhos. Só para apagar o sol e desgostar o olhar. Era mais ou menos assim que Custódio Cruz gostava de explicar para Prudente como via o mundo a cada ano que passava.

No domingo, pela manhã, nem parecia o dia de Natal. Enquanto a trovoada ameaçava desabar o céu fatiado pelos relâmpagos, ele disse:

— Sirva uma cuia para nós dois, Antônia. Fica aí, Prudente. Não se preocupe com a roupa molhada. Depois a Antônia seca a cadeira. Como eu já lhe disse, a gente vive dentro de tudo que é mudança. Há coisa de quatro meses as coxilhas estavam esturricadas. Depois o fogo a acobertou de cinzas. E lá pelas tantas choveu e a grama brotou outra vez, verdinha, tenra que até dá vontade da gente pastar, de sentir aquele docinho meio amargo. E outra vez o gado engorda, não é mesmo, Prudente?...

— É mesmo patrão. É bonito de se ver.

— E ali no quintal nasce uma ao lado da outra, a laranja-açúcar e a fruta que envenena só de ser tocada. A mata-cavalo. Aquela vermelhinha como a tal maçã do paraíso, formosa que dá vontade de comer só de ver. A que faz a gente sentir fome cada vez que se olha para ela e que mata um cavalo só com uma lambida. A maçãzinha da morte, como diz o caboclo. Tudo bem ao jeito que dizem: como Deus e o Coisa Ruim gostam que o mundo esteja bem dividido para atender os dois. Ora de um, ora de outro. Um pouco para um, um pouco para o outro. Como tudo é. Bem dentro dos conformes. Um pouco doce um pouco amargo, não é mesmo Prudente?...

— Deve ser, patrão.

— Não é deve ser, é assim mesmo, Prudente. Lá fora e dentro da gente... Pode tomar o chimarrão, Prudente.

— É mesmo assim, patrão. Deus e o Diabo dividem tudo. — *E eu sei lá qual dos dois que fica com a melhor parte. Para mim é que não fica. Só aqui entre nós é que tudo pende para um lado só,* Prudente ficou ruminando.

— Vamos lá, Prudente, a conversada acabou. O que está aí parado, pensando. Se mexa, homem... Vá levar os novilhos para o pasto da coxilha alta. Engorda rápida.

— Já estou indo, patrão. É que me lembrei de umas coisas.

— Pois então, já que se lembrou do que fazer se mexa. Chega de conversa fiada. E leva esse guri junto para ele aprender o manejo.

— Salvador?...

— E tem outro nesta casa?...

— Desculpe, patrão, o guri está com o couro do lombo lascado. Mal se mexe.

— Merecido. E ele anda com as pernas ou com o lombo? Vão indo os dois.

— Está bem, patrão. Vamos indo, Salvador.

— Para o que fica olhando tanto, guri?

— Só estou olhando pela porta a chuvarada caindo, pai.

— Acompanhe o Prudente, anda logo.

Mal botaram os pés no pátio escutaram um estrondo, bem em cima das cabeças, que sacudiu seus corpos e a chuva, de repente, deu uma trégua.

— A chuva vai parar — disse Prudente —, este é o último trovão, o da despedida.

O sol começou a aparecer com raios furando as nuvens. Ao longe, lá para o poente, Salvador viu o verde das colinas dos campos metade mal iluminada, metade escondida pelas nuvens rasteiras. Dentro delas o risco tortuoso da estrada sumindo. No alto o risco da estrada de terra parecia abandonar o chão e invadir o azul lavado do céu. *Se essa estrada não levar ao céu, pelo menos me tira deste inferno*, ele pensou.

Prudente ia à frente, pensando: "Será que o patrão esqueceu que hoje é dia de Natal e que até o gado está mais quieto, ruminando, como se estivesse junto do cocho do Menino Jesus? E dizer que ainda me contou que ontem à noite sentiu vontade de rezar ao redor do presépio arrumado na sala. Todos os anos a dona Teodora manda botar na sala o cocho em que as vacas comem e enche de capim seco para ser a cama do Menino. Mal-nascido e já com os olhinhos arregalados. Nasceu assustado com o que ia ver neste mundo que ele queria dar um jeito. Cercado pela Virgem e São José e os reis e os anjos. Querendo pegar a estrela de papel dourado pendurada no forro, bem em cima do cocho. Todo Natal dona Teodora retira as imagens do baú, desembrulha, e elas acordam, como se tivessem dormido o ano inteiro só esperando aquele dia. E dona Teodora arma o presépio. Reza com todos, como se estivessem juntos da Sagrada Família. Depois serve a ceia e dá os presentes. Inclusive para mim. Este ano foi este canivete com cabo de osso. Para a Antônia foi um rosário."

"Ora veja só, o que o patrão me disse hoje cedinho, enquanto eu tirava o leite: "Naquela hora tive vontade de rezar. Não sei de onde me nasceu aquela ideia, Prudente. Acho que me veio de coisas perdidas no tempo. Foi só um instante. Vontade que logo passa. Até me assustei. Pensei que ia ser castigado se não rezasse com todos juntos diante do presépio. A cabeça faz coisa, Prudente. Ah, se faz. Mas agora vamos ao que importa: veja o desperdício que essas vacas fazem, jogando a ração fora do balaio. Não vejo a hora de trazer o cocho."

"Foi o que ele me disse de manhã, quando viu o lugar do cocho vazio e as vacas comendo nos balaios. Parecia aliviado por ter resistido à tentação de rezar. Ainda bem que não rezou. Que homem aos avessos. O desejo dele de fazer o que faz é maior do que a força de qualquer reza; quer rezar e deixa a porta aberta para o Diabo entrar. Deus não força. Só deu uma luzinha, mas não insistiu para ele rezar. O patrão sabe que a sua maior vontade é fazer as suas com a Linda. Isso de rezar deve ter sido bem no momento em que ele se distraiu e deixou uma frestinha aberta por onde Deus entra no coração. Entrar entra. Mas não fica morando. Logo foi mandado embora. Só pode ter sido isso o que aconteceu para ele ter vontade de rezar. Nada que mude o homem que o meu patrão é. Mas, lá vou eu saber o que é sincero na alma do patrão! Se for rezar ou ficar esperando a hora de fazer o que faz com a Linda dentro cocho de dar comida para as vacas? Como fez com as outras filhas que fugiram... E, dizem, até com a que se enforcou. E ainda dar essas surras no Salvador por ficar espiando o que ele faz. E como despreza a dona Teodora, fazendo de conta que ela nem existe! Com a Antônia é que ele não vai se engraçar. Sou calmo, mas não aturo certas coisas'.

"Olha como desse jeito elas desperdiçam a ração, Prudente", — ele disse, com aquela voz de quem não gosta de ser contrariado e os olhos chispando como brasa atiçada. — "No dia 6 de janeiro coloquem o cocho de volta, bem cedinho, para acabar com essa lambança". — Eu pensei cá comigo: E de certo no dia 6 mesmo o senhor já volta a usar o cocho para o que gosta de fazer com a Linda, não é mesmo patrão? Se é que vai se aguentar até lá, hoje é só dia de Natal. E por onde vai dar esse menino, o Salvador, que não para com essa curiosidade de ficar espiando pelas frestas do rancho, mesmo sabendo que vai ser lascado de couro pelo patrão? Será que se salva ou vai dar igual ao pai?

Prudente ia caminhando. Pensava e pisava a terra voando nos pensamentos. E ao mesmo tempo querendo achar um endereço para as suas ideias e os seus passos. Ele e Salvador indo para os campos da coxilha, alta levando os novilhos para a engorda.

Um bando de papagaios cruzou o céu na frente deles, em silêncio. Salvador parou e ficou olhando. Prudente riu feliz e seguiu a trilha com Salvador atrás amargando o que sentia no corpo e na alma e nutrindo uma vontade secreta.

— Vamos, Salvador. Vamos devagar, que hoje é dia de Natal, quase nada para fazer. Mas sem parar. — Dois filhotes de arara amarela espanaram o ar e deram uns gritos engasgados, arranhando o rumor da mata, querendo sair do buraco no alto do pinheiro seco. — Se quiser tome um banho na cachoeira de cima, de onde se vê bem o céu. A água faz bem para muita coisa. Eu vou tomar.

— Vamos mais devagar, Prudente, que me dói andar. Banho, eu não quero.

— Dói muito?

— Dói mais por dentro — resmungou Salvador.

— Isso passa, guri. Até lá não faça besteira. É o que eu vejo em seus olhos mudando de cor a toda hora — e repetiu: — Não faça besteira que é pior.

O Prudente é muito esperto. Com esse jeitinho manso enxerga o que ninguém vê e escuta o que ninguém diz. E ainda faz de conta que não escuta nem vê — pensou Salvador entre uma coisa e outra. — Aprendo com ele.

Caminhavam seguindo os novilhos, que já conheciam a trilha. Pisavam nas poças para sentir o frescor da água. De tempo em tempo o rumor das cachoeiras e dos córregos abafava o zumbir dos insetos, o canto dos passarinhos e se misturava a tudo que já não era ouvido, só sentido, como parte de toda a cantoria.

— Até o tempo anda desconforme. Choveu muito a noite inteira e parou de repente — disse Prudente.

— De madrugada deu uma lufada de vento que arrancou telhas da casa.

— Isso depois se arruma. Agora o nosso trabalho neste Natal é caminhar olhando esses marmanjos cruzados com os aspudos. Nesta terra que Jesus ia gostar de ter andado, bonita que é.

— Ia gostar coisa nenhuma, Prudente?

— Se o que dizem que está escrito é verdade, com certeza. Claro, eu estou falando apenas aqui da serra, do arvoredo, da grama alta do verão, desse zumbido do vento no mato misturado com o canto dos passarinhos — saltou sobre as pedras de um córrego, — dessa cantoria dos riachos e das cachoeiras. Que não tem nada a haver com aquelas terras onde andou, queimando os pés, à procura de gente para ele falar, como contava minha mãe. Quanto às pessoas de hoje daquele tempo e as de hoje, não sei. Eu penso nessas coisas, Salvador. E você está pensando em quê?

— Pelo que sei as pessoas de hoje não fazem nenhuma diferença das daqueles tempos — disse Salvador sem responder o que Prudente perguntou.

— Acho que tem razão, guri. Quando bem penso, o mundo dos homens é o mesmo. Só mudam o tempo, o lugar, as botas… Mas, eu não me queixo. Vivo onde gosto, e gosto de viver. O resto é coisa dos meus pensamentos. E não penso muito. Gosto mais de sentir o que vivo. Gosto mais de viver do que pensar. Mas às vezes de raro em raro, eu penso. E vem essa coisarada na cabeça. É meio doido, né?

— Eu sinto mais do que vivo, Prudente. E é o que sinto que me faz pensar.

— Está certo. Mas pense bem para não fazer besteira. Ainda nem começou a entender o mundo.

— O mundo? Qual mundo? Este em que eu vivo? Este não tem mistério.

— Em qualquer um, besteira não dá lucro.

— Sei lá. Quero fazer o que penso — Salvador deixou escapar.

— O quê? Quer falar?

— Não. Ao lado de em um tronco podre, Prudente viu uma tarântula negra peluda, do tamanho de uma tartaruga, com anéis vermelhos nas pernas longas como tentáculos de um polvo. Os olhos redondos saltados, assustadores. As garras, fortes como um alicate de ferreiro, prendiam um passarinho ainda debatendo as asas.

— Não precisa ter medo, Mariano. Olha que bicho bonito. Ela come um passarinho por dia. Essa é uma fêmea.

— Como é que você sabe?

— Pelo tamanho da barriga. Quando ela se acasalar o macho foge para não ser comido por ela. Mas não adianta nada. Ele vai morrer igual dali a um mês.

— E você acha esse bicho bonito?

— Acho.

Foram subindo. E descendo. Pisando o capim alto que escondia a trilha sob os pinheirais vultosos, uns poucos pés de cedros encorpados, raras canelas pretas grossas. Nas copadas altas o vento fraco, meio confuso pela falta de nuvens para navegar, brincava de ondular as ramagens. Eles ficaram calados para ouvir o suave sibilar do verde. Mais ao alto tocaram os novilhos margeando as bracatingas fechadas, as moitas de xaxins, evitando as macegas de espinhos. Atravessaram um capão e receberam a luz intensa do meio-dia. E Salvador continuou ouvindo o eco da sua revolta e vendo, com os olhos da curiosidade e da raiva, o pai, três dias antes, dentro do cocho. — 'O cocho onde o Menino Jesus dorme e a mãe manda a gente rezar ao redor. Só vi a bunda branca subindo e descendo. A Linda sumida. E minha mãe calada. Sem fazer nada." E os olhos de Salvador lá, grudados na fresta das tábuas. Nem piscava. A cabeça ardendo; o coração saltando; a imaginação exaltada.

Um raio de luz o cegou e apagou as visões. Atravessou o córrego com água até a virilha e na outra margem pisou em uma pedra lisa, lascada como faca. Como se não bastasse, caiu sobre um formigueiro escondido nos espinhos das grimpas de pinheiro e gritou: *Merda. Vida de merda.*

— Espere. Vou amarrar a minha camisa — disse Prudente, olhando o corte.

— Não, Prudente. Isso passa.

— Claro que passa, guri. Uma ferida deixa o homem mais forte. Tem que olhar onde pisa. Vamos botar uma gosma de marcela em cima — disse procurando em vão um punhado da flor.

— Não precisa. Já disse.

— Deixe ver. Não é dos piores cortes, dos que deixam uma cicatriz para o resto da vida, guri — disse, lembrando-se de Salvador espiando pelas frestas do rancho. — Existe ferida que não sara. Só fica escondida. Olha a minha perna — e mostrou uma marca sabe-se lá de quê. — E a minha — mostrou a mão com a mancha negra da picada da jararaca escondida na pinha temporã que foi colher nos grotões de Urupema. — Nem me lembro delas. Fazem parte do corpo.

No descampado, onde os novilhos deram uma parada para pastar, um veado catingueiro olhou para eles assustado com a péssima aparência. E continuou a passos. Eles seguiram. O carreiro das gigantescas formigas vermelha, como se fossem veias abertas, despertou a curiosidade de Salvador. Elas iam e vinham com aqueles gravetos, como cruz.

— Que necessidade mais triste. Vale a pena, Prudente, carregar essa cruz só para viver mais um inverno? E as que vão nascer têm que fazer a mesma coisa?

— Para elas vale. Mas fique longe, são do tamanho de baratas. Para ter a força de carregar a cruz elas devoram um boi que atravesse o seu caminho — disse e voltou ao que pensava. — Estou contente por ter casado com a Antônia. O patrão aprovou e foi padrinho — disse. — Isso tudo é bom. E melhor ainda quando tivermos um filho. Vai demorar, a Antônia tem uns problemas. Mas quando a gente tiver vou batizar com o seu nome, Salvador. Isso se for homem e se a Antônia concordar, claro.

— Com o meu nome?! E como a Antônia é com você?

— É como você vê. Bonita que Deus dá. Ela fica mais bonita com os cabelos pretos compridos. E gosto dos olhos e da boca grande. — Sorriu. — Meio xucra. Continua meio geniosa. Um pouco esquentada. Quero dizer: decidida demais. Eu gosto como ela é.

— Ah... — solfejou Salvador, lembrando o olhar do pai em cima da Antônia e vendo o que Prudente, cego de sonhos de recém-casado, não via. Mudou de assunto. — Prudente, você acha que a cicatriz do coração é pior do que a da jararaca na sua mão?

— A cicatriz da jararaca não atrapalha o que eu faço com a minha mão, guri. O resto eu não sei, não tenho cicatriz no meu coração. Até aqui, não. E se um dia ele for machucado, eu curo. Esqueço o que me fizeram. Como nem lembro que tamanho tinha a jararaca. Ou eu acerto as contas, sei lá. A cobra eu matei.

— É o que eu vou fazer também, Prudente. Vou chegar ao dia de esquecer tudo. Vai ser como se eu nunca tivesse nascido e vivido aqui. Juro.

— Não faça bobagem.

Pararam diante das bocas escuras das grandes cavernas cercadas pela mata.

— Prudente.

— O que é, Salvador.

— você já entrou nesses túneis onde tem tesouro escondido?

— Não e não vou entrar. Nem que tenha dez baús de ouro à minha espera.

— Prudente, às vezes você parece um cagão. Por um ouro assim eu cavo outro túnel igual. Quer dizer, eu pago para cavar.

— Você é um corajoso.

— Você já viu o fogaréu de todas as cores que de noite sai do túnel e corre zumbindo dentro da mata?

— Já.

— É verdade que ali é o ninho de passarinhos gigantes com quatro asas?

— É.

— Você já viu algum, Prudente?

— Isso muita gente diz que viu. Por que pergunta?

— Coisa minha. Para mim bastariam duas asas deles. As maiores.

— Isso seria bom para mim também, Salvador. Para voar só por aqui, na serra.

— Você me explica onde fica a entrada dos túneis?

— E para quê?

— Só para saber.

— Explico. Os novilhos vão estufar com tanto pasto novo. Vamos voltar.

— Primeiro me mostra onde fica a entrada dos túneis.

Foi durante aquela caminhada que Salvador Cruz teve certeza de que um dia apagaria da sua memória todos os seus ressentimentos, a sua raiva, o seu rancor, as suas mágoas, o seu desejo de vingança contra o pai, e outros sentimentos mais trágicos encobertos. Acreditava, precisava acreditar, que iria se libertar. E numa fantasia misturando vingança à ambição, jurou com toda energia, sem Prudente ouvir, que iria ter grandes conquistas, fabulosa riqueza encontrada sobre o lixo e nas cavernas dos palácios, a exercer poder sobre os poderosos e desfrutar sem limites o melhor que o mundo lhe pudesse oferecer. Era o sonho desmedido da realidade da sua vida futura. Sem os vestígios da dor que sentia enquanto caminhava.

Mas o tempo urdia outras tramas. Salvador Cruz naquele dia não poderia prever que Mariana, a única filha de Antônia que iria nascer anos depois e que não seria a filha que Prudente sonhava ter, e Mariano o filho dela, ainda nem sequer sonhado, estavam na rota do seu prazeroso e infortunado destino. Não tinha como suspeitar, mas foi naquele dia, com a sua decisão de fazer o que fez que muitos destinos foram urdidos, e não só o seu.

Enquanto acompanhava Prudente levando os novilhos para a engorda na coxilha alta, Salvador Cruz deu os primeiro passos para, anos mais tarde, encontrar a camaleônica Isabel Monte e, através dela, começar a ser o homem poderoso que se tornou. Sem imaginar os desdobramentos das muitas histórias que, a partir daquela jura, iriam envolvê-lo com Mariana Paz, e o filho dela, Mariano Paz.

Ainda assim, em um mundo aparentemente desconectado daquele lugar e daquele dia, tudo iria acontecer com uma precisão de lei cósmica que não se afasta do que vai acontecer. Seria apenas uma questão de tempo e lugar. Muito distante daquele dia e daquele cenário com a natureza intocada.

A FUGA

7

Assim como o imprevisível fazia parte da realidade ainda não vivida, o casamento de Salvador Cruz com Isabel Monte foi a chave do cofre do desdobramento do seu destino — para ele glorioso se não fosse o fim que teve — que começou a acontecer muitos anos antes. Exato no dia em que, durante a caminhada com Prudente Paz, ele decidiu fazer o que se propôs. Três meses depois fugiu da casa dos pais, no planalto, em seguida de mais uma surra com lascas de couro cru pelo fato de mais uma vez ficar espiando, pelas frestas das tábuas do rancho, o seu pai dentro do cocho das vacas, abusando da Linda, a sua irmã mais nova. Foi a última vez que a sua imaginação exaltada criou além do que via dentro do estábulo. Foi o momento decisivo para o seu destino abrir outro caminho.

Na manhã daquela quarta-feira, mais uma vez Salvador foi espiar e escutou a irmã gemendo num sussurro, como se estivesse com a boca tapada. Pensou em mil coisas. Quis matar o pai. Viu a Linda sair do paiol mal podendo andar, como se tivesse sido esquartejada viva. Isso foi um pouco antes de Linda sumir no mundo levada pelo vendedor de televisão. Um rapaz, moderno, bonito, topete como Elvis Presley, de fala convincente, vestido com uma calça amarela justa e boca de sino, camisa florida de cores vivas. Parecia mesmo ser um moço moderno se não fossem os cabelos engomados com Brilhantina Glostora cheirosa, comprada dos últimos frascos disponíveis no Mercado Livre. Salvador sumiu como os irmãos mais velhos, Orlando e Zuquira. E como as irmãs gêmeas, Augusta e Agostinha. E a Nina, a Esmeralda, a Zulma e a Pedra, que se foram antes dos13 anos. Sem falar na Tereza que se enforcou e não parou de ser vista pendurada no umbral da porta entre a sala e cozinha.

Depois de uma surra de 15 soteiraços Salvador desapareceu. Ficou zanzando três dias pelas bordas do abismo da serra e comendo o que Prudente lhe ensinou para sobreviver no mato e fazendo planos. À noite ficava entocado em um túnel escavado por tatus gigantescos nos tempos em que tudo por ali era muito grandioso, com animais descomunais e seres humanos que ainda batiam no peito para demonstrar sua raiva. Nem dormia, só cochilava, esperando ver o fogo azulado fluir das cavernas e percorrer a mata. Saiu dali decidido a ir para a capital. Ainda que nada soubesse o que a cidade era, lá conquistou mais do que a sua desmedida ambição imaginava.

Na manhã do terceiro dia em que o filho desapareceu, Teodora disse:

— Vou procurar o Salvador. Pode estar morto.

— Se for fique com ele — Custódio respondeu, saindo ir olhar outra coisa.

— É meu filho, Custódio — ela disse baixinho.

— Mais um motivo para fazer o que eu disse — ele disse, andando.

Ela não foi e ficou mais uma noite tendo visões de desgraça.

Salvador passou as noites assombrado com as aparições do fogo-fátuo saindo das grutas e lambendo o chão da mata; soterrado em uma solidão mineral, arranhando a alma com a areia de um deserto íntimo. No domingo à noite, depois de entrar pé por pé no seu quarto, escutou a rajada do vento mexer as telhas. Do lado de fora as árvores se retorceram. Gemendo. Resistindo o que podiam. Até um galho estourar no chão. Foi só um sopro forte e um aguaceiro. Depois parou o vento e a chuva e ficou aquele gotejar caindo das telhas sobre a calçada de pedras, perfurando o seu coração, que não parava de doer, e no redemoinho da cabeça que não parava de pensar e repensar. O gosto salgado da tristeza escorreu no rosto e ele secou as lagrimas com um gesto brusco. Queria viver em outro mundo e outro tempo e não queria ter nascido. Fortalecia a coragem na convicção de que só ele podia mudar o rumo da sua vida e se libertar da condenação do que vivia. "Pode não ser o melhor caminho, mas é o que tenho. E não vai ter volta. Antes do dia amanhecer vou pegar o meu rumo. Que rumo, eu não sei bem se é o certo... Com o dinheiro que escondi dentro da bíblia eu chego aonde preciso. Deus entende. Roubar para fugir deste sofrimento não é pecado. É uma graça. E se ele não se deu conta que eu tirei é porque não lhe faz falta."

O vento acalmou e ficou o gotejar. Era para a noite ter voltado a ser só silêncio. Mas não. O choro sufocado de Linda voltou a viajar na escuridão. Saía do quarto ao lado e entrava na alma de Salvador. Um choro trêmulo, sufocado, como se viesse da maior lonjura flutuando na noite. "Só espero que ela não se enforque como contam que fez a nossa irmã Tereza, que nem tinha os 11 anos como a Linda. A Tereza, que só conheço pela fotografia da primeira comunhão. Vestida de branco, com a vela e o rosário e o livrinho de madrepérolas nas mãos. E aquele olhar espantado. Nunca disseram por que ela fez aquilo, mas qualquer um sabe e aquele olhar espantado. Deve ter chorado muitas noites... como chora agora a Linda. Até ela se pendurar na trave da porta e amanhecer sem poder chorar mais, por faltar o ar. Ela continua ali, com o corpo balançando pelo vento que naquela noite entrava pela porta da cozinha e que ela deixou aberta para a sua alma sair voando. Mas não saiu. E o seu corpo continua balançando. Como a estou vendo agora. Bem visível na escuridão. Foi a vergonha ou foi a dor que te enforcou, Tereza?... A tristeza... Eu não tenho menos dor no meu coração do que nas costas lanhadas, Tereza... Mas não vou me enforcar, não. Vou embora e ficar rico. Como dizem que ficou aquele do quadro que a fumaça desbotou. Nem que seja por vingança."

Ouviu os passos do pai passando pelo corredor. Pisava macio para não acordar ninguém. A cada passo as tábuas do assoalho estalavam. Como se os pregos soltassem. Logo a Linda parou de chorar. Só resfolegava.

Salvador esperou. "Já voltou para a cama." Com os olhos devassando as sombras foi até a saleta e achou a chave dentro do vaso e abriu a gaveta.

O revólver roçou em seus dedos. Com um gesto de ousadia pegou o dinheiro dentro da bíblia.

"Agora é esperar madrugar."

Quando saiu do quarto, antes do clarear, com duas mudas de roupas enfiadas na mochila e o pacotinho de dinheiro escondido por dentro da calça, sentiu um aperto no coração, mas não parou. Tudo estava sendo mais fácil do que esperava. A sua mãe, mesmo de costas, na beira do fogão, fritando os ovos com charque desfiado e cebola, o percebeu saindo. Parou de mexer o ensopado de costelas de ovelhas com batatas, para o almoço, colocou a frigideira longe das chamas e o alcançou na porta.

— Aonde você vai? — sussurrou.

— Estou indo embora, mãe.

Teodora parou de sentir o aroma do ensopado. Outra vez aquele gosto de fel.

— Você não vai fazer a mesma coisa que os outros — lastimou. — Nem sei se estão vivos, como vai acontecer com você.

— Vou fugir deste inferno e ganhar dinheiro. Se eu ficar aqui vai acontecer uma desgraça. Eu mato ele, mãe.

— Não invoque mais sofrimento. Lave essa boca com água benta.

— É o que sinto. Vou cair fora, antes que aconteça.

— E onde você pensa que vai, nesta idade?

— Vou estudar e ganhar dinheiro onde der — e repetiu o que havia decorado. —Um dia vou ser um homem importante. Como fez esse do retrato desbotado na parede, como se gosta de contar nesta casa que vive só da lembrança do que os outros fizeram e se esquecem do que fazem os vivos que moram aqui.

— Que delírio é este? Você só sabe é espiar o que não deve. Bem que eu avisei, meu filho. E não foi nem uma nem dez vezes. Gritava *sai da, Salvador, vai fazer o que deve.* Mas você é teimoso. Encasquetado. E agora está aí todo lanhado outra vez, querendo fugir — lamentou a sua mãe. — Que destino, meu Deus!

Salvador ficou parado, ostentando as forças de um homem que ainda não era. Olhou dentro dos olhos da mãe. Aqueles olhos que desbotaram o castanho e ficaram sem cor. Não a viu chorar. Só sentiu as suas mãos arrumando a gola da sua camisa antes de abraçá-lo querendo prendê-lo. Ver cada filho indo embora era parte da sua vida, era uma visão grudada nos seus olhos, uma dor repetida. Afastou Salvador com as duas mãos e o olhou de alto a baixo. Um menino inteligente, bonito e falante, com os olhos ora cor de violeta ora azuis, como os de seu pai.

— Não merece se perder aqui, fazendo mais desgraça. Pois que vá, Salvador. Isto não é mundo para você. Sofrendo desse jeito. Inteligente e bonito como é. Só não deixe o seu coração encruar como couro seco, pelo que viveu aqui. Os seus irmãos e as suas irmãs já se foram e seja onde estiverem estarão melhores do que aqui. Logo sei que a linda vai desaparecer. Eu fico aqui até aguentar ou morrer. E que Deus me leve logo. Pegue o dinheiro que está na caixinha de costura e vá antes que seu pai levante.

— Guarde o seu dinheiro para quando a senhora for embora, mãe. Eu já tenho o que preciso.

— E de onde você pegou? — Ele ficou olhando para ela sem dizer nada. — Devolva. Bote de volta onde você tirou. E nunca pegue nada do que não é seu. Entendeu? Nunca. Seja um homem honesto.

— Agora é meu.

— Devolva. Você não fez nada para ter esse dinheiro. Quando seu pai sentir falta vai atrás de você e lhe mata. Ele pode ser o que é, mas não vai aceitar um filho ladrão.

— Não vai me achar. — A raiva estava parada nos seus olhos. — Nem no inferno. O diabo não vai querer ele lá. O diabo não merece a presença dele.

— Com essa idade e já dizendo sacrilégios — ela lamentou.

Teodora sentiu o peito arder e a garganta apertar. E deu-se conta que ainda tinha lágrimas sem secar.

Salvador se desgrudou da mãe e saiu pela porta sem olhar para trás. Ela o alcançou no pátio. Ele ficou paralisado, como uma estátua de sal que não quer se derreter em lágrimas.

Teodora alisou os cabelos de Salvador. Sabia que nunca mais iria vê-lo. Sentiu o peso de uma solidão sem fim. Não lhe sobrava nada. Mais ainda sabendo que Custódio já tinha envolvido a Antônia. "Essa não é tão coitada assim. Sabe o que faz. Pobre Prudente. De repente ele pode armar uma desgraça. Mas, de pacato que é parece tolo." E se perdia na tristeza de ter que ver mais um filho sumindo na estrada da campina. Começou a afundar no vazio de ter tido tantos filhos e ficar sem um único. Salvador foi sumindo na neblina da manhã que cobria as baixadas entre as colinas e desapareceu aos poucos dos olhos de sua mãe. Ressurgiu na frente, quando subiu a próxima colina. Só meio corpo, opaco, boiando na cerração do amanhecer.

Teodora seguiu-o com os olhos e viu-se também indo embora. Como de fato aconteceu. No dia 15 de setembro, depois do almoço, na hora em que Custódio fazia a sesta na varanda, ela arrumou a mala, cuidando para não irritá-lo. Teve medo das pancadas de seu coração acordá-lo antes de saltar. Pensou em dizer: *Perdão, Custódio, mas se não for embora serei eu que vou acabar fazendo uma desgraça.*

Deu uma espiada pela janela do quarto e viu que ele estava fingindo que dormia. "É como dorme. Espiando por dentro das pestanas. Como o gavião que nunca é surpreendido. Mesmo parecendo morto vê tudo com os olhos de predador para abocanhar a presa. Custódio é assim. Meio águia, meio cão do mato. Os olhos fixos no vazio. No vazio não, dentro do seu instinto, que é a única coisa que ele enxerga. Por que eu pedir perdão, e não ele? Perdão por sofrer deste jeito?! Essa palavra ele não diz nunca. Embora obrigue todo mundo a repetir: *Perdão, Custódio... Perdão, pai... Perdão, patrão... Perdão, marido...* — Com esse poder que ninguém pode contrariar e ser castigado se não concordar com um olhar atravessado. *Perdão o diabo*, eu tinha vontade de dizer. Para mim chega. Eu, Teodora Martire Santiago, um nome que até esqueci que é o meu e me tornei Cruz, cansei de ser o que sou e não viver. Posso estar maltratada, mas não sou uma mulher velha e destruída. Ainda estou viva, sofrida, mas não derrotada. Se ainda posso chorar é porque posso também sorrir. A primeira coisa que vou fazer é cortar e pintar o cabelo com outra cor. Nada de preto esbranquiçado. Quero ter o gosto de entrar e sair do céu e do inferno a hora que bem entender, pelos meus próprios pés. Não vou continuar aqui, com a alma enlutada sem que alguém tenha de fato morrido. Chorei o meu velório da felicidade durante esses anos todos, mas não vou carregar o caixão do meu sepultamento; escondendo o que sinto para evitar o pior; esperando a hora de passar a mão na cabeça de cada filho antes deles desaparecerem na última colina. Ou irem à calada da noite. Para sempre. Como eu vou fazer. Logo eu, criada para ter mais medo do inferno do que para acreditar no céu. Eu, educada para obedecer. Eu, que acreditei que a terra pode ser um reino de paz e não a oficina do diabo. Eu, ensinada a amar a Deus sobre todas as coisas. E que, para continuar vivendo, devo fazer de conta que não sei o que existe. E que, para me salvar preciso sofrer muda, por que Deus não escuta o choro da minha alma. Deixa-me resolver sozinha, como estou decidindo agora. Até hoje Ele só escutou o silêncio da humildade do meu sofrimento. E mais não sei quê... sendo repetido, desde antes de eu nascer, para me conformar quieta. Foi a herança que eu recebi e a deste casamento. Agora salto fora. Chega. Um dia eu também teria que ir. Agora eu me vou. E se um dia eu voltar aqui, ainda que seja em espírito, é para lhe matar, Custódio Cruz. Para jogar seu corpo paredão abaixo, onde nem os urubus têm coragem de descer e nem as cobras se criam. — Antes de sair entrou na cozinha e ativou o fogo com lenha grossa. — Faço pela última vez o que passei a vida fazendo, desde que entrei nesta casa: deixo a chaleira bem cheia em cima do fogo para você matear o dia inteiro, como gosta. E vou sumir. Por esse caminho dos filhos desaparecidos. Esse caminho sem volta. Um dos meus irmãos não há de me faltar numa hora desta. No mundo não me há de faltar um lugar. Nem Deus. Em algum lugar Ele deve estar acordado. Nem a Virgem do Perpétuo Socorro e Nossa Senhora Aparecida. O mundo é de todos. É por isso que a terra está coberta de gente tão diferente, de todo tipo. Nela cabem todos. Seja rico, ou pobre, quem manda e quem só é visto para ser mandado e obedecer, como eu vivi. E têm os que dão abrigo para quem padece. Para os que perderam a sua raiz como eu perdi. E procuram outro chão, para plantar a vida em outra terra. Sem adubo para essas dores, que deixo aqui."

Ficou parada na porta, com a mala na mão. Olhou o fogão, a chaleira. Depois para a mesa, com a toalha xadrez sem uma manchinha de comida e o vaso esmaltado florido com copos-de-leite e margaridas brancas.

"Esta é a hora que nenhuma mulher quer chegar. Deixar para trás tudo pelo qual sonhou e viveu, sem reconhecimento, e tudo que acreditou poder salvar. Mas, é a minha hora. E quando eu me for, ele vai parar de fingir que dorme e ficar vendo meu vulto se amiudar pelo caminho, embaixo do céu. Sim, dentro do céu... E não vou escutar ele dizer *não vá. Pense no que vai fazer, mulher.* Não vai dizer nem pensar essas coisas. Não ele, que não acredita em Deus nem no Diabo. Só vai ficar espiando eu sumir. Nunca disse para nenhum filho, nem filha que se foram. Mesmo para a Linda, que era a última filha de quem se servia. Ficou parado na varanda, calado. Só olhando. E quando eu solucei, ele disse, *fique calada.* Queria escutar os filhotes de corruíra estabanando para sair do ninho, no beiral da varanda. Solucei outra vez, não pude evitar. "Fique quieta, quero ver os filhotes sair voando." Como pode um homem, um só, destruir tanto o que está dentro da gente? Só eu olhei a estrada se e o Fiat azul com a Linda, sumindo. Nem o nome certo do moço a gente ficou sabendo. Por esse mesmo caminho por onde estou indo agora esperar o ônibus e sumir."

"Agora, mesmo ele berrando, eu não escutaria. O difícil é o primeiro passo. Depois não tem mais volta. Tem caminhos na vida que não têm volta. E se o Custódio pensou alguma coisa me vendo partir foi: *Que se vá. Já está quase sem serventia. Vou ficar como sempre vivi: sozinho. Eu e minhas vontades. E ainda me resta o Prudente. E a Antônia, que serve para muita coisa. Meio selvagem e bonita que é."*

Teodora ouviu-se falando. Deu-se conta que não estava mais em casa. Estava na estrada, remoendo lembranças e o seu destino. O que ficava para trás e o que não sabia qual seria. "Santo Deus. Já não são meus filhos que estão fugindo, sou eu, com os pés de todos eles. Abandonando tudo o que vivi sem saber o que vou viver."

Lembrou dos olhos de Salvador. Aqueles olhos iguais aos do pai, com a cor e o brilho de duas pedras cor-de-rosa, violeta, escuro ou azul, dependendo do que se passa dentro dele. Lembrou como prendeu os cabelos dele em suas mãos, como se fosse arrancá-los. E de ter dito:

— Tem razão. Vá, Salvador. Um dia eu também vou. Agora vai, filho, vai. Que Deus lhe acompanhe e seu Anjo da Guarda ilumine os seus caminhos. — Ergueu a cabeça dele até ele olhar dentro dos olhos dela. — E não esqueça: só pegue para você o que é seu. Nunca mexa no que não é seu. Entendeu bem? Nunca. Um homem pode até matar, se for preciso. Mas roubar, nunca. Nem precisando um prato de comida.

Ele procurou desviar o olhar incendiado dos olhos amortalhados da mãe.

Teodora não percebeu, mas Salvador, na hora em que ela mexia nos seus cabelos, ficou com as pernas moles. Olhou para ela e sentiu uma confusa emoção. Talvez vontade de desistir, vendo a sua mãe com aquela cor da pele, entre o dia e a noite. O rosto desbotado. Devia ser a cor da amargura. As marcas do gosto travento vincando os cantos da boca, mesmo quando queria rir. Quem sabe a marca das revoltas e dos remorsos dos desejos secretos que muitas vezes sentiu. Quando sussurrava: "Por que esta praga de homem não cai no abismo da serra, onde nem os urubus nem os cachorros do mato têm coragem de se afundar, mesmo morrendo de fome e sabendo que lá tem um caldeirão cheio de carne esperando por eles... Já que me falta coragem de cortar os seus bagos enquanto ele dorme. Jogar para os cachorros aquelas duas bolotas que é onde nasce e morre a razão dele viver... Não posso evitar o desejo que ele morra; que caia no despenhadeiro da serra. Quem sabe um dia eu dê o empurrão que falta. Faço isso e ninguém vai ficar sabendo como ele caiu. Mesmo eu indo embora posso voltar às escondidas só para fazer isso... — E pensava. — Quanta coisa se passa na minha cabeça atormentada pelas traições, pelo sofrimento, meu Deus. Sei que não devo desejar nada disso, mas é como se esses desejos acalmassem a minha dor e aliviassem o peso dessas pedras dentro do meu coração. Depois me arrependo e peço perdão a Deus. Mas, mesmo quando rezo, esses pensamentos abafam a minha oração, truncam as palavras, como se Deus e o diabo disputassem a minha reza... Ou como se eu me entregasse um pouco para cada um deles... Não devo ser a única pessoa que, às vezes, pensa em trocar a salvação eterna pela vontade de lavar o seu sofrimento aqui na Terra. E Deus me perdoe, mas o inferno não pode ser pior do que este onde vivo. E que eu ajudei a construir, todos os dias, me fazendo de cega e surda, concordando com o mal, fazendo de conta que não existe o que acontece ao meu redor, com as minhas filhas e filhos, na minha casa, dentro de mim."

Nem Salvador nem qualquer outro filho souberam uma única vez o que Teodora sentia. Todos eles, dia após dia, ano após ano, se acostumaram com as marcas do desgosto em seu rosto, como se elas fossem parte da sua pele. Não a reconheceriam sem a máscara do sofrimento.

Enquanto caminhava para pegar o ônibus e ir para São Paulo, Teodora esqueceu o seu incerto futuro. Voltava para os pátios de pedras, para o mundo que não se desprendia dela. "... criar todos os filhos, ver as filhas abusadas e todos eles indo embora... Como se o mundo desconhecido fosse a casa da salvação. Nunca foram meus. São do mundo. E eu acreditando que fossem a melhor parte da minha vida. A que me manteve viva. Quanta ilusão para enganar a minha solidão. Sem me dar conta de que tudo um dia se perde, em cima desta terra de passagem; Neste mundo que não pertence a alguém, ainda que se acredite que tenha sido criado por Deus. Criou-o e o entregou nas nossas mãos. Como que dizendo: 'agora é com vocês. Só dou uma única regrinha e quem quiser que a siga. Amor. Como se isso bastasse para controlar todos os Custódios que existem por aí... Desculpe-me, Deus, mas assim é como se eu criasse os meus filhos e não tivesse responsabilidade com eles, além de dizer: *Amai a tudo e a todos como esta mãe os ama e vocês serão felizes...* E se um deles resolvesse ser ladrão?.... Amor? Como eu pude, um dia, sentir amor, por não ter visto quem era Custódio Cruz? Nem perceber como o que amamos pode apodrecer nas nossas mãos, cada vez mais a cada dia e a gente vai se acomodando a cada hora? Aceitando a pele áspera da angústia cobrir o corpo. Sem coragem de dar um grito para se libertar. Tudo isso e ainda viver com a esperança de entrar no paraíso? Nessa ou noutra vida? — Olhou as vacas e os bois pastando atrás da cerca de taipa ao longo da estrada. — Está certo: ou eu acredito na esperança de que vou chegar ao paraíso ou me torno uma vaca dentro da manada humana. Igual a essa que estou vendo pastando. A vaca *Teodora Martire Santiago.* A que deixou de ser *Cruz.*

Viu o ônibus se aproximando e sentiu um nó na garganta. Disse para si mesma:

— Ter tantos filhos e nenhum para eu ouvir me chamar de mãe nessa hora.

Embarcou e a vida ia e vinha. Ora como uma esperança, ora como uma punição. Olhou em direção ao horizonte. Olhou pela ultima vez o céu liso pendendo nos confins azulados do planalto. Depois soltou o corpo na poltrona e sonhou:

Como será o horizonte em São Paulo? E se eu encontrar um filho meu por lá? O Orlando? O meu irmão, Teodoro Santiago, eu tenho o endereço e sei que está muito bem. Deve saber de algum dos meus filhos. E Salvador, que fim levou?

Teodora, tão pouco soube o que seus filhos pensavam, sobre ela. No dia em que fugiu de casa, Salvador sentiu a respiração da mãe em sua cabeça e se deixou ficar ali, dentro daquela luz nascente, naquele céu querendo amanhecer. Quieto. Sentindo os dedos enfiados nos seus cabelos como se fosse uma âncora de amor. Pensou:

"Ela nunca se queixou, nunca a ouvi soluçar. Nem suspirar. Acho que se der um suspiro vai ser o último, quando estiver morrendo. Um dia resmungou que ia embora. Mas não foi. E não vai. Pode até matar o meu pai... Quem vai saber o que se passa dentro de uma cabeça que não vê nenhuma porta aberta? Como eu estava. Só vê as paredes empedradas do sofrimento dentro dela e ao seu redor... Sem poder enxergar que, mesmo que a vida só pareça uma trilha que dá sempre no mesmo lugar, pode se abrir em uma estrada. Como o Prudente explicou quando andamos na mata. É traçar o rumo que se quer e seguir. Mas a minha mãe vive com uma cangalha."

Naquela manhã, no pátio, Salvador parou de se perguntar e afastou-se da sua mãe. Antes de dar o primeiro passo olhou a terra sob os seus pés.

Depois olhou ao longe a campina com a luz diluída pelo azul enfumaçado do dia nascente. E começou a ir ao encontro da trama que um dia iria envolver a sua vida às de Isabel Monte, de Mariana e de seu filho Mariano Paz, o neto que Antônia não conheceu.

Sumiu aos poucos. Como os outros. Nunca ficou sabendo se Teodora tinha também ido embora ou ficado naquele pátio para sempre. Vendo Custódio Cruz enlaçar Antônia, a mulher do agregado Prudente Paz. "Será que ela vai esperar a hora de empurrar Custódio Cruz pirambeira abaixo, ou também vai sumir?"

Foi a última pergunta que Salvador se fez depois de embarcar no ônibus e antes de pender a cabeça. E começar a cochilar.

AS ORIGENS DE CUSTÓDIO CRUZ

8

O que veio a acontecer, anos depois de Teodora abandonar Custódio aos seus próprios desmandos, e com as proporções trágicas que se deu, podia ter sido, mas não foi um acontecimento que começou e acabou ali mesmo, dentro do curral de pedras atrás do antigo casarão. Naquela hora nenhum dos envolvidos pensou nas causas daquela desgraça nem nos futuros acontecimentos sem governo, desencadeados. Nem Prudente Paz, nem Antônia, nem Custódio Cruz perceberam que a partir dali, de dentro daquele cercado de taipa, construído há séculos, não só os deles, mas outros destinos começariam a se mover por rumos até então inimagináveis.

A tremenda afronta de Prudente foi o primeiro, excepcional, inesperado rugido de liberdade que ele deu na vida e a única ofensa que Custódio Cruz recebeu na vida sem revidar de imediato. Em qualquer outra ocasião o atrevido teria atraído sobre ele uma sentença de morte. E logo vinda do peão Prudente, um homem que vivia mais para dentro dele do que para o mundo; quieto como água de poço que só se sabe que existe quando se mexe nela; que fazia de conta que não via certas coisas para não ter que matar ou mostrar seu desgosto. Um homem que três dias antes, quando levou um coice do cavalo, pegou as orelhas olhou bem dentro dos olhos do animal e falou mansinho: "Doeu. Não faça isso, não, cavalinho. Senão eu mordo a sua orelha. Mordo e como. E você, lindo que é, com esse pelo branquinho que nem parece que derreteu a neve, não merece ficar sem orelha. Já pensou nisso"? E o cavalo, arrependido, resfolegou fundo e esfregou o focinho no rosto do Prudente. Logo o peão Prudente, com quem Custódio chegava a conversar nas noites em que o sono custava a chegar e nos dias em que a chuva durava uma semana. Custódio, que nunca aceitou ser contrariado nem por gente nem por bicho, perder a fala diante do peão. E, tomado pela surpresa, reagir só com aquela baba espumosa de raiva escorrendo pela boca, enquanto Antônia sentia medo de estar viva. Mas foi o que ela e Prudente viram. Custódio Cruz babando de cólera, inerte, com os olhos faiscando, o corpo sacudido pela raiva, sem uma nenhuma reação, engasgado com o que Prudente disse. Quem diria!

Custódio Cruz gostava de viver isolado, nas beiradas dos contrafortes, onde passava boa temporada escondido nas nuvens do inverno, paradas sobre o planalto. Vivia petrificado no passado, no tempo dos últimos homens brabos, há muito desaparecidos, e dos que faziam cara de brabo para impor respeito e medo e se derretiam ao ver um bezerrinho nascer. Tudo para ele não ser contrariado e ter que matar alguém por isso. Com uma determinação que deixava bem claro o que estava pensando, só com um olhar, diante da menor contrariedade. A sua vontade era a ordem do céu e da terra. Prudente Paz sabia disso e se cuidava para não contradizer o patrão. Conformado na obediência em rastejar, como um passarinho que nasceu sem asas. Mas naquele dia não se conteve e disse o que disse. E nunca entendeu como Custódio Cruz não o matou na hora, com o mesmo facão que ele, Prudente, havia degolado o touro. "Podia ter me matado e não me matou. Que coisa mais estranha."

Entre os dois nunca houve amizade. Incluíam-se no mesmo mundo por uma mútua relação de necessária serventia. Um precisava do outro. Quando lhe dava na telha, Custódio chamava Prudente e ele ficava ouvindo, como um confessor mudo, as histórias que o patrão contava. Não entendia bem por que, mas escutava. Como tinha feito na noite da véspera em que se deu a desdita.

— Eu sou como meu bisavô, esse aí, do retrato apagado na parede, e o meu avô e o meu pai, Prudente. Contam que eles nunca gostaram de ser contrariados — repetiu, remexendo o fogo na noite fria. Voltou a sentar, cobriu as pernas com a manta de lã e continuou: — Conforme se contava quando eu era criança, o do retrato foi um grande homem do fim do Império. Ele foi o dono da mula mais linda do Rio de Janeiro. Essa que, se você olhar bem, ainda pode ver mal aparecendo no retrato, ele montado. Uma mula preta luzidia, bem polida, com as ancas arredondadas como escultura romana, com os dentes de ouro e as argolas de prata nas ventas puxando os beiços para cima.

— Gostaria de ver uma mula assim, patrão. E as argolas de prata nas ventas era para ara amarrar a mula, patrão?

— Que amarrar coisa nenhuma, Prudente. Que ideia! Era para ela não parar de sorrir. Nem quando comia ou bebia.

— Que animal mais lindo, patrão! Devia ser um sorriso de anuviar o sol, com os dentões de ouro. E o quê ele fazia para ganhar tanto ouro, patrão?

— Aí é que está, Prudente. Cuidava dos acordos envolvendo o dinheiro do tesouro do império. Contratos de grandes riquezas e os de poucas valias, porque não era homem de desprezar nenhum lucro. Naquela época, como hoje, que se faz de tudo e não se acaba nada, o Brasil tinha tudo por ser feito e o que estava feito precisava ser refeito porque era mal feito. Vem um faz o buraco. Vem outro, tapa o buraco. Bem como hoje. Você não entende essas coisas, não é, Prudente? Ele não sabia fazer nada, só mandava. E isso, pelo que sei, ele sabia fazer bem. Mesmo assim, um filho dele, meu avô, chamado Custódio como eu, desligou-se dele e veio para o Sul. Estabeleceu negócios próprios. Também ouvi que lá no Rio esse meu avô estava jurado de morte por uma falange de turcos. Por ter retirado, na rua, a burca de uma de uma mulher para ver a cor dos lábios. Tinha se encantado por ela só de ver os olhos. Seguiu a família e não se conteve. Coisa de homem desmiolado por mulher. Seja lá a causa, veio parar por essas bandas, negociou com charque, gado, cavalos xucros da fronteira. Amealhou dinheiro, armou uns cem homens valentes e fez guerras. Sempre comandando os seus milicianos e arruaceiros apetrechados por ele. Lutava por qualquer lado e cobrava caro por qualquer refrega. E cativava as moças com grande especialidade. Naquela época era mais fácil, não tinha essa de sustentar filho espalhado. Já se vê que era mesmo mulherengo, pois não é, Prudente? ("Logo o patrão, falando que o antepassado era mulherengo.") Alastrou filhos que nem conheceu por todo canto deste mundo do Sul.

— Então o senhor deve ter muitos parentes espalhados por aí — disse Prudente.

— Acho que é por isso que existem tantos Custódios por aí. Isso das guerrilhas e revoluções, foi até chegar aos tempos em que ninguém tinha mais pretexto para andar rolando pelos campos e escondido nos matos, de arma velha nas mãos, lança forjada por ferreiro empinada, saqueando o que encontravam sem dó nem piedade; bolsos e estômagos vazios, mastigando charque para enganar a fome e bebendo água parada das poças e nos córregos. Pararam de guerrear e, esperto como o pai, meu avô mudou de ramo. Mas deve ter vivido sentindo falta daquela vida.

— Será que ele iria sentir falta de uma vida tão dura, patrão?

— Dizem que quem pega a barda de matar fica igualzinho a cachorro comedor de ovelha. Depois de sentir o gosto de matar, a vontade não passa — e mandou: — Põe mais nó de pinho neste fogo antes que ele se apague, homem. Não vê que está esfriando a cozinha e enfumaçando a casa toda? Deste jeito o retrato do meu antepassado vira fuligem — e continuou: — Foi quando ele começou a se dedicar a fazer o mesmo que o pai dele fazia no Rio, que tinha começado a vida limpando estrebaria de escravo. Negócios com o governo, que é o que mais dá lucro sem riscos, já que governo nunca vai a falência, e o que menos precisa de suor. Mas para isso é preciso inteligência. E mais esperteza para saber articular os negócios do que comandar os guerreiros em uma peleja, que não precisam ouvir duas vezes o que têm de fazer.

— É tão difícil assim, fazer negócios com o governo, patrão?

— É preciso saber conversar com manha e jeito, tilintando o argumento para um bom contrato. Esses dons, pelo jeito, ele tinha de sobra. Diziam que nisso ele era um gênio. Sabia as leis e os segredos desses negócios: faça assim, não faça assado; tanto pra cá, tanto pra lá; economiza no material, ninguém confere mesmo; quem falar se acidenta; não se preocupe com a justiça, que sempre se dá um jeito. Naquela época não devia ter um desses juízes de saco roxo como temos hoje, Prudente. Simples assim. Não sei naquela época, mas hoje nem se exige muita inteligência para um negócio desses dar fortuna. Hoje basta ser bastante desembaraçado da vergonha. Hoje em dia só é preciso ser muito cara-de-pau e bastante sem-vergonhice, não é verdade, Prudente? Você está me escutando ou está dormindo em pé como os cavalos?

— Estou escutando e bem, patrão. Gente sabida, não é mesmo, patrão? Salvador já me contou um pouco dessa história, patrão, e eu duvidei, mas vejo que é verdade.

— Então, senta aí e escute. A mania de Salvador ficar ouvindo conversa de adulto. Prudente, sente nessa cadeira e preste atenção. Eu já lhe contei isso?

— Não, patrão, nunca me contou essas histórias — Prudente mentia.

— Pois escute. O meu pai, também de nome Custódio, filho da última mulher com quem o guerreiro desarmado e meio estropiado viveu, desgrudou-se do pai dele, como o pai dele se desgarrou do seu, e por aí afora. Coisa que nunca foi falada às claras, mas foi também por encantamento. Mulher. — "Deve ser herança de sangue", Prudente mascou em pensamento — Por causa da minha mãe, uma indiazinha miúda, filha do cacique, que ficou grávida. Ele enxergou longe e achou por bem ficar com ela. Quando o cacique morreu, de uma hora para outra —, índio morrer de repente dá o que pensar, não dá, Prudente? — ele virou cacique, de cocar e tudo durante as festas, e tomou conta desses campos que vão até as fronteiras do Rio Grande. Tudo escriturado como manda a lei. No fim, as terras acabaram ficando nas mãos da minha mãe, desde o dia em que ele saiu, dizendo que ia à cidade comprar um par de botas e desapareceu.

— Nunca mais voltou!? — perguntou Prudente, abismado. — Desistiu de tudo, patrão, por um par de botas?

— Deve ter comprado um par de botas sete léguas reforçadas, Prudente, dessas que dão volta ao mundo sem gastar a sola e se desvia do caminho de casa. Acontece que minha mãe gostava de mandar. E índia que tira para mandar deve ser coisa de deixar qualquer cacique louco. E ele gostava de mandar mais ainda. Uma guerra de mando todos os dias, Prudente, não pode mesmo dar certo. Enfim, com aquelas botas ele encontrou a porta de não ser mais contrariado. Nem visto. Nunca mais apareceu.

— Ainda lembra como ele era, patrão?

— Mal e mal. Lembro mais do meu irmão Santelmo. Guri teimoso como a mãe e o pai juntos. Não me ouviu e mergulhou na correnteza do rio Canoas. Soube-se, por alto, que meu pai estava nos confins orientais e por lá deve ter morrido. As terras daqui se repartiram quando minha mãe também morreu. Da tribo mesmo, só tinha sobrado meia dúzia de índios velhos que já nem ligavam para as terras. Uma gleba para um filho, uma para outro, que foram sendo vendidas, escriturando o que podiam para um, passando recibo para outros, sem clareza das divisas, e as abandonadas ao deus-dará os caboclos tomaram conta e repartiram as nesgas. Dos meus irmãos e das minhas irmãs ninguém ficou com um palmo. Venderam os pinheiros para as madeireiras e depois as terras por pouco mais de nada. Naqueles tempos as terras não tinham o valor que têm hoje. Sem pinheiro então! Foram para as cidades. Eu fiquei aqui, Prudente, com a maior parte e incluindo o que negociei com seis irmãos. É o que tenho até hoje. Saí às avessas. Nunca me interessei por guerra, dinheiro, cidade, nem por nada mais do que tenho para o gasto e me manter por aqui, onde a natureza se encarrega de tudo. Para os homens e para os bichos, que vivem e morrem abandonados como nós. Mas vivem. Sem serem contrariados. Como eu gosto de viver.

— É verdade. Querendo ou não sempre dá mesmo. Morre um e morre o outro, patrão. Vive um e vive o outro.

Custódio Cruz procurou os chinelos com os pés em cima do pelego tingido de marrom. Levantou-se do cadeirão de balanço, ajeitou o cobertor de lã nas costas e foi remexer o fogo. Depois trocou o mate, colocou água na cuia e voltou a sentar.

— Não adianta ficar rolando pelo mundo. A morte acha a gente em qualquer lugar. Às vezes quando menos se espera, Prudente, como aconteceu com o meu finado irmãozinho Santelmo, que não quis me ouvir e mergulhou da laje do Canoas.

— Isso é verdade, patrão. A morte acha a gente em qualquer lugar. Às vezes quando menos se espera.

— Mas tem quem vá ao encontro dela. Eu continuo no que sempre foi meu e onde posso mandar até morrer. Como os meus antigos sempre fizeram. E não adianta estender a mão para quem não quer pegar, como aconteceu com meu irmão Santelmo. Nem falar nada para quem não quer ouvir. Então eu escolhi viver comigo, Prudente, ao meu jeito. Porque de falsidade e teimosia o mundo está cheio. E eu sou o que sou.

— Vejo um pé de causa nisso, patrão. Há de ter lá sua razão.

"Se é que tem — pensou Prudente Paz. — E vou eu saber por que neste mundo existe quem vive para dizer o que os outros têm que fazer e o que pensar e o que acreditar e o que não sei mais o quê, como eu faço com o gado, que vai de um lado para outro, sem poder nem dar uma abocanhada no capim enquanto segue, obedecendo, só com o meu ôôô gadinho."

— Gosto de você, Prudente. Você entende respeita eu gostar de ser assim, como o meu avô, como o meu pai, como a minha mãe, miúda de não se dar nada por ela, mas ai de quem não a obedecesse. Você nunca me contrariou, Prudente.

— Pode ser que sim, patrão. Não sou de contrariar a vida, patrão.

— Deve ser por isso que conto um pouco essas histórias para você.

— Acho que sim, patrão. Fico pensando.

— Pois então vamos dormir para parar de pensar, que o dia começa cedo e é para trabalhar, não para pensar. Outra hora, se eu perder o sono e me der na veneta, eu conto mais. E não se esqueça de repontar o gado da Coxilha Grande bem cedo. Não vá esperar o dia clarear. Você conhece o caminho no escuro. Para não serem judiados com este calor brabo. Traga para os campos dos Aparados, onde eles podem pastar e ficar ruminando na sombra e se refrescando com as águas daqueles riachos.

— Com a cerração que tem dado no anoitecer e pela manhã eles podem cair na pirambeira da serra, patrão, como aconteceu com o bezerro semana passada.

— Pois que eles aprendam a enxergar por onde pisam. Se não souberem nem onde pisam dentro do nevoeiro não merecem viver no que é meu.

— Sim senhor, patrão. É como diz: quem não sabe aonde pisa e não enxerga direito dentro da cerração não merece mesmo viver, patrão.

— Dê boa noite para Antônia. E diga para ela levantar mais cedo, ralar umas espigas de milho verde e fritar uns bolinhos com toicinho defumado para eu comer quentinho, enquanto você vai repontar o gado.

— Dou, sim. Digo, sim. Boa noite, patrão.

E o tempo, que não sabe o que é bom nem ruim, o que é antes e depois, passava por eles, repetindo um dia e outro dia, um ano e outro ano, a mesma ladainha das ordens e da obediência, de Custódio mandando e de Prudente e Antônia cumprindo.

Enquanto os dois conversavam Antônia rezava até pegar no sono. Procurava um caminho para se libertar das culpas pelos prazeres secretos com Custódio Cruz e para que o pior não acontecesse se Prudente descobrisse. "Às vezes o Prudente me olha como quem está cismando." A cada dia ela se dava conta do risco da desgraça e repetia: "Os caminhos de Deus são estreitos, mas existem. Eu vou encontrar o meu." E logo o seu pensar mudava o rumo: "... se Deus sabe o que se passa dentro de mim, não vai querer que eu me dane primeiro para depois achar o caminho. Mesmo que Ele diga: *"o caminho você escolhe, Antônia"*, eu vou continuar nesta encruzilhada."

Prudente chamou os cachorros e saiu cedo. Não tinha lua. Seguiu, enxergando a trilha, os campos e a mata, iluminados com a claridade prateada que vinha do céu estrelado. Olhava para cima esperando ver uma estrela despencar e evitava pensar no que queria desconhecer.

Enquanto isso, Custódio comeu os bolinhos quentinhos e levou Antônia para o seu quarto. O sol estava nascendo quando Prudente começou a assobiar para repontar o gado na Coxilha Alta. O mesmo sol que já estava escancarado, com aquela luz quase delirante, quando Antônia disse:

— Vou fazer o almoço.

— Não tem pressa.

E tudo recomeçou como desde a hora em que Prudente saiu.

— Não adianta rezar nem prometer nada — disse ela, sozinha, à tardinha, enquanto caminhava pela trilha rodeada de xaxins em direção à cachoeira grande.

Antônia ficou sentada na pedra, com as pernas na correnteza, à espera de um sinal qualquer, descido do céu, surgido da água, nascido da sua alma, brotado do seu coração. Mais uma vez procurou na água o frescor que o seu coração buscava e o seu corpo negava. Vagou, ora no redemoinho dos seus segredos ora nas profundezas sombrias do remorso. E ora na superfície do prazer vivido pela manhã. Indo e vindo nos devaneios, acabou ponderando que Deus não tinha nada a ver com o que ela procurava; nem os diabos criavam os seus desejos e sofrimentos. Era ela quem se afundava nos caminhos da sua dor e do seu prazer, da sua culpa. E do remorso inútil que não desfazia nada. “Não entendo é como tudo me confunde. Parece que terei de passar a vida inteira tentando me conhecer e cada vez sabendo menos de mim”. Pensou em rezar. Só pensou. “Sou só procuras. Procuras e desencontros. Ou me deixar levar. Como aquele galho seco que acabou de passar na correnteza.”

A liberdade de condenar-se ou salvar-se a assustou. Nao queria ser, sozinha, a dona da sua graça e da sua desgraça e não encontrou com quem repartir.

Esse juízo durou pouco. Logo Antônia deu lugar a uma espantosa fantasia que, por um bom momento, aliviou-lhe as culpas. A ideia de que os prazeres são doces frutos dessa Terra onde se vive. E de que se privar deles era uma negação ao direito de ser feliz enquanto vivesse. Pensou por um instante que o condenável seria impedir-se de viver o que a vida lhe dava e o seu corpo sentia. E concluiu mais: o que ela entendia por uma disputa entre o bem e o mal a deixava desorientada; sempre calculando a separação entre um e outro. Quase aceitou a confusa verdade de que o sentido da sua vida, e o que ela vivia, obedecia a um comando invisível que controla tudo. "Cada passo de quem caminha por este vale. Este é o pior inferno. Ser condenada sem poder me defender e me justificar. Então, o que sou eu no meio disso? E como eu iria saber que ia dar no engano que deu, quando eu tomei banho no rio e apareceu Prudente e a gente se enrabichou? Só porque eu queria meter ciúme em Chico Ventura para ele ficar mais apaixonado por mim. E para ele ter a coragem de me agarrar, pelada dentro do rio e dizer: "estou apaixonado por ti, Antônia?"

Antônia logo abandonou a ideia do prazer celeste no paraíso terreno. "Essa combinação é mais uma heresia para justificar o que eu faço às escondidas com Custódio Cruz e me livrar das culpas. Não existe desculpa pelo que passei a sentir em todo o corpo, com o sangue fervendo... Ou sinto também no coração...?"

Os pensamentos escorriam com a água querendo levar as suas pernas. Uma cobrinha verde apareceu nadando, venceu a correnteza e se enroscou na sua perna. Ela não sentiu medo. Deixou a serpente se desenrolar com a força da água e ser levada.

— Será que vou ter que aceitar o que meu corpo gosta, e me danar? Deve haver um caminho aberto para eu me livrar desse prazer que me deixa feliz e depois me maltrata. Antes que aconteça uma grande desgraça. Sinto que ela vai acontecer à hora que Prudente descobrir. Basta a criança nascer com uma marca do Custódio. Se a desgraça acontecer que seja comigo — pediu com ardor —, mesmo com a morte, para me livrar de tudo isso. E que não demore. Não suporto mais viver uma hora sentindo nojo do que faço e noutra querendo que tudo volte a acontecer.

Voltou para a casa e foi recolher a roupa, continuando a remoer. Ora se sentindo culpada e ora esperando Custódio chamá-la. Como ele continuou fazendo até pouco mais de dois meses antes do parto. "Diabo de homem não respeita nem a minha barriga dessa gravidez que eu já nem esperava mais e não devia acontecer."

Antônia gostava de Prudente como quem gosta de um bom amigo; da sua calma, do seu falar manso. Ele era como um remanso do rio Canoas. Ainda que às vezes ela preferisse que ele fosse uma tromba d'agua. E deplorava porque Chico Ventura não a agarrou como ela desejava, quando tomava banho pelada no rio e porque mais desejava que isso acontecesse na mesma medida em que Chico se fazia de tolo. Nessas horas sentia a falta do que Custódio fazia. E do jeito atrevido e primitivo como ele fazia. Como se fosse um borbotão da cachoeira durante o temporal, invadindo a terra e levando tudo pela frente. Despertando em Antônia desejos indomáveis, revelando-lhe uma secreta natureza até então desconhecida.

Era assim. O tumulto íntimo não lhe dava trégua. A um só tempo recrudescia entre o prazer e a aversão. Sentia medo de que a criança fosse a revelação de tudo. Chegava ao desespero: "E se essa criança nascer com as marcas dos olhos de Custódio e não for parecida com o Prudente, prefiro que eu morra durante o parto. Se acontecer de Prudente ficar sabendo que Custódio é o pai da criança está feita a desgraça. O Prudente não merece essa vergonha de cair no falatório do povo. Ele não vai me perdoar. Prudente é quieto, não perde a paciência. Eu tenho mais medo de um homem quieto do que daquele que explode por nada. Nunca se sabe do que é capaz um homem com a paciência congelada — enquanto saia do banho na cachoeira pensou: — Quero que essa ruína desabe sobre mim antes que aconteça com todos."

Foi exatamente o que aconteceu menos de três meses. No maldito dia, à tardinha. Tudo indica que a desgraça que ela pediu estava à sua espera, governada por leis próprias à espera do chamado. E da forma mais imprevista. Aconteceu justo porque Antônia afrontou o ciúme do touro aspudo. Quando prendeu a vaca Brasina, no cio, para tirar uma caneca de leite para matar a fome de Mariana, a filha com a cor acinzentada recém-nascida. Era o que faltava para desabar a desdita que ela pediu.

O que ocorreu antes daquele pôr do sol adoentado pela trovoada chegando, não foi um fato isolado que atingiu apenas Antônia, como ela havia pedido. Naquela tardinha fundiram-se os elos do que iria encadear muitas vidas, incluindo as de quem ainda iria nascer. Teria um desdobramento e uma extensão de tempo que não pouparia nem Salvador, nem Prudente, nem Antônia, nem a recém-nascida Mariana e menos ainda seu filho Mariano, que nasceria quase quinze anos depois, fruto do acaso articulado naquele final do dia em que todos eles foram envolvidos em um destino comum. Um destino urdido ao acaso, que se desdobrou entre eles, sem que um soubesse do outro, causando uma inconcebível comunhão de acontecimentos muito bem articulados.

A partir dali eles e seus descendentes viveram semelhantes desejos, próprios de quem ama e busca a felicidade e os que causaram dores insuportáveis. Tiveram semelhantes sentimentos de amor. Viveram traições com o mesmo gosto amargo. Sentiram revoltas, frustrações, paixões e conflitos comuns, encadeados em tempos e situações diferentes, como se cada um deles fosse a multiplicação de muitas vidas com a evolução do mesmo enredo.

Não só Custódio Cruz, Antônia, Prudente Paz e a recém-nascida Mariana foram todos ungidos por um destino que foi aos poucos os unindo e deles se multiplicando através de gerações. Cada um deles viveu o seu e criou o destino dos outros, ainda que não tivessem consciência disso. Ainda que desconhecessem as leis secretas, sem armistício, que os uniam.

Todos foram marcados com o sinal, invisível a olho nu, para percorrerem o seu e o caminho alheio. Sem a menor possibilidade de volta.

UMA HISTÓRIA INCOMUM

9

A vida e o destino de Mariano Paz, na verdade, tiveram, sim, origem muito antes dos dois nascimentos de sua mãe. Possivelmente ainda antes da tardinha em que o touro aspudo chifrou a barriga de Antônia, a sua avó materna, que ele não conheceu. Quanto à sua mãe, Mariana Paz, a referência importante da sua vida foi ter ressurgido do barro depois de seis dias sepultada. A ressurreição deu a ela uma energia redobrada, uma determinação audaciosa para enfrentar os desatinos do seu mundo e da sua própria história de remota procedência. Com a mesma energia com que se manteve viva durante os dias em que esteve sepultada, ela procurou romper os limites da sua desdita e se impôs diante dos desafios com a certeza de que poderia estar gravemente ferida, mas não derrotada. Afrontou convenções, desmentiu preconceitos, criou empresas de sucesso e riquezas e, o mais difícil, desfez as mágoas e revoltas do abuso sofrido quando criança. E, com maior destemor do que Antônia, a sua mãe, sufocou a maior parte dos desejos persistentes de uma atração desditosa que muitas vezes afloravam como as brasas reavivadas de um desvirtuado prazer, surgido dentro da brutalidade e da tragédia vividas na infância. Uma sensação que a devastava como se fosse a imprudente memória do seu corpo reativando o passado.

Mariana Paz guardou isso como um segredo que só a ela pertenceu. Nem mesmo seu filho Mariano foi capaz de perceber. Não era por pudor.

Era com o propósito, bem definido, de apagar no corpo e na alma as lembranças indesejadas. E por certo temor. Temia que a rejeição da terra fosse também a reprovação dos céus. Os seus eventuais e tumultuados desejos ocultos só pertenceram a ela, tal como os que um dia aqueceram o corpo e devastaram a alma de Antônia, a sua mãe. Mariana era levada por sentimentos amarrotados pelas contradições, nascidos da semente de um fruto de origem duvidosa e que, mesmo por vezes sendo agradável, ela lutava para sufocar; como se ela, revelando acariciar os seus desejos aflorados, fosse julgada por praticar uma contravenção. Sentia a doçura e o veneno que ela bebia sozinha, secretamente, para se salvar da condenação do céu e da terra. Não da terra de sua mãe, que foi soterrada viva em um lugar desconhecido. Da terra dos homens. Não do céu de Deus, de Jesus e de Nossa Senhora Aparecida e de São Jorge, em quem ela tinha fé e o do seu mentor, que ela nem sabia o nome, mas supunha ser o espírito de sua mãe, com quem se sentia protegida e a quem confiava os seus projetos, os seus segredos e a sua solidão. E a eles agradecia as ajudas em suas vitórias terrenas: o sucesso em tudo que empreendia e as migalhas de amores vividos libertos das censuras terrenas, alheios aos julgamentos intolerantes e sem medo de perder o céu que os homens criaram. E que, para ela, foram grandes dádivas.

Ninguém pôde afirmar que Mariana Paz foi uma mulher infeliz. Foi feliz mesmo contrariando todas as leis do infortúnio que a terra lhe reservou: um destino que não a deixou morrer soterrada para poder ser cumprido até o fim e se estender até seu filho. Um fadário que começou a ser vivido quando ela nasceu no alto da serra, nas terras de Custódio Cruz. Onde tudo, de fato, começou a ordenar os acontecimentos. Gota a gota. Momento a momento. Dia a dia. Até o final da sua vida. Até envolver Mariano.

Quando Mariana desceu para o litoral, nos braços de sua mãe, pela estrada estreita e pedregosa da Serra do Corvo Branco, tinha alguns dias de vida e a pele incolor como a película de um ovo grudada nos ossos. Quem a visse jurava ser uma criança de cera respirando com um fole.

Tudo tinha acontecido bruscamente. Antônia tinha perdido o leite por causa do susto que lhe deu um touro vermelho como brasa. Um animal com as guampas tão grandes que ameaçavam o céu e que ele usava para coçar o rabo. Foi por um triz. Ela respirou o bafo do touro como se saísse das ventas de um dragão. Retesou o corpo e o grito ficou entalado na garganta. Encolheu-se tanto com o susto que o chifre só rasgou a blusa. O espanto foi tão grande que o medo afinou os fios dos cabelos e o bico do seio sumiu. Ela só viu isso quando, à noite, ainda com as pernas moles, foi amamentar Mariana. O leite dos seus peitos, antes farto, tinha secado. Ficou assombrada. Os mamilos, antes empinados, tinham sumidos. No lugar onde eles deviam estar jorrando leite com se fossem uma fonte da vida, só existia uma manchinha roxa, dolorida, como um círculo de desenho infantil. Isso aconteceu duas semanas depois do nascimento da menina. Tudo por ciúme do touro, quando Antônia tinha ido prender a brasina para tirar o leite. Isso foi numa sexta-feira.

Na segunda-feira seguinte, à tardezinha, aconteceu o pior. O touro encurralou Antônia contra a taipa dentro da mangueira. E espetou aquele chifre enorme, sem dó nem piedade. Tudo por causa da vaca, que já nem dava mais leite e estava corrida. "Mas, quem sabe, espremendo as tetas pode sair uma caneca de leite." Era tudo o que Antônia queria. Meia caneca que fosse para a menina, que estava sumindo. E deu no que deu. Quase uma desgraça com muitas mortes.

Prudente Paz, quando viu o que aconteceu, perdeu a cabeça e degolou o touro. Foi só uma facãozada. Dada com uma força descomunal que não era dele. Vinda da ira milenar contra a submissão secreta, bebida aos pouquinhos pela boca calada através de gerações perdidas no tempo. Foi tão rápido que nem Antônia e Custódio Cruz viram direito o que ele fez. O sangue espirrou em um jato longo e acabou quando os berros ficaram um frágil mugido; um sopro lamentoso de vida acabando. O touro foi arriando a cabeça, como uma reverência à morte, dobrando as pernas um minuto antes tão fortes, amolecendo o grande corpo avermelhado como se fosse de gelatina e começou a desabar até fazer a terra tremer. O primeiro berro, esgoelado, subiu e desceu os morros e não parou de ressoar. Os animais pararam de pastar e de ruminar. Ergueram a cabeça e começaram a mugir. Lentamente formaram um círculo na mangueira e lamentaram a morte do touro monumental durante uma semana. Foi um horror tão grande que as corujas ficaram o mês inteiro sem sair da toca e um ano sem grasnar. Os cachorros não latiram mais. Só ganiam. Encolhidos nos cantos. Assombrados. E em certas tardinhas ainda se escuta o mugido do touro degolado.

Prudente ficou parado no meio do curral, com o facão na mão. Olhou o touro dobrar as pernas, deixar a vida escoar-se, o sangue escorrer pelo chão batido, seguir à procura de um buraco. Atravessou entre as fendas da taipa e finalmente empapou a terra do lado de fora. Prudente só parou de olhar quando o touro era um monte de pelo inerte, com as pernas e os chifres esticados para o ar. Como se fosse voar. Passou as costas da mão na boca para tirar o gosto e o calor do sangue espirrado no rosto e foi fincar o facão no palanque no meio do curral.

Custódio Cruz sendo quem era, foi fácil para ele parar de olhar o seu touro degolado e rugir:

— Você vai morrer por isso, seu peão de bosta. — A boca começou a se encher de espuma e a escorrer maldições como trovões rolando. — Com mil diabos, eu vou lhe matar, seu verme. Sumam daqui agora, antes que eu mate os dois.

Os berros de Custódio Cruz ecoaram mais do que o choro dos animais. Mas não intimidaram Prudente Paz. Ele ergueu a cabeça. Olhou a barriga furada da mulher, sangrando. E de imediato fixou os olhos no facão empoleirado no palanque.

— Sumam — Custódio voltou a urrar. — Peguem o que é de vocês e saiam das minhas terras antes que eu faça o pior. — Prudente não sabia se respondia se ia pegar o facão ou se socorria Antônia. — Sumam antes que eu degole você como fez com o meu touro. — Passou a mão trêmula no pelo do touro. — Um animal raro. Você não vale o rabo dele, Prudente — fixou os olhos no facão e gritou. — Sumam já.

— Pegar as minhas coisas, patrão?! Nós não temos nada de nosso aqui.

— Pois sumam como chegaram. Mas tem sim, tem mulher, tem a recém-nascida e o cachorro. E pode levar as duas mulas que lhes dei de presente de casamento — gritou. — Para não saírem daqui dizendo que eu sou um homem sem palavra e tomo de volta o que dei. Estão velhas, mas ainda ficam de pé — disse babando de raiva. — Para mostrar que, mesmo com um grande prejuízo, eu sou justo. E pode levar os dois arreios. — Olhou outra vez para o facão. — E dizer que ainda vão sair daqui com uma boa mudança. Safado de uma égua.

Prudente disse o que pensou:

— Eu não tenho para onde ir patrão. E a essas horas, com essa trovoada se armando? Posso sair de madrugada.

— Vá para o inferno morar com os diabos e os raios. Vá — Custódio disse, com os olhos vertendo o fogo do ódio —, antes que eu faça o que fez com o meu touro, ou lhe esmague como um gafanhoto para não sujar as minhas terras com o seu sangue.

Prudente olhou para Custódio Cruz que estava cuspindo enquanto falava e pronto para pisar em cima dele como se ele fosse de fato um gafanhoto pardo, dos que chegavam encobrindo o sol e devastavam tudo que era verde.

Prudente Paz cresceu dentro dele próprio. Não sentiu medo. Nem de Custódio Cruz nem da morte. Encarou Custódio sem abaixar os olhos. Continuava sendo humilde e humilhado. Sendo olhado como qualquer inseto, sempre à espera de ser esmagado com os pés se fosse de fato visto. E viveu um momento raro. O único em que sentiu a sua esquecida condição humana capaz de se impor. Ainda que fosse para morrer em seguida. Não se acovardou diante do risco de ser degolado. Nem sentiu a boca se encher de espuma e escorrer o amargor da sua mortificação guardada durante toda a vida, sem se dar conta do gosto do fel das humilhações vividas. Viveu a coragem de um gafanhoto voltando a ser um dinossauro. Sentiu o sangue fervendo aumentar as suas forças para dizer o que disse. Olhou nos olhos de Custódio Cruz como se visse o diabo. Benzeu-se e disse:

— E o senhor vá à merda. E a puta que o pariu, seu filho de uma égua cruzada com o diabo.

Alguma coisa mais poderosa do que a sua natureza se apoderou de Custódio Cruz. O choque pelo inesperado, a cegueira da raiva, a garganta travada pelo fel deixou Custódio mudo e paralisado. Ficou sem nenhuma reação. Só espumava. Até pelos olhos. Pelos ouvidos. Os dentes batendo como uma matraca. Como um porco do mato emboscado.

Antônia viu a desgraça armada. No momento em que Custódio Cruz saísse do transe a tragédia seria maior. Suplicou:

— Por amor de Deus, vamos embora, homem, antes que escorra mais sangue.

— Eu degolo esse diabo também — disse Prudente, correndo para o palanque e voltando a empunhar o facão, sem deixar dúvida no que dizia.

— Não seja louco, homem. Pense na criança, chega de desgraça. Vamos embora.

Então eles tiveram que descer a serra em duas velhas mulas sobreviventes das antigas tropeadas. Esquálidas, com umas manchas de pelo caído, mas as orelhas ainda empinadas e com a memória perfeita. Depois de muitos anos não tinham esquecido os caminhos. Mesmo à noite mostraram que ainda se lembravam de cada cratera onde botar cada pata quando a estrada virou uma trilha rochosa. Uma de cada vez, apalpando antes de soltar o corpo. Sem temor da tempestade vinda do sul se aproximou com o vento rugindo e raios e trovões ameaçando desabar o céu.

No início o caminho era de terra. As mulas pisavam firmes dentro da enxurrada. Como se o céu negro e os relâmpagos não fizessem parte dos seus olhos.

O mau tempo, ligeiro como veio foi embora. Prudente e Antônia deixaram a estrada barrenta e, passo a passo, chegaram ao boqueirão da serra. Ali começou a descida dentro das enormes fendas dos paredões de pedra, beirando os abismos. Escutavam a água escorrendo pelas rochas e o pisar das mulas. Começaram as primeiras escorregadas das patas dentro das panelas de pedra, esculpidas pisada por pisada durante séculos de tropeadas levando e trazendo mercadorias, litoral abaixo e serra acima. Agora, a carga que Prudente e Antônia levavam serra abaixo era a dor dos seus corações. E o lusco-fusco de uma última esperança querendo nascer.

Antônia protegia Mariana no colo, embrulhada em panos, e procurava escutar a respiração da criança, com um chiado como se os seus pulmões fossem um fole furado.

De repente a paisagem sumiu. As montanhas desapareceram dentro da noite. O único sinal de que estavam na terra era o rumor das águas escorrendo pelas rochas, o pio de um pássaro e os gemidos isolados dos bichos sem nomes, vindos sem saberem de onde. E, contra o peito de Antônia, a respiração de Mariana ronronando como um gato doente. Eram esses os testemunhos de que a vida existia.

Antes do negrume da noite tomar conta de tudo, Antônia evitou olhar para o alto. Ela sentia-se prestes a ser esmagada pela garganta profunda de rocha. Mesmo sabendo o que não ia acontecer tinha a sensação de que as paredes da rachadura estreita na montanha rochosa, afunilando-se acima de sua cabeça, iriam desabar.

Agora era seguir. Antes de deixarem a estrada de terra e entrarem na garganta da serra, não olharam para trás uma única vez. Atrás era o caminho das tristezas que Antônia não queria voltar a pisar. À frente, o caminho das possibilidades estava traçado. Para eles um caminho sem volta. Tinha que ser.

Foi assim que os chifres do touro da raça aspuda mudaram para sempre o rumo da vida de Antônia, Prudente e a da recém-nascida Mariana. E, ao longo do tempo, fez-se cumprir-se a sina de Mariano Paz.

Mariana nunca compreendeu como a desgraça repentina, causada por um touro degenerado de chifres e ciúmes, libertou-a de onde tudo conspirava para tragédias fatais. Enquanto as mulas os levavam para o desconhecido, ia se perguntando mil coisas e remexendo as suas queixas, os seus medos e os seus segredos. E criando suposições de como seria o encontro com as esperanças nascentes.

Lá na serra a vida de Custódio Cruz continuaria a mesma. Com a pequena diferença que, de vez em quando, à tardinha, ficava olhando para os lados da garganta da Serra do Corvo Branco. Por onde desceram Antônia e Mariana. Como se quisesse vê-las se afastando, enquanto ele começava a se afundar no abandono.

Foi nesse mundo de natureza parada e vidas conturbadas por um enredo de paixões e conflitos íntimos extraordinários e desejos desmedidos, que Mariana nasceu. E dele foi levada para sobreviver a outros desafios e desventuras para cumprir o seu e outros destinos.

A EXPULSÃO DO PARAÍSO

10

Talvez o anjo da guarda de Antônia Paz, ou um diabo solto, de fato estivessem de plantão no momento em que ela, enquanto tomava banho nua na água gelada da cachoeira, pediu para se libertar dos incontroláveis desejos que passou a sentir por Custódio Cruz, ainda que para se livrar da sensualidade lhe acontecesse uma desgraça. Acreditava que assim evitaria um infortúnio maior. Desejou para ela o que estava fora do seu controle. Antes não tivesse invocado o mal. Alguém, rápido, se encarregou de atender o que ela suplicou e transformou o seu pedido não no fim do indesejado prazer, mas no começo de uma longa e trágica história. Dias depois, enquanto descia a serra, agasalhando a criança, ela relembrou o mal que atraiu.

Naquela tardinha Antônia voltou da cachoeira, entrou em casa e mal teve tempo de avivar o fogo antes de ir tirar o leite da vaca no cio, para fazer um mingau para a recém-nascida Mariana. Na hora, esqueceu o que pediu. Contudo, a memória do tempo estava acesa. E tudo aconteceu como ela desejou. Justo quando o sol começou a se esconder em umas nuvens violetas que rapidamente ficaram negras, trazendo o temporal da tarde. Era a pior hora para montarem nas mulas velhas e pegarem o rumo do desconhecido. Uma hora ingrata.

Mas, lá a tragédia ia dar à Antônia o luxo de escolher a melhor hora?! E como ela iria saber que tinha que ser assim, de imediato?! E, pior, do jeito que aconteceu? E que era o começo de outros acontecimentos fora de controle?!

Enquanto as mulas caminhavam na estrada margeada pela mata rala e por plantações de maçãs e ameixas vermelhas, em direção à boca de pedra onde eles seriam engolidos para descer a serra, Antônia pensava em como tudo tinha ocorrido. E cismou: "Foi de uma hora para a outra que eu desejei aquilo ou tudo já vinha sendo armado"? A desgraça chegou como ela tinha invocado. Inesperada, como qualquer infortúnio que tem vontade própria. Mas não só para ela. Ao contrário do que tinha pedido, atingindo também o Prudente e a criança. E lá na frente, alcançaria Mariano Paz, uma vida que até ali nem sequer era cogitada.

Ainda em casa, enquanto arrumavam as poucas coisas para partirem, alheio ao que estava nos segredos do coração de Antônia, Prudente não se conformava.

— Por mim eu ficaria por aqui. Mas, depois de tudo, não dá mais. Só se ele morrer — resmungou, vendo Antônia apagar o fogo com o resto de água da chaleira.

Na mangueira velando o touro degolado, Custódio Cruz continuava berrando, sem parar de andar de um lado para o outro como se estivesse esmagando o mundo, pisando o chão empastado de sangue.

— E antes de saírem apaguem a porcaria desse fogo — gritou.

— Pois se tiver que ser enterrada aqui, vou rezar para dar um dilúvio que leve meu corpo enterrado na lama — amaldiçoou Antônia.

— Que boca! Gosto da vida na serra — disse Prudente enquanto ensacava umas quinquilharias e colocava na cinta, por dentro da camisa, uma pistola 22 de dois canos travada pela ferrugem. — Toda a minha família sempre viveu aqui. Agora temos a menina e a comida é minguada. E você sem leite, Antônia. No inverno, para quem não tem despensa, como a gente, sobra o pinhão, quirela de milho com pelancas de porco e poucas *cositas más* para comer — olhou as prateleiras vazias. — Ainda mais nesta casita de pouco amparo. Mas eu gosto desta vida na serra. Para mim é como se eu estivesse sendo expulso do meu paraíso.

— Que ladainha! O seu paraíso não me serve. Ele assusta Deus. É o diabo que reina aqui. Só eu não sabia dessa maldição antes de me casar contigo e pisar aqui.

Passaram a porteira e se foram calados, ouvindo as maldições de Custódio. Adiante começaram a falar em coisas que nunca disseram. As mulas, alheias a tudo, de orelhas em pé, pisando a passos lentos. Eles iam sem parar de conversar, vencendo o silêncio daquele mundo cada vez mais desbotado com a trovoada chegando.

Antes de entrarem no descampado onde de repente se abria o corte vertical na montanha rochosa na borda do abismo da serra, Prudente olhou os campos e as plantações ficando para trás. Acabava ali o mundo em que ele nasceu e viveu. Logo começaria a descida da Serra do Corvo Branco rumo ao ignorado. E repetiu:

— É como se eu estivesse deixando para trás meu paraíso, Antônia. Coisa que nunca pensei.

— Meu paraíso?! Meu não é. Já disse. E o que nós herdamos neste seu paraíso, onde a passagem do tempo morreu para nós? Olha só para o que estamos levando? Dentro e junto de nós? E o que os nossos bisavôs, os nossos avôs e nossos pais amealharam e deixaram para nós? Desprezo? Vergonha de levantar os olhos? Medo de abrir a boca e dizer o que se pensa? Esquecidos de dar uma risada. Sem coragem de não aceitar o que mandam fazer. Pior ainda: esquecidos de pensar e de perguntar o que é a vida. A nossa herança é a humilhação e o desprezo, Prudente — desabafou Antônia. — Foi isso que herdamos. Olha para minha barriga, amarrada com um trapo para as tripas não saírem. Olha para a nossa filha. Vê se ela parece filha de gente de verdade? Filha de algum paraíso? Pergunte quem sabe que ela nasceu e se ela sente fome? O único que veio nos ver foi Chico Ventura, que nunca desanimou ninguém. O maldito Custódio, com tudo o que se fez por ele, e que deixamos fazer por nós, não abaixou os olhos para ver a menina. Para ele ela não existe. Isso é herança ou maldição? Faça as contas, Prudente. Ou você não separa o bem do mal?

— Não é tanto assim, Antônia. A serra possui lá suas coisas boas. E pessoa ruim tem em todo lugar. Não é porque existe um Custódio Cruz que a serra esparrama gente que não presta. Não se vai dizer que é porque tem um touro aspudo, capaz de matar uma pessoa por ciúme, que o gado todo é endemoniado. Aqui a gente se conhece e sabe onde mora quem não vale nada. Na cidade grande, pelo que me disse Chico Ventura, não se sabe quem é quem. Aqui vive muita gente boa. Um ou outro, raro, não vale nada. É só ter jeito, levar a vida sem mal-feito, que eles abrem o coração.

— Pode ter, Chico Ventura é um deles, mas olha o que diz, homem! O patrão é nosso padrinho e manda a gente embora por causa de um touro assassino.

— É verdade. Um touro aspudo, de uma raça que nem existe mais, com chifres para coçar o rabo. Um bicho endiabrado que não parava de rondar o curral, cismando com as vacas de leite ao invés de ir cobrir as que esperavam por ele nos pastos. — E quase disse: "Parecia gostar de imitar o dono, desejando o proibido".

— E nós não valemos nem o rabo do touro, como ele disse. Nem chegou perto de mim para saber se eu estava morrendo ou não. Foi chorar o animal que você degolou.

— Está certa, Antônia. Vamos continuar sem olhar para trás. Deus nos há de acompanhar. Não deixa desenrolar a sua barriga, agasalha bem a menina e vamos em frente. Vamos para a capital. Da desgraça pode vir a bonança. Não é o que se diz?

— Amém Jesus. Que assim seja.

— E ainda que reclamem que sou devagar, não sou homem negado ao trabalho. Lá, nós e a nossa filha, vamos ter um futuro melhor. Eu me comprometo, Antônia.

— Vamos embora. E esquecer tudo. Sofrimento não é coisa para ser lembrada. Nunca mais quero comer pinhão nesta vida. Nem queijo ardido. Nem tomar café ralo que se vê o fundo da caneca. Nem ficar me perguntando o que vai acontecer daqui a pouco. Quero esquecer para sempre esta terra onde mora este homem.

— E eu em nenhuma outra vida quero me lembrar dele. Mas acho difícil esquecer o lugar em que nascemos e se pensa que nele se vai morrer. O corpo gosta de ser enterrado onde viveu.

— Como se fizesse diferença onde se morre e onde se é enterrado. Posso ter nascido aqui, mas quero ir embora nem que seja só para não ser enterrada aqui. Pode ser muito bonito, mas para mim é o mesmo que uma grande sepultura enfeitada por cima. — Apertou mais o pano na barriga. — Aqui eu vivi uma nesga do céu e o meu inferno completo. Agora só quero ir ao encontro do meu céu.

— Mas que coisa, Antônia, não precisa esse desprezo todo. Pois por mim eu ainda queria pelo menos morrer aqui. Existe uma coisa que me gruda nestas serras. É como se eu estivesse sendo expulso do meu coração. Se não tivesse essa macaca, por mim eu ficaria aqui.

— Só se for pela necessidade de continuar sofrendo, pagando pecados. Os seus e os dos outros, dos que acham que a vida é coisa de pagar pecado. Eu não. Prefiro ser enterrada viva a viver pagando o pecado de ter nascido onde nasci.

— Cuidado com essa língua, mulher. E se a desgraça ouve o que você diz?

— Pois é o que eu digo. Prefiro ser enterrada viva a viver mais aqui — ela repetiu.

— De sofrer ninguém gosta, mas também não me importo muito com isso. Não me passa pela cabeça isso de ser todo dia feliz. Acho que, todo mundo não digo, mas a tem gente assim, que quer ser feliz a qualquer custo e acaba mal. Acaba morrendo de tristeza, como uma arara presa, que fica esfolando a cabeça contra as varetas da gaiola achando que com isso vai voltar a voar e acaba morta com mais dor. Ou como um tatu na armadilha, pendurado pelo pescoço, que esperneia porque acha que assim vai se livrar da forca. Ou como o terneiro desmamado ou o carneirinho que perdeu a mãe. Berram o tempo todo e pensam que assim as coisas mudam e o leite vem. Eu fico quieto no meu canto. Não gosto de viver amargoso. É como eu gosto de ser livre.

— Pois eu quero esquecer o berro do terneiro desmamado e o choro do carneirinho que a mãe morreu e as bicadas do pica-pau — ela disse. — E nem me fale em papagaio amarrado pelo pé falando bobagem. Não comparo a vida com nada disso. Não vê que isso tudo é sofrimento? Dos bichos e meu? Chega, Prudente. Agora, você podia ficar quieto. Nunca falou tanto na vida. Parece o papagaio com fome.

— Só estou dizendo que a tristeza faz parte da vida, aqui ou aonde for, e que isso não me incomoda. É assim que as pessoas vivem. E que eu gosto daqui. Quando escuto a bicada de um pica-pau, que ninguém vê, dentro do pinheiral, eu paro de caminhar. Só vou em frente depois de ver onde ele está desenterrando um coró para comer ou cavando o ninho. Mas, vá lá. Agora tudo isso é bobagem. Fala de papagaio.

Um graxaim, com os olhos de brasa fosforescendo, cruzou sem pressa na frente das mulas. Antônia tocou a mula para mais perto do marido. Mais tarde disse:

— Foi Deus quem mandou aquele touro me chifrar, Prudente. Só assim vamos embora e me livro do seu paraíso que estava virando o meu inferno.

— Mas não precisava ser por uma tristeza dessas. Muita gente vai embora só por vontade, só para tentar outra vida. Das terras mesmo já não vive quase ninguém.

— Agora não é hora de se lastimar. Quero encontrar outra vida para nós e para a nossa filha, Mariana. Neste mundo tão grande haverá um lugar para se viver melhor.

— É para lá que estamos indo — disse Prudente.

Depois de um longo silêncio, enquanto eles entravam cada vez mais fundo, na boca de rocha estreita, da descida da serra, Antônia sentiu falta de ar e se assustou. O caminho afunilava como se fosse acabar. As duas mulas mal cabiam uma atrás da outra dentro dos paredões de pedra escorrendo água. Prudente ia à frente.

— É esta mesma a estrada? — Antônia perguntou.

— Não tem outra. Só se der a volta de mais uns cinco dias, pelo Rio do Rastro.

A escuridão tinha dominado tudo. Prudente ia à frente, escutando o ressoar das patas das mulas pisando dentro das panelas de pedras lisas. E pensava:

"O que vai acontecer? Não sei. Bom seria se tudo fosse diferente no mesmo lugar. Ir embora me dói. Mas pode não ser o pior. Fico livre do que não quero saber. Às vezes é melhor se perder no mundo do que se ter algumas certezas. As verdades que chegam trazendo mortes. As que causam a confirmação da vergonha da traição que exige vingança... Coisa que eu pensava, mas não queria saber. Então, até que o touro, ao seu jeito, ajudou. Bem como a Antônia acabou de dizer."

Dentro da noite a mula, de olho aceso, deu uma parada antes de resvalar em um buraco na laje, cheio d'água. Prudente aprumou o corpo e voltou a pensar:

"Prova mesmo, eu nunca tive. Mas sempre desconfiei daqueles mandos. Tinha coisa por trás: "Prudente, amanhã cedo você vai procurar uns ovos de ema. Ando com vontade de comer uma fritada de ovos de ema. Com bastante cebola e torresmo". Como se não tivesse ovo de galinha, de pata, de gansa em casa. "Estamos no inverno, patrão. Nesta época só se encontra ninho de cobra. "Pois vá para o norte, onde o tempo é mais quente. Ache um ninho com três ovos, já que mais do que isso elas não põem. Sempre tem uma ema louca que põe fora de época." E lá ia eu, campo afora, olhando aéreo, procurando em vão, esmagando a neve na pastagem, estalando a geada com os pés, cruzando os arroios endurecidos de gelo, comendo pinhões crus; zanzando na cerração; suspenso da terra; andando em roda, engolido pela neblina; quatro, cinco dias com as pernas congeladas; desenrolando cobras enregeladas; sabendo que não ia achar nenhum ovo de ema, nem ovo nenhum. E dentro de mim aquele peso, o nó da desconfiança subindo e descendo no peito. Às vezes querendo voltar de mansinho e acertar as contas em surdina. E tendo de continuar procurando ovo de ema dentro da geada e da neve. E de tanto procurar tudo virava ovo de ema. Até a bosta de cavalo virava ovo de ema. E de tanto ver ovo de ema no meu pensamento, não é que, naquele dia, botaram os três ovos que eu procurava ali, bem na minha frente? Abandonados desde o fim do verão? Ou vindos do outro mundo? E na volta escutei o patrão: "Até que enfim, Prudente. Até que foi rápido. E desta vez conseguiu. Agora, sim — e logo mandou: "Antônia, faça como eu gosto". Ela quebrou os ovos com o batedor de carne, duros que eram, e apareceram aquelas gemas enormes. Os olhos dele chispando. E apressando, "anda logo com essa fritada, Antônia." Justo quando ele botou a fritada no prato ela fedeu de podre. Custódio amaldiçoou o céu e a terra, os homens e os bichos. Aquele dia deu medo; por mim e pela Antônia. Os olhos do tinhoso incendiaram, vivos como fogo de grimpa seca de pinheiro," Prudente lembrou.

A mula parou de repente e resfolegou.

— O que foi, Prudente? — Antônia perguntou, a seis passos atrás.

— Deve ser uma cobra, ou onça cruzando a estrada.

"E quantas vezes fiquei o dia inteiro longe da casa. À procura do que não existe — Prudente continuou recordando. — 'Prudente, amanhã bem cedo sai por aí em busca de pinhão. Uma cesta só basta. Para fazer uma paçoca e comer com essa carne seca de ovelha, desfiada.' 'É verão, patrão. Nessa época não se acha um pinhão, patrão. Nem cavando. Os enterrados pelas gralhas já brotaram.' "E quem disse que não tem? Só um mandrião não acha." 'Com todo o respeito, patrão, vai ser tempo perdido. Estamos em janeiro.' "E lá eu não sei que é janeiro? O tempo é meu, Prudente, você não está perdendo nada. Quem paga o seu tempo sou eu. Procure um alqueire de pinhão. Meio, e pode voltar. Em algum lugar encontra. Vá até Urupema, onde sempre é inverno. Cruze a divisa se for preciso. Vá até São José dos Ausentes. Lá, tem pinhão temporão perdido naquelas grotas do sul. Já expliquei isso." 'Por lá agora só tem o pinheiro estrangeiro das fábricas de papel, patrão.' "Desça no fundo dos grotões onde os peões das madeireiras não desceram. Procura que acha, vá." 'Isso pode levar muitos dias, e o serviço daqui, patrão?' "Deixe de ser bobo, Prudente. Um dia a mais um dia a menos não muda nada. O gado vai pastar igual e a água vai continuar correndo nas cachoeiras e nos riachos. O córrego que secou de um dia para o outro vai continuar seco. A minha paciência é que pode transbordar. O que vale é a minha vontade de comer pinhão. Chega de conversa. Vá. Vá nesse seu andar de tartaruga com câimbra. Vá até São José dos Ausentes, se for preciso. Lá você pode pousar na fazenda dos Bezerra, que são pessoas de gostar de receber e nem perguntam pelo nome."

E lá fui eu.

Recordou mais: depois de muito andar, de fato tinha. Não um alqueire como ele queria. Mas umas oito, dez pinhas, murchas, com uns pinhões esturricados que nem as gralhas quiseram comer. Bem guardados pela jararaca, enrolada na pinha menos feia, e que deixou a mão direita de Prudente como se fosse um carvão e com uma ferida que ficou com a boca aberta, purgando veneno, durante mais de três meses. Isso foi no começo de janeiro, mas já no dia 20, dia de São Sebastião ele foi mandado à cidade.

"Traga as tintas para pintar as caras dos cavalos velhos, antes que os homens lá de baixo cheguem para negociar. Com estes pelos brancos da velhice não vão querer. Vou pintar como os ciganos, que se acham espertos, fazem. Pegue: aqui está escrito o nome do betume: o da Judeia. O mesmo que pintei os cavalos velhos o ano passado e enganei aquele cigano, o marido daquela cigana agourenta com dente de ouro. E não precisa se apressar, Prudente. Faça tudo com a sua calminha, para não cansar o cavalo. E aproveite para tomar um trago e jogar um carteado, como você gosta.". "Sim senhor, patrão". "O dinheiro dá para tudo. Para você e para as tintas. Vá em paz, Prudente."

E lá ia Prudente a trote curto, querendo entender o patrão e animando-se com a ideia de ir beber um trago e jogar um truco. Torrando no sol, encolhendo-se no sereno frio da serra, afundado nas suas suspeitas, olhando o céu, abaixado com o peso de tantas estrelas. Distraindo-se vendo as emas nos ninhos, quietas como as pedras.

Custódio Cruz sabia bem o que fazer para ter o que queria. Calculava com detalhes. "Um dia e um tanto da noite para ir, igual para voltar; mais um dia para fazer as comprinhas, lerdo que é, outro para ficar bebendo e jogando cartas, vai me sobrar tempo", avaliava enquanto olhava Prudente ir sumindo.

Na escuridão da estrada da descida da serra a mula de Prudente se desajeitou. Ele balançou e se deu conta de onde estava. "Essa descida à noite não acaba nunca". A besta ofegou enfastiada de procurar onde botar as patas. Prudente esfregou as mãos duras de frio e olhou para trás, mal vencendo a cerração. Vislumbrou o vulto de Antônia, em cima da mula com a menina no colo logo atrás dele. Sentiu carinho. "Parece uma santa. O melhor mesmo é descer a serra e esquecer o que não se tem certeza. Se a gente quer mudar de vida não é bom ficar fuçando o passado."

Antônia e a criança, envoltos em um lençol negro, deixaram de existir. Ela encolheu-se ainda mais e afundou nos seus pensamentos:

"Andamos, andamos e não se sabe onde estamos. É tudo o mesmo lugar. Cerração fechada na noite de breu. Como se o mundo fosse só neblina. As patas das mulas parecem não sair de onde estão. O rumor da água escorrendo pelos paredões, cada vez mais fraco. Só sei que, graças a Deus, estamos indo embora. O que quer que aconteça não vai ser pior do que ficar por perto de Custódio. Será que Prudente nunca reparou na cor dos olhos de Mariana? Lilás, ou violeta, como se diz. Iguais aos olhos de Custódio. Ou, se Prudente olhou, foi nos momentos em que os olhos dela perdem a cor viva. Como acontece com os do Custódio, que mudam de cor conforme a luz ou conforme sente raiva ou sei lá o quê. Desligado como é, Prudente não presta atenção nessas coisas pequenas... Ou faz de conta que nunca vê. Só espero que ele continue assim. Cego para o que não deve, ou não quer ver. Evitando o mal da vingança. O importante agora é que estou no caminho para longe do cativeiro. Da escravidão de mim mesmo. Do prazer e da infelicidade pior do que aconteceu. É o que eu espero."

Antônia largou as rédeas, vibrou a língua e a mula parou. Ajeitou Mariana no colo, protegeu melhor a barriga furada e fez a mula andar mais rápido até chegar perto da mula de Prudente, guardando distância para ele não escutar os seus pensamentos.

"As coisas acontecem e ninguém sabe como nem onde começam. Não dá para saber se elas vêm ao nosso encontro ou nós vamos ao encontro delas. Ou se as duas coisas se embaraçam. Na primeira vez eu gritei, fiquei toda dolorida de tanta força para me livrar. Naquele tempo Custódio não exigia tanto de mim. Ele ainda estava ocupado com a menina Linda, a filha que restava em casa e que logo depois foi embora com um desconhecido. Abusava dela dentro do cocho das vacas'. — Tornou a ouvir na imaginação a voz de Custódio Cruz: — Não adianta gritar nem espernear, Toninha, a Teodora vive surda, a Linda e o Salvador estão na escola. Por três dias o Prudente não volta e ninguém vai ligar para você. Poupa a força. E se contar vai ter desgraça das feias. — Com o tempo parei de lutar. Não lembro quando comecei a deixar de achar tão ruim. Foi aos poucos. O meu corpo começou a amolecer e depois a ganhar vida com o que eu sentia cada vez que ele investia como se fosse um touro que não respeita nada. Coisa que Prudente não leva jeito para fazer."

Um pássaro noturno esvoaçou perto das orelhas da mula com um gritou agourento. Antônia quis se benzer, mas tinha as duas mãos enregeladas e presas. Uma nas rédeas, com a ilusão de conduzir a mula dentro da escuridão, e a outra segurando a criança no peito, como se a protegesse da morte. Agasalhou-a como pode. E nem assim parou a chiadeira da respiração. Trocou Mariana de braço para aliviar a câimbra. "Não consigo largar a rédea, a mão está dura de frio. A mula conhece o caminho, é ela que sabe onde pisar um passo de cada vez dentro de cada buraco na pedreira. Como o destino que leva a gente por esses caminhos sem volta. Mas agora, graças a Deus, eu vou escolher o rumo da minha vida. Coisa que sempre quis. E, mesmo teimosa como eu sou, nunca consegui. A escuridão é só neste caminho. Posso fechar os olhos que continua tudo igual. Mas, mesmo não parecendo, vai amanhecer."

Recordou o que fazia quando já sabia que estava grávida. Deixava Custódio e ia para a cachoeira. Ficava nua, como gostava de tomar banho de rio, e afundava na água gelada para esfriar o sangue e lavar o calor da pele de Custódio grudado no seu corpo. Depois, com o sangue frio, pedia para uma força maior, acima dos seus desejos, abrir um rumo para se libertar de tudo aquilo. Sentia no corpo e na alma a água da cachoeira desfazendo a culpa. O prazer indesejado escorria aos poucos. Mas não diminuía o medo de que a criança, ao nascer, fosse a revelação carnal dos seus segredos e despertasse a ira de Prudente. Por instinto, não confiava na mansidão de homem calmo demais. Menos ainda se ele fosse traído. Por lá, a reputação de um homem traído que não lavasse a honra com o sangue dos traidores era pior do que a de um cachorro louco. Ninguém nem chegava perto. "E o que esperar de um cachorro louco? Mesmo que nunca tenha latido contra ninguém?" Esse era ponto que mais afligia Antônia.

Escutava as passadas da mula, o chiado da criança, e lembrava. Reviu com detalhes a primeira vez em que Custódio a dominou com força brutal e disse o que disse. "Aquelas coisas despudoradas. Fiquei com nojo dele e de mim. E de noite, deitada sem poder dormir me perguntei: Será que eu sou mesmo o que ele disse?" E ficou ainda mais assombrada quando o tempo revelou que ela gostava de ouvir e que mergulhava, ao mesmo tempo, no prazer e na vergonha enquanto ele falava. Lembrou mais: o dia em que começou a sentir uma forte atração pelo que faziam. Um calor que a desnorteava. E depois maldizia o seu corpo, o desejo revigorado que a invadia. Por mais de uma vez desejou que fosse sepultada viva para se libertar do que estava vivendo. E, tempo depois, gostava de estar viva para outra vez sentir o que sentia.

Desde então Antônia passou a refugiar-se ainda mais na cachoeira e pedia para quem a ouvisse, seja lá quem fosse e onde estivesse, uma saída para os seus conflitos. Na tarde da quinta-feira, dia 18 de abril, sentada na pedra, olhando a água passar por suas pernas, os pensamentos fluindo, imaginou o que lhe pareceu a solução definitiva. Teria que dar fim à vida de Custódio. "Na minha é que não vou. Já não sou mais a única dona dela. Eu tenho por quem viver. Espero um filho, ou uma filha, que não escolheu o pai, mas escolheu a mãe. O mais certo mesmo é que o pai seja o Custódio, mas vá que seja o Prudente? Seja lá qual dos dois, quem me colocou nesta vida que passou a ser um tempinho o céu, e noites e dias uma penitência, foi o Custódio. É dele que tenho que me livrar. O Prudente é um santo. Até demais. Coloco só meia colherada daquele pó no ensopado e acaba tudo. — "A dose é para matar os vermes, Prudente, não os animais. Uma colherada desse pó mata um elefante em um minuto, É só uma pitada de canivete dentro da mandioca para cada animal." Eu o ouvi dizer. E eu digo: o pó que cura os animais vai ser o pó que mata o diabo, antes que eu acabe me desnaturando mais com o que ele faz comigo e eu não consiga voltar atrás. E então sim, vai ser a infelicidade para toda a vida. Minha, do Prudente e da criança. Sabe mais, vou é botar o pote inteiro para matar o diabo dele junto."

Não foi o que ela fez. Naquele dia, relembrado durante a descida da serra, quando voltou da cachoeira a água no corpo foi secando e a coragem foi diminuindo. Encontrou Custódio no pátio, sem camisa, lavando o rosto barbado na água que jorrava da terra, cristalina, dia e noite desgastando as pedras da bica. Passou por trás dele pisando de leve. "Outro dia eu penso nisso. O remédio não é este. Não agora. Vai ser mais um pecado que nenhum remorso repara", concluiu antes de entrar em casa.

Agora, em cima da mula, escutando o chiado sem fim de Mariana contra o seu peito, com a barriga furada pelo touro que tinha mais chifre do que corpo, cega pela escuridão, sendo levada por um caminho invisível, arrependia-se de não ter feito.

— Seria melhor ter matado — disse para ela mesma, baixinho, para Prudente ali na frente não escutar.

— Matado quem? — perguntou Prudente.

— Não disse nada, homem, não fica sonhando. Presta atenção onde estamos.

A mula torceu-se toda para se aprumar do escorregão e ela parou de relembrar. Sentiu fortes dores no ferimento da chifrada e quis excomungar Custódio Cruz, mas a mula deu outra pisada em falso e o pensamento se desfez antes de completar o giro.

A mula voltou a andar e ela voltou a rememorar.

"Naquela tarde, quando eu entrei em casa a água gelada da cachoeira já tinha secado e o calor do corpo renasceu. É mesmo assim. O corpo esquece o que não se deve fazer e nunca deixa secar o que gosta. O corpo engana a alma. Fazer o quê: às vezes preferimos perder o céu eterno da nossa última esperança só para sentir, por um tempinho, o prazer do corpo. É a lei da terra, onde eu vivo. Era o que eu sentia. É isso mesmo: ora é a alma que procura, ora é o corpo que escolhe o que quer. Deus que me perdoe, mas é assim. Se eu pudesse viveria só com a alma ou só com o corpo, como já cheguei a querer. Mas não dá. Uma parte depende da outra. E eu não posso separar uma coisa da outra enquanto viver neste vale de nevoeiro do que se sente e se cobiça alcançar. Deus me deu um corpo e uma alma e os dois não se entendem muito bem — ajuizou. — Muitas vezes, depois de tudo, chorei. Pensei até em me atirar daquele grotão, onde caiu o bezerro e sumiu para sempre. Cheguei a ir lá umas dez vezes. Saltar dentro daquelas nuvens que escondiam a morte embaixo dos meus pés. Não pelo que ele, Custódio, fazia comigo desde que eu me casei com o Prudente e fui morar lá, mas pelo que eu sentia. Aquele vapor do sangue subindo da terra e me engolindo. Como se eu não fosse nada mais do que o incêndio do meu corpo. Depois me condenava. E logo eu perdoava o meu corpo e era bom o que ele sentia'.

'O que mais me assustava era se a criança iria parecer com Custódio. E acabou nascendo com esta marca que ninguém tira. A cor, ou sei lá, as cores dos olhos dele. No maior tempo lilás, ou violeta, como dizem. Graças a Deus Prudente não é homem de olhar nos olhos de ninguém. Nem da filha, que não é dele, mas é como se fosse. Ou se olhou esqueceu. Como esqueceu a picada da jararaca. Como vou eu saber? No fim, como são as coisas. Foi mesmo sorte aquele touro me chifrar e o Prudente cortar o pescoço dele. Ficar lá podia ser pior. Podia ser o pescoço do Custódio Cruz. Ou o meu. Agora é descer a serra e começar vida nova, onde vou poder ver o mar que tanto falam, e o horizonte que, dizem, não esmaga os olhos. Vou pisar dentro de outro destino. Vou, enfim, encontrar o meu lugar no mundo. Pois, como Prudente diz: sofrer todo mundo tem que sofrer, mas ninguém nasce para ser infeliz a vida inteira. Isso eu não quero para mim nem para minha filha Mariana, que ainda há de ser uma mulher admirada de dar inveja.

A criança tossiu e gemeu, sonhando. Ou por falta de ar. E calou. Antônia vibrou a língua e a mula parou. Colocou a mão no peito de Mariana e, aliviada, disse, ao léu:

— Está viva. Bendita seja Maria, Nossa Senhora Aparecida. Seja o que Deus quiser. Não sei o que vai acontecer, mas, para a vida ou para a morte, agora meu novo caminho está traçado. E sem volta. Não foi bem o que eu escolhi, mas quem escolhe? Quem? Quem sabe o que está escrito e quem escreve exato o que quer viver?... Quem? Eu? ... — E continuou falando para não dormir em cima da mula e deixar a criança cair.

— Tem certeza que o caminho é este, Prudente? Você não se perdeu dentro desta escuridão? Está muito longe ainda? Eu estou congelando.

— Nesta descida ninguém se perde, mulher. Não existe um desvio. Estamos quase no pé da serra.

— Como é que você sabe? Não escuto mais a água escorrendo nos paredões, Prudente. Estamos vivos? Perdidos?

— Não se assuste. A água congelou. Agora estamos andando no meio das cortinas de cristal de gelo. Imagine só como é bonito. Nós três nas mulas descendo a serra dentro dessa lindeza — e acrescentou para Antônia, ele e a mula ouvirem e imaginarem o que seria. — Duas cortinas de cristal penduradas nos paredões de pedra. E nós viajando dentro delas. Não é bonito, Antônia?

— Se é isso, lembra mesmo o caminho do paraíso. Mas eu estou encarangada, morrendo de frio. E pelo que escuto, mais parece as pedras se lascando. Tem certeza? Ou é só para dizer uma coisa bonita para me animar?

— É isso mesmo, Antônia. Não dá para ver, mas imagina como é bonito.

parou de pensar nas perguntas sem retorno

— Falta pouco — disse Prudente. E falou com a mula: — Já estamos quase debaixo da serra. Só mais uns passinhos. Você é um animal esperto. Não errou um passo. Meio que tropeçou, escorregou, tremeu, bufou, mas errar não errou. Se tivesse errado um passo podia despencar na pirambeira sem fundo. E eu junto. Os perigos não são somente para as mulas, você sabe? Quando uma mula cair pode cair um homem junto. Que Deus conserve a sua lindeza e essa inteligência, mesmo assim magrinha e velha, com esses pelos caindo — alisou o pescoço da mula. — Por dentro é muito bonita."

A mula ouviu e ficou feliz. Inchou as bochechas e bufou com força três vezes, como uma risada.

Entraram na última garganta rochosa. Mariana, embrulhada em panos, quase esmagada contra o peito da mãe, parou o solfejo da gaita com o fole furado. Prudente e Antônia ergueram os olhos para as duas muralhas rochosas ameaçando esmagá-los. No alto um céu de um novo alvorecer. Quando saíram dos paredões viram ao longe a extensão verde-escura coberta por um horizonte remoto começando a amanhecer.

Acabaram de descer a serra com o corpo moído e as juntas travadas, a alma à deriva, dentro da claridade da manhã mal começada. Aos poucos cresceu um sol distante, rubro, quase perdido nas lonjuras. Dentro da vermelhidão a luz de uma grande estrela marcava um ponto. Um ponto longínquo, como um facho de luz sobre o endereço da esperança dentro de um sonho de Antônia.

— O horizonte não é longe — ela disse.

— É para lá que nós vamos — disse Prudente.

— Que Deus e Santo Antônio, meu padrinho no céu, nos guiem para não acontecer mais nenhuma desgraça. É o que mais quero.

Prudente Paz tentou vender as duas mulas no primeiro povoado no sopé da serra por pouco mais de nada. Mas nem bem isso lhe ofereceu a única oferta.

— É um animal já sem serventia — disse Aparício Soares. — Obrigado, serrano.

Mais adiante, no encontro das três estradas, defronte à casa de comércio bem estabelecido de Pedro Nunes, ouviu:

— Não. Não compro porque não vale a pena. Obrigado, serrano — agradeceu a Pedro Nunes, que morava em cima do armazém, na frente da igreja e era o homem mais influente ali. Nem desceu os degraus do sobrado para despachar.

— São bons animais, bem mansos — insistiu Prudente. — Um pouco judiados pelo inverno brabo, mas são mulas fortes e de serventia. Olhe, ainda sobram bons dentes.

— Não. Não quero. Mais adiante vai encontrar quem compre.

— Eu sou o Prudente Paz, seu Pedro Nunes, dos tempos das tropeadas de queijo e charque, quando eu era gurizinho. Quero ir agorinha para a Capital para tratar da criança. Preciso vender antes do ônibus. Quem sabe para o açougue. Os chineses compram a carne. É uma pena, mas fazer o quê. Ainda servem muito, mas fazer o quê.

Antônia apeou, esticou o corpo e ficou outra vez empinada.

— Subam e tomem café reforçado. O ônibus só passa daqui a uma hora — convidou Pedro Nunes, olhando para a criança enrolada no colo de Antônia.

— Eu pensava que era mais cedo.

— Não, o ônibus só daqui uma hora. Essas mulas estão muito magras, Prudente. Com todo o respeito, não dão nem para fazer linguiça para cachorro.

— Que ideia, seu Pedro! Faz uma proposta, seu Pedro. Qualquer uma.

— Vá lá. Cem, para você se despachar com a sua família. Depois eu penso no que fazer com elas.

— Está bem. Cem cada uma.

— Cem pelas duas. E pode deixar os arreios, se lhe atrapalhar.

— Fechado. Pode mandar encurralar as mulinhas, seu Pedro. Esta é a Safira e esta é a Estrela. Vou sentir falta delas, mas fico feliz por ficarem com o senhor.

Antônia viu o aperto de mãos e Prudente guardar as notas sem contá-las.

— Prudente, vem cá. Você teve coragem de vender as mulas por isso?

— E fazer o que com elas? Pagar as passagens para elas irem com a gente de ônibus é que não. Esse dinheiro dá para as passagens e sobra.

— Então, é o quanto basta. Vamos embora — concordou Antônia. — Agora não tem volta mesmo.

— Subam. Tomem um café reforçado, para se esquentar. É desfeita não aceitar. Como é o nome da criança?

— Mariana — disse Antônia.

— Bonito nome, que Deus a abençoe. E o seu?

— Antônia.

— Pois que a senhora também tenha lá bastante boa sorte. Subam e descansem.

Prudente pagou as duas passagens rumo ao sonho de Antônia e ao encontro do imprevisível. O caminho estava aberto. Era por ele que tudo se encaixava e se encadeava. Por ele, iriam ao encontro das suas esperanças e das suas fatalidades. E, sem saber, levando a recém-nascida Mariana e, bem mais tarde, o filho dela, Mariano, ao encontro dos seus fadários.

Tudo tinha sido posto em movimento por um detalhe fora da razão. Trágico, mas não mais do que um inesperado detalhe conspirado pela chifrada do touro aspudo enciumado. O touro vermelho como pinhão que Prudente degolou. O touro colossal que fez Custódio Cruz derramar uma lágrima pela segunda vez na vida, desde o longínquo tempo em que ainda criança viu o seu irmão Santelmo sumir nas águas do Canoas. A lágrima que, desta vez, ele não percebeu cair. E outra vez era de dor misturada com raiva.

Foi assim que, mais uma vez, todos aqueles destinos se envolveram e continuaram se enredando, numa sucessão de acontecimentos com histórias que se complementavam. Até mesmo os sentimentos e as emoções de amor e ódio e a solidão incrustada como a concha de um molusco no mais profundo e misterioso oceano, foram, sem eles saber, sendo compartilhadas em situações, lugares e tempos diferentes. Como se uma só conspiração conduzisse o destino de todos.

A CHEGADA NA CIDADE

11

Quando Prudente Paz e Antônia, depois de venderem as duas mulas no sopé da serra, chegaram à capital, atravessaram a cidade caminhando e começaram a subir o morro. Desviavam-se das pessoas que desciam e que lhes davam um bom-dia afetuoso, como se já os conhecessem há muito tempo. Antônia pensou que de fato estava subindo as escadas que a levavam ao céu.

No meio do morro, um homem entroncado, com os cabelos bem penteados, repartidos ao lado, de terno escuro e gravata cinza, com um livro preto na mão, parou e ficou olhando para baixo, esperando-os se aproximarem.

— Bom dia, irmão. Bom dia, irmã. Vêm de onde?

— Bom dia. Da serra — disse Prudente.

— Então não vai estranhar a subida. Já conhecem alguém aqui?

— Ninguém, não senhor. Cheguei pelo faro, como se diz lá em cima. Vim porque me disseram que aqui a gente pode começar a se arranjar em outra vida. Foi o que ouvi. Espero não estar enganado.

— Quem vem para cá não se engana, irmão. Se você chegou aqui é porque o Senhor mostrou o caminho. Eu sou o pastor Abraão Siqueira. Pare ali, no primeiro armazém, do Josué Fernandes. Ele é um serrano também, só que das serras do Rio Grande. Diga que eu mandei. Vai lhes acolher.

Ainda não tinha acontecido nada, mas o coração de Antônia pulsou mais forte. Um tamborilar como ela fazia tempo que não escutava. E desta vez não era a arritmia do desejo nem a culpa. Era a palpitação das esperanças ecoando no seu peito. Tinha certeza de que ia ser feliz e poder dar um futuro de ouro para Mariana, se ela sobrevivesse ao chio no peito e à magreza.

Vinte minutos depois, quando entraram na venda de Josué Fernandes, Antônia pressentiu estar entrando pela porta das artimanhas. Mal olhou e mal cumprimentou o dono. Só viu a cara dele de soslaio: os olhos de predador faminto olhando de esguelha, o bigode grosso, negro, aparadinho e o cabelo puxando para o ruivo, empastado. Achou a voz macia demais para ser virtuosa. Tomou o copo d'água afastada do balcão e foi esperar o marido na rua. *Debaixo deste céu tão bonito, com minha menina nos braços, depois de tudo que passei era para eu me sentir mais segura,* refletiu. *Deve ser coisa dos meus pensamentos. Ando desconfiada demais.*

Isso foi no princípio de junho, depois da estiagem prolongada do inverno e dias antes das fortes chuvas começarem a ensopar a terra.

Josué Fernandes não só facilitou o aluguel da casa. Uma construção mista, mal-conservada, com os fundos pendurados na borda do declive de um riacho que recebia esgoto, como se fosse um alçapão. Os cobertores velhos no chão e as latinhas vazias enfumaçadas denunciavam eventuais ocupantes. Tinha um fogão Dako vermelho, "quase novo", ele disse, e uma cama de casal king, com gavetas embutidas, que mal cabia entre as paredes do quarto, as molas cansadas de tanto sacolejar e um cheiro de líquido corporal com data vencida. E mais uma caminha gradeada, mesa e cadeiras, uma geladeira com a borracha cansada, e demais utensílios que, lá atrás, haviam sido doados por Dalvinha Mãe de Todos, a viúva do bem lembrado Pulga de Ouro (oficialmente, nos autos, Aureliano Darci Porto), para um baiano alegre, tocador de berimbau, logo sumido. A partir de então as peças, sempre doadas, foram repassadas de mão em mão, até parar no depósito do dono do Armazém Nada Me Faltará, em pagamento das compras dos necessitados que ficaram sem crédito.

Dalvinha Mãe de Todos era uma mulher colossal em todos os detalhes. Muito alta, esguia, com peitos e quadris opulentos por natureza e detalhadamente aperfeiçoados. Era generosa com a mesma visibilidade. (Quando ela era vista, ainda que de soslaio, exalando um esplendor de deusa carnívora, os moleques perguntavam entre eles: "você quer a comissão de frente ou a ala de trás?" E as mulheres se perguntavam que cor teria os olhos dela, sempre protegidos por grandes óculos de sol. Um dia um Chopard de Rigo Vision, outro um Dolce & Gabbana valendo uma mansão, um básico Moss Lipow Platinum de Bentley, com duzentos diamantes. E nos dias muito ensolarados o seu Esmeralda De Shiel.) Ela falava sempre sorrindo, com os grandes lábios se abrindo de orelha a orelha, os dentes chispando brancura. Era admirada pelos rivais, festejada pela população, cortejada às escondidas pelos políticos, invejada por todos os gêneros, intocável por quem quisesse continuar vivendo. Se era generosa antes, fazendo rifas para ajudar nas necessidades, quando passou a viver com o Pulga de Ouro, a exemplo dele, abriu ainda mais o seu coração e se fez temida por todos. Depois que ele foi morto em um confronto, ela, a herdeira do dos negócios, com código de nenhum perdão aos devedores, tornou-se a provedora dos desprovidos. A comunidade continuou tendo assistência médica, hospitalar, odontológica, jurídica, escolar, psicológica, religiosa, recreativa, funerária. Nem bebida e comida para as festas comemorativas, mesmo as das crianças celebrando o nascimento de um gatinho. Sem contar a conclusão da construção do grande projeto de Pulga de Ouro: o Resort Morada dos Eleitos. Mil e vinte e duas casas com infraestrutura de lazer, saúde, escola, oficinas, praças, doadas aos moradores de rua, ao lado do suntuoso Resort Paradise Tropical, à beira-mar. Um exemplo.

Ele mesmo, o Pulga de Ouro, aparentemente não era nada, a não ser pelo andar rápido, os olhos pequenos fosforescentes, como os de um lobo na noite, sempre girando. Era tão pequeno que o líder de uma organização concorrente disse, com incontida inveja, que a polícia atirou nele mirando com um microscópio. Pois o que Pulga de Ouro tinha de pequeno tinha de atrevido! Culto, inteligente, corajoso, amável, raivoso sem dizer uma palavra feia, tudo o que fazia era com estratégia irretocável e meticulosa exaltação. Fosse amando ou matando. E, igualmente, fazendo benefícios. Ainda hoje, em muitas casas o retrato dele é velado como miraculoso e a sua sepultura um fogaréu. Durante os cinco anos em que Dalvinha conviveu com ele, festejou o que raras mulheres saboreiam com um grandalhão a vida inteira. Com ele, ela aprendeu os meandros e o rigor do poder e herdou o domínio das leis do mercado: controle da produção, transporte, distribuição melhor do que cerveja, consumo.

Do alto da sua fortaleza Dalvinha era informada, por um perfeito serviço de inteligência que ultrapassava fronteiras, sobre tudo. Incluindo quem chegava e saia das comunidades e cercanias. Para ninguém falar que a família da serra que chegou só tinha recebido quinquilharia, ela mandou, na quinta-feira, seis rapazes, discretos como manda a lei, entregar na casa de Prudente roupa de cama, de banho e de vestir, panela de pressão, pratos, talheres, uma dúzia de barbies e várias sacolas. O quarto vazio ficou atulhado. O que mais fascinou Antônia foi um imenso espelho ovalado, de cristal bisotê, capaz de reproduzir imagens tridimensionais, circulado por uma volumosa almofada de veludo carmim, presa por debruns dourados, com berloques de ouro da China, do tamanho de um ovo de avestruz — e que depois da chegada incógnita ao Brasil, perdeu o peso —. A peça de origem ignorada, majestosa como os espelhos dos salões de Versalhes, tomou conta da sala.

Antônia não imaginou a razão da bondade. Dalvinha mandou remover o espelho incomum do seu próprio quarto por uma razão insondável. Era um imenso quarto decorado como se fosse um profano santuário inviolável onde, no refúgio de todos os olhos, Pulga de Ouro se fantasiava de sultão e ela de odalisca, para viverem os torrenciais amores, que não acabaram nem com a morte dele. De noite Pulga de Ouro voltava vestido de Sultão. O espelho, por obra de alguma técnica secreta, continuava refletindo o filme dos festivais íntimos, como se os dois estivessem vivos.

No começo as cenas amenizaram as tristezas da viuvez prevista. Porém, coisa de três meses depois de Pulga de Ouro tombar em combate, as sensações emanadas do espelho não tinham sentido. Ela ficou crítica: *hoje eu faria isso melhor. Assim merece um close.* O espelho virou estorvo no quarto de uma mulher com pressa de viver. O que era uma festa virou uma consternação. Além do que, a incerteza de que a reprodução do espelho só poderia ser vista por ela, e sem poder fazer um teste para dirimir as dúvidas, deixou Dalvinha sem receber uma só visita no seu quarto de odalisca. Queria doar o espelho para quem não a conhecesse e não sabia como. Neste caso a chegada dos mendicantes da serra foi providencial. Foi, pois, para se libertar de assistir o que já não existia e poder viver novas torrentes de amor sem a os fantasmas do passado que Dalvinha se desfez do espelho que perpetua as imagens.

Era um espelho cabalístico, de natureza ultrajada. Foi parar na parede da sala de uma modesta casa no Morro do Meio, levado pelos indecifráveis caminhos da caridade, e acabou acolhendo e eternizando, se não tivesse acontecido a tragédia, as imagens de Prudente Paz, Antônia e da filha Mariana, sem que eles se dessem conta.

Um mês depois da chegada do espelho prestidigitador e dois antes da grande catástrofe acontecer, na noite em que tomavam uma sopa de feijão com arroz e linguiça calabresa, Antônia perguntou:

— Prudente, você já se deu conta que este espelho tem noite que fala? Ainda hoje eu o escutei repetir o que eu lhe disse ontem à noite. Vamos vender?

— Eu bebo os meus tragos e nunca ouvi nada. Deixe aí. É presente de gente importante — limpou a boca. — Toninha, você não anda nada bem da cabeça.

Era o que ela também desconfiava. Ficou por isso.

— Acabou o arroz — disse Antônia. — Compre mais. Até que durou bastante.

— Não se preocupe. Seu Josué continua confiando. Amanhã eu trago.

— Vou abrir conta para vender o básico fiado — ofereceu Josué Fernandez para Prudente Paz no dia em que eles chegaram. E voltou a fiar.

— O senhor é um homem bom, seu Josué. Não vai se arrepender.

— Bebida não. Quero dizer: não fiado. Nem cigarro, entende? Nem crédito para celular. Isso só no dinheiro — Josué deixou claro já no primeiro dia.

No dia em que chegaram Antônia leu em cima das prateleiras das garrafas: *Jesus é o caminho, a verdade e a vida.* E na das comidas: *O senhor é meu pastor, nada me faltará.* Na rua repetiu para Prudente.

Ele esqueceu. Cada vez que entrava na venda procurava desvendar o intrigante mistério da palavra escrita, desafiando a sua inteligência, ferindo o seu brio. A palavra Jesus ele entendia, o resto tentava adivinhar. Era informação demais.

— Gosta de ler o evangelho, Prudente? — e Josué leu bem pausado os versículos.

— É bonito acreditar no que está escrito, não é, seu Josué?

Prudente pegou o arroz, o pão e o leite que Antônia deu falta e saiu pensando:

"Na serra não tinha padre e nem se pensava em pastor. De santo, na casa do meu pai, em quem mais se ouvia falar era no milagroso monge São João Maria, da Guerra Santa. Lá, eu não tinha que ficar escarafunchando as letras nem a minha alma para saber se Deus existe ou não. Nunca ouvi quem ficasse convencendo o outro que Deus existe. Menos ainda onde eu ia comprar para o patrão e tomava os meus tragos e jogava truco na sala de trás. Ele existe e pronto. Para que ficar revirando a cabeça e o coração para saber o que se vê que existe, para quem quer ver? Aqui tudo é mais complicado. Tem que escrever que existe, senão ninguém acredita. Fazer o quê. É o jeito deles. E vai se ver, nem escrito e lido eles acreditam."

Quase dois meses depois, à noitinha, quando voltou da cidade, parou na venda.

— Vou tomar um gole, seu Josué. E levar feijão e arroz, para não faltar.

— Fiado, bebida não, Prudente. É o trato.

— Vou pagar com o último troquinho que me sobrou das passagens. Bebida não me faz falta não, e não fumo nem sei usar celular. O que faz falta é trabalho, comida na mesa. Só de ralo em ralo bebo um trago. Antônia não gosta. Diz que eu fico fedendo e dorme de costas virada.

E eu fico olhando para o forro e pensando, por que bebi se já tinha ciência que ela ia se encolher no canto e virar as costas?

— Entendo.

— Só vez ou outra bebo um trago. Acho que para ficar de costas para o que me entristece. Ou para ficar um pouco fora deste mundo — riu. — Ou um pouco como ele é.

— Sei. Mas o trato continua. Bebida paga e leva. Ou bebe aqui mesmo. O mais, para casa, pode comprar fiado. Quem quer trabalhar eu dou crédito. Logo vai poder me pagar e se souber levar a vida, compra a casa onde eu deixo vocês morarem.

— Isso é sonho grande demais, e ainda nem dormi direito. Faz mais de mês que não durmo, só pensando em como vou arrumar trabalho. Pode ser que amanhã a minha sorte mude — tomou um gole. — Já que ela e a desgraça vêm de repente, ainda que cheguem por caminhos diferentes, não é verdade, seu Josué?

— Pois então. Não é sonho não, Prudente. Basta querer e confiar no Senhor. Se quiser há trabalho que dá lucro rápido, mas é de pouca segurança. De pouca vida. Eu não recomendo. Existe o que demora mais, mas pode alongar a vida e conseguir as mesmas coisas. Mas isso é de cada um. O tempo é que vai dizer.

— É verdade. O tempo sempre diz tudo. Mesmo o que não se queira saber — deixou a cachaça adormecendo a boca antes de engolir. — Sou homem de trabalho de verdade, seu Josué, amanhã com certeza acho o que fazer.

Às oito e cinco da manhã ele escutou:

— Sabe operar com computador?

— Operar com o quê?

Foi o que a moça, igualzinha às outras moças que Prudente Paz vinha encontrando há quase três meses, de saia vinho, blusa bege, um cordão azul com o crachá, perguntou, ainda em pé. Ele ficou olhando aquelas coxas grossas bronzeadas pelo sol, espremidas dentro da saia: "Como se eu não fosse homem, como se eu não fosse nada. Só pode ser para me humilhar." Comparou com as coxas de Antônia e ficou calado, pensando ora nas pernas, ora no que estava fazendo ali, se extraviando do que ele era e do que de fato estava procurando. Ela, já sentada, digitando o prontuário de Prudente Paz e falando ao telefone fininho pendendo da cabeça.

Prudente sentado. "Procuro adivinhar o nome das ruas e até que tenho acertado. Agora, se for nome estrangeiro nem pensar. Onde eu nasci e vivi não tinha rua. Nem calendário na parede da casa. Quem sabia o dia da semana era o patrão. Custódio Cruz, meu padrinho de casamento e da minha filha, Mariana, que nem batizou. Homem bom quando queria. Só quando queria. De raro em raro contava coisas da sua vida. Pena foi o diabo daquele touro ter chifrado a Antônia. E sei lá mais o que estava por trás. Aquelas histórias de me mandar correr mundo atrás de ovo de ema no inverno e pinha madura no verão. Sair de lá pode ter sido o melhor. Prefiro acreditar que com a desgraça pode chegar a sorte. Nunca se sabe por que as coisas acontecem. Nem o que vai acontecer. Mesmo botando ordem no que se quer e no que não se quer. E agora mais uma me perguntando se sei, sei lá o que no computador. Praga de computador. Diabo de touro. Diabo de Custódio Cruz. Às vezes era bom, até dava pena de tão sozinho que vivia, mas igual, era o diabo. Se eu tivesse cortado o pescoço dele e não o do touro, ninguém ia reclamar nada. Um dia eu ainda volto lá e faço isso. É só não ficar escutando contar a vida dele que me nasce a coragem. De repente eu volto. Vejo aquele mundo que tanto gosto e empurro o tinhoso na pirambeira. Foi ele e o touro que me botaram dentro desta sala com ar de inverno da serra, ouvindo se sei lá de computador. E vendo essas pernas diferentes das pernas brancas da Antônia."

— Sabe operar? — A RH tornou a perguntar, tirando os olhos do computador.

— Não sei não.

— Bom dia, senhor Prudente.

— Volto amanhã?

— Não precisa voltar ao RH.

— Aonde?

Pegou o chapéu de abas largas, que por costume usava mesmo sem sol e sem chuva, e saiu. Parou na venda. Encharcado como um pinto pelado.

— Não para de chover. Seu Josué. Posso tomar um martelinho, seu Josué. A chuva me esfriou o corpo.

— Pode. Se quiser pode deixar fiado. Hoje pode. Como foi o dia, Prudente?

— Posso? Então vou tomar dois. Um eu pago. Vou procurar trabalho no supermercado. Carregar mercadoria. Só a mesma pergunta: se eu sei mexer com computador. Criam essas máquinas, como se a vida já não fosse complicada demais, e se esquecem de mim. De gente como eu, seu Josué. Será que eu não tenho mais serventia só por que não entendo de computador? Que mundo é esse, homem?!

— Não se desespere. Você tem onde morar e pode continuar comprando a comida. A Antônia pode vir pegar o que precisar. E se você quiser ganhar dinheiro rápido, não recomendo, mas pode. Fale com a gente da Dalvinha. É mais coisa para quem está na pior, sem esperança nenhuma e se aventura. Mas não é o seu caso, é?

— Já me ofereceram, mas não vale a pena. Prefiro trabalho. Amanhã continuo. Só espero que esta chuva pare — molhou a boca com a borda do copo nos lábios. — Afinal esta cidade não é só de quem sabe mexer em computador, não é verdade, seu Josué? Devem sobrar outras coisas para fazer. Nem que seja limpar pinico de rico como minha mãe dizia que eu ia acabar se não estudasse. Mas, levantar ainda escuro e caminhar 12 quilômetros por dia pisando na geada, quando se é criança, para aprender sei lá o quê... — tomou um gole econômico. Riu. — E nem pinico existe mais...

— Prudente, tenha fé que o Senhor não lhe abandonará. Embora pareça, o mundo não está terminado. Também há espaço para quem sabe fazer outras coisas.

— Não estou desesperado, não. Só não vejo saída. Mas voltar para a serra, nem amarrado. Só para passear, e olhe lá. Ou quem sabe para acertar umas contas que ficaram abertas. Sabe como é: quando se acerta a conta atrasada a alma fica limpa. E não quero vender a tal mercadoria. A Antônia já está bem melhor e tenho fé que a menina ficará curada logo. Antônia poderá trabalhar também. Ela é bem despachada.

— Caso queiram ela pode me ajudar um pouco na venda, enquanto a Miranda não volta da viagem para ver a família na serra gaúcha. Um meio dia, que seja.

— É uma ideia, seu Josué. Ela vai gostar.

— E eu vou falar com a pessoa certa para lhe colocar em um bico enquanto espera coisa mais segura. O pastor Abraão. Ele se dá muito bem com os políticos da nossa igreja. Político, quando quer, sempre dá um jeito. E ninguém vive sem trocar favores. Menos ainda quem precisa de voto. É a lei, Prudente.

Da janela Antônia olhava ao longe. Queria ver os telhados grudados morro abaixo. Depois os prédios, depois o mar, depois as montanhas. E nada de sol morrendo nas nuvens coloridas. Embaixo da sua cabeça o barranco descarnado, as pedras e a copada do garapuvu quase ao alcance da mão. E a água levando o caldo de terra morro abaixo, com um barulho que só deixava de ser igual quando a chuva aumentava. Como agora. Cada vez mais forte. Um aguaceiro de dilúvio.

Antônia olhava. Tudo paralisado dentro dos seus olhos e da sua alma. A esperança do recomeço tinha mirrado. Sentia a vida estagnada. Tentando renascer nas promessas do novo lugar, querendo andar pelos caminhos que esperava se abrirem. Nada era ainda muito bom ou mau. Só novo. Longe das suas tentações, das desgraças maduras para serem colhidas. Deixou-se submergir com a mesma entrega com que a terra e tudo o que nela estava se entregava à chegada da noite chuvosa. Assim desguarnecida, o inesperado chegou. E tal como o dia acabava aos poucos, também aos poucos começou a sentir o seu corpo despertando. Um apelo se enfiou por uma fresta que ela nem tinha aberto. Mas entrou. E voltaram as lembranças imprevistas:

Lá na serra, eu tinha esses pensamentos. Agora eles chegam aqui como um passarinho perdido entrando pela janela. Querendo acolhida dentro de mim. Deus e o diabo estão em toda parte. Mas eu sou forte. Vai me dominar quem eu permitir. A vitória de Deus ou do diabo está sob o meu mando. Jesus, Tu me deste o poder e a força... A tua cruz é a minha luz... — Repetiu como um mantra. — *Mas quem me deu a fraqueza?... E o calor do meu sangue? Que apaga os meus medos dos castigos eternos e os da terra? E tu Demônio, por que não procuras outro corpo para ser feliz, já que a felicidade que me ofereces é a minha vergonha?*

Ficou olhando para o oeste. Queria ver o poente sobre as montanhas. Repensou: *O meu prazer não é minha felicidade. Ela é o que eu mais amo nesta vida: Minha filha Mariana, que vai ser bem mais feliz do que eu e não vai passar o que eu passei. E Prudente, que é um homem bom. O que o meu corpo sentia com o Custódio era bom e tormentoso. O meu corpo ficava faceiro e a minha alma dividida. Mas, agora, pelos dois eu dou a minha vida e a minha alma. Por eles eu mato e, se preciso, eu morro. Porque sem eles eu nada sou. E se um dia eu tiver que fazer um dos dois sofrer prefiro ser enterrada viva. Isso eu digo e repito. Mesmo que o Prudente acuse a minha boca de mau agouro. E o seu Josué, com aquela voz macia e aquele jeito de águia que finge que está dormindo para comer a pombinha, que vá para o inferno. Aquela voz de veludo puído, o bigode de cor enganosa, pintado com tinta de sapato. E aquele olhar parado, como a cobra que enfeitiça e deixa a rã coaxando paralisada, à espera do bote. Aqui eu não vou me danar outra vez. Filho da puta.*

Antônia se desfez do que o seu corpo queria reviver e estendeu as suas esperanças de uma vida melhor. Sem perceber, começou a coçar com a ponta dos dedos a cicatriz da chifrada do touro acima da sua virilha. Sentiu um prazer delicado, como se os seus dedos soubessem revelar os mistérios de como libertar um carinhoso prazer sem sentir culpa. Foi naquele momento que Prudente Paz entrou.

— Como foi? — ela perguntou, antes mesmo de se virar e com pena de parar de sentir a coceira da cicatriz. Foi ao encontro dele. — Quero ganhar um beijo, Prudente.

— Uai! Igual. Só perguntam o de sempre. Como se o mundo não precisasse de mais ninguém que não saiba mexer em computador; de quem possa carregar uma carga nas costas sem apertar o botão de uma máquina; de ninguém para trocar uma ideia no trabalho e agradecer uma ajuda. Logo eu, que mal escrevo o meu nome.

— De repente não precisam mesmo — ponderou Antônia, encostada nele. — A gente é que não se ajuizava disso. Quem sabe, logo a gente compra um.

— Um o quê?

— Um computador, ora bolas!

— E para quê?

— Prudente! Para viver dentro do mundo real, homem. Você não é mais peão do Custódio Cruz. Para nossa filha aprender a vencer neste mundo em que nasceu e a viver bem, nele. Ela vai precisar. E gostar muito.

— Toninha, não existe nada mais real do que como nós estamos afundados dentro deste mundo. Saio de manhã, volto a esta hora, durmo, acordo e levanto, ando de um lado para o outro, a procura de um lugar dentro deste mundo, e é sempre o mesmo. Gente correndo de lá para cá, daqui para lá, e não vejo ninguém chegar a lugar nenhum. Ninguém vê ninguém, nem sabe que o outro existe. Esbarram e não se dão conta. Bem como Chico Ventura contava. Na serra as pessoas se cumprimentam, pedem desculpa, com licença, obrigado. Aqui empurram para passar na frente como se com isso fossem se salvar da morte. Tem mundo mais real do que este? Responda?

— Tem.

— E qual?

— O mundo que sonhamos. Com canseira, mas com esperança. O mundo do nosso sonho dentro deste que você se queixa. É para isso que vivemos. É para isso que estamos aqui. Foi para isso que você degolou o touro aspudo. Senão ainda estaríamos lá, enterrados a céu aberto. Comendo carne sapecada, quando conseguisse matar algum bicho, ou ganhava como se fosse um presente de Natal. Porque o gado era só para negócio e para a família. Vivendo com medo do que estava lá fora e dentro de nós. Vamos à luta, homem. Tenha fé. A Mariana vai ficar boa e eu vou à luta junto.

— Fé. Não sei de onde. Sabe o que eu pensei, outro dia? Que esse povo corre igualzinho o gado com a fome do inverno, quando se abre a porta do paiol do milho. Se não correr não come a parte dele. Andam nas ruas e parecem meio doentes. Será da poluição de dentro ou de fora, Antônia? Ou sou eu que ando devagar como um banzo?

— Pode ser saudade da vidinha na serra. Mesmo que esse mundo que você vê esteja doente, a gente pode viver curado dentro dele, Prudente.

— Lá, pelo menos, eu não precisaria escutar sempre a mesma pergunta: sabe operar computador? Lá, eu não tinha vergonha de mal escrever o meu nome.

— Temos de pensar que este mundo em que Mariana vai viver não é o nosso. Ela, pelo que sei das vizinhas, vai estar em toda parte sem sair de casa. Vai sofrer e rir e rezar, se revoltar e ver o que está acontecendo até fora da Terra: sentada. Vendo tudo na hora, como se fosse Deus. E, se ela quiser, vai lutar pelo que acredita para mudar o mundo sem sair de casa. É o que eu vejo, Prudente. Ou você não se antena? Parece que você gosta de viver sempre com os olhos fechados! Só pensando na serra!

— Isso é pura loucura, mulher. Eu degolo um touro com o facão que deixei espetado no palanque, para proteger vocês, e vem me dizer que a Mariana vai defender a humanidade sem sair de casa! Você não anda mesmo boa da cabeça, Antônia.

— É isso, se ela quiser, pode. Que bom Prudente, você entendeu o que eu disse.

— Entendi. Nunca se sabe com quem está a loucura — disse ele —, se com os loucos de vez ou com quem um dia diz que o espelho fala e no outro pensa que uma pessoa sentada controla todas as cabeças e o mundo. Não é à toa que de vez em quando eu preciso de um martelinho de cachaça.

Prudente saboreou a saliva sentindo o gostinho da cachaça. “Estou é precisando de outro”, pensou enquanto remexia a língua. Relembrou a conversa com Josué.

— Não é um copo a mais que vai abrir os seus caminhos — Antônia disse.

— Mas os caminhos hoje estão se abrindo, Toninha. O seu Josué Fernandes vai conseguir emprego para mim. De diarista, ele disse. E você pode trabalhar na venda dele enquanto a mulher dele não volta de viagem aos parentes.

— Não vou.

— E por quê?

— Não gosto do olhar dele. E nem do jeito que fala em Deus. É meloso demais.

— Pois é só não olhar para os olhos dele.

— E aquele bigode.

— Ora essa, e que tem a ver o bigode?

— Pintado de negro com tinta de sapato.

— É muito detalhe. Muitos detalhes, mulher. É saber muito pormenor de quem é e como é o seu Josué. Até da tinta no bigode. Vai ver você sabe qual é a marca.

A cachacinha o acalorou. "É saber demais. Se fosse lá em cima da serra eu iria tirar isso a limpo..." Lembrou-se do facão com que degolou o touro. "Vai ver ainda continua lá, espetado no palanque no meio do curral. Atraindo os raios sujos de sangue e de zanga durante as trovoadas. Bem como estou sentindo na minha mão."

— E tenho que cuidar da Mariana — ela completou. — Ela ainda está muito fraca.

"E antes de fazer o que se deve fazer com quem trata assim a minha mulher eu iria cuspir na cara dele — Prudente continuou a pensar. — Para ver reagir... Depois... Mas não estou mais na serra. E lá também não fiz nada. Aqui ainda tenho que pensar muito para fazer um serviço desses. Quem sabe um dia... Nem é por causa do Josué que penso fazer isso. É pelo que eu não fiz com o Custódio."

— Que seja. Que seja — concordou Prudente.

— E que trabalho o seu Josué vai conseguir para você?

— Não sei. Primeiro vai falar com o pastor Abraão que é quem se entende com os políticos. Gente da igreja dele.

— Se for para mudar de religião não conte comigo, Prudente.

— Por mim… De que me serve ter uma religião e não ter onde trabalhar e como viver? Depois, Deus não é de ninguém, é de todos nós. E mais ainda de quem trabalha.

— E de quem não consegue trabalhar. Pois então, mude sozinho.

— Não estou querendo fazer nada só por mim, Antônia. É por nós três. Quero trabalhar por vocês e dar um futuro para Mariana. Que seja o tal computador.

Ela o olhou com tristeza. Passou a mão no rosto dele. Ele viu os olhos de Antônia perder o brilho. E escorrer as lágrimas. E os olhos deles lacrimejaram.

— Sei disso — ela disse secando a lágrima dele. — E também sei que neste mundo ninguém dá nada. Tudo se troca. E tudo com algum lucro. De um jeito ou de outro é assim — lembrou do que fez para despertar ciúme em Chico Ventura e acabou casada com Prudente Paz. — E não quero mais ser uma coisa de trapaça. E ver você bebendo.

— Tá certa. Nem o céu nem o inferno são de graça. Por que na terra ia ser diferente, não é? Não precisa ir trabalhar com o seu Josué, não. Eu me viro para nós.

— Você bebeu mais do que devia, Prudente. Está de olho vermelho. E inteligente demais — ela disse e riu. — E o beijo que eu pedi? Mesmo com esse cheiro.

Ele a beijou de leve e ela o abraçou com força e ficou grudada na boca de Prudente, espremendo-se contra ele, para ele sentir o calor do seu corpo e respirar o perfume que a importante mandou, com o qual ela se encharcou para esperá-lo.

— Um gole a mais, Antônia — ele disse quando se desenrolou. — Foi pura necessidade depois de mais este dia. Parece que não se pode controlar nada sem entrar no jogo. Eu não fui treinado para essas coisas. Isso me amortece, Antônia.

Ela se afastou, arrumou os cabelos e respondeu:

— Mas eu não troco de religião. Não negocio minha alma por nada; se é que alma tem algum valor neste mundo. A minha religião é que cuida da minha alma.

— Não sei não — disse Prudente Paz. — Alma de corpo com fome e devendo a venda está mais para negócio com o diabo do que para sociedade com Deus.

— Lava essa boca, homem. Não diga bobagem só porque bebeu. Ou não sente medo do que invoca a sua língua. Isso só serve para mim?

— Só estou dizendo o que penso. E não é porque bebi um nadinha a mais. A troca vale para tudo, como você disse. Não é só Deus e o diabo que gostam de acertar as contas. Quanto a mudar de religião, se for preciso eu mudo. Que diferença faz para Deus se eu vou nesta ou naquela igreja? Ou Ele não vê o que se passa no meu coração e dentro da minha casa? Porque no nosso destino é que ninguém liga. Ninguém.

— Pois vai mudar sozinho. Prefiro ser enterrada viva a mudar de religião.

— Que ideia! Agora sou eu que digo: cuidado com a língua, Antônia. Não é você que repete: a palavra pode ser o mel que dá gosto à vida ou o veneno que mata?

— Mas é o que eu digo.

— Não deve invocar o azar, Antônia. Que mania.

— É o que eu digo. Prefiro ser enterrada viva. E chega de se falar nessas coisas. Agora eu só quero é viver. Anda, toma um banho e vamos para a cama. Faz tempo que a gente não se enrosca bastante. Anda, vem. Chega de tanto se lavar.

— Pronto, não precisa de tanta pressa.

— Gosta do perfume que a importante mandou?

— É bom. Tem cheiro de coisa boa. Muito boa. Tem cheiro de você.

— Então cheire... cheire... assim, mais... por tudo... cheire... meu Prudente.

MORTE E RESSURREIÇÃO DE MARIANA

12

A primavera chegou e com ela os acontecimentos se precipitaram. Um pouco antes dela o roxo dos ipês e o amarelo dos garapuvus, espalhados pelos morros e pela cidade, desmantelados pela chuva, começaram a soltar as suas flores em cima dos telhados e a forrar as ruas, ruelas e ladeiras, o que não era um bom sinal. As chuvas ficaram mais intermitentes e mais intensas do que em outros anos. Caindo sem parar. Dia e noite. Noite e dia.

Pela manhã, bem cedo, Prudente, encapsulado dentro de uma capa de plástico transparente, antes de se enfiar na chuva para ir distribuir os santinhos do candidato, parou na porta escutando o aguaceiro e olhando o riacho barrento na frente da casa.

— Agora sim o mundo está se derretendo — disse.

— E nós dentro dele — Antônia respondeu alto, enquanto fazia o mingau de Mariana. — Uma hora o sol volta. Sempre foi assim. Ou você acha que Deus abandona o nosso mundo só por causa de um dilúvio?

— Sei lá. E lá vou eu molhando os ossos para entregar a propaganda do homem.

— E fico eu aparando goteiras, torcendo panos e cuidando deste anjo que, com certeza, faça chuva ou faça sol, vai vencer na vida e morar num palácio sem goteiras e colocar este espelho num grande salão.

— Pois eu digo: para mim o mundo vai de mal a pior. No céu e na terra.

— O mundo é como sempre foi, Prudente. Desde o princípio. As pessoas sempre dizendo que ele vai de mal a pior e o mundo crescendo, melhorando. Cada um que faça a sua parte que o mundo melhora ainda mais e ninguém precisa ficar se lamuriando na porta da casa porque está chovendo. Vai fazer a sua parte, homem.

Não era a chuva, nem as flores desmanteladas, que amortalhavam a manhã de Prudente Paz. Era a água suja correndo em volta da casa e suas lembranças. Deu para recordar cada vez mais da serra, onde os temporais assustavam, os trovões vibravam o corpo, os raios chamuscavam os cabelos, mas não devastavam a terra. Uma que outra árvore rangia; outra, rara, caia. Ao contrário daquela água barrenta com o lixo navegando rua abaixo, quando os rios transbordavam, jogavam os peixes para fora das margens e era só colher com as mãos e encher os balaios. Num dia assim ninguém ia para a rua. Ficavam rondando o fogão, tomando um mate, esperando uma ideia. Nessa época de inverno, Prudente subia nos pinheiros e derrubava as pinhas maduras. Ali mesmo sapecava o pinhão adocicado. Sentiu as tetas das vacas nas mãos. Escutou o jato do leite. A Brasina, esperta como o seu dono, escondia o leite para guardar para o terneiro. "Um marmanjo que já se engraçava com as novilhas e ainda mamando. Esperto como a mãe." Falava com ela, baixinho, e ela, sem se dar conta, só na feitiçaria da sua voz, deixava o leite escorrer. Espumoso. Até encher os baldes. Lembrou o touro que chifrou Antônia por ciúme da Brasina. "Nunca mais quero lembrar aquele demônio nem em sonho. Se não fosse por ele nós ainda estaríamos lá."

— Vai ver, sou eu que estou me sentindo de mal a pior — considerou Prudente. — Pelo menos, agora. Deve ser a chuva que não para, estraga os folhetos do candidato, que se for eleito vai fazer parar de chover deste jeito que me faz pensar na serra.

— Então muda a tormenta que está dentro da tua cabeça, homem. Faz como eu, reza para São Jorge dar mais forças, para Nossa Senhora do Perpétuo Socorro, para a Desatadora desses nós que lhe prende na serra. Já que não se vai voltar, vamos vencer onde estamos.

— Será que a Brasina agarrou cria? Do degolada é que não foi.

— Mas que ideia! E lá quero eu saber? Caminha, vai.

— É o que me sobra fazer. Lá vou eu na chuva entregar as propagandas nos terminais de ônibus. Não vi um só curioso ler. A maioria nem pega. Mas não vou jogar nenhum punhado de santinho do candidato no mar e no esgoto, como fazem.

— E reza para o Divino Espírito Santo tirar os maus pensamentos, que é o que atormenta cabeça vazia.

— Vou me encharcar nesta chuva e distribuir propaganda para ver se o mundo deixa de ser o que estou vivendo. É isso que atormenta.

— E afinal, o que você está vivendo?

— Uma espécie de tristeza encharcada, sem pé nem cabeça. Dessas de véspera de desgraça — e acrescentou quase rindo. — Mas prefiro pensar no que tenho que fazer.

— É isso mesmo, Prudente, vá ajudar o candidato a mudar este mundo. É para isso que eles ganham.

— E quem sabe acabe virando um paraíso. Pelo menos é o que eles prometem na televisão da venda do Josué. Antônia, você acredita que o que acontece e dizem no Rio de Janeiro dá mesmo para ver e escutar aqui como se estivesse lá? — Fez uma cara de pedinte e mostrou um santinho. — Antônia olha só, dê uma confiança para ele. Vamos entrar no paraíso pelas mãos dele!

Ela riu e ele saiu na chuva.

Antônia passou o dia às voltas com a casa. Juntando a água das goteiras com baldes e panelas. Um trabalho em vão. O grande espelho oval vertia a água despencada do teto parecendo uma fonte tridimensional. Fazia isso e unia os cacos dos seus sonhos para dar sentido de juntar água e derramar água e juntar água e derramar água e… Na madrugada Mariana acordou chorando no momento em que Antônia se debatia dentro do pesadelo de estarem sendo levadas pelas águas barrentas que descia dos morros. Cada vez mais torrencial. Surpreendeu-se por estar viva quando abriu os olhos e escutou o choro da filha. Fez o sinal da cruz e pediu para São Jorge afastar todos os perigos. Enquanto secava o chão se transformou na própria filha, morando numa mansão. Sem uma goteira.

Juntava água e despejava a água e cantava murmurando ou só com a alma. Rezou alto para abrandar o barulho da chuva. Pedindo uma trégua e para a filha crescer e ser feliz. Para Prudente arranjar um trabalho decente e não ficar sendo pago para espalhar mentiras. Ou acabar vendendo a alma para a organização da Dalvinha. Para *eu me libertar das ressurreições dos meus pecados... Antes me dando a morte para eu ir ao encontro do Senhor...* — Torceu o pano. — *Nas asas dos anjos... E gozar a paz junto de Maria, São José... e de Jesus, que é quem tem a chave do céu...*

O rumor da chuva aumentou e abafou a cantoria e as orações. Já não vinha mais de fora, borbulhava dentro de Antônia. Os pensamentos escorriam da chuva para as vasilhas, dos panos para o fogão e para a caminha coberta por um pedaço de plástico com os letreiros do candidato virados para baixo. Mariana, encolhida, sorria cada vez que Antônia ia espiá-la: *Você entende o que eu digo com o meu coração, não é, meu anjo?* Dentro dos redemoinhos das rezas e de recolher água, remontou outra nesga do pesadelo que a acordou. Viu bem claro um pedaço do sonho separado do todo: enquanto ela e a criança eram arrastadas pela enxurrada, Mariana se desprendeu dos seus braços e foi levada por um enorme passarinho de barro, até criar suas próprias asas, limpas da lama, iluminadas como de um anjo. E lá no alto ela começou a voar sozinha e sumiu no azul do céu. Nesse exato momento, um rumor abafado não deixou Antônia se perguntar o que o sonho revelava. O barranco dos fundos da casa desabou. A casa se retorceu, estalou como se estivesse sendo triturada e ficou pendida.

Ela ficou olhando a água entrando pelo forro esgarçado e correr pelo assoalho.

–Agora não preciso continuar secando o chão — disse e, depois de tornar a amarrar os cabelos, começou a calçar os móveis. Primeiro a caminha de Mariana que escorregou até a parede. — O pior já aconteceu. Não vai acontecer mais do que isso.

Olhou para a cascata do espelho que aprisionava as imagens e as palavras. Viu-se refletida nele como se fosse a efígie de uma mulher com mil imagens líquidas.

O barulho da chuva aumentou e invadiu tudo. Menos a fé de Antônia. "Há três semanas não escuto uma viva alma, nem os passarinhos se despedindo para dormir na figueira... Os grilos e os sapos sumiram. O canto daquele galo perdido no morro desapareceu. Nenhuma briga. Nenhum tiro. Nem criança brincando escuto. Calaram as pregações do pastor. Os cantos e o sino das missas na igreja do padre Sebastião. Só escuto a chuva. Acobertando a alma como uma mortalha de água. Mas o céu não tem onde guardar mais tanta água. Amanhã vai ser um dia de sol."

Colocou Mariana no colo e lhe deu a mamadeira. Olhou pela janela, na esperança de ver uma nesga de céu. O céu não existia. Era só água desabando. E terra esfarelando a terra.

Quando parecia ser o fim do dia Antônia voltou a procurar o poente para rezar as Três Ave-Marias. Vendo o horizonte voltaria a se unir ao amplo mundo das suas esperanças. Lembrou, vagamente, dos dias de chuva na serra. Nessa horinha a chuva dava uma trégua para recolher os animais. Mas, não estava mais na serra. Era inútil olhar pela janela da cozinha para ver a estiada. Há dias não via nada. Os prédios, o mar e as montanhas desapareceram. Teve a impressão de ouvir os pardais e um casal de canário. *Quando um passarinho canta na chuva é porque amanhã o sol volta.*

Deu a mamadeira para Mariana e a ninou para dormir. Olhou pela janela querendo ver uma nesga do céu. Só viu água desabando. E com ela a terra se esfarelando. Esperou Prudente para jantar. Foi se deitar, de costas para ele. — *Quando é que este homem vai parar de beber,* resmungou dentro de um bocejo, esperando acordar em um dia ensolarado. Ele fez de conta que não a escutou.

Não aconteceu o que Antônia esperava. Ao contrário. Durante a noite choveu mais forte. O céu despejou tudo o que ainda tinha guardado, mesmo que ela não acreditasse que ele tinha mais chuva armazenada.

O El Nino, no auge da sua força, encontrou mais uma vez o vapor vindo da Amazônia, na medida certa para desencadear a tragédia. E, com ela, uma nova ordem da fatalidade no fadário de Prudente, Antônia e, na extensão do tempo, o de Mariana.

Os morros desabaram durante a noite.

As casas destruídas foram tragadas pelo gigantesco lamaçal e os escombros de pedras e árvores. Entre milhares de pessoas, Prudente, Antônia e Mariana foram sepultadas vivas na descomunal ferida avermelhada que até hoje não cicatrizou, apesar do projeto para transformar os morros num Jardim Celeste, com um ramal direto para falar com Deus, conforme o governo prometeu após dilúvio.

Quando parou de ser arrastada, Antônia quis entender o seu fadário. Não foi para encontrar aquela morte que ela desceu a serra depois de ser chifrada pelo touro. *Foi para viver que subi o morro com Mariana no colo.* E, querendo saber por que e o que tinha vivido, em instantes reviveu todos os seus sonhos e suas esperanças, todos os pesadelos, e seus segredos, os seus desejos incontidos, as suas culpas, repulsas, queixas, enganos e solidão. Pareceu-lhe que tudo tinha perdido o sentido. Entendeu a sua vida não como um desafio nem como uma afronta e sim como uma discórdia entre o que ela queria ser e o que lhe foi dado viver. Sem poder separar a desdita de querer ser fiel a Prudente, sentir prazer com Custódio Cruz e se abater pela indignação do que fazia. Sem entender por que acreditou tanto em dar uma vida feliz para Mariana e, como final, vê-la se desgrudar dos seus braços levada pela lama.

Antônia ficou presa nos galhos da superfície da lama. Sem saber se ali seria salva ou não, reviveu os tumultos do seu coração. No mesmo pensar, o seu céu e o seu inferno; os desafios entre a sua tortura e a sua busca de libertação. O quanto rezava e fraquejava e fraquejava e rezava, cobrindo-se de tristezas e prazer, chorando e rindo. Reavivou a cachoeira onde ia lavar a alma. Escutou a sua voz enquanto recolhia a roupa no varal: *Estou te falando, Deus, os meus dias sempre foram vividos como um rosário, que se repete entre os dedos sem se perceber que o tempo passa. E quando a gente pensa que acabou recomeça tudo. Como a tua obra que está sempre recomeçando para nunca chegar ao fim. E, também, igual ao trabalho do Diabo, que é o teu avesso. E que está sempre semeando o que quer colher de cada vida.* Mas agora, com o corpo na lama, não sentia, como então, nenhuma revolta. Só tristeza.

Antes que as raízes das árvores se desprendessem completamente Antônia continuou misturando em um só bloco do tempo e do espaço tudo o que pensou, sentiu e fez, viveu e sonhou. E o que não conseguiu deixar de sentir. Tudo o que queria viver e não viveu. Tudo o que viveu e não queria ter vivido. Reduziu todos os anos da sua vida, sem nenhum fragmento, em um só momento. Sem nenhum antes nem depois.

Os seus braços transformaram-se em ramos das árvores. Resistiram à força da enxurrada de lama. Antônia ia de um extremo ao outro ao encontro de uma solidão profana, da qual sempre procurou fugir. "Se pelo menos eu pudesse falar com alguém. Mas, como sempre, falo apenas para mim. Como sempre foi o meu viver. Como então iria saber o que é falso e o que é verdadeiro, o que é a morte e o que é a vida? Eu só sobrevivi porque sonhei. Mesmo no fundo do poço eu sonhei. Sozinha. Como agora?"

Dentro do desvario da morte escutou uma a respiração abafada, vinda de longe, do lado extremo do fio que lhe restava de esperança. "É Mariana. É a sua respiração. Ela está salva. A grande ave de barro que eu sonhei vai salvá-la. Vai viver e alcançar a vida que eu sonhei para ela. Nada acabou. Nada. Em algum lugar tudo continuará. Dentro e fora de mim. No mundo em que eu vivi e no que não vou conhecer. O da minha filha e dos filhos que ela há de ter e dos filhos dos seus filhos. E onde deve estar Custódio Cruz, meu algoz. E meu salvador por ter me expulsado do inferno? De que outro jeito eu iria sair de lá e dar um futuro lindo para Mariana? Nada parou de acontecer. Está tudo ligado. Escrito em um só livro. O livro que descreve o que ninguém apaga. O livro que eu nunca pude ler direito. Nele está registrado o que se vai ou não viver. Ou ele não para de ser escrito? Cada dia uma página. Será que nele estão anotados os sonhos que eu sonhei para Mariana? Será que ela um dia poderá ler e viver o que eu escrevi para ela? A eternidade é isso? Ou é mais um sonho?"

Sentiu as mãos se desatando do que a prendia à vida e o corpo sendo levado na torrente. E mesmo sufocada seu último pensamento foi ver Mariana saindo dos seus braços e ser levada para o céu por um grande pássaro de barro e ganhar asas.

A fantástica visão de Antônia iria se tornar realidade logo abaixo dela seis dias depois. Mariana de fato ressurgiria da lama uma semana depois. Para anos mais tarde ver seu filho Mariano fazer passarinhos de barro voar.

ENTRE O CÉU E O INFERNO

13

— Foi mais uma tragédia prevista e repetida nesses morros descarnados de verde — disse o padre Sebastião. — Todo mundo sabe que, a cada ano, um pouco mais, as chuvas caem mais fortes porque o El Niño tem que percorrer o seu caminho para mostrar que está cada vez mais vivo. E, a continuar assim, se nada de fato for feito, um dia essas encostas irão desabar para sempre. É visível. É cada vez mais casas à revelia e menos vegetação nas encostas. Primeiro vem o infortúnio, depois as lágrimas. E por último as promessas. Espero que desta vez elas sejam cumpridas.

— Acredito que agora façam tudo como deve ser. São outros tempos e outros políticos, padre Sebastião — disse o pastor Abraão Siqueira, enquanto entravam no salão onde faziam a triagem de reconhecimento dos últimos corpos encontrados.

— Esta tragédia podia ter sido evitada. Nenhuma desgraça possui alma própria. Tem mais a ação do homem do que a vontade da natureza — respondeu o padre Sebastião. — A natureza tem as suas leis e precisamos respeitá-las. A alma da tragédia é a pobreza, a negligência publica e ambição dos homens, pastor. A falta de amor ao próximo e ao meio em que vive. O que dá no mesmo. Desrespeito à liberdade dada pelo Criador. Mas sempre há tempo para encontrar o caminho certo. É o que espero.

— Não foi o caso incontrolável do dilúvio bíblico. Ou foi? E aqui para nós, padre Sebastião, nestas comunidades não se fala em salvação nem em vida eterna sem antes se falar no pão de cada dia. Aqui se fala em como sobreviver um dia de cada vez, como o senhor bem sabe e vive — observou o pastor. — Para essa gente o caminho da salvação eterna não passa pela esquina onde começa a riqueza. Mas Deus é maior.

— Amém — ouviu-se dos que escutaram a última frase.

— Sei disso, pastor Abraão. Aqui, para muitos, a condenação é a pobreza e a salvação é um prato de comida. É por isso que fica fácil aparecer um Salvador dos pobres e famintos oferecendo riqueza que não existe — disse o padre Sebastião. — E aqueles que dizem: não se queixe não, quem come pouco não engorda e vive mais. E outros: a partir de hoje você vai comer o que e o quanto quiser. Confiem em mim.

— Porém, é graças aos que têm para dar, como é o caso do doutor Salvador Cruz, que está descendo do seu helicóptero de onde soltaram os balões que enfeitaram o céu, que aqueles que nada têm vivem melhor. E, com certeza, Deus abriga quem dá e quem recebe com gratidão. É justo, não?

— Não penso assim — disse o padre Sebastião. — O problema não é a riqueza. É o que se faz com ela. A riqueza justa agrada a Deus. Mas não bastam a pobreza ou a riqueza para se alcançar o céu ou ir para o inferno. O que importa é o que se faz e o que se sente com amor ou com outros interesses. Como a conquista do poder e a glória na mídia, usando a fragilidade da pobreza. E pobre com inveja do rico dá no mesmo.

— E o que se pensa, Deus não escuta, padre?

O padre tirou uma moeda furada do bolso e, singelo e divertido, a mostrou:

— Veja: guardo sempre comigo. Lembrança e ensinamento de um capuchinho sábio. O pensamento sem apego a ele vale tanto quanto uma moeda furada.

— Um amuleto! A bíblia não teria melhores ensinamentos?!

— Sem dúvida, mas leva mais tempo para se concluir o que está escrito. — O pastor riu. Sem vontade, mas riu. — O que se pensa vale pouco, já que pensamos tudo ao mesmo tempo sem nos darmos conta disso — lembrou o padre Sebastião. — Quem não se apega ao que pensa não se aprisiona nem se liberta. Porém o pensamento repisado, o que se faz e o que se sente criam raízes. Dá fruto bom ou joio. Por isso acho que, mesmo dentro da pior desgraça como a que estamos vendo, pode haver salvação, tanto para quem recebe quanto para quem dá sem tirar proveito. Alma pura, pastor. Coração puro. É a lei maior.

O padre disse isso sem parar de soprar o café no copo plástico (não gostava de café nem de comida quente, um hábito vindo do seminário, onde era sempre um dos últimos a ser servido por causa do S no nome e só lhe sobrar o que estava frio), enquanto saíam de dentro do salão. Já não acreditavam que fossem encontrados mais corpos dos desaparecidos. Pararam na porta da sede do salão da comunidade e continuaram conversando, esquecidos das rezas de encomendação das almas.

— Para essa gente não importa se a caridade é falsa ou não, padre Sebastião. O estômago não vê as coisas com os olhos de Deus. Deus vê a fé; o estômago vê a comida.

— Mas em cada coração sempre há lugar para Deus falar e se alcançar na terra o que se precisa para viver feliz. Seja com fome ou empanturrado de comidas caras.

— Melhor que seja empanturrado e com bom vinho — concluiu o pastor Abraão.

— Claro, claro. Não é difícil separar o bem do mal. Mesmo dentro da tragédia pode se escolher a virtude de quem só tem uma palavra de consolo para dar ou a esmola da falsa caridade. E não devemos esquecer que, em nome da desgraça e da fome, muitos se tornam ainda mais ricos e poderosos. Não que Deus seja contra a riqueza e o poder, e sim ao seu mau uso e a que custo humano eles são conquistados.

— Quanto a isso concordo — ponderou o pastor Abraão. — O difícil é saber o que se passa dentro de cada coração. — Olhou para um grupo de mulheres e homens passando com sacolas de alimentos e roupas. — Sem se desprezar as grandes ajudas, é bom vermos que existe tanta gente bondosa trazendo doações. Alguns choram.

— Existe, sim. Muito além do que se sabe e do que se vê. Nem todos os santos estão nos altares. Nem caberiam todos.

Era de fato uma tragédia compartilhada pela solidariedade. Um luto geral por morte coletiva cobria todo o país e outras nações. A infelicidade iluminou a compaixão planetária. Chegavam donativos de todas as partes do mundo trazendo para os sobreviventes um sinal de alívio às suas dores; um anônimo gesto de amor para os que até ali só tinham colhido enganos enquanto esperavam o que o céu e a terra lhes haviam prometido e colheram infortúnio. Como Prudente, Antônia e Mariana.

A cem metros do padre e do pastor, na encruzilhada que dividia e também associava as comunidades dos morros, ergueram uma tenda para receber doações e um rude santuário para homenagens aos mortos. As pessoas faziam fila para cobrir de flores o lodaçal, acender velas e orar pelas almas anônimas. Alguns choravam sem saber por quem, como se o luto pertencesse a toda a humanidade.

A vida daquelas comunidades, no geral tão definidas com códigos próprios, aceitando e compartilhando a realidade sem questionar suas origens, sem questionamentos inúteis, calando revoltas íntimas, sufocando sonhos, vivendo com mais alegrias do que queixas, dividindo com júbilo o pouco disponível, do dia para a noite se transformaram em um grande centro de amor e de dor. A bondade fluía de todas as maneiras, vinda de todos os cantos. Dava para crer que era real até a tristeza nos olhos dos homens com roupas bem passadas e limpinhas, barbas bem aparadas ou propositalmente deixadas sem cortar de um dia para o outro, que chegavam descidos do céu, sentindo-se enviados de Deus, e se constrangiam ao dizer palavras precisas: *Meus pêsames. Confie no governo. Vamos fazer tudo para aliviar a sua dor. Não fique triste, a sua mãe, o seu pai e os seus filhos, vão ser encontrados e terão um sepultamento digno, com flores e velas. Com orações ecumênicas, não é verdade pastor Abrão e padre Sebastião? O governo está presente. Daqui para frente vocês terão um canal direto de atendimento para falar com o palácio.* E as pessoas, fragilizadas, vulneráveis com o luto trágico, se emocionavam.

O padre Sebastião os escutava e balançava a cabeça. Depois de tantos anos de sacerdócio ainda não estava domesticado para conviver com o que via e ouvia.

— Mas também não podemos esquecer que há muita farsa. O demônio encolhe o rabo para se vestir de Papai Noel — disse o padre Sebastião para o pastor. — Entristece-me dizer, mas, afinal, quem somos nós para apartar o joio do trigo? O bem e o mal, tão fáceis de serem separados, já não são distintos. Mudam de cara a toda hora. O erro se acomoda dentro do certo. O que é o mal à noite amanhece transformado em bem.

— No entanto, é bom ver que existe muita gente bondosa. Isso sem contarmos com a ação discreta das lojas maçônicas — disse o pastor Abraão, olhando para a fila de doadores. — Conforta ver essa tragédia converter-se em boas ações.

— Não concordo com a ideia de que seja necessário o sofrimento para Deus mostrar a sua face. Mesmo que às vezes seja forçoso um grande infortúnio para Ele ser lembrado — disse o padre, secando a testa com as costas da mão. — A face mais esquecida de Deus é o amor. Essa é a sua face verdadeira. E dispensa tragédia para ser vista. É pelo amor que eu vejo essas pessoas subindo pelas ladeiras enlameadas para trazer uma ajuda. Essa é uma verdade simples. Enquanto nós regulamentamos tudo para sermos os donos da verdade e o resultado é o que estamos vendo, Deus se revela da forma mais simples. Sem precisar de drama. É tão elementar que foi esquecido.

— Tem razão. O que nós vimos é muito conceito do bem e do mal e pouca prática da palavra do Senhor — concordou o pastor.

— Para mim o bem e o mal podem ser vividos de duas formas simples, Abraão: com o amor e sem ele — sentenciou o padre Sebastião. — Essas são as palavras que me dizem tudo. E, no esquecimento delas, vivemos esse dilúvio de preceitos sem resultados práticos; de propósitos esquecidos e de promessas inúteis. E, se me permite, ainda nos usam como o arautos desse sentimentalismo dormente.

— Infelizmente. Esquecemos a verdade da Palavra — tornou a concordar o pastor. — E a minha missão é que ela volte a ser Vida para destruir a obra de Satanás. Não uma repetição inútil. É minha luta; mas, se não fizer minhas concessões, a igreja fecha. A minha e a sua.

— O problema é que a palavra de Deus já não é ouvida se não for paga, pastor. Sei que não devia dizer isso nesta hora e menos ainda para o senhor. O preço da palavra de Deus tem ficado cada vez mais caro. E põe caro nisso… Não se precisa pagar para ter o alvará de morar no céu, mas para entrar em algumas igrejas o pedágio é muito caro. E se o governo resolver cobrar imposto sobre essas cobranças, então…

— Como sempre foi, padre Sebastião. Desde sempre a palavra de Deus e dos deuses foi muito cara. Os deuses incas no geral cobravam uma bolsa de milho. Mas de quando em vez não deixavam por menos. Queriam donzelas virgens ornamentadas com flores. Que preço, heim, padre? Hoje é dinheiro vivo — reagiu o pastor Abraão. — É cara e, em alguns casos, precisa de muito luxo para ser ouvida. E se pensarmos no Vaticano, o resto vai parecer um barraco. A minha igreja então, nem isso. É por isso que me conforta, dentro desta infelicidade, assistir tanta bondade sem ser preciso uma igreja suntuosa. Sou o último cristão que deveria dizer isso, e o bispo que não me escute, mas… Já imaginou, Padre Sebastião, Jesus rezando uma missa na Basílica de São Pedro, com a chave do cofre do Banco do Vaticano no bolso da batina? E Michelangelo Buonarroti, com a promissória na mão cobrando salários atrasados?

O padre Sebastião pensou em tudo o que podia para retrucar. Não eram poucas coisas passando pela sua cabeça. Depois disse:

— O senhor fala como um nobre maçom. Combate o que não é bom. Tudo bem.

— Não sei se é o caso — disse o pastor Abraão —, mas a essas alturas da vida, depois de trinta anos pregando, e vendo o que eu vejo, acho que é melhor dar do que receber para amealhar, voltando às costas ao Senhor. É uma ciranda louca. A riqueza atrai a ostentação e esta afronta os humildes, não acha? Mas eles gostam de igreja rica — Voltou-se para a fila de doadores. — Sinto um pouco de inveja dessa gente subindo o morro com donativos, como quem vem socorrer um irmão sem ninguém pedir.

O padre Sebastião olhou ao redor as grandes chagas das encostas desmoronadas. Voltou os olhos para a sua igrejinha mais ao alto, vazia. A torre modesta, o amarelo sujo, a porta da frente azul desbotado, aberta. E nela viu, misturando tudo a um só pensamento, outras igrejas, seitas, religiões, ordens secretas, crenças, comungando a fé na construção de um ser humano melhor, de um mundo melhor. O seu sonho à espera da união de todas as criaturas humanas pulsando um só coração. Como ele gostava de estimular no sermão das 19 horas de domingo: *Somos um só povo do Criador. Somos irmãos e não nos conhecemos.*

— Ainda que a bondade que assistimos tenha o preço da dor, ela é reconfortante. Mas o senhor tem razão, pastor Abraão. Chegar a Deus sempre custou caro. Desde o princípio da espécie humana pagando com sangue — disse o padre. — Hoje é caro e cada vez mais tortuoso o preço que, de um modo ou de outro, pagamos para alcançar o que nos é oferecido de graça. Por outro lado, não existe nada de graça. Seja a salvação ou o inferno. Seja a vida, ou seja, a morte. Nem nossos dias nem a eternidade. Que mercado. Quanta mercadoria. Isso não me é consolador.

— As portas do céu, assim como as das nossas igrejas, têm um custo para se manterem abertas e temos essa responsabilidade — justificou o pastor Abraão.

— De fato. Tudo tem um custo — avaliou o padre. — E a entrada no inferno com certeza custa mais caro. Dá mais trabalho. E muito esforço vão para liquidar nossa fé em uma felicidade maior do que esta que a terra nos oferece. Concorda, pastor?

Os alto-falantes interromperam a música triste de chorar que antecedia as notícias da tragédia e que deprimia o padre Sebastião desde o tempo de seminário, quando aumentava a saudade de casa ao ouvi-la — a Ave Maria de Schubert, cantada por Pavarotti — e o fazia lembrar-se de coisas que nunca tinha vivido. Em seu lugar ouviu-se uma batida marcante e uma despudorada guitarra dedilhada no coração. E logo, as vozes ressoaram. Os Beatles? Any Time At All? Com que propósito? A princípio ninguém entendeu o porquê, nem a letra da música, claro.

Porém, logo todos souberam. Era o anúncio oficial da promessa do paraíso descendo do céu.

A comitiva do governo surgiu abaixo das nuvens, enquanto balões subiam dentro de um redemoinho. Com máscaras de consternação desfilaram pela passarela de tábuas recoberta com courvin vermelho sobre a lama. Foram filmados, fotografados, falaram, secaram lágrimas, cumprimentaram, sorriram, entregaram um papel para Apolinário Antunes, o presidente da associação — a Ordem de Serviço — e se ergueram da terra como aves de arribação que pousaram no lugar errado. Só ficou o homem que havia descido do seu helicóptero, com uma bela camisa de listas azuis fininhas, calça jeans e um blazer lindo. Estava cercado por seguranças de olhos giratórios. Abraçou o pastor e estendeu a mão para o padre Sebastião.

— As cestas básicas que eu mando para as suas igrejas distribuírem têm sido suficientes? — e antes de ouvir a resposta: — Podem anunciar. Vamos reconstruir tudo. Todos receberão casas novas. Estes morros vão se transformar em um Jardim do Paraíso. O governo já liberou as verbas, sem concorrência, por se tratar de catástrofe pública — deu um sorriso curto. — Eu sou Salvador Cruz, padre Sebastião.

— Sei, sei. Minha igreja também recebe as suas contribuições, obrigado.

A mulher que parou para escutar a conversa não pediu licença para falar.

— E quando vai começar, se pra lá de em mais de 150 anos nunca fizeram nada? O senhor sabe que os meus antepassados eram escravos fugiram do tronco e vieram morar aqui? E desde que pararam de perseguir os negros se vive de promessas?

— (Como é o nome dela, pastor Abraão?) — Tem razão, dona Dora. Com tanta dor a senhora está nervosa. Mas fique calma. Eu sou Salvador Cruz. Represento as empresas que o governo contratou e falo em nome dos dois. Não sou político. Tudo vai começar de imediato. A Ordem de Serviço já foi publicada. Uma copia está aqui.

— Ordem de Serviço! É o que sempre dizem — Dora reagiu. — A água que meus antepassados bebiam limpinha, fede, correndo vielas abaixo. Então, seu Salvador, desculpe, mas o que eu vejo é cada vez mais podridão. E não é só no esgoto.

— O passado é o passado, dona Dora, e não podemos responder por ele. Todos conhecem o nosso presidente e o nosso governador e o nosso prefeito. O deputado Simão Compostela, que representa esta comunidade, fez uma cirurgiã do coração, mas me telefonou da UTI e mandou um vídeo congratulando-se com a iniciativa do governo. São homens que fazem acontecer. A senhora assiste na televisão, pode confiar. Amanhã começarão a instalar o canteiro de obras e as máquinas vão chegar.

Dora olhou para ele com um sorriso desaforado.

— Pois sim — rosnou e virou as costas. — Vou esperar sentada. Se achar uma cadeira.

Salvador Cruz tentou sorrir. Ninguém olhou para ele. Não queriam testemunhar o constrangimento. Sentiu-se desconfortado, menos admirado do que os mortos desconhecidos derramados no chão do salão. Menos vivo. Dora conseguiu minar o seu orgulho, manchar a sua alva pele de homem poderoso. Esse sentimento só aliviou um pouquinho depois que o pastor Abraão pegou no seu braço.

— Quanta honra em ver o nosso grande benfeitor aqui — e disse para todos escutarem. — Vi o cheque que o senhor mandou para a associação dos moradores. Uma fortuna, doutor Salvador. Este é o doutor Salvador Cruz, meus irmãos, o homem que mais dá contribuição para a nossa comunidade. Sabe disso, padre?

— Sei, sim.

— É o nosso patrono de tudo de bom que temos na comunidade, desde a creche, escola de samba, o time, o campeonato de futebol — e emendou, olhando para o padre Sebastião. — Não só aqui. Por muitos lugares deste país.

— Sei, sei — concordou o padre Sebastião. — Também em muitas ações sociais da minha diocese. O senhor está bem, doutor Salvador?

— Melhor agora na presença de vocês, que são os representantes de Deus dentro desta infortunada comunidade. Vou fazer com que as empreiteiras já comecem as obras, já. Serão bilhões. O custo de uma olimpíada. Vamos mudar totalmente esse cenário. São as ordens dos nossos governantes. Aos mortos daremos um sepultamento honrado. E aos vivos, muito em breve, um jardim no paraíso. Não faltam recursos para isso — aumentou a voz: — Eu mesmo convenci as autoridades para liberarem as verbas.

O padre e o pastor sorriram. Cada um ao seu modo visualizou o Jardim do Paraíso embaixo dos seus pés, em cima daquelas feridas vivas da terra vertendo sangue de barro ao longo dos morros do leste, do norte e do sul. Os dois, com imagens diferentes, idealizaram as casas multicoloridas, as ruas floridas, a brisa de lavanda circulando dia e noite, o fedor dos esgotos a céu aberto canalizado para ser reciclado pela concessionária de um laboratório de Yves Saint Laurent antes de voltar para as ruas, becos e ruelas, e no lugar das poças criando mosquitos da dengue, fontes de água perfumada vertendo como se fossem cristal líquido, as crianças banhando-se em cachoeiras térmicas luminosas como um arco-íris, suas risadas borboleteando pelo ar, sumindo no céu, como um brilho dentro das nuvens negras das suas heranças. Assim como algumas delas sonhavam que deveria ser a vida.

— É tudo o que se pode imaginar antes do céu — disse o padre. — Vamos esperar.

— E se o senhor afirma vamos viver no Éden — completou o pastor Abraão.

— "Chega de sofrimento para o povo. Vamos apagar a negra página de um país vivendo há séculos com a pobreza e as promessas de acabá-la. Nada de ser o pais do futuro. O futuro é agora", disse-me o presidente ontem à noite enquanto jantávamos no palácio residencial — Salvador Cruz confidenciou. — É o que querem nossas autoridades. Por minha sugestão, claro. Nos projetos não faltam nem rabiscos. Hoje para se criar um projeto de como deve ser o céu aqui na terra é questão de instantes. Tem programas que superam de qualquer criador talentoso e a velocidade da imaginação. E as verbas já estão liberadas. Não foi fácil, mas os meus argumentos sensibilizaram as autoridades.

— Assim tão ligeiro! — o pastor surpreendeu-se.

— Neste caso os interesses públicos são maiores do que os entraves burocráticos, que demoram mais do que as obras. E não se precisa de licença ambiental que é o que mais emperra. O meio ambiente a ser preservado, aqui não existe mais, nem um palmo. — Os morros desabaram com tudo que tinha sobre eles. As árvores, as pedras, os tapumes, as casas, que, durante mais de um século foram sendo erguidas cada vez mais juntas e mais para o alto, e tudo o que havia dentro delas viraram escombros dentro de uma gigantesca chaga terrena. —Todos têm muitos interesses nessas obras. E não é por estarmos em um ano eleitoral. É a visão de governantes modernos.

Um bombeiro passou por eles correndo, levando nos braços um embrulho de pano enlameado.

Logo outros homens pararam junto aos que estavam próximos a Salvador Cruz. Falaram todos ao mesmo tempo e ninguém entendeu o que disseram.

— O que houve? — perguntou o padre Sebastião.

— Desenterraram uma criança com vida — disse um voluntário, correndo em direção ao pavilhão.

— Desenterrada com vida? Não pode ser — disse o pastor. — Este já é o sexto dia da destruição. Isso é obra do Senhor.

— Pode ser um milagre — disse o padre Sebastião. — Por que não?

E era. Pelo menos aos olhos de quase todos que ali estavam.

Todos se apressaram para ver a criança que venceu a morte. Menos Salvador Cruz, que não acreditava em milagres. Para ele, se a terra devolveu alguém naquelas circunstâncias era, no mínimo, porque não tinha sentido atração pelo corpo, pensou. Sentiu-se abandonado. Ficou sozinho embaixo das nuvens desabadas. Com os pés naquela terra de desdita. Olhou as pessoas apressadas e passou a mão pelos cabelos pretos ondulados, empastados com o chumbo do céu.

Os bombeiros, voluntários e os operadores das escavadeiras, tão amortalhados pelo cansaço quanto os próprios mortos, estavam encerrando as buscas de corpos entre os destroços. Era a ordem superior. No dia seguinte entrariam as máquinas para a filmagem. O que menos podia se esperar era uma pessoa saindo com vida depois de ser sepultada durante seis dias naquela destruição de terra arrasada. "Desenterrada com vida!? Uma criança!?" O deslumbramento geral superava a incredulidade.

Surpreendidas com o milagre as pessoas chegavam de todos os lugares. Para doar, filmar, ajudar. De todos os credos e religiões. Negros, brancos, pardos, amarelos, falando muitas línguas. A maioria levada pelo amor. Um formigueiro de gente, subindo por onde dava. Carregando sacolas de alimentos, roupas, colchões, fogões, garrafas d'água. Até uma cuíca apareceu nas mãos de um rapaz tatuado de cabeça raspada. E não faltou quem se movesse às ocultas por trilhas inimagináveis. Levando de volta o que podiam saquear. Era um trabalho duro para todos. Para os que subiam e os que desciam como gatos, saltando nas pedras, escorregando no lamaçal, apoiados na galhada, carregando a pilhagem. E todos satisfeitos com o que faziam.

Salvador Cruz, um dia antes, mandou a instalar um pequeno circo na metade do que era o campo de futebol e onde os tratores tinham sepultado os mortos empilhados no fundo das valas. Na frente das grandes diagonais vermelhas e azuis, cobrindo o pequeno platô de terra encharcada revirada pelas máquinas, alguns meninos rolavam a bola enlameada que Salvador Cruz jogou do céu ao chegar. Dentro do circo três acrobatas entendiam-se muito bem com a lei da gravidade, diante de 3 meninos e 12 meninas de bocas abertas, sentados sobre pilhas de doações. Perderam o peso dos corpos e viajavam de carona com os trapezistas, enquanto a pipoca doce e os bombons que a moça vestida de palhaço lhes deu da entrada, derretiam na boca. Nesse tempo um helicóptero pousou e um drone roncava sobre eles. O repórter e o cinegrafista entraram no circo. À noite, as imagens da lona colorida no meio da destruição, filmadas do céu, e das crianças sorrindo encantadas, foram mostradas pela televisão durante a entrevista com Salvador Cruz. Bilhões de pessoas mundo afora ficaram comovidas e milhões de compartilhamentos irreais reforçaram a imagem do benfeitor.

Da porta do pavilhão Salvador Cruz olhou o toldo do circo abaixo dele e pensou: "Não gosto de ver tragédia. Não as verdadeiras. Prefiro o teatro grego que eu vi na Acrópole. Um drama que agrada. Isso aqui é um espetáculo de mau gosto, ou sei lá o quê, me faz mal.' — Tentou ver o lado bom. — 'Mas quando dão lucro, é suportável. Enfim... Nem sempre a fortuna entra apenas pelos salões de festa e escritórios de luxo, ou dentro do meu avião. Além do mais, se não fosse a fome, as doenças, a ignorância, as disputas mortíferas pelo poder, as guerras e as catástrofes, como se poderia aumentar a riqueza? — avaliou. — Que venham os furacões; que nunca acabem a pobreza e as guerras, a fome, a doença, e a ignorância, claro, que garantem bons dividendos. Mas ouvir choro uma tarde inteira seria demais. Ainda bem que essa gente só lastima, não se desespera, não chora. Cansaram de... Ou... Como vou saber?"

Um raio de sol mortiço furou as nuvens e, lentamente, armou um arco-íris com a ponta indicando onde estava a criança desenterrada viva. Bem para onde todos corriam para vê-la. O padre Sebastião quando entrou no salão, tremeu, atingido por um golpe de ar vindo da lufada de vento que trazia o frio dos oito mortos perdidos enfileirados no chão, à espera de um choro, de um dono que os quisesse: "é o meu filho". Ou: "este é Zé Bedim." "Não, este é o Zé Maria, não vê que faltam os dedos da mão direita que ele perdeu na betoneira?" Ou qualquer coisa assim, que confirmasse: este morto um dia viveu e eu sei quem foi.

Nos fundos do salão, sobre uma mesa, a presumida criança resgatada do fundo da terra mal era vista. E se viva estivesse iria morrer sufocada pelo ar quente de toda aquela gente ao seu redor.

Salvador Cruz, abandonado, decidiu entrar. Aproximou-se e viu o que parecia ser uma boneca de barro malfeita. As mulheres removiam as camadas grosseiras de lama, com panos molhados nas bacias. Ninguém percebeu a presença dele. Dobrou as mangas da camisa sobre as mangas do blazer e voltou para a porta de entrada. Procurou sentir o prazer da maciez do algodão egípcio da camisa, quinhentos longos fios finíssimos, e o gozo de estar vivo e ser quem ele era. Admirou as listinhas. Azul, branca, azul... quase apagadas. Esfregou as mãos com um lenço de papel perfumado que, a um sutil sinal, o seu segurança mais próximo lhe entregara, e depois o jogou na água que escorria à sua frente. Ficou olhando-o desaparecer. Da porta do salão ficou vendo o céu cinzento com uma fresta de luz e o arco-íris que crescia e derramava a ponta mais colorida bem em cima do pavilhão onde estava a boneca de barro que aos poucos ia se transformando em ser humano. Voltou a sentir-se desgostoso. Já não era o centro das atenções como estava acostumado a viver. Escutou as pessoas entrarem e saírem comentando o triunfo da vida. Depois de 6 dias e 6 noites vivendo a tragédia, elas já não pareciam tão tristes. Apenas usavam o pesado manto do cansaço.

Era a tarde do sexto dia.

— Amanhã ninguém vai descansar, como fez Deus no sétimo dia — disse Dora para as mulheres que tinham lavado os mortos e estavam purificando a renascida.

Ninguém mais chorava. Havia quem, sem se dar conta, até meio que sorria. E os que sorriam de verdade quando chegavam à porta e viam o céu com aquelas pinceladas de luz e o arco-íris. A tristeza aos poucos ia dando lugar a um acordo tácito com a realidade, se acomodando no seu lugar natural dentro da vida. A criança ressuscitada parecia ser também a volta de todos os mortos à vida e trazia um fio de esperança para todos os vivos. E Salvador Cruz, no último degrau da porta de entrada, sentia-se esquecido, como se ele nada fosse.

Um homem encorpado, alto, sobressaindo-se entre outros, falou alto. Salvador não pôde deixar de escutar. Estavam na rua oito degraus abaixo dele.

— Nós sempre começamos do zero. E agora, mais do que antes, vamos recomeçar do zero. E já que, graças a Deus estamos vivos, vamos construir tudo outra vez — disse Tadeu Pescador. — Venha ou não o prometido pelo enviado. Ninguém vai esperar que chova maná do céu e feijão com costelinha defumada na panela.

— E vamos fazer tudo melhor do que era e foi destruído — animou seu irmão Mirão. — Se não for um Jardim Celeste, vamos fazer horta e pomar pelas ruas.

— Mas será mesmo que o governo não vai ajudar desta vez?

— Vai, como sempre. Bota a placa, fotografa, filma, começa, reparte a grana, abandona e tudo vira mais um esqueleto de concreto. E todos os dias a gente almoça vendo na televisão como é lindo o projeto. Vamos meter bronca, Januário, sem esperar nada. Já estamos acostumados a tirar leite de pedra — disse Tadeu.

— E se é verdade o que o homem prometeu? Não ri não — disse Osório.

— Acreditar que a sujeira do esgoto vire vento cheiroso? Só porque o Joãozinho da Bina dizia que voltava para casa em um boi voando, devemos acreditar que vamos subir e descer dentro de gaiola de vidro assobiando como passarinhos? E viver em um Jardim Celeste? É isso? Será que somos tão idiotas? — perguntou Mirão.

— Sonhar é bom, minha gente. Quem não sonha morre de pesadelos — advertiu Martinho, o vendedor de loteria.

— Só podia ser você, Martinho — disse Osório, agiota de uns trocados, menos para jogo —, um vendedor de jogo do bicho, da trimania, da tritrapaça, da trifoide. Não perde a fé na sorte, não é?

— É do que eu vivo. Se ninguém acreditar na sorte eu morro de fome.

— O Tadeu tem razão. Se formos esperar pelo que prometem, nem sepultura para os mortos — considerou Mirão. — Até agora só abriram valas para enterrar em fileiras, com as encomendações do padre Sebastião e do pastor Abraão. Que dirá casa para morar, jardim, água pura e desfilar pelo céu em gaiola de vidro.

— Em alguma coisa a gente tem que acreditar, ainda que seja uma coisa vaga — disse Martinho. — Vai que desta vez a sorte está com a gente. Sempre é bom deixar uma fresta para ela entrar. Como se fosse a fé em um bilhete de loteria.

— Que nada. Daqui a dez dias já esqueceram tudo. A televisão mostra o naufrágio de um transatlântico, com 6242 pessoas no fundo do mar fazendo excursão para a Atlântida, e o mundo se liga nisso — disse Mirão. — Se não tiver um naufrágio assim, eles dão um jeito. Botam um navio desses a pique para trocar de notícia.

— E está certo. Desgraça de pobre é só incômodo, meu irmão — concordou o pintor Filinto. — Com uma tragédia dessas, de um navio assim, quem vai querer se lembrar da nossa comunidade soterrada? Nem as do Rio duraram duas semanas!

— Igual a nós. Daqui a um mês, quando muito, não vamos mais estar fuçando para achar os mortos perdidos. Esqueceremos deles — argumentou Januário, — e graças a Deus que é assim, que a gente olha de hoje para frente. Para a nossa sorte de viver.

— Mas, verba mesmo, vem. Essa tragédia vale muitas fortunas.

— Lá isso é verdade, Filinto. Vêm as placas, a falação, a mão estendida com as pontas dos dedos com medo de pegar doença, e aquele sorriso. Eu me abro para o sorriso — disse Tadeu. — E as promessas com a fumaça dos foguetórios, uma bebidinha, uma cestinha de comida, que isso, verdade seja dita, eles dão para garantir a simpatia. Um troféu, vinte e quatro chuteiras, camisetas e bolas para o campeonato. Ah, e as injeções nas crianças antes do inverno, coisa que não falta. E as camisinhas no carnaval. Três. Mais do que isso dizem que vira suruba de Sodoma.

— Então nem tudo é tão ruim assim — disse Martinho. — Sonhar com Sodoma é macaco, Tadeu. O jogo não parou. Quer aproveitar para fazer uma aposta?

O pedreiro Bento Costa olhou para as pessoas chegando com doações.

— O que salva mesmo é a caridade, pessoal — disse. — Com esta desgraça é que vejo como ainda tem gente do bem neste mundo. Vem tanta gente que nunca se imaginou ver, até arrastando muletas, como aquela senhora. Nem cabe mais tanto socorro nos depósitos. No nosso caso, se cada um deles der uma saca de cimento, ou que sejam duzentos tijolos, vamos reconstruir tudo. É isso que me anima.

— Enquanto isso a gente finge que acredita no que prometem, e eles fingem que vão fazer esperando a gente esquecer — disse Tadeu. — Até a próxima tragédia.

— É bobagem reclamar. Sempre foi assim e sempre vai ser — argumentou Mirão. — Reclamar para quem e para quê? Se choro mudasse o mundo, com certeza já viveríamos no Jardim Celeste do Seu Coisa e Tal. Vamos encarar o trabalho, gente.

— De fato — disse Bento — este é o nosso mundo. Vamos à luta.

— Eles são os donos da sorte — disse Osório. — A nossa desgraça é a riqueza deles. Mas, no fim, morremos nós e morrem eles.

— Grande consolação — ironizou Mirão.

— Que palavreado mais triste, homem. Já não basta o que estamos vivendo?

— Chega de falar em morte. Para eles a nossa pobreza é a vontade de Deus, é a lei do mundo, e o mundo sempre foi e sempre vai ser o que é porque pobre é acomodado mesmo, é o que eles dizem. Mas, como pregam o padre Sebastião e o pastor Abraão, *chegará o dia em que o Senhor mostrará o resplendor da sua face e ele abrigará todos em sua casa e ninguém sentirá falta de nada. Porque todos serão irmãos e farão parte da geração dos eleito*s. Sem essa de ricos e pobres.

— Cruz, credo. Falou bonito, Bento. Quase chorei de emoção. Os dois que se cuidem — disse Mirão. — Você vai abrir uma igreja?

— Não é bem isso. O que o pastor e o padre dizem é que cada um pode escolher o seu céu ou o seu inferno — opinou Agripa. — Seja rico ou pobre, colherão o que plantaram. É a lei que um dia mostrará a sua cara. Sem essa de que pobreza é a vontade de Deus e todos serão eleitos. Não seria justo, seria?

— E você acha que vai mudar alguma coisa com o que o governo promete fazer por nós? Deram entrevistas e se mandaram. Só ficou o Coisa e Tal do Jardim Celeste.

— Gente, eles desceram do céu. Nós estamos na terra. Por que sujariam as roupas nesta lama fedida, onde quem vivia há uma semana está podre ou soterrado.

— Eu só perdi a Santinha, que Deus a tenha — murmurou Trogildo.

— Só apareceram hoje. Estavam com a agenda cheia. Chegaram e saíram de fininho. Só ficou O Coisa e Tal, prometendo o Jardim Celeste. O que mandou o cheque gordo e faz a doação de sacolas com comida todos os meses. Ele está bem ali em cima de nós — disse Tadeu, piscando.

— Deixe lá. Vocês estão de brincadeira. Eu não ouvi isso. Ninguém disse uma besteira dessas — disse Trogildo.

— Disse. E mais: no projeto vamos ter fonte com água morna perfumada no meio do Jardim Celeste. Eu ouvi a comitiva falar e ele repetir para o padre e o pastor.

— O cara é meio estranho, querendo sempre agradar, estar no meio da roda. Não sei o que ele quer aqui, olhando tudo de esguelha com aqueles olhos que mudam de cor. Parece estar meio perdido.

— Perdido nada. Está é se achando.

— Drogado, não parece. Deve estar esperando a sua condução que vem do céu.

— Vocês falam dele só porque é rico? — perguntou Trogildo.

— Nada a ver. Ser rico é coisa bonita. Feio é ser pobre — disse Tadeu.

— Chega de blá blá blá, gente. A verdade é o seguinte: se nós sabemos que a realidade é essa, por que perder tempo falando besteiras? — Mirão interferiu. — O melhor é planejar o que, como, quando e por onde vamos começar a fazer nossa parte. Não vai ser cesta de comida, promessa de Jardim Celeste e de casa com rede na varanda que mudarão o nosso mundo. Quem pode mudar o que está aqui somos nós.

— Mas sem essa de reunião para discutir o que vai ser tratado na próxima reunião, e na seguinte passar a limpo o que foi discutido na anterior e fazer a pauta do que vai ser abordado na próxima — se opôs Tadeu.
— Negativo. Vamos resolver hoje por onde começar e já marcamos com a comunidade o início do que ficar decidido.

— Está certo. Vamos fazer uma reunião no salão depois que tirarem todos os mortos e resolver o que fazer. Amanhã chamaremos o povo todo. E cada um com o que pode participar vai ajudar a recuperar a comunidade. Ok?

Eles discutiam e se faziam de cegos. Salvador Cruz, acima deles, plantado na porta do salão, ouvia tudo. Ouvia e ria. Baixinho.

— Do que acha graça? — perguntou o pastor Abraão ao se aproximar.

— Da conversa do povo.

— Não sei do que estão falando, mas é sempre assim. Falam por falar.

— É engraçado o juízo que fazem. Mas, quando me aproximo, todos me tratam com sorrisos e agrados. Seja o governador ou o presidente... Deixa para lá. Sabe de uma coisa, pastor? Vamos dar um abraço nessa gente.

Os dois desceram. Salvador Cruz olhando com cuidado onde pisava para não sujar mais ainda os sapatos e a barra da calça.

Aos poucos os homens foram baixando a voz.

— Então, como vai essa boa gente? — Salvador Cruz perguntou.

O silêncio durou pouco. O breve tempo de recompor novas ideias, rearticular o palavreado, abrir espaço para olhar o invasor, que lhes sorria com os olhos intensos e a mão estendida, sem medo de sujá-la. Sabia usar a astúcia como ninguém, como um gambá fantasiado de galo com a crista empinada, para entrar no galinheiro.

— Melhor agora com a sua chegada, doutor, acompanhado do pastor Abraão — disse Thomas Ceará (ele pronunciava o seu nome em inglês, com h), que abriu a boca pela primeira vez, atraindo o furor dos demais. Era um homem de meia idade, *autônomo*, como se apresentava, mas cuja profissão, na opinião pública, era coçar o saco de quem era, ou parecia ser, importante e ser retribuído com um sorriso.

— É uma tragédia — disse Salvador, guardando o celular —, mas acabo de receber a confirmação de que o governo já liberou todas as obras. Mesmo as sem detalhes dos projetos. E nada de só reconstrução. Será uma nova comunidade, exemplo para os melhores urbanistas do mundo. — Mediu a incredulidade. — Alguém duvida?

— E isso começa quando? Hoje? — Tadeu indagou, sem esconder a ironia.

— Amanhã. Os projetos para iniciar já estão com o consórcio de empreiteiras. São obras de emergência. Não vai haver concorrência, o que é o mais demorado do que as construções. Sabem como é: dez anos para licença ambiental e três para as construções. Papel sempre demora mais do que as obras, não é mesmo? Deles estamos livres. E se me permitem, graças à minha interferência.

— Então sai mesmo o nosso Jardim Celeste. E daqui a um ano poderemos respirar a brisa perfumada, tomar banho quente com pétalas de flores nas fontes das praças e descer e subir os morros em gaiolas de vidro? — perguntou Mirão.

— Como curió campeão de canto — festejou Tadeu.

— Um pouco mais. Dois anos. É um projeto grandioso, nada igual no mundo.

— Que maravilha. E dizer que o calçamento da minha servidão espera a dez.

— Jardim Celeste Salvador Cruz. Esse vai ser o novo nome da nossa nova comunidade — sugeriu o pastor, procurando amenizar a zombaria.

O Padre Sebastião, que havia saído para assoar o nariz, contaminado pela corrente de ar gelado dos mortos, voltou como quem não existe, ouviu calado a conversa e quando achou conveniente disse, querendo colocar um fim no que diziam:

— Quanto a mim, amanhã vou começar com o que eu disponho, a reconstruir os estragos da minha igrejinha. Afinal eu sou mestre de obra. Mestre de obra formado por Jesus. Não vai faltar quem participe e nem ficar como eu gostaria, mas vai servir como um modesto marco da fé que vence. Quem quiser me ajudar... Conto com você, Bento.

— Se quiser, eu posso dar uma ajuda — ofereceu-se o pastor Abraão. — A minha igreja quase nada sofreu.

— Será bem-vinda — agradeceu o padre Sebastião. — Da mesma forma, conte comigo. Vamos trocar auxílios. Um ecumenismo de obras.

— Exato. Como fazem as boas irmandades — complementou o pastor. — Afinal, em cima desta terra arrasada todos somos irmãos carentes de bondade.

— Pois podemos começar por lá, vocês não acham? — propôs Tadeu.

Enquanto os homens buscavam uma razão para se sobreporem à tragédia, em cima da mesa do salão o pequeno volume terroso ia sendo cuidadosamente lavado e aos poucos ganhando formas humanas. As mãos das mulheres esculpiam o corpo de Mariana Paz, com dedicação amorosa. Pouco a pouco libertaram a clausura perpétua do barro.

Removeram a brutalidade da terra para ela reconquistar a plenitude da vida. Só faltava um pormenor para confirmar a recriação do maior mistério: o corpo de barro começar a se mover.

Quando isso começasse a acontecer, dentro daquele cenário de destruição da natureza, todos os que testemunhariam ficariam ainda mais abismados. E haveriam de se lembrar para sempre.

Por mais extraordinário que no futuro parecesse, ali também renasceu o alcance das tramas que articularam a expulsão de Prudente e Antônia das terras de Custódio Cruz, para virem a ser soterrados naquele morro devastado, onde Mariana ressurgiria da morte. E exatamente ali estava Salvador Cruz, naquele preciso momento. A espera que a boneca de barro ganhasse vida para compartilhar, reciprocamente com ela, o imprevisível encontro?

A BONECA DE BARRO GANHA VIDA

14

Lá no fundo do salão, em cima de uma longa mesa o corpo de uma boneca de barro escondia uma criança. Ela não se movia. Respirava com um sussurro de terra que se rompe embaixo dos pés. As mulheres molhavam e escorriam panos nas bacias e removiam, com cuidados cirúrgicos, as camadas de lama. Ansiosas por ver surgir cada pormenor do que viesse a revelar um traço humano.

Dora estava ansiosa para ver o brilho que só a vida tem. "Bem pode ser a versão mais fiel e distante da criação humana. O primeiro projeto de gente," chegou a pensar. "Nascida do barro e do sangue ao mesmo tempo."

Removido os vestígios da placenta de barro o corpo começou a sair lentamente da inanição. O primeiro sinal foi imperceptível: as pontas dos dedos da mão direita se moveram. Depois a mão quis pegar o que ainda não existia. O rosto continuava inerte; a boca paralisada. Logo, como a delicada animação das asas de uma borboleta alçando o seu primeiro voo, as pálpebras arquearam. Os olhos, embaçados pelas sombras da morte, aos poucos mostraram um sutil interesse em decifrar a luz opalina. Dora colocou a mão sobre o coração de Mariana e percebeu que ela lentamente abandonava o casulo da morte. O poder do amor de criar a vida desfez a argila.

A revelação dos olhos lilases que só Mariana Paz tinha surgiu como um brilho. Ninguém tinha se dado conta, mas eram iguais as cores dos olhos de Salvador Cruz, o benfeitor do Jardim Celeste e que naquela mesma tarde iria disputá-la com as mulheres que limpavam o pequeno corpo revelado; os mesmos olhos de cores movediças de Custódio Cruz.

— É a menina Mariana — disse Josué Fernandez, olhando por cima dos ombros das mulheres. — É a filha do Prudente e da Antônia que estão entre os desparecidos. Só ela tem esses olhos. Senhor, ela está viva. Amém. Digam amém.

— Aleluia — disseram em uma só voz —, amém, aleluia, amém...

— A cor dos olhos da sua mãe — disse Sebastiana, que dava retoques de limpeza.

— Não — disse Dora. — A Antônia tinha os olhos grandes e bem escuros. Os olhos do Prudente nem sei que cor tinha.

— Então me enganei. Achava que era violeta. De onde me veio esta cisma? E de quem, então, esse anjo ganhou esses olhos lindos?

Mariana estava longe de tudo aquilo. Habitando um espaço onde tanto a vida quanto a morte disputavam o poder de reinar. Esperando a decisão do confronto final. E outra vez, já não mais na serra, ela iria aos poucos sendo entregue ao mundo. À organização do mundo dos homens, "bem mais impreciso do que o mundo da morte. Bem mais devastador do que a inquietação do mar, da terra e do ar e do fogo, em qualquer tempo e lugar. Mais desafiador do que vencer a morte durante seis dias sepultada", como entendeu ao longo da vida e como um dia ela diria para o seu filho.

O fato é que, depois de seis dias sepultada, Mariana Paz ressurgiu da lama. Sobreviveu à fome, ao frio, à bronquite, à pneumonia e, por último, ao sepultamento viva. Voltou à vida sem mostrar nenhuma surpresa. Sem nem perceber os homens e as mulheres deslumbrados ao seu redor. Sem poder ver que um menino chorava com o seu cachorrinho junto ao corpo do seu pai e que olhou para ela espantado com o que via. Sem entender o que estava acontecendo.

— Voltou à vida como Lázaro — disse o pastor Abraão. — É obra do Senhor, arquiteto do universo e criador da vida.

— Amém.

— Só ele é capaz deste poder, e de dar tanto — disse o padre Sebastião. — Deus é bondade infinita.

— Deus seja louvado — murmurou Sebastiana, emocionada.

"Não é a primeira vez que isso acontece", ruminou Salvador Cruz.

O céu ou a terra, segundo cada entendimento, havia devolvido Mariana para a vida. Para ela era a retomada do caminho para dar continuidade à despudorada disputa secreta entre viver e morrer; entre ser feliz ou sofrer a cada dia, a cada instante; entre a liberdade e o ser levada pelo já escolhido; entre a fantasia e a realidade; em vencer ou se curvar às fatalidades; às repetidas mortes e renovadas ressurreições do corpo e da alma. Às mortes e vidas tecidas com os fios invisíveis dos enganos e das esperanças; às traições e às fidelidades; às paixões secretas e aos amores festejados; à dúvida de ter que escolher entre o bem e o mal, sem a certeza de saber a verdadeira distinção entre eles. Ressuscitou para responder a um somatório de interrogações sem fim que marcou a sua vida. Para viver a bordo de um destino que começou muito antes dela existir e se tornar uma boneca de barro e ressurgir para a energia da vida. E resgatar os acontecimentos que a antecederam. E que iriam ultrapassar a sua vida.

Esse foi o caminho que Mariana começaria a trilhar. Sem saber aonde a levaria cada um dos seus passos quando não mais existisse vestígio de barro em seu corpo.

Todos queriam protegê-la. Mesmo quem já vivia no limite do abandono naquela terra de abandonados. Como Dora, que havia deixado Joãozinho insepulto na sua bebedeira e que enxugou as mãos no avental antes de estendê-las para cobrir com um manto branco e pegar a criança.

— Vou levá-la para minha casa — disse. — Vai ser mais uma filha. Onde comem cinco, comem seis.

— Você já tem as suas crianças, Dora. Eu cuido dela — disse Maria Terezinha, que tinha feito a promessa a São Cosme e São Damião de oferecer todos os dias um agrado para as crianças dos pais e mães desaparecidos se encontrasse a filha de seis anos e que, naquele momento, assistia aos malabaristas no circo.

— Se o pai e a mãe dela fossem escolher iriam querer que eu ficasse com ela — disse Marta, tocando a criança com suavidade. — Eles eram meus compadres, padrinhos do meu menor. E ainda tenho leite para ela.

Salvador Cruz observava tudo calado. Esperou a disputa ir em frente. Até se transformar no começo de um duelo da generosidade entre quem nada tinha. Deixou a contenda ficar sem conciliação. Temeu uma possível importuna intervenção do padre e do pastor, capazes de reencarnarem Salomão. Ele foi se aproximando. Rompeu o círculo ao redor da ressuscitada. O seu ego estava faminto, necessitado de um manjar, e aquele era o grande banquete que a tragédia lhe preparara, além dos lucros extraordinários.

Aproximou-se e disse, como um Salvador que alça voo de dentro do povo:

— Com licença. A intenção de vocês é muito nobre e admirável. Mas, com todo o respeito, eu acredito que se esta criança sobreviveu a essa calamidade é porque merece o melhor que este mundo pode lhe dar. Além de muito amor, claro — e sem nenhum receio de sujar o blazer e a camisa, a sua camisa de listas finas, azuis e brancas, de finíssimos quinhentos fios de algodão egípcio, pegou a menina do colo de Dora. — Se os pais dela forem dados como mortos eu pretendo adotá-la como filha.

O que se passou dentro de cada cabeça e de cada coração ficou guardado no silêncio durante um bom tempo. Alguns sabiam o que se dizia sobre Salvador Cruz. Todavia, não era coisa para ser lembrada ali. Nem ser pensada. Não naquela hora. Justo quando ele arriscou sujar o seu blazer e a sua camisa, em nome da bondade.

— O doutor Salvador Cruz é um homem generoso — disse um homem alto, largo, incapaz de passar, sem ser de lado, por uma porta de 90 cm, vestido impecável como os agentes secretos, com óculos escuros iguais aos usados pela guarda municipal, postado atrás dele.

— Muito bom. Muito bom — outros clones, de diferentes lugares, ecoaram como uma só voz, com os mesmos ternos e penteados e os mesmos óculos da guarda.

"Jovem e bonito, elegante, cheiroso, rico a dar com pau e fala retumbante como um anjo", pensou Marta, frente a ele. Sentiu um leve arrepio. Olhou para os olhos de Salvador Cruz e, tão perto, respirou seu quase imperceptível perfume. — 'Mas, bem pode ser o diabo', reagiu, arrependida do arrepio. 'Desses que falam mais bonito do que um desses anjos que ainda mal foram expulsos do céu."

Os olhos eram iguais aos do seu pai, Custódio Cruz, que às vezes eram azuis, outras da cor violeta e outras como uma luz da aurora polar, mudando conforme fosse o que corria no seu sangue. E iguais aos olhos ainda mal abertos de Mariana.

Marta benzeu-se, discretamente.

O padre Sebastião levou algum tempo para voar nas asas dos seus pensamentos:

"É rico, poderoso e ardiloso, sabe apossar-se do que quer — pensou. — Como os répteis que surgem do nada e engolem a presa. Esconde as sombras com o véu das palavras macias. Desconhece as leis de Deus e, ao mesmo tempo, sustenta a caridade das igrejas; da minha, a do pastor Abraão e muitas outras. Mistura o bem e o mal, como se fossem as cartas duplicadas de um só baralho... — Respirou fundo e deu um basta no que pensava:

Pegou a moeda furada no bolso e a olhou. A única que tinha. Absolveu-se pelo julgamento. Pensou na penitência. "Não vou comer a sobremesa. Logo a de maracujá. Nem amanhã." Guardou o amuleto. Desguarnecido voltou a mergulhar no seu pensar:

'Não serei eu a mudar a ordem deste mundo criado por nós. Não consigo nem dominar o que eu sinto e o que penso. Nem com os evangelhos nem com o amuleto. Como vou eu julgar? Deus não julga. Despreza o pecado e acolhe o pecador. Isso eu estou cansado de saber'. — Um cachorro, ganindo, começou a coçar a barriga, estalando a pata no chão de cerâmica. — 'Não serei eu nem o pastor Abraão quem mudará as cabeças e os corações. A minha igreja não conseguiu isso nem quando submetia os escravos e os reis às suas bulas; nem vendendo indulgência nem queimando nas fogueiras no meio da praça. Hoje então, que só ficamos batendo na tecla do pecado sem castigo! Do Deus perdoa e ama a todos! Agora, são as leis civis que regulam a liberdade, a riqueza, a pobreza, o poder, a miséria, o bem, o mal, o belo, a caridade, certo o errado e desconhece a verdadeira caridade dessas mulheres ao redor desta criança saída do barro. Vê apenas a caridade feita com as sobras. A caridade sem amor. O amor sem caridade, que amor não é — lastimou. — Só estou aqui para enfeitar as leis dos homens. E para fingir que as leis de Deus ainda têm valor. Lembrando em vão as suas palavras, para fazer de conta que estou mudando os corações. Como quem leva todos os dias a mesma pedra montanha acima e fica olhando-a rolar morro abaixo. — Limpou com a mão a mancha de barro seco no rosto. — E se não for assim serei apenas um padre a menos pedindo emprego. Desiludido. Mais um que larga tudo; de preferência casa com a freira de quem era confessor, porque conhece as suas virtudes e as suas..., e vai dar aulas de filosofia tomista, misturando o Ser, a Fé e a Ciência no mesmo balaio acadêmico. Sem arrazoar mal da teologia da justiça social para não desanimar os alunos nem ser desprezado. Passando o resto da vida falando de Tomás de Aquino, Santo Agostinho, Platão, Aristóteles, dos arquétipos, do ser unívoco, do que só comporta uma forma de interpretação, sabendo que nada disso importa para quem está mesmo é preocupado em passar no concurso. Larga tudo sem nunca deixar de ser padre. Já que não existe ex padre, assim como não existe ex-espião nem ex... O que existe é padre desgarrado, espião extraviado. — Olhou para o pastor que olhava para Salvador. — E o Abraão também que se cuide, com essa visão de bondade maçônica de que nunca se despreza um irmão. Se não fizer o jogo da sua igreja vai ser um pastor a menos. Desempregado, com mulher e filhos. Mas ele que fale por ele. Já me basta a luta para todos os dias matar de fome os meus demônios e à noite ver o quão pouco sobrou das minhas miragens de seminarista; do meu sonho de reformar o mundo com a palavra do Cristo. Meus belos sonhos. Antes de eu pisar no pantanal do reino habitado por milhares de Salvador Cruz e suas legiões de seguidores. — Outra vez se deu conta para onde tinha sido arrastado pelos seus pensamentos. Pegou no bolso a moeda furada e ficou enrolando-a entre os dedos para desfazer a sua crise de apego ao que pensava. — Perdão, Senhor. Estou colocando uma mortalha de pessimismo na humanidade, quando a minha missão é mostrar o caminho da redenção; e de que não é preciso uma tragédia terrível como essa para se aprender o que é o amor. — Respirou fundo. — Um dia tudo mudará. Quando, não sei. Mas um dia Deus ganhará todos os corações e a sua ordem reinará com uma única Lei: a Lei do seu amor. Será o tempo da fraternidade universal. Quando viveremos a vontade do Pai e não a das paixões humanas. Se não for assim, tudo o que a fé propõe é uma farsa. Tal como deixaram de ter sentido as oferendas de sangue humano para os deuses incas. O que não acredito que se repita. Agora é a criação dos homens que rege a vida. A cultura do inferno e do céu. Tudo misturado."

Uma voz ribombou. Atropelou os pensamentos do padre. "Que horror."

— Viva o doutor Salvador Cruz — gritou um dos múltiplos lá atrás, seguido dos seus iguais, espalhados, de ternos pretos e óculos iguais aos da guarda municipal.

Depois se ouviu o silêncio. O cachorro parou de ganir e voltou a se coçar. Mais forte. Por um momento todos escutaram o tamborilar da sua pata. Depois voltou a fuçar o dono morto e a ganir. E outra vez a batucar. E outra vez, mais um gritou:

— Viva o doutor Salvador Cruz.

O poder do fascínio era gigantesco. Ele exalava a atração que os poderosos exercem sobre quem nada tem e, sobretudo, aos que querem mais do que já têm. Exercia o sortilégio de fazer as pessoas sentirem-se menos carentes, bafejadas pela sorte ao se aproximarem dele; os remediados com perspectiva de riquezas; outros cobertos por um bafo contagiante da fortuna; os bilionários de origem nada nobre, sem culpa alguma do que tinham. Quanto aos pobres, "os pobres ou se deslumbram ou me invejam, mas jamais ficam indiferentes diante de mim". Sabia bem o quanto seduz a ambição de riqueza e poder. "Afinal, por que Ali Baba é um ídolo até hoje, Isabel? Não é por ter sido um pé de chinelo roubando galinha para matar a fome, nem um idiota conformado." Salvador Cruz sabia o quanto o seu brilho deslumbrava. E o encanto que despertava com a televisão alimentando a imaginação coletiva, exibindo as suas obras assistenciais. Era belo como um homem destemido e gentil, dormindo no alto de uma torre de ouro, sonhado pela donzela em vigília de esperança na porta no castelo. Uma divindade contemporânea. Olhou ao redor. Um olhar sugestivo de audácia contrastando com as palavras ao mesmo tempo afetuosas e dominantes. Todos olharam para ele. Tornou-se quase imaculado. Os olhos cintilaram, sem nenhuma mancha. Exibindo um convincente domínio de si próprio dissolvido em virtude.

— Mas só farei isso se todos concordarem. Todos — Salvador enfatizou. — Desejo oferecer o melhor para esta criancinha que saiu do fundo da terra e merece uma vida no sol de um paraíso — realçou. — Acredito que foi para isso que ela escapou da morte. E por que, com tantos compromissos, me demorei com vocês? Há muito já deveria estar longe, mas aqui estou com os braços e o coração abertos para ampará-la. Porém, não quero ser uma presença incômoda entre vocês ainda que por um momento, e por qualquer motivo. — "Afinal, o que ele esconde', perguntou-se o padre Sebastião. 'Meu Deus, vejo tudo e não morro". — Aceitam?

Nenhuma voz foi contra. Ou melhor: ninguém disse nada.

Foi assim, no meio da arena dos vivos e dos últimos mortos recolhidos, que Mariana Paz saiu do barro e se tornou a filha do poderoso Salvador Cruz; por obra de todas as coisas imponderáveis que aconteceram desde antes do seu nascimento e até a criação daquele momento. E pela mais pedregosa e eloquente omissão da plateia.

Naquele dia Mariana Paz se libertou da morte e das incertezas de felicidade que a pobreza amealha. E começou a viver a cegueira do seu destino, com o qual ela lutou para se desvencilhar ao longo da sua vida. Tal como Antônia, a sua mãe, havia tentado purificar-se da possessão do prazer avassalador que sentia com Custódio Cruz, o pai de Salvador, e do qual resultou o nascimento da própria Mariana. A partir daqueles remotos acontecimentos ela foi incapaz de controlar os desdobramentos que se estenderiam além dos seus dias, impregnada que estava pela ordem e a desordem que a envolveram desde o seu primeiro nascimento. Ainda assim procurou tirar o melhor proveito da luz e da escuridão que a acompanharam, convencendo-se de que "se eu sobrevivi à morte depois de seis dias sepultada, posso sobreviver a tudo o mais". Foi o que, com o tempo, passou a acreditar. E fez disso a sua legenda.

O preceito de sobreviver à morte, fosse ela de qualquer natureza, passou a ser um poderoso lema de Mariana Paz. Anos depois o repassou para seu filho, Mariano, e foi por ele adotado para sobreviver aos seus dias na prisão física e dentro da armadura de acontecimentos sem origem certa e com fins imprevisíveis; forjados sem ele se dar conta. Vivido ora aos solavancos, ora venturosas. Tal como foi o fadário de sua mãe. E o de Antônia, que só se libertou das brasas do ardor vivido com Custódio Cruz quando o touro aspudo a chifrou e ela foi expulsa do paraíso do marido, o pacato Prudente Paz, que entrou na história no dia em que, inesperadamente, se encantou pela moça tomando banho pelada em um remanso do rio Canoas. Exato no dia em que foi visitar o seu amigo Chico Ventura, que, por sua vez, estava apaixonado pela bela que se refrescava nas águas e ele não quis forçar a barra. A Antônia, que só se envolveu com o visitante para criar um clima de ciúme e despertar maior paixão em Chico Ventura. Logo ele, que não levava a sério as necessidades intrigantes que o destino cria para se cumprir. Pois Mariana foi o fruto dessas tramas e a elas sobreviveu.

Todavia, e de fato, tudo isso seria, para o futuro, de uma gratuidade infantil se, para espanto geral, no salão de recolhimento dos últimos mortos vítimas dos desmoronamentos dos morros na capital, Salvador Cruz, que nos dias em que Antônia casou com Prudente era um menino com os ombros marcados pelo açoite por espiar o pai abusar da filha, depois de fugir de casa e se tornar rico e poderoso, não estivesse exatamente naquele salão, naquele dia, naquela hora, disputando com as mulheres a primazia de adotar como filha a boneca de barro que renasceu Mariana Paz.

E este era só mais um recomeçar de muitos envolvimentos na mesma trama.

UM POUCO DA HISTÓRIA DE SALVADOR CRUZ

15

Salvador Cruz nunca fez nenhuma revelação sobre a sua infância. As cicatrizes nas costas não doíam mais e o que viveu no planalto estava armazenado longe das lembranças. Era como se jamais tivesse vivido aquele tempo. Toda a sua energia estava voltada para ser quem se tornou. Alimentava tamanha consciência do seu poder que comparava a sua história de vida com as do circunscrito universo dos poderosos deste e de outros tempos.

Guardadas as proporções, de fato, ele tinha lá as suas razões. A sua história diferia nos pormenores e no tempo. Era pobrezinha, se comparada com as dos antigos senhores do mundo. Corriqueira, se confrontada aos dos grandes encantadores da humanidade de ontem e de hoje. Prosaica, se cotejada com os que persuadiram o seu povo a exterminar uma raça para purificar a espécie humana. Ou com os que se justificaram do que fizeram porque o homem que falava demais em amor e perdão era uma ameaça ao trono. Mas não era uma história banal.

Salvador Cruz não era uma pessoa dada a grandes leituras, nem tinha tempo para isso, mas gostava de conhecer a vida dos personagens que tiveram, segundo ele, o maior patrimônio que o planeta pode dar a um ser humano: poder sem restrições. Admirava, sobretudo, os que o exerceram sem a desculpa cínica de que tinham uma missão a cumprir, os que forjavam uma causa para dissimular o que faziam. Nada disso.

Encantava-lhe o poder pelo poder, assim como a riqueza pela riqueza, o lucro pelo lucro, o prazer pelo prazer. Sem mascarar. Sem teorias. Esse formidável fascínio em se tornar o senhor da vida e da morte não tinha sofrido corrosão e ele o resgatou do eterno calor das cinzas da memória da humanidade. Lia e relia Os Doze Césares, do consagrado fuxiqueiro Suetônio, com a concentração de um mórmon lendo a sua bíblia e o regozijo de um adolescente descobrindo mistérios em um filme pornô.

Volta e meia anotava o que não estava escrito. Atribuía o fato de oito dos doze imperadores romanos terem sido assassinados à ingenuidade deles de acreditar em horóscopo, em deuses que não tinham o poder de contrariar o destino e desprezarem um eficiente serviço secreto de contraespionagem. Coisa que Salvador julgava indispensável desde as eras das cavernas. Para ele, Calígula, com todo o poder incondicional que tinha, apenas cometeu trivialidades. "Mas, pelo menos, não foi tão infantil como Domiciano, que perdeu tempo brincando de arrancar as asas das moscas, até trocar o esporte por decepar cabeças de pessoas. Coisas tolas, que logo caem no esquecimento", ele comentava com sua mulher, Isabel Monte. A maior admiração era reservada a Alexandre o Grande. "Este sim era grande, Isabel. Matava e beijava com o mesmo ardor e com o mesmo prazer com que mordia um suculento pernil de carneiro." E, como os seus heróis estavam mortos, incapazes de fazer ressalvas, Salvador pintava-os como queria.

Todavia, para Salvador Cruz, nenhum deles foi um gênio completo. 'Isso de matar a torto e a direito para conquistar o que queriam, fosse uma mosca, o marido da mulher desejada, o jovem infiel, ou uma população, não foi nem é nada de genial. Isso é pura falta de imaginação' avaliava. 'E, bem pensado, ter poder sobre tudo e todos, ser autor da vida e da morte, do perdão e da execução, ser rico, temido, famoso, dono do mundo, quem não quer ser e ter, Isabel?', perguntava, sem fechar o livro. 'É o que mais maravilha qualquer homem consciente do poder que pode praticar. Ontem, hoje e amanhã. Em qualquer canto da terra."

Para sua história pessoal não ser banal, ele criou outra mais sedutora. Tão atraente que, de tanto repetir a admirável versão da origem do seu talento e das suas conquistas, ele mesmo, esqueceu de onde veio. Filho de Custódio Cruz? Nem pensar.

Segundo Salvador, a sua boa sorte começou a ser engendrada nos remotos tempos em que um dito ancestral seu principiou, de forma meio improvisada, a enriquecer sem ter e fazer quase nada. Desde quando ele colocou em prática os conselhos de um sábio milenar. É isso mesmo. Foi, conforme reconstituía, do seu tetravô, (às vezes encarnado em bisavô), o reverenciado comendador Cruz, a raiz de sua história de sucesso. O tal antepassado tinha sido um homem admirado, entre outras coisas, por passear pelas ruas do Rio de Janeiro com uma mula preta com dentes de ouro luzindo. Prova disso é ele ter se permitido ser fotografado com o imperador D. Pedro II tendo a besta com a cabeça erguida sorrindo entre eles.

A partir desse mito, Salvador foi dando realidade ao fabuloso. Para os duvidosos dizia: "É uma história fantástica, eu sei. Mas, quem pode desacreditar que um homem como o meu ancestral transformou as doenças dos escravos do porto do Rio em uma mina de ouro? Com certeza, não quem acredita que choveu maná no deserto. E que o mar secou só para aquela gente perseguida passar e depois afogar os egípcios. E que Noé fazia mesmo uma rigorosa seleção para recolher na arca só os bichos que faziam sexo diretinho, para procriar. Não quem acredita que eram sinceras as paixões de Nero por sua esposa Sabina, por quem queimou nos funerais a produção de dez anos de incenso oriental, ao mesmo tempo em que mandava castrar o jovem Spurus para com ele se casar em uma grande festa. Então, Isabel, o que é verdade e o que é fantasia? Por que não acreditar na história do meu ancestral, Isabel?"

Mesmo Isabel sendo uma mulher inteligente e culta, não podia deixar de considerar a preleção convincente. Ainda que ela não esquecesse que tivesse sido a chave para o banqueiro Luiz Luz, seu pai, iniciar Salvador na ciência da riqueza fácil.

Assim, Salvador Cruz foi incorporando à sorte a habilidade do seu mago antepassado. E sem fantasias construiu a sua miraculosa fortuna, que, por extensão, permitiu-lhe colher os frutos da carne para alimentar seu secreto ardor, florescido desde a infância quando espreitava seu pai fazer o que fazia. E, como se isso não lhe bastasse, conquistou, com articulações maquinadas, o prêmio da artificial credibilidade sem fronteiras, a mãe da admiração, a linda filha bastarda da fortuna e do poder. E, tal como seu ancestral, a força de governar sem ser governante, em qualquer regime apócrifo ou legítimo. Com prestígio criou, entre outros produtos da sua astúcia e do culto de si mesmo, uma grande rede de solidariedade a meninas desfavorecidas, para ser mais uma fonte jorrando prestígio e legitimando riqueza. Além do prazer que desfrutava com elas. A ajuda vinha de todo o planeta. De pessoas boas, crédulas. E, sobretudo de empresas duendes. Por essa bondade Salvador Cruz recebeu as mais altas honrarias e pôde gozar com mais facilidade seus prazeres preferidos. "Coisa de fazer inveja a alguns dos meus ídolos históricos", pensava em sigilo.

Nada disso aconteceu ao acaso. Todas as ações estavam articuladas e controladas através de uma rigorosa administração, com tecnologia avançada, operada por executivos que concorreriam entre eles por melhor desempenho, com uma fidelidade canina a Salvador. Até porque um russo que o traiu sofreu um acidente fatal. Com esses recursos não foi difícil a expansão planetária. Tornou-se um homem influente dentro e fora de todas as organizações que mostravam a cara e as sem semblantes visíveis. Como um alquimista moderno, fazia a fome virar manancial de ouro; a ignorância ressoar poder; a doença um negócio lucrativo; o delito uma justa causa para legitimar a razão das instituições de controle social; a política uma arte empresarial em nome do bem-estar coletivo. O lucro era a meta final, como visão de domínio do mundo, ainda que, infelizmente, para chegar lá tivesse que ter paciência. ("Bem mais curta do que a milenar paciência chinesa".) A humanidade um colossal negócio. Sem utopias. Era capaz de calcular o lucro oculto em todas as coisas desprezíveis que existem sob o sol. Incluindo o que a pobreza extrema podia render para as organizações que ele liderava. E nada disso era herança fantasiosa.

— A conta é fácil. Prestem atenção: — Disse para os seus executivos durante a reunião de segunda-feira pela manhã, projetando os gráficos de turbas esquálidas. Foi brilhante. Os administradores, operadores ferozes no mundo dos grandes interesses, ficaram pasmos com a lógica irrefutável com que ele atrelou a fome na riqueza. — Todos sabem que um terço da população do planeta está faminta e que outro tanto morre cedo por comer demais. O que não sabem é que a fome, além de ser a principal matéria-prima da política e do poder, é a maior fonte de lucros fabulosos. Os que tiram proveito dela até hoje, só lambem pelas bordas. Mas saber isso não serve para nada. O importante é a criatividade, é saber como transformar essa fome em uma montanha de ouro inesgotável, já que a miséria nunca vai se exaurir.

Os expertos entraram em ação. Na reunião seguinte apresentaram três projetos estratégicos para aperfeiçoar o oligopólio da maior mina de ouro do planeta.

No jantar daquela noite Salvador contou a sua descoberta para Isabel.

— Como assim? — perguntou Isabel Monte, pondo os talheres de prata sobre o prato e dispensando a lagosta gratinada e o creme de aipo.

— É simples. Faça as contas. Um bilhão de famintos, por baixo, necessitam de ajuda para comer todos os dias. Isso quer dizer que serão gastos por dia, digamos, modestamente, 5 por um, 5 bilhões de dólares entre compras, transportes, armazenamento e distribuição de bens e serviços, para que eles sobrevivam. E quanto mais tempo viverem, mais precisará ser fornecido. Isso sem considerar o incremento populacional, porque pobre, mesmo faminto, é quem mais procria. Isso requer um esforço sem precedente para diminuir a fome no mundo e atenuar a mortalidade prematura. Dois dados que a mídia vai festejar e os governos vão comemorar, ainda que não estejam interessados em fome e em longevidade de pobre.

Isabel abriu a boca e ainda mais os grandes olhos azuis. Ficou com a taça de vinho Romanée Conti parada no ar e a língua mostrando a mancha clara de caviar.

— Existe tanta pobreza mesmo, ou você está brincando, Salvador?

— Pesquisei. Só de crianças abaixo da linha da pobreza é quase meio bilhão.

— É muito, não podia imaginar. — Quando se recuperou do espanto disse. — Isso, supondo que se encontrem esses bilhões diários de doações

— Dentro do meu projeto isso será fácil. É só oferecer boas vantagens. Todos sairão ganhando. Basta instituir o suporte emocional com uma grande campanha na mídia mundial. Gênios da propaganda para criar motivações e necessidades é o que não falta. E fotografia de criança faminta sensibiliza mais, certo?

— E a fórmula mágica para fazer a miséria virar ouro? — Isabel perguntou, prolongando na boca a preciosa e legendária alma do Borgonha Romanée Conti da melhor safra.

— Faça você mesma a conta — propôs Salvador. — Se cada faminto render um dólar por dia, o que é um mínimo, quanto soma no final do mês?

— Ah, Salvador, por favor, me poupe.

— Quantos dólares? Diga.

— Trinta bilhões, é claro.

— Essa é a fórmula mágica. Só as crianças representam fácil um dividendo de meio bilhão por dia. Portanto, no total, 360 bilhões por ano. Algo como mais de um trilhão e meio em dez anos. Sem contar a correção dos valores e o aumento da demanda, porque melhor alimentados morrem menos e nascem mais... Não interessa deixar morrer de fome. Cada um que morre é um dólar a menos por dia e cada um que nasce um a mais.

— Mas eles alimentados e educados vão se emancipar, é obvio.

— Você não entendeu direito. A ajuda é para sobreviver, não para se emancipar.

— Isso é incrível. Salvador, mesmo para quem é rico, existe uma fortuna dessas?

— Claro. Pense, Isabel, está tudo disponível à espera da ação bem planejada e rigorosamente organizada. É o lucro e a eficiência que se pode acrescentar ao combate a fome e a mortalidade mórbida. Agora é esperar concluir os projetos e atuar em todo o planeta. — Isabel ficou olhando para ele. E antes que ela dissesse qualquer coisa ele filosofou. — E ainda tem quem queira acabar com a fome e a ignorância no planeta.

Salvador estava feliz. O seu instinto predador inflou como um planeta iluminando. Tomou um bom gole de vinho e repetiu o seu mantra:

— Quando uma semente esquece o que é, ou se estraga ou vira outra coisa. Eu não apodreci nem virei outra coisa. Crescer é a meta. E hoje, para o bem do planeta.

— Com que fórmula estranha! Sobretudo para quem repete que dinheiro atraia dinheiro. Agora é a miséria que atrai riqueza.

— Por isso o meu entusiasmo. Descobri a chave. Depois de milênios.

— Com certeza o seu antepassado está orgulhoso de você — disse Isabel.

— Aperfeiçoei a genética. Com a contribuição do seu pai — disse, para agradá-la. — Quando a conheci, na universidade, você pagava o chope, o jantar, o motel.

— Ainda bem que você nunca fumou, porque cigarro eu não pagaria.

— Não era por falta de vontade, era por falta de dinheiro. É a evolução, Isabel. Hoje tomamos Romanée Conti da melhor safra no jantar de segunda-feira.

De fato, o que Salvador contava sobre seu antepassado era, e continuava a ser, ao mesmo tempo fantástico e elementar. Na sua versão, inspirada na variante familiar, o patriarca entrou para a história do Brasil no fim do império e início da república. Não como político. Não era nada. Até ser um associado do poder. Nunca ocupou um cargo público, nem acrescentou uma pá de cal ou um só tijolo em qualquer obra. E, sem jeito, se martelasse um prego o entortaria e esmagaria o dedo, como de fato aconteceu quando tentou. Mas, como o acaso muitas vezes se entrelaça com a realidade, tornou-se um homem influente e rico no ramo de negócios e construções públicas. Conquistou a força de indicar ministros e destronar ministros, eleger deputados, senadores e governantes, opinar sobre a Constituição, dar pitacos em acordos internacionais, sugerir bulas papais. Para tanto, bastou manter-se bem entranhado nos partidos e auscultar as ambições políticas. E acertar as contas entre quem fazia a obra e quem a pagava, quem comprava e quem vendia. Fosse o capim dos cavalos do palácio ou a importação dos navios da armada, comprados na Inglaterra. Ferro-velho a preço de aço polido. Mesmo sendo analfabeto foi dono dos dois maiores jornais do país: *A Manhã,* a favor de tudo, e *Diário da Noite,* contra tudo.

Foi um salto extraordinário para quem, ainda adolescente, tinha começado a vida limpando as sujeiras dos escravos nos paióis do porto. Aos vinte anos foi promovido a tratador. Mas isso era nada para o que queria da vida. Mesmo acostumado a escorregar e se equilibrar nas fezes dos escravos, tinha ambições nada modestas e regurgitações amargas. Olhava o horizonte do mar e sonhava ser rei do tráfico na África. Mas, foi dentro dos depósitos de escravos, enquanto exalava o fedor dos dejetos, que nasceu o sonho de ser dono de tráfico no Brasil. Imaginou ter o maior comércio próprio de escravos, fosse branco ou fosse negro, índio, pardo ou amarelo. Proibido no papel, o negócio tornava-se mais lucrativo. E o impensável aconteceu.

No dia 15 de março, uma sexta-feira à noitinha, depois do trabalho, e ainda com o cheiro da miséria humana impregnado, o jovem Cruz foi ao cais do porto comer uma empada e um pastel de camarão, encharcados de pimenta braba, e tomar seus tragos na venda de secos e molhados Sabor de Portugal, defronte ao armazém número dois. Era a sua extravagância uma vez por mês.

E foi nessa noite que aconteceu um fato miraculoso. Um homem com a respiração igual ao zumbido de um enxame de marimbondos, exalando um ar de múmia acordada, sentou-se ao lado dele. Cheirava como se tivesse saído do barril de cachaça em que foi conservado durante milênios. Até tomar o primeiro copo, os seus olhos tinham o brilho de uma estrela em extinção. Depois da conversa curta jogada fora o desconhecido começou a falar sem parar:

— Se quiser, pode parar de falar. Eu entendo igual — disse para o tratador de escravos, quando ele ia abrir a boca para pedir mais uma dose de cachaça, e acrescentou com naturalidade. — Eu falo todos os idiomas criados desde o primeiro grunhido dos primatas. Incluindo a fala do silêncio. Menos o latim, que é a língua da bazófia dos soberbos..., dos falsos sábios... Dos que não estão nem aí para essa coisa bonita que é a gente saber o que o outro diz... Mesmo que você não diga nada eu entendo. — E como se essa revelação não bastasse alheio à sua aparência jovem, tomou um gole pródigo e disse: — Eu vivo há 12.602 anos, oito meses e 16 dias, contando o de hoje, desde que nasci no Chifre da África, de onde comecei a fazer um tour mundo afora. Foi assim que gastei minha fortuna acumulada quando fui tesoureiro do reino de meu avô. Como vê, eu sou bem jovem.

A cabeça do limpador de escravo e futuro comendador, já enevoada por meia dúzia de tragos pendurados na sua conta do mês, não tinha por que duvidar. Lá pelas tantas o além-tempo propôs:

— Jovem Cruz, eu vejo que você é muito ambicioso e não sabe por onde começar. Faço um trato: você paga uma garrafa da especial, a daquele alambique artesanal de Santa Catarina, e eu lhe conto um segredo da minha história. Dou lhe uma receita infalível de como ficar rico sem fazer quase nada. Não precisa saber fincar um prego. Até porque quem sabe fincar prego não fica rico.

E como já sabia que a proposta estava aceita antes mesmo da garrafa de Cachaça Premium vir parar na mesa, ele continuou:

— Tem tempo para ouvir? Eu fui o primeiro homem a ganhar grandes fortunas sem fazer nada. Isso sem ser alquimista nem imperador. Claro, antes dos primeiros sacerdotes das primeiras crenças criarem os tributos aos deuses e surrupiarem um quinhão das oferendas. Sem contar que alguns dormiam com as donzelas virgens na véspera do sacrifício e as convenciam de que elas eram as eleitas. Está duvidando? É verdade, meu jovem, eu vi. Faziam isso nas barbas dos deuses, se eles tivessem barbas. Com as mãos roxas pelo sangue entranhado. A segunda pele. Eu, eu criei uma cultura. Isso há mais de 12 mil anos. Logo depois daquele Conselheiro Brincalhão metido a sábio, bajulador do rei meu tio, criar o decreto que instituiu o primeiro conceito oficial de virtude e do mal. Foi quando começou a condenação da tal apropriação indébita, como chamam hoje. Por favor, não ria, meu jovem. Pensa que é piada? Piada é separar o bem e o mal em um decreto de uma linha. Meia para o bem, meia para o mal. Nada a ver com as tranqueiras das leis de hoje, que misturam o bem e o mal numa maçaroca e o que é bem hoje é mal amanhã e vice-versa. Mas, voltando: então, meu avô, Lugalbanda, o lendário rei, que governou com o coração generoso e a espada molhada de sangue, teve uma ideia de gênio. Já que o bem e o mal estavam definidos devia se cobrar de tributo para quem ficasse protegido pelo bem. Como os que existem ainda hoje. Obrigatórios. Lembro o seu nome com veneração. Talvez tenha sido ele o mais remoto rei sentado em um trono de ouro com lugar fixo, graças ao trabalho da gentarada. O primeiro a desprezar as tendas de nômades, dormindo aqui acordando acolá, e a criar um lugar cercado com estacas. Algumas visíveis. Foi aonde, o rei Lugalbanda criou, para todos os que habitavam no seu território dominado e vivessem sob o seu império, os tributos. Pagavam para ser dominados. E ai de quem não pagasse. E, tam, tam, tam... — tomou um largo gole enquanto media a curiosidade do futuro patriarca da propina. — Nomeou-me oficial cobrador de tributos. — Entendeu o pensamento de incredulidade do tratador de escravo. — Não duvide. Isso sempre existiu, ou você pensa que o chefe do bando de primatas não cobrava lá o seu tributozinho para quem quisesse pertencer a ele? E não era barato. Graças aos impostos inventados pelo rei, meu avô, existiu grandes civilizações. Ou você acha que tudo se explica com os impostos criados no Egito, na Grécia e em Roma? Ou na esplendorosa Babilônia? Pobre Babilônia, tão rica, malversaram tanto que não sobrou nem dinheirinho para irrigar os aprazíveis jardins suspensos, onde eu gostava de passear ao entardecer, na esperança de dar uma olhadela na rainha Amyitis aspirando as rosas. E o melhor que se sabe daquele reino, hoje, é que o dia tem 24 horas? Ou da Pérsia que não nos lembramos que existiu nem mesmo quando pagamos o ICMS ao comprar um desses fascinantes gatinhos, que não são mais persas? No reino do meu tio, não eram esses 5.123 tributos de hoje. Eram apenas 2 tributos. Um para os deuses e outro para o tesouro real. Com um detalhe: o rei tinha a chave do tesouro real e ele era o deus principal, todo vestido de sol. Por sinal, lindo. E todos pagavam sobre o que faziam e o que não faziam. Fez paga. Não fez paga. Até para acreditar no Sol. E infeliz de quem não acreditasse. Sem exagero, quase igual à hoje, não é mesmo? E veja a coincidência, jovem Cruz: para quem não pagasse direitinho, o corretivo era brabo. Entrava na lista dos banidos. Como vê, o sistema era perfeito. Bem como hoje. — Tomou o meio copo em uma talagada e colocou a mão no peito para acompanhar o calor da descida, com visível felicidade. — Fui o primeiro homem autorizado a cobrar impostos em nome de um rei com trono fixo. Embora a prática tenha começado nas remotas cavernas, na base de quem dá mais ganha um pedaço maior e quem não pode dar nada espera a hora de lamber os ossos jogados fora, foi meu avô quem criou a regulamentação. Escrita em pedra (se é que aquele emaranhado podia se chamar de escrita) para que ninguém desconhecesse a obrigação de pagar e garantir o seu direito de viver sob o domínio do seu trono. É isso mesmo: pagavam para obedecer. Um baita avanço para acabar com a barbárie. Como você sabe, a força do bando é menor do que o poder do chicote do seu senhor. — Fez silêncio, lembrando um detalhe: — Muito embora só o rei e mais seis sábios soubessem o que estava escrito nas pedras. Eu me incluo neste seleto grupo. De cara, achei injusto ver tanta riqueza passar pelas minhas mãos e depois se perder em um sumidouro sem fim, sem nada para o povo, e eu, só contando com a merreca do salário — continuou. — Comecei a ficar com uns trocados. Deu tão certo que criei outra regra, a... Do que hoje é conhecido como propina, gratificação, mata-bicho, suborno, ajuda, trapaça, faz-me-rir, contribuição por fora. Os mais cultos em leis chamam de desvio ilícito do dinheiro público. Outros de apropriação indevida e até de favorecimento indébito, não é assim? O povão chama mesmo é de roubalheira. Pura. Enfim, foi uma invenção tão certa que virou a mais valiosa moeda de troca. Com inesgotável bom uso nas, desculpe a palavra, corporocracias modernas, mas isso é outra história. Perdoe-me a modéstia. Coisa de gênio, não acha? — concluiu entre uma respiração e outra, entre um gole e muitos outros.

— Sem problemas? Nunca houve denúncia? — surpreendeu-se o jovem Cruz, tratador de escravos, que prestava conta ao seu senhor até da última gota de creolina usada para curar as bicheiras e devolvia o vidrinho vazio.

— Denúncia sempre teve. Problemas não. Quero dizer, nada que não se desse jeito. Uma vez foi mais sério. Eu sempre presenteava o rei com as coisas que ele mais gostava. Ele fingia que não sabia quem dava e eu fingia que não era eu. Mas quando descobriu que eu estava mais rico do que ele e que, com aquele ouro todo, eu poderia comprar um grande exército, formar uma quadrilha, com a aprovação do povo, ficar mais poderoso do que ele e me sentar no trono, aí a coisa entortou. Mandou cortar a minha mão. E como ele não disse de qual mão, eu ajustei uma boa recompensa com o carrasco e ele decepou dois dedos da mão esquerda e me recomendou para, em público, manter os outros três escondidos — mostrou a mão. — (Que cambada, pensou o tratador de escravos.) Acontece que eu sou destro. Logo em seguida, o rei me ofereceu o trono em troca do meu cargo de coletor chefe de impostos do reino. Coisa que não aceitei, é claro. Só dei um cala-a-boca para ele. Quando ele morreu, na falta de mais riqueza para ser arrecada naquele reino de necessitados, saí pelo mundo até gastar o último centavo. Você sabe. Gastar é fácil. E aqui estou contando a minha história.

— O senhor foi, de fato, o criador da propina sem riscos? É isso? — perguntou o antepassado de Salvador Cruz, assombrado.

— Se quiser chamar assim, vá lá. Fui o inventor de, no lugar de entregar o tributo para os deuses e o dono da coroa, que não faziam nada para o povo, estender a mão para aliviar o contribuinte e criar um fundo pessoal. Era a ideia inicial. Com o tempo evoluiu. Como tudo. Cinco, dez por cento, dependendo do acerto. E com um detalhe particular. Uma mão como a minha gera confiança, sem dedo nenhum, como costumam cortar certas mãos no oriente, aqui emociona mais, concorda? Tem um toque de romântica compaixão. Hoje isso não serve de circunstância, tem gente enxertando dez dedos, mas eu vivi isso — ponderou o gênio. — Enfim, eu criei o que hoje chamam por este nome horrível: corrupção, nos tempos em que se desconhecia o por cento, claro. Em uma época em que não se falava em propina. Coisa que, segundo as inscrições nas cavernas, deve ter começado lá pelos idos que fogem à memória humana. Até porque, naquele tempo, a memória humana não durava mais do que um dia, se tanto. Bem como hoje. Quando mal se sabia o que era o bem e o que era o mal. Mas já se sabia essa coisa banal de como levar proveito em tudo, coisa que você precisa se especializar. O que hoje alguns chamam, talvez por inveja, de safadeza, faz parte da sobrevivência do gênero humano. Desde antes de serem escritos os regulamentos de como as pessoas eram obrigadas a viver para facilitar a vida dos venturosos. As especialidades vieram aos poucos — O gênio do barril olhou firme para o ancestral de Salvador Cruz: — Agora vem a melhor parte: o conselho prometido. Então, por que você fica limpando depósito de escravos para os donos da carga, no lugar de começar a comercializar os que não valem uma moeda furada e ficar rico? Quer uma receita? Misture alvaiade com cola de gelatina de cartilagem de tubarão e betume da Judeia, dissolvido em sulfato de carbono, e passe pelo corpo dos sarnentos. Cubra as feridas com talco diluído em goma de mandioca, que eles vão ficar até bonitos. E o que não vale nada vai ter um bom comércio. Mesmo um remediado sonha em ter um escravo, ainda que ele seja desconjuntado. No início pode parecer modesto, mas, como ninguém faz isso...

— Essa pintura toda não pode matar?

— Se morrer será um ou outro. As perdas você compensa com a quantidade. Mude o seu destino e o futuro dos seus descendentes. E os escravos agradecem.

— Isso não tem muito futuro — disse o limpador — a escravidão está no fim.

— Não diga bobagem. Você sabe que não. A lei é para inglês ver. Há mais de 12 mil anos eu escuto isso e a escravidão muda de forma e só cresce. E não é só de negro. a escravidão não tem preconceito de cor nem de raça. Quem viver como eu vivo, através dos tempos, viu e verá. Pode mudar a cara, a cor, o nome... Mas não vão deixar acabar. Você vai se atualizando com as mudanças, que o lucro é garantido. Nunca vai faltar quem queira pelo menos um escravo de baixo custo. Faz parte.

Mal acabou de falar, levantou-se e perguntou:

— Vai querer mudar de vida ou continuar limpando o chão da baia?

— É de se pensar — disse o tratador de escravos, meio entorpecido, sem ter certeza de que estava de fato na terra.

— É de se pensar... Você não é o cara que aquele doido procurava com uma vela acesa, é? — O gênio mudou o semblante. — Posso levar a garrafa?

— Está vazia — disse o jovem Cruz.

— Mas me serve, espremendo bem sempre sai alguma coisa — e já em pé, com o copo e a garrafa nas mãos, disse. — Volte aqui amanhã que lhe conto mais.

As suas últimas palavras se perderam dentro do assobio da sua respiração. O imortal, conservado há milênios no vapor dos destilados e amparado na pedra filosofal dos sólidos e imortais costumes, tomou o último copo, tossiu três vezes e foi embora, com um andar de atleta olímpico em cima de duas pernas de pau.

Ali aconteceu o toque inicial. O sábio conselho foi seguido e aperfeiçoado através de gerações. Até chegar a era de Salvador Cruz, que, por vezes, refazia a cena prodigiosa e dizia para si mesmo e para quem o quisesse ouvir: "Imagine só. A sabedoria de um homem com mais de 12 mil anos... com asma, desencantado de dentro de um barril de cachaça, oferecendo a fórmula da fortuna fácil, desde que se viva sem essas pieguices do isso pode isso não pode. Essas regrinhas criadas para espalhar o medo de perder o paraíso e adoçar a obediência. E a não atrapalhar quem vive com riqueza e poder."

A prática do antepassado de Salvador era simples e eficaz: uma semana depois, o instruído começou a intermediar as vendas dos escravos rejeitados. Os desmilinguidos pela fome, a disenteria, o escorbuto trazido de Luanda, a peste dos ratos do fundo das caravelas, os escamados pela sarna generalizada. Para esses últimos ele ensinou os seus próprios escravos menos anêmicos a dar um banho de betume misturado com resina de creosoto, durante quinze dias, por cima das feridas. As cicatrizes do rosto dos sarnentos eram cobertas com uma cola de carbonato de chumbo. Os negros ficavam brancos. Alguns voltavam a escurecer. Eram proibidos de se coçar, sob pena de terem as mãos amputadas. Só houve risco de uma perda: uma escrava, entristecida pelo banzo negro, bebeu a metade do vidro de benzoato de benzila, mas foi salva a tempo. Foi jogada no mar e vomitou até o que não tinha.

Os negócios cresceram tanto que três sobas, de Angola, Congo e Zimbábue, vieram ao Brasil e o credenciaram como negociador de vinte cargas por ano. Sem nunca pisar na África, sem nunca sair do Rio de Janeiro. Para ele nada se perdia. Tudo se transformava em lucro. Os mortos na travessia eram jogados no mar e cobrados como fujões do segurador inglês. Era um negócio perfeito. E como criatividade gera criatividade, não parou aí.

— Sem fantasia, o caos dá lucro. A ruína pode trazer a sorte — foi o que o antepassado de Salvador descobriu quando o cais de desembarque dos escravos não suportou o peso de duas cargas a um só tempo e desmoronou. Contratou a mão de obra do conserto. E quem trabalhou de sol nascer a sol de pôr? Quem?

A partir dali Amadeu Cruz agenciou construções de todo tipo por todos os cantos do Brasil. Sem nunca ter visto uma só obra. "E não tenho nem um martelo", repetia para os filhos. "Espero que meu talento seja herdado."

Tudo o que fazia era intermediar obras, serviços, dividir quantias entre as pessoas certas, com toda a ética, com o maior senso de honestidade. Ficou tão rico que a sua mula preta, filha da mais querida mula de Bolívar (era o que ele dizia), tinha os beiços ornados por duas argolas de prata cravejadas com os mais puros diamantes de Minas Gerais, suspensas por uma corrente fundida em liga de ouro com zircônio, pendurada na cabeça. O ornamento não deixava a besta parar de sorrir, exibindo a sua dentadura de ouro pelas ruas do Rio de Janeiro. Sempre cercada por dez entroncados escravos armados de pau de guatá, para os gatunos não lhe arrancarem os dentes.

O que parece ser uma novela prodigiosa transformou-se em um dos fundamentos do espírito empreendedor de Salvador Cruz. E ele, um semideus, venerado, habitando acima do andar dos mortais, com admirável visão das divisões humanas. De onde via tudo segmentado para dar lucro: a miséria, a fome, a sede, a doença, a religião, os governos, o trabalho, o nascimento, a morte, o sepultamento, o casamento, o divórcio, a educação, a ignorância, a tragédia, a comédia, a violência, a prisão, a condenação, a absolvição, sexo, prazer, alegria, a tristeza, a felicidade e a dor. O conflito e a paz. A água. A seca. E o amor e o rancor. Os terremotos, a ira dos vulcões, o naufrágio. O mar calmo. E sobretudo as guerras. Tudo gerando um grande comércio. E cada pessoa um bem do mercado. Do nascimento à morte. Para ele, eram verdades só desprezadas por aqueles que não compartilhavam dos benefícios que o bem e o mal geram. Como o sábio ensinou e o seu antepassado aprendeu e lapidou.

Quase 150 anos depois ele, Salvador Cruz, aprimorou o que parecia ser uma fábula. Foi o último sucessor do dono da mula com dentes de ouro, o comendador Amadeu Cruz. Era assim que ele se via, reencarnando o seu ancestral, revivido através de gerações, até chegar a ele. Quando bebia além do seu limite, contava versões com preciosos detalhes, encurtando as frases no rolo da língua. Sem preocupar-se com a credibilidade. E Isabel dizia: "estou cansada. Vou subir".

Entretanto, a vida afortunada de Salvador seria, de fato, um conto de fadas se não tivesse definhado como acabou. E vindo de quem ele menos esperava.

Falta de sorte para amealhar riqueza não lhe faltou. De fato, o maior lucro começou no dia 7 de setembro do ano abençoado em que o conluio da fortuna lhe sorriu. O banqueiro Luiz Luz Monte, pai de Isabel, ao ver a filha única apaixonada como nunca, deu a chave e o segredo da ambição de Salvador. Até então ele era só um moço de confiança do banqueiro trabalhando na antessala. Não deu a chave do cofre do seu banco, que não era ingênuo a tal ponto. Deu a bula de como organizar as transações financeiras que produz poder e fortuna. "Não esqueça as duas maiores pretensões de um homem como você — disse então o banqueiro — e mais ainda se esse homem for um político ambicioso."

Salvador Cruz logo gravou as senhas mágicas.

Naquele bendito dia Luiz Luz ergueu os olhos e a secretária Vera Lúcia retirou-se. Explicou, como um mestre dominante do conteúdo e da didática, conforme o manual da sua teoria, a origem da conquista imemorial da riqueza e do poder:

— Salvador, você já ouviu dizer que existe uma coisa que é ela e outra sem poderem se dissociar? — perguntou o banqueiro, como preâmbulo.

— Existe isso?

— Existe. A riqueza e o poder são conspirações do verbo dominar. Saber como um resulta do outro e ter o controle da riqueza e do poder é a arte da política. — Recostou-se. — E para garantir a fonte do poder é preciso saber o que os governos se dispõem a gastar. E negociar os interesses. É a chave do cofre. Essa é a origem, e a unidade da riqueza e do poder. Quero iniciar você nessa cabala — disse, movendo os lábios finos como os de um imperador romano e sugerindo um sorriso de sabedoria. Acendeu os olhos pequenos. Salvador o olhou, fascinado. Era tudo que ele queria ouvir na vida. — O resto é comer mingau frio. Coisa de amador que pode acabar mal. Quem quer ter riqueza contribui com quem tem o poder, e o poder reabastece a fortuna para se perpetuar. As duas partes, que na verdade é uma só coisa, pagam a quem organiza os seus interesses para ficarem mais ricos e não perder o poder — explicou com a voz de depositário das trinta moedas bíblicas. Salvador parecia o chinês que tinha descoberto, pelo buraco da fechadura, o segredo do vizinho inventando a pólvora. — E quem quer ficar fora do poder e da riqueza e não se sentir um pouco dono deste mundo?... Ninguém, não é, Salvador?... — Engoliu os comprimidos. — Tanto faz se é em uma democracia mais ou menos verdadeira ou inteiramente falsa, ou uma ditadura pura ou com remendo de democracia, ou um desses reinados sobreviventes, ou uma ilhota ancorada em bancos com invejável perfeição de extratos secretos. E preste atenção, Salvador: você deve organizar a circulação do dinheiro e a sua redistribuição com toda a honestidade entre todos os participantes. Seja pela compra de um esquadrão naval com porta-aviões e submarinos nucleares ou de um rolo de papel higiênico. Está claro? — Fez um breve silêncio. — Tanto faz se é o conserto de uma torneira ou as obras de um consórcio multinacional para construir um canal que liga o Atlântico ao Mar Morto ou a substituição do bacio quebrado de um banheiro da escola da Lagoa da Conceição. E veja bem — tornou a acentuar: — Tudo sem deixar o menor indício de provas — Salvador ouvia e tremia de emoção. — Tudo dentro da ética. Esses são os elos da corrente que unifica a riqueza e o poder. E nunca, nunca, se envolva com político cheio de ideais que despreze dinheiro para se eleger. Eles existem, mas não são confiáveis. Entendeu bem? — ensinou-lhe o catedrático que se tornou seu sogro. — Quero que você se especialize nisso antes que o meu coração enxertado seja reclamado pelo seu legítimo dono. Que, por sinal, não ganhou nada com a doação. — Respirou cansado pelo esforço de tanto falar. — E jamais esqueça outro mandamento básico: o que faz a fortuna não é a abundância, é a escassez. Fique sempre de olho na escassez. Pode ir, Salvador, Isabel está lhe esperando para almoçar.

— Antes, eu posso fazer uma pergunta?

— Faça.

— Não existe mesmo políticos honestos, interessados no bem-estar social?

— Claro que existem. De pouca duração, mas existem. Mas fuja deles como o diabo da cruz. Não são confiáveis. Podem denunciar. E desmoronam as instituições.

Um ano depois, no leito de morte, o senador Luiz Luz o elogiou:

— Salvador, você vai além do que eu esperava. Orgulho-me de você — e recomendou. — Nunca esqueça os dois primeiros mandamentos. Repita.

— Garantir a riqueza de quem quer perpetuar o poder e reabastecer os mananciais do poder. Fazer isso com garantia de sigilo e alimentar as fontes de informações privilegiadas sobre o que vai acontecer para garantir a... — repetiu as lições, emocionado com as próprias palavras.

— E quanto aos políticos idealistas, os ingênuos que querem servir a sociedade? Não esqueça que eles existem.

— Não deixar se criar. Não são confiáveis. Fugir deles como o diabo da cruz.

— E o terceiro código? O de honra?

— Distribuir as quantias repartidas com honestidade. Nunca deixar suspeitas e menos ainda indícios de provas que possam desacreditar o legítimo poder e diminuir a riqueza dos participantes da organização — concluiu Salvador Cruz.

— E o grande detalhe que todos esquecem?

— O que faz a riqueza não é a abundância. É a escassez. Saber explorá-la.

— A árvore vai dar frutos, ainda que seja com enxerto — balbuciou e arregalou os pequenos olhos. — Posso morrer em paz. Trate bem de Isabel.

Orgulhoso do seu discípulo, o banqueiro deixou a morte contrair o seu rosto.

Salvador não percebeu que a mão do sogro ficou grudada em sua mão, como as garras de um caranguejo pendurado. Os olhos de Luiz Luz continuavam insistindo em ver o que deixava, e seus tentáculos não se desprendiam das mãos de Salvador. "O que fazer para se livrar delas?" Lembrou-se do que tinha escutado de um velho pescador da Barra ao erguer uma penca de siri dentro do balaio: "*Vocês sabem o que é que prende um siri no outro? Não é o amor, nem a inteligência e nem a solidariedade. São as garras.*" Essa lembrança esquisita lhe desencadeou uma reação rápida. Parou de suspirar de inveja do talento do morto. Forçou os dedos do sogro até estalarem as juntas. Soltou a mão em um golpe como se a sacasse da boca de um crocodilo. Sentiu-se livre para agir por conta própria e estender os seus tentáculos. Como os siris.

"Muito bem..." — pensou naquela ocasião — "se eu fizer isso com a melhor tecnologia, terei o controle exato sobre quem paga e quem recebe em qualquer parte. Preciso aprimorar o amadorismo no banco do pai de Isabel. Um dia farei tudo isso em escala mundial. Sem perder nada. Com senhas tão secretas como as do tesouro dos templários" — e concluiu. "Nada que bons programas não possam executar."

Na tarde seguinte, depois da cremação, Salvador Cruz começou a aprimorar o sistema. Chegou quase à perfeição. Nada fugia ao olhar dos seus controles virtuais que com o tempo tornaram-se lentos, tamanho foi o volume das operações. Todos pagavam a parte devida. Todos recebiam a sua parte justa. Desde quem trançava o primeiro fio da meada e quem dava a última carimbada, até os insuspeitados poderosos sócios da democracia e das ditaduras e os verdadeiros e anônimos donos do poder. Alguns recebiam o que levariam mil anos para contar se recebessem em dinheiro vivo e não existisse a velocidade eletrônica que contabiliza a arrecadação de impostos. Tudo em uma teia de contas e senhas que se entrelaçavam em milhares de ramificações espalhadas por vários países; invisíveis como as redes da aranha, que existe, mas ninguém percebe que está bem ali, diante dos olhos. Como um novelo sem começo e com fins e endereços precisos e ocultos. Um rolo cujos fios estavam tecidos no tear dos computadores, com senhas que se autobloqueavam se alguém tentasse acesso sem saber o código de 35 criptografias e o nome de um peixe: cocoroca. A organização cresceu tanto que em pouco tempo o Banco Luz, herdado, passou a ser uma quitanda de apoio aos endereços eletrônicos de outros bancos afins.

Esse era o reinado de Salvador Cruz, o menino que fugiu de casa, no alto da serra, com uns trocados furtados aos poucos e escondido dentro da bíblia, depois de levar mais uma sumanta de lasca de couro, por ficar espiando o que seu pai fazia com a sua irmã a Linda, dentro do cocho de dar comida para as vacas. O mesmo cocho que no Natal era forrado com capim e, na frente do presépio, servia de berço ao Menino. E que no dia 6 de janeiro voltava para as serventias das vacas e de Custódio Cruz.

Tudo começou como um desafio contra o destino imposto pelo seu pai. Quando fugiu de um mundo sem nenhum amor e esperança. Onde, vendo a anulação da mãe diante do que acontecia, aumentava-lhe a revolta. A miragem de fugir e ir ganhar dinheiro se materializou durante as três noites dormindo no túnel de tatus gigantes. Enquanto o corpo tremia de frio e raiva ele fortaleceu a determinação de criar um destino só dele. Ali começou a tornar-se o homem rico e poderoso, acima do bem e do mal. Até poder desfrutar o que, como um manancial inesgotável, vinha ao seu encontro. Fosse o poder, a riqueza ou prazer. Vivendo um reinado que durou até aquela sexta-feira imprevista. O fatídico dia em que se deu a grande e definitiva reviravolta. O momento em que sentiu estar perdendo, para sempre, tudo o que tinha conquistado. Um desfecho acionado por quem ele menos suspeitava. Ele, que até ali tinha a vida como um prazer e um poder considerados imutáveis, na agonia, vislumbrou a sua mãe parada no pátio olhando-o desaparecer no caminho dos campos. E perguntou-se, dentro da visão enevoada:

— Será isso mesmo? O que o destino e tempo constroem o homem não destrói? Ou ao contrário? O destino não destrói o que o homem constrói? — Respirou como pôde. — Agora já não importa. Já não tem mais volta. Tem um momento que é o começo e outro que é o fim. E eu não fiz essa conta. Só não esperava que esse momento chegasse hoje, sem nenhum aviso. Desprezando o meu prazer de viver. E tudo o que planejei para a noite. E da forma que veio. E logo pelas mãos de quem.

Sob o efeito das drogas aplicadas pelo seu médico, ali, no chão do quarto, antes mesmo da remoção, a pergunta continuou. Vaga, num espaço alheio à realidade. "O que me aconteceu foi fruto meu, uma sucessão de acasos, ou é o veneno da vingança de quando queria matar o meu pai, pelo que ele fazia comigo e com a Linda?"

Jamais saberia. O que melhor se sabe é que Salvador Cruz foi um homem que tornou verdadeira uma fábula contada por ele mesmo. E a reconstruiu com tantos e tão primorosos detalhes que o fruto da sua fantasia se tornou esplendorosa realidade. E se não lhe bastasse esse poder de alquimista, ainda foi agraciado com o sopro da fortuna ao casar-se com Isabel Monte. Tornou-se um homem tão convincente que silenciou todas as bocas capazes de contestá-lo na hora em que anulou a generosidade das mulheres que recuperaram para a vida uma menina sepultada durante seis dias. E assim, se tornou o pai de Mariana Paz.

E, não satisfeito, mais de 25 anos depois, desencadeou a pior parte do destino de Mariano Paz.

Tudo isso aconteceu sem nenhum dos envolvidos saber quais eram os vínculos que os entrelaçavam. Quando muito tinham — se é que tinham — consciência de comungar o simples e irrecusável fato de estarem agregados ao destino humano comum aos mortais. E seja lá por quais razões ou pela falta delas, mais de cem anos depois Salvador Cruz cumpriu a profecia do seu antepassado. Com muito talento.

O CASAMENTO DE ISABEL E SALVADOR

16

Isabel Monte pouco ou nada sabia das origens de Salvador Cruz quando se casou com ele. Na verdade, nunca quis saber. A ela interessava o que estava vivendo e sentindo, com o ardor de uma mulher, a seu modo, apaixonada, sem querer despertar os dispensáveis incômodos que atropelam o coração. Além do que os segredos alheios a atraíam tanto quanto desprezava as regras e as rotinas que tolhessem a sua liberdade. As certezas e as repetições a aborreciam. Quando o inusitado não acontecia, Isabel o criava. Para ela, viver era ter alguns dramas sob controle, os enigmas comuns às mulheres e as renovadas excitações que davam sabor à sua vida. Alimentava certo fascínio pela dúvida, pelas escolhas com resultados imprevistos e suas consequências inesperadas. Sentia atração em viver fiel ao seu corpo, às aventuras sem riscos fatais e às prioridades da sua ansiedade. Ou à indolência de não fazer nada do que dela fosse esperado. Para Isabel Monte a vida tinha que ter sucessivas emoções renovadas, boas ou más. Ou ficaria sem sentido.

O dia do seu casamento com Salvador Cruz foi memorável. Dele guardou duas lembranças por toda a sua curta e intensa vida. Uma delas foi o interior da igreja submerso em um dilúvio de pétalas de flores de todas as cores que despencou do teto e sufocou os convidados com seus perfumes. Bem no momento em que ela entrava. O que era para ser deslumbrante tornou-se um pânico. Houve gritos e desmaios. O pisoteio durante a afobação para fugir da igreja deixou vários feridos. Houve suspeita de que se tratava de um invento secreto de extermínio em massa sendo testado, criado pelas esquerdas radicais, para aniquilar a burguesia com o veneno do esplendor em que ela gostava de viver. Pelo menos foi o que divulgou a mídia mais influente no mesmo dia. E tinha certo sentido, não pela causa ideológica, mas pelo inusitado desfecho da chuva de flores no casamento de Isabel Monte. Uma deslumbrada, aos olhos dos neandertais. Um ícone, incensado pelas almas progressistas.

— Nunca houve nada igual em nenhuma corte — disse Isabel à amiga Clara Olívia quando, na véspera, confidenciou a surpresa que iria fazer.

— Pode ser perigoso — observou Clara Olívia.

— Se é para morrerem de inveja que eles morram felizes: sufocados por perfumes e sepultados sob flores — ela respondeu com uma risada.

O outro fato singular ela não tinha previsto. Foi rir. Rir mesmo, quando o padre Bernardo Shilink disse "unidos até que a morte os separe". "Então eu já nasci morta. No máximo, ser eterno enquanto é duro", pensou e começou a rir. E quem a escutou pensou que ela estivesse extravasando a felicidade de viver até a morte com Salvador Cruz. "Mas, e se o padre Bernardo estiver dizendo que vai acontecer? Não sei se suportaria isso. Primeiro que não penso em morrer e segundo porque para sempre é tempo demais — pensou, apreensiva, enquanto o padre dava a bênção final. E logo se recompôs. — Bobagem. Esse meu lado místico gosta de uma fantasia. Que susto!", concluiu enquanto ajeitava o anel.

Isabel Monte recordou, com diversão e curiosidade, os dois acontecimentos até na hora de sua morte. Até o último momento de vida o presságio do padre rondou as suas lembranças. Salvador tampouco não esperava dela, nem dele, mais do que cada dia convivido. Com o prazer e o vazio como se fosse o primeiro, ou o último. E os dias foram se repetindo por quase seis anos. Esse foi o grande imprevisto para os dois.

Isabel Monte gostava de recordar como Salvador se tornou um sedutor apaixonante. A timidez inicial, trazida da submissão ao pai, foi aos poucos se transformando na audácia de quem não mede consequências para chegar aonde quer, com a determinação de conquistar fosse o que fosse. Foi assim que seduziu Isabel com mil revelações na cama e fora dela. Envolveu-a cada vez mais com mil experiências compartilhadas. Sempre destemido, gentil como ela gostava que os homens fossem. *Isso me envolve. Sempre limpo e perfumado como ele está agora. E criativo para competir comigo. Onde ele aprendeu essas coisas pouco importa. Fantasmas guardados todos nós temos. Que eles fiquem dissimulados para não atrapalhar o que se quer, na hora que se quer.* Era o que Isabel avaliava nos primeiros tempos da relação. Depois deixou de questionar. Só compartilhava. E competia.

A vida ia passando entre indiferenças, horas de paixão e cabo-de--guerra sem fronteiras nas suas disputas de dar e receber prazer. Por vezes Isabel pensava que aquilo já se tornara uma rotina viciosa, ainda que com intervalos de um mês ou mais devido às viagens ou desalentos de ambos. Mas logo ela, ou ele, se maravilhavam com novas descobertas, extrapolando convenções e desafiando criatividade. Uma noite de Natal, Salvador entrou no quarto de Isabel vestido como um bom velhinho com longas barbas brancas. Aos poucos retirou da sua sacola de luxúria novas surpresas para uma casta donzela. Passaram a noite desembrulhando os pacotes.

Três dias depois, quando Isabel afundou em tormentosas queixas, criando dores e doenças e se recusando a sair do seu quarto durante uma semana, ele a deixou esquecida e entregue aos seus duendes e foi se dedicar a outros dos seus grandes prazeres, sem qualquer sentimento de culpa ou preocupação.

Isabel desde o começo revelou-se uma fonte inesgotável de surpresas. Na terceira vez em que eles jantaram juntos, no Bistrô Jardim dos Amores, depois de beberem duas garrafas de champanhe, ela disse:

— Preciso lhe revelar um segredo — e seus olhos lacrimejaram. — Não sei se devo contar. Mas é que me apaixonei por você desde que nos vimos e quem ama precisa ser verdadeiro. Muito verdadeiro. Ou então o amor foge. Você não acha?

Salvador ficou olhando para ela, meio abestalhado, vendo a luz suave do bistrô derramada em seus cabelos dourados, sem saber o que dizer. “Ela está querendo ser verdadeira ou está dizendo o que quer ouvir de mim?”, perguntou-se.

— Se for esse o segredo eu já sabia e fico feliz — disse, astucioso.

— Não. Não é esse. O que vou contar pode amortecer o seu interesse por mim. Prefiro correr o risco. Posso confiar?

— Claro. Agora quero saber. Mas só conte se tiver vontade — Salvador manipulou.

— Nunca contei isso a ninguém. Tem segredos que não se confia a ninguém. Nunca. Entendeu? A ninguém — pegou as mãos dele sobre a mesa. — Posso mesmo confiar em você?

— Pode confiar — e como sabia que ela iria contar, usou um dos seus melhores artifícios de conquista de confiança. — Pense, só conte se for importante para você.

— Para mim é importante você saber — e foi logo dizendo. — Eu fui abusada desde os seis anos. Dos seis até os 14. E nunca contei isso para ninguém.

— E por que não contou para a sua mãe? Ela poderia ter evitado.

— Não ia acreditar em mim. Ia achar que eu era culpada. Por causa desse jeito meio maluco de eu ser. E eu tinha medo. Ele ameaçava. — Olhou ao longe. — Não é difícil supor quem foi.

Ao contrário do que Isabel temia, se é que temia, depois de contar o que lhe aconteceu, se é que aconteceu, a atração de Salvador por ela aumentou. Virou fixação.

— Saber quem foi não muda nada. Isso pouco importa. E por que contou para mim? Não é importante eu saber. Quero dizer: se isso já aconteceu você não pode fazer mais nada para evitar. Mas pode deixar de sofrer por isso. Olhar para as brasas sem se queimar. Já que elas nunca serão cinza. Isso sim, você pode fazer. Essas histórias acontecem todos os dias, em todos os lugares, com muitas...

— Dos seis aos 14 — ela o interrompeu. — Mais da metade da vida que então eu tinha. Até eu entrar na puberdade.

— Lastimo muito, Isabel. Muito mesmo. Porém, quando não se pode fazer nada contra o que está acontecendo, não existe culpa. Faça como eu, não me culpo de nada. Sigo as águas do meu rio. É como a vida é. Ou como deve ser vivida. Sempre existem outros caminhos à nossa espera. — Os olhos dele, opalinos até aquele momento, tornaram-se da cor de dois grandes rubis brutos, como os olhos de seu pai ficavam quando sentia uma emoção forte. — Sabe, Isabel, um dia ainda vou criar uma ONG, a ONG Salvador Cruz, para cuidar de meninas desprotegidas. O que não é o seu caso. Conto com a sua ajuda.

Ela não ouviu o que ele disse.

— Mais da metade do tempo da vida que eu tinha — repetiu.

E, de modo sutil, Isabel deu um risinho que não revelava o que pensava ou sentia. Podia ser descrédito no que Salvador acabara de dizer. Podia ser pelo que estava atrás do que ela contara. O certo é que não era pela ideia da ONG.

Nunca mais Isabel Luz voltou a falar sobre o assunto. E Salvador nunca mais tocou nele. Como se jamais tivesse acontecido.

Cinco anos depois ele encontrou Isabel encolhida como um feto, com as luzes apagadas, no jardim do terraço do seu andar, sem querer comer nem beber nada.

— Algum problema? — ele perguntou.

Ela moveu os olhos, sem mexer um músculo.

— Não queria lhe falar, mas suspeito que eu esteja com câncer.

— Os exames confirmaram ou é só uma suspeita? — ele perguntou sem parar de olhar o borbulhar na taça e depois estender o olhar sobre o mar da baía ao final do dia.

— Não ficaram prontos, mas meu médico disse que eu me preparasse para o pior.

— Não será nada que o melhor tratamento e os melhores médicos não deem jeito. Fique calma. Depois conversaremos. Tenho que tomar uma providência urgente — ele disse e sorveu um gole antes de descer para o seu andar.

Dois dias depois Isabel Monte voltou a ser o que era: um dínamo faiscando vida. Movida a sonhos, paixões, euforia, grandes risadas, vivendo feliz. Esqueceu os seus dramas. Os reais e os imaginários. Falou de projetos para mais cem anos de vida, a serem vividos um dia de cada vez, ou todos em um só dia, com começo, meio e fim imprevisíveis.

À noite, depois do jantar, Isabel perguntou para Salvador:

— Você vai precisar do avião nos próximos quatro dias?

— Por quê, pretende viajar?

— Quero ir amanhã para Paris.

— Você mal chegou de lá.

— Sexta-feira será a estreia da Ópera de Paris, no Palácio Garnier. Vou me sentir melhor lá do que aqui.

— Pode dispor. Minha viagem para a Venezuela e Bolívia já está programada com o presidente e até a capital disponho de outro avião.

OUTRA MANEIRA DE VER

17

Salvador Cruz guardou suas piores lembranças da infância dentro de uma bolha de esquecimento. Levava a vida vazio de nostalgias, como se não tivesse vivido o seu passado. E o seu presente era protegido em astúcias. A única pessoa que, catando e juntando migalhas soltas, sabia um pouco da sua vida, era Isabel Monte. E a voz de quem arriscava um comentário grosseiro sobre como ele movia a sua vida era abafada pela ressonância da sua imagem pública irretocável.

A única pessoa capaz de enfrentá-lo sem medo era Isabel. Na tarde em que ela entrou na mansão e subiu para o seu andar, seguida de 32 malas abarrotadas de compras feitas em Roma, Paris, Londres e com as joias criadas pelo ourives da dinastia Al Maktoum, não se deu conta de que uma criança chorava. Depois de quase um mês viajando não percebeu de imediato que tinha uma criança na sua casa.

A viagem deixou-a exausta. Ela gostava de partir e chegar e detestava o percurso de ir e vir. Exaurida, deitou-se sobre a cama vibratória durante vinte minutos e começou seu ritual de reposição da vitalidade. Na sala de banho, ela naufragou em uma calda feita com sais minerais do Himalaia, algas marinhas do Mar Vermelho, pétalas de trinta e seis rosas multicores do Equador, duas dúzias de tulipas rajadas dos campos de Keukenhof, noventa e seis pétalas de flores de laranjeiras de Valência, onze orquídeas da Tailândia, um ramo de gerânio das selvas da África do Sul, seis magnólias brancas, um de narciso do Nilo, trinta e três gotas de mel silvestre de São Joaquim e um frasco do seu perfume mais íntimo. Ficou imersa na poção rejuvenescedora de flores e ervas raras, embalsamada no perfume incomparável, durante sessenta e dois minutos. Voltou à cama vibratória e a sua camareira, Sissa, continuou a aplicar-lhe o cerimonial de beleza, com tanto zelo que parecia ter incorporado o espírito de Aladdinzade, a dama de alcova de Sheherazade, na milésima e uma noite em que ela salvou o delicado pescoço e viveu como rainha de Bagdá. Sissa balbuciou uma prece, com um fundo musical que mais parecia uma suave conversa entre estrelas, e a untou com um creme inodoro manipulado em Berlin. Finalmente, espargiu sobre o corpo de Isabel as essências de ervas aromáticas da Córsega, escovou os seus cabelos dourados e ela afundou em um sono profundo, com imagens da viagem e do que nem sequer viveu. Acordou com a tarde perdendo a luz.

— Eu falei quando sonhei, Sissa?

— Nada que eu entendesse. Gemeu, mas não parecia ser de dor.

— E que choro é esse?

Vinha de uma distância imprecisa, da outra margem da vida de quem acaba de sair do sono profundo que simula a morte passageira.

Só mais tarde Isabel se deparou com Mariana, a menina que Salvador recolheu nos rescaldos dos morros desmoronados com as chuvas de setembro. Ela não chorava mais. Só soltava uns roncos de afogado e soluços de sapo embuchado e, entremeado, lançava um estertor arranhado, como um gato buscando a sua última das sete vidas.

Quando Isabel soube dos fatos não estava inteiramente surpresa. Só revoltada. Não era a primeira vez que Salvador Cruz recolhia meninas desprotegidas e ficava com elas em casa. Ficou ensandecida quando Tila, a governanta, contou que a adoção foi registrada em cartório. Da forma mais brusca Isabel estava diante de uma filha postiça que respirava com os pulmões de um gato asmático. O recolhimento de meninas já tinha ocorrido outras vezes, mas não daquela forma. Muitas delas ficaram na sua casa para cumprir parte dos seus fadários. Depois de dias ou um a dois meses eram encaminhadas para a Fundação Salvador Cruz. O que mais a assombrou foi ver que Salvador tinha adotado uma malnascida, incapaz de chorar, de tão mortiça que estava. Ainda que ele não tivesse dado a ela o seu nome, como mais tarde ficou sabendo, explodiu. "Miserável. Vocês me dois pagam."

Diante do berço que nunca quis para um possível filho seu, Isabel Monte olhou para a criança e disse, revoltada: "Ele não vai criá-la para fazer com ela o que fez com as outras — e sem saber por que, estabeleceu uma data. — Não antes que ela tenha seis anos, se sobreviver. Isso eu juro."

A revolta diluiu com a surpresa quando Mariana abriu os olhos. "Têm a cor e a claridade dos rubis brutos sangue-de-pombo-rosa da Birmânia que acabei de comprar. Como os olhos de Salvador quando ele fica na luz do sol de meio-dia. Ou quando tem uma emoção forte. É coincidência demais", Isabel cogitou.

Voltou para o seu andar, mandou servir 36 gotas de calmante e esperou na sala a chegada do marido.

— Não esperava você hoje — disse Salvador Cruz beijando-lhe o rosto.

— Nada está bom por lá. Refugiados demais, terrorismo, medo de se assistir uma opera, e temporais por toda a Europa.

— Aqui também. Choveu como dilúvio. Foi arrasador. Uma tragédia. Milhares de pessoas mortas e desaparecidas. Fui a um dos morros desabados, em nome do governo e das empreiteiras. Usei minha influência para levantar o ânimo dos sobreviventes. Prometi fazer mais do que eles esperam e ficaram felizes.

— E o que você prometeu?

— Quem já mora no céu não tem medo do inferno e nem lembra que tudo pode ruir, mas para quem mora na entrada do inferno, como eles, você tem que prometer o céu. Foi o que fiz. É a lógica da boa política.

— E que céu prometido é esse? — perguntou Isabel, com um sorriso irônico.

— Prometi o que o povo gosta de ouvir e o governo gosta de prometer. Há milênios dá resultado: transformar aqueles monturos em um Jardim

Celeste. Sem tiroteios, sem esgoto escorrendo nas ruas, sem gente desdentada, sem crianças esquecidas nas ruas. Todo mundo sorrindo feliz, sem fome nem medo. Passeando nas praças cobertas de flores e se refestelando nas fontes de águas mornas e perfumadas. Foi o que, modestamente, prometi, com o aval do projeto do governo.

— Haja imaginação nisso, Salvador. Você fala como se isso fosse acontecer. E eles acreditaram nessa fantasia da Disney?

— Esses paraísos estão sendo anunciados todos os dias desde que se criou o primeiro governo na Terra e tem dado certo. Não inventei nada. É promessa bíblica.

Por um momento Isabel suplantou a sua revolta. O seu riso circulou pela mansão, ribombou pelas salas, saiu pelas janelas e ainda hoje quem passa perto do mausoléu com suas cinzas o escuta. E se assombra com o deboche da sua risada.

— Você nunca abriu uma bíblia. Quanta lógica! Comove-me! — Parou de rir bruscamente. — Foi bom eu voltar para casa e ver a sua nova aquisição.

— Isso foi um imprevisto, Isabel. Foi o acaso. Não premeditei a adoção. As circunstâncias não deixaram outra saída.

— Certamente não está pensando em fazer o mesmo com essa malnascida, se ela sobreviver? E, com certeza, não vai sobreviver.

— Claro que não, Isabel. Ela é ainda um anjo.

— Anjos também caem no pecado. Ou são empurrados para ele. Vamos ver por quanto tempo — olhou para ele de frente, sem esconder a saliente ruga da raiva entre seus olhos. — E por que a adotou então? Por acaso transformou-se em pai dos órfãos e rejeitados? A fundação não seria o melhor lugar? Lá ela esperaria a adoção por quem está na fila. Ou você pensa em criá-la como um passarinho na gaiola de ouro para depois abusar dela? Seria uma experiência nova, não? É isso?

Ele riu. Riu sem graça. Riu com a leveza do sarcasmo. Era o que fazia quando Isabel mostrava a sua raiva sem simular o que sentia. Ela não estava se movendo dentro do seu habitual mundo imaginário. Um mundo em que seus pensamentos teciam a realidade e criavam as emoções, com o poder de fazer nascer a sombra e a luz, próprias de seu temperamento volátil. Nessas ocasiões tanto podia sucumbir em uma dor fantasiosa durante uma semana ou rugir como um trovão. Soltar palavrões, ou disparar o que estivesse ao alcance como armas mortais. E no dia seguinte levantar-se como se nada tivesse acontecido. E Salvador tampouco fazia questão de não se lembrar de nada. Mas ali, sentada diante dele, enfrentando-o, ela não estava manipulando emoções. A animosidade fervia em cada gota do seu sangue. Ou, pelo menos, era isso que mostrava com muito realismo.

No entanto, mesmo para ele era difícil saber a verdade. De vez em quando os dois se camuflavam em um arsenal de dissimulação. As verdades e as suas representações se equivaliam, escorrendo como água entre os dedos abertos. Cada qual se esquivava de si próprio e do outro. Os dois convivendo entre os extremos da tolerância, da indiferença e do desvario. Entre verdades escondidas e fantasias escancaradas. Isabel com suas cenas verdadeiras e dramas forjados. Cultuando os ressentimentos e os ciúmes sufocados. E entre uma coisa e outra, os intervalos de uma petrificada solidão sem origem sabida. E regando suas contradições com uma taça de vinho na sacada voltada para o mar, como se a vida fosse só calmaria. Exatamente onde os dois estavam sentados na madrugada daquela noite, depois dos altos e baixos provocados pela menina, "tão mortiça que nem consegue chorar" Isabel se repetia.

Ficaram em silêncio. Justificando-se de um modo muito elementar: "Viver é estar no céu e no inferno terrenos", pensou Isabel. E Salvador olhou para o céu, a lua minguante e concluiu o que pensava: "Vou salvar o meu céu. Sempre. O resto é o inferno dos outros."

Dentro dessa lógica da sobrevivência ficou mais fácil entender o que ele respondeu para Isabel quando ela, descontrolada, insistiu em saber por que ele havia adotado aquela miudeza de gente.

— Não tenho que dar explicações, Isabel. Digamos que foi uma questão política. Uma questão política do bom conviver com o povo. De buscar a aprovação da pobreza. Porque da riqueza eu sei que tenho. Naquela hora isso era tão importante para mim quanto a que recebo dos políticos, dos empresários, dos banqueiros e da imprensa. Quis mostrar àquele povo o quanto eu sou capaz. Um simples desafio.

— E isso é uma questão política?!

— É. Dar um novo brilho à minha imagem pública. Um marketing pessoal. Toda a mídia noticiou. Era um dia de tragédia. Quis provar o que eu poderia fazer para dar um novo rumo ao que está destruído. Como se faz dentro de nós mesmos. E, depois de oferecer uma esperança para os sobreviventes e uma promessa de sepultamento digno para os mortos, mudei o resultado da disputa que a desgraça armou para a menina. Ela tinha se transformado em um troféu da dor e da generosidade. E havia a indiferença em que me tinham relegado, como se só ela existisse. Sofri uma terrível crise de abstinência do amor-próprio — falou como se ainda estivesse sendo despojado da sua autoestima. — Mostrei como a riqueza pode ser generosa e oferecer a sua outra cara. Tanto quanto, ou melhor, do que a pobreza deles. E todos me aprovaram. Saí mais forte. Entendeu? Era uma chance única. Uma questão de política pessoal. Foi isso.

— Então a criança foi o seu troféu!

— Digamos: foi uma luz inesperada para minha imagem. Uma conjunção rara.

— Você sabe que, se há coisa que não quero entender neste mundo dos homens é qualquer questão política da forma como eles entendem o que é política, Salvador. Sejam as de causas pessoais ou de Estado — disse Isabel, contraindo os lábios esquerdos para mostrar desprezo. — Para mim é perda do bom senso querer entender o que em si mesmo não tem uma verdade — afirmou com convicção. — Seja política pública ou pessoal — repetiu, — o que, de fato, é sempre a mesma coisa. Ou têm diferenças? Gosto de fantasias, mas não chego a tanto. Há coisas mais importantes para se viver. Coisas mais reais. Fantasias bem mais prazerosas. Portanto, responda ao que interessa.

— Tudo bem, eu conheço bem os seus conceitos. Mas entenda: no meio do que estava acontecendo eu sentia que devia adotar a menina. E ainda nem a tinha visto direito. Estava coberta de lama. Era apenas uma boneca recoberta com uma crosta de barro. E olha só o que eu pensei e como isso é verdadeiro, Isabel! Um bocado de terra empastada parecendo um ser humano. Um ser humano à imagem de barro. Não entendi bem por que, mas pensei isso. E decidi adotá-la e fazer dela um ser humano.

— Um ser humano... de barro... Para seu consumo?

Salvador olhou fundo nos olhos dela e seus olhos se tornaram de cor violeta.

— Todos nós somos objeto de consumo e seres consumidores, Isabel. Inclusive uns dos outros. E, consequentemente, todos temos nossas fraquezas e grandezas. Respeite as minhas — e frisou. — O nome dela é Mariana.

— E que diferença faz o nome? Se o destino dela já está traçado.

— Espero que não a hostilize.

— Não. Não, farei isso. Nunca fiz antes. Claro, desde que não altere nada sobre nossos acordos. E se não abusar dela antes que tenha seis anos. Podia ser aos dez, mas como sei que ela não irá sobreviver... Só não tenho maior interesse por ela. Até porque os seus interesses por ela não deixam espaço para mais nada que me diga respeito — justificou. — Mesmo não podendo ter filhos meus, não os quero da forma como eles chegam nesta casa. Mas, tudo bem, desde que nossos acordos sejam mantidos. Todos. A começar pelos desta noite. Não esqueça que fiquei fora quase um mês.

Não havia sugestão alguma em sua boca. Só palavras. Como um aforismo.

Ele se calou. Era um assunto em que o silêncio era o melhor manto protetor. Que mais uma vez acontecesse. Faria o seu papel. E ela que fizesse o dela.

— Vou subir — disse Isabel Monte Cruz.

— Você não me falou como estão as nossas casas na Europa.

Ela, saindo, respondeu:

— Estão lá. Nos mesmos lugares, com os mesmos empregados e os mesmos fantasmas zanzando nos lugares de sempre. Dentro das mesmas paisagens. Velhas. E, não sei por que, encantadoras.

Nas salas contíguas ao quarto o mordomo pessoal José Antônio continuava orientando o jovem estagiário Luiz Pedro a terminar de desfazer as malas. Ela olhou sem pressa para algumas peças. Cada uma delas era fruto de breve interesse que logo iria perder o encanto. Os vestidos, as bolsas, os perfumes, os cremes, as joias de garantia eterna, incluindo a gargantilha, — uma preciosidade, de granulação etrusca, comprada em um leilão da Sotheby's, feita pelo melhor joalheiro de Florença no século 19 por encomenda de Napoleão para adornar ainda mais a beleza de Pauline Forunès, a Cleópatra loura do general. As roupas sendo guardadas. Isabel via em cada peça um adorno para a sua beleza e um conforto opaco para o seu coração. Já não causavam o prazer de quando as comprou. O prazer durava pouco. O tempo de guardar cada compra era o tempo de esquecê-la. O espírito do que adquiriu logo desaparecia na sombra dos armários e cofres. E *as minhas joias, os meus sapatos, as minhas roupas, os meus carros,* entre outros *meus,* acabavam sendo apenas objetos. E outra vez ela sentia a sua vida mutilada. À espera de ser exaltada por novos amuletos.

Não lhe faltava dinheiro para isso. Nem o herdado do seu pai, o banqueiro Luiz Luz, e menos ainda do marido, Salvador Cruz.

— Estou cansada de ver essas compras, guardem tudo. Rápido. E podem ir.

Deitou-se com as imagens das joias. Esqueceu a menina que veio do barro, a discussão com o marido e ficou à espera do que sempre acontecia na volta das suas viagens. Já estava adormecendo quando ele entrou no quarto. Não como uma sombra. Mas como uma fera que sai do esconderijo para atacar a sua presa. Devastador. Sem limites. Como ela havia esperado e desejado.

— Aumente a luz — mandou ele, — quero ver as novas invenções.

— Você sabe tudo, você é o mestre e senhor das invenções — ela sussurrou, em pé, com voz provocante e o envolvendo. — Você não tem limites... Nem eu quero ter. Você diz e faz tudo o que eu quero ouvir e sentir... Depois será a minha vez de dominar... Como sou dominada...

O despudorado e maravilhoso escândalo ressoava como se multiplicasse os mil mistérios de amor que a noite guarda através dos tempos, amortecido pelo isolamento acústico das paredes, portas e janelas. Naquela hora não lembravam o que ouviram na igreja soterrada pela tempestade de flores. Todavia, bem poderia ser a consumação da premonição do padre Bernardo: *até que a morte os separe.* Era, de fato, como Isabel, pelo menos naqueles momentos, queria morrer. E Salvador Cruz viver.

E foi assim que aquele casamento com os dias contados, previsto para durar enquanto durasse o prazer, sobreviveu a todos os percalços previsíveis e inimagináveis. E foi se renovando sem nenhum projeto de um dia a mais. E os dias a mais foram acontecendo. Até a prematura morte de Isabel Monte Cruz.

A partir de então Isabel alimentou todos os sentimentos possíveis que ela dispensava a Mariana. Tratava-a ora com carinho, ora com indiferença, ora com uma rispidez capaz de arranhar uma pedra.

Cinco anos mais tarde, durante o jantar, Isabel parou de contar historinha para Mariana e perguntou-lhe:

— Você gosta mais de mim como uma fada que se tornou sua madrasta, ou como a bruxa de quem você tem medo?

— Por quê? — quis saber Mariana. E sem parar de tomar o sorvete de manga — Eu preciso mesmo escolher?

— Precisa, porque às vezes eu gosto de ser fada — disse Isabel sorrindo — e outras eu prefiro mesmo é ser o lobo mau. Eu nunca sei como vou acordar, se como um sapo ou como uma borboleta azul. Bem como Salvador gosta que eu seja. E você?

— E você, do que gosta mais de ser? — perguntou Mariana, parando de tomar o sorvete e olhando para ela — Sapo ou borboleta azul?

Isabel riu e foi beijar Salvador que entrava na sala com uma boneca na mão.

Aqueles foram os anos em que Mariana participou da vida de Isabel Monte e Salvador Cruz como uma testemunha desatenta. Via pouco, ou nada consciente, do modo como os dois viviam e sem atinar de como ela estava envolvida na vida deles.

Tampouco percebeu que qualquer ocorrência que se relacionasse à sua vida era um fato isolado. Todos eles, grandes ou pequenos, estavam encadeados em uma ordem muito mais abrangente e que, por isso mesmo, a morte de Isabel dava mais uma volta na roda dos acontecimentos inevitáveis que o futuro haveria de revelar.

A MORTE IMPREVISTA

18

Salvador Cruz deixou para trás as marcas da dor no corpo e a amargura do coração. Foi o que se propôs naquele dia de Natal em que caminhava com Prudente Paz ouvindo a cantoria dos passarinhos, o rumor dos riachos, e o sussurro da brisa na copada dos pinheirais no dia em que resolveu desviar as águas do seu rio para novo leito. Custódio Cruz, seu pai, para ele, tinha despencado na névoa das pirambeiras do esquecimento. Lembrava-o, sem rosto, raramente, por segundos. Nesse resumido tempo via o corpo dele caindo, caindo, até sumir na neblina negra à borda da serra; deixando como vestígio apenas uma capa negra pendurada nos galhos à beira do abismo. Como se fosse a reprodução da realidade que iria acontecer. E, durante um ou outro esmaecido sonho, via a mãe, as irmãs e os irmãos espalhados no mundo: *como as pedras que eu via rolando rio abaixo, durante as enxurradas, que vão se gastando... Gastando... E a gente pensa que estão sendo polidas... Mas estão é sendo consumidas, umas pelas outras. Até se perderem entre si e entre as outras. Até virarem pó dentro do mar. Como é o que me sobra deles.*

Quem sabe, para compensar o vazio da corrosão familiar, Salvador Cruz recorria à lembrança do seu antepassado famoso. O que ficou rico sem fazer nada. Como, uma noite de frio e chuva, na infância, ouviu o pai contar. Fazia isso, sobretudo, quando queria esquecer não ter nenhum herdeiro reconhecido para quem deixar a sua organização, uma vez que o ventre de Isabel rejeitava a maternidade. Ou por infertilidade natural ou para não tolher o arrebatamento de quem encarava a vida em ritmo de afronta. Isabel tinha o raro dom de misturar festas e desilusões; ler durante um dia e uma noite e sair em incansáveis buscas de novos estímulos; disparava flechas e saía correndo atrás, com a ilusão de guiá-las para não errar o alvo e ter de lastimar as setas perdidas. E depois atirar outras em alvos imprecisos. … *Sim, há sempre coisas imprevisíveis na viagem de uma flecha,* ela dizia, *e é isso que a torna fascinante.* De fato, para ela, ter filhos seria contrariar a sua natureza. Era o que ele pensava.

Para Salvador esses desatinos tinham lá seus encantos. Por mais que ela se metamorfoseasse como uma borboleta de mil cores, ele via Isabel como sendo, ao mesmo tempo, uma e múltiplas mulheres. Capaz de grandes surpresas a cada prazer íntimo e, ao mesmo tempo, temerosa de sucumbir a apegos banais e autocensuras descabidas. "*Não ser mãe não a empobrece como mulher,*" ele pensava, abrigando-se nas coisas boas. De fato, Isabel era muitas mulheres em uma só. E o seu mundo imprevisível rompia a inércia dos dias repetidos.

Todavia, o que Salvador mais estava evitando e menos queria aconteceu naquela madrugada de quarta-feira. Escutou os passos de Isabel pelos corredores. A cada pisada a terra tremia. Ele anteviu o que iria acontecer: *A fera acordou.* Ela entrou no quarto onde Salvador olhava para Mariana dormindo e teve uma crise de fúria.

— Não se atreva. Eu furo os seus olhos — ela rugiu entrando no quarto e, para não deixar dúvida, enfiou a mão no rosto dele, que a desviou, prendendo-lhe o pulso.

— Mas afinal o que se passa? Preciso jurar que não entrei aqui com maldade? Escutei os gemidos sufocados. Veja como ela respira sufocada. Pegue Mariana no colo, ela pode estar morrendo, Isabel. Você quer me proibir de ser um pai amoroso?

— Eu furo os seus olhos com as minhas unhas se continuar olhando para ela deste jeito — Isabel tornou a rugir sem olhar para Mariana com os lábios roxos e respirando com dificuldade. — Você prometeu.

— Por que isso tudo? Por que esse ciúme idiota, se você nunca se incomodou com o que eu faço? Ou esqueceu-se dos nossos acordos?

— Pode acreditar que eu furo os seus olhos — rosnou como um cão raivoso, tentando alcançar o rosto de Salvador.

— Por favor, isso não fica bem para a mulher que você é.

— Você não sabe do que é capaz uma mulher enfurecida — grunhiu com ira.

— Cuidado, os bichos só atacam quando se sentem em perigo ou com fome. Por precaução nenhum animal esquece isso. Você não é diferente. Cuidado.

— Eu sou mesmo um animal enfurecido. Desci aqui como sua mulher, para lhe procurar com desejo de mulher — ela arquitetou. — Fui guiada pela intuição para entrar neste quarto. Entendeu qual é o meu *instinto de precaução?*

— Não está havendo nada. Acredite. Acalme-se.

— Mas podia começar a acontecer se eu não entrasse neste quarto agora — rosnou como uma fera ferida. — E agora já não será mais aos seis, será aos dez anos. Escreva.

Mariana, acordada com os gritos, tremia, sem abrir os olhos.

— Acalme-se, Isabel. Nós estamos assustando Mariana — recomendou Salvador. — Vou levá-la para o seu quarto. Venha — e abriu os braços para acolher Isabel.

Ela soluçou, o corpo trêmulo. E, sem secar as lágrimas, se deixou abraçar.

Parecia uma farsa. Uma pantomima. Entretanto, era real. Uma realidade fora do alcance da razão. Mesmo assim, verdadeira. Uma brutal e comovente realidade.

No dia seguinte, antes mesmo de sair da cama, Isabel já não tinha sinais da noite anterior. Desvencilhou-se do que aconteceu como quem, dentro de um pesadelo, vence as correntezas e nada até alcançar a margem. E acorda a salvo. Como em muitas coisas da sua vida, tudo tinha se desfeito. E, como acreditava que todo ser humano tem a sua receita infalível para justificar tudo o que faz, refletiu: "Se encho a minha alma com o que já vivi, não vou ter espaço para coisas novas." Pensou isso e bocejou.

Às 11 horas deu um comando de voz e abriu as cortinas para ver o sol. Começou a respirar uma nova vida. No terraço com vista para cidade e o mar sentiu o aroma do Bourbon do cerrado, bem forte e cremoso. Enquanto tomava o café completou o que tinha pensado na cama: "Além do que, ninguém muda ninguém. Salvador é o que é e eu sou o que sou. Vamos viver e morrer cada um em companhia de si próprio e com o que cada um é. Lembrou uma poesia de Santo Agostinho, decorada no tempo em que estudou filosofia: *io sono sempre io e tu sei sempre tu.* Somos produtos acabados, ainda que o outro não aceite. Querendo ou não, é isso."

Tomou café sem pressa. Falou ao telefone sem tirar os olhos de um bem-te-vi pousado na copada do bambuzal à sua frente. Sorriu para o passarinho suspenso no ar, com o mar e o céu ao fundo. Imóvel, no galho balançando com a brisa. Sem se dar conta, Isabel começou a sentir, mais uma vez, uma forte vontade de sair mundo afora, de se despojar dela própria, de tudo que a cercava. Não tinha nenhuma limitação para deixar de fazer. Só dependia da sua vontade. Lembrou-se do que leu durante um voo de Roma para Antuérpia, a capital mundial dos diamantes, em um dos livros que ela mantinha a bordo. Um *best-seller* com receitas para manter a saúde perfeita, ter alegria de viver, ser feliz, enriquecer fácil e fazer das perdas grandes vitórias: "*ninguém é dono da história da sua vida, mas pode ser o dono ou a dona da sua escolha e da sua vontade, e fazer da terra um paraíso.*' Riu. 'Tem gente com habilidade e cara de pau para tudo, pensou. 'É ridículo, mas vale a intenção do idiota que escreveu isso." — Olhou para o bem-te-vi e disse:

— Por que você fica aí parado, balançando, se tem asas? Por que não voa? Não leu o que o cara escreveu? Anda, voa. Vá rumo ao céu.

O bem-te-vi torceu o pescoço, olhou para ela e fez o que lhe era natural: deu uma cagadinha. Pois bem, se você não quer voar, voo eu.

Isabel acabou de tomar o café, já resolvida o que fazer. Mandou Tila, a governanta superior, avisar o mordomo José Antônio para providenciar o avião. Na manhã seguinte estava no castelo no centro de Paris. Passeou pelos lugares de sempre, comprou mais ou menos as coisas de sempre. Comeu e bebeu sabores conhecidos. Na Maison Bertillon se deliciou com o sorvete de tomilho com pinhões e tornou a sentir o incomparável sabor do de vanilla. "... Por que tudo acaba se repetindo? Apenas pelo pretexto de um dia ter dado certo? — perguntou-se. — Seja um vinho que há séculos surgiu de uma boa, única e casual safra, ou até mesmo a pobreza ou as incoerências dos espíritos que regem o mundo. E a acomodação das camadas dos absurdos. Qualquer coisa que acharmos que deu ou dá certo, que fique para sempre. Como este sorvete com sabor da vanilla." Imaginou Paris, o centro dos sonhos do planeta, com os mesmos museus, pontes, igrejas, palácios e monumentos; as mesmas inúteis discussões políticas repetidas à exaustão da lógica; as lojas de grifes com as mesmas roupas repaginadas, dois palmos a menos ou a mais nas saias, trinta centímetros a mais de decote, uma fenda sem fim nas costas, os mesmos restaurantes com as mesmas receitas; os mesmos cheiros nas ruas. Os canteiros com as mesmas flores a cada primavera. Como se elas não tivessem morrido no inverno. As pessoas procurando os mesmos espaços fora delas para se acomodar dentro delas. Tudo estava com aspecto de obra aceitável. Concluída. "O mundo está feito e acabado e eu quero apenas estar começando a viver. Em um mundo novo', refletiu. 'Talvez eu encontre os quadros do pintor que, com sete pinceladas, renovou a arte; ou as anotações do jovem que acabou de iluminar as sombras milenares do pensamento e deu sentido a todas as filosofias, enquanto tomava seu vinho de recolha e cheirava uma peteca, em um bar de Saint Germain; com dinheiro para pagar o único brioche que comeu nesse dia'. Pensava essas coisas enquanto se vestia e se pintava diante do imenso espelho e continuou pensando enquanto descia as escadas de mármore azulado, com o corrimão dourado, no palacete no centro de Paris. 'E por que não apagar tudo?" — perguntou-se enquanto esperava o motorista, com a sua mão enluvada, abrir a porta do automóvel preto e seguir pelas margens do rio Sena, que, naquela noite, estava simplesmente esplêndido.

Indo para o jantar, de dentro do carro, Isabel olhou as luzes na superfície do rio e se deu conta de que a cidade, que lhe era tão íntima em seus territórios dourados, não lhe pertencia como sempre sentiu. Nem a ela nem a ninguém. Era apenas um cenário. Da mesma forma como as luzes refletidas na água não pertenciam ao rio. E de que, também ela, sem saber a quem e ao que realmente pertencer, tampouco podia saber quem era e por que o era. "Como as luzes no rio" pensou, "que refletem a miragem de fluir do fundo para a superfície'. — E fez-se a pergunta mais cruel e impiedosa que podia ter feito naquela hora: — 'Eu sou o meu eu, ou apenas a miragem da superfície?"

A inusitada visão de tudo que a rodeava acendeu em Isabel Monte Cruz um sentimento inquietante. Viu-se, de forma ainda mais clara do que em outras circunstâncias, estar passando a vida pisando no vácuo. Tentou reagir para salvar a noite. "Meu mundo é este... Meu mundo sou eu', conjeturou ao entrar no restaurante em que mais gostava de jantar em Paris. 'Ou eu sou feliz nele ou vou-me embora dele sem saber por que estive aqui... Não vou me permitir estragar a noite."

Entrou no suntuoso salão do restaurante Le Meurice, sofisticadamente simples, como queria ser reconhecido, disposta a usufruir o melhor: melhor atendimento, melhor cozinha, melhor vinho. No cenário hipnótico foi recebida pela melhor coreografia de profissionalismo. Gestos na medida certa. Sorrisos moldados durante os cursos e, como as máscara gregas retocadas a cada festival, polidas de tanto serem repetidos e que não seriam desfeitos nem depois da morte. Isabel foi levada até a mesa em que a esperava seu amigo Jones Chivas, um elegante escocês, atlético, leiloeiro de raridades em Londres. Começou o ritual dos serviços e ela abandonou as ideias da sua nova lógica. Entrar naquele templo bíblico da gastronomia tinha que ser um prazer.

Ainda assim, durante o jantar, algo estranho voltou a rondar. A insatisfação íntima se agravou. Isabel intuiu de que alguma coisa muito grave iria lhe acontecer. Sentiu-se entregue a um insensato desalento. A conversa com Jones Chivas perdeu a graça. Falar de joias e artes raras, do boato de que em uma casa de campo foram encontradas 26 telas desprezadas por Van Gogh e, em cima da mesa, a navalha que decepou a sua orelha ("sempre ela" pensou Isabel), e saber da descoberta, inimaginável, dos tesouros egípcios em um bunker construído dentro do principal bunker de Hitler, e falar da revelação de novos talentos que copiavam Rembrandt melhor do que o original era para ela, naquela noite, falar de coisas aleatórias.

O vinho era o mesmo. Romanée Conti Grand Cru. Do mesmo vinhedo da *pinot noir* plantada há séculos pelos monges de Saint-Vivant. A garrafa, número 937, com o mesmo rótulo sépia. Mas, o jantar sem o mesmo espírito de anteriores. Desde quando ela ia àquele restaurante com seu pai e sua mãe e após, com Salvador, e mais tarde com Salvador e Mariana. *Mudam as safras e mudam os vinhos, ainda que as uvas sejam as mesmas. E querem que sejamos os mesmos todos os dias, anos e vidas com os mesmos rótulos*, Isabel imaginou enquanto contemplava a cor rubra da *pinot noir.* E afundando o olhar na taça, perguntou a si mesma: *como pode o amor sobreviver no meio deste marasmo, se o amor é a primeira vítima do tédio?*

O amigo Jones Chivas, seguindo a sua discreta e inata aptidão de cavalheiro e atleta sexual, esticou, casualmente, o pé por baixo da mesa como já fizera, inutilmente, em outros jantares. Ela, casualmente, como já fizera outras vezes, recolheu as pernas para baixo da cadeira. Mais tarde ele voltou a fazer. Ela, como em outras vezes, deu, casualmente, uma bicada com a ponta do sapato (que a deixava doze centímetros acima das pessoas comuns) na canela dele. *Nada muda. Não muda nem a surrada estratégia para conquistar a capitulação de uma mulher. Grande Jones Chivas, tão inteligente e não surpreende.*

Foi assim que acabou a última noite de Isabel Monte em Paris. Com a reprise do ritual de um jantar com mais de três horas de encenação. Como sempre.

Uma semana depois, já na Ilha, quando à noite saiu do seu quarto para jantar, Isabel queixou-se de dor no seio esquerdo. Salvador não a levou a sério. Nem mesmo quando ela, quatro dias mais tarde, durante o licor da noite, disse:

— O exame confirmou. Vou ter que tirar o seio esquerdo.

Retirou os dois. E sobreviveu pouco.

Enquanto resistiu lembrou-se das palavras do padre Bernardo: *até que a morte os separe.* "Que boca." — Sentia-se vítima de um ardil. "Ele disse por dever de ofício. Mas e por que não? Qualquer um pode morrer a qualquer momento; amando e sendo amado; odiando e sendo amado... abandonado por quem ama... Cheio de desejos, ou enquanto finge... Quem vai saber quando, como e onde se vai morrer? Quem? A morte desconhece o que estamos sentindo e o que queremos viver. Que ironia... Foi um dia, depois mais um dia juntos, às vezes com medo de ser o último, às vezes desejando que fosse o último. E a morte agora está aqui... Com tantos equívocos na minha vida, ela veio sem nenhuma imprecisão. Sem o menor constrangimento. Como se nada de mim tivesse valor. Só considerou a minha vontade de morrer quando eu senti, por instante, o desprazer de viver naquela noite em Paris em que desprezei a cidade, o vinho incomum, o meu amigo, a gentileza dos garçons, o que eu era, a vida. Quando pensei: está tudo concluído. Sobretudo, o cenário para a representação da vida."

Não lhe faltou tempo para pensar e repensar, em detalhes, o que viveu e o que gostaria de ter e não ter vivido. As lembranças iam e vinham como fiapos de vida e Isabel as transformava em fugidio reviver. Até a última hora gravou para a câmara com a voz cada vez mais tênue, confissões de amor, revelações íntimas, histórias pessoais, lembranças desconectadas, seus últimos momentos. A sua imagem não a assustava. Não se via como estava, e sim bonita como sempre se viu e como gostava de se ver através dos espelhos dos olhos de quem lhe dizia como era linda. Aquele não era nenhum dos rostos lindos que ela teve como loura cintilante, morena ou platinada.

O corpo no caixão, cercado por mil coroas de flores, tinha o semblante de quem finge dormir ouvindo música suave. E desfazia a tristeza. A alquimia dos transformadores da face da morte em uma nova versão da vida era uma zombaria para quem gosta de ver o morto com a cor da morte, pensava Salvador. As pessoas se aproximavam do corpo e diziam: *Como Isabel está bem, está linda.* E Salvador perguntava: *Mas como estar bonita e como estar bem, se ela está morta? Alheia a tudo. Ninguém é mais solitário do que um morto.*

Além do que, Isabel era mais formosa do que aquele rosto inflado com botox, enfeitado com as cores carmins. Uma maquiagem tão bem feita que a morte se perguntou se tinha desempenhado corretamente a sua função ou sido ludibriada pelo cansaço dos últimos tempos recolhendo a vida da juventude. E mais duvidou quando ouviu Carmem Louzeiro dizer, sem conter a inveja: *Está mais bonita do que antes da doença.* A morte se questionou: *Será que estou velha demais para o meu trabalho?*

Ao que tudo indica só Salvador Cruz percebia a face real da morte. "... e essa ilusão da máscara da vida não é para você Isabel. Onde você está não tem espelho. Os seus inseparáveis múltiplos espelhos. Melhor assim. Você não suportaria ver-se como está. Com essa cor festiva de morto-vivo. De falsa ressurreição. Simulando a miragem de um último sopro de vida. Vaidosa como era, não iria gostar. Bonita demais para morrer tão cedo. Bonita e jovem. Tão jovem quanto eu sou. Mas, a vida e a morte se entendem melhor do que as nossas escolhas. Isso todo mundo sabe. "*Acho que o silicone pode ter dificultado o diagnóstico precoce*", você me disse. Mas tudo morre, Isabel. Com ou sem silicone. E ter esses seios empinados era importante para você. "*Para ficar com os seios mais atraentes para mim e para você, Salvador.*" Você gostava de ser sedutora. Causava até confusão na cabeça dos homens e das mulheres. Foi assim desde o primeiro dia em que a vi, na faculdade. Naqueles dias, estar perto de você já era uma vitória. Para mim, você tinha o mundo aos seus pés. Depois de ter passado a infância estudando mal, ser seu colega era como se eu estivesse na metade do caminho do meu projeto. Você com a sua cabeça cheia de filosofias intempestivas. E eu era só vontade de atingir o topo da escada. Esse era o meu maior, entre os dois desejos que me faziam acreditar na razão do para que viver. Você apareceu como um prêmio. Uma escada mágica para eu subir ao ponto mais alto da pirâmide. Onde estou. Você logo levou-me para conhecer o seu pai e a sua mãe. E eles, como diziam, eram apaixonados por mim. "*Você, Salvador é o genro desejado e o filho que não tive*", dizia Luiz Luz, olhando a cinza do havana. Ele ensinou-me tudo o que um homem, "*com inteligência, talento e senso de ocasião como você tem, pode ficar rico administrando o dinheiro dos que não podem mostrar o que recebem. O lucro será uma fábula. Ou melhor, o cofre de um rico império.'* Isso ele me ensinou.'

Salvador recostou-se na poltrona de veludo azul com detalhes dourados.

'No dia em que nos casamos pensei que todos fossem morrer sufocados pela tempestade de flores que você fez descer do céu da igreja, ao som das trombetas dos anjos pendentes do teto. As flores do baobá, uma raridade... *Rosas do Congo, narcisos do rio Nilo, orquídeas, magnólias, jasmins, tulipas nativas, cerejeiras, violetas adoradas colombinas, cambará, como é lindo e perfumado o nosso cambará, papoula oriental, manacá, dama-da-noite. As flores mais perfumadas do mundo,* você me disse, rindo, à noite. Nada a ver com estas coroas suntuosas (reaproveitadas de outros velórios e cobradas como exclusivas). Pensar que só a morte nos separou é engraçado. No mínimo. Não foram muitos anos, mas vivemos os nossos dias de grandes prazeres, de grandes conflitos e de vazios sem fundo. De um jeito ou de outro, todos marcantes. Bem ao seu gosto. Você não pode lembrar — ou pode? — o dia em que descobriu meu interesse por meninas. Eu pensei: *Agora é o fim*, e depois de conversarmos eu me senti aliviado. Ia poder fazer o que gosto sem a pressão do casamento. Lembra? Sentei-me à sua frente, você postou as mãos como quem reza, e disse: *'Cada dia é um dia. Hoje vamos continuar casados. Amanhã não sei. Dependerá dos prós e dos contras. Meus e seus'*. Eu balancei a cabeça sem saber o que dizer. E você continuou: *'Vou criar algumas regras. Elas vão dar o peso se vale ou não continuarmos casados'*. "E que regras são essas, se você detesta toda e qualquer regra?" — perguntei, surpreso com a reviravolta do que esperava. *'Algumas podem mudar a cada dia; outras valerão para sempre. Mas nenhuma será mais pesada do que o seu sentimento de culpa que eu espero ver em você'*. "Meu o quê?... *"São regras, não são vantagens, entendeu? Você não sabe que toda regra gera culpa?'* "Isso é chantagem". Você filosofou: *'Não existe diferença. Todas as regras são chantagens. As minhas são duas camisas de força, como todas as leis. Uma muito apertada; outra mais folgada. Se isso é chantagem, coação, que diferença faz? Dá tudo na mesma. Digamos que seja um modo prático de conviver com o lado sombrio do ser humano. O seu.'* "De conviver, não de castigar," eu ponderei. "*Só vou definir o que você pode ou não fazer. É o preço para você fazer o que gosta*". E desde então você mudou muito. Em algumas coisas para melhor. Na cama, e não necessariamente nela, sem dúvida, você ficou bem melhor. Sem travar. Até me extenuar. Porém, que diferença faz isso agora? Quanto a mim, na época, senti-me mais folgado, embora pagando o preço que você estabelecia e que, ao final das contas, mesmo sendo uma chantagem psicológica, não era nada doloroso. E fomos manipulando, nos habituando a viver em uma guerra e em um paraíso: entre batalhas e tréguas.'

Salvador continuou sentado na poltrona à cabeceira do caixão. Recebia a consolação dos amigos, agradecia, e voltava a pensar.

'Você lembra, Isabel... Claro que não. Ou lembra? Quando, um pouco alta com o vinho que você amava, como repetia: "*Nem sempre o meu sonho é a minha realidade, Salvador. Mas o que sonhamos é bem mais ordenado do que a realidade. E, pensando bem, é melhor viver de sonhos do que da incerta realidade. O que é mais apaixonante, Salvador, o sonho ou a realidade? A vida sem sonhos é seca, não?*" Eu gostava de ouvi-la falar com a língua meio enrolada. Dizia essas coisas e ria. E, sem nenhum pudor, de um modo um pouco planejado, você sentava no meu colo e me buscava. A última vez que você disse isso foi no terraço, à noite, com a lua procurando frestas entre as nuvens, na sua última volta de Paris. Você disse e não sorriu. Sentou no meu colo e não me procurou. Chorou. Pensei ter sido efeito do vinho, ou por uma dessas crises de sentimentalismo. Quem sabe por já prever a sua doença. Naquela hora eu me esforcei para não me sentir culpado pelo que tinha feito durante a tarde. De que serviria me arrepender? E agora? Cadê as suas fantasias, Isabel, as suas esperanças e a precária realidade e o romantismo daquela noite? Onde está a lua se infiltrando entre as nuvens? As regras, o seu riso e as suas lágrimas, os seus sonhos? Eu e você? Agora só eu estou aqui, Isabel, nesta importuna realidade. E, sem eu jamais prever, está acontecendo o inimaginável: começo a sentir a sua falta.'

'Hoje tenho tempo de pensar em nós dois e conversar com você, como nunca fiz. A noite inteira sentado nesta poltrona, escutando essa música uniforme e recebendo os pêsames; respirando o aroma das flores misturado ao cheiro das velas; lendo essa enciclopédia de frases de ouro nos laços das flores. Você acreditava em nova vida, Isabel; em reencarnação, juízo final e mais não sei o quê. Agora você vai saber: como é, quando e onde isso acontece. E se acontece. Para mim nada disso importa. Agora só vejo um fato: você está morta. No abismo da maior solidão que existe. Sem juventude, sem chamas e sem a sua beleza. E, sem que você saiba, a vida continua para quem está vivo. E mesmo que venha a sentir falta de você eu estou vivo, Isabel. E, claro, não me culpo por isso, nem lhe acuso por estar morta. É a ordem'.

'Vou lhe dizer: sinto a minha respiração. Escuto o meu coração. Respiro esse ar perfumado. Ouço o silêncio e o sussurro das pessoas. Vejo o desconforto e a vergonha que a morte provoca nelas. Olho para quem se sente vivo e superior à morte — que, na verdade só aconteceu para você. — Percebo como eles querem ficar livres deste velório. Sair logo. Ir cuidar dos seus compromissos. Reassumir os seus espaços. Escuto dois soluços, discretos, de suas amigas Lélia e Viviane. Elas vivem. Vivem e choram a sua morte. E você não pode escutá-las. Ou escutas?... Não. O que morre, morre para sempre. Como morreram muitas coisas dentro de mim. As piores lembranças, que você nunca ficou sabendo. E para sempre tudo morrerá com você. Eu. Eu não existo mais para você. Ou existo?... Eu estou vivo. Com mil coisas me esperando. Quero ficar triste. Quero sentir desconsolo, soltar uma lágrima. Mas seria inútil. Devo estar bem abatido, porque todos vêm me confortar. Vou lembrar muitas coisas. Muitas boas. A sua tolerância... As suas explosões de vulcão ativo. Os seus acertos de contas... As horas de puro prazer... É assim mesmo. Os prazeres se foram e, claro, deixaram espaços para outros... Como tudo o que se vai e abre espaços... Sobretudo, as coisas que gostamos. Porque não podemos ter tudo ao mesmo tempo na mesma mão. Mesmo que a gente tente, alguma coisa escorrega; cai; se despedaça. Como a vida escorreu entre seus sonhos. Isso sim é uma pena. Essa é a maior morte. A morte dos seus sonhos e esperanças. E do que dá prazer em viver'.

'Vou ser sincero: Essas pessoas me cumprimentam e ao mesmo tempo me matam um pouco. Como se eu fosse vítima... Esses olhares de uma dor que nem eles nem eu sentimos... E, pior ainda, esse embaraço diante da morte alheia estampada em seus rostos... Já não sei o que é pior: se é a morte ou o ritual do sepultamento'.

'Não tenho mais o que pensar. Estar aqui é muito desconfortável, Isabel. Você não suportaria estar aqui. Somente se fosse pela sua própria morte. Você é a única que, aqui, está à vontade. Eu tenho mil coisas a fazer lá fora. Como de resto, toda essa gente. Mas vou cumprir a regra. Vou ficar perto de você. Até eu ver as suas cinzas."

Salvador deixou os pensamentos à deriva. Não tinha o que pensar e menos ainda o que sentir. Os pêsames haviam acabado há horas. E ele ali, naquela poltrona desconectada do seu corpo alto. Cansado de esticar e encolher as pernas dormentes. Sem beber e comer nada do que era servido. Olhando o vácuo. E com a boca seca.

Às 11 horas da manhã, seis rapazes de terno branco e gravata cinza levaram o corpo para transformá-lo em cinzas. Minutos depois reapareceram. Um deles portava, como um sacrário, um antigo porta-joias de ouro em forma de ânfora com filigranas, cravejado de rubis da Birmânia. Tinha sido um presente de um magnata indiano, sócio de Salvador. Estava sendo atendido o desejo que ela postou no celular do marido, pedindo para que suas cinzas fossem guardadas na joia incrustada com a cor dos olhos dele. Salvador recebeu a esplêndida urna com as cinzas ainda mornas e ficou sem saber o que fazer. Era, mais uma vez, Isabel em suas mãos.

Estendeu a mão para José Dantas, o seu secretário pessoal:

— Guarde isso — em seguida, diante dos olhares interrogativos, ajeitou o nó da gravata e tomou a ânfora de volta. — Obrigado.

Agradeceu a cada uma das pessoas presentes. Rapidamente começou a se reencontrar com o que a vida lhe oferecia e com o que ele queria voltar a viver. Livre das regras fictícias criadas por Isabel e vivendo com o faz de conta de que as cumpria. A arquitetura de uma farsa perfeita que criara a ilusão de controle de Isabel e de sujeição de Salvador. Ainda assim, só a partir daquele momento começou a se sentir sem as algemas de controle de Isabel. E começou a pensar no que iria fazer.

Com os olhos, procurou Mariana entre os presentes e não a viu.

As cinzas pareciam encerrar a história de vida de Isabel. Mas foi isso. A partir dali, pelos prodígios articulados muito além da razão humana, começaram a se enlaçar, com maior brevidade, os elos do destino de Mariana, que Isabel conseguiu adiar. Começou a viver o pior tempo previsto para sua confrontação com o inevitável.

E mais. Por zombaria de uma insondável ordenação do que tinha havido até então, e do que veio a ser, Mariana completou seis anos no dia da morte de Isabel.

Foi nesse encadeamento dos fatos que as cinzas de Isabel Monte Cruz contribuíram para o início da maior desventura de Mariana Paz. E, por vias ainda mais tortuosas e irremediáveis, começou ali a articulação do destino de quem só iria nascer oito anos depois da morte de Isabel.

SALVADOR SEGUE A VIDA

19

Logo que Salvador Cruz entrou na sua sala, tornou a entregar a urna com as cinzas mortuárias de Isabel Monte para o secretário José Dantas. Adriana Maria, uma das suas secretárias de gabinete, conhecendo os hábitos do patrão, levou-lhe, em uma salva de prata, a toalha embebida em gel desinfetante perfumado, e ele purificou as mãos, como fazia todos os dias. "Mania de Pilatos," ela pensava.

O fiel José Dantas olhou para o seu senhor e viu que ele ainda estava envolto pela bruma do crematório. Cheirava a velório.

— A imprensa está lhe esperando na Fundação, doutor Salvador — lembrou — lhe. — Quer transferir para outro dia?

— Não, é agora mesmo, antes que este triste dia acabe. É como quero mostrar a minha dor pela morte de minha mulher. Leve a urna.

A secretária Adriana Maria não pôde evitar. "Deveria estar na novela das nove, quando o Brasil chora e ri à vontade."

Ele foi para a Fundação Salvador Cruz de Amparo às Meninas Indefesas. Ali, foi filmado e fotografado. Abraçou, com bom senso, uma das meninas, beijou os cabelos de outra, deu um bombom na boca da última recém-chegada. Colocou um brigadeiro na boca da ruivinha com limitações, para valorizar a matéria dos blogueiros patrocinados. E, dentro da luz ofuscante da mídia convocada, anunciou:

— É com gratidão e respeito à memória de minha mulher que declaro: a partir de hoje a Fundação de Amparo As Meninas Indefesas deixa de se chamar pelo meu nome. Passará a chamar-se Fundação Isabel Monte Cruz. E, em honra ao novo nome, abrirá 11 novas sedes nosso país, e irá prestar a sua filantropia na África Subsaariana e no leste da Ásia. Isso, graças também aos convênios com os governos locais, parcerias com as grandes empresas que prestam serviço naqueles países e as organizações que patrocinam a solidariedade humana e se mantêm no anonimato. Muito obrigado.

— Desculpem — disse José Dantas aos jornalistas, — não há clima para entrevista.

Salvador voltou às pressas à sede central das suas empresas, um edifício giratório de aço polido, vidro antitérmico e acústico, que acompanhava as rotações da Terra, alinhado por um satélite. José Dantas, em pé, à sua espera, sentia-se um coveiro. A urna, depois de tanto tempo segurando-a, queimava as mãos.

— Onde a coloco, doutor Salvador?

Ele continuou rodando os olhos pelas três grandes telas, por onde acompanhava as transações entre os poderes públicos e as corporações nacionais e internacionais e os consórcios vinculados ao império da sua organização. Monitorou as movimentações financeiras ramificadas em um cipoal de contas espalhadas pelo mundo em nome de dezenas de milhares de empresas nominadas por códigos complexos. Os gráficos e números se movimentavam com uma velocidade espantosa. Era um trabalho rotineiro, mas os seus olhos faiscavam sempre que via.

Olhou para José Dantas sem ver a urna. Estava com a visão embaralhada por números e gráficos. Fixou a legenda: *consórcio XSC venceu o leilão para a construção da usina de Açu-Açu: 77 bilhões*. Sorriu. "Dez por cento. Até o final das obras custará cinco vezes mais. Nada mal. O consórcio LXZ ganhará o próximo leilão para construir sete mil quilômetros de estradas na Amazônia'. Leu: *submarino nuclear 51 bilhões. Governo vai investir três trilhões em obras portuárias marítimas e fluviais nos próximos anos*. "O futuro está garantido." Com o mesmo interesse leu os *** desbotados no rodapé: *Liberados R$ 63.12,60 para o combate à dengue. Liberados R$ 23.42,03 para a alimentação escolar.* Nada era desprezível.

Tudo isso aconteceu enquanto ele assistia ao velório e à cremação de Isabel Monte. "Mundo maravilhoso. Dia Maravilhoso," pensou.

José Dantas voltou a perguntar:

— O que faço?

— Com o quê?

— Com a urna das cinzas de dona Isabel, doutor Salvador? Está queimando as minhas mãos.

Pensou em responder: "Sei lá, coloque onde quiser. Afinal o que se pode fazer com as cinzas de um morto?", mas se conteve a tempo.

— Depois eu vejo — disse, já saindo da sala e pensando no que planejava fazer à noite. Entrou no elevador e deu-se conta de uma melhor resposta. — Faça o que de melhor deve ser feito — acrescentou enquanto a porta fechava.

— E o que é o melhor a fazer com as cinzas de dona Isabel, doutor Salvador? Colocar em um mausoléu?

Ele não escutou. A porta já estava fechada.

Salvador só voltou a pensar em Isabel à noite. Durante o banho lembrou-se que ela poderia ter deixado de deletar gravações da intimidade entre eles. Na manhã seguinte foi ao quarto de Isabel para apagar o que ela pudesse ter esquecido. A grande surpresa na tela do notebook não foi o rosto de Isabel com a pele esverdeada grudada nos ossos, como fundo da área de trabalho. Foi o que ela deixou gravado. Ainda que a sua voz fosse debilitada, ela falava com tanta convicção que ele teve vontade de conversar com ela. Isabel estava viva, saindo da tela. A primeira reação de Salvador foi destruir todos os arquivos sem ver o que eles continham, mas, vencido por uma curiosidade inquietante, começou a ouvir o que Isabel deixou gravado:

... Eu queria entender algumas coisas antes de morrer: o que é uma paixão que, quando se pensa que acabou, ela se renova? Por que o amor é cego e eu vivo vendo o que não queria, sofrendo por ver, e apagando o que vejo, para continuar amando? Cobrando com migalhas o que não

tem preço? Criando ilusões de liberdade quando sei que sou prisioneira do amor e das incoerências em que vivo ao ponto de perder a razão? E me transformo em fera quando ataco por não suportar tanto sofrimento? Decido me libertar do que sou e volto sempre. E retorno acreditando que você é meu grande amor. Minha grande paixão. Um vício do qual eu não quero me curar; tenho asas e a prisão que carrego dentro de mim deixa-me feliz. Mas você tem seus gostos pessoais, as escolhas próprias. Suas fantasias perigosas. Que me excluem.

Salvador não via sentido algum estar vivendo uma realidade mutilada arquivada em um notebook. A voz do fantasma de Isabel, apesar de frágil, ainda era sonora e sedutora. Ele sentou e continuou vendo e ouvindo a gravação de Isabel como se viva estivesse, falando com os olhos mortiços fixados nele. Ela continuou falando:

E se para você eu não basto, mesmo libertando todos os meus instintos para lhe dar todo o prazer que uma mulher pode dar ao seu homem, é porque eu não completo. As minhas fantasias não alcançam as suas fantasias. Só me restou aceitar o que eu podia receber. E preencher os meus vazios com as bijuterias da vida. Ou destruir tudo sem deixar nenhum caminho de volta. Por mais imaginativa que eu seja, acredito que nunca soube como lidar com isso. Quem saberia? Quem sabe eu encontrarei o que procuro em você onde menos espero? E você não precisará mais correr atrás de outros prazeres para se sentir vivo? Quem sabe em outra vida?

Isabel calou-se. Tomou um gole d'água. Olhou fixamente os olhos de alguém. Voltar a falar. Associou o que acabara de dizer a uma antiga lembrança. Contou sobre o dia em que sua mãe, Amália Monte, em Milão, levou-a para comprar um par de sapatos bege, com treliças douradas e fivelas de madrepérolas. Ela reviveu:

— Está muito apertado, dói muito — eu reclamei para a minha mãe.

— Não tem dois números maiores — minha mãe disse. — Seus pés se acostumarão, vão se ajustando —, minha mãe sorriu e disse — É bonito. É a sua cara. Vale a pena ficar com eles mesmo assim apertados. A beleza tem seu preço, querida.

E eu pensei: será que para ficar bonita eu tenho que usar sapatos apertados?

Naquele dia eu jurei para mim mesma que nunca iria usar nada que me machucasse. Fossem os pés, o coração, ou o estorvo de como quisesse viver. Agora, dou-me conta que passei a vida usando o mesmo par de sapatos apertados, com a ilusão de nada prender os seus passos. Por maior que seja a jura, *por mais que se dissimule, nada do que se vive é apagado. O que se vive uma vez se torna eterno. Não sei se li ou alguém me disse isso* — gravou. — *Com certeza não foi você, Salvador.*

Salvador deletou todos os arquivos com nome Isabel, Isabel Monte Luz, Isabel Monte Cruz, IMC. Na dúvida destruiu as plataformas que pertenceram a Isabel. "Quer me punir, com essa gravação de amor desvairado, queixumes de carência, culpas e acusações". Ela sabia que eu iria ver', pensou. 'Bem ao seu jeito de viver. Apaixonada. Irônica e dramática. Filosofante. Novelesca. Ora uma sombra, ora uma explosão do sol. Um olho em Freud e outro no enredo de uma escola de samba.

Na manhã seguinte, Salvador entrou no prédio giratório, esquecido de Isabel rediviva na tela do notebook. O que passou a ver nas telas da sua grande sala foram os contratos e os dividendos de cada obra que os governos construíam ou iriam construir em todos os continentes e aldeias. E, na ordenação de algoritmos, os nomes e valores a serem repassados e as distribuições a ser feitas por cada pagamento. Digitou o nome do peixe: *cocoroca*. Apareceram os registros dos últimos três dias.

Os resultados eram ótimos. Lucros com os lanches para creches, um navio carregado com esparadrapo chinês e lençóis egípcios para um hospital, 51.031 carretas de papel higiênico para os presídios de segurança máxima (para impressionar a comissão de direitos humanos: *Neste País Não Existe Preso Com o Próprio Sujo*, era o lema da campanha); 5.127 bilhões liberados para as catástrofes da década passada, 127.000 e 11 centavos para as universidades voltarem as aulas; 56 bilhões de verbas suplementares para 6 trechos da centenária construção da ferrovia ligando o país de sul a norte, com ramificações de leste a oeste, interrompida em 21.346 pontos por questões ambientais; 639 bilhões de financiamento subsidiado para expansão dos negócios da empresa XLX, 100 bilhões para o fundo internacional de combate à fome e ao analfabetismo (emenda orçamentária recomendado por Salvador) ... — "Dois flagelos, isto é, duas galerias inesgotáveis de uma grande mina de ouro," pensou Salvador. "Precisamos expandir o programa do lucro com a fome."

Apesar dessas grandezas ele sabia que, se somasse os salários das vacas leiteiras da Europa, o apoio às guerras de 3.500 anos no Oriente inquieto, na Ásia e entre tribos africanas, às guerrilhas em todos os quintais da terra, e, se incluísse o crescimento do PIB com o aumento da produção, distribuição e consumo de drogas ilícitas, mais os financiamentos das ideologias radicais da direita e da esquerda e de todas as crenças, a sua organização era uma quitanda. Mas, nascido onde nasceu, com as costas vincadas pelas surras de couro, vivente em um país capengando há séculos em direção ao futuro e sempre de chapéu na mão para pagar os juros de suas dívidas, para ele, sabendo que quem espera nunca alcança, estava bom. "Mas podia ser mais. E vai ser."

Nada do que Salvador se comparava, naquela semana, do que os 117 bilhões iniciais para a construção da Usina Açu-Açu. Agora era investir na aprovação da viabilidade ambiental para o desvio do rio Amazonas com a construção do duto oceânico para irrigar as imensas plantações de tâmaras no deserto do Saara e a expansão das plantações de hortaliças nos kibutzim da Faixa de Gaza. O consórcio vencedor, vinculado à sua organização, seria o mesmo já associado às outras grandes e pequenas obras na América Latina, Europa, na Ásia e no Oriente, incluindo a revitalização do Mar Morto, a construção dos silos subterrâneos de um lado a outro dos Alpes Suíços para estocar manteiga, queijos e vinhos para garantir preços. Unidos, faziam parte dos múltiplos braços multinacionais atuantes em minas de diamantes no Congo e empreendimentos em estradas, portos, aeroportos e ferrovias na Ásia, no Oriente e na África. Isso sem desprezar os serviços entregues às empresas terceirizadas para instalar banheiros químicos nas aldeias indígenas do Alto Xingu, o fornecimento de vacina contra picada de zangão nas tribos das fronteiras com a Bolívia e o Peru, e a prevenção contra a peste bubônica no Nordeste,

— segundo a imprensa da direita radical, importada nos intestinos das pulgas chinesas inoculadas em bombons natalinos e, pela denúncia da esquerda, um vírus disseminado pelos laboratórios internacionais para vender vacinas estocadas nas geleiras do Himalaia. — No somatório, uma formidável teia de endereços e de negócios, com braços, dedos e garras enlaçadas recobrindo o planeta, estava exposta nas telas à frente de Salvador. Não tinha, pois, como se lembrar da gravação de Isabel.

Apesar dessa grandeza, ele sabia que controlava apenas uma ponta do sistema criado quase modestamente por seu sogro Luiz Luz. Neste dia contava apenas com 900.627 empresas entre as reais e as fictícias e 2.110.000.267 contas secretas em bancos com sedes suntuosas, agências com uma só porta e outras sem nenhum endereço mundo afora. Seu ambicioso plano era tornar a organização mais abrangente.

Salvador Cruz devia agradecer a Deus — se acreditasse em Deus — mas, por não acreditar ou por ter aversão de passar a acreditar, queria apenas o que a Terra lhe tinha a oferecer. Seu sonho era que o Grande Projeto —, que já contava com mais de meio milhão de adesões de organizações coligadas em 156 países —, fosse, finalmente, implantado como Poder Supremo a todas as leis do planeta em todos os países. *"Incluído o Vaticano, por que não?"* Projetara uma corporação planetária, regida por com cláusulas ocultas invioláveis; um código único para todos os países, ricos, remediados, pobres e miseráveis e tribos, uma vez que todos eles têm governos. Assim controlaria a todas as empresas, grandes e pequenas, fornecedoras de bens e serviços públicos e civis e todos os poderes. E, por extensão, todos os governantes e seus escalões. A partir dos controles globais de trilhões e de centavos, o Grande Projeto faria a distribuição de todo e qualquer poder, em qualquer regime e em qualquer parte do planeta. "O instituto assumido da verdade do poder", pregava ele aos signatários.

Salvador Cruz sabia que a sua ideia não era nova, tinha insipiente nos primatas. Na verdade, era a ampliação sofisticada de outras secretas organizações. A diferença era que ele concebeu a forma de regulamentar de uma vez por todas o domínio pleno dos dois deuses nascidos em um mesmo corpo reinante: o Dinheiro e o Poder. Seria, na prática, o bom emprego, revolucionário, sem fronteiras, da elementar lição do seu extinto sogro, a quem ele passou, com o tempo, a considerar um ingênuo garimpeiro olhando para as estrelas enquanto dormia no pico de uma montanha de ouro.

Ao mesmo tempo em que, na sua sala, Salvador Cruz alimentava a sua alma com os fluxogramas e planejava tornar-se o gestor secreto da riqueza e do poder do planeta, ele premeditava o que iria fazer com Mariana à noite. E, sem ter consciência disso, naquela mesma noite de quinta-feira, quando fez o que esperou durante seis anos, o tempo começou a forjar a tragédia do seu destino final.

A NOITE DE MAIS UM INÍCIO

20

Três dias depois de esfriar as cinzas de Isabel Monte, na noite de uma quinta-feira, Salvador Cruz suspendeu todos os compromissos da noite, voltou para casa mais cedo e dispensou o jantar. Bastou ele sentar, tirar os sapatos e esticar as pernas e o chefe Bento Batista foi à sala e lhe perguntou:

— Temos peito de pato confitado em azeite de trufas, com ervas frescas de Provence e creme de brócolis com queijo brie. E alcachofras grelhadas e envelopadas com jamón joselito pata negra gran reserva, de entrada. Ou o senhor quer que lhe faça outra coisa?

— Nada, Bento.

— Quem sabe uma canja provençal com peitos de codornas, selados na manteiga, com duas folhas de sálvia e um toque de tomilho, que tanto o senhor gosta?

— Não, obrigado.

— Então, doutor Salvador, eu vou sugerir o que temos de mais especial: um risoto de lagosta das Ilhas Fernando de Noronha, com arroz selvagem dos prados úmidos do Canadá, recoberto com lâminas transparentes de tartufo *bianco di Alba*. As trufas, de coloração dourada, que, com aquela aparência de uma mísera e desajeitada batata, surgem da terra como um tesouro e custam mais caros do que o diamante Cullinam I guardado na Torre. — Suspirou. — Pobre e infeliz Ana Bolena, erguendo a cabeça como só as rainhas sabem fazer, com aquele longo pescoço sem o lindo manto de arminho que usava naquela manhã fria, entregando-o, sem uma joia, para a espada do carrasco francês. Ah, o que faziam aqueles reis da Inglaterra para trocar de rabo de saia. — Ergueu o nariz sentindo o perfume da rara trufa — Ah meus santos, aquele aroma delicia o nariz de qualquer deus. Posso preparar?

— E de onde vem essa raridade?

— Foi um presente da condessa Grinzane, amiga de dona Isabel. A condessa arrematou essa preciosidade na Fiera Del Tartufo Bianco di Alba. Foi o que me contou dona Isabel. Coitada, esperava ficar recuperada para servi-las durante um jantar especial com o senhor — voltou para onde estava. — Em 30 minutos eu lhe sirvo. Isso se eu não desmaiar em estado de graça com o aroma quando laminar as trufas.

— Não precisa desmaiar não, Bento. Deixe o seu desfalecimento para outro dia. Esta noite basta-me o vinho.

— Então um simples foie gras com cogumelos morel, fatias de figos frescos perfumados de Andaluzia, um salpico de pimenta branca da Malásia e uma pitada de cristal de sal rosa do Himalaia? Para tornar este bom vinho mais divino.

— Não quero morrer envenenado com os antibióticos que dão para os gansos, alimentados goelas abaixo com dois quilos de ração gordurosa três vezes por dia.

— Que hora para lembrar o horror! O senhor deixou de gostar dessa iguaria?!

— Não deixei de gostar. Deixei de comer. Desde o dia em que o nosso fornecedor, Alphonse de Toulouse, um premiado criador, levou ao nosso castelo, nas margens do rio Dordogne, os melhores fígados de ganso e nos convidou para visitar a sua fazenda. Isabel tinha feito um curso em um dos nossos restaurantes preferidos, o Les Toques Du Perigord, e naquela noite ela fez o melhor foie gras que comi, elogiado pelos 26 convidados. Mais tarde acolhemos o convite. E parei de comer a iguaria.

— Não é porque a alimentação dos gansos é chocante que vamos deixar de comer foie gras. O senhor sabe que desde os egípcios isso é um manjar nobre. E tudo o que comemos causa sofrimento ao que vem para a nossa mesa. Não se come nada vivo, nem um mísero rabanete. Então, por favor! — Salvador ficou olhando para Bento. — Volte a se deliciar com o *foie gras*, pelo menos esta noite, doutor Salvador.

— Bento, por que você não diz logo fígado de ganso?

— Porque perde o glamour da alta gastronomia, é evidente. E se Roger Vergé, que por coincidência hoje faz um ano que nos deixou, e que é o meu deus dos sabores e aromas sublimes, souber, ele vai se revirar no túmulo. Não vou perturbar a sua paz.

— Está bem. Deixe o seu deus em paz que ele merece.

— Posso fazer?

— Bento, entenda, eu não estou preocupado com o sofrimento dos gansos. Estou preocupado é comigo. A quantidade de antibióticos que dão para eles sobreviverem ao que comem é mortífera para um ser humano. Eu não estou aflito com a crueldade contra os gansos. Só quero preservar a minha saúde. Gosto de viver.

— Respeito. Então, tenho mais uma sugestão. Que tal algumas ostras vivas do sul da Ilha de Santa Catarina, em cinco gotas de champanhe, gratinadas com um leve toque de ervas? Ou envoltas em um *tuile* cítrico crocante de sabor suave?

— Só se for com uma pitada de pimenta branca. A pimenta branca me ativa.

Bento, inconformado, ergueu as duas mãos para o céu suplicando socorro.

— Isso eu me recuso, doutor Salvador. Pode me demitir, mas eu não faço. Recuso-me a alterar o sabor de vida do mar, a alma do mar que vem nas ostras, com uma perniciosa pimenta. Quando muito com um leve toque de ervas e cinco gotas de champanhe ou protegidas na tuile e três finíssimas raspas de limão siciliano. Pimenta nem pensar. O senhor é um homem de bom gosto, refinado, não é um assassino.

Salvador Cruz deu um breve sorriso.

— Bento.

— Pois não, doutor Salvador.

— Não tenha tanta certeza disso. Fique tranquilo. Eu gosto de ostras com um pozinho de pimenta branca, você sabe. A ostra com pimenta é um estímulo. Sem pimenta é só mais um bom molusco saboroso. Mas deixa pra lá, não quero cometer esse crime nesta noite. Basta-me este vinho — ergue a taça —, a alma do vinho, se não salva, se não afoga, também não mata, não é verdade? E, além disso, tem o sabor de vida, da alma da terra — olhou para Bento e o provocou — que é a nossa origem, onde está o prazer em que vivemos e o nosso fim, não é fato?

Bento apoiou o queixo entre os dedos da mão direita, pensou e disse:

— Mas existem mais afogados pelo vinho do que pelo mar, de onde vêm as nossas ostras, não é mesmo, doutor Salvador?

— Deixe-me tomar o meu vinho, por favor.

Bento Batista saiu pisando com pesar. Como se caminhasse em cima de feridas abertas. "Pimenta nas ostras... Nunca." Na cozinha, a cozinheira Marina perguntou:

— Então, o que vamos fazer? São 10 horas.

— Nada. Nada. — Os auxiliares olharam para o chefe. — Só faltei oferecer a iguaria predileta de um bom paulistano, que se empapuça comendo em pé uma coxinha de galinha e fica feliz. Não quer nada. Deve ser de tristeza. Tem um jeito muito esquisito, mas lá vou eu entender o que se passa em cima da terra e dentro dos corações? Nem eu entendo por que amo tanto o Augusto. Têm horas que me dá vontade de arranhar o rosto dele e logo fico triste por não o ver alegre... — Deu um breve suspiro. — Se eu sinto falta de dona Isabel, imagine ele.

— Não ofenda, eu sou paulista — protestou Marina. — Falta nada. Deve é estar dando graças a Deus e ao diabo. Em seis anos aqui sei das coisas.

— Louca. Ponha-se no seu lugar. Cuidado com o que diz. As paredes e as panelas têm ouvidos e as facas são línguas. Diga coisas bonitas como eu, mesmo que não acredite no que está dizendo.

— Isso é ser falso.

— Às vezes sou falso, mas enfeito o que digo, e assim, não sou desagradável.

— Tem gente mais importante nesta casa que vive fora do seu lugar, Bento.

— Isso não é problema nosso. O nosso espaço começa e acaba na despensa e nesta cozinha. É onde você ganha o pão, mesmo que queira chutar as panelas. E de onde eu só vou sair para abrir o meu bistrô.

— Daqui não deixo de ver o que se passa atrás das paredes. Você sabe muito bem que o melhor tempero desta da cozinha é a fofoca. E nesta casa tem gente que espera alguém morrer para tirar proveito da vida. Com dona Isabel morta ele fica livre — deu um triste sorriso. — E pode começar esta noite. Quando não quer jantar e só bebe é porque tem fome de outras coisas. Hoje ou amanhã vai chegar a vez da Mariana. Nesses anos todos aqui, conheço a fera.

— Cale essa boca, linguaruda. Ou então solte a língua para quem deve ouvir. Por que não denuncia?

— Eu! Não sou doida. Para assinar a minha sentença de morte. Tenho é que salvar o meu emprego e sustentar meus filhos. Agora, que tenho pena desta menina, tenho. Só meu pai Ogum e São Judas Tadeu podem salvar esta inocente.

Marina, a cozinheira subchefe, previa a serventia e o destino de Mariana.

Ela tinha razão. O vinho ajudou Salvador Cruz a lavar o caminho. Sentia-se mais liberado e mais à vontade por ter honrado o acordo feito com Isabel. Agora Mariana tinha feito seis anos no dia da morte de Isabel, que era só um punhado de cinzas, e ele, três dias depois, estava vivo. Vivo para alimentar o seu corpo, a sua vontade, os seus desejos, a sua excitação de lobo faminto cheirando a presa. Ali, sentado, reelaborou os detalhes do que ia fazer. Tinha esperado seis anos. Durante esse tempo não lhe faltou com quem se satisfazer. Não se lembrava quantas. E não se tratava de uma coletânea. Cada uma delas, a cada vez, era um momento; um tempo soberano que se diluía em seguida; como se o seu desejo fosse o sopro de um vulcão que se desfaz no ar para outro subir. Repetidamente. O vinho irrigou os seus desejos. Aquela era a noite esperada. Isabel não estava mais ali e nem iria voltar.

— *Ou voltaria?* — foi o que perguntou a voz sem nome dentro dele.

— *Posso voltar, sim. Como na noite seguinte da minha cremação, em que você tentou e eu evitei* — respondeu a mesma voz.

— *Mas esta noite nem viva nem morta, Isabel, você vai impedir. Já tolerei isso durante muito tempo.*

Imaginou ter escutado e ter respondido enquanto se servia de mais vinho. Voltou a se recostar na poltrona. Colocou a taça diante dos olhos, contra a luz. Contemplou a cor rubra e sentiu-se mais resolvido.

Parou de questionar o que iria fazer. O seu desejo era um caminho sem volta, como outros que percorreu desde a infância. A não ser que mudasse o rumo. Mas um olhar profundo para dentro de si mesmo e ver--se sob a luz que nada lhe esconderia seria penoso demais. Ruinoso. Seria reviver a visão de seu pai com a Linda, dentro do cocho. Voltar a sentir as dores e a humilhação de ficar parado enquanto recebia a "lição." Sabia que ninguém, e menos ainda ele, quer destruir os alicerces, mesmo os podres, do que é, ou pensa que é, de como se aceita e vive. Era quem era: um homem que anulou as derrotas a que estava condenado e conquistou riquezas, poder e a liberdade de desfrutar o que queria, para além dos anseios dos mortais comuns. Sem alimentar culpas. Sem lembrar o estigma nas costas — as cicatrizes que Isabel nunca lhe perguntou do que era — assim como a necrose negra deixada pelo veneno da jararaca na mão de Prudente nunca o impediu de fazer nada. Salvador era o que decidiu viver. Sem questionar o certo e o errado.

Salvador Cruz teve ocasião de mudar de rumo e poupar Mariana. Algumas vezes Isabel, por razões confusas, o impediu de fazer o que desejava e isso só aumentou o seu desejo. Durante seis anos Mariana foi o troféu disputado pelas emboscadas dos dois. Mesmo depois de morta, Isabel, que se mantinha persistente no mundo dos vivos para atazanar o marido, continuou a afastar Salvador de Mariana. Na noite seguinte após sua morte, quando Salvador entrou no quarto de Mariana ele se deparou, de forma bem clara, com Isabel postada à sua frente, como uma muralha prodigiosa entre ele e a cama da menina. Viu o resplendor dos olhos azuis de Isabel tão grandes quanto o lindo rosto. Tão viva e determinada que ele julgou estar diante da Isabel viva. Chegou a dizer:

— Por que não volta para a sua cama?

— Já não preciso de cama — ela respondeu. E ele se deu conta que ela tinha o rosto incolor. — Que espanto é esse? É o meu aspecto? Não me vejo como você está me vendo. Mas você pode ver-se em mim, Salvador. É uma questão de tempo. Um tempo que só a morte conhece a data, mas, para ela está marcada. Por que não pensa nisso e volta a tomar o seu vinho? E deixa Mariana em paz?

— Não me atormente. O seu tempo passou. Estou livre das suas regras.

— Você não sabe o que diz. De mim você não vai se livrar. Você fala da liberdade que o dinheiro, o poder e o despudor dão. Doce ilusão. O dinheiro e o poder são como água, Salvador. Tanto pode matar a sede como afogar. O seu desejo acaba fácil. Quem sabe, de um momento para outro. Aproveite a liberdade que ainda tem para assumir pelo menos um bom compromisso com a vida. Uma vez só. Por exemplo: desista de Mariana enquanto é tempo. Volte para a sala e tome o seu vinho. Para que melhor prazer do que este, depois de mais um dia louco diante de tantos números e conversas em códigos? Para que, além disso, ter que abusar de Mariana?

— O que é isso! Moralismo a esta hora! Você nunca foi moralista. Você foi impulsiva, consumista, passional, sedutora quando queria, e meio confusa sempre, como todo hiperativo. Mas não moralista. Você idolatrava o que a liberdade podia lhe dar, o que o dinheiro podia comprar. Lembre-se do que dizia quando bebia o seu champanhe: *se a moral salvasse o mundo não se precisaria de mais nada. Nem de governos. Nem religiões. Nem outros poderes. Talvez só o estado de graça deste maravilhoso champanhe. Só.* Lembra como filosofava? E agora vem infernizar a minha cabeça! Por que não descansa em paz? Deixe-me em paz.

Isabel não lhe deu tréguas:

— Liberdade! Na eternidade, é uma ilusão a mais desfeita. Existo pelo que eu fui, mesmo sem saber quem eu era: uma farsa, fantasia, uma procura da verdade. Agora sou só uma mulher morta, Salvador. Sem poder fazer o caminho de volta, como poderia fazer a qualquer momento e não fiz. Agora tudo está fora do meu controle e da minha vontade. A eternidade é como o vício da droga. Não dá nenhuma liberdade de escolha. Você ainda pode escolher. E pode ser agora. É uma questão de tempo.

— Escolhi o que queria ser e viver há muitos anos, Isabel. Quando decidi não mais me empanturrar de sofrimento, humilhação, revolta e pobreza. Sinto-me muito bem aonde cheguei. Não nasci em berço esplêndido como você, mas estou aqui. Nele.

— Você está se alimentando de migalhas, Salvador. E de farelos que só estufam por um instante. Enganam a fome que, como um monstro, devora você e se alimenta de você. A sua fome se alimenta de você, Salvador. Não é você que mata a sua fome.

— Que loucura. Afinal o que é isso? Parece uma página de livro da teologia da dor que você dizia que faltava ser escrito? Ou visita de espírito para me doutrinar?!

— Pense o que quiser. A dor e a felicidade não precisam de teorias nem de crenças, seu tolo. Só de escolhas. Hoje eu vago entre o que vivi e o que poderia ter vivido, por não ter feito as melhores escolhas — e começou a relembrar. — Você se lembra dos dois cavalos eslovenos treinados para dançar balé na Escola Espanhola de Viena? Comprei-os durante a viagem por achar lindos e graciosos e nunca os montei. E eles nunca mais dançaram. Eu não sabia montar e menos ainda fazê-los dançar. Ficaram presos nas baias da hípica, a cabeça enfiada nas janelas. Vivem ainda? Melhor seria se eu tivesse comprado um gato persa para uma menina que gostasse de gato. Não dois cavalos para uma mulher que nem sabe o que é cavalo. Como você vê, o que foi importante perdeu o significado e o que não fiz poderia ter sentido. Mas, como na hora iria eu saber qual escolha daria o melhor fruto, mesmo tendo um punhado de sementes nas mãos? Eu só pensava no meu prazer? Agora não posso escolher —. A sua voz amorteceu. — Procuro e não sinto o sabor da primeira maçã que comi. A morte não é um encontro, é só procura. A morte é vida sem corpo, sem sabor, sem liberdade. Mas você ainda pode escolher. Volte a tomar o seu vinho — insistiu.

Isabel falava com carinho. Volta e meia molhava os lábios com a ponta da língua. Falava e voltava a viver. Enquanto falava, o seu rosto esqueceu a cor da morte. O seu corpo reanimou-se; bonito, a pele clara; bem definido em todas as suas formas, coberto por um vestido verde-turquesa. Igual à transparência das águas do mar do Caribe, que ela amava. Aquele mar incapaz de ocultar a miragem que atrai para o seu fundo. Era como se Salvador a visse nas noites em que ela se vestia para esperá-lo.

— É fantástico demais para não ser real — ele balbuciou. — Isso é loucura.

— Não. É real demais e por isso é fantástico. Vá, volte a tomar o seu vinho.

— Já bebi toda a garrafa e a taça está vazia. Volte você para o seu lugar.

— Volte e veja. A taça e a garrafa estão com um terço à sua espera. E não esqueça: cada gole é único. E o que beberes não se desfaz. Como tudo o que se vive.

Salvador sacudiu a cabeça e riu:

— Por que, agora, tanto interesse na minha salvação, se eu não estou preocupado com isso? Que coisa cômica!

Os olhos de Isabel ganharam mais brilho.

— Porque continuo amando você. E sinto ciúmes.

— Ciúme de morto! Eu enlouqueci.

— É. Amor e ciúme que não morreram. É o que sinto. E já não preciso esconder.

— E o que uma mulher morta pode dar para um homem? Um homem que está vivo e sabe muito bem o que deseja?- Passou as mãos no rosto. — Estou vendo e ouvindo o que não quero. A sua tolerância também era uma farsa, Isabel? Você continua querendo impor regras, me punir, manipular mesmo depois de morta? Ainda sinto o calor das suas cinzas em minhas mãos. Você continua uma dissimulação.

— Pense o que quiser, vou ficar aqui. Vigiando.

Na noite seguinte à cremação de Isabel, Salvador voltou para a sala e se surpreendeu. A taça, que havia deixada vazia, estava com um terço de vinho, como ele gostava de ser servido. E a garrafa pouco abaixo da metade. Provou. Sentiu o aroma e o sabor. O vinho era mais nobre do que o tomado antes. Degustou-o com lentidão enquanto procurava se desprender da visão de Isabel.

Agora era outra noite. Recolheu os pés sobre a mesa de apoio.

Bento reapareceu, discretamente.

— Tem certeza de que não quer jantar, Doutor Salvador? Ainda posso fazer as ostras. Desta vez eu dou uma salpicada de pimenta. Mando servir mais vinho?

— Obrigado, pode encerrar a cozinha.

Olhou para as telas na parede diante dele.

"Amanhã vou mandar tirar esses retratos da sala". Em um deles, Isabel tinha um beija-flor pousado na sua mão. No outro, estava com uma menina no colo.

Lembrou da tarde de domingo em que Isabel lhe mostrou, no jardim suspenso do terraço da casa, um beija-flor parado no ar com o bico colado a uma flor de jasmim. E tornou a ouvi-la perguntar: *Salvador, quem você acha se ajustou primeiro ao outro? A flor do jasmim ao corpo, o bico e a língua do beija-flor, ou ele à flor?*

Tomou um longo gole de vinho. Pensou: *"Isabel, não lhe devo mais nada. Honrei o acordo. Mariana fez seis anos e você está morta. Venci o que estava pulsando dentro de mim durante todo esse tempo. Aceitei a provação para ver até onde eu resistiria. Hoje não desisto. Sem culpas. E se as tivesse, o arrependimento sempre deixa uma fresta para se refazer o proibido. Como você filosofava: Um santo só não volta atrás no seu desígnio porque não deixa a dúvida entrar na sua fé.* Eu lhe digo: *não sou santo e não alimento dúvidas sobre meus propósitos. Hoje tomo o meu vinho. Não é mais o vinho que você repôs naquela noite"* — disse, olhando para a tela.

Escutou Bento e Ana se despedindo na cozinha. Moveu as pernas. Foi se reencontrando aos poucos. Libertou-se do fantasma de Isabel. Sentiu-se seguro para fazer o que queria. Parou de sentir o sabor do vinho. A boca ficou seca. *"Isabel, hoje você não tem mais a chave que me prendeu fora de mim. Você está morta. E eu vivo."*

Levantou-se para ir ao encontro esperado. Ainda que depois fosse sepultado em uma solidão sem fundo e atormentado pelo duende de Isabel. Pouco importava.

Às 11 horas Salvador Cruz retirou o relógio do pulso, colocou-o ao lado da taça de vinho e entrou no quarto de Mariana no final do corredor. Os anos de espera não haviam esfriado a sua vontade. Ao contrário. Estava certo do que queria. Com requintados detalhes previstos. Mil vezes imaginados. Nascidos em outros tempos. Entre as frestas das tábuas. Um prazer que não coagulava. Sempre acolhido sem nenhuma rejeição, como se fosse um imperativo ajuste de contas. Ainda que depois só restasse um gosto de terra. O mesmo gosto que sentia depois de espiar seu pai abusando da sua irmã, Linda, no paiol, dentro do cocho de dar comida para as vacas. O mesmo que, no Natal, era colocado no centro do presépio e se rezava em torno.

Não foi uma surpresa para Mariana. Ela tinha antevisto com horror a noite que agora vinha ao seu encontro. Desde quando começou a perceber o jeito como Salvador a pegava no colo. A partir de então principiou aos poucos a antever o que um dia lhe iria acontecer. Passou a viver entre o medo e o pavor da espera e a fugir de carinhos. Dormia com as mãos e o corpo dormentes de tanto fazer força para se manter encolhida como um feto, para se proteger. Encharcada de suor. Sufocada pelos pesadelos em que caía no fosso de leões que a engoliam inteira.

Na noite anterior, quando Salvador Cruz entrou no seu quarto, Mariana acordou tremendo. Sonhou que ele estava ao lado de sua cama. Dentro do pânico anteviu o que de fato lhe aconteceria. Uma visão logo apagada quando escutou o seu próprio choro vindo de longe, de quando estava sob a terra enlameada. Na sonolência achou que estivesse ao mesmo tempo viva e morta. Sendo ao mesmo tempo corpo e terra.

Raras vezes ela esquecia o que viria ao seu encontro. Quando o medo substituía a necessidade de estar sendo amada. Nas ocasiões em que Salvador lhe dava um presente inesperado, viagens deslumbrantes. Quando sentia a alegria de tomar um sorvete no Caffe Florian, na Praça São Marcos, no sufocante verão de Veneza. Ou quando ia passear pelos campos floridos de alfazema, em Provence, onde ela ficava fascinada com a visão violeta-lilás invadindo o horizonte e imaginava-se flutuando sobre os vales cobertos de flores, flutuando no perfume de lavanda. Ou quando, sentados nos sofás da sala do seu quarto, Salvador lia Lewis Carrol e contava histórias fascinantes e mostrava os filmes com príncipes e princesas transportados em carros puxados por cavalos transparentes, com as asas luminosas como a lua. Eram momentos de magia em que ela esquecia o colo em que estava sentada. E dava risadas soltas. E à noite prolongava a visão das fábulas para não sentir o que temia.

Nessas noites, quando os príncipes e princesas se desbotavam, Mariana voltava a sonhar que estava sendo devorada por um lobo com a cabeça do leão da Metro-Goldwyn Mayer, surgindo dos desenhos animados. Um monstro com o corpo de um homem-lobo, a cabeça esticada uns três metros além do pescoço, a boca salivando e os dentes arreganhados. O mesmo sonho se repetia tantas vezes que quando começava, ela já antevia como ia acabar. O fim era a pior parte. Ela era uma menina criada em uma gaiola de ouro para ser devorada quando acordasse. E simulava estar dormindo.

Como fazia para não ser engolida pelo leão da Metro, fingiu estar dormindo quando Salvador entrou no quarto. Mais do que os passos no tapete, escutou o sopro das suas narinas. A mesma respiração que ouviu muitas noites como se fosse o monstro ao lado da sua cama. E enquanto aparentava estar dormindo foi arrastada para dentro do desespero, sofreu a dor da tortura e a destruição de quem era. Viveu, afinal, a realidade da consumação dos seus temores e pesadelos.

Pela manhã o corpo de Mariana Paz estava embalsamado em dores e sofrimento. Sentiu ter sido abandonada pela sua alma. Desamparada pelo céu e a terra. Não era a mesma e menos não sabia o que ela era. O mais vivo era o gosto amargo da morte. De não querer estar viva. E ainda assim sabia que vivia. E isso lhe era o pior.

Um sol morno de inverno entrou nas salas e quartos. Na terra, como sempre, nada de novo tinha acontecido. O mar, lá embaixo, era o mesmo, imóvel na sua superfície. As montanhas do oeste continuavam adormecidas dentro da neblina prateada. Um beija-flor ficou paralisado junto às flores de hibisco no terraço. As últimas que sobraram da ventania da noite. Era um dia comum.

Salvador tomou um banho frio e sentiu-se limpo. No terraço, respirou o inimitável aroma do café arábica excretado pelo jacu nos morros do Espírito Santo. O primeiro gole travou a boca. Sentiu o gosto de fel da sua infância, nas manhãs em que via seu pai com a Linda dentro do cocho. A saliva remota apodrecia na boca. Quis cuspir de volta ao vazio do tempo. Tinha sido mais uma noite vivida no encontro dos seus extremos: o desejo satisfeito sem nenhuma privação e, pela manhã, o fastio untado com as sobras. Ficou olhando a manhã sem pensar em nada. Sabia que logo recuperaria o sabor do delicioso café.

Deixou-se afundar dentro de uma solidão estagnada. Sentiu-se um homem normal. O delito, a dor causada, a corrupção, o cinismo, a traição, a mentira, a falsidade, o uso do mais frágil para alimentar o mais forte e dar sentido à sua vida, era, para ele, parte de um mundo comum. Parte da acomodação de interesses presentes em todos os tempos. Ele, Salvador Cruz, pertencia a este mundo. Um mundo que encontrou feito e nele ocupou os espaços reservados para quem não vive dentro dos limites prosaicos e finge respeitar fronteiras. Ou vive, aparentemente, sob os regulamentos. Olhava o mar, a espera do ânimo de voltar e tomar o café. Enquanto isso o beija-flor abandonou o hibisco e pousou na borda da taça do suco de laranja.

A lembrança da sua mãe chegou numa visão fugaz do beija-flor. Era o pássaro que ela mais gostava. Ela estava no terreiro da casa da serra. Parada, como imaginava tê-la visto ao sair caminhando. Ela olhando-o pelas costas. Vendo-o desaparecer aos poucos e para sempre. Ela à espera de que ele se voltasse e desse um adeus. No começo culpou-se por não ter olhado para trás e vê-la pela última vez abanando a mão. Não foi para não a ver chorar. Foi por arrogância. Para mostrar que era homem. Que tinha parado de chorar; por desprezo à vida que deixava para trás. Não levar na alma uma só visão. Suspeitava que uma lembrança fosse a mãe de outras lembranças. Como era o primeiro canto de uma arara a despertar as outras. E a algazarra do bando abafava o canto dos outros pássaros, que cantavam mais bonito. O que ele queria era sair dali, ganhar o mundo e ir jogando à beira dos caminhos o peso das suas mágoas, das surras, das visões do seu pai no cocho, em cima da Linda. Desfazer os desejos secretos, que nem ele mesmo entendia. Evitar um crime. Libertar-se das culpas e dos ódios. Sumir.

Foi o que aconteceu. Dias depois de Salvador pegar o seu rumo, a imagem da mãe parada no pátio desapareceu. E agora, mais de 40 anos depois, voltou. Inesperada. Como uma estampa de pó elevando-se da terra pousada diante dele. *Melhor seria desaparecer logo.* Era um querer em vão. *É como quando eu desejava que as araras parassem de grasnar para não abafar o canto dos outros passarinhos,* comparou. *Mesmo não querendo, as lembranças e o canto das araras têm vontade própria. Como esperar que uma lembrança não volte para onde nasceu? Dentro de mim. É o mesmo que acreditar que um bicho com sede caminhe na direção contraria a fonte. Antes eu não tivesse memória.*

As recordações se desencadearam. No silêncio interior o casal de coruja crocitou, como se ele fosse a toca onde elas moravam, ao lado do casarão. *O grasnar das corujas dentro da noite é muito triste,* lembrou. Desfez a miragem. O crocitar da coruja passou a ser o canto da coruja, sem nada a ver como ele escutava. *Era eu que fazia dele um canto triste. Para a coruja o seu canto não é triste. Mas, a sua tristeza persiste. A tristeza do seu canto se alastrava pelos campos, se apossava de mim e de todas as coisas que existiam.* — Lembrou a fresta entre as tábuas do paiol. E voltou a ver uma sombra movendo-se dentro do cocho. — *E eu me sentia só. Sem amparo.*

Viajava em seus pensamentos enquanto olhava o mar da baía quieto, à espera do vento nordeste da manhã para se agitar. Viu, sem interesse, as flores da magnólia prestes a cair e os botões a abrir. Viu-se, a passos largos dentro da neblina da manhã, sem olhar onde pisava, deixando para trás a sua mãe no pátio e tudo o que o reprimia.

Uma lufada de vento sacudiu o ramo e as últimas três flores da magnólia voaram com a brisa que desfez a poeira das lembranças de Salvador.

Recompôs-se e, sem qualquer vestígio de culpa, voltou a preservar os restos mortais do prazer vivido durante a noite. Aos poucos, confortável, recomeçou a atender aos telefonemas e a ler as mensagens codificadas, enquanto tomava o delicioso café excretado pelo jacu.

Naquela hora Mariana fechou ainda mais os olhos para não ver nenhuma luz da manhã. Queria estar em outro tempo. Ou em tempo nenhum. Não ser ela. Encolhida dentro dos lençóis. Não deixou Tila abrir as cortinas. Queria ser sepultada.

Mas o destino não lhe permitiu a desejada graça da morte naquela manhã. Nem antes que ela cumprisse o seu fadário e vencesse os desafios e descobrisse um novo caminho para se libertar do que começou a acontecer.

Se é que um dia ela seria capaz de desfazer a rota que começara a trilhar.

O TEMPO E SUA INDIFERENÇA

21

Indiferente à vida e à morte, ao sofrimento e ao gozo, o tempo como sempre, sem nenhum compromisso com o bem e o mal, continuou igual para tudo e para todos os que estavam ligados à vida de Mariana Paz e os envolveu cada vez mais nas conspirações que eles deveriam compartilhar. Não parou. Nem para Salvador nem para Mariana, nem para o giro da Terra e as suas leis e as leis e as desordens humanas que os envolveriam. O tempo era, para eles, apenas um largo escoadouro dos seus desgostos e alegrias. Para Mariana, abria caminhos, por mais desafiadores que eles fossem, fechava passagens. Indiferente ao riso e a tristeza, à sua dor e aos prazeres de Salvador; da mesma forma que, no futuro, aconteceria com Mariano Paz, tanto quanto foi alheio ao que viveu Prudente e Antônia, Linda, Custódio Cruz e Teodora. Aos olhos do céu e da terra era como se nada tivesse acontecido. Simplesmente porque tudo teria que acontecer. Todos comiam, bebiam, dormiam e acordavam sem perceberem o quanto o tempo guardava na rotina do dia a dia os mistérios das suas vidas.

Para Salvador o tempo afundava ainda mais possíveis vestígios de culpas e abria novas portas para ele voltar a fazer o que gostava. Verdade seja dita, para ele, na tormentosa noite de quinta-feira não havia acontecido nada fora do comum.

Mesmo assim Mariana, dia e noite buscava uma fenda para ver a luz da vida. Sem ter com quem compartilhar nada, vivendo dentro da violência de uma solidão mineral. Sem um nome confiável para pronunciar. Sem receber um olhar de amor e de compaixão. E, ainda assim, foi de dentro deste desterro incondicional que ela começou a encontrar forças para renascer mais uma vez. Não mais do barro. Nem como uma fênix ressurgindo das cinzas. Mas a se erguer do poço sem fundo em que vivia.

O silêncio às suas perguntas era mais duro do que as rochas descarnadas nos morros devastados, onde um dia ela foi sepultada e ressuscitada. O mundo não lhe dava resposta para nada. Só refazia perguntas. Um mundo feito de interrogações e contradições. E de silêncios e indiferenças. De aflição e fiapos de esperanças. Vagas, mas onde Mariana percebia um brilho subterrâneo em sua alma. Capaz de fazê-la acreditar que a vida não era só o que estava soterrado; além das brumas existia uma estrela nascente. Ou uma clareira aonde chegar. Como chegar, só o tempo iria mostrar.

Nos momentos de grandes tormentos, quando parecia afundar em um nevoeiro, Mariana começou a sentir um alívio inesperado. Pareceu-lhe ter alguém lhe dando a mão e trazendo-a de volta à superfície e indicando um ponto luminoso. Por intuição, lhe parecia ser a mesma mulher que acreditava ter lhe alimentado durante os dias em que esteve soterrada. E foi a partir desses momentos que ela entendeu poder ir ao encontro de outra vida.

Uma tarde duvidou da visão à sua frente. Então começou a ouvir uma voz cada vez mais clara. Até a noite em que entendeu com nitidez: *Não precisa acreditar em mim. Acredite em você, Mariana. Você nasceu para vencer. Ninguém nasce para ser derrotado. Não permita que façam isso com você. Siga a sua luz. A luz que você procura não está em quem mostra que ela existe. Está dentro de você. Tudo está dentro de você, ainda que o mundo se organize para provar ao contrário. Mostre que o mundo mente.* — A partir de então, quando vergava sob o peso de uma tristeza capaz de esmagar a sua vontade de viver, como uma espiral que a sugava para um abismo sem bordas, a voz tornava-se vibrante. — *Você não está só. A não ser que queira. Você tem grandes aliados. A não ser que não os queira. Olhe para dentro de você. Depois olhe ao seu redor. Você é a sua maior aliada. Ou sua grande inimiga. Não faça a escolha errada.* — E o que ela aceitou como sendo a mão protetora voltava a erguê-la.

O que no início era confuso foi se tornando familiar. E, não raro, Mariana foi surpreendida por Tila e Isabel e os empregados da casa, conversando sem ninguém por perto. Via coisas que ninguém via. Escutava o que não era dito. Respondia ao que não lhe era perguntado. Perguntava para o invisível. Negava, com a cabeça, o que o vento lhe dizia. E era capaz de sentir saudade de coisas que nunca tinha vivido e que só veio há conhecer muitos anos depois no casarão da serra. Só a muito custo Isabel convenceu Salvador de que o comportamento estranho de Mariana era normal e não precisava de um sério tratamento psiquiátrico. "Ainda que ela pareça maluquete, como qualquer criança muito esperta, só quer desviar a atenção para não mostrar o quanto é dissimulada," foi a explicação de Isabel. Ficou por isso. Em nenhum momento ponderaram de que poderia ser um grito surdo de socorro para além da terra, um sussurro "Preciso me libertar de quem eu sou."

Mariana haveria de lembrar-se para sempre da manhã em que, ainda criança, mais uma vez, não conseguiu sair do quarto e não queria estar viva. Então, sentiu-se elevada da morte por duas mãos luminosas. Durante toda a sua vida aquela claridade e a imagem difusa continuaram dentro dela. Em outras ocasiões a confirmação veio através de mensagens inesperadas. Como anos mais tarde, em uma noite de tempestade, Mariano, sem afastar os olhos do computador, alheio aos raios e trovões, disse-lhe o que para ele era uma grande descoberta:

Veja o que acabei de ler, mãe. Sabe por que as tartarugas depois de atravessar os oceanos retornam sempre para a praia onde nasceram e perpetuam a vida. — Ela, fingindo não saber e sem desviar os olhos da tela do computador —, disse: — *Não, não sei.* Ele começou a explicar o que Mariana sabia que a natureza tinha definido antes de criar as tartarugas: — *Elas guiam-se por uma linha magnética que protege a terra da radiação solar e que é a única da praia onde nasceram e que as guia para voltarem a desovar. É isso. Vivem duzentos anos e não erram o rumo. Seguem uma luz que não apaga nunca. E passam para os filhos a mesma coordenada do seu GPS. Não é fantástico?* — Ele voltou a olhar para a tela, engoliu a torta de limão —. *Você acredita nisso?* — Ela respondeu — *Claro.* Ele comparou: *A tartaruga é um animal mais bem acabado do que eu. Seria legal se eu tivesse um farol assim dentro de mim? Não me perderia nem no mundo nem dentro de mim. Nem esbarraria em alguém que corta o meu caminho?* — *Mas onde ficaria a sua escolha de mudar a sua rota de vida, meu filho? Essa é a sua luz* — ela ponderou.

Mariano engoliu mais um pedaço de torta e voltou-se para a sua mãe. Ela parou de digitar e olhou para ele. E eles se olharam com surpresa, como se estivessem se vendo pela primeira vez —. *Você tem razão* — ele disse: — *Aí nós não poderíamos escolher o nosso rumo, não é?* — Mariana sorriu e mandou um beijo para ele.

Então, lembrou da terrível manhã que queria voltar a ser sepultada nos morros desabados e viu a luz junto a ela e da voz que escutou. E disse para o filho: — *Todos nós temos uma luz só nossa no nosso interior, Mariano. E ela não interfere nas escolhas de rumo como acontece com as tartarugas. Ao contrário. Só nos mostra qual o melhor e deixa a opção por nossa conta.* — Ele disse: — *Nada a ver. Isso é fantasia. Tudo interfere nas nossas escolhas.* — Mariana disse: —*Tudo bem, eu concordo, em parte. Ainda assim você pode optar. E, primeiro: espero que você nunca entre em um túnel de desespero por falta de opções ou por ter opções demais. E, depois, que, se um dia isso acontecer, encontre a sua luz guia dentro de você. Porque só ela pode nos livrar, não de todos os erros, mas dos erros mais graves. Aqueles que fazem as tartarugas morrerem nas praias desconhecidas por causa de um eclipse solar.*

Disse isso e relembrou quando, anos antes daquela noite, ela percebeu que estava envolta por uma cadeia de influências alheias ao seu controle. Apegou-se a Deus para ouvir dele o que fazer para sair dos emaranhados. Só ouviu silêncio. Acabou se convencendo de que era vítima da indiferença divina: Deus lhe dava a luz, mas nada dizia, para respeitar a sua liberdade de escolher o que lhe parecesse melhor; da mesma forma como não interferiu nas escolhas de todas as pessoas que se envolveram na articulação do seu destino e ela em outros destinos. Nessa época começou a concluir ser fruto dos prazeres e dores suas e alheias; dos sonhos, amores e paixões suas e alheias; da dominação e sujeições suas e alheias; das aceitações e recusas soltas no tempo; da intimidade petulante entre o bem e o mal; dos desígnios elaborados para ela se deparar com o seu e outros destinos ainda que não tivesse consciência disso. Para só depois fazer as suas próprias opções em busca de um caminho que, sem anular o passado, fosse um possível recomeço. "Isso não é nada fácil. Nem justo. Mas é o que é", repetiu mil vezes.

Foi assim que Mariana Paz, ainda adolescente, com precoce sabedoria, começou a entender que ninguém vive o destino alheio, mas pode, sim, intervir e até mesmo construir o destino do outro, ainda que não saiba disso. Foi assim que lhe nasceu a esperança de acreditar-se capaz de dar um novo rumo para a sua vida. E não poderia ser diferente. Era tudo ou nada. Morte em vida ou outro renascimento. Não como um milagre, ainda que nele acreditasse. Como um trabalho lento, de mutações íntimas, como se fosse um sapo que sonhasse se transformar lentamente em um maravilhoso pavão branco e, um dia, se visse na fonte como o pavão branco sonhado. Resolveu trocar a pele do seu destino por um desafio. Ou isso ou sucumbir dentro das ciladas armadas dentro do tempo. Um tempo passado que sequer ela tinha vivido, mas que conspirou o seu acaso e, sem ela saber, estava articulando o de seu filho Mariano. Difícil seria escolher o que quer que fosse sem permitir que a própria liberdade se transformasse em mais um ardil. "Mas como posso prever o inevitável imprevisível?"

Desde cedo Mariana se deu conta de que a vida era uma trama. Alguns fios ela podia tocá-los, costurar com eles, outros fios faziam parte de um tecido, feito por mãos invisíveis, para vesti-la. Deste modo, separando uns fios dos outros ela, aos poucos, tecia o manto da sua história. Aquele que só ela poderia usar.

Anos mais tarde, antes de sair para receber o prêmio que na época mais ambicionava, como produtora de vinhos de altitude, vendo-se no espelho, Mariana Paz iria lembrar-se das noites e dias em que, como uma obsessão, buscou uma porta de saída da escuridão, convencida de que não tinha sido criada para sofrer. Foram os anos em que buscou forças para não se deixar amortalhar pela angústia e o sentimento de perda do sentido de viver. Diante do espelho, vendo o brilho do seu olhar de conquista, lembrou: *Foi quando a minha alma começou a compor outra trama: no começo, um trilho bordado com fiapos de esperanças, que pouco a pouco se transformou em um tapete com as cores da esperança. Depois, na armadura contra os meus conflitos e nas armas das vitórias dos desafios. Venci quase todos.* — Contemplou no espelho a imagem de uma mulher bonita, elegante e vitoriosa: — *E aqui vou eu receber mais um prêmio.* Não se conteve. Escreveu no espelho, com o batom vermelho: VITÓRIA.

As veredas por onde Mariana Paz teria que caminhar, escolhendo onde pisar, ou sendo impelida pelas circunstâncias, ou arrebatada pela sua impulsividade, por vezes levou-a a se defrontar com uma realidade incapaz de ser aceita, mesmo em uma sociedade que nada condena, e defende de forma conturbada, todas as liberdades, e que, contraditoriamente, cada vez criava mais leis. Aos 14 anos transmudou o constrangimento de ser mãe de um filho sem pai definido, em uma afirmação da sua libertação. Tal qual como aconteceu no dia em que Salvador Cruz voltou da serra, sete anos depois de ter praticado o primeiro abuso, e lhe contou o que tinha sido guardado como um grande segredo. E que melhor seria nunca ter sido revelado. Naquele momento tumultuoso, ela superou o desespero e sim, ressurgiu das cinzas para uma nova vida. Tal qual ressurgiu do barro.

A partir daquele dia a história de Mariana Paz não foi a mesma. Em nenhum sentido. Só não pode desfazer os insondáveis fatos reservados para o seu filho.

O COMEÇO DE UM NOVO FIM

22

Sentado diante de Mariana, sete anos depois da morte de Isabel, Salvador Cruz contou-lhe, o que achou por bem contar, do que ficou sabendo no planalto. Iniciou como quem conta o que leu em um livro de história trivial, ou como escutou em uma conversa inconsequente, omitindo qualquer sentimento pessoal, sem mudar a tonalidade da voz, sem alterar o semblante, sem mudar a cor dos olhos. Não parecia estar falando de vidas humanas, ainda que fosse a de seu pai, a dele e a de Mariana. As três vidas enredadas nos fatos imprevistos e insensatos que ele iria contar.

Três dias antes ele tinha viajado para o planalto e na volta disse para Mariana se sentar diante dele. Não revelou que sua irmã Linda, de quem ele nada sabia há muitos anos e nem se estava viva ou morta, lhe mandou a notícia de que seu pai, Custódio Cruz, foi achado morto. Na mensagem ela pedia para Salvador saber com quem ficariam as terras. *Mais ainda agora que está para sair a demarcação geográfica para os vinhos e o queijo que nossa mãe fazia é patrimônio cultural.*

Não foi difícil ele descobrir. Na serra todo mundo sabia tudo com detalhes, até mesmo do imprevisível. Tomou conhecimento de fatos inesperados evitando lembrar-se do pai, da mãe, das irmãs. Mas, a voz calma de Chico Ventura contando o que aconteceu foi o abetura para reavivar o que pensava estar morto. A fresta por onde espiava o pai no paiol reascendeu como o raio de luz. Tudo o mais era sombra.

Salvador Cruz não fez nenhuma referência ao que sentiu quando entrou no casarão vazio, silencioso, melancólico, cheirando a mofo. Percorreu os cômodos sem ouvir qualquer eco das vozes do seu passado ressoando pelas sombras dos corredores e pelos quartos e as salas amortecidas. Nem as paredes tinham marcas de uma família ter vivido ali. Nada guardando sinais do que ali existiu. Como se o casarão nunca tivesse sido habitado por pessoas que ali sofreram, comeram, dormiram, conversaram, foram humilhadas, abusadas, traídas, sentiram desejos incontroláveis, sonharam com a felicidade, alimentaram esperanças, choraram escondidas, respiraram o aroma dos temperos e da lenha ardendo no fogão. Em cada cômodo o silêncio da indiferença a tudo que ali viveu. "Tudo está dentro de quem vive e de quem lembra. Não onde aconteceu", foi o quanto Salvador Cruz pensou ao andar pela casa onde nasceu.

Ele não leu atrás da porta da cozinha a frase coberta de fuligem: "o anjo do Senhor não entrou..." escrita a carvão. Reviu, por breve instante, nas paredes acinzentadas da sala as fotografias desfiguradas de familiares extintos e saiu mais vazio do que entrou. Foi com esse mesmo sentimento que ele, sentado na sala da sua mansão, diante de Mariana, disse para ela o que aconteceu.

— Tenho que lhe contar o que fiquei sabendo, Mariana. Como, mais ou menos, me contou Chico Ventura e o que eu tive conhecimento por outras fontes — disse Salvador, sem aparentar emoção e sem mencionar o principal.

— E o que você ficou sabendo tem a haver comigo?

— Tudo. Na carta deixada por Custódio Cruz para Chico Ventura tinha a revelação de um segredo.

— Quem são eles?

— Você já vai ficar sabendo... E o registro de uma vontade.

— O que, por exemplo? — Mariana perguntou.

A resposta já estava pronta há dias.

— Vamos por parte. Primeiro que não sou seu pai.

— Eu já sabia que não era meu pai — ele disse com firmeza.

— Como já sabia?

— Isabel contou-me que eu não era sua filha. "Você é filha do lodo, criada como flor rara", ela disse dando alguns detalhes de como eu vim parar nesta casa.

— Isabel! Que loucura. Desde quando você sabe disso?

— Desde um ano antes de Isabel morrer. Desde o dia em que ela me disse que tão pouco era minha mãe, não porque não pudesse, mas por não querer ter um filho que a separasse de você. "Filhos só unem na hora de serem gerados, depois separam", ela disse. Eu era uma criança e não entendi o que ela estava dizendo.

— Isso é uma loucura maior ainda. Isabel não podia ter filhos. Ou, então, ela não era a mulher com quem estive casado. Se é que algum dia eu a conheci.

— Isso, a mim não importa. Importa uma coisa: e quem é de fato meu pai? Diga claramente.

— Seu pai é Custódio Cruz. Sua mãe é Antônia. Ela e o marido, Prudente, foram agregados dele antes de virem para a capital e desaparecerem na destruição dos morros.

— Antônia, esse é o nome de minha mãe… Antônia… Isabel contou sobre essa desgraça, mas não disse os nomes. Não sei de quem se trata esse Custódio Cruz.

— Eu, infelizmente, sei. Mas Isabel não tinha o direito de dizer o que disse. Nem ela nem eu sabíamos de quem você era filha. Só fiquei sabendo da verdade agora.

Mariana falou, com desespero, o que guardava há muito tempo, sem permitir ser interrompida:

— E qual é toda a verdade de minha vida? Isabel disse que eu fui retirada da lama que sepultou milhares de pessoas embaixo das grandes feridas, que ainda hoje, treze anos depois, estão abertas nos morros, e entre elas meus pais. Na hora não acreditei, porque ela falou em um daqueles surtos em que dizia coisas misturando raiva, desespero e euforia. Parecia que estava travada. Eu não sabia se devia acreditar ou não. Podia ser mais uma das suas invenções. Um dos seus momentos delirantes. — Desviou o olhar dele. — Mas, desde aquela noite, como eu nunca a vi como sendo minha mãe, também comecei a perceber que eu nunca lhe senti como meu pai. Pensava que assim diminuiria a revolta pelo que começava a acontecer entre nós. Uma camuflagem antecipada para diminuir a futura dor e a culpa pelas vezes que não dominei o meu corpo e senti prazer. E agora, do nada, me aparece um pai.

Os olhos de Salvador mudaram de cor. Olhou para ela.

— O que o corpo sente desconhece parentesco. Não há nada fora do comum no que você sente — disse ele, sem valorizar o que ouvia e o que ele mesmo dizia. — Querendo ou não, a verdade de quem é o seu pai foi confirmada. Eu pude comprovar o que nem eu esperava. Não é só a certidão de nascimento, que podia ser um registro falso. Todos na serra sabem disso. E tem outra verdade que você precisa saber.

— O que é, desta vez?

— Custódio Cruz é o meu pai. Também eu sou filho de Custódio Cruz. Por menos que eu queira, sou seu meio irmão.

— O quê?! Que modo mais infeliz de saber que tenho um irmão! E de saber quem é o meu pai! Antes, sendo assim, não o soubesse. Antes, assim sendo, não os tivessem. Mais fosse uma vida do nada, sem nenhuma origem nem história. Nascida de uma semente congelada na era glacial. Preferia não ter sido retirada dos escombros.

— Tão pouco eu esperava. Mas é o que é — disse Salvador. — Agora nada muda.

Mariana engoliu o soluço. Sentiu o ar sufocante do desespero trancando a garganta, contraindo o coração até ele se tornar uma avelã. E, chorando, sem poder respirar, disse:

— E para completar eu esperava você chegar para dizer que espero um filho.

— Isso não devia acontecer.

— Mas aconteceu. Dá para entender o que a vida, Deus, o diabo, o mundo, o erro, a má sorte, o destino, você, preparou? O que eu não quis para mim? Afinal, o que eu tenho a ver com este mundo? O que este mundo tem a ver comigo?

Salvador ficou em um longo silêncio. Depois disse:

— Você pertence a esse mundo onde tudo acontece. Tudo. E nada precisa do seu consentimento prévio para acontecer — e acrescentou: — Custódio Cruz deixou você como única herdeira.

Ela começou a falar muito mais o que sentia do que pensava:

— Meu irmão! Pai do meu filho! Uma farsa como meu pai! Um pai verdadeiro que não sei quem foi. Outro que desapareceu no fundo da terra. Mãe sepultada na lama, sem que eu possa imaginar como era o seu rosto e o que ela viveu no seu coração. Qual é a verdade? A única que seria capaz de entender o que se passa comigo. A única capaz de enxugar as minhas lágrimas. — Seus olhos ficaram da cor violeta-lilás. Olhou para Salvador, arrasada pela tortura —. Será que existe alguma força que possa dispor de mim desta forma? Com o que eu contribuí para fazer tudo isso acontecer? Ou tudo é a cabala de muitos destinos?

Parou de chorar. Apenas deixou escorrer as lágrimas.

— Não sei. De algum modo tudo isso se tornou verdadeiro — disse Salvador. — Esse é o fato.

— E que verdade eu sou, afinal? Uma predestinada para superar a morte depois de ter sido sepultada durante seis dias e me tornar troféu, como Isabel me contou? E viver os sofrimentos de muitas vidas em uma só vida, como eu sinto? Se ao menos eu tivesse alguém para condenar ou para dividir a culpa. Mas, para eu sobreviver até aqui, até mesmo a raiva, o desprazer da culpa e o prazer de desprezar o meu carrasco, desapareceram dentro mim. Nem ao menos tenho a quem acusar. Agora vejo que ele me faz falta. Devo viver e morrer sem ter quem amar e sem ter quem odiar.

— Você tem razões para estar tumultuada — disse Salvador —, mas isso não resolve nada. Agora é pensar de forma prática.

Os olhos de Mariana perderam o brilho e se tornaram acinzentados. Falava sem parar, como se fosse para ela mesma:

— E o que pode ser uma forma prática diante de tudo isso? A morte? Cansei de desejá-la. Ela não depende de mim porque me sento presa à vida, a uma luz de vida, a uma vaga esperança. Busquei noite e dia razões para viver, para encontrar uma claridade no fundo do meu poço. E não posso dizer que não a encontrei, porque continuo viva. Ela ajudou-me a apagar boa parte do rancor, do ressentimento, das mágoas, do desespero. Quase esqueci as dores. E, às vezes, até sonhei com um dia sentir amor, ser amada, ser feliz. Como se fosse começar a viver em outra vida, em outro mundo. Como eu me sentia quando caminhava pelos campos floridos de lavanda. Como se eu fosse uma boneca que ganhasse vida e me livrasse dos demônios que estavam dentro do sono. Agora, com este vendaval, a luz está apagando. E eu preciso dela para encontrar a vida. Ou a morte. E o que escuto são essas histórias loucas. O que existe de prático para mim? A morte?

A reação de Salvador foi cirúrgica.

— Não seja trágica. A morte não é solução para nada. A solução está dentro da vida. A morte é o fim de qualquer possibilidade. Fecha todas as passagens. As de saída e as de retorno. A vida abre portas e fecha portas. E quem escolher ir em frente sempre vai conseguir abrir uma porta a mais. Uma de cada vez, mas muitas — ele disse, com convicção. — Sei do que estou falando. Foi o roteiro que escolhi muito cedo. Abrir portas, fosse como fosse — mudou o tom da voz e a cor dos olhos. — Pensei em algumas providências. E, com a sua gravidez, elas são mais necessárias. E urgentes.

Mariana, sem secar as lágrimas, olhou para Salvador.

— E o que pensou? Em me sepultar viva outra vez?

— Pare de pensar em drama. Você não deve continuar morando aqui. É isso.

— E para onde eu vou? Não quero ir para lugar algum. E também não quero ficar aqui, entende? Não vejo um caminho.

— Pensei em mudá-la para a casa no alto do Morro da Lagoa. É uma casa grande, confortável, onde você pode viver bem por muito tempo. Basta fazer as alterações necessárias. Deixá-la como você gosta — e começou a pintar o paraíso. — Entre a mata, com visão da lagoa, mar, dunas, ilhas, navios passando ao longe, barcos velejando, rodeada de pássaros, borboletas, bichos, essas coisas que você diz que ama e que daqui dos terraços só raramente consegue ver um mínimo. — Ele percebeu que as imagens acenderam um frágil sinal de luz nos olhos de Mariana. E continuou falando como um encantador de sereias. — Lá você poderá instalar salas para seus estudos com todos os recursos, fazer qualquer curso sem sair de casa, se achar melhor, e só ir ao colégio e à universidade quando quiser — e continuou. — E claro, terá os empregados e carros necessários e motoristas e toda a proteção. A Tila, que sempre cuidou de você com carinho, irá viver lá, para organizar tudo e levará a sua filha Dona, que tem pouco mais do que a sua idade e de quem você gosta muito, quando ela voltar de férias.

— Isso é para esconder o filho que vou ter?

— Não, isso é para proteger vocês.

— Não é o que eu vejo.

— Por favor, estou querendo fazer o mais sensato, mas se tiver outra ideia melhor do que a minha, fale.

Mariana ficou olhando ao longe:

— Não. Não tenho como pensar. Antes eu pensava em morrer, mas agora não sei como quero viver — fechou os olhos, respirou fundo e lentamente, e quando voltou a abri-los disse: — Mas vou encarar a vida. Já não sou só eu.

— Então, deixe que eu pense — continuou Salvador. — A doutora Joana Vaz irá cuidar de vocês desde agora. Ela, com a sua clínica, poderá dar a melhor assistência médica daqui para frente. E, claro, você terá uma conta sem limite em seu nome. Vou lhe emancipar. Você terá o seu advogado pago por uma das empresas. Creio que o doutor João Silva será o melhor. É um rapaz jovem, inteligente, bonito. Um pouco vagaroso, mas leal, o que é mais importante. Ele já está cuidando dos papéis da propriedade da serra para ser inventariada e registrada em seu nome. Por vontade expressa em documento de seu pai, Custódio Cruz. É preciso cuidar para não haver contestações. E se for o caso eu indenizo quem se achar com direitos prejudicados.

Depois de um longo silêncio Mariana disse, bem devagar, como se pensasse:

— Preciso de forças para retirar da vida o que ela me deu e lutar para tomar de volta o que ela roubou de mim — olhou para ele. — Você acha que viver com conforto, e luxo e riqueza, e ter terras de um pai de última hora, vai desfazer a minha dor?

— Sou prático. Estou encarando o outro lado desta mesma vida, da qual você tanto se queixa. Vejo o que ela pode lhe dar. Você não sabe em que mundo vive. Este em que você desfruta de tudo o que se possa imaginar não é o mundo real. Este aqui é o mundo dos que moram no alto da montanha humana, onde só cabem pouquíssimos. Pense: se você estivesse vivendo tudo isso e fosse pobre, com fome, analfabeta, abandonada? Tendo pai preso, fugitivo, e mãe desempregada? Ou em uma família que lhe obrigasse a tirar o filho e a vendê-lo para os traficantes internacionais de crianças? Sem o direito de gastar um centavo com o que recebe, obrigada a se prostituir? Ou tivesse uma filha vendida ainda bebê para você comprar droga? Você desconhece o mundo real. Você deve agradecer por ser uma privilegiada. O seu sofrimento não é nada comparado ao que está lá fora. Você sofre resplandecendo a ouro. — Salvador levantou-se, deu uns passos pela sala e voltou a sentar. — Mas, nada disso são problemas meus. Nem seus. Não é mesmo?

— Dá para entender que o meu sofrimento é só meu, não é o sofrimento do mundo? Não é o que está lá fora, é o que está dentro de mim?

— E dá para entender que isso só faz diferença para você? Que o mundo continua igual, sem nenhum mistério, mostrando o que ele é para quem quiser ver? E que dentro dele, por ele ser tal como é, cheio de desvios, alguns raros podem mudar a sua sorte? Como eu fiz? Ou continuar dentro dele sem tirar nenhum proveito? Como se estivesse a vida inteira naufragando? Recebendo só a migalha que lhe foi reservada desde antes de nascer? E acrescentando mais miséria? Adubando sofrimento? — perguntou Salvador. — Por que não pensa nisso?

— A dor é minha, não é do mundo — repetiu Mariana, baixinho, como se fosse só um triste pensamento. — Aponta uma pessoa, uma só, que neste momento esteja sentindo o que eu sinto?

— Ninguém — disse Salvador. — E aponte uma só pessoa no mundo, que neste momento esteja sofrendo como você e tenha em suas mãos tudo o que lhe estou oferecendo? Você está sentindo a sua dor, dentre as dores de bilhões de pessoas que não estão aqui e não dispõem do que você desfruta. Então pare de vasculhar o passado, o destino, o diabo, o mundo, a vida, os porquês, para valorizar as suas queixas. Enxergue a vida e mude o que ela é com o que você dispõe. Como eu fiz. E por que fiz, agora posso lhe dar o que milhões de meninas, mais sofridas do que você, não podem sequer sonhar.

— Como vou parar de pensar em tudo? Só ficando louca.

— Entenda uma coisa, Mariana. Enfiar a cabeça dentro do sofrimento não ajuda a subir um, um só degrau para se afastar dele. O que muda é a atitude que se toma. A vida não é plana, Mariana. Tem degraus para subir e descer todos os dias. Sei disso. A minha escolha foi subir. Faça o mesmo.

— Não quero subir um degrau. Queria voltar atrás. Começar sem ter nascido. Desfazer o que houve. Nascer de novo, livre de tudo isso. A vida não pode ser uma condenação.

— Você não é ingênua. Você é inteligente. Isso é impossível. E o que parece uma condenação pode se tornar uma vitória — insistiu Salvador. — Sei do que falo.

— A que custo você chegou onde está? — perguntou Mariana, pela primeira vez deixando claro como ela via Salvador Cruz, o seu irmão, o seu falso pai, o seu homem, o pai de seu filho. — A que custo é viver desfrutando daqueles que nada podem escolher? E a que preço um desfruta, sem constrangimento, o melhor que o mundo pode oferecer como se fosse o senhor de tudo enquanto bilhões catam migalhas? Sem direito a um sonho? — Olhou para ele com o brilho da fria indagação nos olhos.

— O destino é construído de escolhas de prioridades e isso serve para todos. E cada qual paga e recebe pelas suas escolhas — respondeu Salvador. E pensou, "isso não responde nada, mas é uma resposta. Ela que fique com as suas perguntas."

Mariana voltou a olhar para dentro dela.

— A escolha se faz com liberdade — olhou para ele. — Ou não? Alguém que já nasce condenado pode fazer a escolha de ser feliz sem ser livre?

Ele levantou-se, foi até ela, sentada, e a olhou do alto:

— Eu criei a minha liberdade de escolher. Ela não veio de graça. Você está tendo mais sorte. E a questão não é de liberdade. O livre-arbítrio não dá nada. É só uma convenção. O problema é antes saber o que se quer. Depois se fazer a opção certa para chegar lá. A cada hora e em cada lugar. Isso não tem nada a ver com condenação ou boa sorte. É saber criar e aproveitar cada oportunidade. Sem autocensura — e acrescentou: — Saber viver sem medo de estar errado, despreocupado se está fora ou dentro dos acordos do uso da liberdade, criados para limitá-la. Que é como a grande maioria vive — deu um riso de desprazer. — E ficam se queixando da má sorte.

Mariana não tinha pensado na pergunta, mas perguntou:

— E, vivendo assim, você é feliz?

Mesmo habituado às perguntas repentinas e inquietantes que ela costumava fazer desde quando articulou as primeiras palavras com sentido claro, e a entender o olhar das pessoas, a pergunta o surpreendeu. Salvador não pensava nisso. No giro da sua vida, mal tinha tempo para o que estava envolvido. Isso até o dia em que, vinte e cinco anos depois daquela manhã em que se confrontava com Mariana, a roda da sua vida travou de repente. E ele, ferido mortalmente, iria relembrar com clareza, o que disse e se perguntou ali, naquele momento, diante de Mariana:

— Se eu vivo feliz? Não penso nisso. Não se trata de ser feliz. Trata-se de gostar de viver o que é bom. Eu vivo feliz com o que a terra tem de melhor para quem souber colher e queira ter prazeres enquanto viver. Eu vivo como a grande maioria, e põe grande nisso, apenas sonha um dia viver. Não tenho tempo para perguntas vagas — moveu os lábios em um suposto sorriso. E, sem saber, disse o que Chico Ventura repetia: — E se a felicidade é não precisar ficar se perguntando se eu sou ou não feliz, então sou muito feliz. — Riu desta vez para ele mesmo. — E se não sou, espero que, se existir eternidade, nela eu seja mais feliz do que neste mundo coberto com uma camada de bosta. Mas, nesta vida, sou um afortunado sem temer a morte.

Os olhos de Mariana voltaram a ter as cores de rubi bruto e topázio, refletindo a luz transparente das duas pedras. Sentiu uma força audaciosa acelerar seu coração.

— Pois eu, apesar de tudo o que não tive, e o que estou vivendo nesta hora, escolho ser feliz. E vou ser feliz neste mundo que você fotografou — ela disse. — Apesar de tudo, prefiro acreditar que a vida existe para se viver feliz e fazer feliz quem está comigo. Mais ainda para quem, como eu, sobrevivi a seis dias embaixo da terra e a outras feridas que ainda sangram. Nascer duas vezes não pode ter sido para sofrer e pagar uma conta que eu não fiz. Mesmo que tenha de me perguntar a vida inteira por que me foi destinado não poder separar o homem que me teve, do irmão, e que agora é pai do meu filho. Deste irmão, que se dizia meu pai, ser filho de um desconhecido que é o meu pai. Mesmo assim, vou ser feliz. Juro. É a minha escolha. A primeira escolha que estou fazendo, com toda certeza, nesta vida — e concluiu com ira e exaltação. — Vou ser muito feliz neste mundo que você diz que está coberto de bosta. E pode acreditar: vou fazer o que puder para mudar pelo menos o seu mau cheiro.

Salvador Cruz sacudiu a cabeça, alongou os lábios como se fosse um remoto sorriso, voltou a sentar-se e não se conteve.

— Sonhos, ilusões... Isso sim é o que não falta neste mundo... desde sempre... Crenças em paraísos perdidos e futuros. É bom querer isso na sua idade. Retarda o encontro com a realidade — olhou para ela durante um curto silêncio. — E viver bem, sem restrições de nada, também pode ter o mesmo nome e ser o paraíso mais real — sorriu satisfeito com o que disse. — Ótimo, você acreditar nisso. É um bom começo. Mas não despreze o lado bom do que já tem e o que pode ter nas mãos desde agora. Ninguém despreza uma vida de conforto. Muitos são capazes de matar e morrer por isso. Para sair do inferno em que vivem. Perdem a crença no céu e descobrem que a terra pode dar mais prazer do que um idílio imaginário. É esta a divisão entre quem tudo tem e quem nada tem e sonha. Até perder a vontade de sonhar. Até morrer e, se for o caso, ver que não valeu a pena sonhar. Mas que sonhem. Amenizam a realidade.

— Eu sonho. O que me salva são os meus sonhos, porque se for pela realidade... Neles ninguém interfere em nada. Nem o destino — Mariana disse como se fosse materializar o que pensava. — Os meus sonhos me salvam. Não são as suas ideias.

— O sonho que lhe enche de ilusões à noite, a luz da manhã desfaz. A realidade é esta. Sonhe, Mariana. Isso é bom. Mas não esqueça em que lado real do mundo você vive. Você vive no céu terreno, acredite. Quer melhor sonho do que este?

Mariana não deu atenção ao que ouviu. Estava querendo entender como tinha afirmado, com tanta confiança, que iria ser feliz. E percebeu que mais alguém estava ali. Viu, ou imaginou ver, um semblante de luz azulada. Pensou que alguém falou por ela. Logo teve a percepção de que era o que ela sentia, pensava e de fato sonhava. E que aquele era o momento de começar. Voltou a olhar, com audácia, para Salvador.

— Está bem — disse, categórica. — Estou decidida. Seja lá que mundo é este, vou viver nele e ser feliz dentro dele. Pode providenciar tudo. É a minha segunda escolha. Vou mudar o quanto antes. Não vou esperar por arquiteto nem reformas. O que tiver de ser feito eu decido depois. Esse é o melhor caminho. Mas fica claro desde já que não vamos mais nos vermos. E se acontecer, não será como antes. Está resolvido.

— E por que não? — perguntou Salvador. — Não seja radical.

Ela se sentiu mais determinada ainda:

— É porque, apesar de tudo, eu acabo de escolher viver feliz. E se eu quero ir ao encontro da minha felicidade tenho que antes me afastar do que me causa sofrimento. Vou subir o dito degrau. O primeiro. Para mim ele é de ouro. E um dia vou estar no topo, feliz e com alegria de viver. Ao meu modo, pisar em ninguém — olhou para ele com afronta. — E a criança que vai nascer, seja homem ou mulher, não vai ter seu nome e você não vai se aproximar dela como sendo o seu pai. Nunca. Eu vou ser a mãe e ele não terá pai. No máximo terá um tio. A partir de agora eu decido o que é bom para mim e para ela. Isso fica bem claro, entendeu? — Olhou para ele com olhos de pedra faiscante. E sentenciou: — Eu mato para defender o que estou dizendo. Acredite. Eu mato.

Mesmo não querendo demonstrar, Salvador Cruz estava aliviado com a decisão. Ela grávida para que serviria? E seria um terrível comprometimento à sua imagem.

— Não é sensato, mas por mim tudo bem. Ter ou não ter um pai não creio que vá ser uma grande ou pequena ausência na vida de quem vai nascer. A diferença pode ser não ter uma mãe — disse como se falasse dele mesmo.

— E mais: como eu sei o que desejo ser como profissional a alta tecnologia, quero para mim a empresa desta área — ela disse. — Você diz que a criou pensando em mim, no meu futuro, então...

Toda aquela tenacidade, com apenas treze para quatorze anos, como se ela fosse uma mulher sem dubiedades. A Donzela de Orléans recuperando a consciência depois do ferimento fatal e partindo para a batalha decisiva, pouco surpreendeu Salvador Cruz. Ele via-se um pouco nela.

— Se é isso que você deseja tudo bem. Mesmo assim eu quero que você aos poucos assuma um lugar de controle em uma holding familiar.

— Esqueça. Nem pensar.

— Vou mandar tomar as providências — ele disse, levantando-se.

Ela lastimou a condescendência de Salvador Cruz. Não era bem o que esperava. Agora que o sangue estava fervendo. Gostaria de encontrar mais resistência para melhor testar a sensação do poder que nascia dentro dela. O poder que iria por à prova os seus embates a partir dali. Durante toda a sua vida; como mulher, como empresária e para refazer os rumos do seu destino. Com a determinação de criar uma boa estrela para a criança que iria nascer.

Sem ter consciência, Mariana Paz repetia o mesmo desejo que Antônia, a sua mãe, teve para dar para a filha um futuro brilhante, a começar pelo sonhado computador. A aspiração interrompida quando, com o marido, Prudente, o desapareceram na lama.

— Faça isso logo — disse Mariana. — Quero começar a minha vida o quanto antes — e enfatizou *a minha vida*. — Hoje mesmo.

Ali começou uma série de desafios, alguns com fins inesperados, com conquistas e perdas. Para ela e para o seu filho que iria nascer.

E para Salvador, naquele momento satisfeito com o novo rumo dado à vida de Mariana, grávida, começava a ser urdido, naquela manhã, a espera do confronto mortal que aconteceria quase trinta anos mais tarde.

A TESTEMUNHA OCULAR

23

Mais uma vez, tudo tinha acontecido por conta do imprevisível e inevitável, longe do planejado e das premeditações, fora do alcance das premonições de Salvador e de Mariana. O tempo demonstraria uma realidade insondável e irrevogável iniciada na manhã daquela quarta-feira. A conversa que tiveram na sala era ao mesmo tempo uma escavação do passado, uma porta aberta para o presente e a secreta antecipação dos acontecimentos que o futuro revelaria. Até o momento da confrontação que libertou Mariana do domínio de Salvador Cruz começou a se manifestar uma realidade construída pelos sonhos de Antônia e que envolveria Salvador Cruz. Naquela hora os enredos das suas vidas estavam abrindo mais um ato sem que eles tivessem a menor noção do que viria à cena.

Até a quarta-feira seguinte, Mariana Paz, envolvida com a decisão de assumir o seu futuro, sozinha, pouco entendeu sobre a mudança repentina que em que se envolvia. Bastou um só acontecimento, no caso a morte de um desconhecido, Custódio Cruz, anunciado como sendo o seu pai, para a roda misteriosa do seu destino dar uma reviravolta. Uma semana antes ela era apenas uma adolescente de 14 anos incompletos, esperando um filho, sem saber que o pai dele era seu irmão. Sofreu o golpe mais pesado do que suas forças poderiam prever suportar. E tomou a mais drástica e imprevista decisão, acreditando apenas em si mesma. E, no entanto, anos depois seria feliz, nas terras que Custódio Cruz deixou para ela como única herdeira. E, como Chico Ventura, até então inexistente, lhe desvendou, mais uma vez se surpreendeu com as incríveis histórias que a envolviam nas tramas do passado. Foram revelações chocantes que a situaram naquele mundo até então inimaginável.

A ordem, ou a desordem, como tudo se deu, fez parte do inusitado. Os acontecimentos imprevistos vieram de roldão. Dois dias antes da conversa entre os dois na sala, Salvador viajou para a serra, como de costume, sem nada dizer aonde ia. Na volta disse para Mariana sentar, diante dele. Olhou para ela um bom tempo em silêncio, como quem pensa muito antes de começar a falar e procura não apenas cada palavra, mas o tom certo para dizê-la. Mesmo assim, antes de contar o que de fato queria, disse que sua irmã Linda, de quem ele nada sabia — *eu nem sabia se estava viva ou morta* —, mandou-lhe a notícia por e-mail de que seu pai, Custódio Cruz, morreu, ou foi morto, ou se matou, ou mataram, e foi enterrado na beira do abismo por Chico Ventura — *Você deve lembrar-se dele, Salvador...* — Linda escreveu. — *Acho que o pai deve ter sido empurrado por minha mãe e ele sumido no fundo do abismo* — foi o que Salvador pensou quando leu a mensagem. — *Para mim ele nunca falou que tinha um pai e que se chamava Custódio Cruz* —, pensou Mariana. — E Linda pedia para Salvador ir à serra, estivesse ele onde estivesse, e saber como ficará o inventário. "*Mais ainda agora que a região vai ser homologada com de DO da terra perfeita para vinhos de altitude e o queijo da serra, que minha mãe fazia, é patrimônio cultural nacional, como eu li no facebook*" — escreveu Linda.

A partir daí Salvador Cruz só relatou o que mais lhe interessava contar e excluiu grande parte da história que Mariana só conheceu depois, através de Chico Ventura. Mesmo porque ele não ficou sabendo os melhores detalhes de como tudo aconteceu.

Não foi tão difícil Salvador descobrir o que lhe interessava. Chico Ventura omitiu certas particularidades e se estendeu em outros detalhes. Contou como foram os últimos tempos de vida de Custódio Cruz.

Salvador não recordava quem era o tal Chico Ventura. A não ser pelo meio círculo do bigode bem retocado caprichosamente, com as pontas retorcidas, afundado na memória, ele não lembrava nada. Nem do rosto magro com pele de bebê que não envelhece, e dos olhos acessos jorrando calmaria, nem do sorriso cordial e constante. Todavia, bastou Chico falar e ele se tornou remotamente familiar. Ouvindo a sua voz lenta como a de um confessor, contando o que aconteceu, indo e vindo em minúcias, reanimou o passado. Como se a voz e o bigode fossem a chave abrindo a porta para Salvador reavivar o que, para ele, deixara de existir. Não relembrava o pai. Os irmãos, as irmãs, dentro de uma sombra. A Linda, abusada dentro do cocho, era visível. Reacendeu a visão da mãe. Como a idealizava: vendo-o sumir na colina sem ele olhar para trás. E ela esperando um adeus, como ele a imaginava. Evitou avivar a fresta por onde espiava o pai. A greta entre as tabuas do rancho era o raio ferindo mais forte as suas lembranças. Mesmo querendo não ter sido em vão tantos anos de esquecimento, enquanto ouvia Chico Ventura, sentados na cozinha, respirando o cheiro de fogo da véspera, o passado se coloria de realidade vaporosa como uma revoada dos passarinhos ao anoitecer que via na infância.

Chico Ventura foi o último a ver Custódio Cruz vivo. Já com as pernas bambas, porém teimoso como sempre. Contou o que aconteceu e como ele continuava vivendo depois de ficar abandonado. E, como era do seu feitio, Chico não poupou pormenores.

— Vamos arrumar as pedras das cercas, coronel Custódio. Faço um precinho de nada, para não dizer que é favor, coisa que, eu sei, o senhor não gosta. Mas se quiser, nem precisa pagar. Só para não ver esses abandonos — relembrou Chico Ventura.

— Não tem sentido gastar com cerca. O gado não está incomodado com isso, está? — foi o que ele respondeu, Chico rememorou.

E foi contando. Reviveu boa parte do que se passou naqueles dias. Desde a manhã de inverno, em que ele chegou ali, respirou o cheiro das mijadas do gado, olhou o portão quebrado, viu os tufos de matagal viçoso no pátio, as bostas secas e outras ainda fumegando ao redor do casarão, a carne de barro das paredes ressecada, os tijolos esfarelando e a ossada esverdeada das pedras. Não se aguentou:

— Como o senhor é birrento, homem! Para que esse gênio, coronel Custódio? De que serve tanta teimosia nesses tempos? — Queria dizer "*a esse tempo da vida mais caminhando para a beira da morte*", mas era melhor não falar. Era uma verdade dura demais. Estava ali para ajudar, não para lembrar a morte se avizinhando.

— E qual é esse tempo a que o senhor se refere? — Custódio perguntou. — O de ontem, o de hoje ou o de quem caminha para a morte?

"Continua ardiloso," pensou Chico Ventura. "Nisso o pensamento está a mil."

— Só quero dizer que se tenho vindo aqui para ajudar é porque gosto do senhor. Mas o senhor se nega a aceitar.

— Agradeço. É que não faz sentido arrumar as taipas, Chico Ventura. As pedras estão aí há quase trezentos anos e não se queixam por algumas saírem do lugar. Elas se entendem. É um bom tempo de serventia, não? Um dia elas deixam de ter utilidade. Como tudo, Chico Ventura. Vou só arrumar é a cerca na borda da serra para a bezerrada nova, que não conhece os caminhos, não cair na pirambeira. No tempo do Prudente ele se encarregava das cercas, mesmo com a mão negra por causa da mordida da cobra. Os bois velhos só caem se quiserem morrer, não é verdade?

— E como é. Gado velho aprende a dar cada passo. A vida, quanto mais longa, mais ensina o melhor caminho, o senhor não acha? Ou têm os que se perdem.

— Quem sabe lá. Diga-me, Chico Ventura. Acha mesmo que a vida tem que ter um sentido para ser vivida, como se diz? Tem gente que acredita nisso.

Perguntou, não por ele. Para ele a vida e a morte já estavam resolvidas. — *Uma é o começo a outra é o fim.* — Mas, pelo próprio Chico Ventura. Não entendia como ele levava aquela vida errante sem se sentir errante. Parecia ter se livrado de toda a carga que um homem carrega, para passar pela vida pisando leve, com as asas desengonçadas de quem não é nem bem gente nem bem passarinho. Indo de um lugar para outro como se em qualquer um estivesse na sua casa. (Só, diziam, não entrava na fronteira oriental do Rio Grande, *"onde consta, ele tem três mortes pesando nas costas por desavenças de um amor mal-sucedido"*, segundo uns. E segundo outros, *"o que não falta é quem diga maldade do alheio"*. *"Para mim tanto faz,"* ruminou Custódio.) Raramente ficando no seu rancho, na curva onde o rio Canoas se divide em dois, atravancado por uma ilhota que só serve para atrapalhar a descida das águas e represar a galharia nas enchentes, e mais na frente as mesmas águas voltarem a se encontrar, como se fosse uma brincadeira. Onde Chico sentia alegria só por ver o biguá pescar lambaris e o bem-te-vi brincar de caçar os insetos em pleno voo. Ora ele passando uns dias em casa de amigos, na cidade ou nos campos, ora zanzando a cavalo ou no seu carrinho. Chico Ventura era uma espécie de peregrino sem endereço de chegada. Sempre se propondo a reparar alguma coisa. Um portão pendido, uma taipa desmoronada, garrafada para o garrote desmamar, uma injeção na veia de um cavalo, sangria para renovar o sangue da mula sem apetite, fumigação contra o garrotilho, uma pitada de arsênico para a vaca com os pelos eriçados se livrar dos vermes. E, de raro em raro, uma benzedura de São Cipriano, em latim, para estancar hemorragia. Com o humor de serena alegria, sem nuvem nos olhos; comendo na mesa da sala ou na beira do fogão, em pé, dependendo da hora e na casa de quem. Mastigando sem pressa. Falando depois de engolir. Só contanto boas novas. Com voz calma. Ouvindo as queixas: das dores na coluna, do furúnculo em baixo do braço, das dificuldades da idade travando as juntas, da gripe, do mau tempo, dos preços, da roubalheira descarada, dos governos desgovernados e sem serventia, do desatendimento à saúde, do banditismo solto, da cara de pau dos políticos e, de uns poucos, a revolta por pagar o imposto de renda. Enfim, do trabalho e do prazer que dá viver. Procurando servir sem ser servil. À margem do viver que todos levavam, como se ele fosse a água diferente, um pouco mais clara, desaguando no mesmo rio da vida.

Custódio Cruz não entendia como podia existir um homem assim. *Isso é coisa de louco. Ou pensa que é santo. Ou as duas coisas derretendo os miolos. Será por que passou uns tempos no seminário? Mas é bom quando ele vem* — pensava. — *Que sentido tem viver assim? E tem gente que, quando ele aparece diz*, "graças a Deus, chegou o nosso abençoado..." — Era o que Custódio Cruz estava se perguntando, mais uma vez, antes de fazer a pergunta se a vida tem que ter sentido.

Vindo de quem vinha Chico Ventura não estranhou a pergunta. E retrucou:

— E tem sentido viver sem dar sentido à vida, homem!? Que desperdício!

— Talvez. Depende do que se entende o que é isso. E o sentido faz diferença, ao final? Ou igual se morre?

— E como faz! A vida é boa. Boa e sofrida. Doce e azeda, conforme o tempero que se coloca. Como o senhor diz: "A mesma terra que dá a baga mata cavalo dá também a fruta doce." E quase sempre se pode escolher o que se planta e o que se colhe: a mata cavalo, que é puro veneno, ou os pêssegos que o senhor vai colher desse pessegueiro florido, com as abelhas zumbindo, que estamos vendo. Tem quem tenha medo das ferroadas delas e quem se farte com o seu mel. Não é assim? Acho bonito isso de poder escolher o que plantar e esperar o que colher.

— E por que escolheu essa vida de ficar zanzando de casa em casa? Não que não lhe queira bem, entende? E é sempre bom quando o senhor aparece. Mas por quê?

— Pode ser por ilusão — respondeu Chico Ventura com um riso. — Ela é melhor do que só acreditar que o mundo é apenas isso que os outros enxergam. Um queixume por não se ter mais do que se tem, por se ter perdido o que se tinha, sentindo inveja de quem comprou o carro novo, uma rasteira e um tapinha nas costas... E vai por aí.

— Sempre achei que a ilusão cobra um preço que não vale o que oferece. Pelo jeito não é o seu caso.

— Não, coronel Custódio (*ele gosta de ser chamado assim.*) — Não é o meu caso. Tem gente que paga caro por se iludir. Eu mesmo já paguei — passou os dedos abertos pelas pontas do bigode e disse o que estava cansado de repetir para si mesmo. — Acho eu, por experiência própria, que o sofrimento é efeito da nossa insistência em continuar acreditando nas ilusões erradas. Antes eu perdi com ela. De um tempo para cá só tenho a ganhar. Aprendi a, quando não posso jogar fora, aliviar o peso das pedras para caminhar brandinho — e riu dele mesmo. — Uma ilusão bem escolhida não pesa nada. Não machuca o bolso nem o coração. E enche o vazio.

— E, se posso perguntar, o que o senhor ganha com a sua ilusão, Chico Ventura?

— E se me permite perguntar, por que o senhor acha que devemos ganhar em tudo? Até nas ilusões? Mas digo. Depende da ilusão. Digamos que não me arrisco a perder nada. Não procuro mais do que posso oferecer para mim ou para o senhor. E só espero receber em troca o que me oferecem e o que é bom levar dentro de mim. Não sei se o senhor entende? Tem dias que não recebo nada deste mundo e nem tenho para quem olhar. Mas a vida é isso. Um pouco dor um pouco riso. Tudo nos conformes.

— E acha que é isso mesmo que dá sentido para a vida? O veneno e o doce?

Chico Ventura se fez de tonto.

— A propósito, que dia da semana é hoje?

— E que diferença faz? — respondeu Custódio Cruz.

Duas raposas passaram pela frente da porta da cozinha, onde eles estavam, como se ali não existisse ninguém diferente delas. Nem os cachorros dormindo.

— Os bichos aqui nem se incomodam com a gente — disse Chico Ventura — É como se fossemos todos da mesma família. Isso hoje em dia é raro de se ver.

— É. Às vezes abusam. Entram e se fartam da comida deixada na mesa. Os macacos são atrevidos. Abrem as panelas no fogão sem se queimar. Comem e me olham como se eu fosse o intruso. Não é de todo ruim — disse Custódio Cruz. E, vindo à tona o que estava submerso — Acho que a menina Mariana iria gostar de ver tanto bicho solto dentro de casa. Pelos meus cálculos deve ter 12 anos. Mas, para mim mal nasceu. É como eu a vejo. Com os olhos ainda mal abertos, mas já brilhando.

— Então já é quase uma mocinha.

— Deve ser. Mas só me lembro dela pequenininha. Mais ainda no dia em que houve a desgraça do Prudente degolar o touro, aquele, fizeram uma reportagem na televisão por causa do tamanho dos chifres, antes da Antônia ser guampada — relembrou. — Mal nasceu e já de olhos acesos. Às vezes mudando de cor

"Como os olhos dele," Chico pensou, "ainda que agora estejam pardos."

"Como os meus," pensou Custódio, sem se dar conta que perderam as cores.

— Do jeito que fala o senhor sente saudade — disse Chico, com astúcia.

— Não. Não sinto. Não sinto saudade de ninguém. Tudo tem um tempo. Dela só uma ou outra lembrança passageira. E como vou sentir saudade de quem mal vi ao nascer e logo depois foi embora? — Abanou o fogo com o chapéu, para não enfumaçar a cozinha. — Acho que sinto a presença dela. A presença do que não existe. Não tem rosto nem corpo, o senhor entende? Só presença. Mais forte do que se tivesse corpo.

Disse e olhou para Chico Ventura. Com os olhos secos. Incolores. *Secos de quê?* Perguntou-se. Avaliou que, quando uma alma seca, com ela também seca os olhos. Ficam sem brilho, como os olhos de quem não tem um deus, uma esperança, uma saudade repetida, um olhar além da vida; uma vontade de fazer o que nunca vai acontecer; como, Otávio, paraplégico, até morrer sonhou subir ao pico do Himalaia e jogar a cadeira de rodas lá do alto; viver a ilusão de achar o tesouro perdido pelos espanhóis no fundo do mar; encontrar um bilhete de bom dia embaixo do travesseiro; ter lembranças de um grande amor desfeito que, em vão, se quer esquecer; viver um amor que faça esquecer outros amores; ter uma pessoa para ser lembrada nas horas de solidão; um sonho acordado; um fio de possibilidade de que se vai chegar lá e tudo, então, vai ser melhor. Enfim, um caminho de crenças e desafios para vencer. Para não deixar a alma secar. "*Os olhos dele estão secos. Secos de não ver a vida. Secos de não ter saudades. Secos de não esperar mais nada. Deles só escorrem a solidão. A que ponto chega um homem dominado pelos seus desejos. Que preço ele paga por não se livrar dos seus demônios. É a encarnação da derrota. E teimoso. Fazer o quê?"*

— Que eu saiba isso é saudade — disse Chico, coçando o queixo.

— Não, não tenho saudades dela — acrescentou Custódio. — Só uma ou outra lembrança solta. Como se ela, por um instante, não tivesse ido daqui. O senhor entende?

— Entendo — ponderou Chico Ventura. — No seu caso, entendo.

Chico Ventura pensou ter visto um fiapo de luz nas lembranças que Custódio arrancava do fundo da sua penumbra. "*Ou estou vendo essa luzinha ou quero ter a miragem que a vejo só para acreditar que vale a pena pensar que a vejo.*"

Quando Custódio o olhou nos olhos, Chico Ventura percebeu que dos seus olhos escorria o caldo de uma solidão corrosiva. "Ele me olha como se eu fosse uma resposta —, avaliou. — Não vê que só temos em comum a solidão. Uma diferente da outra. A dele é uma herança maldita, que lhe sugou as forças para se livrar dela. A minha, é a solidão suave para melhor ver a vida. Vem de uma opção bem pensada e se for preciso troco por outra. Ainda que seja uma fuga, para mim foi um encontro. Escolhi, modestamente, ser útil não só a mim; mesmo que alguém pense que eu sou um desagregado. Desagregados são muitos deles." — Parecia ter dado um risinho, mas era só uma ponta da ironia do que pensava: — "O que Custódio acreditava ser eterno murchou. Mas ainda pensa que é um touro. Até pode ser: O touro que o agregado Prudente degolou antes de ir embora com a Antônia e a Mariana. A alma daquele touro, que, isso sim, não desgruda dele."

Estavam sentados nos cadeirões da cozinha, respirando a resina do nó de pinho no fogo crepitando. A chaleira voltou ferver. Um cachorro, dormindo na porta, ganiu dentro do sonho.

— Então, passo outro dia para um mate — disse Chico Ventura levantando-se. — Quem sabe até lá o senhor muda de opinião e eu possa ajudar a melhorar o que deve.

— Não se preocupe com o que o senhor acha que está desmoronando. Não seja por isso. O senhor é bem-vindo como sempre. E ainda é cedo. Vamos matear mais um pouco e continuar a papear. Tem um frescal de ovelha para um ensopado com aipim.

— É uma tentação, mas muito obrigado. Amanhã vou aos Ribeiros. Na quinta-feira prometi ir à fazenda Campo Bom. Para a semana, lá para segunda ou terça, venho com mais tempo e o senhor me conta sobre os negócios do pinhão que quer vender no pé. Se os seus compradores não quiserem pagar o que eles valem eu posso recomendar outros. Conheci um moço, lá de baixo, que está estabelecendo negócios e paga melhor. Como o senhor sabe os antigos não pagam o que vale nem vendem por menos do que querem — e acrescentou. — O ano passado foi do pinheiro e este ano é o pinhão do lucro do dono. Com este frio como nunca, as pinhas estão grandes e o pinhão gordo. Dá para fazer um bom negócio — pegou o chapéu. — Então, até.

Custódio Cruz saiu atrás arrastando uma pedra nos pés. O cachorro soltou o osso do sonho, se esticou, e seguiu ao seu lado. No pátio, em cima do cavalo, Chico Ventura, com a mão parada no ar, fez menção de tirar o chapéu:

— Então, até coronel.

— Boa viagem. Apareça, será sempre bem-vindo.

Já fora do portão, Chico Ventura disse:

— Deixe a cerca do grotão para a semana, que eu ajudo. Com esse nevoeiro é mais penoso. E arriscado. Sozinho, o senhor pode cair.

— Qual nada. Touro velho sabe onde pisa.

— Fique com Deus.

"Touro velho... Não deixa de se achar um touro. É a tal história: velho, manco, cego, ruim de olfato, misturando o cheiro de capim com o cheiro do cio, dente caindo, mal aprumado nas pernas, mas um touro," riu Chico Ventura, se afastando.

Custódio Cruz escutou a terra ressoar os cascos do cavalo, naquele trote sem pressa, e ficou vendo-os sumir no nevoeiro. Era como se ele fosse engolido junto. Na casa a solidão ficou ainda mais estufada do que antes. A fumaça do fogão, mais presente do que antes de Chico Ventura chegar e ir embora, ardia os olhos.

— Deite do lado de fora — Custódio Cruz disse para o cachorro querendo entrar na cozinha. — Fique sonhando na rua. Eu vou me embrulhar nano poncho e ficar rebuscando toda essa conversa com Chico Ventura. Um homem bom. Meio esquisito. O ensopado que fique para mais tarde.

O BEZERRO BATIZADO E SEPULTADO

24

Chico Ventura voltou na semana seguinte. Na terça-feira. Gelando no frio que encolhia as pessoas dentro de casa e paralisava os animais nos campos. O cavalo eriçou os pelos contra o céu desabado com o nevoeiro. Espetava o ar gelado como se vestisse um manto com a pele de porco espinho. Chico soltou as rédeas e escondeu as mãos por dentro da capa. A neblina densa apagava o rumo. Sinal de vida, só de raro em raro uma confusa nesga de fumaça das chaminés. Bateu uma rajada de vento perdido, cortante como navalha. Firmou o chapéu e prendeu a gola no pescoço. O potrinho arrepiou o que pôde para desviar o vento gelado. Resfolegava soltando das ventas dois jatos de vapor para esquentar o ar que ia respirar em seguida. Na margem da estrada, os quero-queros, que sempre avisam quando alguém se aproxima, não abriram o bico. Dois deles deram uns pulinhos para o cavalo passar e se escoraram sob uma perna só para não congelar as duas ao mesmo tempo.

— Não se esperava um inverno tão frio assim cedo — disse Chico Ventura para o cavalo. — Logo vai cair a neve grossa e chegam os turistas que gostam de passar frio.

Encolheu-se como um caramujo, dentro da capa larga, que cobria as ancas do cavalo. Sentiu o calor de seu corpo. Era gostoso. Como se retornasse à infância. Encolhido embaixo do cobertor, ouvindo as conversas da casa como se viessem de outro mundo, enquanto vasculhava a imaginação para encontrar coragem de dizer o que sentia para a menina Maria Terezinha, a filha de Otávio Vacariano, o homem mais valente que se conhecia naquela época e que morreu de velho, revólver embalado na cinta, brincando de cabra-cega com os bisnetos ao redor da casa. "Caiu duro como um bugio atirado no peito," contou Otavinho. Otavinho pensou que o bisavô estava se fingindo de morto, como às vezes fazia, para descansar da brincadeira. Chico lembrava como cresceu e deixou de ficar na cama pensando. E como a Terezinha saiu do seu coração e ele aprendeu a sobreviver à primeira paixão que ninguém soube. Deixou cicatrizar as feridas e esperou viver outras paixões, curar outras feridas e outras vezes cicatrizá-las e ficar aberto para o que viesse. Escutava a respiração do cavalo, olhava para os dois jorros de vapor soprado das ventas e se sentia seguro e protegido como quem monta um dócil dragão.

Ia sem pressa. Tinha tempo para pensar coisas e rever a agenda.

"Esta semana todinha é de Custódio Cruz, se bem que lá é preciso meses. Vou dar um pouco de jeito naquele abandono. Hoje venço a teimosia dele. Não espero nem um obrigado. Basta ele aceitar o que faço. E, pensando bem, já chega o preço que paga para viver. Mas não deixa de ser teimoso. Ainda cisma que é macho como o touro que vivia atordoando as vacas de leite, degolado pelo Prudente. E se contenta com o engano do que pensa que é. E eu é que vivo de ilusão. Que homem! Seria bom mais uns dias. De imediato não vai dar. Já me comprometi com a viúva do Euzébio Ramos, com aqueles dois filhos que só querem saber de carteado, cervejada, comilança e festa na zona. Arruinaram tanto que deixaram a fazenda sem nenhum atrativo de venda. E aja dinheiro para as chinas e o jogo. Quem se dá bem e a Regina, a dona do bordel. Semana que vem vou ver o Osório Boa Ventura, que não precisa de mim, mas gosta que eu apareça e até pergunta se, lá atrás, em um tempo perdido, nós não fomos parentes. *Pois quem sabe!* E me diz: "olha só, chegou o nosso abençoado". Isso sim é um bom pagamento. O que não falta neste mundo é gente boa. Tirando as porcarias, é claro. Abençoado por que, se eles me dão alegrias? Não custa ajudar quem gosta de ser ajudado.

E quem não gosta não vai mesmo entender como eu gosto de viver. Não é o caso de Custódio Cruz, que gosta de viver daquele jeito. Com os seus demônios. Birrento como sempre, vivendo naquela solidão de cruz na beira da estrada onde ninguém passa. Dessas que nem o nome do defunto tem. Mas vou procurar ajudá-lo, por que não? Firma o passo cavalinho. E lá vou eu nesta terra que é de todos e de tudo e não é de nada nem de ninguém. E ainda no fim das contas, tenho alegria de viver. Se é ilusão, bendita seja."

Entrou em uma densa nuvem aguada acobertando o chão. Não viu mais o céu, a terra, a estrada, a cabeça do cavalo. O vento parou. E já soprou do Sul, zumbindo ainda mais gelado, levando a nuvem. O céu ficou prateado. Um chuvisco começou a cair e virou neve. Logo a estrada, o cavalo, a capa e o tudo o que ele podia ver foi ficando branco. O cavalo escorregou e ele, sem voltar a segurar as rédeas, disse:

— Aguenta firme meu Baio, quase me derrubou. Não esqueça que eu não sou domador. Este é um inverno para ninguém botar defeito. Sorte gorda de quem não cortou o pinheiral e hoje tem pinhão estufado para vender. E pobre de quem, na cidade, não tem bastante lenha guardada.

O cavalo seguiu pelo tapete de neve estrada pisando com cuidado. O vento levou a negrura grudada na terra. Logo, abriu um céu prateado só de neve farfalhando no ar. Um bando de araras vermelhas apareceu dentro da nevasca. Chico Ventura gostou de estar ali naquele momento.

— Nem tudo é sombra, Baio. De repente me aparece esse bando colorido de araras dentro da neve — disse para o cavalo. — Vê se não é bom viver?

Sem ele se dar conta o Baio, que sabia de cor a romaria do seu dono —, *melhor do que os guias dos caminhos de Compostela que têm desvios para roubar os peregrinos* —, enveredou pela trilha que levava ao rancho de Zé do Grotão. O caboclo, de olhar arredio, desconfiado, rosto encascalhado com pipocas de rubéola, distinguiu o vulto do cavalo. Mandou os filhos pararem de brincar com a neve e fez sinal para Doraci sair da porta com os dois pequenos e entrarem. Firmou na mão esquerda a espingarda de dois canos. O vulto tomou forma. Quando reconheceu Chico Ventura, teria sido um lindo sorriso se não lhe faltasse uns dentes. Chico entendeu o sorriso.

— Veja Deus, quem chegou com esse mau tempo — falou por dentro da barba. — Doraci serve o chimarrão, chegou Chico Ventura.

— Foi o Baio, que me trouxe só para saber se precisam de alguma coisa, Zé. Como vai passando?

— Pois olha, o diabo é forte, mas a gente sobrevive, graças a Deus. Umas onze vacinas contra a peste no gadinho. Isso se for do seu agrado. Só você ter vindo basta.

— Pois então, tomo o chimarrão, vejo a Doraci e as crianças e me vou para o Custódio Cruz.

— O Custódio Cruz ainda vive? — espantou-se Zé.

— Ao seu jeito, sim.

— Gente como ele não morre porque a terra não aceita o corpo. Só desaparece sem deixar rastro, levado pelo diabo — disse Doraci, de costas, no fogão. Serviu o chimarrão e voltou a dar o peito para o menor. — Fiquem quietos — ralhou para os outros sete, sentados lado a lado no banco contra a parede.

— Já me vou. Adeus Doraci. Adeus crianças — e no pátio —, adeus Zé. Quando der dou uma passada com as vacinas e *unas cositas* más para as crianças. Umas balinhas e presentinhos da China.

— Para mim trás a boneca que fala.

— Fica quieta — ralhou Doraci.

E Chico Ventura se foi.

— É o Deus em carne e osso — disse Doraci, na porta, com o filho no colo e olhando Chico se afastar. — Esse quando morrer vai virar santo.

O cavalo parou diante da porteira da casa de Custódio Cruz. A porta da cozinha ia e vinha. Conforme o vento. Rangia e batia seco. A neve amontoada na entrada. Chico Ventura bateu palmas como sempre fazia. Chamou várias vezes. Nada de nada. Dentro da cozinha o fogo apagado. A cinza espalhada pelo vento sujava a mesa e as louças, as cadeiras e o chão. Não viu nenhuma pegada. Nem na cinza do chão nem na neve.

Nem de Custódio nem de nada. Em cima da mesa um envelope com letras bem desenhadas salpicado de cinza: *Para Chico Ventura.* Sentiu um calafrio mais forte do que o ar que vinha da rua. Ia olhar os quartos quando um cachorro coberto de neve apareceu na porta e começou a latir e uivar como um clamor. Sacudiu-se para se livrar dos flocos, olhou para Chico Ventura, e soltou aquela súplica.

Ele seguiu o cachorro na direção do paredão da serra. E lá estava. A capa de Custódio Cruz. Dura de gelo em cima dos galhos. Bem na borda do precipício. Movendo-se com o vento como as asas de um urubu gigante estaqueado. Como uma mortalha abandonada. Em cima da pedra o par de botas. Justo onde a cerca estava caída. Bem na borda do corte que sumia o fundo da terra. Onde caiu Custódio Cruz, aonde tudo que cai, cai para sempre, sem ser jamais encontrado, nem ter nada vivo como companhia, nem receber um só raio de luz. Aonde nem as cobras se escondem. E, se um só ovo delas ali fosse chocado, por uma anomalia da natureza, a cobrinha iria nascer e começar a comer o seu rabo até morrer com seu próprio veneno.

Chico Ventura já não só pensava. Falava.

— Esta armadilha, vinda do senhor, eu não esperava — disse, como se Custódio o estivesse escutando. — Mas, é como se sabe: a armadilha não é o esperado. Esta fugiu ao meu faro. Em respeito a índia senhora sua mãe não vou dizer a palavra certa, seu filho não sei do quê. O senhor é um acintoso, Custódio Cruz. Até nisso estabeleceu o que queria. Dominou a morte. Marcou dia, hora e lugar e deixou as provas. Só para não dar o gosto de dizer que foi ela quem os escolheu. Enganou direitinho. E ainda me utilizou como prova. Bicho esperto. Capaz até de pensarem que fui eu. Se eu não lhe tivesse estima ia dizer: safado, filho de uma égua, ardiloso como sempre. Mas vá lá. Não vai faltar quem diga: já foi tarde. Não devia ter nascido.

O cachorro voltou atrás dele, rabo caído, cabeça pendida, olhando para o chão.

Na cozinha Chico Ventura abriu o envelope e leu.

— Mais uma boa emboscada em que me meteu. Bicho caviloso.

Pegou a caneta deixada ali e assinou onde estava escrito Testemunha: Francisco Napoleão Ventura Fernandez de Moraes Mattos, vulgo Chico Ventura.

— Vou fazer o que pediu. Pedido de morto é lei. E já que tudo está feito vou dar uma cova para ele — disse. — Se ele merece ou não merece não é comigo. Faço a minha parte. E faço com pesar. Não por ter morrido, mas pelo que não soube viver. Bem que podia ter vivido menos e um pouco menos infeliz. Seu tinhoso.

Dentro do rancho serrou uma ripa em dois pedaços, revirou uma caixa com mil quinquilharias, catou um punhado de pregos velhos, desentortou uns quatro ou cinco com marteladas de recriminação, e pregou a cruz. Sentiu a sensação de pregar a vida do próprio Custódio Cruz. Olhou ao redor. Uma vaca estava ruminando com a cabeça pendida no cocho vazio. "Um cocho serve para muita coisa. Quem vê não pensa, mas serve para o que nunca se imagina. No Natal era a manjedoura do Menino. Ainda bem que eu nunca vi o que ele fazia ali com as filhas." Deu uma examinada na cruz. "Nome não precisa porque o seu nome já é a cruz. E pelo que sei ninguém vai aparecer aqui para se lembrar de você e acender uma vela. O que faço já é mais do que merecia. Quem viveu fazendo o que fez e morre desse jeito não quer cruz. Tem mesmo é que sumir nos quintos, como disse a Doraci. Homem mais embirrado. Para não ser contrariado não admitiu nem que a morte fizesse as coisas do seu jeito. Teve que ser ao seu modo". Cuspiu. "Teimoso e safado. Ranheta. Bicho à toa. Mas, vou eu julgar? Sei lá o que se passava dentro de você, se nem sei muita coisa de mim. Alguma coisa boa escondida você devia ter."

Pensou enquanto pegava a cruz, uma pá, uma enxada e uma picareta. Voltou com o cachorro à beira do despenhadeiro. Cavou até encontrar a laje a menos de um metro. "Pena que a terra seja tão rasa. Diferença não faz. Tudo que se enterra de alguma forma volta à superfície. Nada é enterrado para sempre. Mas, enfim, a gente acha que enterrando no fundo da terra o que não presta, ou dentro de nós as nossas lembranças ruins, estamos nos livrando do que achamos que morreu. Pois que seja. Custódio Cruz morreu. E eu vou enterrá-lo o mais fundo que eu puder."

Olhou para o lado. Juntou o esqueleto de um bezerro, benzeu com o nome de Custódio Cruz, e o colocou bem ajeitadinho dentro da cova, os ossos das pernas dianteiras cruzados no peito, e cobriu a ossada da cabeça com o seu lenço de pescoço. Foi então que ouviu Custódio Cruz começar a reclamar:

— Um bezerro não, Chico Ventura. Não faz isso comigo. Um touro. Pegue a ossada do aspudo que o Prudente degolou. Está enterrada no montinho atrás do curral.

— Se conforme homem, bezerro já é muito. Deveria ser mesmo era um burro velho. Ou você receber, onde está, a alma de um touro bem servido, com a guasca do tamanho do aspudo tarado, para ver o que é bom eternidade afora.

Fechou a cova, concentrado em cada pazada e escutando a choradeira de Custódio Cruz por não ter sido enterrado como um touro. "*O aspudo.*" "Que aspudo coisa nenhuma. Ainda quer escolher o touro? Inda se pedisse um boi capado ou uma vaca velha, vá lá. Bicho pretensioso. Nem morto tem uma humildadezinha". Socou com os pés a terra escura e viva. Úmida. Cheirosa. "Pelo menos assim a ilusão de que a gente se livra do que não presta alivia por um pouquinho." Tirou o chapéu e disse para quem pudesse ouvir e sem se importar com a neve, que voltou a cair forte, grudando no bigode fino e alongado:

— Agora, dá licença. Fique quieto e escute. Mesmo não gostando do que eu vou dizer, fique quieto e pare de querer incorporar o touro. Vou encomendar o seu corpo.

— Cavei até o fundo pedregoso da terra, onde você está, Custódio Cruz. E agora lhe cubro com a terra fofa da superfície que é onde todas as coisas acontecem. Para o bem e para o mal — um novilho com as guampas desproporcionais e o pêlo eriçado ouviu e, encafifado, olhou para ele. — E não faço só pelo senhor, não. Pode não gostar do que vou lhe dizer, mas, é também para eu acreditar que de fato está morto e enterrado. Sem as filhas, sem os filhos, sem a dona Teodora e sem Antônia, que caiu nas suas garras, nem Prudente, nem Mariana e sei lá mais quem. Sem nada do que teve, do que queria ter e do que ficou aqui na flor da terra. Sem nada do que os vivos, sem se darem conta, têm e não se lembram que vão perder. Bem como o senhor viveu. Não vou pedir para Deus ter piedade porque o senhor sabia muito bem o que estava fazendo. Eu faço isso, sei lá por que... Deve ser por amizade... Ou por mim mesmo... — Passou a mão no rosto e limpou a neve. Suava por dentro da roupa como se tivesse febre, não pelo esforço, mas pelo que dizia. Colocou o chapéu em cima da cruz, tirou o paletó e pendurou no cabo da pá fincada ao lado da sepultura. Respirou fundo soltando um jato de vapor pela boca. — É o que vale. Só quero fazer alguma coisa para que a sua morte não seja apenas o seu desaparecimento da terra. O resto é com Deus. Se é que Deus se ocupa de gente assim, vivendo como viveu; que mata de fome os seus anjos, com quem convive, e empanturra os seus demônios. E some onde a luz se nega descer. Onde a mortalha é este nevoeiro escuro e vai eternamente escutar o sopro do vento que mais parece o rangido do paredão de pedra sem parar de continuar se rachando, como se fosse o vozerio infindável dos mortos que o abismo engoliu. — Bateu outra vez a cruz com a picareta fincando-a até a metade. — É isso. E deu. Nem merecia esse lindo parangolé, direto dos meus tempos de seminário. Ufa. Amém. Tenho dito. Agora pode se revirar e reclamar à vontade — e virou as costas.

Um zumbido fez o arvoredo tremer. A terra desmoronou do túmulo. Chico viu um baita zangão vermelho arrancando os pregos da cruz. Afundava o ferrão, e os pregos saltavam. Arrancou um por um até cair o braço da cruz. "Só pode ser um mensageiro do diabo. Para ele a cruz é uma ofensa. Quer o que é dele limpinho"

"Que os dois se entendam. Gente assim — pensou enquanto vestia o paletó — não deve estar na conta da cruz. — Largou as ferramentas, afundou o chapéu na cabeça para o vento não arrancar e ajeitou os seus pensamentos. — Mas, Deus é Deus. Quem sou eu para ficar entrando no que Ele sente pela gente. Seja pelo que foi Custódio Cruz ou pelo o que eu sou. Mas que dá vontade de dizer: o zangão tem razão, dá."

A porta da cozinha continuava aberta. Chico Ventura entrou e o cachorro ficou olhando para ele com os olhos abrumados à espera de uma palavra. Chico olhou para o cachorro como quem vê uma criança órfã. Lanhou um pedaço de queijo e deu para o cão. O cachorro comeu e continuou olhando para ele esperando uma palavra.

Releu a carta. O dia foi acabando e o tempo ficou tormentoso. O cachorro, sentado, com aquele olhar de pedinte interrogando o mundo, à espera de compaixão. Chico Ventura encontrou no armário um queijo mal curado, lanhou dois pedaços e entregou o maior na boca do cachorro. Aproveitou para olhar o céu. Um céu que não existia. A neve tinha parado de cair. Era só o negrume do véu da serração misturando-se com a noite, começando a encobrir a casa. Comeu o seu pedaço bem devagar.

— Com esse mau tempo, vou me instalar por aqui. Amanhã vou cedinho direto na delegacia, antes que suspeitem que eu esteja metido nesta encrenca. E o senhor, coronel Custodio Cruz, que não me venha perturbar o sono com essas lamúrias de alma perdida: *um novilho não, Chico Ventura, um touro. O aspudo.* Pretensioso.

Acendeu o fogo, lavou bem a cuia e a bomba e procurou a erva. Lascou outro pedaço de queijo e jogou para o cachorro que o aparou na boca e continuou sentado na porta com aquele olhar de espírito faminto. Chico foi até lá e passou a mão na cabeça do cachorro. Olhou para o céu sumido dentro da noite que caiu em um instante.

— Até parece que o mundo acaba aqui — disse para o cachorro —, mas muita coisa ainda está para acontecer. Agora é esperar pela herdeira Mariana Paz. Que nem sei como ela é. E quando ela chegar você não vá se meter a valente, só porque ela é mulher. Porque, aqui entre nós, você é um cachorro fiel, mas valente nunca foi.

UMA HISTÓRIA BEM CONTADA

25

Na delegacia Chico Ventura, depois de duas horas lendo nos murais aquela literatura sem um único adjetivo, contou ao agente Oscar o que aconteceu. O delegado ouviu através das paredes, apareceu, e quis saber mais detalhes.

— Não tem mais detalhes, não, doutor Leandro.

— E o que tem dentro da cova, se o homem despencou pirambeira abaixo?

— É a ossada de um bezerro. Basta abrir a cova e ver.

— Isso é deboche, ou uma loucura? Não brinque com coisa séria, Chico Ventura.

— Não sou homem de deboche, doutor. Quanto à loucura nunca se tem certeza se é a gente ou o mundo que está dos avessos, não é mesmo? É a ossada do bezerro.

— Explique melhor.

Sem se alterar Chico Ventura foi dizendo, ao seu modo muito pessoal:

— Muitos humanos são enterrados como animais, certo? Isso todo mundo sabe. E eu enterrei um bezerro como ser humano. O senhor pode ir lá conferir. É crime?

— Pode ser que eu mande averiguar. — O delegado Leandro Ortiga leu a carta. — Quem diria, a letra é bonita. Tudo bem. A carta e o seu testemunho bastam. Não vamos perder tempo. Não vai dar em nada mesmo. A prioridade é **Erro! Vínculo não válido.** desta noite na boate da Regina. Até que Custódio Cruz viveu muito, abusando das filhas e da Antônia. Nunca foi preso porque não houve denuncia. Esperava-se que o agregado o matasse. Mas preferiu degolar um touro e ir embora com a mulher e a menina que, todos sabem, é filha de Custódio Cruz. Só Prudente preferia a dúvida.

— Pode ter escolhido a dúvida para não matar — disse o agente. — Prudente é um nativo de boa paz... Você aí espere lá fora — e o individuo recolheu a cabeça ferida.

— Um homem de paz! Coisa rara — disse o delegado. — Fora os meliantes reincidentes que se sabe, o que mais existe é marginal assumido e vivendo como se fosse o cara. E safados vestidos de santos. Pelo menos até prova em contrário.

Chico Ventura se fez de surdo e encaixou outro assunto:

— Custódio Cruz me disse um dia desses, enquanto mateávamos, sem mais nem menos, que tem gente que morre inconformada por não vingar. E que tinha dado para acordar com o Prudente com o facão que matou o touro olhando para ele com os olhos atormentados. Outras noites, dona Teodora voltava e estava na beira da cama segurando a faca da cozinha. E a beira da cama virava a borda do precipício.

— Já ouvi falar de morto que volta para se vingar — disse o agente Oscar Severo —, mas eu acredito mesmo, é em vivo matando vivo e morto penando o que viveu. Como deve estar o Custódio Cruz.

— Conheci bem o Prudente, doutor Leandro — disse Chico Ventura. — Ele morou comigo uns tempos. Antes de ir trabalhar para Custódio Cruz. E foi na minha casa que conheceu a Antônia, que era sobrinha do marido da minha irmã, Juliana. A Antônia apareceu para morar comigo uns tempos por ter se desacertado com o pai. Coisa de gênios. Prudente gostou dela. Desde o primeiro dia. Ele é mesmo uma alma sossegada. Muito paciente. Ela já era mais esquentada — olhou para o delegado. — Só não entendo porque ele aceitou tanta traição, por mais pacato que um homem seja.

— Não existe homem de boa paz quando se vê traído daquele jeito — disse o delegado Leandro Ortiga. — Deve ter tido outros motivos. Ou esperava à hora certa.

— Prudente não é de matar. Tinha o coração adocicado — disse Chico Ventura.

— É, não! Não era. Agora ele continua soterrado com a mulher e mais de mil desaparecidos, naquela calamidade na Capital, há uns doze anos — disse o agente.

— É verdade. Ainda falo nele como se vivesse — desculpou-se Chico Ventura.

— O fato é que ele e Custódio Cruz estão mortos — concluiu o delegado Leandro Ortiga, observando de viés Chico à espera de uma contradição. — Mesmo assim o certo seria investigar como Custódio Cruz morreu. Antes que o promotor encrenque.

— Não sei se Custódio Cruz colheu o que plantou. A vida tem disso, nem sempre os caminhos dão a volta, mas têm os encontros inevitáveis, não é mesmo doutor? — Chico Ventura considerou. — E o que faço com esta carta?

— Tenho uma sugestão — disse o escrivão João Sensato, parando de digitar no celular. — O corpo está lá, doutor. Quem vai dizer que não é dele? Se me permite, não vai ser preciso essa burocracia toda em abrir investigação. É só mais papel, mesmo.

— Tudo bem. Não vamos investigar. Registre o BO e transcreva a carta, João — disse o delegado. — Sobre o sepultamento nada foi dito. Custódio Cruz sumiu no precipício, entendeu? E você, assim que pegar a certidão de óbito registre a vontade do morto de deixar as suas terras e todos os seus bens para Mariana Paz, sua filha, conforme ele registrou na época em que ela nasceu. Já que Prudente, que se dizia pai, não a registrou e está morto... — Chico Ventura já estava na porta quando ouviu: — Espere. Volte aqui. Por que essa coisa louca de enterrar a ossada de um bezerro no lugar do corpo de Custódio Cruz, desaparecido no despenhadeiro? Se a imprensa e o promotor descobrem isso e, que não foi feita investigação, a encrenca é grande.

— Eu posso explicar: Na hora pensei que doidice minha seria eu abrir uma cova, sabendo que tinha um morto, e tapar a sepultura vazia, e o morto ficar vagueando por aí. Fiz o que manda a igreja e a minha consciência, doutor Leandro. Como eu sei que ganha sentido aquilo que se acredita ser, e não o que é, como diria Santo Agostinho, eu olhei para o lado, vi a carcaça do bezerro, com os ossos raspados pelos bicos dos urubus e lambidos pelos graxains e decidi... — o delegado, o escrivão e o agente continuaram olhando para ele em silêncio, esperando o que vinha. E ele ponderou: — Tem gente que mata e enterra uma pessoa de cabeça para baixo como se fosse menos do que um cachorro louco, sarnento. Eu fiz ao contrário. Enterrei a ossada do bezerro com todo o respeito, como se fosse gente. Até meio que fiz um breve ritual, batizei antes com nome do Custódio Cruz e encomendei a sua alma a Deus. Então, para mim, é como se o corpo de Custódio Cruz esteja lá. — Rodou o chapéu, meia volta, e acrescentou, no mesmo tom calmo. — E não me arrependo de nada do que eu fiz, doutor Leandro. Fiz o que achei que devia ter sido feito por um bom cristão. É crime?

— Tem lá a sua lógica. Faz sentido para o senhor e o senhor merece crédito. No entanto, vamos fazer as coisas dentro da lei. a polícia trabalha com provas. Amanhã cedo o senhor nos leva até o local. Vamos investigar.

— Não custa nada. Se isso ajuda a esclarecer o que deve, o senhor manda.

O dia amanheceu com o sol encoberto. Depois a manhã ficou esplendorosa. Por cima do nevoeiro que cobria a pirambeira, abaixo dos pés, dava para ver à distância, a pintura sépia das cidades serra abaixo e, mais longe, a miragem do que devia ser o mar. Às onze horas estavam sufocados por um calor fora de época. Acabaram de abrir a cova.

— É o corpo de Custódio Cruz — disse o policial Oldemar, que ajudou a cavar.

E todos viram Custódio Cruz com a boca e os olhos cheios de terra, aparecendo os dedões dos pés com as unhas retorcidas, iguais aos chifres de um carneiro velho.

— Já vi defunto feder, mais este... Catingando como em vida — disse Euzébio, o coveiro especializado em exumação, emprestado pelo cemitério municipal para escavar.

— Comprovado — disse o delegado. — Fechem a cova e coloquem a cruz.

— Alguma coisa a mais doutor? — perguntou Chico Ventura.

— Só mais uma coisa: por que a cruz está sem o braço?

— Mal pregada — disse Chico. Não podia dizer a verdade.

— Amanhã leve o BO ao cartório para registrar o óbito e averbe a carta como vontade testamentária de Custódio Cruz. Depois, quem quiser contradizer que busque a justiça. Qualquer coisa me procure.

— Isso é legal? — perguntou Euzébio, o coveiro municipal.

— E você sabe o que não é legal? Você viu o corpo. Ou não viu?

— Claro que vi.

— É justo. Não custa fazer cumprir-se a única boa ação de um morto que em vida só fez merda. Mesmo que para os vivos isso pareça um disparate. Além do que, quem tem para ser investigado, acusado, julgado e condenado? Que pergunta idiota!

— A ossada do bezerro é que não pode ser não é mesmo, doutor Leandro?

— Mas, bem procurado se acha mais elementos — disse o agente Oscar. — Só não é o caso. Não me anima enxugar gelo.

— Não tem vento. Pena eu não ter trazido uma vela — lastimou Chico Ventura.

— Custódio Cruz já foi julgado. Se ele cumpre a pena que merece não é da minha alçada — disse o delegado. — Não vou eu agora abrir uma investigação contra o mundo por ter levado tanto tempo para fazer a sua justiça. E, de fato, não se tem o que provar. O que está enterrado bem pode ser o bezerro. E sem a prova material do corpo não há crime, mesmo que tenha confissão. Logo, não tem quem queira acusar nem defender. E, de resto, se denúncia e código penal salvassem a humanidade do crime, viveríamos no paraíso. Estou cansado de dar picolé na boca de urso polar só para ver se derreter, que é o que se faz: polícia prende, justiça solta, polícia prende...

— É verdade. O mundo tem os seus caminhos. Para o bem e para o mal. A gente é que não se dá conta. Acho também que podemos escolher um bom desvio — disse Chico. — É como eu penso, doutor. Mas o mundo sempre julga. Pode demorar, mas julga. É a lei do viver — tirou o chapéu e se abanou. — E neste caso a morte só limpa.

— Esse foi um que nasceu para causar desgraça — disse o delegado Leandro. — Como muitos que andam soltos neste vasto mundo. Uns se orgulhando de matar, outros se fazendo de santos e admirados como ídolos. Como salvadores do mundo que ajudam a apodrecer. E só pegamos um ou outro, quando tudo se encaixa, o promotor se empenha e o juiz não dá a moleza da lei. E logo depois, a mesma lei solta.

— É que nunca se pensa na semente espalhada sobre a terra, doutor. E só se sente o gosto do fruto quando comemos. E o mal e o bem não têm gosto muito diferente no mundo onde estamos. É devido ao espírito da lei, doutor? — perguntou Chico Ventura.

— A lei já não tem mais espírito. Tem aconchego. Se pensar muito não se prende ninguém. Vamos embora. Chega de pensar e de converse. Vamos ao trabalho.

— Eu fico por aqui — disse Chico Ventura. — Tem as vacas presas que precisam de água e comida, os cachorros com fome *y otras cositas más* para pôr em ordem.

— E o que você tem com isso? Por acaso também é herdeiro de Custódio Cruz?

— É só porque esse abandono me faz mal, doutor. E já que estou aqui...

Na volta, quando começaram a subir a primeira colina, o agente perguntou:

— Dá para entender se isso é bondade ou é uma artimanha, doutor Leandro?

— Esqueça — respondeu o delegado. — Merda quanto mais se mexe mais fede.

A VIDA VISTA DO ALTO

26

Mariana Paz, com a soberba da adolescência, logo se desprendeu da maior parte das histórias da serra contadas por Salvador. Avaliou o que interessava e começou a tomar decisões. Não demorou a ver o mundo tal qual é e a fazer as escolhas para se situar dentro das suas contradições e evitar se ferir. Três anos depois do nascimento de Mariano, do terraço da sua casa, ela ficou observando o que seus olhos podiam ver e sentindo o que sua alma vivia. Apesar disso o calor indesejável ainda a visitava de surpresa.

Diante dela, por cima do verde das copadas, a lagoa refletia a luz do sol da manhã. O ouro em pó das dunas e o mar estendido até as bordas do horizonte mostravam um dia radiante. Mas, o que ela sentia mesmo era um burburinho. Via, mais uma vez, a vida com todos os seus mistérios e desafios imprevisíveis diante e dentro dela. Em primeiro plano. Não precisava de moldura nem pensar nada. Era só sentir. O seu grande desafio continuava em curso: libertar-se das feridas e continuar na obstinação de ser feliz e fazer o filho feliz. Apesar de tudo, ser feliz. Recusava-se a ser prisioneira de si mesma, a ficar escrava de seus ressentimentos, a ressentir o gosto das suas mágoas, como se fosse uma indissolúvel bola de mascar. Precisava derramar esperanças em todos os espaços e a cada passo. No entanto, as muralhas íntimas do seu corpo eram bem menos resistentes do que esperava. Volta e meia tornava a ser invadida pela memória do prazer que, mesmo sem querer, sentiu nos anos finais da sua convivência com Salvador Cruz. Nascia como raiz plantada em seu corpo, regada com seu sangue, ainda que fosse para morrer em seguida.

Sentada diante da imensidão da paisagem escutou as batidas do seu coração como se fossem a ressonância de um tambor de batalha sem tréguas vinda de tempos e vidas além do seu alcance. Cada uma das batidas era um pulsar a mais das suas desordens. Sabia o que queria e teria que fazer as escolhas certas para chegar lá. Teria que saber separá-las. Mas como separá-las? Era o que se perguntava.

Naquele momento, diante dos seus olhos, três pontos mais escuros do que o azul do céu, moviam-se sem pressa. As três gralhas voavam seguras de seu rumo. Um casal, seguido por uma gralha solitária voando com grande esforço. Essa visão foi miraculosa. Desviou Mariana do que sentia. "Apenas três. Logo, logo não terá mais uma única", pensou. Fixou o olhar na gralha movendo as asas com as pontas podadas. Voava no limite do seu esforço, olhando ao longe. Na vastidão do céu as gralhas ocupavam três pontinhos. Mas era como se todo o céu lhes pertencesse. Foi o que Mariana pensou com encantamento. E esqueceu o passado.

Na tarde do mesmo dia ela se propôs a denunciar pelas redes sociais os caçadores de gralhas, tucanos, sabiás, macacos, tatus e outros bichos sendo exterminados no Morro. Recebeu milhares de apoio em todas as línguas escritas. Apesar dessas compaixões e indignações apaixonadas, e da vigilância eventual que passou a existir, nada mudou. Os caçadores eram bem-informados. Foi fácil descobrir quem eles eram. Quatro nomes foram denunciados. Na fotografia eles posavam com as cinturas rodeadas de passarinhos pendurados pelo pescoço, as espingardas nas mãos e um sorriso libertino de vitória. Moravam no lado poente do mesmo morro da casa de Mariana. Mandou o motorista, Abreu, chamá-los. Vieram três. *O nosso colega não pôde vir, andou se acidentando.* O tal *nosso colega* nunca apareceu. Quando ela começou a falar no crime que era a caça, Celso, líder maneiroso, sacudiu a cabeleira loura sapecada pelo sol, com a cabeça pendida olhou nos olhos dela, riu e perguntou:

— Que diferença faz um tucano a mais ou a menos neste mundo onde se um de nós morrermos não faz diferença nenhuma?

— A mesma diferença que você faz para o mundo em estar vivo ou morto — respondeu Mariana — mas, para os passarinhos, você morto ia fazer grande diferença. Isso faz sentido para você?

— Você pega pesado — Celso disse, rindo e medindo o contraste entre o que ouviu e a vulnerabilidade física de quem havia falado com extrema segurança.

— Você já comeu um ensopado de tatu? Com batata e molho de tomate e cebola, um raminho de alecrim e cominho, que a dona Paula faz? E um temperinho verde por cima? — provocou Dudu com os olhos arregalados.

— Bem quentinho, saindo fumaça? E aquele cheiro gostoso que dá água na boca? — completou Sereno com uma voz quase acriançada no corpo imenso.

Celso fechou os grandes olhos e viajou.

— Com uma cerveja — lambeu os lábios aproveitando a espuma — bem gelada.

Mariana ficou paralisada. A cerveja não sabia que gosto tinha. Mas gostava de carne e peixe com molho de ervas que Bento, o chef de cozinha de Salvador, fazia. Só não conseguia ver um tatu sem a carapaça em uma panela, fumegando e cheirando gostoso, como eles viam. Não bateu de frente. Mudou de tática. Antes que o molho do tatu ensopado se espalhasse pela sua boca convidou os rapazes para almoçar.

— Tatu ensopado não tem. Nem hoje nem nunca, mas vocês vão tomar a cerveja artesanal que a Tila gosta — ela propôs. — Pode ser? E por hoje não se fala mais nisso. Na paz. Combinado?

Eles voltaram outras vezes e continuaram a ser bem tratados. Mariana referia-se poucas vezes sobre a defesa da natureza e o crime de caçar nos morros. “Vou fazer com eles o que eles fazem com os bichos: ficar sevando até a hora do abate.”

Um mês mais tarde ela foi objetiva. E sem ter consciência disso, agiu tal qual via Salvador Cruz enlaçar as pessoas e dar o golpe certeiro.

— Quanto cada um de vocês ganha por mês?

Perguntou sem medo do efeito. "Estão voltando aqui para quê? Para perder é que não é. E por fantasia comigo e um filho pequeno é que também não é. Pode não ser só por dinheiro, mas ele é o principal motivo. Com certeza," tinha questionado.

— Depende — disse Celso com a mesma lógica.

— Depende de quê?

— Não é por mês, é por dia. No verão é mais — disse Dudu.

— E dia a dia, a cada mês? Quanto cada um ganha?

— Não dá para calcular. Não fizemos conta — disse Sereno, calmamente, sentado no tapete como um Buda, sem mover o grande corpo. — É quando acontece. Por quê?

— Digamos, e se receberem por mês o dobro do que ganham no verão, durante o ano inteiro para fazer o que vou propor? — Mariana perguntou.

Os três se olharam.

— Isso é uma proposta para acabar com as caçadas ou é uma brincadeira...? — os três perguntaram, como um jogral.

— É uma proposta que pode começar a valer a partir de hoje. Dia primeiro de junho — Mariana deixou claro.

Os três se interrogaram com os olhos.

— Não depende só de nós. Não será fácil a rapaziada desistir do que se gosta de caçar desde não sei lá quando — argumentou Celso. E comparou: — E, mal comparando, é como cortar a raiz e continuar querendo colher a fruta. Sabe como, Mariana. Tudo o que se perde dói.

— Vocês são inteligentes. Então, pensem bem. O que está dentro de nós é mais difícil de jogar fora. Mesmo as porcarias — ela disse. — É por isso que vou pagar tão bem. Dinheiro também ajuda a mudar de hábitos e se livrar do lixo. Ou não?

— Se para nós estiver bem, o que os outros levam? — Sereno perguntou. — Tem muita gente.

— Quantos?

— É um bom grupo. Uns quinze — Celso contabilizou, com exagero.

— Primeiro o exemplo de vocês. Depois, vamos ver... Que tal um bom prêmio por mês para quem não caçou. Pode ser medalha de mérito com direito a festa de comemoração durante um churrasco? — Mariana propôs.

— Sem essa, medalha pega mal — disse Celso, rindo. — Mancha a foto.

— Uma peixada antes que a safra da tainha acabe — propôs Sereno.

— E por que não? Afinal, vocês não gostam de caçar para se reunir durante a comilança? — Mariana estimulou. — Tem que ter festa melhor do que se caçassem.

— E você vai? — Celso perguntou.

— Se for convidada, quem sabe? É uma ideia.

— Que tal tentar rapazes? — Celso consultou. — Isso tem garantia de recebermos, já que não pode haver contrato nem carteira assinada?

— Você é esperto demais, Celso. Ainda bem que não pediu décimo terceiro, férias, seguro-desemprego, hora extra, risco de acidente com a arma, vales transporte e alimentação. Tem. Basta abrir uma conta no banco e dia 30 de cada mês ir retirar o dinheiro. Quanto a minha garantia é o seguinte: se até começar esse verão não se escutar um tiro e não for encontrada nenhuma armadilha e, no próximo ano, começar a aumentar os bandos de macacos e passarinhos, os pagamentos continuam e até pode aumentar. Caso contrário não pago mais nada.

— Sem um tiro!? Não vai dar — reagiu Sereno. — E se for um foguete?

— Sem um tiro. Foguete é outra coisa — Mariana deixou claro.

— Tudo bem, mas sem essa de conta em banco. Banco cobra para receber o dinheiro e cobra para devolver o que é nosso — reagiu Celso.

— Nada feito — disse Mariana. — Dinheiro só sai e entra pelos bancos. Dinheiro fora de banco é coisa de bandido. Ou vão querer que eu deposite em uma conta secreta na Suíça ou nas Ilhas Kayman? Ou é assim ou nada. E tem mais: se não pararem as caçadas o caso não será mais do meu interesse. Vai ser de outros.

— Da polícia? — perguntou Sereno.

Os três riram.

— Dela, todo mundo sabe como se safar — menosprezou Celso. — Os caminhos da mata são como os caminhos do mundo, Mariana. Sempre têm picadas e desvios. E nós conhecemos todos eles. Onde vivemos já é um desvio.

— Armadilhas também... — Sereno emendou. Sem entender que ali também iniciava uma armadilha para eles. — Todo santo dia a gente se livra de uma enlaçada.

— E não tem polícia para todos — concluiu Dudu. — Isso também é sabido.

— Tem sim — disse Mariana, — levem a polícia dentro de vocês. — Eles riram. — Vocês é que escolhem. Não vou mais falar disso.

Celso voltou a olhar para Mariana e desfez o silêncio.

— Tudo bem. Já é quase meio-dia — disse. — Fechado, rapazes?

— Fechado.

— É um bom desafio. Vamos indo. Vamos começar hoje à noite na venda do Vadinho. Medir a febre para ver o que acham da proposta doida — disse Celso.

— Esperem. Vamos almoçar, para comemorar? — Mariana convidou. — Mandei preparar uma mesa para a ocasião. Vamos festejar.

— Como já sabia que hoje tinha acerto? — Sereno perguntou.

— Sabendo — respondeu Mariana. — Sabendo.

Eles se olharam.

— Você é muito esperta. Sabe jogar. Vai longe — disse Celso, olhando os olhos violeta de Mariana. — Isso é bom, assim a agente vai se conhecendo melhor. E não precisa contar conosco só para controlar as caçadas. Disponha para qualquer outra coisa que precisar. Sabemos que está bem segura com essa vigilância toda e tem gente para todos os trabalhos, mas uma mão amiga é sempre boa. É isso que eu quero dizer.

— Obrigada. Preciso mais de mão amiga do que seguranças — disse Mariana de um modo natural — levantou-se. — Tila faça o favor, os meninos vão almoçar com a gente, como o previsto. Pode mandar as cervejas. Não se esqueça de mandar servir a torta de limão gelada para a sobremesa.

— Não mandei fazer torta de limão. Você já deve estar enjoada dela. Tem sorvete de manga e banana caramelada com canela — disse Tila se aproximando.

"Os meninos," pensou Celso coçando a cabeça e dando uma risadinha. "Nós é que somos os meninos. E ela é o quê. Só por que é mãe com essa idade?"

— Outra coisa: nada de bagulho aqui — declarou Mariana. — Nem por perto.

— Claro, nem se preocupe — garantiu Celso. — Nada a ver.

— Um dia eu quero fazer igual ao Paul McCartney — disse Sereno. — No lugar de fumar um baseado vou tomar um bom vinho. Coisa de poderoso.

— Se, depois de tanto tempo, ele pôde... — disse Mariana. — Sereno, se quiser começar hoje eu tenho um bom vinho. Pode levá-lo de presente.

— Não, obrigado. Não estou com tanta pressa.

— Mas, aqui é sem baseado.

— Não se preocupe. — Sereno lembrou: — No tempo do doutor Salvador a guarda, mesmo sendo de amigos meus, não dava moleza. Nem pensar em chegar aqui perto.

— Hoje a casa é minha — disse Mariana. — E dependerá de quem e porque chega perto. Vocês serão bem-vindos se não houver nada contra. Mas gostaria de uma coisa, Sereno. Não se ofenda, mas dá para tomar um banho e tirar esse cheiro de almíscar?

— É só na cinta. Matei três tucanos e uma gralha ontem e pendurei na cintura.

— Que horror. Então bote a cinta de molho, jogue fora. Dou outra.

Mais ou menos cinco anos depois os três chegaram mais cedo. Cada vez que subiam a rampa era uma festa, sobretudo para o menino. Celso ensinou Mariano a fazer pássaros de barro. O primeiro ele fez usando as mãos inteiras. Uma araponga desconforme. Desconjuntada como o seu canto. O longo rabo, grosso para não quebrar. Depois, com as pontas dos dedos, moldou um trinca ferro, uma pombinha e o tucano com o bico mais pesado do que o corpo. Até chegar aquele maravilhoso dia. O barro tinha sido amassado, modelado e seco ao sol esperando a hora do sabiá voar.

— Está bem real — avaliou sua mãe —, só falta voar.

— Na hora vai voar — disse Mariano, — vocês vão ver.

— Pense nele voando. Sopra no bico, com bastante força — Celso orientava. — Com mais força e estenda as mãos para o céu que ele vai sair batendo as asas.

— Fique quieto. Deixa comigo — disse Mariano, se concentrando. Elevou o sabiá nas palmas das mãos, olhou para a imagem de barro como se estivesse transferindo a sua vida para ela e soprou. — Voou, voou. Olha lá!... É lindo.

— Este está livre — disse Celso. — Bem como sua mãe gosta. Não vai depois querer engaiolar o sabiá, que a sua mãe lhe mata.

-Nada disso. Vamos soltar outros — disse Mariano. — Quero ver um bando de passarinhos voando e encobrindo o sol uns dez minutos.

Mariana, na varanda, não parava de bater palmas e assoviar.

— Vamos sim, fazer e soltar um bando — estimulou Celso.

— Não só passarinhos. Façam os macacos saírem pulando — gritou Mariana.

— E os pombos e os tucanos, as saracuras e as gralhas e todos os bichos — continuou Mariano, empolgado. — Tatu eu não faço. O Sereno mata e come.

— Esse tempo já passou — disse Sereno, rindo. — Mas não é bom arriscar.

Durante o almoço daquele dia os rapazes disseram para Mariana que não queriam receber mais nada. Os morros estavam repovoados e eles se sentiam pagos.

— Isso de ser pago para não caçar pega mal — disse Celso. — Mais ainda para nós. Sereno fez curso e vai ser segurança de rico. Dudu vai cursar a Marinha. Se você quiser, Mariana, basta o churrasco ou a peixada no final do mês. Não é, rapazes?

— Perfeito — concordaram os dois, engolindo a torta gelada.

A relação foi perdurando. Com papéis bem definidos e distintos. Até que, dez anos depois, no alto da serra, tomou outro rumo, não conjeturado — pelo menos não por ela — entre Mariana e Celso. O mais provável é que Celso, com a sua experiência de caçador, tenha alimentado sonhos e esperanças e esperou, pacientemente, a ocasião certa de revelar os seus sentimentos.

Durou até o dia em que Chico Ventura falou para Mariana das coisas que pertencem ao coração e as que só fazem parte do corpo.

AS ANDANÇAS DE CHICO VENTURA

27

Mariana Paz demorou para definir o que fazer com as terras deixadas pelo pai desconhecido. Porém, à medida que o tempo ia passando, ela via crescer as suas raízes naquela paisagem de verde exuberante, córregos congelados no inverno e refrescantes no verão. A decisão de tornar um mundo bucólico em um grande projeto vinícola fez com que ela mais se envolvesse com as terras herdadas. Encantava-se com os dias de céu azul e noites com os vaga-lumes clareando os campos e as estrelas riscando o céu. Ainda que não soubesse bem o porquê amava estar ali. Sobretudo naquele dia 2 de novembro, em que viu germinar diante dos seus olhos, de um modo espantoso, a semente da laranjeira que tinha cuspido na terra uma semana antes e enterrado com os pés. No começo esbugalhava os olhos e escancarava a boca quando via as vacas jorrando leite. Fez um verdadeiro alvoroço, deslumbrada, ao ver as galinhas chocas saírem dos ninhos, cacarejando, com um bando de pintos amarelos. Ali a vida parecia ter pressa em se renovar. E ao mesmo tempo escorria suave dentro de uma paz sem manchas. Bem como ela gostava de viver.

Foi dentro daquele fermento vivo que muitos anos depois nasceu o envolvimento entre ela e Celso. Um fogo que fez ferver o sangue e que se apagou com um sopro de Chico Ventura, quando lhe disse, naquele fim de dia, para não confundir o corpo com o coração. Na hora ela considerou uma invasão grosseira à sua privacidade. Não tinha muita razão para se revoltar, mas, como reagir era da sua natureza, discutiu com ele.

Chico Ventura tinha passado a se dividir entre a sua casa e o casarão em ruína desde quando sepultou a ossada do bezerro como se fosse o corpo de Custódio Cruz. Sem saber de fato quem ele era, no dia em que Mariana tentou invadir os segredos da vida e do coração de Chico Ventura, ele saiu pela tangente. Ela queria compreender melhor quem era aquele homem que lhe tratava como uma filha. Com o tempo, mesmo que não o fosse, ela queria aceitá-lo como sendo uma espécie de pai. E agora, ali na varanda, ao entardecer, a conversa tinha um clima de sinceridade.

— Você foge das minhas perguntas. Conte mais sobre a sua vida — ela pediu.

— A minha história é bem simples, se quer saber — disse ele, quando ela, mais uma vez, rondou com perguntas e observações indiretas para saber se ela podia ou não confiar nele. — Sou um homem que apenas gosta de viver — resumiu.

— E quem não gosta de viver! — ela sentenciou.

Depois, Chico Ventura contou o que lhe interessava contar e omitiu o que era bom saltar. Mas sem esconder como via a vida e como tratava a sua alma e a alma alheia. E, de fato, o que contava não era bem uma fábula. Bem o contrário.

Depois de ter rodado por grandes cidades e endereços imprecisos ele voltou para as cercanias da serra. Com o que recebeu de indenização por acidente de trabalho e economias comprou umas terras nas margens do rio Canoas. "Rolei tanto para descobrir que meu lugar é este. A gente acha que o mundo é uma vastidão e acaba no mesmo lugar de onde saiu, como se as pedras rolassem rio acima. E fica se sabendo que o mistério não é o mundo em que se vive, é a gente", disse para o escrivão Eusébio Tavares na hora em que recebeu a escritura.

Tinha um pé-de-meia e a aposentadoria, ao preço de dois dedos decepados na fresa. O anelar da mão esquerda não deixou nem vestígio.

"Chico Ventura, você sabe fazer as coisas certas ainda que pareçam erradas. Se você decepar a mão, todos vão acreditar que você é um homem honesto e se entrar na política acabará um grandão," disse Severo Sá, o companheiro de apartamento em São Paulo.

— Nada disso. Foi acidente mesmo. E dói. E quer saber de uma coisa certa, Severo? O poder é uma fantasia. Real é o vozerio de que roubou um trem de dinheiro e você acabar sendo fotografado na viagem. E sei lá se eu resistiria a embarcar nesse trem e não ter como explicar que pegou o trem errado. Poder? Nem de síndico. Só faria eu me perder. Eu acabaria deixando de ser quem eu sou — respondeu, depois de engolir o comprimido. E tomou uma decisão. — E sabe de outra coisa: vou voltar para o meu chão, antes que eu seja tragado pela solidão. Deu.

Foi o que fez. Desdenhou da premonição de Severo Sá.

Levou tempo para se reajustar. Sobretudo no inverno. O rio, o céu e a mata amanheciam cobertos por um lençol de cerração. Embaralhava o endereço onde ele vivia. A alma da lenha ficava entranhada de umidade, ardia no fogão. Soltava uma fumaça de cegar. Era tanto frio que nas noites de céu aberto não animava ir ver as estrelas que ainda não haviam encontrado o seu lugar no firmamento. E despencavam.

Nesses dias de inverno brabo Chico Ventura fechava as portas e janelas. E mesmo assim o vento gelado assoviava rondando a casa e descobria por onde entrar. Parava de chover e as águas do rio iam desaparecendo aos poucos. Encolhidas nas poças, paradas nos remansos, refletindo as sombras das árvores e esperando as nuvens se espelhar na superfície lisa. No inverno a vida era assim. Tudo mais lento. As estrelas derretendo, as águas paradas, as folhas boiando, o tempo e a vida escoando sem deixar rastro, para muito além de tudo que ele imaginava.

Um sábado à tardinha, um cachorro latiu e movimentou o mundo. Chico abriu a porta, furou a neblina com o olhar colina acima. Esperava ver uma alma viva, saindo da encruzilhada em direção a casa. Não viu nada. Tudo imóvel dentro da solidão congelada. Disse para o cachorro: "Vai dormir, para não ver o que não existe. Espera a primavera. Amanhã eu saio. Caia neve, chova ou faça sol."

Olhou o céu enevoado e, nesse exato momento, dentro de uma nesga de claridade, viu um bando de tiés-sangue caírem como pedras vermelhas de gelo.

Era assim mesmo. Durante o inverno as águas iam minguando e o leito do rio revelava os seus mistérios. Ficava uma estrada larga, forrada com pedras brancas. E Chico Ventura meditava sobre o jeito da natureza ajeitar as coisas: "Depois dessa secura, lá por final de agosto, setembro, as águas chegam aos borbotões e o rio se alarga outra vez e engole as margens. Isso quando não arrasta pedras e árvores vivas e mortas. Toma de volta o que considera seu. Prepotente como certos homens que ouço falar e que gostam de aparecer. E o que eu vejo agora, desaparece. O gelo derrete, a neblina viaja. Eu morro. Só fica o rio mostrando as suas pedras lavadas. Sem nem se dar conta de que eu estive aqui. E o fogo apagando, como agora, volta a acender para alguém que sentar no meu lugar. Este vento frio, que congelou os passarinhos no ar, como eu acabei de ver o bando de tiés-sangue cair, volta a ser o mormaço gostoso das tardes da primavera. E a gente nem se lembra do inverno que passou. E toca a vida como ela é. Com alegria de estar vivendo cada *cosita más.*"

Saiu para o pátio. Foi até a estrebaria trocar uma palavra com o Baio. Deu um punhado de milho na boca do cavalo. Andou ao redor de casa e entrou pela cozinha com uma braçada de lenha. Ativou o fogo e voltou a pensar. "Fazer o quê? No inverno é penoso. Mas é melhor do que a vida lá fora. Mesmo no seminário, onde éramos educados para a caridade, a tolerância, o perdão e não sei mais quê, sofri de saudades de casa. Mas valeu. Aqui posso ser pobre sem me sentir humilhado. E, pensando bem, não nada me falta. E por onde andei faltava-me quase tudo. E, benza Deus, hoje sou menos sozinho do que onde as pessoas se afogam sem ter água, atropelando-se por dentro e por fora, sem saber quem é o outro. Vá se entender uma coisa assim. Aqui eu quase sei quem sou; sem o oco da solidão no meio da multidão. Sem ser ignorado e ignorar. Vivendo como uma planta seca no ermo do deserto humano."

Mesmo no inverno Chico Ventura não gostava de ficar preso no mesmo lugar durante muito tempo. A alma errante movia o corpo. Volta e meia saía, visitava amigos e fazia amigos. Sempre bem recebido. Prestava uma ajuda, sem cobrar nada. Quando botava um precinho, um escambo era para valorizar quem o dava.

O seu passado era um ninho só dele. O presente, se ele assim o pudesse, seria um ninho para agasalhar a humanidade. Tinha, em comum com Mariano Paz, uma bondade congênita. Chocava as sobras de lembranças —, sobretudo do seu amor por Antônia. Uma por noite. Ou todas em uma só noite para depois ficar uns dez, doze dias, sem ter o que lembrar. Só com o gostinho de estar vivo.

Logo que ele voltou para o planalto não esperava ser lembrado e se propôs a construir uma nova história pessoal. Retornou depois de serenar o boato de ter fugido por estar envolvido em uma ou mais mortes, pela disputa de uma ou mais de uma moça, nos tempos em que andou pelas fronteiras com a Argentina. Esse pedaço do seu passado fazia de conta que não existiu. O presente era mais valioso. Gostava de viver onde as esperanças e as desavenças com a vida, as queixas contra o governo, as conversas do dia a dia, eram compartilhadas. Nisso encontrou o planalto no mesmo tempo que deixou. Poucos dos mais velhos contavam histórias da Guerra dos Pelados, lá para mais ao norte, quando as tropas do governo trucidaram 12 mil seguidores do monge João Maria. Os fiéis de São Sebastião. Coisa perdida na memória. Só Manoel Ramos, um bisneto de Deodato, o último guerreiro a ser preso, e executado na cadeia, fazia questão de contar que a mortandade não teve nada a haver com religião. "Foi pela posse das terras que tiraram dos caboclos para dar aos gringos e aos coronéis. Ganância pura." Poucos sabiam que a dita guerra tinha existido. E os jovens, que pouco ou nada tinham, desapegados do passado e em busca de um pedaço do presente onde pisar, deixavam tudo para trás e iam para as cidades, trabalhar como peões da construção civil e das empreiteiras.

Chico Ventura até gostava de ter caído na cova do esquecimento. E foi dela que ele brotou como um homem novo. Passou a acreditar, que "ninguém vem a este mundo para viver só consigo, nem pensar só em si mesmo. Nem bicho vive assim. Todos precisam de todos. Sem esses detalhes de quem se é ou se deixa de ser."

Uma opção sem maiores questionamentos bíblicos ou filosóficos.

Era assim que ele se justificava zanzar de um lado para o outro, quando tivesse vontade ou atendendo a um pedido. Tinha um carrinho, mas depois de criar calo na bunda, gostava de montar o Baio, um cavalo miúdo que ria, estremecendo os beiços, quando via o dono. Nada de ser herói. Nada de capa, espada, destroçar moinhos de vento. Nem um punhal nem revólver. Sem armaduras de qualquer espécie. Só tinha a razão do seu coração e as suas ideias. Tudo à mostra com o seu sorriso de lábios entreabertos ou de boca escancarada. Procurando estar no mundo sem se queixar dele. "Neste mundo de choro e de risos," dizia para Mariana. "Ninguém sabe bem porque, mas ele é assim. E bem que cada um pode abrandar o seu e o choro e aliviar o do outro. É uma troca justa, pois não? Nada de mosteiro, como minha mãe queria que eu fizesse. Isso é puro esconderijo. Ou deixar criar raízes ao redor do corpo sem perceber o tempo passar. Acredito mesmo é em fazer as coisas com alegria e desapego. Aqui e agora, onde vivo. Indo e vindo. Nem que seja ir lá aos cafundós, onde o diabo perdeu as botas, para trocar uma palavrinha com meus amigos que se sentem sozinhos. Como o Zé do Grotão. E nada de ficar dizendo por aí o que se faz, nem porque se faz o que se fez e o que se deixou de fazer. Lá existe quem queira saber dessas lorotas? Se bem que isso já fica difícil para quem, como eu, goste de contar historíolas. Nem todo mundo quer ficar escutando. Dá para me entender, Mariana?"

Ela aos poucos foi conhecendo a vida, a alma de Chico Ventura. E alguns segredos que deixava escapar. Talvez ela tenha sido a sua única confidente. E guardou a lembrança da tarde, na varanda, diante de um pôr do sol tingido com todas as cores, quando ela perguntou sobre se era verdade o que escutou sobre ele ter matado um rival. "Ou dois, dependendo de quem conta." Ele não confirmou. Nem desmentiu.

— Matar uma pessoa é fácil, Mariana. É o que o ser humano mais tem se dedicado a fazer. E cada vez com mais eficiência e menos motivos. Sem um pau, uma pedra, mata-se a soco — disse. — Difícil mesmo é matar os inimigos que guardamos dentro de nós. Esses, tratados como queridos amigos. Isso sim é difícil. Mas tem quem mate por uma ideia, um bagulho, uma mulher. Por nada. Esses não conseguiram matar os inimigos que guardam dentro deles e inventam pretextos.

Assim, ficou o dito pelo não dito. E Mariana continuou conjeturando, esperando um dia poder voltar ao assunto e saber esta e outras histórias sobre Chico Ventura.

A HISTÓRIA DE CHICO E MARIANA

28

No começo Mariana mal simulava a desconfiança. Com o tempo ela passou a entender que não foi só por gostar de vaguear se prontificando a ajudas, que Chico Ventura foi bater, mais de uma vez, nas terras de Custódio Cruz e descobrir o que descobriu e se envolver no que se envolveu. Tinha mais mistério. Não seria só por bondade que ele, depois de sepultar a ossada do bezerro como sendo o corpo de Custódio Cruz, amiudou as suas andanças e ficou cuidando da casa, à espera da nova dona, que ele só tinha visto uma vez antes de ela abrir bem os olhos.

No primeiro dia em que a herdeira apareceu na frente do portão, Chico Ventura a olhou com visível emoção.

— Você é Mariana Paz, a filha de Antônia — disse, sorrindo. — Levou tempo para vir conhecer o que é seu. É mais linda do que era na minha imaginação.

— E você, quem é?

— Eu sou Chico Ventura. Sabia que você viria. Fui o primeiro a ficar sabendo que você era a nova dona e não quis que o abandono tomasse conta de tudo, até você aparecer. Faço o que posso. Não é muito, mas não deixei que a aparência da ruína se apropriasse de tudo.

Mariana ficou em silêncio, olhando primeiro dentro dos olhos dele, depois cada detalhe ao redor e ao longe. Ao mesmo tempo tudo lhe era estranho e íntimo, como se estivesse vendo um cenário já por ela sonhado.

— Não sei o que tem este lugar, mas sinto que é o meu lugar — disse ela, continuando a olhar a vastidão. — Só não sei o que vou fazer com essas terras.

— Logo logo você vai saber e transformará isso tudo. Você nasceu aqui. Esta terra, de certa forma, é o seu berço.

— O meu berço?

— É. Aos poucos vai saber por quê. Aqui tudo ficou parado à sua espera — disse. — Você veio trazer alma nova para estas terras.

A previsão de Chico Ventura estava certa. Anos depois das reformas e novas construções prontas e dos grandes parreirais vicejando nas colinas, antes cobertas pelo matagal e pastagens secas no inverno, ele disse para ela:

— Agora sim. Tudo está com alma nova. A sua alma. O casarão reformado, cheio de conforto, cercas em pé, as pedras das taipas no lugar certo. As frutas sem bichos, o gado vacinado, os galos cantando mais alto, as galinhas escorrendo ovos por onde elas passam. As vacas jorrando leite, a bezerrada nascendo como coelhos. Uma vila de casas novas, as conversas dos peões. Esses vinhedos de paraíso. Tudo cheirando à vida nova. Assim, já posso seguir as minhas trilhas.

Ela voltou-se para ele e disse com determinação:

— Vou continuar reformando, construindo e fazendo tudo desenvolver-se mais, a ter ainda mais vida. Quero ver crescer aqui uma vila com gente feliz. Com a turbina na cachoeira gerando energia para uma comunidade é tudo mais fácil. Já não é mais um lugar de finais de semana e de férias, como eu pensei. Vou investir muito mais aqui. Vou aumentar o projeto da vinícola com mais uvas adaptáveis à altitude, plantar muitos hectares com as melhores castas. Criar mais empregos. E além dos vinhos nobres que já produzimos tornar o nosso espumante excepcional. O melhor — falava e via tudo acontecendo. — Ficou claro que não preciso estar todo o tempo na capital e viajando. Posso ficar aqui por mais tempo e comandar as empresas daqui. Com bons profissionais como parceiros tudo fica fácil. Aqui pode ser o meu melhor ninho no mundo, Chico. — Olhou dentro dos olhos dele. — Posso continuar contando com você?

Chico riu. Primeiro um sussurro, logo uma risada solta. Era o que queria ouvir.

— Você sabe armar o laço. E como pode. Acho boa a ideia de expandir os vinhedos. Para o que tem excelente qualidade não falta mercado. Mas, pense bem na dimensão que está tomando. Isso demanda tempo, além de muito dinheiro. E mais técnicos e empregados especializados. E não é fácil aumentar os que já têm — alertou.

— Tempo e dinheiro se constroem, Chico. A equipe técnica, a começar pelo agrônomo Miro Filho, é a melhor e vai aumentar. Contratei Michel Clou Jacques, um renomado enólogo que será a alma de Borgonha na Vila Paz dos Vinhedos e Juan Santamaria, um profundo conhecedor da maturação das uvas. É o que está sendo o nosso ponto fraco. E quanto a mais empregados, se paga bem, constrói-se outras boas casas e se dá cursos de especialização.

Chico Ventura pendeu a cabeça.

— Não me parece a melhor opção.

— E por quê?

— Porque você treina e os competidores pagam mais. É o que os outros vinicultores da região precisam. Trás bons técnicos e os concorrentes enfeitiçam. Você oferece moradia e os funcionários não se sentem em casa, não criam raízes. E quando se sentem em casa acham que é deles. Ninguém tira mais de dentro.

— Neste caso ninguém cria nenhuma empresa por aqui. É a lei da concorrência.

— Para tudo tem solução. Como é que você faz nas suas empresas?

— Na de alta tecnologia quarenta e cinco por cento são de sócios. Nas outras, todos ganham prêmios pelas metas alcançadas e participam dos resultados financeiros.

— Empregados como sócios na produção de vinhos pode não ser uma boa ideia. Você já pensou? O vinho secar antes de ser engarrafado?

Dê prêmios aqui também. Prêmio para isso, prêmio para aquilo. Para quem anda limpinho e planta flores na frente de casa, para quem não briga. Para quem organiza as festas, quem toca um instrumento. Prêmio especial para quem não deixar os filhos faltar à escola. Agora, se disser que eles são sócios, podem beber a safra e ainda, depois, querer vender a parte deles. Dê prêmios para tudo. Até para quem não beber demais e melhor imitar o Pavarotti, o Raul Seixas, a Fafá de Belém... E os sertanejos, claro.

— E os Beatles. Vai parecer às loterias do governo — ela riu.

— O governo não é idiota. Sabe como arrecadar dinheiro até dos sonhos alheios. É para você ver que muita gente paga apostando na sorte de ganhar um prêmio. É o que todos sonham ganhar na vida e na morte, Mariana: um prêmio. Por pequeno que seja. Ganhar na loteria, ir para o céu... Receber um elogio... E, se você criar prêmios, não precisará punir por faltas. Só deixa de ganhar prêmio.

— Você pensa em tudo Chico Ventura. Às vezes com impiedade. Mas há de ter uma solução. É só mais um dos desafios. Isso é bom. Você está me ajudando muito — disse Mariana passando, rápido, a mão na cabeça dele. — Obrigada. Estou muito feliz. Vamos tomar uma taça?

— Será bem-vinda.

Ela foi buscar o espumante e serviu.

— Um espumante clássico predominante de *pinot noir* e *pinot gris* na terceira safra — comentou Mariana. — Uvas milenares de cultivo difícil, com amadurecimento precoce. A colheita deve ser afetuosa. Interrompe a fermentação no outono e só recomeça na primavera. Exige maior trabalho. — Contemplou o perlage, sentiu o aroma exuberante, o sabor sutil, nuance frutada, acidez viva sem agressão. — O sommelier Pedro Antares está certo, ainda falta mais preciosismo para alcançar a excelência desejada — acrescentou, brindando. — Mas nesta safra chegaremos lá.

— Para ter essa elegância sutil, esse fascínio de um mistério a boca, não pode ser mesmo uma uva que dá cachos na beira da estrada — disse Chico, depois de degustar. — Está primoroso. Eu bebo vinho desde

quando era coroinha. A sacristia era o melhor lugar da igreja — riu.
— Gosto de ver a sua paixão pelo vinho.

— Antes eu fazia ioga e rezava para ser mais tolerante. Agora eu bebo vinho. Se tomar uma garrafa então, converso numa boa até com gago lendo bíblia — ela riu.

Chico Ventura olhou com ternura dentro dos olhos de Mariana.

— Sabia que eu podia ser o seu pai?

— Que loucura é esta? — ela perguntou, espantada.

— Uma hora eu tinha que lhe contar o que aconteceu. E já esperei muito tempo.

— Como assim?

Estavam sentados à varanda lateral de frente para o oeste. Os olhos de Mariana, lilás como o céu do poente, começaram a ficar com tonalidades indefinidas.

— Não se assuste. Eu explico. É simples — ele disse. — A sua mãe, Antônia, se desentendeu com o pai dela. Caso de gênios, pelo que ela pouco contou. Coisa que se pensa que acabou ali e volta outro dia, quando menos se espera. Dá para entender. Como um desses ditadores que persistem: morre um, e, enquanto estão dando graças a Deus, — *estamos libres de lás injusticias!* — já nasceu outro sentado no trono. Como os terremotos no Chile. Todo mundo prefere acreditar que foi o último, continua ali, nos morros de Valparaiso, até que um dia outro abalo arrasa tudo. Essas picuinhas da vida são iguais. Vão somando. A cada dia maior. Até que uma hora vira tsunami. — Coçou a cabeça. — Enfim, Antônia mudou lá para casa, onde o rio Canoas se divide em dois. È um lugar bonito, você já devia ter conhecido, vai gostar de ir lá. Não sei bem por que, já que eu era só um amigo do irmão dela, o Teodoro, que foi aspirante a santo junto comigo e nem sei mais que fim levou.

— Quem sabe por que ela confiasse em você.

— Ou não quisesse ficar com ninguém da família. Tem momentos que a família não é o melhor abrigo para o que se sente. Alguém que não faça perguntas é melhor.

— Pode ser. Queria paz — imaginou Mariana. E pensou: "como vou saber"?

— O fato é que ela chegou com uma mala nova. O que eu entendi que já tinha planejado ir embora de casa. Quem sabe, só não soubesse por onde se pôr em retirada e começou lá por casa.

— E o que isso tem a ver com o *eu podia ser o seu pai*? Posso saber?

— É o que eu me pergunto. Por que não sou? — ele questionou. E revelou. — Eu sempre me interessei por Antônia. E ela sabia disso. Não era nada tola. Entendia o meu olhar. Era geniosa, mas bonita de encantar. Como você, se me permite. Só, claro, não tinha esses seus olhos, que mudam de cor conforme o sol, conforme a alma, que é uma herança, mal lembrando, de Custódio Cruz, o seu pai. Ela me atraia. Muito. Mais do que outra mulher, em qualquer tempo desta vida e neste mundo. Ela via isso. Nunca escondi. Pelo menos no jeito de olhar. — Falava como se ainda estivesse olhando para Antônia. — No começo pensei que ela tinha escolhido a minha casa pelo jeito que eu a olhava. Essa coisa de sonhar. Sabe como é, enquanto o apaixonado sonha, o conquistador beija, agarra e leva a musa. Mas ela não deu sinal de me aceitar. Ao contrário. No dia em que ela estava tomando banho no rio, subi na laje embaixo do ingazeiro e fiquei olhando. Ela gritou: "sai daí, não vê que estou pelada?" Eu continuei ali, olhando. E ela continuou tomando banho, como se eu não existisse. Eu nunca quis forçar nada. Questão de respeito a ela e pelo que eu sentia. Achava que era uma coisa de vida inteira, não de, se me tolera, não só de cama — Chimarreou. Olhou para o sol se pondo e sentenciou. — Às vezes se perde um grande amor porque não se arrebenta o muro que veio no meio da fortuna. Ou porque se respeita demais.

— E às vezes, por se perder o respeito — disse Mariana. — Quem vai saber a medida de cada um? Não existe uma lógica para tudo que acontece, não é? A lógica é a do que acontece, não do nosso entendimento. Vale para o amor — ponderou Mariana.

— Não foi o meu caso, Mariana. Naqueles dias eu preferi não passar das medidas a passar por cima delas. Foi um risco calculado. Era como eu achava que ia ganhar o amor da Antônia. Para sempre. — Passou a ponta dos dedos ao longo do bigode. — Calculei mal. Tinha os meus motivos para não forçar. Coisas do meu passado. Mas isso eu só vim a entender bem mais tarde. Quando não tinha mais volta. Afinal, não se consegue sempre tudo o que se quer e do jeito que se quer.

— É uma pena você ter respeitado as medidas que criou. Mas, de fato, pelo que você conta, eu poderia ter sido sua filha. Talvez eu não seja por obra do seu passado e não por causa da resistência de minha mãe. De repente, ela só queria fazer você se apaixonar mais ainda. — Pensou como seria se fosse a filha de Chico Ventura. — E posso saber que motivos do seu passado eram esses? — Mariana perguntou.

— Um dia, se tiver oportunidade eu lhe conto — disse ele. — O fato é que um mês depois apareceu lá em casa o Prudente, que era meu amigo, criados quase juntos quando éramos moleques. E foi a vez dele, por acaso, ou não, ir à beira do lajeado e ver a Antônia tomando banho. Nua. Coisa que ela gostava de fazer todas as tardes no verão — franziu a testa. — Quando eu fui olhar, recebi um coice no peito. os dois estavam tomando banho juntos. Dizendo coisas, baixinho. E rindo. E deu no que deu.

— Agora entendo — disse Mariana. — De fato, você, Chico Ventura, podia ter sido o meu pai e, neste caso, tudo na minha vida seria diferente. Como vai se saber por que não foi. Se você fosse meu pai talvez eu não tivesse que cruzar tantas vezes a porta do inferno, como aconteceu.

Ele olhou para o pôr do sol. Um olhar estendido sobre o amor perdido.

— Pode ser, pode não ser. Mas, entenda uma coisa, Mariana. No fundo, acho que, na verdade, não existe céu nem inferno. É como eu penso. A gente faz de conta que existe, ou até acredita, para facilitar as coisas que se deve e não se deve fazer. Só para justificar. E isso é bom. Mas nada garante que eles existam fora de nós.

— No entanto, isso também não tem ajudado muito o mundo em que se vive.

— Não. Imagina então, o que seria deste mundo, sem essa crença? Acredito que cada um pode aceitar, ou não, a carga que quer levar. Como o meu caso com a sua mãe. Outras vezes acho que é a carga que nos escolhe para ser levada. Como também pode ser o meu caso de amor mal resolvido com a Antônia. Ainda assim, sempre tem um jeito de aliviar a montanha que o mundo coloca nas nossas costas — calou-se, olhando o horizonte de nuvens avermelhadas. A grande estrela já estava lá, brilhando sozinha no céu desmaiando. Ele continuou: — Certas ocasiões eu penso: Se só existe esta vida na terra, então, é melhor escolher o que se vive, porque o que se ganha e o que se perde aqui são para sempre.

— Às vezes penso de que ganhando ou perdendo não se leva nada.

— Seja lá como for, Mariana, a vida às vezes não parece ser, mas é bonita e é boa. Pelo menos enquanto se pode escolher o que fazer dela, enquanto se vive. Depois não sei. Só Deus sabe — soltou a taça depois de admirar as borbulhas. Mariana voltou a tomar o espumante. — Sei mesmo é que não é certo misturar Deus, o céu e inferno com o meu mundo. Isso não tem lógica. Só na nossa cabeça, que vive criando e desmontando a torto e a direito e precisa complicar porque acha que o mais simples e natural é sem graça. — Passou a mão no queixo, olhando para Mariana que o escutava calada. — Gosto dessas ideias. E, ao meio jeito, vou levando. Sem me perguntar muito o porquê aconteceu comigo, com o Prudente e a Antônia. Isso, sem contar como Custódio Cruz entrou nessa história. E aquele maldito touro que o Prudente degolou ter chifrada a Antônia, fazendo com que fossem expulsos destas terras e irem para a capital, onde foram tragados pelos desmoronamentos dos morros. O que acabou envolvendo você e o Salvador e ter nascido essa bela criatura que é o Mariano. E, depois de tudo, você aqui. Como cada um entrou nessa trama? O touro com o seu chifre? Cada um com o seu mundo, o seu céu? Cada um com o seu inferno? Como o que aconteceu com você? Cada um com os seus anjos e os seus demônios? Sem se dar conta de como a cada passo tudo começou e onde tudo ia dar? E deu no que deu. Você acabar a única herdeira de Custódio Cruz., o pai que não sabia que existia.

— Deixa-me ver se entendi — disse Mariana, aturdida com o que Chico Ventura falou. — Você quer dizer que, por não ser mais arrojado para conquistar minha mãe e querer evitar erros do seu passado, ela acabou se casando com Prudente e assim se tornou presa de Custódio

Cruz, de quem sou filha? E que foi a chifrada de um desses bonitos touros aspudos, degolado por Prudente, que causou a ida deles para a capital, onde desapareceram na lama e eu me salvei depois de seis dias sepultada? Para ser adotada como filha de Salvador Cruz, meu irmão, que fugiu daqui muitos anos antes? E ele se tornar o pai de Mariano? E eu me tornei a herdeira de Custódio Cruz? É isso?

— Não é bem isso. Ou melhor, não é só isso. Isso é o que está mais claro. — Repôs o espumante para Mariana, foi até a cozinha e voltou com o chimarrão. Na volta, acrescentou: — Como eu disse: às vezes é a carga que escolhe os nossos ombros. Eles carregaram a deles e você soube se livrar do grande peso que deixaram para você.

Após um longo silêncio Mariana pediu:

— Continue.

— Quanto a eles não sei para onde levaram os baús das suas vidas — ele continuou. — Nem se puderam escolher o que tinha dentro — chimarreou até ouvir o chiado asmático da cuia, igual ao ranger de uma indomável lembrança. — Eu mesmo procuro evitar levar a carga pesada, Mariana. — Chupou outra vez a bomba e outra vez só saiu o rumorejo. — Gosto de escolher e saber o que levo. Digo não ou sim ao que vem lá de fora e de dentro. Mas, me pergunto: Quem construiu o destino de quem nessa história? Espero que você entenda.

— Sei aonde você quer chegar — Mariana disse, olhando para ele com carinho. — Isso de escolher, eu aprendi. Porém, têm vezes que o céu e o inferno, se misturam dentro de mim. Veja: você diz que podia ser meu pai. E eu sou filha de Custódio Cruz, para mim um fantasma e não um pai, e de Antônia, uma mulher que não era a mulher dele. Não conheci nem um nem outro, embora sinta que ela está sempre perto de mim. Você pode não acreditar, mas está. Sinto não poder ver o seu rosto.

— Não tenho por que duvidar.

— Minha vida mesmo começou quando fui desenterrada da lama do morro desmoronado — relembrou. — Isso já bastaria. Mas, não. Sem que meu filho saiba, o meu irmão, rico e poderoso, adotou-me sem saber que éramos irmãos. Meu filho, Chico, não sabe que Salvador é meu irmão. Ele sabe, como eu ensinei, que Salvador é só um tio que não se aproxima. E não seu tio e seu pai, uma dupla verdade. O engano não muda o fato que não pode ser revelado. Isso é ou não um olhar para o inferno?

— Segundo as leis de Deus que os homens criaram pode ser — ele ponderou, — segundo a natureza humana nem tanto. Pode ser só efeito de causas humanas.

Mariana Paz continuou:

— O que importa na vida não é a natureza humana, Chico, é a história da nossa vida. E, mesmo assim, dentro de tudo isso eu encontrei uma luz para viver, senão plenamente feliz, mas sem dúvida não infeliz. — Olhou nos olhos dele. — E se você tivesse sido o meu pai? Com certeza a minha vida e a vida de Mariano seriam outras.

— E vai lá se saber qual seria a sua história, Mariana? Vai lá se entender por que não foi como eu queria? — Olhou para o céu, já cinza. Lá estava a estrela da tarde ainda mais brilhante e o céu menos claro. Pensou em voz alta. — E o Prudente nunca foi um rapaz guapo, como eu fui. Muito bom de coração, muito calmo, mas não guapo — repetiu. — E deu no que deu. — Olhou para ela com carinho. — Ficar olhando para trás é uma cegueira. Assim como não tirar proveito do sofrimento é um grande desperdício, não é verdade? Já que ele faz parte, para que sofrer com o passado?

— Prefiro acreditar que ninguém precisa sofrer como eu sofri para descobrir que a felicidade existe e está ao nosso alcance. Ninguém precisa atravessar um túnel escuro para saber que existe luz do outro lado, Chico Ventura. Ou precisa?

— Isso de caminho sem túnel não existe. O que importa, pelo que sei, é poder escolher um rumo com menos túneis. Ou, pelo menos, com túneis menos escuros. E evitar as pedreiras, claro. Mesmo correndo risco de fracassos. O que também serve para sentirmos cada vitória mais saborosa. Foi o que eu fiz. Gosto de viver como sou. Deus não precisa oferecer mais do que eu mesmo posso alcançar.

— A sua história de vida é bem diferente da minha, Chico Ventura. A minha foi arquitetada por quem, afinal? Por Antônia, minha mãe, que mal sei quem foi e só a percebo como um esboço iluminado? Por ela se casar com Prudente para despertar ciúme em você? Por você não ter lutado por seu amor por ela, para não ultrapassar os seus limites de respeito, mesmo se dizendo um homem guapo, quando isso deve ter sido tudo o que ela queria? Ser seduzida por você? Por ela ter vindo morar aqui depois de casada e Prudente tê-la entregue de bandeja para o seu patrão, fechando os olhos à traição para não ter que lavar com sangue a sua honra? Por Prudente, assumindo ser meu pai, ter degolado o touro aspudo para defender minha mãe, chifrada naquela mangueira de pedras, serem expulso daqui e ter me levado para a Capital, onde fiquei soterrada durante seis dias? Ou por Salvador Cruz, que não sabia ser meu irmão e me adotou quando me lavaram do barro, depois de ser resgatada, para ele se servir de mim? Diga-me, Chico Ventura, o autor da minha história foi Custódio Cruz — um predador das filhas —, o meu verdadeiro pai, que fiquei sabendo quem era só depois de estar grávida de Mariano, gerado por um filho dele? Como poderei dizer que eu construí o meu destino? Quem é, dentre todos eles, o autor do meu destino? E se ele não tivesse autores, eu teria um destino? Ou eu tenho um destino para que existam os seus autores? — olhou firme dentro dos olhos de Chico Ventura. — Afinal, que tramoia é essa? De que adianta a liberdade de escolher, como eu vivo escolhendo o que pensar, o que dizer ou ficar calada, o que fazer ou não fazer, o que sentir, se eu não posso escolher a minha história de vida? E você outro dia me disse que o homem constrói o seu destino? Eu, quando muito, construo os meus sonhos e as minhas esperanças. A minha liberdade é a de sonhar e correr atrás deles. Só meus sonhos são livres. Ou alguém sonha por mim e eu sou o seu espelho?

— Você tem suas razões. A sua história é incomum. Mas não é uma camisa de força. Ainda assim, neste momento, você pode escolher se alimentar da revoltada contra o seu passado ou ficar feliz por estar aqui e agora se questionando sobre o passado nebuloso do seu destino — e qual deles não tem os seus mistérios —, ou dar o sentido que quiser para a sua vida. A escolha é sua, Mariana. Pense nisso — disse Chico Ventura.

— Na verdade, as suas perguntas sem respostas são as mesmas que todo ser humano vem fazendo, cada vez com mais paixão, há mais de um milhão de anos. Que bom que é assim. Você já pensou se não tivéssemos o que nos perguntar? — ergueu a cabeça, olhando para frente. — Aquele boi que está pastando ali na colina não se pergunta nada. Ou faz outras indagações? Talvez passe a vida remoendo a mesma pergunta sem perceber que o tempo passa. Só Deus sabe.

Mariana seguiu em silêncio os pensamentos de Chico Ventura. E perguntou:

— Você de quando em vez fala em Deus. Você acredita mesmo em Deus, Chico? Ou só fala por falar, como todo mundo?

— E tem como não acreditar!? Acreditar ou não, não devia fazer a diferença de como se vive. Para certas pessoas não faz. Já para a maioria faz toda a diferença. Para mim às vezes faz, no geral eu esqueço.

— Pois eu acredito que o maior sonho de Deus é me ver feliz. Ou pelo menos, não infeliz — Mariana colocou firmeza na voz. — Não quero mostrar a Ele que eu fracassei o Seu sonho comigo. É um desafio a cada dia. Eu tenho que dar certo.

Chico Ventura lançou sobre ela um olhar cheio de amor. E sorriu.

— Para quem passou pelo que você passou isso é uma conquista gigantesca. Você está dando certo. Você é um prêmio da vida, Mariana.

— De certa forma sou feliz. Mesmo tendo momentos sofridos com as lembranças que me desnorteiam e algumas marcas que não saem.

— Se fracassar aqui ou ali, não perca o sono. Nos grandes negócios os riscos aumentam, não é verdade? E tem maior empresa do que a vida? Ela tem que dar lucro em todos os momentos. Você sabe muito bem lidar com isso. Nenhuma empresa sua está mal das pernas.

— E você não tem fracassos, Chico?

— Já tive muitos. E devo ter. Mas os meus fracassos são bem pequenos, coisinha à toa. Do tamanho das minhas ambições. Por isso nem dou trela para eles.

Mariana olhou para ele com admiração e carinho.

— Mas você é um grande homem, Chico Ventura. Bem maior do que as suas ambições. Se você tivesse sido o meu pai eu não teria vivido o que vivi.

— Não vamos saber por que não aconteceu. — Olhou a grande estrela pendurada no nada. Dorotéia acendeu as luzes da casa e dos pátios, ainda sendo dia. — E o Prudente nunca foi um rapaz guapo como eu. Muito bom de coração, caladão, paciente até demais, mas não guapo — repetiu. — E deu no que deu.

— Não é estranho que você, confessando o amor que sentiu pela minha mãe, e pelo que ainda guarda, e tendo sido guapo, tivesse-a *respeitado demais*, como disse?

— Quem vai saber por quê? Talvez, assim, eu tivesse sido poupado de outros males piores. Os que vêm com o amor cego. A paixão que cava desgosto. As amarguras que deve ter vivido Prudente Paz. Procuro não pensar, mas quando penso, prefiro conjeturar assim. Mas sei que, com um amor tão grande, não teria lugar para mágoas e desenganos — Olhou para Mariana e deu um risinho. — Sempre damos um jeitinho de criarmos boas desculpas para justificar os nossos erros e fracassos, não é mesmo? Assim eu alivio a culpa de ter sido respeitoso demais.

— Mas essa é uma história de um grande amor — disse Mariana, imaginando sua mãe vivendo com Chico Ventura. — Merecia um final feliz.

— Mariana, muitas vezes o amor dos enganos, que não une, o amor perdido, é cultuado como o maior e mais bonito. O dos sonhos, que por ser a memória de um repetido sonho, não se desgasta. É o que deslumbra a imaginação. É o amor alimentado pelas lembranças. Não é mesmo? É o que dá a poesia e o romance imortal. Você acha que, se Dante tivesse se casado com Beatriz e tido seis lindos filhos, ele a teria divinizado na sua poesia? No meu caso, o que aconteceu pode ter evitado um final infeliz. Um amor fora das tranqueiras — ele disse. Riu. — E isso existe.

— É verdade. As histórias de amor mais bonitas são as dos amores que não deram certo. Você já pensou, Romeu e Julieta brigando pela divisão do castelo?

— Pois, então. Esse William sabia tirar proveito da desgraça alheia. Um gênio.

— E você, amando assim a minha mãe, foi entregá-la para o seu amigo? Que nem era tão guapo como você? Só para ter uma história de amor que não deu certo?

— As coisas acontecem. Falei o que houve por ser as minhas lembranças bem guardadas e porque sempre achei que um dia iria lhe contar. Desde quando soube do seu nascimento — olhou para ela sem esconder a emoção. — Vim lhe ver ainda no berço, na casa que foi desmanchada. Trouxe-lhe uma boneca de porcelana que, sei lá como, tinha ido parar nas mãos de minha mãe, e era guardada dentro da caixa, porque soltas, à noite se desmontava em várias bonecas e ficavam andando pela casa conversando e rindo. Você não vai lembrar-se delas, seus olhos ainda não estavam bem abertos. Pensei: podia ter sido minha filha — ele lembrou — Em seguida houve a desgraça. O Prudente degolou o touro que chifrou sua mãe, ali naquela mangueira e houve o que houve. Guardei o segredo até esta hora. Coisa que mais ninguém sabe. Sempre acreditei que você estava viva e que um dia iria lhe contar a história.

— Foi também por isso que veio para essa casa espantar o abandono e esperar eu chegar?

— Foi. Foi por você e também por lembrar-me de Antônia

— Mais ninguém sabe? — Mariana surpreendeu-se.

— Não. Existem muitas histórias de grandes amores que o mundo desconhece. Isso é comum. (Sabe como é. Se não acabar em tragédia ninguém dá bola). Quem sabe, as mais bonitas. As que ninguém conta que viveu ou vive. As levadas em silêncio para a eternidade. Como lhe contei, eu fiquei errante um tempo. Como muita gente que é levada mundo afora para sobreviver, para fugir da justiça, de perseguição, da fome, das más lembranças do que perdeu. Foge para procurar o que nem sabe bem o quê, ou por ser cuspida de onde vive como foi o caso do Prudente e da Antônia — disse Chico. — Eu levei a vida, desde a mocidade, entre outras coisas, indo pra lá e pra cá, me perdendo na solidão das cidades grandes e me procurando. E aprendi que alguns segredos devem ser guardados. Assim como certas mulheres guardam algumas joias sem jamais usá-las — avaliou. — Os homens não ligam muito o segredo. Já, as mulheres têm a sabedoria do arcano. Sabem o quanto vale os seus mistérios. E como sabem! Um homem encontra uma mulher e sai arrotando vantagem. Ela, que sabe seduzir e se proteger, nunca diz ter conhecido o dito cujo — deu uma olhada demorada ao longe. — Tem coisas que só pertencem a cada um de nós. E só se divide com alguém muito especial. Quando se tem a graça de se encontrar essa pessoa. Quando a gente sente que precisa contar e que não vai ser julgado. E sabe que o segredo continuará segredo. Esperei muitos anos para lhe contar. Eu amei a sua mãe.

— Não tinha pensado nisso. Não assim, de forma tão clara — disse Mariana.

— Mas pense. — E vendo Celso e Mariano vindo a cavalo, sobre a colina, parou de falar e ficou olhando para eles. — E pense também que as paixões do corpo são boas enquanto esquentam o sangue, mas depois, quando esfria... A não ser que não se espere nada mais do que o prazer. Então, o coração não cobra nada.

— Está falando isso a propósito de quê, Chico Ventura?! — espantou-se Mariana.

Desta vez ele não fez rodeios.

— A propósito de você e de quem vem lá a cavalo, com Mariano.

— Isso é preconceito. É por causa da diferença de idade? É por que sou rica e mais nova? E tenho as academias que Celso não as tem?

— Nada a ver. Essas diferenças não impedem um homem e uma mulher de se amarem e serem feliz juntos. Eu falo pelo fundamento. Você teria com ele a mesma conversa que acabamos de ter? Sem medo de ser julgada? — Ela continuou calada. — Claro que você sabe que o amor precisa de confiança, de intimidade também fora da cama, se não, não é amor. E pelo visto, no seu caso, é só uma parte do que você quer viver — moveu a boca como se mascasse certas lembranças. — Não deixe essa ilusão lhe custar caro. É isso.

— E o que se passa dentro de mim é da sua conta? — Mariana reagiu.

— Não, não é. Mas o que se diz e se deixa de dizer e o que se faz e o que se deixa de fazer aqui na terra, a cada momento, o céu não desmente, nem apaga. Fica na conta. Acho que esta é a primeira lei de Deus, ou do universo, como queiram. Agora, lavar as mãos para o que cada um de nós quer viver e deixar que colha o que plantou, é fácil — disse com a voz mais grave. — Há ocasiões em que o preço da liberdade de se falar pode ser cruel e eu não me calo. Levo isso a sério. E me digo: "Chico, este é o único instante que você pode escolher o que fazer. Agora você pode pelo menos dar uma palavrinha de ajuda e evitar o pior. Depois, Chico, é depois, e o que fez ou não fez fica para sempre. Para o nunca mais." E vejo que você, do mesmo jeito que se alegrou quando começou a ficar com Celso, logo os seus olhos mostraram a falta do brilho que antes tinham. Eles já não faíscam como dois rubis atravessados pelo sol. E isso mostra que nem sempre quando o seu corpo está satisfeito o coração está feliz. É por isso que falei o que falei. Mas, faça o que quiser, é direito seu. Fiz a minha parte.

— Acho que mereço viver o que estou vivendo. Dá para entender? Ou você virou o meu censor? — Mariana reagiu, exaltada.

— Não se trata de merecer ou não merecer. Trata-se de escolher, Mariana. Ao final de tudo, a vida não é feita de merecimentos. É feita, sim, do que escolhemos.

— A minha primeira conquista como mulher foi me libertar dos traumas, ressentimentos e da culpa de sentir prazer. Não ficar acorrentada ao que vivi — disse, no mesmo tom irritado. — Lembro do passado, sim, mas não fico presa a ele. Levei anos para sentir o prazer de ser mulher sem me sentir violentada, sem levar a censura, o medo, à mágoa, o nojo e a revolta para a cama. O prazer não pode ser um horror aos olhos de Deus nem uma condenação das pessoas, não acha? Não é razão para perder o paraíso eterno nem o respeito das pessoas. Ou é? Afinal, o meu corpo vive tanto quanto minha alma. Um não existe sem a outra. Se eu for injusta com o meu corpo não serei justa com o meu espírito, pois acredito que os dois tenham a mesma importância. Ou então, o céu e o inferno são gêmeos. Como vou saber? Você quer que logo eu faça essa separação? Para saber se o que passei a sentir é errado ou um direito meu?

— Acabou? — Chico Ventura perguntou, esboçando um sorriso de calmaria. — Consegue voltar para a varanda e continuar onde estávamos?

— Acabei — disse Mariana com os olhos incendiados. — Por ora.

— Então, escute. A verdade pode não ser o que vou dizer, mas para mim a verdade é o fato, sem ser atropelado pelo entendimento alheio. Não se trata de ter direito, do certo ou errado. A vida feliz é bem mais simples do que o direito que você invoca ou desse desacordo corriqueiro entre o bem e o mal. Que de fato, não impede ninguém de fazer o mal nem de praticar o bem. E, ainda por cima, atrapalha — deu uma sugada no chimarrão até sair ar da cuia. Chamou Dorotéia para servir mais água. Ganhava tempo para Mariana esfriar o sangue. — Isso eu aprendi quando minha mãe queria que eu fosse padre. Ou pastor, o que dá no mesmo, para afins de Deus e de negociar com o mundo. E, no seminário, vendo o que via, me perguntei: isso de saber o que é o bem e o mal hoje basta para eu ser feliz? Se o bem e o mal mudam sem aviso prévio? E me dei conta de que eu apenas não era infeliz. E senti que não ser infeliz não me bastava. Quebrei a cara muitas vezes, Mariana, mas aprendi a ser feliz. Tanto faz se comendo uma banana ou tomando um bom vinho. Se você está feliz, retiro o que eu disse. Se apenas não está infeliz, pense no que eu disse. Certo?

— Você tem um regulamento para ser feliz, Chico Ventura? É isso? Aprendeu isso em uma aula de doutrinação? Ou num desses livros espiritualistas que o Celso lê depois do almoço?

Ele voltou a dar a sua risadinha:

— Regulamento fica melhor quando é quebrado. Para o mundo não estagnar. Aprendi isso dentro de mim e por aí afora. Primeiro me dei conta de que quanto mais regras, mais complicado ficava eu ser feliz comigo mesmo e com o seminário. E ele comigo. Entendi que o seminário, que era o meu mundo, tinha regras demais. E com regras demais ninguém vence um combate. Rigor demais mortifica a liberdade e não tem quem não se revolte contra qualquer tipo de dominação, Mariana. Mesmo as afetuosas. Sabe como é: não fazer o mal porque está acorrentado não tem lá esses méritos, não é verdade? Aí ficamos confusos: é a corrente ou a liberdade de escolher que impede o que fazer — e repetiu o que estava cansado de dizer para ele mesmo: — E, querendo, sempre se encontra um jeito de burlar o controle. Todo mundo vive sabendo que nenhuma lei evita o mal e nada impede o bem. Os dois estão em um só endereço: aqui, dentro de nós. Certo? Quem define a verdade entre um e outro não são os legisladores e os pregadores. Você sabe as diferenças entre o melhor e o pior para você e o outro, sem enganos. É simples, não? — A voz ficou mais grave. — Pense nisso e tome as suas decisões. E *se fini.*

— Tudo isso para você dizer-me que a minha relação com o Celso é uma complicação? O bem e o mal juntos? Que estou me enganando?

— Não tumultua. Não foi bem isso. Quis dizer que você deve procurar ser feliz sem violentar nada do que você e o Celso são. Você acha que ele vive uma relação segura? Ou sabe que pisa em areia movediça? Você, tanto quanto ele, não é só carne, osso e sangue, como disse meu querido Unamuno, um pensador espanhol esquecido. Não é só terra nem só céu. Você é tudo isso junto, em um pacotinho do tamanho do universo, com o nome de Mariana Paz. Não fique querendo pesar cada coisa separadamente — fez um breve silêncio. — Apesar da dor, que faz parte, na vida tudo pode ter um bom sabor: o da felicidade. E ela não é feita de engodos.

— Isso é fantasia — reagiu Mariana. — Que viagem, Chico!

— E que diferença faz? O sofrimento também pode ser uma fantasia. Conheço gente vivendo como sanfona: agora estou feliz. Agora estou sofrendo. Vou tomar meu antidepressivo. Agora vou rezar pelas almas... Agora que todos se... — evitou a palavra. — Descobri uma coisa tola. Vou repetir: a banana e o vinho, embora tão diferentes, podem ter o mesmo sabor da felicidade para quem curte o prazer que eles guardam. Coisa que o faminto e o bêbedo não sentem, porque devoram. E vejo que você, neste caso, sente falta verdadeiro sabor que uma relação afetiva tem. Como se renegasse o que pode viver com medo de perder o gosto da migalha que recebe. Ou não?

— É você quem está dizendo — disse Mariana.

— A solidão nem sempre é uma boa conselheira, Mariana. Ilumina o coração. Lembra-me do que escutei no vigésimo oitavo andar, da Avenida Paulista, 234, em uma noite fria, vento cortante e uma chuva fininha de molhar os ossos. Sem a pessoa saber, naquela noite, abriu uma página da minha vida. Ela tinha um olhar de tédio grudado no teto e de saudade sem endereço certo. Só percebi isso depois do que ela falou. Dei-me conta de que os pacotes, o dela e o meu, juntos, estavam embrulhados com enganos.

— Então é este o seu grande segredo? — Mariana perguntou, tentando desviar o foco da conversa.

— Não. Isso não é segredo nem para um homem nem para uma mulher. Surpresas e desencantos na cama e fora dela estão sempre acontecendo. Eu e ela tínhamos embrulhado a coisa certa nos pacotes errados. E deu no que deu. É isso.

— Todos nós temos as nossas marcas de desencanto e vivemos com alguma saudade. Muitas vezes nem sabemos de que ou de quem — disse Mariana, com secura. — Quem sabe ler os olhos das pessoas percebe isso. Uma coisa comum.

— E isso tem um nome.

— E que nome você dá para isso, Chico Ventura?

— Um nome curto: vazio. Um buraco sem nada, como os que existem entre as estrelas, que podemos ver daqui da serra e desaparecem quando vivemos nas cidades, — olhou firme para ela. — Abra os olhos para encontrar quem acabe com esse buraco no seu coração e o seu corpo também agradecerá. Ele existe. O Celso é um bom rapaz. Como poucos. Mas não é o homem capaz de preencher os seus vazios. E não culpa dele. Ninguém dá o que não tem. E isso é elementar. A ilusão é uma coisa boa, mas só a ilusão, mesmo as grandes, não enche a alma. É preciso um pouco do gosto de terra misturado com o sabor dos sonhos. Eu gosto de olhar as estrelas pisando a terra.

Mariana retomou as suas questões.

— A época e o lugar em que eu vivo me permitem, entre outras coisas, a independência dos meus sentimentos e do que fazer com o meu corpo.

Gosto de me aceitar como passei a ser. Fiquei menos intolerante comigo mesma. Isso o incomoda?

— Só que, como em qualquer parte, em qualquer tempo e lugar, com fortuna ou pobreza, a independência dos sentimentos e a do corpo, como você chama, não evita erros nem sofrimentos. Você só assina um contrato sabendo que tem pouco risco de não dar certo, não é verdade? Você não acabou de dizer, como boa empresária da sua vida, que tem um contrato com a felicidade? E coloca-o em risco? Não acredito!

Ela riu. Riu alto, sem ironia. A objetividade dele se impôs. Ela, rindo disse:

— Chico, você me surpreende. Às vezes você me dá um nó. Acho que você não sabe de uma coisa corriqueira sobre nós, as mulheres: que está difícil encontrar um homem disposto a fazer uma mulher satisfeita e feliz. E falo do indispensável.

— E o que é o indispensável que está escasso?

— O homem guapo, como você diz, procura ser bem-sucedido no cofre e no corpo — disse Mariana, esquadrinhando outra direção para a conversa. — A cama é uma extensão da academia. Não cria um clima, não seduz. Não consegue ser ao mesmo tempo gentil e primata nas horas certas. É isso. E quando se encontra um com pelo menos uma dessas desenvolturas... — disse com humor. — Parece que o gênero humano, depois de milhões de anos para criar o homem certo perdeu a informação do DNA.

— Neste caso as mulheres estão querendo demais — disse Chico. — Antes o erectus e o faber eram admirados. Agora, o que sobrou ficou meio confuso. Têm que ser bom de cama e cheio de gentilezas!? Anjo e troglodita! Querubim e gorila!? Será que vamos evoluir além do sapiens? Você não está seletiva demais?

— Falo por mim. Eu faço parte das mulheres que querem sexo com sedução e romance. E, quando for o caso, um pouco primitivo. Acho bom conversar sobre o que poderia ser melhor para os dois. Escute: uma pessoa com quem me relacionei atendeu o celular na cama. Homens que veem o corpo e o coração de uma mulher estão raros como os ursos brancos... — riu. — Darwin previu essa involução, Chico?

Deram risadas.

— Deve ser adaptação. E no seu caso, está ai uma bela ilusão. Tudo isso é para justificar o Celso na sua vida? Não está falando sério!?

— Tanto aperfeiçoamento da natureza e como você diz, dar no que deu. Ter um Celso é muito bom. É o meu urso branco. Como você disse, não dá para se ter tudo ao mesmo tempo com o mesmo homem em tempos de mudança. Ou...

— Caso esteja acontecendo mutação, Darwin previu. Deve estar anotado em um dos seus cadernos perdidos em Galápagos — caçoou Chico. — Como vou saber a razão do que você diz? Talvez porque as mulheres passaram a dominar o território demarcado pelos homens durante milhões de anos e botaram abaixo os tronos onde eles reinavam. E sem trono o homem entra em extinção, não tenha dúvida. E acho justa uma folga depois de tanta milenar trabalheira masculina, ou não? Ser o melhor em tudo cansou — zombou. — E como tudo que se acomoda se torna inútil, encolhe, às vezes vira pedra, em certos casos apodrece e cai...

— Antes ficasse pedra — disse Mariana sem parar de rir. — Será que muda?

— Deve mudar. A contenda está em retirada e sobra pouca munição.

— As mulheres não vão querer perder direitos conquistados. A não ser para elas próprias quando se tornam radicais, como os machistas perdem para eles próprios — enfatizou Mariana. E brincou. — A espécie humana ou toma outro rumo ou acaba.

— Quem sabe chegaremos ao ponto ômega? O fim de um processo evolutivo e o início de outro, luminoso? Ou tudo se desmantela e recomeça da estaca zero? Que tal? A lei deixa de ser lei, o certo deixa de ser o que entendemos, o mal se torna impraticável, o rei deixa de ter cabeça coroada, a espada de cortar pescoços perde o fio. Acabam-se os conceitos e preconceitos de maioria e minoria e, consequentemente, os conflitos, os controles sociais da opinião e da lei perderão o sentido, por serem desnecessários; a diversidade sexual deixa de ser adversa e o que importa é o afeto; os contrários deixarão de causar desordem; o que importará será a fé e não a religião; não haverá mais negros e brancos e sim pessoas; homens e mulheres esquecerão as suas diferenças. E o relógio dos tempos recomeçará. Do zero. Quero dizer, antes de o zero existir. No instante do sopro que eliminou o nada cósmico. Antes da primeira sopa orgânica? E o criador revisará a sua fórmula da criatura humana. Quando chegar esse tempo as pessoas vão poder morrer em paz. Que tal?

— Que ideia maravilhosa, Chico Ventura.

— Quando chegar esse tempo eu vou morrer. Só lastimo o desperdício de tanto tempo para se dar nome e a razão de ser bem explicadinha a tudo que existe e nada mais ter sentido. — Esticou as pontas do bigode. — Só que, como isso pode demorar e não se saiba no que outra vez vai dar, até lá Mariana, faça o favor, encontre, sem expectativas despropositadas, quem lhe preencha os seus maiores vazios. Um pouco de cada um deles. Os do coração e os do corpo. Os da terra e os que você vê além de tudo isso. Ainda que seja como quem garimpa a última pepita de ouro perdida na Serra Pelada, você acha. Ele existe. E você o merece.

— Você tem razão — ela concordou. — Não existe a pessoa que tape todos os buracos, os do corpo e os da alma. Basta um pouco de cada um deles. Vou encontrá-la.

— Exija menos, que você encontra. No fundo, no fundo, existem mulheres preferem um homem atlético moderado, bonito, gentil, inteligente e culto, atraente, sedutor, excelente de cama, rico e bem-humorado, e que demonstre tudo isso de forma discreta para não ser chamado de babaca. Com certeza essa não é uma seleção natural. Assim como a mulher que eu sonhei na minha juventude não existe. Exija menos.

— Não é o meu caso. Mas estou cada vez mais seletiva, é um direito meu.

— Preencha um pouco de cada procura. Já é uma grande conquista — insistiu Chico Ventura. — Alguém capaz de zerar os nossos vazios nunca existiu. Nenhuma mulher nem um só homem encontrou. Nem irá encontrá-lo. Essa procura faz parte da nossa eterna inquietude para alcançar o que está fora do nosso alcance. Uma ilusão gostosa. Uma busca para dar mais sabor à vida — e arrematou —, mas existe sabedoria para evitar se entregar à pessoa, desde o começo, um engano.

— Não sei se evito essa sabedoria ou não cheguei há esse tempo — disse Mariana.

Chico Ventura falou sem nenhuma reserva. Como um pai.

— Vou lhe contar só o final. Conheci uma pessoa, uma mulher, claro, que um dia, ou melhor, em uma noite, na cama, dentro da conversa do depois, me disse: "quando se está na solidão ficamos vulneráveis. Uma bruxa pode se transformar em fada e um sapo em príncipe encantado. É engraçado — ela disse —, a gente só desvenda isso quando o desejo passa. Mas fizemos de conta que não vimos e esperamos o desejo voltar e recomeçar o conto de fada. E outra vez nós encontramos o príncipe ou a princesa. E outra vez abrirmos os olhos e revemos a bruxa e o sapo." — Chico contou mais: — Sabe o que eu fiz? Vesti-me, peguei o meu relógio e desapareci. Logo em seguida aconteceu de perder os meus dedos e voltei para cá. Ela não era a mulher certa para mim e nem eu o homem certo para ela. Queríamos mais do que cada um tinha para dar ao outro. Era só uma mistura de sangue quente que esfria, coagula, e acaba sem sabor. Vira vácuo. E, o erro, é que desejávamos mais do que isso. — Largou a cuia do mate e completou. — Uma combinação que não serve para uma mulher exigente como você. A não ser que você não esteja se iludindo. Neste caso não faz diferença.

— Era uma psicóloga? — Mariana perguntou sem esconder a ironia.

— Não, era uma bela prostituta mesmo.

— Essa mulher queria mais do que tinha para dar — disse Mariana. — E ninguém está protegido contra os segredos, as ilusões, as revelações e os nossos enganos. Sem ser os robôs humanoides japoneses, ainda não inventaram esse controle de qualidade.

— Mas podemos passar ao longe dos desenganos quando eles são previsíveis. E, se nos faltar a razão, o nosso coração sempre sabe escolher melhor. É simples, ou não?

— E se for só uma aventura para preencher o vazio do momento, que mal faz? — Mariana perguntou com uma reação repentina, exaltada. — Isso é o lado ruim?

— Uma aventura é uma aventura — disse Chico Ventura. — Não preenche nenhum abandono do coração que, no fundo, é sempre o que mais importa para a vida. Afinal é nele que moram os nossos espaços. Os ocos e os atravancados. As procuras e as alegrias, o amor, a falsidade, a traição, a intriga, a vingança, a ira e o ódio. As mágoas e as saudades. Na aventura a gente sente o gosto da aventura e acaba ali, não é mesmo? E não deixa marcas. Às vezes só um segredo a mais. E o que é um segredo a mais entre tantos que a vida guarda? Uma aventura é sempre boa enquanto dura. Depois é depois. Mas não é esse o seu caso com o Celso. Ou é? Se for, esqueça tudo.

Mariana ficou calada. Sentia que Chico Ventura lhe tinha dado outro nó. Depois o olhou com carinho e deu um sorriso de gratidão. Um sorriso, aos poucos, luminoso.

— Você, de um jeito ou de outro, é o meu pai, Chico Ventura. Sabe até ser chato.

Ele a olhou com os olhos acesos. Foi ao fogão, mexeu na lenha contemplando o fogo, escondeu o rosto do olhar de Dorotéia, que besuntava no forno uma paca de cativeiro, a comida predileta de Celso, e colocou mais água na cuia. Quando voltou a sentar na varanda dissimulou a emoção e procurou não mostrar os olhos. Depois disse:

— Queria ter sido. Não sou. Mas estou aqui. Como não sei, mas estou aqui. E só quero fazer o que acho ser a minha parte, como se fosse seu pai. Queria ser, mas não sou. — Chimarreou longamente até ouvir o costumeiro chiado asmático da cuia. — Pensando bem, na verdade, o que eu fiz sem perceber, foi facilitar à sua mãe casar-se com Prudente para depois ela ser entregue ao Custódio Cruz. E ele acabar vindo a ser o seu pai. Foi o meu papel nessa conspiração dos nossos destinos. Como vou saber onde começou tudo isso e por que foi assim e não como eu queria? A verdade é esta e não como eu gostaria que fosse. Mas você está aqui. Quero lhe proteger.

Mariana sentiu-se invadida por uma lembrança do que nunca viveu. Mordiscou o lábio. Pensou em mil coisas. Sobretudo na mãe que não conheceu.

— Eu sei, eu sei, e embora eu reaja isso me deixa mais segura. — E não evitou perguntar: — E foi por isso que empurrou Custódio Cruz para o abismo, quando faziam a cerca, conforme ouvi na cidade?

Chico Ventura não pareceu surpreso com a pergunta. Sabia do buchicho.

— Não. Não foi o que a polícia concluiu na investigação. Ele foi ao encontro da morte com os seus próprios pés. No meu pobre latim: *Homo faber fortune suae*. O homem é o arquiteto do seu próprio destino. O céu não desmente o que se faz na terra, lembra? Mesmo com tudo contra, cada um pode escolher o seu caminho, já se sabe há muito. Ele escolheu o dele. Quando ele deu o primeiro passo, ou alguém deu por ele, e ele seguiu a trilha para ir acabar no fundo do precipício, não sei. Mas sei que existem cobras que procuram um buraco para morrer do seu próprio veneno comendo o rabo. Por gostarem do veneno que tem.

— Assim como existe amor que mata... — Mariana disse, lembrando-se do que alguns diziam o que fez Chico Ventura por ter um amor contrariado nas divisas do sul.

— Sim, sim — concordou ele. — Tudo que mata é veneno, até mesmo desespero de amor. Mas estou falando não é de amor, amor salva, não mata, ainda que às vezes pareça ser tóxico. Já a maldade tem sempre uma boa dose letal de decisão. Custódio Cruz gostava de ser o que era. E ai de quem o contrariasse.

— Ao mesmo tempo, tudo pode estar sendo governado pelos céus e nós é que temos a ilusão de estarmos escolhendo os caminhos — ela ponderou. — Eu penso nisso.

— Os caminhos do céu ou os do inferno conforme se acredita? Não penso assim. Que seja decisivo. Deus sempre respeita o caminho que traçamos. Ainda que se traga traçado na testa outro rumo. Para mim a questão é evitar o pior caminho e estarmos sempre à procura de um melhor. Mesmo quando sabemos onde pisamos.

— É o que procuro fazer. E é isso o que me leva para o dia seguinte sem esquecer o rumo que tracei: apesar de tudo, não nasci para ser infeliz — afirmou Mariana, — Mas em muitas ocasiões pergunto-me por que Deus não faz em mim a Sua vontade? Para que tantas muralhas me afastar do que busco? Isso parece cruel, não parece? Para Ele nada mudaria, continuaria sendo quem é. Quanto a mim, tenho os meus medos, as minhas incertezas, fragilidades, carências. E preciso escolher ou me deixar levar. A todo o momento. Sempre. É justo?

— Bobagem, Mariana. Esta pergunta não tem resposta. Quando penso, nisso me contento em ponderar que Ele quer que eu faça a Sua vontade. Ela pode estar na luz que você viu quando criança. Uma centelha já pode mostrar o que Ele quer. A droga é que não gostamos de ver a tal luz. Preferimos a nossa lanterninha da razão do mundo.

— Eu sou mortal, Chico. Não posso escolher viver fora do meu mundo.

Chico Ventura olhou silencioso para as colinas das pastagens em frente. O canto dos passarinhos ia mergulhando no sossego. Tudo o que se ouvia era o balido desafinado de um borrego enjeitado. Depois de uma ovelha se oferecendo para ser a sua mãe postiça. O gemido distante de um bugio. Talvez de preguiça. Talvez um alerta pela proximidade de uma onça que nunca ninguém viu. Ou de um leão baio comedor de ovelhas, especializado em só abocanhar o pescoço por ter alergia ao cheiro da lã.

— Em termos. Olhe lá na pastagem, Mariana — Chico disse. — Está vendo o gado ruminando? Tendo pasto e água, não falta nada. Se puder se acasalar uma vez por ano o mundo dele está perfeito. Caso um boi daqueles pudesse escolher estou certo de que não iria escolher ser quem eu sou. Seria problema demais para ele. E eu também não quero ser o que ele é. Seria simples demais para mim. E entre nós dois, só eu posso escolher ser ou não ser quem eu sou. Mesmo sabendo o que ele desconhece: que sou mortal. Mas prefiro ser mortal e poder escolher por onde ando, de lanterninha na mão.

— Pode ser. Também gosto de ter este poder — ela disse. — Só que em certas ocasiões o meu poder não vale nada. Sinto-me desamparada como uma folha na lufada do vento. Procuro acreditar que a escolha é sempre minha. Não foi antes, agora é. Entretanto, o meu antes é muito poderoso. Não é só cinzas. É um braseiro sob as cinzas. Mesmo assim, sinto-me livre para escolher o que quero ter e ser. Sei disso. A questão é: o que escolher?

— As dúvidas são o prodigioso fermento de tudo, Mariana. Pobre de quem só tem certezas. Gosto de ouvir o que disse. E como foi que descobriu esse poder?

Ela evitou o olhar dele.

— Com o meu sofrimento. Seria um desperdício não tirar proveito dele, como você diz. No entanto, não é preciso sofrer para saber disso. Não acredito que o sofrimento purifica. Coisa para nos consolar. Um dia nós vamos poder escolher a felicidade sem precisar antes dar trombadas na dor.

Chico Ventura olhou para ela, moveu a cabeça de modo afirmativo, e disse:

— Você é guerreia. Determinada como foi sua mãe. Só não se esqueça de saber escolher as coisas certas do coração. É isso que evita as piores trombadas — e não disse, mas pensou, "como a Antônia não soube. E deu no que deu." — Não quero ver você voltando a dar trombada com a dor.

— Vou pensar nisso, prometo — disse Mariana Paz apertando as mãos de Chico Ventura. — Não só por mim, mas por Mariano. Ele é o filho de destinos alheios e eu quero ser a luz que apaga o seu passado. Quero que ele, quando eu me for, tenha a lembrança de uma mãe que deixou saudades. — Seus olhos fixaram o horizonte se descolorindo e acrescentou: — Se há uma tristeza que, para mim, não tem consolo é a de não ter tido uma mãe e um pai para sentir saudades deles. Não quero essa solidão sem lembranças para Mariano.

— Podemos mudar de assunto? Eles estão chegando.

— Só mais uma coisa. Não esqueça o segredo com Mariano.

UM JANTAR SEM SOBREMESA

29

Naquele momento Celso e Mariano desciam a colina de pastagem, voltando do passeio a cavalo. Não tinham a menor suspeita do que iriam viver a partir daquele final de dia de sábado. Chico Ventura e Mariana Paz, na varanda, ainda que não tivessem consciência disso, teciam os fios dos destinos deles.

— Não concordo com esse segredo. E já que falei no que penso, sobre acertos e enganos, deixo claro que não vejo como boa coisa esconder de Mariano quem é o seu pai — ponderou Chico Ventura. — É melhor saber as raízes que temos, ainda que seja para não ter saudades delas. Mesmo que tenham uma origem dolorosa. Com 16 anos, deve saber quem é o seu pai. Não deve condená-lo a essa orfandade.

— E por que ele tem que ter um pai andando sobre a terra ou sepultado ou com as cinzas jogadas no mar? — Mariana perguntou. — Já não precisamos de homens para ter filhos. E isso quer dizer que um filho não precisa ter um pai em carne e osso.

— Não se trata de como gerar. Isso pode ser com amor, com prazer, com dor ou sem nada disso. A questão é: quem nasce e vive quer ter a sua história. Uma origem conhecida. Ainda que seja a de uma célula congelada em laboratório. Tudo bem, nasceu de um banco de sêmen, por isso ele tem um metro e noventa, olhos verdes, cabelos negros ondulados, dentes perfeitos, e daí? O que não é o caso de Mariano.

— Uma raiz ruim apodrece o tronco — respondeu Mariana.

— Desculpe lembrar, Mariana, mas o Custódio Cruz, não foi uma boa raiz e nem por isso você é fruto com as características dele.

— Antes de Mariano nascer eu jurei defender com a vida e a morte o segredo da sua paternidade impura. E se depender de mim, nunca saberá quem é o seu pai. E se alguém contar para ele eu desminto. E sou capaz de matar. E se já estiver morta eu ressuscito mais uma vez para desmentir.

— Faz parte das suas escolhas — disse Chico Ventura baixinho. — Só não esqueça que você tem a liberdade de escolher sobre as coisas da sua vida. As escolhas sobre as vidas de outras pessoas pertencem a elas e ao destino e desatinos delas. O que você está escolhendo hoje pode ser o imprevisto que se cumpre amanhã — e sussurrou, como só pensando. — Não colabore nem com o destino nem com o desatino de Mariano. Esse segredo pode um dia virar desgraça. Ou muita tristeza.

— Desejo nunca ver meu filho envolvido neste maldito enredo da sua origem.

— Isso está fora do seu controle. Um dia ele vai ficar sabendo e pode se revoltar contra você. E, sem eu querer ser dramático: se ele um dia tiver que matar um homem, o que pode acontecer com qualquer um, e esse homem for o seu pai?

Nesse momento Celso e Mariano saltaram dos cavalos.

— Você está mais suado do que o cavalo, meu filho.

— É que subi em uns pinheiros para filmar uns filhotes de papagaios no ninho — e provocou. — Não vai reclamar por isso, vai?

— Não. Talvez eu não deixasse se estivesse lá. Mas, já que subiu e está inteiro...

— É fantástico ver os filhotes dentro do ninho e os papagaios enlouquecidos quando eu cheguei perto — contou Mariano. — Eles falavam aos gritos. Eu disse: calma, só vou filmar para o meu site. E eles se calaram. Vai viralizar.

— Você continua encantado com os passarinhos. Deveria ser ornitólogo. Já lhe contei, Chico? Fazia pássaros de barro, depois soprava nos bicos e eles saiam voando.

— Não sabia. Encantador de passarinhos! — Chico Ventura fingiu não saber. — Você escondeu de mim essa força, Mariano. Que bom ter tanto poder.

— Foi o Celso que me ensinou a fazer passarinhos de barro — disse Mariano.

— Mas o poder de fazê-los voar é seu. Ensinei como se fosse apenas uma brincadeira — disse Celso. — Não perca isso.

— E que diferença tem um passarinho de barro dos outros? — perguntou Mariano com simplicidade. — Só a forma como olhamos para eles? Vocês precisam ler mais.

— Nenhuma — disse Chico Ventura. — São todos passarinhos.

— Curta bastante, esta é última semana de férias, filho.

— Aqui é muito bom, mas também sinto falta da cidade.

— E quando está lá sente falta daqui, não é assim? E se enche de impaciência para subir a serra. Fica emburrado.

— Coisas da 'aborrecência', você diz. Sinto saudades sabe de quem, não sabe?

Dona Dorotéia chegou à porta e disse:

— O jantar está pronto, posso servir mais cedo?

— Ainda bem que saiu cedo — festejou Mariano —, estou faminto.

— Os trabalhadores que arrumaram o telhado já jantaram? — Mariana perguntou.

— Só Joaquim, Ambrósio e Nereu. Os dois outros não quiseram. O pessoal do vinhedo parou de cantar às cinco horas — respondeu Dorotéia.

A paca, criada no cativeiro por obra e graça de Celso, dourada, crocante, recheada com farofa de pinhão e frescal; a paleta de ovelha, carmim, suculenta, assada lentamente, com batatas aipo douradas e alho poro, exalando gula; o creme de milho verde, o vinho e o espumante, a sobremesa de geleia de abóbora gila, sobre a toalha de linho; a fragrância do alecrim e do tomilho; o perfume da geleia de hortelã; o aroma e sabor enchendo as bocas e as almas causaram um delicioso silêncio. E muita saliva.

Celso, atento para engolir mais devagar os nacos da paca, como Mariana gostava de vê-lo, controlou os goles da cerveja artesanal; Chico Ventura mastigava sem pressa uma coisa de cada vez, untando no molho pedaços de pão, com o garfo; bebendo pequenos goles de vinho, depois um gole da água; Mariana tomava o espumante como se fosse um cerimonial à vida. Beliscava a carne da paleta de borrego e soltava os talheres. Mariano, faminto, serviu-se três vezes da farofa de pinhão e frescal e do assado da paca, escutando a pele estalar na boca. Secou o suco de uva. Enxugou o suor com o guardanapo. Sem ser admoestado. Mariana riu, intimamente, da sua voracidade de adolescente.

Celso esticou as pernas por baixo da mesa e só encontrou os pés de Mariana.

— Celso, encolha as pernas. Eu gostaria de saber qual troglodita inventou essa de seduzir uma mulher durante o jantar, cutucando as suas pernas por baixo da mesa — reagiu Mariana. — Dorotéia, não fique zanzando, mulher. Sente-se conosco e coma.

— É que pode faltar alguma coisa — justificou Dorotéia.

— Você e suas preocupações. Está tudo perfeito. Se faltar chamarei Hortênsia.

— Então, onde?

— Sente aqui ao meu lado, Dorotéia. — Chico levantou-se e afastou a cadeira.

Ela retirou o avental e a touca, sacudiu a cabeça e sentou-se. Com os cabelos soltos, ficou mais jovem. E não era feia. Tinha o olhar firme, um rosto suave com as bochechas rosadas e os lábios delicados, como se fosse a iconografia de Cecília Gallerani, descolada do museu Czartoryski, na Cracóvia. Mariana associou.

— Posso servir o seu prato? — Chico Ventura perguntou.

— Não estou acostumada a isso, seu Chico.

— Dorotéia, você insiste em me chamar de seu Chico. Não me chame mais de seu Chico. Nem as crianças me chamam seu Chico Não custa nada eu servir. E todo mundo se acostuma melhor ao que é bom. Você não vai ser diferente, vai?

Ela ruborizou como uma camponesa envergonhada. Deu o breve e eterno sorriso de Gioconda. Todos se olharam em silêncio. Ouviu-se o soar dos talheres e, vindo de algum lugar, o grasnar das gralhas que sonhavam estar voando. Uma lufada de vento ressoou como o assobio dos índios que, diziam, esconderam na caverna as arcas do tesouro dos jesuítas fugidos das Missões.

— Você quer tomar o que, Dorotéia?

— Gosto de água, Chico. De preferência da que brota entre as pedras ali atrás.

— Está tudo muito bom. Pena que o suco acabou — lastimou Mariano.

— Faço mais — se propôs Dorotéia.

— Não enquanto janta. Sente-se, Dorotéia e coma em paz — disse Mariana com voz intensa. — E você, se quiser mais suco agora, pode fazê-lo. Aprenda a buscar o que quer. Já lhe disse que lei do menor esforço fragiliza. E você, Celso, encolha as pernas — repetiu com censura. — Que mania que os homens têm.

— Só os homens? — reagiu Celso.

O barulho dos talheres nos pratos cessou. A voz de Mariana, mais imperiosa, ficou reverberando pelas paredes. O silêncio ficou mais pesado.

— Vou voltar para a Ilha amanhã — disse Mariana. Tomou um gole de espumante e dispôs os talheres no prato. — Chico, você comanda tudo aqui, por favor. Devo me demorar. Apresse a plantação dos demais hectares com as cepas de Borgonha. Entrarei em contato com o enólogo e o agrônomo. Acabou o tempo de 5 mil pés por hectare. O espaçamento vai ser para 10 mil pés. Vamos ganhar em quantidade e qualidade. O solo e o clima permitem isso. O espumante precisa borbulhar prêmios. Quero o espumante da Vila Paz dos Vinhedos com mais prêmios internacionais. E você faz parte desse prêmio. Movimente o que for preciso de pessoal e da conta.

— Você é bem modesta, mãe.

— Sou modesta e ousada. Não sei ser uma coisa só. Aprenda. Ser só humilde os outros nos pisam em cima e nem percebem que existimos.

E só ousada envenena o sono e eu gosto de dormir bem e acordar sem olheiras.

— Nada a ver com o ditado ou calça de veludo ou traseiro de fora — disse Chico

— Alguma coisa contra a ousadia e a modéstia em uma só pessoa, filho?

— Nada a ver mãe, eu amo você e me orgulho da sua garra. Estava gostando de ver você já recebendo o prêmio. Senhoras e senhores: O prêmio internacional de melhor espumante deste ano é para *Mariana*, da Vila Paz dos Vinhedos.

Ela lançou sobre o filho um olhar paralisante e ele se calou.

— Já vi que você perdeu o bom humor — resmungou Mariano.

— Vamos, chega. A vida não é só espumante. Nem só prêmio. É decisão. E trabalho — e sem olhar para ele. — Celso, amanhã cedo conversaremos, está bem?

— Perfeito.

CONVERSA NA VARANDA

30

No dia seguinte, mal o sol nascia, Mariana Paz mandou Dorotéia chamar Celso. Sentados na varanda, recebiam a luz intensa dentro dos olhos. Na pastagem as gotas do orvalho faiscavam como cristal. O branco das paredes e o azul real das portas e janelas do casarão reacenderam. O canto dos passarinhos era um festival de sons misturado aos mugidos das vacas, ao berreiro dos terneiros e o balido das ovelhas. No pé de um cedro secular ao lado da casa, um casal de joão-de-barro se revezava refazendo o ninho. Com o primeiro calor do dia as últimas cigarras mal cantavam. Deviam estar cansadas de viver aquele verão abrasador. Na pastagem diante de Celso e Mariana, um touro e uma vaca não paravam de se acasalar. Até a vaca não aceitar mais e sair pastando. Como se nada houve.

Mariana assistia tudo em silêncio. Vivia cada detalhe do mundo saindo da noite. Sentia-se a primeira testemunha a ver o planeta afastar-se da noite.

Deixou de pensar o porquê estava ali na varanda. Aos poucos ficou mais distante falar o que queria. Tinha dormido pouco. Esperou o dia clarear repassando cada pensamento, escolhendo cada palavra e como dizê-la. Poderia estar fazendo a decisão certa ou vir a sofrer depois de falar o que havia planejado dentro da insônia. Chegou a refletir: "E se Celso se tornasse, à sua maneira, além do que é na cama, um companheiro leal, tolerante, compreensivo, carinhoso, gentil, protetor, sem interferir na minha liberdade, como eu sonho ser o homem da minha vida? E eu o ame sem essas considerações que o Chico Ventura fez"? Foi só mais uma das perguntas insondáveis silenciadas durante a noite.

E agora, o amanhecer, abrindo-se para um mundo novo, fechava as portas que ela abriu durante a vigilante sentinela da noite. Considerou que o final de uma relação dentro do começo de um novo dia era cruel. "Isso é coisa para a noite, quando os romances começam e acabam". Aquela era a hora da criação, nada era a favor de qualquer fim. Fora o canto mortiço das cigarras tudo renascia com mais ânimo. "Mas uma coisa são as leis da natureza, que não está nem aí para o que se passa dentro de mim, e outra é a minha decisão" — conjeturou.

Os dois continuaram sentados. Calados. Quando o touro, rejeitado, desistiu e começou a pastar, como se a vaca não existisse, foi Mariana quem comentou:

— Acabou o que ele tinha a fazer e ela assume o cuidado da cria que vai nascer.

Celso estranhou. Para ele, Mariana estava navegando no torpor de seus projetos de grande vitivinicultora. De fato, ela estava em um mundo além das coisas visíveis. Tinha se distanciado do que se propôs a fazer assim que o dia clareasse.

— Não é o caso do joão-de-barro que participa de tudo a vida inteira — comentou Celso. — E tudo isso para pagar a única acasalada do ano.

— Dizem que se a fêmea o trair o macho tapa a boca do ninho com ela lá dentro.

— É verdade. Ou fidelidade ou enterrada viva. É uma lei sem apelação — rematou Celso. — Ele não está nem aí. É a lei.

— E você acha isso justo? — provocou Mariana, para medir se Celso era sem rédeas nas paixões.

— Quem sou eu, Mariana, para achar justo ou injusto o que o joão-de-barro faz?

— E entre os humanos você acha justo quem age assim? — ela instigou.

— Nós podemos escolher, não é assim? É o que você sempre repete: a liberdade de opção deve ser sagrada. E quem escolhe vingar a traição com morte é porque deve considerar justo. É o que se chama liberdade, não é mesmo?

— Que loucura. Não é bem assim, existem limites. E felizmente entre os humanos isso, se não acabou, tornou-se raro — quis finalizar Mariana.

— Não é raro, não — rebateu Celso que se mantinha bem-informado, vendo os programas policiais. — Está mais atual do que você pensa. Antes, uma morte por ciúme dava romance de sucesso, hoje é picuinha no noticiário policial. O que tem de homem matando mulher por ciúme, por bebedeira e droga e pela vontade de ver um corpo morto, só não é mais divulgado por falta de espaço na imprensa. Fora os que matam sem saber por quê. E volta e meia mulher mata homem — e detalhou: — Ontem vi na televisão a mulher que matou o marido e escondeu os pedaços embaixo da cama. Com o cuidado de embrulhar bem para não soltar mau cheiro. Ela era um nisco, para carregar o brutamonte. E só foi notícia porque ela continuou a dormir em cima do corpo do ex-amado e o serviço de inteligência, isto é, a vizinhança, acendeu a fumaça do fedor do brutamonte. Sabe o que ela disse ao delegado? "fiz justiça. Ele merecia. Estava cansada de ser judiada". "E o seu comparsa, como participou?" "Ele me ajudou, com pena de mim. Depois sumiu, doutor." Os outros crimes são banais. Daqui para frente só vira notícia quem matar e comer os pedaços do corpito amado. Mortes por amor acabado, bebedeiras, traição, comida fria, cerveja quente e desencanto com o que estão vivendo, não dão audiência. É vala comum.

— Que horror. Mas o pior é que pode ser verdade — disse Mariana. — E você seria capaz de matar por amor, Celso? Já pensou nisso? — tornou a provocar.

— Quem não pensou pelo menos uma vez, se estava apaixonado e foi traído!? Matar e comer nem pensar. Prefiro paca à pururuca A do jantar estava ótima — disse Celso, forçando o humor. — Só matar é possível, não sei. Pode ser que sim, pode ser que não. Dependeria do momento e das circunstâncias. Nenhum pessoa sabe do que é ou não é capaz de fazer. Esse é o nosso mistério.

— Eu nunca seria capaz disso — refletiu Mariana.

— Será? Esqueceu que é muito intempestiva? E imprevisível, como no jantar.

— Não tenho vocação para me vestir de vítima, nem de matar ou morrer por amor. Isso é coisa de bons e maus livros que só se diferenciam pelo talento do autor. Os enredos são os mesmos dede sempre.

— Não é bem assim — contestou Celso. — Em assunto de amor e desgraça os enredos evoluíram. Você faz de conta que desconhece. As pessoas continuam morrendo e matando por amor e desamor. Velhos, crianças da tida idade da inocência, adolescentes sem rumo, sem esperanças de serem amados. E gente como eu e você.

— Você exagera. Não é tanto assim.

— Não é exagero, não. Você não assiste os noticiários no café da manhã, no almoço e no jantar e aquele programa antes de dormir, com imagens dos amados indo viver as suas encrencas lá nos confins dos infernos.

— Vamos mudar de assunto. Essa conversa nada tem a ver com este dia amanhecendo — disse Mariana balançando a cabeça. — Que mau gosto.

Os dois ficaram em silêncio. Sentados na varanda, ouviam o despencar da cachoeira escondida na mata, a conversada dos homens e mulheres se preparando para ir para os vinhedos, a empolgação dos galos, os berros dos bichos e os latidos dos cachorros, ao longe, cercando alguma presa na toca. O sol venceu uma cortina de nuvens e explodiu uma luz que, por um momento, os cegou.

— Com certeza não viemos sentar aqui, a essa hora da manhã, só para ver o sol nascer, a vaca e o touro se cruzando ou para discutir a vida do casal de joão-de-barro, ou falar de crimes passionais, não é assim? — Celso perguntou.

— De fato.

— E qual é o assunto?

— O assunto é que nossa relação perdeu o sentido — disse Mariana, de imediato. — E isso quer dizer, também, que você, deve procurar outra mulher.

Nesse exato momento o joão-de-barro passou rente aos dois, rufando as asas, e ao pousar no ninho, cantou estridente. Celso riu em silêncio. “Ela manda procurar outra mulher, como se isso fosse assunto dela.” Olhou para ela e, em um tom de voz que a surpreendeu, disse, quase como uma ordem:

— E você outro homem, mais tolerante? Olhe para mim. — Ela o olhou e se surpreendeu com a irritação cintilando nos olhos dele. — E agora escute: não sou tão racional assim como você é. Você estala os dedos e decide parar de amar. Consegue mudar de sentimento com a mesma facilidade com que deleta o que não gosta nos seus programas. Meus sentimentos custam a entrar e demoram a sair — disse com a voz enchendo a garganta. Olhou Mariana Paz levantar-se, ir até a porta, e parar ali, de costas para ele. — Quando você voltar a sentar eu continuarei a lhe dizer outras verdades.

O que ele passou a dizer e da forma clara que disse revelava um homem ignorado por ela. Um homem que via os fantasmas da alma de Mariana como se ela estivesse virada do avesso. Ela se deu conta que, antes, ele se anulava para não demonstrar quem era. Ou por não saber quem de fato era; ou calava-se para não se distanciar dela. Agora tinha, enfim, se desincorporado do seu mundo menor, o de todas as periferias, onde nasceu e viveu até vir parar ali, arrastado por uma fusão não muito clara, mas persistente, vencendo as fronteiras que o enredavam. Até então não tinha se envolvido com demônios que não fossem os seus. E agora teria que se confrontar com os seus e os de Mariana.

Sem demonstrar, ele tinha mudado. A partir dos seus estudos à distância a sua consciência do que era a sua vida e o mundo ficou mais clara. E naquela manhã, na varanda, voltou a medir os distanciamentos escavados há milênios entre ele e o mundo que não lhe pertencia. Como se ele fosse um animal distinto, um ser de galáctico, dentro do espaço humano. Enquanto esperava Mariana voltar, mergulhou nele próprio:

"... a vida é isso. Uma hora eu tenho que transbordar. E a hora é esta. A gente foge do confronto com medo de dar com o burro n'água. Medo de ser ferido ainda mais. De perder-se até o que não se tem. E vai-se levando... adiando a hora das verdades. Mas quando se aprende a sonhar também se aprende a lutar. Ainda que seja para perder. Como eu agora. Não preciso mais pedir licença de habite-se para morar neste mundo. Onde as grandes fatias já têm donos. E os farelos do bolo sobram para a grande maioria. Isso quando se come o farelo. Agora foi a minha vez de comer os farelos do amor. Pois que seja. Vou fazer deles uma sopa para nós dois." Pensava, aos turbilhões, enquanto Mariana, parada em pé, se decidia voltar ou não a sentar.

Para ele a indesejável manhã não era um novo dia. Por antecipação já a tinha vivido o que estava acontecendo. Nunca acreditou, sem ressalvas, no amor de Mariana. Era a hora da indesejada confirmação. "Ninguém que more no pico da montanha humana se apaixona, sem ressalvas, por quem mora na porta da rua. Só se for doido varrido. Eu subi sabendo que podia cair. Mas quem está seguro em qualquer degrau da escada? Sempre se quer subir mais um degrau. Ou para morar ainda mais no alto e não ser pisoteado pelos de cima, ou para não ver os que estão abaixo. O que importa é subir. E, lógico, se aumenta a altura da queda. A questão agora é saber cair. E que ela se vá. E que lute para se livrar dos seus demônios. Ou dê a mão para eles e se deixe levar pelas lembranças prazerosas e os tumultos que eles reavivam. Ler foi bom. Esses livrinhos podem parecer bobagens, como ela diz, mas me despertaram boas ideias. Acredito que um dos diabos, o que fez seu ninho nos pensamentos e no corpo de Mariana, não reina sozinho. Atraiu falanges. Li a respeito. Ninguém vive sozinho. Nem os demônios. E quem Mariana pensa, já não é só ele. São eles. E a luz que ela diz que a norteia muitas vezes ela mesma apaga. Já que gosta de sentir as duas intimidades, a da luz e a da sombra, não serei eu a entrar nessa dividida. Nem vou me calar. Ela que fique com os seus diabos e eu com os meus. É uma divisão justa. Hoje vou dizer tudo o que sinto e penso. Não tenho mais nada a perder. No fundo, esperava por essa oportunidade."

Celso já tinha percebido uma sombra entre ele e Mariana. Alguém sem corpo. Primeiro de uma forma vaga. Durante o curso à distância, ele recolheu a ler uns livros abandonados nas prateleiras empoeiradas do paiol de ferramentas e quinquilharias, antes de ser demolido. Em todos eles tinha o nome de uma mulher: Teodora. Livros dos tempos em que Teodora acreditou ter forças para, através das orações, vencer os espíritos maus e fazer Custódio parar de profanar as suas filhas. Fez isso até o dia em que se convenceu de que "é a encarnação de um diabo muito velho, não muda." E decidiu ir embora. "Não tenho poder para derrotar o demônio nem a doença deste animal. Sou uma mulher de pouca fé. Traída até pela minha fé. Que ele se vá com eles. O Anjo do Senhor nunca vai entrar nesta casa e pousar em cima desta praga de homem. Eu me vou." — Foi a última coisa que ela disse enquanto arrumava a mala. Sem uma lágrima. As últimas tinham secado sobre as páginas dos livros. Coisas que Celso, vendo as manchas, nunca imaginou. Ele leu livro por livro. E com o tempo, comprou outros e passou a ver tudo mais definido. Dentro e fora dele. Tanto mais que, ali, com o sol nascente dentro dos seus olhos.

Quando Mariana voltou a sentar diante dele e de costas para o sol, ele foi duro. Impiedoso. Associou as suas mágoas ao desabafo e, por conta, algumas injustiças:

— Tem pessoas que passam a vida querendo que os outros as olhem como elas gostariam de ser vistas e escondem o que realmente são. É o seu caso — disse sem rodeio. — Sabe como eu a vejo? Como uma pessoa que só sabe amar e odiar os seus fantasmas. E não são eles que lhe dominam. É você quem os atrai e os alimenta. É você quem depende deles para amar e desprezar, misturando culpa e prazer. Para mim ficou claro: você aprisiona o fantasma que ocupa a aversão, o amor, o prazer secreto, as culpas, as dores e mágoas, a revolta. Sabe muito bem de quem estou falando. Acabei sendo o manequim do seu fantasma. Só tem um detalhe: nenhum fantasma, por mais ardiloso que você o faça, vai preencher os seus vazios. Todos nós temos os nossos duendes, mas daí a um deles dominar o que se sente e se pensa, não dá Mariana. Isso é ser escravo sem ter um dono real.

— Eu escutei tudo calada. E sabe qual é a minha conclusão? Você está louco. Completamente alucinado. Ou é revolta pelo que eu decidi?

Celso nem sequer a ouviu.

— Isso é cativeiro sem dó nem piedade — repetiu. — E pior: cativeiro de quem vive e do fantasma. Que só existe dentro de você.

— Você está louco. Totalmente doido.

Celso olhou para ela e disse, com tristeza, carinho e crueldade:

— Antes fosse. Você que fala tanto em liberdade... E que sabe rir de um modo tão alegre... Com esse olhar intrigante de doce tristeza... É uma pena... Ainda não se desprendeu dos seus fantasmas nem os libertou. E se não pudermos escolher por conta própria o que pensar e o que sentir, tudo o mais que chamamos de liberdade não passa do que o boi acabou de soltar.

— Que loucura. Você é injusto. Nada disso faz sentido. É ver as coisas de um modo mesquinho. Barato demais — contestou Mariana. — Eu sei muito bem lidar com quem sou. Quanto aos meus fantasmas, só os deixo ficar comigo enquanto me dão algum prazer. Quando me desagradam eu os mando embora. Deu para entender?

— Será? Manipular fantasmas? Você consegue até isso, Mariana? — ironizou.

— E se, como você mesmo disse, ninguém vive sem os seus fantasminhas, é isso que todo mundo deve fazer, com sabedoria. Que eles fiquem enquanto fazem bem.

— Ninguém lida com os seus duendes como se fossem cartas de baralho: agora fico com a boa e descarto a que não me serve. Isso não existe.

Mariana voltou-se e olhou para o horizonte nascente. Uma nuvem diluía a luz. Tinha vontade de sair dali e não saia. A sua voz ficou lenta.

— Escute você. Um engano a mais ou a menos, uma dor a mais ou a menos, que diferença faz nessa gangorra da vida, Celso? — ela disse. — Além do que, por que as pessoas acham que só existe felicidade, amando desmedidamente, se sabem que o amor e a dor do amor andam juntos? Quem ama muito sabe que a dor causada pelo amor destruído pode ser o maior sofrimento. Bem maior do que a solidão recheada de fantasmas e fantasias. As que nos fazem ressuscitar e morrer todos os dias. E se você quer saber, para mim é melhor amar com liberdade de deixar de amar. É uma dissimulação, uma farsa? Que diferença faz?

— Isso pode ser uma boa alternativa de eliminação antecipada. E neste caso não faz diferença nenhuma. Mas, se tornar incapaz de ter a liberdade de amar sem medo de perder o que é real faz toda a diferença.

— Você esquece: quem se ama também tem seus fantasmas e suas fantasias. Você ama e nunca sabe quem você ama e porque está amando. Ou sabe? — perguntou, olhando para ele. — E no tempo em que vivemos os sonhos de amor perderam o encanto. Hoje os sonhos de amor são menos falsos do que já foram no passado.

Celso olhou o horizonte do amanhecer. Nada a ver com o que estava vivendo.

— Então, eu sou um homem do passado. Descobri, com você, que mesmo sabendo que se saiba que ele vai acabar o amor ajuda a viver feliz enquanto ele durar. A vida fica menos pesada — ele disse —, podemos até sofrer, tudo bem, mas existe um ponto de luz para onde olhar — voltou a olhar para Mariana com os cabelos emoldurados pela luz. — Você é uma mulher bonita convivendo com um fantasma. Muitos dos que convivem com você, de uma forma ou de outra, percebem isso. Só não dizem. Para não a desacreditar, do que repete: que tem pacto com o a felicidade. Essa miragem só alivia o peso, mas você continua a carregá-la. E, pelo que eu vejo, com prazer. Ele é parte do seu corpo. Seu prazer e sua dor. Mas, como qualquer fantasma, não preenche nada. Mesmo tendo mais forças do que os homens reais que você conheceu. Então, me responda: ele também faz parte do seu contrato com a felicidade?

— Que forma mais vulgar de julgar os outros — reagiu Mariana. — Não acha que é demais virar pastor sem ovelhas de um dia para outro? Só por que leu alguns livros abandonados no antigo paiol?

— Livros abandonados continuam sendo livros. E comprei novos. Gosto de ler.

Ela pensou: "Esse é o resultado daqueles livrinhos que ele lê sentado nessa varanda, depois do almoço. As receitas de bolo dos deuses, para curar a fome da alma". E, a contragosto: "O pior é que ele tem uma dose de razão. Mas isso não muda nada. Vou ficar com a minha lógica. Isso me cansa, é melhor encerrar com tolerância."

— Pode ser — concordou, olhando para ele. E repetiu baixinho: — Em parte, pode ser. Mas sei o que quero. Muito claro. Quero mais do que eu tenho. É justo?

— No mundo das suas fantasias ou no de carne e osso e sangue? — Celso não estava a fim de dar trégua. — Vá lá, que todo mundo viva multiplicado e não se saiba qual dos muitos que somos está governando a nossa vida a cada momento. Assim, como eu li ontem: *o rio onde eu bebi a água e matei minha sede logo desapareceu. Ele é outro rio e o mesmo rio.* Mas no seu caso, Mariana em qual rio você mata a sua sede? A do seu corpo e a do coração? Com seus fantasmas? No rio subterrâneo?

Ela permaneceu calada e depois disse:

— Talvez em todas as que eu tenha bebido. Como vou saber?

— Bem, isso pouco importa agora. Já me importou antes. De qualquer forma quero lhe dizer que a nossa convivência me fez bem. Descobri que, mesmo com incertezas, eu pude sentir a vida sem ter o que cobrar e feliz para ter a quem dar — ele disse. — Era um lado da vida que eu desconhecia, se é que se conhece algum. Para os que nada têm tudo é lucro. Até a morte. Como a minha mãe disse diante do corpo de meu pai: "descansou, foi para junto de Deus,". E eu lembrei que ele não teve nem a mão dos homens para libertá-lo das suas fraquezas teve apenas pobres alegrias. Nem Deus ficou com ele durante os dois meses em que esperou a morte atrasada, em uma maca no corredor do Hospital da Divina Misericórdia, depois do confronto. Só viram os seus erros. Claro, porque na divisão feita, cada um tem o seu lugar... Bandido é cliente da justiça, freguês da polícia, sacramentado na periferia... — e continuou sem se preocupar se Mariana o escutava ou não. Queria desabafar. Como nunca o fez. — Eu aprendi a viver sem sonhos nem esperanças. E mesmo assim feliz, onde quem queira dar uma festa não precisa comprar nada, é só dizer que quer dar uma festa. Agora, esperanças, sonhos! Começa que lá, quem sonha alto não é levado a sério. Imagina então o que foi ter estado com você esse tempo. Foi um céu — olhou para ela. — Mas sempre soube que o céu na terra é um engano. Um deslumbramento maior do que acreditar no céu depois da morte. Maior ainda se for disputado com um poderoso fantasma. Mas, em certos momentos, esqueci que o céu da terra acaba na terra. E acaba sem alarde. Sem aviso prévio. Como agora — deu uma palmada na perna. — Você está certa. Vivemos mesmo é de fantasias. Graças a Deus que elas existem, não é isso?

— E o que eu tenho a ver com a sua dita divisão do mundo? Mesmo em outra margem eu me sinto parte dele. Celso, você já se deu conta de que pode estar errado como me vê em muitas coisas?

Ele lembrou de imediato o que havia lido no dia anterior.

— Claro, ninguém vê tudo, nem em si mesmo, que dirá no outro. E menos ainda no mundo que não é o seu — e repetiu, sem medo de feri-la. — Veja: você não é quem quer ser. Pelo menos na sua vida afetiva. Então, de que serve a chamada liberdade? Acorda Mariana! Eu estou bem acordado no mundo real.

— Para mim a liberdade que mais importa é viver sem ter que ficar escrava do julgamento dos outros, entendeu bem? Opiniões sim, julgamento não. Percebeu?

— Pois eu, na minha santa ignorância, penso que, quem não pode escolher livremente, não deixa de ser um prisioneiro. E, neste caso, é escravo de si mesmo. Eu já vivi isso. E agora estou fora. E, para ser sincero, você contribuiu bastante.

Mariana queria encerrar. Mas, as provocações de Celso desencadearam uma reação sem o armistício desejado.

— Já que todas essas voltas estão girando em torno do fato de que eu não quero ter mais nada com você, entenda uma coisa de uma vez por todas: sei muito bem o que penso e sinto — ela disse. — Quero é ser feliz, sem me prender à espera de um amor eterno. Sem a creditar que só há esse caminho para ser feliz. E mais: isso de amar e ser amada para ser feliz não é indispensável. O amor pode justificar a vida de muita gente, mas não de todos. Isso é criação dos tempos. Ninguém precisa de um grande amor para ser feliz — e acrescentou: — Mesmo que eu esperasse um dia encontrar um grande amor eu não vou ficaria à espera dele para ser feliz. O que vivemos foi bom? Foi. E acabou. E com isso vamos encerrar toda essa conversa, que já me cansou. Deixe-me com os meus fantasmas, se for o caso.

— Pois então, que seja feliz ao seu modo. Nada contra. Faça a sua receita dar certo. Mas, de vez em quando, lembre-se das suas contradições.

A reação de Mariana foi visceral. O que ele disse não podia ser mais provocativo. Ela espetou a luz faiscante do seu olhar dentro dos olhos de Celso. E partiu para outra batalha.

— Eu sou contraditória!? Eu?! Tudo em nós e o mundo inteiro é contraditório, mas a acusada sou eu!? — Deu um sorriso ferino e tirou da testa os cabelos negros e brilhantes para melhor olhar para ele. — E é bom que eu seja assim. Seria sufocante viver sempre o que pensamos ser ou o que deixamos de ser ou, pior ainda, o que os outros queiram ou não o que devemos ser. Eu — enfatizou —, aprendi a me ajustar ao mundo em que vivo tirando proveito das contradições. E, dentro da medida, a transformar as mágoas em coisas boas, a dor em determinação de conquistas, sem esquecer que, da mesma forma, as alegrias podem se transformar em sofrimento. Foi como a sobrevivi. Desaparecendo nas sombras para encontrar a claridade onde vivo. E você vem me lembrar que não devo esquecer minhas contradições! A contradição faz parte de tudo. Eu sou a contradição, muito prazer: Mariana Paz — e estendeu a mão, que ficou no ar.

— Acredita mesmo nisso? Ou é para se desculpar o que vive em seu íntimo?

Mariana entendeu que Celso tinha entrado em sua alma além do que ela imaginava e o tornava um invasor cruel. Isso acirrou nela seu lado beligerante: não dispensar a contenda de nenhuma afronta e tirar prazer dos confrontos. Sentiu-se provocada como se tivesse sido cuspida no rosto. Olhou para ele e o instigou:

— Você sabe quem foi Abraham Lincoln? — ela provocou, com astúcia.

— Mais ou menos. E qual é a relação de uma coisa com a outra?

— É só um exemplo do reinado das contradições. E de como as verdades prontas governam a realidade por vias tortuosas — disse Mariana. — Sabemos que ele, a duras penas, assumiu a emancipação dos escravos americanos. E esquecem que ele, nasceu em uma época racista, em uma região racista, em uma família racista, em uma época em que era vergonhoso branco fazer o serviço dos negros. E, culturalmente, ele não podia morrer de amores pelos negros. Ele estava convicto de que os negros não podiam conviver com os brancos em igualdade de direitos. Mas, defendia não ser justo o negro trabalhar sem ser recompensado como os brancos. Sabe por quê? Isso violava os interesses dos trabalhadores brancos. Estava determinado a acabar com a escravidão e era, *mil vezes*, contra a miscigenação. Afinal, ele era zeloso com o sentimento americano. Portanto, para o bem geral, a melhor solução seria a deportação dos negros, inclusive para o Brasil. Mas nada disso desfaz o que Lincoln fundamentou para a dignidade dos negros americanos. Isso é disparatado? E Thomas Jefferson? Um homem, raro, extraordinário, um gênio: *todos os homens foram dotados pelo Criador de direitos inalienáveis, como a vida, a liberdade e a busca da felicidade.* Linda verdade. E viveu e morreu dono de escravos. Eles foram contraditórios? Essas incoerências anulam o legado que ambos deixaram? E do que os americanos precisam mais? Do imaginário ou da crua verdade? — em vão, ele abriu a boca — E você, Celso, que gosta de falar em Gandhi, sabe que ele arregimentou milhares de indianos para fazer a guerra a favor dos ingleses? Isso é incoerência? — e sem dar tempo para ele falar. — E existe maior contradição entre o que o Estado cobra para dar ao cidadão e o que realmente dá? Entre a farsa dos direitos de igualdade desde o nascimento à morte, e o que se vê? Com a miséria estampada na vitrine das virtudes oficiais? — Ele quis falar. Ela não deu descanso. — Não é assim? E como os pobres e analfabetos garantem o legítimo poder legal aos políticos eleitos? E de como os estados esqueceram o que é a dignidade humana e se dizem os guardiões da humanidade? E como na democracia o voto é um patrimônio das confrarias? Que de democrático só tem o ritual das urnas? E nem por isso se pensa em acabar com o Estado, o Governo e a

Democracia e as Confrarias? Como vê, o mundo é feito de contradições, Celso. E você me acusa de ser incoerente! Quer ver-me alienada do meu mundo? Era só o que me faltava!

— Não falo das contradições do mundo. Fala das suas.

A hostilidade, dissimulada muitas vezes, veio à tona, beirando a afronta.

— Eu sou parte deste mundo, Celso. Do mesmo mundo do boi, da vaca e do galo que estão ali — respondeu Mariana com secura. — Vi que o cio da vaca e o interesse do touro acabaram ali. Foi uma coisa bonita? Foi. Por um momento. Agora a vaca é só a vaca e touro é só o touro. Sem lembranças dentro das suas almas, se almas eles tiverem. E se aparecer outra vaca no cio ele vai repetir tudo. E amanhã ela pode aceitar outro touro. Sem culpas. Isso não é uma contradição, aos nossos olhos de censores?

— Isso é natural entre os animais — disse Celso, querendo encerrar a conversa.

— E se é natural entre os animais, por que você acha que deixou de ser entre os humanos? Por que tudo viraria uma zorra? E entre nós, não é mesmo uma zorra?

— Tudo bem — concordou Celso olhando para ela. Um olhar com tristeza, sem entender se era por ele ou por ela. — Mas você tem uma alma que, como disse, sabe o que quer, e isso faz toda a diferença. Muitas vezes você é uma mulher muito doce, com um lindo sorriso e tem um olhar cintilando alegria. Uma mulher apaixonante.

— Claro que faz diferença — insistiu Mariana, sem se prender ao que ele disse. — E para pior. O ser humano é contraditório e sabe disso. Com um detalhe: como você demonstrou, não aceitamos contradições. Mas é bom saber que somos a consciência da incoerência. Apregoamos, com arrogância, a moral impraticável. Sabemos que o que pensamos ser e o que sonhamos ser, não são as mesmas coisas. Entre o que a nossa alma busca e o que nosso corpo sente existe um divisor. Afirmamos que Deus é a verdade e que devemos confiar nele mais do que no mundo em que temos a liberdade de construir e destruir. Não é assim? Nada disso é incoerente, ou é? E eu lhe pergunto: Existe maior absurdo do que os direitos do bem que o Estado e a Justiça têm como princípios e o que existe? — Ele quis responder, mas ela insistiu. — Você não acha disparatado na semana passada a lei ter mandado prender aquele mágico atirador de facas do circo, denunciado pelos vigilantes da vida dos pássaros, por fazer desaparecer no palco uma pombinha de penas chinesas, comprada em uma loja de 1,99, na Rua São Francisco? E não considerar a miséria um grande crime? — Esboçou um sorriso sarcástico. — Com um detalhe: dois meses antes o mágico brigou com a sua companheira e na noite seguinte, durante a cena em que a rodeava com 41 punhais, errou o último lance. O punhal atravessou o coração da moça e ela ficou pregada na parede do cenário. A platéia foi à loucura com tanto aplauso. Mágica perfeita. Tudo filmado. Ele sorriu, jogou seu manto árabe dourado sobre o corpo da mulher e inclinou-se três vezes para agradecer a aclamação. E a lei considerou um acidente de trabalho. O risco fazia parte expressa no contrato de trabalho. Claro que nada disso é contraditório. Ou é?

Celso aproveitou para tentar amortecer a exasperação de Mariana:

— O nome da moça era falso. Bem próprio para uma mulher de faquir: Safira.

Celso contou o que sabia. Na entrevista que ele assistiu a mãe da vítima revelou que ela via quatro novelas por dia, lia romances com heroínas destemidas e gastava boa parte do seu salário de lojista com profetisas. "Apaixonou-se pelo mágico quando foi ao circo, há uns seis meses. Quem ia sonhar que ia morrer desse jeito? Tudo aconteceu como previu o cristal sagrado de Omar do Oriente. "Você vai largar tudo para ir mundo afora com seu amor. Você será vista como uma linda e corajosa mulher, rodeada por espadas flamejantes." E morreu por brigas de ciúmes", ela contou.

— A verdade, Celso — disse Mariana, sem se prender ao que ele contou —, é que vivemos no reino das contradições e achamos que está tudo dentro dos trilhos. E está. A contradição é o trilho — disse Mariana.

— Eu me preocupo com o que está em minhas mãos fazer ou não. Os destinos alheios, o de Safira e o do faquir, o da pombinha chinesa, o dos governos e o do mundo, estão fora do meu alcance. Ainda que eu não esteja fora do alcance deles.

— Eu sou parte deste mundo — Mariana persistiu — e das suas incoerências.

Celso não se conteve. Lançou mais uma lâmina afiada e mais uma vez procurou golpear a altivez de Mariana.

— Pode ser um modo de você justificar as suas contradições. É mais fácil ver o cisco no olho do mundo do que no nosso, lembra? Por falta de argumentos é que não vamos deixar de maquiar como vivemos. Não é o que diz Chico Ventura?

— É. Pode ser. Afinal, quem não constrói suas fortalezas? — ela cedeu.

— E é também a sua poderosa artilharia de ataque, como acabo de ver?

De repente ela ficou muda, pensando. Olhava ao longe, mas o que procurava ver era ela mesma. Não tinha esperado tanto embate. Não àquela hora da manhã. Começou a se dar conta de que a confrontação não levava a nada. Queria uma trégua.

— Você tem razão em algumas coisas. No fundo nada disso é maior do que a contradição da vida. A nossa luta para acreditar na felicidade, se nem sabermos bem o que ela é — admitiu, sem olhar para ele. — Tenho certeza da morte, que pode vir a qualquer instante, e tenho planos como se eu fosse viver para sempre. Preferimos pensar que somos imortais. E essa é a pior contradição, pois é essa ilusão que nos defende do absurdo da vida mortal. E vivemos nos conflitando por ideias do dia a dia. Isso sim é uma linda e patética luta da incoerência, não é?

Ficaram calados. Mariana se aproximou dele. Viu os olhos sem brilho, fixados nas nuvens diluindo a luz do sol; procurando esconder os vestígios do que sentia. A cabeleira loura, na grande cabeça, caindo sobre as orelhas. Era visível o desgosto do que estava vivendo àquela hora. Uma hora imprópria para um rompimento conflituoso. Uma borrasca de tristeza cobriu o seu rosto. Por ele e por ela. Ela pegou, com suavidade, as mãos dele entre suas mãos. Ele sorriu sem olhar para ela. Ficaram assim. O tempo se estendeu no silêncio. Finalmente, Mariana disse, com brandura:

— Desculpe. Você tem razão. Às vezes eu sou muito impulsiva. Apaixono-me pelas ideias e fico um pouco arrogante. Não deveria ser, mas sou. Você sempre foi, e é, uma pessoa especial. Trabalhadora e honesta. Um ser humano do bem. Um determinado. Eu lhe admiro. Ninguém tem culpa dos desvios dos nossos caminhos nem das diferenças de como encaramos a vida — disse, apertando a mão dele.

— Também foi um desviou do meu caminho ter entrado na sua vida. Desde quando você me ganhou, e ao Dudu e ao Sereno, para pararmos de caçar, eu sentia carinho por você, como um irmão protetor. Era para ficar nisso. Não sei quando nasceu a fantasia gostosa. E, depois de tantos anos, aconteceu como se fosse um plano que eu não fiz. Um plano com fim previsto. Como está acontecendo.

— Se você quiser pode continuar morando aqui. Fique na casa de hóspedes, na beira do lago.

— Obrigado. Quando uma história acaba, não se tem por que ficar no lugar onde ela aconteceu. Além do que eu tenho para onde ir. A vida anda. E eu com ela. Vou seguir a sua recomendação. Não guardo mágoas.

— Compreendo. Mas eu gostaria de tê-lo por perto. Confio em você.

— Não seria uma coisa boa para mim — soltou as mãos. — E nem para você. Vou colocar o que é meu no carro. Dê um beijo em Mariano, vou sentir falta dele.

— Não se culpe — pediu Mariana. — Nem a mim, por favor.

— Não. Não foi minha escolha, nem sua culpa. — Sorriu sem vontade. — Foram as contradições. As tais contradições.

— Pode ser — balbuciou Mariana levantando-se. — Como vamos saber?

Menos de dois meses depois, Mariana Paz viu Celso cruzando a praça central da cidade, ao lado de Carolina Marques Monte, a filha de Luiz Agripino Monte, um criador de gado de origem escocesa, Era uma moça de lábios carnudos, grandes olhos verdes e cabelos negros emoldurando o rosto altivo, explodindo vida. Os dois sorrindo ao vento. Celso nem sequer a percebeu. E Carolina fez de conta que não a viu.

O coração de Mariana começou a bater como um tambor. Respirou fundo e minimizou a surpresa. Estava apenas vendo o insulto da desmedida lógica das contradições.

— De fato, a vida anda. É bom ver que as contradições estão soltas — disse Mariana, alto. — Soltas, vivas e felizes. Quero ver onde elas vão acabar.

Um homem magro, alto, de fartos cabelos grisalho e grande bigode chamuscado enroscado, vestindo um paletó azul xadrez, curto, calçando botas sanfonadas, e um lenço vermelho no pescoço, escutou Mariana falar. Parou, ficou olhando-a se afastar, balançou a cabeça e falou para ninguém:

— Têm cada vez mais loucos soltos. Ora veja, falando como se andasse ao lado de um amigo — sacudiu a cabeça. — Ou de um fantasma.

O rapaz de bermuda florida e sandálias, com o capacete na mão, parou, olhou para o homem e perguntou:

— Está falando comigo?

— Não. É comigo mesmo.

Mariana fez a transferência de um grande valor para a conta conjunta dela e de Francisco Napoleão Moraes Mattos Ventura. Queria ficar livre de tudo por um tempo.

— Por falta de dinheiro a expansão da vinícola não irá atrasar — comentou com o gerente, para não entrar e sair sem dizer nada.

— Foi um prazer tê-la atendido pessoalmente — disse o gerente. — A senhora...

Ela não ouviu o resto. Saiu mal se despedindo.

Na rua olhou para todos os lados. Celso e Carolina tinham se desfeito. Pensou ter sido um delírio. E, em um golpe, sentiu-se só. Dentro de uma solidão sem referências. Pensou: "É um subir e descer montanhas tantas vezes que, quando menos espero, perco-me pelos caminhos. Nem sei por que sinto esse desprazer."

Encontrou Mariano na mesma posição em que o deixou, sentado no banco do carro. Manipulando o seu mundo. Não a percebeu chegar.

— Vamos embora — ela falou com voz distante.

— Você está bem? — Mariano perguntou, olhando-a com o canto dos olhos, sem parar de navegar.

— E por que não haveria de estar?

— Você está pálida.

Mariana abriu o teto do carro. O vento massageava seu rosto e alvoroçava os cabelos. Desceu a sinuosa estrada da serra sentindo-se voar sobre cada curva, dentro do céu azul escancarado. Ao seu lado o espírito mal iluminado dos despenhadeiros encobertos pela névoa azulada, quieto, atraente, lhe fazia sentir-se sobre as nuvens. Um mistério que a seduzia. Como se a alma solitária de Custódio Cruz, lá do fundo, a acenasse. Às vezes um sussurro diluído pela velocidade do carro, um encantamento das águas lavando as encostas, levava Mariana para mais longe ainda. Fluía com a sensação de estar se movendo pela vida sem começo nem fim. Sentia-se indo e vindo de um mundo para outro, como se o seu corpo gravitasse. Flutuando, sem saber o que era o começo da eternidade e o fim de uma vida. Sem pertencer a nenhum dos dois mundos. Movendo-se de mãos dadas com o enigma e a realidade terrena.

A voz do vento ou do que quer que fosse lhe dizia: "isso é a liberdade."

E a sua voz, dentro dela e distante, respondia: "ou mais um semblante das contradições."

Mariano se desequilibrou e o tablete saltou de suas mãos:

— Vá mais devagar, mãe. Você está voando. Você quer morrer? Eu mal comecei a viver.

MARIANA E TILA

31

Com o passar dos anos as lembranças que Mariana tinha de Celso dissolveram-se como uma bolha de sabão levada pelo vento. Mesmo vivendo no Morro da Lagoa, onde eles se conheceram, nada o lembrava. Ali, tempos depois, não era somente a luz da manhã, com um céu sem nuvem, nem o silêncio da mata, e o azul desbotado do mar no fundo do horizonte, nem o pó dourado das dunas além do espelho da lagoa diante dos seus olhos, que a deslumbravam. Mariana Paz tinha esses e outros motivos para estar feliz, quando olhou a paisagem do terraço da sua casa.

Sentiu gratidão por estar viva e pelo que vivia. Entretanto, esse bem-estar durou pouco. Dentro da própria felicidade, começou a questionar. "Tudo isso devia me bastar. Mas há momento em que nada me basta. Bem no fundo corro ao encontro de conquistas para não sumir no vácuo. É como o esforço da gralha que eu vi voar, há muitos anos, com a ponta das asas podadas. Uma conquista depois da outra. Outro vazio depois de cada conquista." Foi o que pensou enquanto concluía o anteprojeto.

Não tinha por que se questionar. Aquele ano e os anteriores tinham sido de sucessos. Os vinhedos no planalto produziam as melhores safras e rendiam bons lucros. A inovação do plantio de dez mil pés por hectare, implantados sob o controle do agrônomo Miro Filho e do enólogo Clou Jacques, e Santamaria na minuciosa vigilância da maturação e colheita, e as exigências do sommelier Pierre Cliequot, geraram, além de quantidade maior, alto nível de qualidade. As uvas sauvingnon blanc, a chardonnay e a versátil *pinot gris*, vindas da Alsácia, a complexa *pinot noir*, se incorporaram ao terroir, como se tivessem encontrado naqueles solo e clima, a comunhão das exigências perfeitas que a perfeição determina. O resultado foram os vinhos com um supremo aroma e corpos aveludados prodigiosos e espumantes soberanos. A partir da quarta safra os espumantes receberam os melhores prêmios internacionais. O que nasceu de um delírio, Mariana transformou em um projeto meticuloso com a elaboração minuciosa de cada detalhe e em grandes conquistas.

A empresa de tecnologia, sim, continuava cheia de novos desafios. Como se começasse do zero todos os dias. "Para não ser devorada por tudo que se cria na tecnologia virtual a cada hora. É fácil ser sufocada pelas concorrências mortíferas. E pior: sobreviver às deslealdades dentro dos nossos próprios espaços", ela alertava o filho. "Portanto, quem não gosta de viver tantas provocações faça outra coisa."

Naquela manhã, no terraço, era a de um dia deveria ser de alegria. Mariana vivia o que queria ser. Uma empreendedora vitoriosa, apaixonada por novos desafios.

Mariana parou de olhar a paisagem Era a mesma de sempre e encantava-a como a primeira vez que a viu. Começou a trabalhar com a costumeira voracidade criativa. Depois de dois anos o detalhe que faltava veio rápido. Mais um programa, que ela considerava o seu novo grande projeto, para ser acessado mundo afora.

Saboreou a conclusão. Estendeu as pernas sobre poltrona da frente e relaxou. Contemplou o horizonte. Sentir-se feliz. Até uma nuvem de apatia chegar e se alojar dentro dela como um duende com vida própria. "E agora? — perguntou-se. — O que me resta além de reunir meus parceiros e expor o projeto? Ver cada etapa vencida, chegar ao final e nada mais"? Em ocasiões assim, as sensações ocultas do passado se infiltravam pelas frestas dos espaços desocupados. Sentia-se despojada do brilho da vida. Parada diante da porta que dava para o nada. Começou a vagar dentro de um ambiente oco. E, sem se dar conta, outras sensações conhecidas começaram a invadi-la. Mais uma vez pensou: "Cabeça vazia oficina do diabo. Têm ocasiões que é mais difícil concluir um projeto do que cria-lo. Quando acabo me sinto sem nada. E anos depois que tudo aconteceu chegam essas sensações sorrateiras."

— Você trabalha demais. Trabalho não é vida, é meio. Tome esse chá — disse Tila, se aproximando. E repetiu sua velha frase. — Não venda a sua alma ao trabalho.

— Ao contrário. O trabalho é minha alma. Por hoje já cheguei onde queria. Agora só estou olhando o dia.

— Você está vendo o céu ou o abismo? — perguntou Tila, que percebia as variações da alma em quem ela pousasse os olhos, e mais ainda as de Mariana. — Quem olha para o abismo é atraído por ele.

— Estou olhando o céu. Quem sabe dele me surge um novo projeto.

— Não me parece só isso. Conheço seus olhos desde quando renasceu. Tem mais diabinho no meio disso.

Tila sabia do que falava. Também ela, no tempo em que viveu olhando o abismo morou dentro dele. Até criar asas e passar a voar com seus santos, seus anjos, seus guias e seus mentores. Foi por vias tortuosas que chegou à tamanha multiplicidade lista espiritual. Tinha sido uma mulher linda, alta, loura inteligente, virtuosa, luterana consagrada como seus ancestrais, (os Von Bremmenkamp, empobrecidos desde que deixaram o castelo com objetos abrasonados e as grandes festas, fugindo no fim da guerra, sofrendo para se adaptarem aos hábitos "dessa gente..."), com um projeto de vida bem definido, como todo bom protestante: perseverança na lei de Deus, vocação para amar, ser amada, casar, amar a família, ser feliz, ter sucesso na profissão e viver melhor do que seus pais passaram a viver. Tila formou-se em hotelaria no Instituto Les Roches, nos Alpes Suíços — onde se refugiou uma tia sua colecionadora de medalhas de oficiais —, porta aberta para uma grande carreira. Ali conheceu, apaixonou-se e casou-se com Divino Arcanjo, jovem executivo de uma rede hoteleira internacional, um rapaz belo, aromático, de cabelos negros luzidios com uma mecha de pátina por obra e graça do coiffeur parisiense Cristophe Rodan, célebre por suas luzes em louras famosas, olhos verdes coruscantes como vinte quilates de esmeralda rara da Bahia. E um sorriso acolhedor e o olhar por vezes acintoso. “Bonito demais para ser real,” Tila pensou enquanto o contemplava. “Como não iria me apaixonar?” perguntou-se durante cinco anos para se justificar. Depois: “Como não iria ter o fim que teve”, respondeu-se pelo resto da vida.

Tila cultivou o fermento da sua paixão e dela se alimentou enquanto pode. Formou-se, trabalhou como gerente de um resort no Nordeste. Largou tudo e se dedicou ao lar, à família, cuidou da frau Leona doente, apostou em ser boa mãe, grande esposa, amante sem meio termo, mulher depilada, com a pele macia e os cabelos dourados brilhando, as curvas, sim, as curvas bem definidas. Sempre de bom humor ou fazendo de conta. Um mulherão em todos os sentidos. E mesmo assim o desencanto, a ferrugem secreta, contaminou a alma do aço da sua perseverança. Foi oxidando a resistência da sua idolatria, desejada a perdurar a vida inteira. Durou até aquela noite, quando já na cama, depois do jantar e do banho quente com a ducha forte e do spray, sem medo de errar, de Chanel N. 5. A tal noite em que Divino lhe disse:

— Tila, você é maravilhosa. Eu lhe admiro e, ao meu modo, a amo muito. Mas, preciso ser sincero: sinto-me a cada dia mais sufocado e angustiado pelo que estou vivendo. Já fui além do meu alcance.

— O que quer dizer? Fale — disse ela sem suspeitar do que iria escutar.

— Vou deixar claro: não gosto tanto assim de mulher. Estou sendo honesto.

Os anos de cama sem ardor tinham sido uma revelação que ele não quis avaliar com rigor. Pensava, com toda franqueza de mulher bem resolvida: “é melhor assim do que ficar esfolada todas as noites”, e, na carência, resolvia-se sozinha. Por ter-se habituada assim, pensou que era a melhor cena do enredo da novela. E que Divino era um bom ator. Até se dar conta que era uma cena da vida real. Da sua vida. Da vida dele. Ali, dentro do seu quarto. Às dez horas da noite. Onze de abril. Sexta-feira.

— Entendo. Eu falhei?

— Não. De jeito nenhum. É uma questão de incompatibilidade natural.

— É um direito seu. Por que não contou antes? Teria evitado todo esse tempo de enganos para nós dois. E, sobretudo, de você ter sofrido.

— Faltou decisão.

–Respeito a sua natureza — ela disse, com fleuma. Levantou-se, acendeu as luzes do teto, viu-se no espelho, ela e a vida como uma fraude. Vestiu-se. Foi até a porta do quarto. Voltou. Olhou Divino nos olhos e esqueceu toda a sua cristandade. Foi impiedosa. — Tanto esforço para dar nesta merda. De fato, o amor é cego. Puto — e durante muitos anos arrependeu-se por ter sido tão desumana, com a última palavra.

No início Tila agarrou-se à trapaceira ideia de que todo fim é um recomeço. "Nada, nadinha se perde. Tudo se transforma em algo melhor, pelos desígnios de Deus. Sofre quem não se alimenta de novas esperanças. É o que dizem. Vamos ver se é mesmo." As novas experiências e os muitos recomeçar não floresceram. Em cada um deles plantou uma semente de possibilidades. Um grão de mostarda maior do que uma abóbora. Capaz de nascer um novo amor em cima da pedreira da vida e se tornar um dia uma árvore frondosa, donde colheria doces frutos. Acabou como governanta de Isabel Cruz. Agora ainda estava ali. Fazendo os papéis de gestora da casa, governanta, protetora, conselheira e amiga de Mariana Paz. Só, mas sem securas. Sem fantasias com os amores da terra. A filha, Dona, longe. De férias sem volta, na Flórida, vivendo com um milionário, suspeito de pertencer a um cartel do México. E Tila, junto à Mariana. Vivendo cada dia e cada ano sem queixas da vida. Envelhecendo o corpo e rejuvenescendo a alma. Com incenso, água-benta, banhos de mar e de cachoeira, surra de espada de São Jorge, sopro de cachaça ao redor do corpo, figa de guiné, dormindo no frio do Atacama para ver as estrelas mais de perto e, se possível, pegar uma delas com as mãos. Praticando todos os atos de fé ecumênica.

— Hoje é sexta-feira, quer ir ao centro espírita comigo? — Tila perguntou. — Vai lhe fazer bem.

— Tenho outros compromissos. Gostaria de ir e levar Mariano. Ele está se revoltando com tudo e isso me preocupa. Indignado com o que vê acontecer. E é arredio à religião. Desde os dez anos não entra em uma igreja.

— E com vinte e cinco anos, rico, inteligente, bonito e cercado de mulheres lindas é que não vai mesmo querer — disse Tila. — Está no céu da juventude.

— Menos ainda ir a uma religião como a que você vai hoje.

— Centro espírita não é igreja. É ciência, filosofia e preceito de fé. A sessão acaba cedo e as festas não começam antes das onze horas. Vamos, é bom tirar essas sombras que estou vendo ao seu redor. Conheço bem as cores desses olhos.

— Talvez, eu vá. Mas, Tila, me explica uma coisa: este mês você já foi à missa católica, terço bizantino ortodoxo, culto evangélico, mesquita, a um mosteiro budista, a um casamento dos seus amigos judeus... Parece coisa de mulher desesperada.

— E a um ritual de candomblé lindo — completou Tila. — E não é desespero, é fé.

— E ainda sobra fé nos espíritos dos kardecistas?

— Graças a Deus. Fé é o que não me falta. Eu sou pura fé em Deus. Quem sabe ouvi-lo escuta Ele falar em todas as línguas e o encontra em centro espírita, sinagoga, mesquita, catedral de São Pedro, igrejas ortodoxas, evangélicas, centro de umbanda. Só não entra em coração fechado. Não gosta de arrombar portas. É um Senhor respeitador das vontades. Mesmo não aprovando algumas.

— Acredita mesmo?

— A fé é a minha verdade, Mariana. E ela não depende de ciência ou religião. Nem de filosofia nem de manuais ou sei lá mais o quê. Só não acredito em matança de bicho para fazer o mal. E, claro, em horóscopo e previsão do tempo — riu. — A última vez que eu li meu horóscopo encontrei uma revelação genial: *nos assuntos do coração jogue fora o que não presta. A começar pelas mágoas e os ressentimentos que prejudicam a sua felicidade.* Sábio, não? E na previsão de anteontem, a tempestade de ontem foi transferida para a noite de hoje e temos esta manhã linda. Logo, nas palavras dos homens eu não tenho fé, mas creio em tudo que fala com Deus.

— Eu também tenho fé. E muita — disse Mariana. — Mas há momentos em que me sinto abandonada, entregue à própria sorte. Rolando de um sentimento a outro.

— Como estava agora? Isso pode acontecer com qualquer um. O próprio Jesus, na cruz, sentiu-se desamparado e sem reposta. Mas, não desistiu. E ressuscitou. Até Ele, que, na solidão, transpirou sangue, que direi eu!? — Tila ponderou. — Comigo acontece mais quando confundo fé com teimosia de querer conquistar só com as minhas unhas, e não consigo. Aí, eu me sinto um pouco roubada. Logo esfrego os pés no chão, olho para o céu e volto a ser feliz.

— Pois eu vou continuar teimando em ser feliz ao meu jeito. Ou pelo menos em não ser infeliz. Afinal, lutar foi o que mais aprendi e mais gosto de fazer.

— Repito o de sempre, Mariana. Se você se apoiar em uma força suprema, a felicidade fica mais fácil e mais verdadeira. Mas, cada um escolhe o seu caminho. Eu achei o meu. — Falar sobre a vida espiritual era o que Tila mais gostava. — Graças a Deus descobri que não vale a pena complicar nada. A farinha, digo, a energia da vida é a mesma para todos. Fazer com ela um bolo doce ou envenenado é só querer.

— Você e suas sacadas. O que não falta são gurus de plantão, filosofias, religiões, doutrinas, receitas e propostas. Você própria acabou de dar várias delas. Mas não é bem assim. O mais difícil a cada dia é saber o que se quer como felicidade. Você diz, é simples. E eu digo, o difícil é encontrar esse simples.

— Você tem razão. Existem ofertas demais. Nos supermercados as gôndolas da felicidade estão abarrotadas de promoções do dia — Tila disse. — Parecem balaios da Rua 25 de Março, em São Paulo. Ficou complicado escolher. Não sei se é este sapato com esta bolsa. Este colar com este brinco. Pode ser bobagem minha, mas, por outro lado, acho que quanto mais difícil separar o que é e o que não é felicidade, mais preciosa ela fica. Como se fossemos garimpeiros revirando cascalhos em mina abandonada — e concluiu. — É um desafio a mais. Ou então se hiberna acreditando que se está em um paraíso. Como aqueles homens enrolados por raízes que eu vi no Tibet.

— E que só acreditam ser real o que enxergam de olhos fechados? Você não acha que a felicidade deveria ficar cada vez mais simples de ser alcançada? Uma espécie de Lei da Purificação que não retroage. Assim como a evolução da tecnologia?

— Essa lei se cumpre — disse Tila com toda a naturalidade. — Só existem mais queixas porque aumentaram as nossas ambições e desejos — "É mais ou menos o que Chico Ventura diz", pensou Mariana. — E falo em todos os sentidos. A vida, sem dúvida, é cada vez mais venturosa: plena de sonhos, de alegrias, de amor, de conhecimentos, de conforto, de caridade...

— E de misérias e de sofrimentos.

— As misérias e os sofrimentos são maiores porque passamos a enxergar melhor. Porque sabemos avaliar o mal e o quanto ainda pode evoluir. E, por efeito, queremos ainda mais o bem — enfatizou Tila. — Temos os olhos cada vez mais abertos para o que não é justo. Ninguém se contenta em só ter onde dormir e o que comer como os animais. Queremos ter isso em paz. Isso não é um avanço?

— Não é o que se vê e não penso assim. Essa visão é simplista. Otimista demais — Mariana contestou. — Hoje, o crime perdeu a sua face de crime, é apenas um artigo do código. A vítima perdeu a sua condição de vítima. É menos que um objeto. Um objeto tem valor e a vítima não vale nada. Discuto essas coisas com Mariano. A violência vende o seu produto no nosso almoço e no jantar — disse isso sem lembrar que estava repetindo o que Celso lhe disse na varanda da casa da serra há dez anos. — Enquanto isso nossa preocupação é conquistar sempre mais. Esquecendo-nos de que nós é que somos a mercadoria. Eu me pergunto em que mundo vai viver Mariano? O que o destino lhe reserva neste mundo, em que muitos homens só têm orgasmo quando ganham muito dinheiro e desfrutam o poder?

— Só os homens! Conheço mulheres que fazem isso e nem se dão conta disso. Não é verdade? — emendou Tila. — Nada de novo. Houve época em que o orgasmo era ir à praça ver a bruxa queimar na fogueira. Hoje a pracinha é a televisão e existem os que se sentem no paraíso quando se exibem degolando um infiel. Mas o mundo já foi pior, Mariana. E não é uma visão otimista. É uma verdade. Ainda que exista tanto ódio e ganância, a humanidade nunca foi tão solidária. Os ricos não deixaram de amar a riqueza, mas, as doações bilionárias para combater a miséria mostram que alguns, entre eles, estão se dando conta de que não precisam de tanto para viver bem. E olha que se desprender da ambição deve ser mais difícil do que do apego a uma roupa que você guarda e não usa. Nunca se praticou tanto a caridade e o amor? Um amor sem troca, entre todos. O que me parece melhor do que um amor entre dois. E o mal aumenta para concorrer. Tem lógica, não tem?

— Que bom que você veja o mundo assim. Mas cuidado quando fala com esse seu entusiasmo sobre as doações bilionárias. Embora eu saiba que não é apenas assim, tem quem diga que eles só estão devolvendo migalhas do que tomam desde quando aprenderam a multiplicar dinheiro. Mariano diz é que a maldade está tão comum que deixou de ser maldade. Posso estar louca, mas acredito que o amor e a maldade que você fala, muitas vezes têm a mesma fonte.

— Não tem dúvida: o nosso coração. Todo mundo sabe disso e faz de conta que é um mistério. Mas sabemos separar a maldade, do amor e o que queremos para nós e para a humanidade. E quando descobrimos que o amor é melhor do que a indiferença a vida fica mais leve — disse Tila, como se falasse do sabor de um bolo celestial. — Como os olhos só percebem o que queremos ver e o que estamos habituados a ver, o coração também se habitua ao que sente. Seja o afeto, a amizade, o ódio e o desprezo, a alegria ou a tristeza. Agora, começamos a perceber que não é só o sofrimento que é a âncora desta terra. A felicidade também pode ser a raiz da vida. Acredite.

— Nem tudo é tão claro assim. Nem tão simples.

— Lógico que é. Todas as religiões que eu frequento mostram isso. Complicado mesmo é o mal. Veja — continuou Tila —, quando eu buscava respostas somente para as minhas tristezas, eu era cega. Só via as minhas aflições. Depois eu comecei a ver a vida sem esse veneno. E parei de me sentir um nada dentro da imensidão do universo. Passei a me sentir parte dele. E tudo começou a ficar mais simplificado. E você Mariana, sabe muito bem do que estou falando. Estou falando de vida e não do que as circunstâncias nos obrigam a viver. E vida é amor, minha querida. Mesmo que seja para o corpo virar pó. Esse é o fato. O resto é miudeza. E detalhes só interessam se nos levar à verdade dos fatos. Ou você esquece dos romances policiais que gosta de ler?

— Então me diga, sem a lupa de um bom detetive das almas: Você acredita mesmo em outras vidas? Agora fale mais sério. Sem se justificar — provocou Mariana.

— Vou repetir o que já lhe disse trilhões de vezes. Eu não tenho e ninguém tem certeza que existem muitas vidas. Sou mais de acreditar que a vida é uma só em muitas etapas e que não acaba. Porém, sei que só esta vida aqui é pouco para se alcançar tudo o que se sonha e receber tudo o que temos crédito. Para mim isso é o óbvio. Mas, como você diz, neste mundo até o óbvio é complexo.

— E uma só vida é pouco também para reparar tantos sofrimentos.

— Os que nos causam e os que nós causamos? — perguntou Tila.

— Os dois. Eu também acredito nisso. Muitas vidas em uma. Além disso, penso que a vida é o hoje, o agora, é o que eu sou e o que eu deixo de ser neste momento. Não o que eu projeto no depois sem fim, do que acreditamos que exista por termos fé.

— Você esquece que a eternidade não tem divisão de tempo. O momento é parte dela — Tila ponderou. — E você também sabe que não teria se libertado do que se libertou, nem conquistado tudo o que é, sem a energia que recebe e que não vem do aqui e agora, como você chama. Você, de alguma forma, é a vida que alguém sonhou, excluindo o sofrimento, que é criação deste mundo.

— Quer dizer que eu sou uma cópia melhorada da minha mãe? É isso?

— Não estava pensando nisso. É simplificar demais, Mariana, por favor. O tempo só existe para a matéria. Não entre no detalhe se somos a cópia ou o original. Mas vá lá: todos nós somos cópias e originais. À procura da melhor imagem — sorriu suavemente. — É como eu passei a entender a vida. Cada um de nós pode estar construindo o destino alheio e o seu próprio sem conhecimento disso. Assim como o nosso pode ter sido destinado a melhorar a herança de quem nem conhecemos. A vida não é patrimônio exclusivo. É uma sociedade de todos, Mariana. De mortos e vivos, do corpo e do espírito, do ontem e do hoje evoluindo — os seus olhos brilharam. — Isso não é maravilhoso?

— Em parte, acredito nisso. Quantos desvios para o que queremos ser e viver com a nossa identidade única? Não há um pouco de traição nisso?

— Negativo. O tempo não trai. Mostra o melhor caminho. E, claro, nem sempre de imediato como nós queremos. Aos poucos e sempre. Não foi de uma hora para outra que o bicho homem descobriu a importância da luz dentro da caverna. Nem dentro dele — disse Tila. — A não ser que se queira ficar dando voltas à toa dentro do negrume o tempo mostra a melhor passagem. Você sabe disso — sorriu feliz. — Adoro quando você me provoca. E como escuta as mesmas coisas que lhe digo desde quando você era pequena. — Olhou para Mariana com carinho e foi abraçá-la. — Eu a amo muito. Muito mesmo. Ainda que você às vezes goste de complicar as coisas simples.

Mariana levantou-se e a abraçou.

— Eu também a amo muito, Tila. Você foi e é, não digo a mão inteira, um dedo de Deus me amparando. Mesmo às vezes sendo chata.

As duas ficaram abraçadas um momento, emolduradas dentro da luz da manhã, com o azul do céu como fundo.

— Está bem — disse Tila —, agora vou. Tenho muito o quê fazer e a mandar fazer.

— E eu vou marcar uma reunião com meus associados para a tarde. Tenho pressa em lhes passar a ideia final deste projeto. Depois vou subir a serra. Por hora já fiz o que tinha a ser feito aqui.

— Amanhã será o Dia das Almas. Hoje, à noite não é uma boa data para viajar. E a previsão é de vendaval para o final do dia. Com a chegada de um ciclone extra tropical vindo da Argentina. A previsão é de tempestades durante toda a semana — lembrou Tila. — E vai que desta vez a meteorologia esteja certa? Espere o mau tempo melhorar — passou as mãos nos braços arrepiados. — Estou com maus pressentimentos.

— Maus e bons presságios todos nós temos, mas a vida não para por causa deles.

— Aprendi a ver você sendo muitas pessoas ao mesmo tempo. Hora um lago profundo cercado de montanhas e hora um furacão. E não sei do que gosto mais ou menos. Não vá. Sinto más premonições. Hoje não é o seu dia de furacão.

— Tudo bem. Você, mais do que ninguém, sabe das minhas duas vidas. A que eu pude construir e como sou reconhecida, e a secreta: a que não tive escolha, nem contribuí em nada. E qual das duas é a verdadeira? A do lago profundo entre montanhas ou a do furacão no alto da mesma montanha, como você diz?

— Hora uma, hora outra, Mariana. Como nenhuma pessoa é uma só...

— Quer saber? Sou múltipla. Às vezes não sei se me basta ser duas para ser uma ou uma para ser duas. Portanto, não venha com seus presságios. Nasci assim e vou morrer assim. Vivo o que foi tramado antes de eu nascer, o que eu provoquei, e o que eu posso escolher. Hoje é dia de cumprir o meu papel de furacão.

— Se você acha que tem que viver apenas as suas duas personagens, é uma mulher feliz. Em geral as pessoas são múltiplas, e não sabem em qual personagem são mais ou menos felizes ou mais ou menos sofredoras. E nem se estão sendo mais ou menos elas próprias. Vá em frente, guerreira.

— Tenho planos para viver mais cem anos, Tila, mas se morrer amanhã já vivi o que eu escolhi e o que herdei. Hora carregando a coroa hora a cruz. E sempre com a esperança de que amanhã serei mais feliz do que hoje. Portanto, vou à luta.

— E o que é tão importante que não pode esperar? Um novo amor?

— Vá, vá. Não se atrase — respondeu Mariana dando a conversa por encerrada.

Tila saiu e Mariana continuou sentada. Voltou a olhar as dunas e o mar. Escutou o baque de um galho que despencou dentro da mata, o canto rouco de um tucano, o grito doído da saracura. Respirou o cheiro de ervas maceradas. Sem se dar conta, deixou-se invadir em um duelo de pensamentos incoerentes. Lembrou de Salvador Cruz. Uma lembrança mesclada de prazer e aversão. Mais de trinta anos depois de tudo ter começado a memória do corpo reacendia o pavor daquelas noites. Vinte e cinco anos depois de seu filho nascer, uma centelha do prazer que então, por vezes, não pode dominar voltava à memória. Como se a dor e o prazer fossem o mesmo combustível da sua vida. Mais uma vez voltou a perguntar ao destino mudo que a envolveu o que sabia não ter respostas. E, sem ter noção, eram as mesmas perguntas que a sua mãe se fazia, com os pés na água da cachoeira, nos tempos de ódio e prazer com Custódio Cruz. O pai da própria Mariana. O pai de Salvador.

Um beija-flor bateu contra o vidro do terraço ressoando um baque de alerta. Ela o pegou, derramou água e passou o dedo na cabeça, soprou no bico e ele, que parecia morto, voltou a voar. Lembrou-se de Mariano quando criança e ela o assistindo, maravilhada, daquele terraço.

"Nem sempre o tempo cura. Mas tudo passa. É só uma nuvem". Pensou ainda: "A libertação é assim. A cada sopro de vida. Não é como serrar uma corrente dos pés e sair caminhando. Nem desligar uma pulseira eletrônica. Não basta um único sopro na boca para eu voar como se nada tivesse acontecido. Não se esquece de repente o peso do corpo ferido e se sai voando, como o beija-flor. Antes, a gente se arrasta. E mesmo depois de se alçar voo as lembranças atraem para a terra. Como em um pouso forçado. Mas, mais uma vez, tudo passa. Ainda que eu caia depois, agora é voar."

Tal como viveu sua mãe, Antônia, Mariana queria entender o céu e o inferno que por vezes visitava. As marcas que não se desfizeram. Os fiapos de prazer trançados dentro dela, procurando plasma para se tornarem vivos. Como as feridas que não cicatrizam e os prazeres que ressurgem e os rancores que não morrem. Olhou para o infinito do céu. "No fundo nada morre. Passa, mas não morre. Só fica oculto. É como diz Chico Ventura: o que se vive uma vez se vive para sempre. Salvador é passado e presente. É parte da herança da terra. E o certo, é aprender a conviver com isso sem me contaminar. Sem encanto nem culpas."

Durante muitos anos Mariana Paz buscou livrar-se dos vestígios das aversões e do sentimento de culpa pelo prazer que sentiu. Queria uma nesga do céu. Não ser infeliz. Viver sem cultuar o prazer e rancor indesejados. Viver sem expor as cicatrizes das suas feridas. As feridas que causam tanto prazer aos olhos alheios. Viver sem precisar explicar ao mundo, porque foi e deixou de ser vítima. Simplesmente viver. Ora humilde. Ora agressiva, para conquistar o que queria. Viver sem queixas nem cobranças de tudo e todos que a envolveram com Salvador Cruz. Porque tão pouco eles tinham consciência do rumo que traçavam para eles e para mim, pensou, dando-se uma trégua.

Mariana Paz mais uma vez se indagou: "Minha história de vida foi programada da por quem, afinal? Por minha mãe, de quem mal sei quem foi? Por ela se casar com Prudente para despertar ciúme em Chico Ventura, o homem que a amava? Por Prudente, meu pai que não foi meu pai? Por Custódio Cruz, meu verdadeiro pai, de quem fiquei sabendo quem era só depois de ser mãe de um filho gerado por um filho dele? Por Chico Ventura, que não lutou por seu amor por minha mãe e a entregou de bandeja para Prudente, que, por sua vez, entregou-a para Custódio? Ou por Salvador Cruz, que não sabia ser meu irmão e me criou para seu uso e se tornou pai de meu filho? Como poderia dizer-me que sou o destino que escolhi? Quem são, afinal, os autores de meu destino? Se é que tem um autor ou autores? E se ele não tivesse autores eu teria um destino ou eu tenho um destino para que existam autores? ' — Olhou para a sua imagem mal refletida na tela do computador e teve uma reação bem terrena — 'Afinal que fraude é essa e de que adianta a liberdade de escolher? Como eu vivo escolhendo o que pensar ou não pensar, o que sentir ou não sentir, o que dizer ou não dizer, o que fazer ou não fazer? — Só meus sonhos são livres? Só eles não precisam de nenhuma autoria? Nem minha? Ou alguém sonha por mim?"

Continuou no terraço. Solitária como a gralha que há anos viu passar com suas asas podadas, sobrepujando com ousadia o peso do seu corpo para não despencar no abismo. Lembrou da cena: o que, naquele distante dia, pareceu-lhe um voo patético, com quedas bruscas, para a gralha de asas depenadas era o limite de suas forças para continuar sobrevoando a mata. "Por puro instinto de continuar sendo o que era. Sem os anseios da alma humana que quer voar além das forças das suas asas. Sem ficar presa às gaiolas do passado e às armadilhas do presente. Ser um *humano* não é fácil."

Continuou lembrando o passado, quando era mãe adolescente. Tornou a ver o gaturamo-rei ferido que ela salvou. Deu-lhe comida no bico durante uma semana, coloco-o no alto de um pé de araçá para ele comer as frutas. Subiu fácil. E não conseguiu descer da árvore. Enquanto isso o gaturamo desapareceu.

E voltou a pensar: "Eu sou um pouco pássaro ferido? Presa ao corpo e livre na alma? Mesmo sem asas eu quero voar. E, no entanto, tenho que escolher aonde ir, onde pisar, o que eu como, o que eu bebo, quem amo, quem e o que devo esquecer, e vai por ai afora. E a Tila diz que é simples ser feliz" — ironizou. — "Na verdade nunca tenho a certeza se estou fazendo a escolha certa ou indo ao encontro do que já foi escolhido. Sem poder saber se a liberdade não passa de mais um ardil. Sem eu prever o resultado da disputa entre a liberdade e as ciladas. Esse é o preço da ilusão da liberdade, como diz Salvador... — e voltou a repetir. — Ele. Filho do meu pai... Meu padrasto... meu irmão... O homem que me teve sem ser minha escolha... O pai de meu filho... Ele, a figura mais real que eu conheço dentro deste mundo anunciado para nele fazermos as alternativas tidas como sensatas, sem sabermos se elas são as erradas... Sem sabermos se estamos construindo o nosso ou o destino alheio. — Abandonou o labirinto familiar das suas lembranças e voltou a olhar para o teclado. “Chega de pensar.” Digitou: *Concluído* — “Belo projeto. Cada ideia e palavra escolhida por mim. Como cada movimento das asas da gralha. Sem essa confiança ela deixaria de ser um pássaro. E eu deixarei de ser humana se não der sentido ao que escolho. Para não cair no vácuo do absurdo durante o voo. Isso é um poder divino!, diria Tila.” — Digitou: Ilha de Santa Catarina, 20 de dezembro. — “Embora às vezes me pareça uma grande trapaça. Agora é debater o projeto e subir a serra. É a minha opção. Com a única certeza de que tudo é incerto.”

O trabalho a seduzia e a embalsamava. Vivendo o trabalho esquecia o passado.

Mariana Paz teve vários amores e nenhum deles foi o amor intenso que queria viver. Com tantas vãs experiências suspeitou que a sua busca afetiva não tivesse um endereço certo. Na noite em que se deu conta disso chorou. A partir de então alimentou a confortável convicção de que para ser feliz era dispensável um grande amor. Essa ideia foi uma verdadeira tese da consolação do vazio afetivo. Mas, a sua fantasia secreta era ser amada e amar despudoradamente, pelo menos uma vez na vida. Ser feliz com o coração e o corpo de mulher apaixonada, o que nunca lhe aconteceu. Primeiro foi a insípida relação com José Silva, o advogado. Depois outras inconsequentes. Celso, que ela chegou a acreditar, Chico Ventura mostrou ser mais um engano. Outros vieram com menos ilusões e os mesmos emaranhados sentimentos fraudulentos. E as empresas passaram a ser cada vez mais o seu grande portal da vida. E, o grande amor, que ela achava dispensável, mas sonhava viver, tornou-se uma esperança menos iluminada. Assim, o trabalho tornou-se cada vez mais envolvente.

Dia a dia, ano a ano, Mariana foi domesticando os seus secretos desafios íntimos, e criando e vencendo todos os desafios dos seus empreendimentos. O último estava diante dela. Dispensou o que pensou sobre os seus conflitos íntimos e apertou a tecla para *enviar.* Em um segundo o projeto do ambicioso programa estava na central de arquivos, com acesso restrito aos seus parceiros. Em seguida marcou a reunião presencial para duas horas mais tarde.

O projeto que acabara, segundo ela, era muito simples e ao mesmo tempo radical: um programa capaz de, através da nanotecnologia suprainteligente, monitorar em tempo real as mudanças das intenções das células humanas e intervir para inibir as suas mutações com anormalidades. Com tanto trabalhar nele, achava isso simples.

Do alto da varanda ela olhou mais uma vez o mar, além das dunas douradas e além do fim do horizonte visível. Além dos seus questionamentos. Nada mais restava das ambiguidades nos labirintos da sua alma inquieta. Naquele momento a finalidade de viver era o seu ousado projeto. "Com esse programa começa um novo tempo."

Levantou-se.

"Pensar não basta, é preciso ação. Mesmo que seja a última. Vamos à luta."

UM DIA PRODUTIVO E FATAL

32

Na sede da empresa, Mariana Paz ocupou um círculo entre 26 cabeças pensantes, fervendo em alto grau, sem se preocupar com as competições nem sempre leais entre elas, explicou de forma objetiva o programa a ser criado.

— A ideia é simples — começou a abordar, falando de uma coisa, para ela, muito elementar. — Todos nós sabemos que todo fato real ou potencial, precisa de uma comprovação, direta ou experimental, para ter a sua existência própria reconhecida por nós. Portanto, querer racionalizar o óbvio para provar ao contrário é perda de tempo. Pulamos isso.

Não pularam. Foi o bastante.

— Isso é elementar — disse Célia Pizzonelli, — o fluido invisível da energia escura está presente em quase todo o universo e mesmo assim, sem ser visto e mensurável, não deixa de ser real e ter finalidade.

— Bem lembrado — disse Mariana e continuou. — Vamos evitar as reduções racionais e dispensar o formalismo consagrado pelas academias e não esquecer que o entendimento falso atrasa a ciência e emperra a vida. Vamos dar dinâmica própria à inteligência artificial, que opera de modo estático — enfatizou. — A proposta é trabalharmos a partir de outro foco. O de que: tudo o que acontece, ou venha a acontecer, tem existência anterior ao que somos capazes de perceber e comprovar,

— Como é que é!? — perguntaram três participantes ao mesmo tempo.

— Dando um salto sobre o saber atual — ela continuou — de um modo simplificado, entendemos que tudo que existe parte da potencial agregação e repulsão da energia. É a forma fácil que dispomos de atingir o que existe. Não nos damos conta de que a origem da energia não é a própria energia, já que nada pode ser a causa de si mesmo, e o que ela causa, não explica a sua origem primordial. Pensem: para o que existe, tem que haver antes de tudo uma vontade anterior, identificada ao próprio existir, ao que chamam de vir a ser. Uma causa possível para um efeito previsível. Lógico que a vontade, por si só, não é um fato, é, antes, a intenção causal do fato. Mas sem ela nada começa acontecer — fez um breve silêncio e repetiu. — Nada começa a existir antes dessa intenção original. — A metade do grupo levantou a mão para intervir e ela fez sinal para esperar. — Vejam: depois dos avanços que tivemos nas ciências e na tecnologia, ficou claro que a origem de tudo é a intenção da energia e não simplesmente a energia. Uma potência sem intenção determinada não gera nada. — Fez outro sinal para os que queriam falar. — O nosso desafio é criar um programa capaz de intervir na intenção. No antes do que passará a existir. E o nosso objetivo é, especificamente, evitar a alteração no núcleo da célula humana saudável. É criar um programa em que a inteligência artificial seja capaz de interferir antes que...

— As boas percam a sua memória e sofram mutações degenerativas — se antecipou Mariano. — Como se fosse uma ordem da natureza. É ambicioso demais! Vão dizer que é uma invasão no mistério da vida. Ótimo. É o que falta para acabar com o império dos laboratórios industriais e o enriquecimento com as doenças.

"Muito bom." "Isso é pura piração" — começaram.

— Isso não está fora do alcance do conhecimento humano — disse Célia. — Se já damos ordens para um robô ler e executar o nosso pensamento, por que não?

— A fronteira é o nosso conhecimento — enfatizou a Shofia Bongusto —, não se trata de nada que a natureza desconheça. A biotecnologia e a biofísica revelam isso.

— Vocês têm razão. Não existe o mistério. Ele serve apenas para justificar o que desconhecemos. Apegar-se ao desconhecido só ajuda o ser humano que ainda não se desgrudou do medo do mau humor do rei do trovão, para explicar o raio — disse Andréa, com humor. — Todos nós sabemos que o mistério é a sombra do saber. É o vale refeição da ignorância, tanto quanto a certeza absoluta é o pão do prepotente.

— À espera de uma clareza como esta — disse Célia. — É um belo desafio. O começo de uma grande aventura. Não é delirante? Por que não encarar?

— A frase é inteligente, mas isso é puro Platão — disse Frank Von Kurt. — Um baita entendedor de luz e de sombra, de faz de conta que existe e faz de conta que é sombra. Além de outras coisas de pouca importância hoje. Mas, nada de ciência.

— Discordo. Não fale sobre o que não entende, Frank. Fique de costas para a sombra e você verá a luz do conhecimento último que estamos discutindo. E isso só é possível através das ciências avançadas. Tem tudo a ver com o que Platão diria hoje — rebateu Célia: — desfazer a ilusão da verdade. Não se conformar com a verdade pronta.

— Conhecimento último não existe. O que não faltam são teorias, deduções, fórmulas e experimentos para explicar a origem e a dinâmica do cosmo e a química da vida à espera de novas perguntas — rebateu Mariano Paz. — Portanto, vamos encarar.

— Desde quando a vaidade pessoal dos cientistas deu lugar à ciência interativa em tempo real, tudo ficou mais claro. Hoje os conhecimentos compartilhados dão suporte às ciências. E conhecer o mínimo e o máximo do universo tem o mesmo valor. Queremos chegar ao que antecede ao real da teoria do mínimo, é isso? — questionou José de Andrade. — Intervir no que não existe aos olhos humanos?

— Isso de se antecipar e compreender os fatos antes que eles existam, não é complexo, mas é ambição sem retorno — reagiu Alfonso Gutierrez. — Vamos deixar isso para os teólogos e os filósofos, que não tem compromissos com a conta de luz. Temos coisas mais comerciais para fazer.

— Tudo bem. Vamos ultrapassar as divagações. Gostei, Frank. Gostei, Célia, Mariano, Andréa. Gostei Sophia. Todas as abordagens são valiosas — Mariana vibrava com as reações. — Vale lembrar: a oposição às ideias é o melhor caminho para sair de onde estamos. Foi disso que parti. Não se trata de pensar, como Platão nem descartar a teoria de Alan Guth. Não vamos desprezar nem aceitar a afirmação de Heráclito, de que, o destino do universo é ser destruído e reconstruído eternamente com existências paralelas. Nossa base é: tudo que está além da nossa atual percepção, existe. Independente de ser e mensurável ou deduzido. A nossa hipótese primeira é: existe uma concepção inicial. Existe um fato porque existe uma intenção para criar o fato, seja no universo ou no nosso dia a dia; no universo, uma ideia primordial que promoveu o salto vital imprescindível da intenção à energia, sem estágio intermediário, e com atributo definido. O evento existe porque foi gerado por algo real, ainda que incorpóreo, como a ideia, o sonho. Existe uma causa que é ao mesmo tempo princípio e finalidade que ainda está fora das múltiplas teorias que amparam as comprovações. Se aceitarmos isso, começaremos a elaborar o nosso programa para que essa força vital que antecede aos eventos bloqueie a informação capaz de alterar o núcleo das células e impeça esse salto proibido. E se transforme em energia revigorante. Portanto. esqueçam os gregos nas suas academias. Voltem para esta sala.

— Até porque nenhum deles era virtual — observou Frank.

— E por que não? — contrariou Célia. — Sócrates eliminou, virtualmente, as contradições, Platão armazenava nas nuvens. — Riram.

— Frank não quis dizer que a filosofia não se ocupa do que é real — disse Santelmo Valgas. — Falou que a filosofia é uma ideia, um juízo e não um número real.

— Engano, meu amigo — contestou Andréa. — Há milênios sabemos que tudo que se pensa e sente, têm forma, volume e peso. Ainda que não visível. E isso é número.

— Pensando bem, não acham que a filosofia é mais real do que o nosso entendimento provisório de ver o que nos parece real? — Mariano Paz perguntou. — Só não sei se é hora de discutir isso. Eu, sempre lembro o que Freud disse em uma entrevista: a realidade é uma fantasia das nossas sensações. Ele poderia ter dito: o que define a realidade é o meu conceito.

— Gostei parceiro — concordou Célia. — Tem razão. A cada dia o que sabemos fica velho, deixa de ser uma verdade. Salvo certos enganos. Só a pouco terra deixou de ser quadrada. E muita gente ainda acredita em Adão e Eva como pai e mãe. E olha que faz tempo que eles morreram. Então? Toda verdade é ou não é provisória?

— Por esse olhar, vivemos de enganos — comentou Andréa.

— Concordo com você, Andréa. Só é verdadeiro o que se quantifica — disse Frank. — Os que dizem: "Deus é infinito" e acreditam nisso, se amparam em número potencial da fé. Mente e matéria são interdependentes. A vida é um número.

— Com certeza — disse Célia, com o seu poder de enxergar o lado quântico. — A vida e o mundo são números. O dos quantos átomos, quantos nascem, vivem morrem, têm câncer; quantos quilos pesam; quanto nós temos e queremos ter; quanto registrou a bolsa de valores, quanto pagamos de impostos, quantas vezes casamos. Sim, quanto custa um preso e quanto custa um estudante. Ah, esqueci. E isso é terrível: quantas calorias você come? Duas ou cinco mil? E quantos anos você tem, 25? — Mariano moveu a cabeça. — Nada mau de cabeça, Mariano. Enfim, o nosso mundo só é real porque é um número. Um número infinito. Imaginário e real. É este o mundo numeroso, cheio de informação e pobre, muito pobre, de sabedoria. O que move o que está dentro dele e dentro de nós são os números. Eu sou um número. Muito prazer.

— A Célia é pura energia quântica — disse Mariano —, e gosta de dar um salto proibido para ver o que acontece?

— Então, só para lembrar, o corpo humano tem pelo menos dez trilhões de células e processa setenta trilhões de informações por minuto através das moléculas, é isso? Não será fácil dominar...

— O que você, Célia, diz é importante. No mundo que criamos só tem sentido o que for quantificado — disse Mariano.

— Precisamente. O universo é um número infinito. Tudo é número. Está certa, Célia, sempre coração e cabeça. E você Frank; e você

Zé Abreu. E você Anselmo. E você Andréa, com a razão borbulhando. Excelente observação Sophia. E você também — disse Mariana, olhando para o filho com um sorriso. — Divagar é bom. Discordar é ótimo. E uma dose de loucura ilumina a vida. Graças a Deus eu nunca convivo com ninguém muito certo. Seria terrível. Sem contestações da ordem e sem um pouco de delírio o mundo para. É da discordância que surge as novas verdades. Como o desafio que começa hoje — e voltou direto ao que queria, antes que alguém a interrompesse. — Vamos criar um microchip suprainteligente, capaz de identificar em tempo real a intenção de mudança no núcleo subatômico de uma célula. Um microchip que, por reação própria ou através de liberação de ondas mentais, seja capaz de reorganizar a substância originária da vida da célula saudável. E que, de qualquer ponto do planeta, por todas as plataformas, possa reverter as mudanças que venham a causar danos às células. — E antes das reações acrescentou: — E isso não é alucinação, é só um passinho adiante a tudo que já é conhecido.

— Tudo bem — perguntou Frank, — partimos de qual suposição convincente?

— As hipóteses estão no anteprojeto que lhes passei. São simples e sabidas e não precisamos de rodeios. Repito: Tudo o que existe é a partir de uma intenção de finalidade anterior à atração e repulsão da energia que se transforma em algo inteligível. Seja uma pulga, um protozoário ou um pavão branco; ou uma micropartícula capaz de se transformar em humano. É essa vontade soberana que gera uma ordem e ela um fato. E não acontece por acaso. O acaso não gera repetições iguais. O acaso é aleatório. Essa ordem cria um fluxo a cumprido. Que pode ser construtivo ou destrutivo, sob o nosso ponto de vista. Nosso objetivo final, em síntese, é: intervir e desfazer as intenções doentias das células biológicas. Está claro?

— Não entendi muito bem — murmurou o estagiário José Bedin, até então calado.

— É elementar. Pense de um modo humilde, José Bedin. Como quem começa a perceber as coisas a partir das partes mais simples. Como um adolescente curioso que quer entender o mundo. E se pergunta:

tudo o que existe, para existir precisa de algo anterior? Uma ordem de organização? A semente tem uma vontade invisível dentro dela? Ou nasce do acaso? E você vai se responder: o acaso é uma probabilidade vaga. Não uma ordem coerente repetitiva. Ou tudo que existe surgiu da incoerência? Certo? E, modestamente, se propõe: eu quero saber o que faz com que cada ser exista tal como é. — Mariana correu os olhos sobre todos. — Gutierrez, por favor, saia da sala para fumar. Você não está na Calle Forida, em Buenos Aires. — Bedin, observe as imagens na tela, em ritmo acelerado. Do que nos parece o nada, surge a semente, a laranjeira e dela o botão e dele a flor e dela o fruto e outra vez começa todo ciclo. E da mesma forma, o não existente se torna uma girafa e os minerais se agregam e se desagregam e tomam formas distintas. Pense comigo, do modo mais primário possível — propôs Mariana: — Por que a grande diferença entre o diamante do meu anel e este grafite em minha mão, se ambos são feitos de carbono? A quantidade de massa atômica e como ela se compõe nos minerais? Em cada um de nós e na laranja? Foi o acaso que distribuiu a perfeição das estruturas para que nunca a laranja seja um diamante? Por que uma laranja doce, linda, deixa de ser a mesma fruta que era sem deixar de ser uma laranja? Você sabe que foram as bactérias etc. E se pergunta outra vez: em que momento as células da laranja perderam o seu modo de ser e permitiram o domínio do invasor degenerativo? Em que instante o seu ânimo primordial se deixou fracassar? Qual a ordem dada e em que momento o grafite não se tornou diamante e este em grafite? Isso é sabido. Menos qual a ordem primordial capaz de autorregular cada ser fiel à sua origem. Pois bem, o que nos interessa é intervir, sem invasão de drogas, a mudança que altera a força original criativa das células perfeitas no organismo humano. Antes das células inalteradas perderem a sua memória primordial. Faremos isso pela intervenção de uma inteligência inoculada — e enfatizou. — Através de um microchip do tamanho de uma cabeça de alfinete que prevê e dá ordens para anular a intenção das mudanças destrutivas e reorganiza a energia vital das células. — Tomou um gole de água de coco. — Este é o desafio, meu caro Bedin.

— Elementar. Como uma aula do professor Pardal — disse Mariano.

— Mas, como biofísico e engenheiro de software, eu me pergunto: o que sabemos corresponde a menos de cinco por cento da massa de tudo que existe no universo. Como então... — ponderou Frank.

— E com esses menos de cinco por cento nos consideramos os reis do universo e nos arvoramos em mentores do cosmo — ironizou Mariano.

— Como vamos saber separar o que é a intenção da energia antes de ela ser alguma coisa? E entender a ordem anterior a ela? — Andréa perguntou.

— Grande questão — salientou Célia. — Na verdade essa é a questão.

— Através da reação da célula ameaçada. Partindo do conhecimento existente — interveio Mariano. — Tudo o que se sabe está à disposição... Logo, as suas perguntas vão ter respostas confiáveis.

— Desdobrem o conhecimento, como Sócrates. Sejam cartesianos. Partam do já sabido e coloquem suas dúvidas para avançar — recomendou Mariana. — Busquem a participação de cientistas mundialmente reconhecidos ou não. Este é um programa que exige várias áreas das ciências. Compartilhem e atraiam o apoio do mundo científico a serviço do ser humano. Hoje toda a informação está à disposição sem precisarmos sair das nossas cadeiras. Uma boa parte da comunidade cientifica quer repartir o que sabe. O tempo dos gênios reclusos e temperamentais já passou — e concluiu. — Além do que, as regras da natureza se transformam, mas seguem uma ordem infinita e imutável: a expansão coerente à sua lógica. Desde antes que o mundo é mundo. O caminhar lento é o nosso. Apressem-se. O que apresentei foi o primeiro passo de um roteiro. Espero ter o programa concluído em menos de dois anos.

— No caso de sucesso, o que eu duvido, resta outra pergunta: a indústria de medicamentos e as corporações médicas vão deixar passar em branco um chipezinho que monitora o risco de as células ficarem doentias? — advertiu Salim Afif, diretor financeiro da empresa, intervindo pela primeira vez.

— Vai ser uma guerra, podem acreditar — reafirmou Mariano Paz.

— Mas, estamos aqui para nos acomodar ou para vencer uma guerra?

— E tem mais. De onde virão os recursos?... Quem serão os investidores na pesquisa, se é que vão dar crédito a este...? Quem serão os clientes? — Afif insistiu.

— Afif, você pensa pequeno. Por que não se permite pelo menos sonhar grande? Já que gosta de cifras, sonhe com bilhões e não com centavos. Há quem enriqueça com a pobreza e por que não com a saúde? Cabe a você interessar investidores. Faz parte das suas funções — disse Mariana. — E não se assustem — consultou on-line a população mundial em tempo real —, o mercado potencial é, neste exato momento, de 7.862.641.26 pessoas. Daqui a três meses mais um milhão. A uma contribuição não superior a um dólar por ano, financiado por governos, empresas, sindicatos sérios, organizações sociais sérias, doadores sérios, entre outros. Eles implantarão o chip e pagarão essa fração mínima. Que se multiplicará em bilhões — disse, repetindo a fórmula de Salvador Cruz para fazer da pobreza uma montanha de ouro — Detalhe: não será comercializado em lojas. Quanto às guerras com os laboratórios etc., esqueçam. Um leão a cada dia. Além do que, existem milhões de médicos empenhados na cura e não em tratar a doença. Serão parceiros. Hoje vocês receberam o pré-programa codificado. A partir de agora teremos dois anos para concluir o software. Faça chuva ou faça sol. Temos que nos antecipar a uma eventual pandemia. Talvez, seja o caso de vocês empregarem o algoritmo recursivo ao invés do iterativo na etapa um, para descrever o problema de modo mais claro e conciso. Combinado?

— Combinado — respondeu quase todos.

— E se fracassarmos? — questionou Alfonso Gutierrez, que se mantinha em silêncio depois da censura de Mariana. — Quem pagará dois anos de trabalho?

— Quem parte do princípio da derrota não deve dar um passo a mais, Alfonso. Deve ficar mastigando o seu fracasso antecipado. Deu para entender? — reagiu Mariana Paz, com voz áspera. — E isso serve para todos. Fracasso e vitória só se conhecem no final da jornada, embora eu comece a sentir o sabor da vitória aqui e aqui — e apontou para a cabeça e o coração —, antes de dar o primeiro passo. Ainda não deram o primeiro passo. Você Alfonso, me fez lembrar um livro que acabei de ler.

— E que livro eu a fiz lembrar?

— Esqueça, é sobre pedagogia empresarial, não é lá essas coisas de literatura.

Mariano Paz deu a resposta:

— Livre-se dos Urubus. Eu também li. Você deve ler.

Depois do impacto José de Andrade dispôs-se a começar pela melhor referência.

— Vou contatar com a física que apertou o botão para visualizar a menor partícula que existe no cosmo. A que dá massa a tudo que existe e explica os tais por cento conhecidos. Fabíola Gianotti. Você a conhece? É italiana como você — perguntou para Célia. Ela fez sinal que sim, sem parar de tomar o sorvete de manga.

— E por que não pede logo a ajuda do doutor Higgs? Ele é o autor da teoria — sugeriu Frank.

— Você é o mais indicado para contatar com ele.

— Esse programa pode dar certo, mas também pode ser mais um desses desafios loucos de Mariana Paz — brincou Mariano. — Eu pago para ver. Com muito prazer.

— Essa provocação me encanta — disse Célia, para Mariano.

— Se não fosse um troglodita desmiolado a humanidade continuaria com medo do fogo — disse Mariana enquanto pingava duas gotas de limão no chá.

Mariana Paz se fez ouvir por todos, antes de encerrar:

— Não vamos esquecer o mantra, a voz do guerreiro celta: *Amor ao desafio, disciplina e suor. Ou sangue, se for preciso.* E agora o jantar. Há mais de seis horas só enganando a fome.

— Então vamos — disse Mariano para a sua mãe.

— Não, filho. Eu não vou jantar. Venha comigo até o carro — disse ela, dirigindo-se para a garagem. — Vou subir a serra. Entre outros compromissos, marquei com o enólogo e o agrônomo para amanhã cedo.

É o início da colheita dos últimos hectares acrescidos. A minha meta para este ano. A safra das variedades vindas dos melhores vinhedos do mundo, sobretudo as do Chile, de Rioja, do Piemonte, do Douro, da Borgonha e de Bordeaux. Será a melhor de todas. Quero amanhecer na serra.

— Você esta louca? São onze horas da noite. Não vá. Com todo esse temporal começando a desabar? Além do que as estradas para a serra em noite como esta estão negras pelo nevoeiro. E tem alerta de risco de quedas de rochas?

— Preciso ir Mariano — passou a mão no rosto dele. — Aqui já fiz a minha parte.

— Neste caso eu vou junto. Pelo menos na subida da serra, quando não tiver nenhuma visibilidade, eu irei à frente do carro orientando alguns metros nas curvas mais perigosas. Nos trechos onde não se sabe para onde ir dois metros a mais.

— Não. Você deve ficar. Amanhã coordene o início dos trabalhos, estabeleça metas semanais. E interfira no que for preciso.

— Eu!? Logo neste programa de alucinados!?

— Sim, você. Sei que pode fazer isso, senão não estaria lhe incumbindo. Preciso de você aqui. Vá se familiarizando mais com todos os setores. Logo, logo quero lhe passar o comando dessa empresa para que eu possa dedicar-me mais à vinícola.

— Não aguento — ele rosnou. — Duas loucuras ao mesmo tempo.

— Três, meu filho. A primeira foi acabar esse anteprojeto. Não é maravilhoso? Quem não vai querer uma humanidade saudável? — Riu feliz. — Claro que vai ter quem queira uma humanidade doente. Saúde não dá riqueza e poder. Já pensou Mariano, que revolução? Certos governos sem doentes para fazer promessas? Os laboratórios, os serviços e os atuantes na saúde, pela importância que têm, nunca deixarão de contribuir no combate as malignidades severas do corpo e da mente humana, mas vão ter que se reinventar. Prevejo grandes mudanças. Isso é maravilhoso, filho.

— Então tome cuidado. A terceira loucura em um só dia pode não ser nada boa.

— Vá lá, vá convidar a sua amiga para jantar. Não recuse uma mulher como ela, que se insinua para você — recomendou Mariana. — Ah, outra coisa: não devias ter dito o nome do livro. Coisas assim, ditas às pessoas com bytes pouco confiáveis, como Alfonso, podem despertar rancores.

— Ah, deixa pra lá. Alfonso não tem bom humor, mas é gente boa. Só gosta de fumar demais.

— Gente boa também faz maldade. Descuidei da minha intuição quando o contratei. Só analisei o currículo e não prestei atenção no seu modo de olhar. Ele não é mais confiável.

— E quem é? E aqui para nós, ele se veste mal e não parece muito limpo, mas isso importa no trabalho? Temos gente limpinha e bem-vestida que produz pouco.

Ela abaixou o vidro do carro. Os dois sorriram. E se olharam pela última vez. E trocaram beijos pela última vez. A marca dos lábios de Mariana ficou selada no rosto do filho. Ela repôs o batom vermelho antes de partir.

Naquele momento começou a encerrar um ciclo na vida de Mariano. E iniciou a cilada final do destino de Mariana Paz.

A MORTE SEM CORPO

33

Mariana Paz sumiu no despenhadeiro como sumiu seu pai, Custódio Cruz, uns 30 anos antes e há quem diga que ele teve uma longa espera por ela. Nem vestígio do corpo nem o carro foram encontrados.

Dez dias depois de encerrarem as buscas oficiais, Mariano e Chico Ventura continuavam na borda do abismo da estrada da serra, molhados até a alma pela bruma escura que se instalou depois do ciclone, unindo o céu às profundezas dos precipícios. Persistiam na vã esperança de que os escaladores contratados descobrissem o corpo. Tudo o que encontraram foi um pedaço retorcido do carro em uma fenda de rocha.

— Não localizaram nada? Nem pedaço da sua roupa? — Mariano perguntou.

— Não adianta insistir — explicou Tadeu Matos, o chefe do grupo de escaladores, retornando do assombroso abismo rochoso, com os olhos dilatados, como se voltasse da morada da morte. — O paredão não para de escorrer água. Com a lanterna não se vê nada além de um metro. Cada palavra ecoa milhões de vezes. Como se a gente tivesse provocado uma avalanche para acordar todos os tormentos do mundo. Coisa para doido, Mariano. Nem a fúria da tempestade no mar tenebroso que enfrentei no Estreito de Magalhães, foi tão assustadora. Mas, se quiser, continuaremos procurando.

— Vamos aceitar as coisas como estão — propôs Chico Ventura. — Não podemos fazer mais nada. Chegamos ao ponto em que o amor exige desapego da vida, Mariano.

— A morte de minha mãe é uma traição, Chico. Por mim ficaria aqui procurando o seu corpo o resto da minha vida — reagiu Mariano. Só então ele se desfez da secreta esperança de acontecer mais um prodígio e encontrá-la com vida. — Não perdi só minha mãe, perdi minha única referência de uma família. Para mim o mundo ficou deserto. Entendam isso?

— Lastimo muito. Isso, infelizmente, não muda nada. O que podia ser feito, está feito — disse o escalador. — Não vejo como encontrar vestígio do corpo.

Chico Ventura olhou para o fundo invisível e disse o que estava pensando.

— Veja no que deu o Custódio Cruz, ter deixado essas terras para ela. Acabou atraindo-a para o mesmo abismo em que ele se jogou. Parece maldição. É como se cada vez que ficava olhando para o caminho por onde ela, malnascida, sumiu, puxasse-a de volta. Como se Mariana fosse a única parte real da vida dele.

— Não tem nada a ver uma coisa com a outra — disse Mariano, misturando tristeza à revolta. — A desgraça tem suas leis próprias. Ela as desafiou. Eu pedi para ela não viajar com aquele mau tempo começando a desabar. — Abaixou a voz. — Era assim que ela gostava de viver: sem medos, gostando dos confrontos. Este foi o último.

— Tem vezes que se faz a escolha errada. Outras por imprudência, ou por mil motivos e sem nem nos darmos conta. Uma coisa ou outra pode ser a armadilha para a desgraça se cumprir. Espero não ver mais nada acontecer, atraída por esta corrente da adversidade — lamentou Chico Ventura. — Nós, em muitas ocasiões pensamos que estamos escolhendo o nosso destino e, ao invés, é o destino que já nos escolheu. Eu também não acredito muito nisso, mas o fato de eu não acreditar não quer dizer que não exista. Sua mãe não desconsiderava isso. E tudo isso me lembra muito Custódio Cruz. Ele conhecia cada laço para armar a desgraça sem se considerar responsável por ela. Nem morto deixa os vivos em paz. Que bicho tinhoso!

— Não foi atração de morto, foi falta de cautela. Para mim restou a tristeza que estou sentindo. Pelo amor que tinha por minha mãe, sempre achei que ela era imortal. E agora nem um sinal do seu corpo foi encontrado. — A água escorria pelo seu rosto. E diluía as lágrimas. Olhou para Chico. — Estou só, Chico. Sem mãe, sem pai, sem uma referência de família. Só. Por dentro e por fora. Eu e ela nunca falamos sobre isso, mas nós dois sabíamos que éramos o porto seguro um do outro. Ser o órfão que estou sendo é muito desumano. É animalesco. — Parou de falar, sufocado pela tristeza. Chico Ventura entregou-lhe um lenço molhado. Ele secou as lágrimas e o rosto como pode. — Até o seu corpo desapareceu para sempre. Como o de sua mãe, Antônia, no desabamento dos morros da Capital. As duas fatalidades deram as mãos.

"E como o do pai dela no fundo desta mesma pirambeira, chamando para ele a única pessoa por quem deve ter sentido um pouco de amor," pensou Chico Ventura. Passou a mão nos cabelos de Mariano e a desceu até o ombro:

— Vamos embora. A morte não está nem aí para as nossas tristezas. Vamos em frente. Vamos. Há muito que você viver. É o que sua mãe quer de você.

Um grupo de pessoas esperava por eles no pátio do casarão.

— E então? — perguntou o agrônomo Miro Moraes.

— Nada — respondeu Mariano, — nem um sinal do corpo.

Já em casa, Dorotéia serviu café forte com graspa de uva para Mariano e o chimarrão de Chico Ventura. Sentados na sala, diante da lareira, Chico quebrou o silêncio e enveredou a conversa. Até chegar aonde queria.

— Pai todos nós temos, mesmo que não seja o pai que desejamos ou o pai perdido no emaranhado das células congeladas. Um dia, com certeza você encontrará o seu. E não culpe a sua mãe por não contar quem era ele. Ela tinha suas razões para manter esse segredo. Quando você souber quem ele é entenderá isso. Agora siga o seu caminho, Mariano. Com a mesma garra de sua mãe. Ninguém nasceu e viveu mais só do que ela. Poucas pessoas encontraram tantas barreiras e adversidades, como ela. E mesmo assim, venceu as muralhas da solidão e do destino que a colocou neste mundo.

— Sei — balbuciou Mariano, distante.

— Às vezes entocada dentro dela mesma. Chocando os seus pensamentos, embaraçada nas suas perguntas e suas lembranças, que não eram poucas. Sem ter com quem dividi-las. Como uma fêmea do joão-de-barro presa na sombra do ninho. — Sugou o chimarrão bem devagar. — Mas logo saia para a luz dos desafios. A enxergar longe, como uma águia majestosa sobrevoando os vales e os despenhadeiros. É só olhar ao nosso redor, lembrar o que era essa propriedade e ver o que ela foi capaz de construir aqui. E o quanto ela deixou para você continuar fazendo acontecer.

Mariano olhou através da grande porta que dava para a varanda. As planícies onduladas reverberavam o vapor da terra. Parecia um mar feito com a verde ondulação das colinas. Os corredores de taipas aprisionavam as lembranças seculares. — "Cada pedra no seu lugar de sempre, até onde o olhar alcança" — ela disse, lembrou. — Depois da reforma da casa, ela foi a primeira coisa que mandou fazer. Mariano escutou o zumbido suave das abelhas vindo dos vinhedos. E o canto. De homens e mulheres fazendo a primeira colheita da safra. Sem darem conta de tamanha abundância. O dia inteiro para colher os cachos de uma ala. Vermelhas, rosadas e brancas. Preciosas. A melhor e maior safra de todas. Em tudo estava a presença de sua mãe. A sua determinação de criar e de vencer desafios, os incubados pelo mundo e os criados por ela. "Dez mil pés por hectare, sem comprometer a qualidade. Será que ela está vendo esta colheita formidável, resultado da sua ousadia? Espero que sim. Foi para isso que ela subiu a serra, afrontando a tempestade." Ele entendeu que a grande herança que a sua mãe lhe deixou foi a de encarar as lutas sem amarelar: — seguir em frente, vencer. Com as regras do bom guerreiro celta que ela criou. "Com sangue se preciso for."

Mariano levantou-se e foi até a varanda. Nada mais lembrava o cenário que ele viu pela primeira vez, ainda criança, e que o assustou:

o casarão em ruína, fantasmagórico, as portas e janelas gemendo com o vento. — "Não fique assustado, não" —, disse-lhe Chico Ventura, vendo os seus olhos urbanos esbugalhados. — "Não é nada de fantasma, é o minuano, o vento encantado da serra." — O portão desabado e três cachorros magros, petrificados, dormindo na porta da cozinha. As vacas bosteando no pátio. O cheiro de urina dos animais engrossando o ar. E o matagal viçoso nas frestas do reboco das paredes da casa, esgarçando os tijolos. E Chico trabalhando como uma formiga solitária para não deixar o abandono virar destroços.

— Posso estar com a alma enlutada, mas não derrotado — disse Mariano.

Neste exato momento em que Mariano revivia o que era e o que passou a ser a Vila Paz dos Vinhedos, aconteceu uma coisa muito estranha. Começou uma saraivada, como se fosse a batalha que aniquilou o Exército Encantado de São Sebastião e os seguidores do monge José Maria, e que volta e meia ressoava por ali. Sempre depois do almoço, enquanto os homens faziam a cesta, justo quando o reduto de Santa Maria virou cinza. O alvoroço sacudiu da sonolência os homens e as mulheres que descansavam na fresca das varandas depois do almoço. Entorpecidos pelo calor, os funcionários da Paz dos Vinhedos pensaram que fosse um pesadelo coletivo. Felizmente não foi isso. Foi, conforme explicou Chico Ventura mais tarde, uma orgia de Baco, explodindo as uvas e formando um lago de vinho para embriagar os animais, já que foi ali que ele fez a mais badalada das suas festas de núpcias, quando casou com Ariadne, depois dele ser curado da loucura, por sua madrinha Cibele.

Segundo a versão de Chico Ventura foi isso o que aconteceu.

— Sabem como é a extravagância de quem bebe demais — justificava. — Dionísio, também conhecido como Baco, é o Deus do Vinho —, ele contava sem a menor cerimônia, para quem quisesse ouvi-lo —, e voltou a este lugar onde passou a lua-de-mel com a linda esposa Ariadne, depois de ter transformado em peixes e algas a tripulação que o levaria para o Egito, onde seria vendido como escravo. Querem prova? — e Chico apontava, como prova uma pedra recortada em formato de enorme lança, enfeitada de hera, fincada no alto de uma colina, coisa que nunca alguém tinha notado. — É a lança que Baco esqueceu. Estava tão borracho de paixão quanto de vinho. E quem vai querer carregar um trambolho daquele logo na lua de mel? Nem um deus. Ah, só para vocês ficarem sabendo: essa foi a última festa que o deus grego fez mundo afora. Na viagem de volta para a Grécia ele foi surrupiado pelos romanos que, como todo mundo sabe, eles não deixavam por menos: levavam os templos e os deuses dentro. No caso, exilado com as oferendas e tudo. — Olhou os bois aspudos, trôpegos da bebedeira, na margem do lago de vinho. — E não é de se desconsiderar que os chifres, que mais parecem antenas da Nasa, desses bois que o Custódio Cruz criava e não queria se desfazer deles por dinheiro nenhum, sejam as cornucópias da fortuna, um símbolo de Cibele, a deusa que libertou o nosso visitante. Tem conexão, não tem?

— Pois, agora — balbuciou o chefe de turma de colheita, Antonio Cravo.

Ainda que a maioria dos moradores da Paz dos Vinhedos não tivesse a menor noção de quem eram esses deuses, ouvia com encantamento, no fim do dia, Chico Ventura contar a história em um anfiteatro improvisado à sombra do cedro secular ao lado do casarão. As crianças voltavam apressadas da escola e, reviravam os olhos e de bocas abertas ouviam as aventuras de Baco. E de fato, havia certo fundamento para se acreditar na sua versão. Ele explicava:

–Baco, é o deus do exagero. Amante do vinho como ninguém. Com ele não tem essa de um traguinho. E Cibele, sua madrinha, é a deusa mãe da fertilidade. Tem poderes de vida, morte e ressurreição sobre os animais e os vegetais. O que não é pouco, pois não? É bem chegada a uma festança de animais. Esses dois deuses, mal lembrados nesses tempos em que só se quer saber de novela, não esqueceram deste lugar maravilhoso onde estiveram enquanto zanzavam pelo planeta. Bem aqui, onde vocês estão eles encontraram o cenário ideal para a fantástica festa em comemoração à lua de mel dele — não esqueçam que estou falando de Baco —, com a bela Ariadne, com quem se casou depois de transformar em peixes e algas os marinheiros que iriam vendê-lo como escravo no

Egito para ganhar um extra. (Essa parte ele achava linda e repetia muitas vezes.) E Cibele, com seu poder de fazer a natureza deixar de ser muito certinha, às vezes até mesquinha, coisa que a irritava demais, fez as uvas crescer como se estivessem doidonas, até explodir. — Pelo jeito o vinho da uva carmènére era o predileto dele, porque foi a que mais estourou. Se é que ele ligava para esses detalhes. E, para completar, Cibele promoveu esta festança dos bichos que estamos vendo. Ela entendia bem dessas coisas. Pena que a maioria deles está castrada e não procria. O que também faz sentido. Mas isso é outra história. A explosão das uvas, que nós assistimos, foi a perfeição da festa que ela armou para comemorar pela trilionésima vez o casamento do seu protegido. Ela conhecia bem o afilhado que tinha. Para matar a sede de Baco só mesmo um lago de vinho como aquele no lajeado que estava seco. Entenderam? Então, não se assustem. Tem lógica, não tem? — perguntou Chico.

E o pessoal movia a cabeça: "Pois agora!?"

Valquíria, a moça de olhos negros e cabelos azul e verde, recém-chegada de Porto Alegre, depois do casamento com Pedro Páramo, o talentoso supervisor de poda, que orientava o retoque de cada parreira como se ela fosse um buquê de noiva, armou um sorriso entre a ironia e a incredulidade:

— Chico, eu não sou ignorante. A história que você contou é linda, mas por que não diz que é só uma lenda? Os deuses gregos não existem. Isso era politeísmo.

— Ô minha querida, que pouca fé é essa? O que deixou de existir foi a crença nos deuses. Não eles. Mais ainda agora, com os milagres dos evangélicos pela televisão e todo mundo vidrado no Facebook. Isso não quer dizer que eles deixaram de existir. Qualquer deus que se preze supera a descrença humana. Você não acredita nas lendas contadas na bíblia? — engrossou voz. — Mulher de pouca fé. Logo você? Que Baco não a escute, para não azedar a carreira do seu marido, Pedro Páramo.

Nem Mariana, nos seus melhores momentos de otimismo desvairado, anteviu aquela generosidade dos parreirais. Sobretudo os bagos da carménère, cresceram tanto que, espremidos uns contra os outros nos cachos, estouraram sob o sol a pino e o seu mosto correu sobre a terra com um rumorejar festivo, fluindo pelos sulcos, cada vez mais torrencial, colina abaixo, como se tivessem cortado uma veia jugular da terra. Tudo levou a crer que os cachos estavam conectados entre eles e entre as fileiras e estas entre as colinas da plantação, por um fio invisível, à espera da ordem precisa para explodirem com reação em cadeia, ressoando em ondas sincronizadas. As crianças, assustadas, pensaram que fosse o fim do mundo. Durou o precioso tempo de uma hora e quinze minutos. A alma rubi das uvas foi descendo pelos sulcos, entre os corredores, vermelhos como a irrigação de um corpo vivo, serpenteando por milhares de veios, que iam transpondo a calda para as caneletas maiores, até encontrar o leito seco e pedregoso de um ribeirão, e seguiu murmurando e tingindo de rosa as pedras esbranquiçadas, até formar um lago de vinho no meio da pastagem.

O fato é que, com Baco ou sem Baco, com Cibele ou sem ela, sem dúvida as ordens do reino vegetal e do reino animal ficaram alteradas naquela tarde. E Chico Ventura viveu um tempo de glória, narrando as histórias da visita dos deuses gregos à Paz dos Vinhedos. As crianças jamais esqueceram o que ele contava para elas, sentadas à sombra do cedro secular, e repetiram através de gerações.

— Conta outra vez, Chico. Conta aquela parte que o seu Baco transformou os marinheiros em peixes e em algas.

— E os marinheiros que ele encantou nunca mais voltaram a ser gente?

— Só os que se arrependeram da maldade. Os outros viraram as algas que envenenam o mar. As da maré vermelha. Outros são esses peixes deformados que habitam o fundo do mar e os que não prestam para comer. O baiacu, por exemplo. — E mostrou no celular um baiacu com a barriga estourando.

— Baia o quê? — perguntou o menino de cabelos crespos, rindo.

— Que horror! Assusta até a mãe dele — sussurrou a menina ao lado.

Dali para frente, as crianças falavam em Baco como se ele fosse um vizinho que gostava de tomar uns tragos de vinho e se divertir meio adoidado.

— Até parece brincadeira do seu Baco quando bebe. Isso é coisa dele — diziam.

Segundo Chico Ventura, tudo levava a crer que Baco, Ariadne e Cibele ficaram por ali um bom tempo, e que, benevolentes, pouparam os humanos e transferiram os seus exageros para os animais das terras que um dia pertenceram a Custódio Cruz.

Naqueles dias de verão os bichos de pelo deixaram de beber a água cristalina dos ribeiros. Esqueciam de comer a pastagem viçosa para ficar nas margens do lago de vinho, com uma sede insaciável. E, embriagados, começaram a revelar vestígios do comportamento de certos humanos. Tinham um olhar deslumbrado de despudorada lascívia. Os carneiros, vacas e bois, os cavalos e até as últimas desprezadas mulas que já tinham perdido a memória do porquê continuavam vivas, com as orelhas penduradas pelo peso da velhice, não paravam de se procurar. Os bois, mesmo os com aquelas enormes guampas, que antes só serviam para coçar o rabo, davam desajeitadas chifradas uns nos outros disputando um acasalamento improvável, já que estavam castrados. Alguns animais, para evitar concorrência, iam soltar a bosta bem onde outro bebia a calda de uva. Os touros ficaram tão desmiolados que tentavam cobrir os machos capados como se eles fossem fêmeas dóceis. As vacas escondiam o leite das crias e fingiam estar no cio. Todos desejavam uma inviável procriação mais acelerada do que as regulamentadas pelas leis da natureza. A festa de Baco, Ariadne e Cibele, mais parecia a folia dos bichos de estimação de Sodoma que imitavam seus donos.

— Alguma coisa saiu do controle — justificava Chico Ventura. — Isso é difícil acontecer com os deuses, mas pode ser que tenham exagerado na dose. Depois de mais de dois mil anos devem ter esquecido a receita certa. É raro, mas acontece.

Uma tarde a festança foi além dos limites já ultrapassados. O alvoroço da bicharada invadiu a noite. Pela manhã as mulheres, cansadas de pedir em vão para os seus maridos, resolveram elas mesmas ferir as mãos no arame farpado. Fizeram uma cerca ao redor do lago de vinho. Não queriam que as crianças continuassem vendo o mau exemplo dos animais e que aquilo atraísse um terrível castigo, como estava nas Escrituras. A crente Ada apregoou: "Deus não vai deixar passar em branco tanta iniquidade." Pela manhã o berreiro ao redor da cerca continuou tamanho que, na vila, as pessoas falavam aos gritos e mesmo assim ninguém se entendia. Foi então que elas procuraram Mariano Paz para pedir providências urgentes.

— Não fiquem na rua — disse Mariano, da beirada da varanda, vendo o aglomerado. — Entre quem puder e se ajeite como der.

— O senhor deve ter o bom senso de mandar aterrar o açude de vinho para parar com essa pouca vergonha —, disse Catarina aos gritos roucos. — Foi uma coisa estranha e pode ter sido bonita, como os homens dizem, mas virou sem-vergonhice dos bichos e dos homens que não se incomodam com a educação dos filhos e não temem a Deus.

— Bichos profanos — gritou Ada, do meio do pátio, de dentro dos seus longos cabelos até os quadris. — E ainda me vem o Chico Ventura querer convencer que é festa de deus grego. Putaria pura é o que é. É Sodoma ao vivo. O fim do mundo.

— É verdade que estão fazendo greve com abstinência? — perguntou Mariano.

— É verdade. Eles pegaram a mania dos bichos — disse Maria José, a Zefa.

— E pode acabar em greve também na colheita das uvas — alertou Severina. — Sem o nosso trabalho o que restou vai apodrecer no pé.

— Não vamos chegar a tanto. Neste caso vocês perderão o lucro do vinho do recolho. Pensem nisso — Mariano advertiu, e depois prometeu: — Se não secar em uma semana, mando aterrar.

— Uma semana! Até lá o mundo vem abaixo! Os bichos se matam!

— Ou nós mataremos todos eles.

— Tudo bem, se não secar até sábado à noite, segunda-feira mando aterrar.

Não secou. Sexta-feira à tardinha aconteceu mais uma saraivada. Desta vez a sauvignon blanc o que tornou o lago rosado. E, quem diria, depois a *pinot gris*.

No dia em que jorrou a primeira pororoca da fertilidade das uvas, Mariano Paz foi ver. Os animais estavam na beira do córrego. Lambiam até as pedras molhadas e tingidas com o suco das uvas. Ele previu:

— A explosão das uvas endoidou os bichos. E, por tabela, pode contagiar as pessoas. Vamos ver — mediu com um bambu a profundidade do lago. — Espero que essa lagoa de vinho renasça todos os anos. Minha mãe iria dar pulos de alegria.

— Se é que não tem o dedinho dela em tudo isso — riu Chico Ventura.

Quando voltavam, Mariano disse:

— Tem razão, Chico Ventura. Se aqui até as uvas cresceram sem parar e formaram um lago de vinho, eu tenho que acreditar que a vida é feita para se rompermos os nossos limites, como minha mãe acreditava com paixão. Sejam quais forem. Cada vez mais é seguir o meu caminho, construir um destino sem ela. Mesmo sem ter nenhum sangue meu como apoio. Como ela fez. Limpar o chão pedregoso e ver seus frutos crescerem, como essas uvas que explodiram.

— De onde ela está pode continuar a ser um bom farol — estimulou Chico Ventura. — Será que essas uvas explodiram à toa?

— Pode ser um sinal da presença dela, por que não? Até gostaria, mas não acredito nisso. Agora sou eu no mundo. E o mundo sem ela. Vou chegar onde ela me queria. Estou pensando nas voltas que essa uva carménère deu. Já tinha sido extinta na Europa, reapareceu no Chile de modo imprevisto e acabou vindo formar um lago de vinho neste planalto. Diante dos nossos olhos. Nada morre, é isso?

— É isso que eu digo: nada morre para sempre. A vida é isso, se vive a cada momento para acreditarmos que o seguinte será melhor. Prove isso para você mesmo.

— Lembro-me bem quando tive a minha primeira dor de corno.

— Não é um privilégio da sua memória. Essa dor ninguém esquece.

— Eu tinha quatorze, quinze anos. Quis morrer. Ela me disse: "mesmo que tudo trame contra, só você pode escolher o que pensa, sente e vive. Ninguém tem o poder de colocar dentro de você a felicidade ou o desgosto, meu filho. Só você. Guarde isso." Preciso acreditar nela.

É difícil dar um novo sentido à vida quando se perde, inesperadamente, o que considerávamos a raiz que nunca iria morrer.

— Você conseguirá. Sua mãe, que nasceu e cresceu sem raiz nenhuma, desmantelou o que herdou e criou uma nova realidade. Como essas uvas carménère. Como você disse: eliminadas na Europa, renascidas misteriosamente no Chile, fazendo festança aqui. Mariana e as uvas podem lhe ser um bom exemplo.

— Vou conseguir. E tem mais, Chico Ventura, irei além.

Mariano não percebia que uma boa parte do seu caminho já estava definida por obra de quem ele desconhecia e que nada sabiam dele, da mesma forma como ele era peça do xadrez do jogo de outros destinos. Um dia lembrar-se-ia das palavras ditas para Alfonso Gutierrez na reunião, sem prever os seus efeitos. E na reaproximação de Salvador Cruz para contratar a criação de um novo sistema dois meses depois de sua mãe desaparecer no precipício. Lembraria mais: ao criar o sistema para Salvador, com criptográficos protegidos por senhas que ele mesmo desconhecia, deu-se conta de que aquela era uma oportunidade única. A partir dali poderia elaborar outro programa capaz de rastrear cada real recebido e pago em todas as transações com o poder público. Seria uma rede de aranha virtual do tamanho do planeta, capaz de monitorar cada centavo recebido e gasto, por qualquer braço e dedos dos governos do planeta. Por um intuito involuntário, ou premeditado, então, ele esqueceu que a sua mãe, anos antes, havia falado de um programa com a mesma finalidade. A armação estava feita.

Foram esses caminhos distintos que se entrecruzaram. Só tarde demais ele avaliou que bastaria desviar-se deles um só passo para desarticular as tramas em que se viu incriminado. Não os evitou. Agora era construir um novo rumo.

Antes disso, viveu mais um acontecimento inesperado. Viu Chico Ventura, que estava feliz olhando o lago de vinho e contando as aventuras de Baco, de uma hora para outra, dar a mão para a morte.

A MORTE DE CHICO VENTURA

34

A amizade entre Mariano e Chico Ventura foi um legado de Mariana Paz que ultrapassou a ardilosa morte de Chico e cresceu com o seu renascimento. Depois do seu óbito transitório, Chico guardava lá suas dúvidas e afirmava suas certezas sobre o que era a sua passagem pela terra. Não tinha convicção se ajudou ou incomodou. Menos ainda se tinha sido amado ou apenas aceito e ser logo esquecido. Sabia, por exemplo, que a bondade em certas ocasiões é apenas tolerada. Outras vezes, recebida como uma obrigação de quem a oferece. Quando revirava as lembranças ressurgia um amor extraviado: o amor por Antônia, que não sobrou nem um beijo. Por Mariano, o neto dela, o seu afeto continuou vivificado para sempre.

Muitos anos depois do seu transitório falecimento, Chico Ventura fez uma inesperada visita aos filhos de Mariano Paz e Madalena. Pedro lhe perguntou por que é tão difícil viver a paz de um amor como o vivido por seu pai e sua mãe, que não se desgrudaram nem com a morte. Chico Ventura disse: "Não espere ser amado por todo mundo, da forma como você gostaria. Dou-lhe um exemplo: às vezes eu fui amado. Outras, só tolerado. Outras eu fui visto com indiferença, ou nem me viram. Em outras eu vi a virtude desagradar mais do que o mal. Pelo menos em quem acha que não existe bondade sem interesse, nem almoço de graça. Nem por isso, deixei de amar tudo que merece amor." — E foi falando. — "Minha mãe, queria que eu fosse padre para salvar as almas. Primeiro, é claro, as da família, que, segundo ela, vivia no pecado. Eu, sinceramente, não via pecado em quem trabalhava todos os dias para sobreviver sem se queixar. No mínimo já merece o céu, eu ainda penso. E, quando eu desaparecia uns dias, ela me aconselhava: "O mundo é feito de riso e choro, meu filho. Livre-se do choro. Fuja dele, neste mundo que esqueceu Deus, as lágrimas correm para dentro de nós como os córregos ao encontro do Canoas. E o riso que você procura escorre como a mesma água entre os dedos. Procure o caminho da paz", ela dizia. "Largue essa cisma de vaguear pelo mundo. A paz e o amor não estão na terra. Nela é mais fácil encontrar encrenca. Estão dentro de você. Eles se escondem, mas se você procurar acha. A paz e o amor crescem do bem, não das andanças à procura deles. Entendeu?" Ela dizia essas coisas e eu lhe perguntava: "O que é o bem, a paz e o amor, minha mãe?" E isso eu ainda me pergunto quando vejo o que vejo. Mas eles existem, Pedro. Podem não estar no mundo, mas estão dentro de você. Acredito que foi assim o amor de seu pai e sua mãe. Um amor que não morre. Entendeu, Pedro?"

No dia da sua morte provisória, enquanto a esperava se decidir, estirado no sofá da sala, sangrando, com Mariano ao lado e Dorotéia rezando e prestando socorro, Chico Ventura fez o que todo moribundo faz, se não for pego de supetão. Relembrou o que viveu e o que gostaria de ter vivido. Como se o tempo não tivesse passado. "... isso ela dizia. Essas coisas que todo mundo sabe, mas não se leva a sério. E que todas as mães acham que tem que lembrar. Como se com isso fossem salvar seus filhos das encrencas. Logo ela, que eu a ouvi soluçar enquanto passava roupa. E as lágrimas que rolaram sem ela se dar conta, pingando e sumindo no pó do pátio para não desvendar as suas tristezas. E quando ela aconselhava os filhos, e meu pai, na cabeceira da mesa, parava de mastigar sem soltar o garfo e a faca e dava uma rabiscada dos olhos para ela, esticando as pestanas, eu sumia na cadeira. E ela calava. "Mas quem pode só caminhar na trilha da paz e do amor, minha mãe? Vai ser crucificado igual. Como eu fui quando entrei no armazém do Joaquim. Só queria me esconder do sol da uma hora e matar a sede de um trago. E trocar uma palavrinha de amizade. Saber como estavam olhos dele. Gosto do Joaquim. Apesar dele nem enxergar direito mais ninguém. Por causa dos olhos amarelos, saltados. Dizem que de tanto contar e recontar o dinheiro. Não veem o reboco sem desempenar das cataratas. O povo é assim. Os dois moleques apareceram do nada, apontando a arma. "Passa o dinheiro, passa, passa, perdeu, perdeu," intimidaram. Como se o Joaquim fosse o bandido e eles os mocinhos. E o Joaquim escorregou a mão, às cegas, para baixo do balcão. Para abrir a gaveta e entregar o dinheiro. Ou para pegar o revólver, vou eu saber. E o guri menor, carinha de quem ainda nem sabe bem por que nasceu, apontou a arma na cara dele. Pensei: vai dar merda das grandes. E deu."

"Minha mãe tinha razão. Ela dizia: "Tem momento que não é só choro, nem só riso. É luta. E alguém perde." No caso, hoje fui eu. Dei um safanão no braço do guri e o tiro explodiu uma garrafa de conhaque São João da Barra na prateleira. Então, o outro guri me atirou. E riu. Como quem acaba de ganhar um prêmio. Pelo riso, ia receber uma medalha. E, pelo olhar, cresceu a sua autoestima. Coisa de brincando de herói às avessas. Eu era o babaca. Atirou e pinotearam sem levar o dinheiro. O mais velho com uma bala nas costas. Um tiro do revólver que um galego com a língua travada, há anos se disse figurante do filme Da Terra Nascem os Homens, e jurou que era a arma que Gregory Peck usou para defender a Julie. Como Joaquim, na época mocinho, era fã de Gregory Peck desde quando lhe disseram que ele era a cara do Gregory Peck, e até falava mal abrindo a boca como o seu sósia, e, não bastando, apaixonado por Carrol Baker, (como o rapaz sabia disso?) comprou a fantasia. Com o tempo Joaquim esqueceu quem foi Gregory Peck, a Carrol Baker sumiu da memória, e abandonou ao desuso o revólver, que saiu do limbo para ele dar aquele único tiro. Deve ter sido com a bala que sobrou do filme naquele tiroteio em que a fumaça da pólvora escureceu o céu. Mirou na bunda e, por pura cagada, acertou as costas. O guri baleado não mostrou surpresa. Parecia estar nos seus planos de vida uma morte gloriosa. Parou, balançou, virou-se para trás, lançou sobre mim e Joaquim um olhar interrogativo e com desprezo, contraiu os lábios, franziu o rosto para não chorar, e disse, com repulsa: babacas. E tentou correr. Como se fizesse diferença morrer ali na nossa frente ou ao cair, 12 metros à frente".

"Não sei como o Joaquim, mesmo cegueta, acertou, ainda que, a cinco metros, tivesse mirado três palmos abaixo. E eu com esse estouro no peito. O coice da .40, que queima por dentro, sai pelas costas, e só depois dói. Em outros tempos diriam: "Chico Ventura foi um herói, morreu para salvar o Joaquim." Mas hoje, para a geral, em que cada um vive sem ver quem está ao seu lado, a coragem de proteger um amigo com a própria vida, nem pensar. Coisa de babaca, como o guri disse que eu era. "Não tinha que se meter, babaca." Se não dizem, pensam. Não teve nada de heroísmo. Só fiz o que acredito que ele fizesse se eu estivesse no lugar dele. E se ele enxergasse direito, claro. Foi assim. — Fechou os olhos. — Logo a minha mãe, dizendo aquelas coisas. Sofrida como era. Dando-me aqueles conselhos que ficaram guardados dentro de mim, por menos que então eu a escutasse. Em outra coisa ela tinha razão: o azar não atropela ninguém, é a gente que vai ao encontro dele. Como eu fui."

Eram os arquivos empoeirados de quem beira a morte. Coisas que já tinha esquecido. Achava que para sempre. E elas voltaram. Exato quando nada tinha mais volta. Quando estava na porta do incerto *depois*. Pensava isso devagarzinho. Para prolongar a vida. Escutando a sua respiração cada vez mais curta. Como se uma poeira de terra, ou de lua, entrasse pelas narinas, filtrada por uns fiapos. Quis buscar mais ar.

— Ajude-me, Mariano. Quero sentar — pediu, tentando se mover no sofá.

— Fique deitado, não se mexa — recomendou Mariano, junto a ele. — Tome um gole desse chá que a Dorotéia fez. Você devia ter ido para o hospital.

— E para o quê? Para morrer no corredor, se conseguisse entrar? Sozinho, em uma cadeira ou estirado no chão? E ter a carteira e o celular roubados? Aqui a morte tem mais dignidade. E mais conforto. Se é que faz diferença ter conforto para morrer. — Olhou para Mariano, se justificando. — Desculpe, a morte incomoda a quem assiste, não é? Mas eu queria que fosse aqui.

— Não é isso, Chico. Já que você não quer ir para um hospital, não se movimente até o médico chegar. — Chico Ventura arregalou os olhos, suplicando ar. — Não se mexa, para não sangrar mais.

— Não estou precisando de médico, preciso é de ar.

Não fechou os olhos. Pensou, com vagar para, pensando com lentidão, prolongar um sopro da vida: "Um dia. Um dia só a mais seria bom. Ou uma hora. Uns minutos. Mas a poucos homens é dado o direto e a coragem de escolher à hora. No meu caso não é falta de coragem. Isso nunca me faltou. E de que serve a coragem agora? Enfim, é um parágrafo do contrato que eu não assinei. Porém, eu cumpro a minha parte, meu Deus. Tentei ser um aprendiz da vida e nada sei da morte. E menos ainda da eternidade. Isso é contigo, Senhor. Dei muitas voltas, alterei um pouco as ordens de como se vive, e acabei aqui," pensou, reagindo ao torpor. E logo, com toda a força, desejou: "Mas se depender da minha vontade não é desta que eu morro. Gostaria de ser ajudado para ajudar, mesmo sabendo que já não depende de mim. Deu uma reviravolta no que pensava. Rolou os olhos pela sala.

— Quer saber de uma coisa? Não estou precisando da morte. Por mim não morro nunca. Pelo menos não antes de ver este mundo melhor. — Espreitou a reação de Mariano, rebuscou ânimo, e continuou, pausadamente: — Fiz a minha parte como pude. Sabia que um dia iria morrer. Mas nunca pensei na morte como uma coisa real. Ela é humilhante, Mariano. Entende? Traiçoeira. Não deixa escolha para nada. Nem tem cara. È só um abandono crescendo. — Respirou mais fundo. — Chegou como um assaltante encapuzado que lhe pega desprevenido. Ainda que eu sinta a esperança de, por ela, entrar na porta de outra vida, a morte me despreza. Como se eu nunca tivesse vivido. Mas, se depender do meu desejo ela não me leva. Eu quero viver mais um pouquinho que seja. Um pouquinho, não. Não morrer antes de ver que este mundo...

— É tão ruim assim morrer? — interrompeu Mariano, lembrando-se de sua mãe.

— Tem lá o seu lado bom. A morte pode ser o encontro com o nada ou também o encontro com uma boa esperança que passamos a vida sonhando. Mas, o que dá pena é morrer antes que eu veja este mundo ficar bem melhor. Como sei que vai acontecer.

— Tem tudo para ficar melhor, é verdade. E você vai ver.

Chico Ventura respirou suavemente várias vezes. Quando sentiu ter acumulado outro fiozinho de vida disse, entre pausas:

— Apesar de todo este excremento espalhado por cada um de nós, e que se continuar assim a humanidade pode acabar afundando nele, a vida é um belo milagre. O maior. E acho que a terra é o melhor recanto da vida. Viver é maravilhoso... Acredite. É por isso que dá pena deixar este mundo. — Respirou lento — O do outro lado pode ser melhor. Mas este a gente já sabe o que é e pode escolher o que fazer nele — fechou os olhos e tornou a abri-los mostrando uma centelha de luz. — Eu escolhi a vida. E vi como é viver o seu lado bom. Que guri de estrela mais apagada.

Continuou, tanto quanto pode, com os olhos abertos. Torceu a cabeça para olhar pela porta a luz do dia. A luz daquela tarde que só existia para os vivos. Escutou o vento levando as suas más lembranças. O carinhoso rumor do vento na copada dos velhos pinheiros e do cedro. Levando a sua alma. Sem ele saber para onde.

Os homens e as mulheres pararam de trabalhar e aguardavam no pátio, em silêncio, com as crianças brincando, o anúncio. Da morte. Mariano viu que Chico Ventura, mesmo de olhos abertos, já tinha se despedido. Dorotéia passou os dedos sobre os olhos dele como se fechasse uma janela da sua própria alma. Soltou a mão dele e foi à borda da varanda. Com os lábios trêmulos disse:

— Este era um santo. Um santo homem. Só sabia dar. Quem quiser ajuda, como eu quero, pode pedir que ele, de onde estiver, continuará a ter o que dar. Muito mais do que em vida nos deu. Chico Ventura não morreu. Não para nós que temos fé.

Os homens com chapéus os ergueram um palmo acima das cabeças.

— Pobre Chico — disse Nereu.

— Pobre sou eu aqui nesta terra — corrigiu Getúlio. — Ele está com Deus.

Dorotéia deixou as lágrimas escorrerem. O seu amor tardio foi embora cedo. Ainda anteontem, depois do banho de cachoeira, os dois, sentados nas pedras com os pés na água refrescante, ela perguntou:

— Você é feliz, Chico?

Ele parou de se enxugar, olhou para ela e respondeu:

— Por que todo mundo me pergunta isso? Por acaso eu sou um bicho estranho? Aprendi a não perguntar muitas coisas para saber o que é viver feliz. Parei de complicar. Todo mundo persegue essa mulher e nem sabem quem ela é. Ela usa mil fantasias, disfarça-se em milhões de caras, corações e cabeças. Hoje é coisa uma amanhã é outra. Isso quando não muda de hora em hora. Eu faço a minha parte. E ela, se quiser, que faça a sua. Para mim esse banho na cachoeira me faz feliz, Dorotéia. E com você aqui muito mais. Então, lá vou eu fazer perguntas?

— Você está falando de que mulher, Chico?

— Da Dona Felicidade, ora bolas — disse ele rindo.

Ela riu das manobras que ele fazia para desenredar as coisas complicadas.

— Fale mais, Chico. Fale sobre o seu acordo com a Dona Felicidade.

— Você quer dizer dos encontros e desencontros? Não tenho muito a dizer. Dizem que a vida que temos é a vida que escolhemos. Nem sempre é assim. Mas, o momento é. Por exemplo, agora, se você me beijar fico mais feliz. — Dorotéia o beijou. Ele a beijou forte longamente. Depois do beijo, como se recebesse o orvalho irrigando a vida, ele disse: — Aprendi a não ter vazios em minha alma, Dorotéia. Não amo as coisas. Quer dizer, as da terra rasa. Só as uso. Diminui as minhas ambições das coisas. E as do coração são mais suaves. Nada que envenene. Olhe aquela cobra sendo levada pela correnteza forte. Nesse momento o veneno dela não serve para nada. O que vale é o galho que ela usa para se safar da correnteza. Mas só neste momento — avaliou. — Enfim, nem me pergunto se o que me contam é verdadeiro ou falso. Enquanto andei por aí ouvi histórias verdadeiras de todo o jeito. E falsas que não acabam. Assim é o nosso mundo, não é? E nós dando um jeito de ser feliz dentro dele. A maioria se contenta em não ser infeliz, como dizia Mariana.

— Então conte — pediu Dorotéia —, conte alguma coisa que você viu.

— As mesmas coisas desde que o mundo é mundo. Um matou o desafeto. Outra abandonou o filho na boca do esgoto. Outra para salvar seu filho do incêndio ficou em chamas como uma tocha. Outro abusou da sua empregada e antes de morrer deixou tudo o que tinha para a filha do abuso e esqueceu que tinha, antes dela, mais nove filhos perdidos no mundo, como Custódio Cruz fez. Outro amealhou bilhões do governo para construir um porto, não fez nem um ranchinho de obra e dizem que vive feliz. Um dia vi uma mãe ensinando seu filho com síndrome de Down a nadar. Riam, felizes da vida. O guri que, na minha frente, furtou um chocolate de Páscoa, foi preso em flagrante. Disse para o delegado que era para a irmãzinha paraplégica. O delegado chorou sem qualquer pudor e deu o dinheiro para ele ir pagar o chocolate. Com tudo isso eu acabei não mais me perguntando o que é a felicidade dentro de cada um de nós. Assim como parei de me perguntar o que é verdadeiro ou falso: se a morte ou a vida? Ou se as duas são uma coisa só. Aos poucos, descobri que me basta saber que estou vivo e, enquanto isso, eu posso fazer as minhas opções. Existe maior felicidade do que isso, Dorotéia?

Agora, dois dias depois, ela estava fechando os olhos e a boca de Chico Ventura, que morreu sem parar de falar. E ela queria que todos, não só os que estavam ali no pátio, todos em cada rincão, em cada montanha e em cada vale, escutassem o seu coração. Um lamento e uma queixa. E a certeza de que Chico Ventura não iria abandoná-la. Nem a ninguém que precisasse dele.

— Como pode um homem desses morrer? — disse, falando para ela e para a humanidade, antes de entrar. — Se existissem no mundo trinta e seis homens justos e bons, como Chico Ventura, ainda que eles nada soubessem um do outro, nem tivessem as cabeças marcadas com espinhos da coroa de Jesus, este mundo seria melhor. Os justos não sofreriam mais do que os safados. Nem Cristo teria sido crucificado.

Com o rosário parado entre os dedos rezava para Chico Ventura estendido no sofá. Mariano acabara de retirar a camisa. Ela olhou para a ferida no peito querendo ver por onde a morte se infiltrou. O sangue, espalhado e seco, tinha formado uma crosta, mais uma pele, e apagado a entrada da morte. Nos seus lábios dava para ver um esboço de sorriso.

— Nereu, ajude — disse Mariano —, vamos dar um banho e mudar essa roupa.

— Não. Espere — alertou Dorotéia. — Parece que ele está dormindo em paz. Só descansando. Não é bom acordar um morto se ele ainda pode voltar a viver.

Esperaram. E de fato, Chico Ventura estava dormindo em outras paragens. Dorotéia observou que ele tinha esticado os lábios. Lá pelas seis horas da tarde, diante de todos que o assistiam, enquanto Dorotéia movia o rosário e continuava olhando para ele, Chico Ventura franziu a testa, abriu os olhos bem devagar, olhou para ela com um brilho meio mortiço, moveu a cabeça querendo esquecer onde esteve e reconhecer o lugar para onde voltou, depois de uma longa viagem. Fechou os olhos outra vez. Voltou a abri-los e pediu:

— Traga um chimarrão para mim, Dorotéia, por favor. Morninho para não queimar os beiços. Dói a garganta, arranhada de tanto pedir.

— Pedir o quê, Chico? — ela balbuciou, lábios tremendo, olhos esbugalhados.

— Vida, Dorotéia. Vida. O que um morto pode pedir, mulher? — Olhou para Mariano e ensaiou um sorriso. — E, no meu caso, chimarrão morninho.

Foi assim que Chico Ventura renovou o contrato com a vida. Em um em mundo que, para ele, já não seria o mesmo. Se antes apenas gostava de ajudar no que podia e a quem aceitava, agora lhe pediam milagres. Coisas singelas. E outras desvairadas.

Tanto foi assim que, dois dias depois em que venceu a morte e pediu chimarrão morninho, ergueram uma cruz com as datas da sua tida morte e ressurreição, em um descampado próximo à venda de Joaquim. Alguém, — acreditava-se ter sido Zé do Grotão e Doraci —, na calada da noite, acendeu no pé da cruz uma vela que queimou até o fim, apesar da ventania e do forte aguaceiro de verão. Aos poucos começou as romarias. A velinha aos pés da cruz virou um fogaréu, como o fogo celestial da ascensão, clareando a noite mais do que a lua e desmaiando o sol. Iluminando crenças e esperanças. E gerando bons lucros. A venda de Joaquim vendia como nunca.

— Quando Chico Ventura era vivo, quero dizer antes da sua morte e ressurreição, nem era tão levado a sério — disse Joaquim, enquanto colocava dois maços de velas, uma água mineral e um pirulito de morango com assovio em cima do balcão. — Agora vem gente de toda a parte sem nem saber quem foi e quem é ele. — A mulher o olhou com visível censura e ele, manhoso, continuou a empacotar as velas e a passar o pano na garrafa. — Ficam pedindo que faça milagre, que jogue fora as muletas que o perneta Zé Bedeu usa para bater na molecada, e que faça desaparecer o câncer da língua do João Pio, que enquanto podia falar rogava três pragas a cada palavra; e que traga de volta o boizinho que desapareceu e virou churrasco na partida de futebol no Boqueirão, e que resgate do bordel da Regina o marido putanheiro que não sai há duas semanas e vai ficar lá enquanto tiver um centavo apurado com a venda de pinhão; e que faça sonhar com os números do prêmio da Mega-sena e por aí vai. Depois saem daqui, passam por cima de um mendigo na porta da igreja e de um toco das pernas e com uma só mão, na esquina, e ficam azucrinados, só de ver os mendicantes. E a senhora sabe bem por quê? — e sem esperar resposta. — Porque quem não é pobre tem nojo de mendigo e mendigo tem inveja de rico. Vá se entender esse povo! Milagre o Chico Ventura fez para mim. Depois de me salvar da morte e de morrer e ressuscitar, ainda me dá este lucro todo com esta venda que eu já tinha prego e martelo para fechar as portas por causa da concorrência dos supermercados.

— O senhor é contra os milagres? — a mulher perguntou com indignação, enquanto abria a bolsa para pagar.

— E por que a senhora acha que eu vou ser contra ao que me dá lucro? — Joaquim perguntou espantado. — Só agradeço ao Chico Ventura. Não quero melhor milagre. Mas no tempo em que ele andava, e vai voltar quando ficar mais forte, de um lado para o outro, ajudando nem que fosse com uma conversa de amizade, como veio ter comigo naquele maldito dia, não era levado a sério por muita gente. Diziam que era meio louco das ideias, que queria ser um santo sem igreja, vivinho, como se fosse um São João Maria. Isso quem não dizia que ele se fingia de bom homem depois de matar meia dúzia de desafetos encarniçados, por ciúme de uma morena guapa e viver fugitivo da justiça do Rio Grande, onde estava jurado de morte pelos herdeiros dos mortos! E lá herdeiro quer saber de vingança!? Herdeiro quer é receber a herança. A senhora não quer mais alguma coisa? Uma vela de sete dias para garantir a graça?

A mulher pegou o troco e saiu em direção à cruz chamuscada pelas velas. Esforçando-se para não se desconcentrar da fé no poder milagroso de Chico Ventura. Levando os pacotes de vela como se, com elas, fosse acender um farol na tempestade. E o menino, grudado no vestido florido, feliz, soprando e lambendo o pirulito, male mal se apoiando na perna esquerda mais curta. Sonhando ser atacante de futebol.

A TORTUOSA BUSCA DA INOCÊNCIA

35

Mariano Paz, durante o jantar com Chico Ventura, antes de descer para a capital, pediu, brincando:

— Faça um milagre para mim, vai. Livre-me das armadilhas dos falsos amigos.

— Isso é impossível, nem Jesus se livrou deles — Chico respondeu.

No dia seguinte Mariano recebeu a visita de Salvador Cruz com a gentileza que dispensava a todos os clientes. Considerou que, além do financeiro, o contrato para reprogramar o sistema digital das organizações de Salvador, dando a ele melhor controle e mais eficiência na expansão internacional, seria uma boa credencial a mais da sua empresa. O que Mariano não suspeitou foi que Salvador Cruz, além da reformulação do programa, buscava um meio de avaliar a confiança e a suspeição sobre o herdeiro de Mariana. Nem um nem outro conjeturaram que as suas expectativas pudessem se transformar em duas tragédias comuns.

Foi o que aconteceu. E da forma mais bem ordenada e sigilosa possível.

O contrato foi cumprido com excelência e Mariano deu o caso por encerrado. Mas não estava. A partir dali ele iria, na prisão, passar dias e noites querendo entender porque, onde, quando, como e por quem, foi armado o ardil.

Salvador Cruz, satisfeito com os resultados, dois meses depois teve o desprazer de saber, por fontes secretas, o desenrolar da espionagem. Não era o que gostaria de ficar sabendo, mas, como não tinha o hábito de lastimar nada, só lhe restou tomar providências ao seu jeito. E as tomou sem hesitar. Da forma mais extremada.

A maior revolta de Mariano foi com o absurdo de como tudo tinha acontecido. Sem sinal antevisto. O círculo da sua vida se fechou de repente e ele foi jogado para fora do seu mundo, dentro de uma cela que lhe pareceu um subterrâneo sem paredes, em um corredor de sombras sem luz no fundo. Sem saber como e por que foi parar dentro dela.

No dia em que cumpriram o mandado judicial para prendê-lo, às 9 horas de segunda-feira, não pode pensar. Nem ele nem os que estavam junto a ele na empresa.

— É um mandado de prisão preventiva — disse o oficial de justiça.

Mariano Paz não disse nada. Era real demais para ser real. Só aos poucos começou a pensar no que estava acontecendo. Sem perder a sobriedade. Tinha certeza de que o engano seria já revisto. Naquele mesmo dia. E depois, à medida que o tempo foi passando, ia se dando conta, pelo que dizia o seu advogado, Douglas Mattos, de que a sua prisão era justa. Aos olhos da lei ele era um mal desprezível para a sociedade. A não ser que a sociedade fosse reconhecida oficialmente como um mal instituído. E ele e ela se equiparassem.

Em uma quarta-feira, o doutor Douglas Mattos, voltou a vê-lo na prisão. Na sala de advogados, folheou o processo e repetiu.

— Infelizmente os autos não deixam dúvidas.

— Não deixam dúvidas do quê? — Mariano apressou-se em perguntar.

— As suas declarações não contribuíram para inocentá-lo. Foi tudo muito célere. O inquérito já está concluído, A promotora ofereceu a denúncia e o juiz manteve a sua prisão preventiva por tempo indeterminado. Crime triplamente qualificado contra vulnerável. — Leu trechos do processo. Enfatizou os laudos da perícia; a denúncia da promotora pedindo a prisão sem direito à fiança, por ter o acusado perfil de perigo social, autor de crime hediondo, abominável e ser capaz de provar que a menina foi a culpada, por se oferecer por um chocolate. Solto, poderia interferir no processo, comprar e intimidar testemunhas. Frisando que os pedófilos repetem seus crimes, compulsivamente. E ele ser capaz de fugir e ir viver com suntuosa mordomia em uma ilha paradisíaca, ao abrigo de leis estranhas às convenções internacionais, e continuar praticar seus crimes. Destacou ainda os artigos e os parágrafos do código penal. E os incisos. Fartas doutrina e jurisprudência. O acolhimento do juiz. Desprezou algumas folhas e, até que enfim, disse o que pensava: — Tudo acudido pela lei que fundamenta a condenação. Mas não se desespere. Não vai ser fácil, mas vamos ganhar.

— No que me diz respeito, falta uma coisa — disse Mariano.

— E o quê?

— O verdadeiro autor do crime.

O doutor Douglas Mattos outra vez abriu o processo.

— Está tudo aqui — repetiu. — A vítima. O crime, a data, 15 de dezembro, o local, na casa de recepção de Salvador Cruz. O inquérito. A perícia. As provas materiais. Seus cabelos, uma cueca sua, as fotografias da menina morta — e ia folheando. — Os depoimentos das duas testemunhas de acusação. As suas declarações sob a minha presença. A denúncia. A sentença. O contraditório. A negação dos meus recursos. E se não agirmos com contraprovas convincentes você terá uma longa prisão. Ficou mais difícil do que eu esperava. Mas ainda temos muitas instâncias a recorrer.

— Então não falta nada no processo. Tem crime, vítima, acusado e condenado.

— Não. Não falta nada.

— Para mim falta tudo. A minha consciência está limpa. Não é engraçado?

— Não. Não é engraçado. Lastimo dizer: a lei não leva em consideração a sua consciência, Mariano. Ela pode estar limpa, mas, mesmo assim, você é um homem encarcerado dentro da lei. E o meu papel é libertá-lo. Ainda que eu tenha muito trabalho e lhe custe muito caro.

— Penso que estou aqui pagando o pecado de Adão. Só pode ser por isso — passou os dedos no pescoço e engoliu em seco. — É por isso que tenho o gogó de Adão tão grande. A sentença vem de longe.

— Não coloque a apregoada perda do paraíso nisso. Fique dentro do nosso tempo e com as nossas leis. Nada de apelar para o pecado original. Está bem? Acho que lhe falta um pouco de ciência da Justiça. Uma coisa é uma falta criada contra o que se entende ser Deus. Outra coisa é o crime e a sua condenação social. Uma criação dos homens para proteger os seres humanos deles próprios e colocar ordem na sociedade.

— Ora, não me venha convencer que sou um criminoso só porque criaram uma lei e me enquadraram nela.

Ficaram se olhando em silêncio.

— De certa forma sim. É o tempo em que você vive e onde você se inclui. Não há crime enquanto não for criada uma lei para o ato passar a ser um fato condenável. Primeiro o fato repetido, depois a promulgação da lei e o seu cumprimento. Mas não é esse o caso que importa. Se ao menos você se lembrasse onde estava naquele dia, naquela hora? Com quem? Fazendo o quê? É o que mais precisamos.

— Já lhe disse. Como vou saber? Consta aí que era domingo à tarde. Que atraí a menina para a mansão de festa de meu tio Salvador Cruz, a quem só vi uma vez, há meses, quando me procurou para refazer os programas das suas empresas — e continuou repetindo o que já dissera no interrogatório. — Agora terei que provar que nunca entrei na tal casa, que não sou esse monstro que abusou de uma menina, que eu nunca vi, até ela morrer. — Respirou fundo. — Um crime comum, que me enoja. E não sei como uma cueca minha e um chumaço de cabelos com meu DNA estavam junto ao corpo grudado em suas mãos. Tudo isso em um dia em que eu deveria ter saído de barco para pescar, como faço. Ou jogando futebol, ou na praia, surfando. Quem sabe, em casa, com gripe. Espirrando. Modelando meus passarinhos de barro. Lendo Agatha Christie. Qualquer dessas coisas, menos violentando uma criança até ela morrer. Devo acreditar que eu sou esta aberração humana, para aceitar a prisão?

— Por favor, durante os interrogatórios, em nenhum momento, diga que gosta de ler Agatha Christie — alertou o advogado.

— E por quê? Isso também é crime?

— Não, mas pode, no seu caso, ajudar a incriminá-lo. Nunca se sabe qual é a cabeça dos jurados. Vá que associem a leitura a crimes difíceis de desvendar.

— Então, quem sabe o detetive Hercule Poirot pode ajudar-me a encontrar o verdadeiro assassino — disse Mariano. — E ler Dostoievski, também levanta suspeita? — o advogado franziu a boca. — Veja: abri uma só vez Crime e Castigo que você me trouxe. Exato na página 463? E o que li: "Posso conceder-lhe ainda um dia e meio ou dois de liberdade." Isso me ajudaria a fazer o que preciso. Não necessito mais do que esse tempo fora desta prisão. Depois não me incomodo em voltar para ela.

— No momento, quem pode ajudar a inocentá-lo é você, lembrando-se o que fez no dia 15 de dezembro. Por que insiste em não dizer? Quem sabe estava com alguma mulher? Um programa de festa que se estendeu? Temos quem possa cuidar disso. Achar quem diga que estava com você não é nada caro, em vista da acusação.

— Não, Douglas. Fazia apenas uma semana que eu tinha me separado de Luiza Trenttim e não tinha coração nem tesão para estar com outra mulher– Mariano Paz inventou. — Além do que, nunca gostei de pactuar de forma planejada com o lado sujo deste mundo. E, como diz Chico Ventura, ainda assim, deu no que deu. Já que não devo nada, não vou correr o risco de resolver um problema criando outro maior.

— É uma estratégia tecnicamente perfeita. Testemunhas falsas depõem todos os dias nas melhores cortes. Desde Roma, o berço iluminado do nosso direito. Não seja tão virtuoso. A Justiça não é praticada através dos nossos princípios morais subjetivos e sim de provas e argumentos convincentes. E não pode ser diferente.

— A verdade convincente vai ter que aparecer, Douglas. É para isso que criamos até hoje, 152.416 leis e mais 63 por dia. Para que prevaleça a justiça, que é feita da verdade, nada mais que a verdade, não é isso?

A aparência do verdadeiro sem ser verdadeiro dos sofistas, não vingou, lembra? Se não fosse assim, para o que há de servir toda essa ostentação da Justiça, do Estado de Direito, de tantas leis e cortes e ritos e aparatos? Por certo tem que servir mais do que para justificar cargos, togas bem cortadas e construir e manter palácios. Ou, eu estou fora da realidade?

— Entenda uma coisa — disse o advogado. — Repito: a verdade de um processo são as provas dentro dele, sejam materiais ou imateriais. Somente através delas o magistrado pode transformar o preceito jurídico em uma ação concreta. Fora delas não existe verdade nem falsidade, nem outros fatos. E muito menos justiça. O que nós precisamos é de provas que anulem as que estão no seu processo.

— Ainda que sejam outras falsidades?

— Se elas forem mais persuasivas do que as falsas verdades que constam no processo, por que não? Dentro dos autos elas se tornarão verdades. Um meio de desfazer o que é falso e se fazer justiça. O que importa é eu ter provas para lhe inocentar. Mesmo contra a pressão da mídia. Deu para entender?

— Não. Não posso conceber que depois de milênios se reescrevendo os códigos encontrados nas paredes das cavernas, em lascas de pedras, em barro amassado, em papiro, em couro de bode e dos meios inimagináveis de guardar todo o saber acumulado para praticar a justiça, agora que, com o toque digital em uma tela de dez centímetros quadrados, podemos saber o que existe dentro e fora do planeta e o que se considera o bem e o que é o mal, um homem tenha que mentir para se defender do que não praticou; mentir para provar a sua inocência e não ser condenado pelo que não fez. Isso é, no mínimo, grotesco. — Calou-se um instante. — Já menti e me omiti demais. Criei programas para proteger a riqueza ilícita de alguns e o poder de outros. Agora chega. Sei que a minha palavra nada vale além do seu som. Sei que é ingênuo querer que seja verdadeiro o que um homem diz. Mas transformar a mentira em uma verdade para desfazer uma inverdade, é fazer o mesmo que fizeram comigo: deformar a ordem das coisas para fazer Justiça. Corromper o fato? Desfazer tudo o que a humanidade queimou, torturou, matou, em nome da verdade e da justiça, para se conviver melhor? Que brincadeira mais sem graça! Bizarra. — Riu atravessado. — E dizer que vivemos induzidos a crer que as ordens prescritas são feitas em nome do bem comum e do ser humano? — Olhou para o advogado Douglas Mattos. — Amigo, a sociedade humana só se salva porque o poder é uma fábrica para produzir pessoas ingênuas e submissas e revoltados românticos. Porque se faz de conta que essa inquietude de cada um de nós faz parte do normal. Uma coisa ficou clara para mim, dentro desta prisão.

— O quê?

— O porquê cada ser humano, às vezes, quer beijar a morte. A dele e do outro.

— Esqueça isso. Não deixe as coisas mais difíceis. Não complique mais — recomendou o doutor Douglas Mattos. Mesmo assim, perguntou: — E por quê? Para se livrar do que considera uma vida em vão ou por seu instinto destrutivo? É isso?

— Por não caber dentro de uma forma única para todos. Por se ver vivendo entre duas muralhas. A da ideia do bem e a do o mal. E descobrir que esse corredor não lhe leva a nada. Porque se sente trapaceado e desamparado de tudo. Do céu e da terra. Sufocado por seus amores e seus ódios. Desesperançado. Como você está me fazendo acreditar que estou. E por ficar procurando, a cada momento, um modo de escalar as muralhas para ver além. Qualquer coisa que justifique a vida e sentir que vale a pena estar vivo. Mesmo estando condenado à morte. É o que estou fazendo. A vida é isso?

— Tudo bem. Deixe essa conversa para outra hora. Vamos ao que interessa. A justiça é feita com o que consta dos autos e do que prescreve a lei, Mariano. E não das especulações metafísicas e dos nossos conceitos pessoais — lembrou de novo. — Eu preciso desmentir o que consta nos autos. Mesmo com mentiras que restabeleçam a verdade dos fatos, já que você quer omitir a sua verdade. Acredito em você, mas isso é o que menos importa. Estupro e morte de uma vulnerável! O meu papel é livrá-lo de uma condenação fatal. Pouco me importa se for com provas falsas bem-feitas à bem da verdade com a qual se fará a justiça. Farei isso em nome da razão do direito, como estou certo, faria o grande Beccaria, se estivesse no meu lugar. Além do que, você não é apenas meu cliente, é meu amigo. Um bom amigo — olhou para ele com extrema gravidade. — Portanto, não me faça começar a duvidar da sua inocência.

Mariano Paz foi aos extremos na sua discórdia com o mundo, a tradição jurídica, a justiça, o direito, a verdade, as regras, a lógica aceita e o poder da mentira. E, mais uma vez, omitindo o que fez naquele dia maldito, disse:

— Recuso-me a mentir para provar a verdade. Se o fizer vou me sentir culpado. E isso me importa. Quem mente a si, mente ao mundo, minha mãe dizia. E isso vira bola de neve e se transforma nessa montanha de falsas verdades em que vivemos. Um inocente nada tem a esconder e muito menos o que inventar. Tanto quanto sei, nenhuma acusação pode ser apenas o que a Lei e a doutrina da Lei dizem. O seu mestre Beccaria, diria isso? A Lei é uma criação que pode ser mudada. O Fato não. Parece estranho, mas o fato é o que existe. Independente de teorias, crenças, preferências, leis, e o que quer que queiram. Fora de qualquer opinião. Ele existe, e é. O fato não muda. O que muda é a verdade que lhes impomos. E isso pode custar a vida de justos e a condenação de inocentes; como quem teve a coragem de dizer que o amor é a lei maior. E aquele que disse que a terra não era quadrada. Há de concordar que pregar na cruz um e abominar o outro não mudaram os fatos. Ou mudaram?

O advogado sacudiu a cabeça e olhou-o com certa ironia.

— Você acha mesmo, que o mundo gira sobre o eixo da verdade? Ou do amor? A verdade dos fatos está organizada e regida por leis, regras e conceitos. Fora dessa engrenagem nada existe. Essa é a nossa pele milenar, o DNA social, para nos blindar de enganos. A sociedade não é um laboratório de química, é um ser vivo complexo. É disparatado? É. Mas é a melhor forma de se organizar uma sociedade, um ser informe, com incoerências. Os equívocos, Mariano, fazem parte da organização de qualquer sociedade. E daí? Faça o favor, volte para a terra e entenda isso: perante a justiça a verdade é a presença conclusiva das provas. Não os fatos em si. São elas que movem os processos judiciais. É isso que condena ou absolve. Não posso anular o fato legal de onde a sua cueca e os seus cabelos foram encontrados. Nem eu, nem o delegado, nem a promotora, nem o juiz. Só outra prova contrária irrefutável pode destruir essa prova. É a Lei — concluiu, soltando um bafo de impaciência, no limite da sua calma.

— Ora veja. Pense nas leis que existem. Da maior até a que garante o direito do pardal fazer o ninho onde bem entender e a que proíbe uma opinião discordante da oficial reinante. Pense. Afinal pensar em leis é a sua profissão. Eu tenho pensado muito sobre isso. E você me diz que a lei é a nossa pele protetora!

— E não é? Muito bem. E o que concluiu? Diga.

— Que, quem mais descumpre as leis é o nosso chamado Estado Democrático de Direito, descaradamente fundado no princípio da dignidade humana, com o seu fabuloso aparelhamento, que pagamos caro para criar e para fazer cumprir as leis. Ele, mais do que ninguém, viola as leis. E, claro, as igrejas que prometem o céu e na terra escamoteiam a moral que pregam. E o grande circo universal que, para crescer sem parar, viola as leis naturais e cria novas falsas necessidades todos os dias e a ilusão de que ser feliz é consumir. Ah, e o vendedor de água de coco da porta do mercado público, que mistura gelo e se engana no troco a seu favor e nunca a favor de quem pagou. Não sou eu. Não é uma piada se falar em organização e justiça? E ser condenado por não mentir para desfazer o que é falso?

— Ainda assim. Tudo se ampara nas leis. Na ordem que elas regulam.

— Era o que eu pensava antes. Até entender a trapaça geral da ordem. Vou tentar me explicar: Na prisão, entre outras coisas, estou concluindo que: se a lei regula, por ordem generalizada, a separação das camadas entre o humano aceitável e o desprezível; se exclui o portador da doença social contagiosa, da aceitação comum; se pune, silenciosamente, por julgamento milenar e sem contraditório, o fato elementar de alguém viver na mesma sociedade em realidades distintas; enfim, se extremos opostos estão condenados pela ordem a coexistir sem se conflitar… Ela precisa ser repensada. Ou, como você disse, é preciso trocar de pele. Ou a ordem é essa mesma?

— A privação da lei e da justiça é o caos. Qualquer pessoa sabe disso.

— Por mim, bastaria uma única lei. Mas tudo bem, sem alguma forma de Poder Central o homem não organizaria a sociedade e a convivência seria nefasta. Nisso eu concordo, em parte. Mas, não é melhor dizer, com boa vontade, que, no nosso caso, o caos continua? Ou de que mais caos do que existe é o reino da zorra? A festa da bicharada fugida do curral para beber no lago de vinho, como aconteceu no planalto?

— Isso tudo é muito vago, Mariano. É um juízo pessoal. No momento, o que importa é um só fato: você está preso e corre o risco de apodrecer moralmente aqui, se sobreviver, no meio desses encarcerados, que não estão nem aí para a sua inocência. Um estuprador, ainda que não o seja, aqui está condenado à morte — rebateu o advogado. — Esse é o fato jurídico que eu tenho. O resto é o resto, faz parte da ordem e da desordem dos tempos. Para o que me interessa, o seu argumento é muito barato. Não muda uma vírgula nas mais de 8 mil páginas que instruem o seu processo.

— Caramba, como gostam de escrever a meu respeito com essa pressa toda! Em dois meses! — Depois disse: — Não, não é nada vago, Douglas. E não é apenas uma desavença pessoal. Escute-me, por favor. Preciso que me ouças. Eu sou uma parte e um produto do todo. Portanto eu me sinto o todo. Entende? É isso. E tanto quanto sei, é o Estado quem deveria estar como réu nos tribunais por descumprir as suas obrigações legais. É o Estado quem abona as leis, a alto custo, e é ele quem se omite em garantir o que prescreve ser essencial à vida, ao direito de se nascer, viver e morrer com dignidade. A começar pelo dito direito básico, não é mesmo? Então, para o Estado a lei é uma fantasia que ele cria, mas ignora. Deve e não paga e cobra o quanto quer o que não devemos. A sua proteção é uma ilusão, amigo. Pense. Apesar de tantas leis e tanto esplendor da justiça, ninguém deixa de praticar o que quer — argumentou. — Enquanto fazem leis, cresce o assassinato, o massacre, o estupro, o roubo, o sequestro, a corrupção, o vandalismo, o escárnio oficial ao dito direito do poder democrático, que, se me permite, parece-me outra brincadeira fantasiada a sério. Enquanto isso, as festas dos donos do poder regadas a champanhe em garrafas de ouro, que Salvador Cruz participa... Isso não é fantasia. É justo? A lei é para garantir isso? O direito é isso? É essa a pele na natureza protetora que a humanidade conseguiu criar?

— A lei não interfere na sua liberdade de pensar — resumiu o advogado.

— Será mesmo? Eu concluí outra coisa interessante: o homem moral tornou-se um idiota. Está cada vez mais fora da realidade. Outra coisa: mesmo apesar da impunidade, as cadeias estão abarrotadas. E só não prendem mais por contenção de despesas e porque a lei é branda e a justiça é arrastada e prisioneira das leis. Nenhum juiz sensato deve decidir fora da lei. Certo. O líder de uma organização que comanda o crime aqui de dentro declarou que a lei dificulta a prisão e é uma aliada poderosa do seu exército, hoje, de 269.000 soldados, que não têm medo de morrer porque não acreditam no céu nem no inferno e cumprem rigorosamente as ordens da sociedade paralela que criaram. — Olhou para o advogado. — Então, me desculpe, mas eu acho que tem alguma coisa errada; que esse projeto da humanidade é um faz de conta. Cada vez mais aperfeiçoado. E tem mais, se Deus fez um projeto para a espécie humana, não foi para esta, foi para a de outro planeta. Ou se enganou e misturou os artigos e parágrafos. Bagunçou tudo. Pode ter acontecido. Concorda? Acho que esta organização só é boa para alguns. E como só pode existir um ditador, um presidente em cada trono, e uns poucos encastelados na fortuna e no poder e uma elite de malabaristas manipulando interesses, ficou fácil vermos quem são os autores das normas de vida para todos e os que ficam fora delas. Entende por que deixei de acreditar em justiça? Em lei? Nessas que regulam a nossa vida e o nosso mundo?

— E aonde você quer chegar? — perguntou, beirando a impaciência.

Mariano Paz olhou firme para o advogado e continuou:

— Já digo. Está na hora de se criar outro projeto para a humanidade. Outra ordem suplementar para a que foi criada para regular a convivência humana. A começar pela definição do bem e do mal. E não sou eu o responsável por esse faz de conta o que é o bem para uns e o que é o mal para outros e que existe seriedade em como somos governados. Convenhamos, isso é a mais fantástica tramoia. Esse faz de conta que se faz guerra para matar de forma organizada e legal, com o fim de defender os direitos humanos de todos e a fé de alguns. Faz de conta que a desonestidade é punida e que se leva a sério a convivência humana universal. Faz de conta que há liberdade e a lei contém o crime. E que a vida é sagrada. Isso é uma pantomima planetária ou não é? É o reino da fantasia ou não é? Então, se alguma coisa está errada não sou eu. Logo, que se dane o todo que me produziu e me condena. Eu e a humanidade precisamos de uma nova pele. Foi aonde cheguei. É uma conclusão justa?

— Nada disso interfere no seu processo. A justiça não se ocupa do genérico.

Mariano deu uma generosa risada, como se estivesse se divertindo.

— Desculpe. Sei disso. Nem o que eu penso interfere no que acontece lá fora. Até porque, pelo que eu concluí o bem e o mal são igualmente legítimos. Só depende do conceito. E fazem parte do que somos. O nosso maior bem é o poder de controlar o mal? É isso? — perguntou, com um riso. — Mas mata e trai quem perde e quem quer o poder; mata e trai quem quer preservar o poder. Seja o domínio de ser um ditador ou do controle de um território do crime; ou de quem se acha com o poder de ter o tênis do rapaz, roubando-o com arma apontada para a sua cabeça, mesmo que seja de marca pirateada — justificou. — Um tênis de grife falsificada nos pés de alguém justifica o poder de matar para mudar de pés! Mata quem ama e mata quem é amado. Mata a criatura o criador e o criador a criatura. Mata-se a felicidade por puro desprezo ao que ela significa. Por vontade de nivelar tudo pelo sofrimento. E, penso eu, assim fica difícil saber quem é o bandido e quem é a vítima. Ademais, penso que, no geral, a lei só existe para punir quem já nasceu condenado a não ser protegido por ela. Quem nasceu com a cor errada ou no lugar errado. Os herdeiros do nada. Os algemados pela pobreza e a ignorância. Os sem créditos com a justiça. E, claro, os que não sentem nenhuma atração pela recompensa em deixar de fazer o que querem. Ainda que seja o de roubar e matar. Como o menino que atirou em Chico Ventura.

— Concordo. Mas não é o seu caso. Você é jovem, rico, branco, bonito, elegante, culto e festejado — e Douglas Mattos concluiu, sem ênfase. — E está aqui. Preso.

— Nada a haver. Eu pertenço à outra categoria: a dos escolhidos para pagar o crime de quem não deve ser condenado. Para servir de exemplo. Para servir de bode expiatório, de tempo em tempo, o boi da piranha. Sou o mensageiro do faz de conta.

— Tudo bem, Mariano. Esqueceu um detalhe: no momento você é o autor de um crime bárbaro. Agora, não adianta questionar o cerne da autoridade, o custo e o descumprimento oficial do controle social, a causa da criminalidade, os desmandos, quem regula a dor e o comportamento da humanidade. Tudo isso é inseparável da história humana. Não dá para filtrar. Nós sabemos que não existe o homem bom nem o homem mau. O que existe é o resultado da imaginação: o controle do mal e o estímulo ao bem. Certo ou errado é o melhor que conseguimos até agora. Então, tente lembrar-se do que fez na tarde de domingo, 15 de dezembro passado, para que eu possa provar que você não é um delituoso. É disso que eu preciso para inocentá-lo. Isso não é um faz de conta. Está claro?

Mariano Paz pareceu ser sincero. Mas não era.

— Não consigo lembrar. Tento, mas não lembro.

Ele sabia muito bem o que tinha feito no dia em que foi acusado do crime. Na véspera, sábado, tinha ancorado o seu iate em um abrigo da baía norte e dispensado a tripulação até o final do dia seguinte. A mulher era linda, alta e loura. E, para todos os efeitos, bem casada. Tinha os cabelos fartos como as mulheres romanas do século passado e os olhos grandes e azuis como as escandinavas. Passaram o dia de sol, nus. Hora com prazer sem limite, hora na doçura e na paz, como se a vida fosse regida pela doçura. Ele lembrava-se muito bem do banho à noite. Recordava e lhe desgostava já ser apenas lembrança. Ela saindo da água com o belo corpo envolto em um manto líquido da cor do mar. Bordado com os reflexos da lua. Um manto fluido, acentuando os detalhes da sua beleza. Ainda que Mariano vivesse mais mil anos jamais esqueceria aquela visão, tão fascinante que, quando ela voltou para o mar e acenou levemente ele mergulhou. E se abraçaram como duas enguias. E se beijaram como um casal de moluscos dentro da mesma concha.

Conheceram-se na academia de dança flamenga. O brilho dos olhos, tão azuis que pareciam artificiais, o atraiu. A paixão arrebatadora acendeu quando dançaram a misteriosa bulería Gitana te Quiero. Ela era uma mulher a um só tempo linda, atraente e elegante. Com uma simulada candura e um olhar um tanto lascivo. Alegre e discretamente divertida. Revelou-se amante sem ressalvas e ao mesmo tempo um tanto maternal. Mariano começou a pensar que ela seria a mulher ideal para conviver por muitos anos. Essa vontade aumentou naquela noite no iate. E desmoronou no dia seguinte enquanto os dois assistiam o pôr do sol sentados no deque do Restaurante Baleia Franca. Comeram mariscos colhidos nas pedras, com o sabor único e delicado que só o mar pode oferecer quando oculta o seu sal e revela o segredo da sua preciosa e delicada doçura. Ela escutou os pensamentos dele, limpou as mãos e disse:

— Meu casamento não vai durar. Estou pensando em me... — Percebeu o olhar de Mariano, não concluiu o que ia dizer e acrescentou. — Mas, que fique bem claro, não será por sua causa. Não vou provocar um escândalo. Vamos continuar a nos encontrarmos como vem acontecendo. Quero que ele — *ele*, no caso, era o marido, que tinha negócios de diamantes no Congo —, fique livre para fazer o que gosta sem se preocupar comigo e sem que eu corra risco por fazer o que ele não aceitaria saber.

Mariano pensou: "*ela* é bastante ética. Preserva o marido." E lastimou amortecer ali o ciclone torrencial daquela paixão de curta duração.

Mariano não tinha como dizer o que o advogado precisava saber. E caso dissesse não iria valer nada. Ao contrário. Negar era o que *ela* faria por justa causa. E o marido, se não fizesse coisa pior, iria processá-lo. Por calúnia. Difamação. Danos morais. Crime contra honra de sua mulher. Dizer a verdade, portanto, seria envolver pessoas alheias a tudo, criar acusações por mais delinquência. Não cometidas. Aquele foi o dia que só pertenceu a *ela* e a ele. Que só ele e *ela* viveram. E que teria que morrer com eles como se não tivesse sido vivido. Por que contar em vão uma verdade sem credibilidade? Para criar o contraditório de uma mentira com crédito de verdade?

— Não lembro — insistiu, sem tirar os olhos do advogado. — Nunca anoto o que faço para me proteger contra possíveis acusações de crimes. Com a agenda sempre em dia para me salvar de denúncias. Isso é cuidado de grandes e poderosos contraventores. Coisa de bandido super organizado, não é para um simples mortal.

— As pessoas devem anotar tudo, a cada hora. Vivemos em um mundo de transgressões e em constantes litígios. Mesmo assim, tente lembrar-se do que fez naquele dia. Com quem esteve. Essa é a prova que preciso para lhe tirar daqui. Caso contrário não é o mundo todo, como você deseja, é você quem se dana. — Falou sem esconder sua impaciência. — Esgotei os recursos para você responder em liberdade, mostrando que não vai fugir nem dificultar a Justiça, coagir ou subornar testemunhas ou que é uma ameaça ao bem comum. Ao contrário, você é que corre risco de morte se for colocado com os outros presos, ainda que por cinco minutos. Eles farão a sua justiça pelas próprias mãos — disse como se estivesse peticionando a defesa.

— Sei disso.

— Você está infringindo todas as leis do mundo do crime, que, em alguns casos, são mais fortes e mais bem cumpridas do que todas as leis editadas pelo estado.

— Então por que não se dá logo o poder do estado para eles? Parece de direito. E, pelo que consta, vai funcionar melhor. Eles levam a sério os seus códigos.

O advogado fez de conta que não ouviu e continuou:

— Primeiro: Esses detentos sentem-se ainda mais humilhados com a presença de um preso rico, desigual em tudo, entre eles. É uma afronta à realidade deles. Segundo: você está condenado por estupro e morte de vulnerável. Estuprar crianças é inadmissível mesmo no estatuto do crime. Alem do que é um delito sem retorno financeiro, contra a lógica da lei do direito ao patrimônio no código deles. E, pior, você não tem a malícia do criminoso. Não tem talento para sobreviver dentro de um presídio, suportando a pressão desumana e as exigências de fidelidade à organização do crime. Não será jamais um membro dessa ordem. Você não sabe atacar nem se defender, nem cumprir as regras deles. Para eles você é um incompetente descartável, indigno da sociedade deles. Não toleram irmão incompetente. Você é um estrangeiro indesejável. Não existe ambiente mais sórdido e desumano do que as nossas prisões. Nem caldeirão mais efervescente de ódio e desprezo humano. Entendeu o risco?

— Quer dizer que sou marginal lá fora e aqui dentro? Condenado lá fora e aqui?

— É isso.

— Era só o que me faltava. Isso é que é ser um condenado.

Mariano olhou para o advogado sem esconder a angústia e a revolta.

— Preciso viver. Tenho um contrato com a vida. Tenho uma missão a cumprir. Somos amigos, não somos?

— Claro que sim. Agora mais que antes. Sei quem você é e quem sempre foi. Nunca me deparei com tamanha inocência tão bem condenada — lançou um olhar profissional e emendou. — Nem com tanto esquecimento do que um incriminado fez no dia em que está sendo acusado de ter cometido um delito hediondo. Que incrível perda de memória!

— E você não acha injusto eu ser condenado pelo que eu não pratiquei, só por esquecer o que fiz naquele dia?

— Se eu tiver as provas persuasivas contrárias acho injusto. Se não as tiver, a condenação pela justiça será feita. E o tempo corre contra nós.

— Então, assim como os meus inimigos, que não dei razão para tê-los, armaram as provas que não deixam dúvidas, tudo bem, faça o mesmo ao contrário. Assim como provaram que eu sou culpado, sem eu nunca ter visto a vítima, prove que eu sou inocente sem nenhuma suspeita. Se o jogo é esse, vamos obedecer às regras da lei. Deve ser mais fácil provar a inocência com a mentira do que provar a verdade. Ou não é assim que posso ser inocentado? Ainda que seja para depois eu voltar para aqui.

— Não será fácil, mas é como vou me empenhar. Se você ajudar fica mais fácil.

— Não sei como ajudar a provar o quê não fiz. Você pode.

— De imediato vou combater mais uma vez para que seja relaxada a sua prisão preventiva e, em seguida, que seja inocentado pela falta de origem das provas apresentadas. E, se necessário, apelar a todas as cortes para que não vá ao tribunal do júri. Até lá, ainda tenho o recurso de pedir a juntada de novas provas. Em casos especiais o juiz pode conceder a expansão da investigação. Neste caso não será fácil, mas pode. Assim, poderei apelar para que sejam ouvidas novas testemunhas.

— Só uma pergunta. Isso é honesto?

— É lícito. Perfeitamente legal. Provas ilícitas são usadas em todos os países e desde sempre. O Império Romano, berço do nosso direito, que o diga. Com elas poderei anular indício e juízo de probabilidade da sua autoria. Preciso de testemunhas para desfazer a versão dada. Vamos encontrá-las. Ou quer morrer aqui?

— Não entendo bem. E isso vai fazer tanta diferença para quem nada deve?

— Não mais se trata de quem nada deve. Trata-se de quem está preso, para ser julgado por um júri e condenado a uma longa pena, com a comoção social e a imprensa mobilizando a opinião pública para encapsular a justiça. E se nada der certo apelarei para só responder por estupro, sem intenção de matar. A menina morreu em decorrência do estupro e não da sua vontade de matá-la. Isso poderá abrandar a pena. Conversarei com o meu colega da acusação, que sabe que os fatos não procedem como constam. E que por sinal cobra muito alto pelos seus serviços e aceitou ser defensor público. Quem paga eu não sei. A vítima não tinha família identificada.

— Que abominação! Admitir que eu violentasse e matasse, sem querer, uma menina que nunca vi, para diminuir apena! Que mundo é esse! Que artimanha do inferno! Do próprio diabo. Do diabo não, dos homens, o que é pior. E só falta você me dizer que tudo isso faz parte da condição humana.

— Como desmentir a sua roupa e os seus cabelos junto ao corpo? Pare e pense.

— Não sou eu que posso explicar. Alguém colocou a roupa e os cabelos lá.

O doutor Douglas Mattos entreabriu a boca a procura de uma palavra.

— Usarei até a última gota de cada remédio do direito que o receituário jurídico permite. Esse recurso, se necessário, poderá ser uma conquista. Se o juiz for flexível, e como já existe amparo de jurisprudência, pode relaxar a sua prisão. Poderá até mesmo responder em liberdade condicional o crime de estupro — explicou. — Mas, o importante é produzir as provas para a extinção da punibilidade. Desfazer a credibilidade dos indícios testemunhais, anular as conclusões com vícios de investigação, pedir reconstituição do crime, nova perícia dos seus cabelos e roupas junto à vítima, por erro ou articulação. Será uma linda batalha.

Mariano olhou para o advogado.

— Linda batalha... — abanou a cabeça. — Como está o tempo? Para me proteger não tenho tomado banho de sol como deveria. Daqui não dá para saber ao certo.

— Faz muito calor. As praias devem estar cheias, o mar cheio de barcos, os restaurantes com filas. E o trânsito um caos.

— Que bom. E dizer que não nos damos conta de que em um piscar de olhos podemos ser cuspidos do paraíso e ser condenado ao inferno em vida. Sem lembrar de que somos nós que críamos e alimentamos as suas chamas, ainda que não saibamos quando acendemos o fogo. — Esfregou as mãos e entrelaçou os dedos. — Mas, também é assim com a felicidade. Quem sabe ainda vou voltar a viver a minha ao sol e ao mar?

O advogado olhou para Mariano tentando entender os conflitos corroendo a sua alma, mas desistiu. Não era essa a sua função. Menos ainda naquele momento.

— E por que não? Vamos também acreditar que o céu existe — abreviou-se a dizer, — e que somos parte dele.

— Sempre acreditava ser verdadeiro. Mero engano. Preciso lutar para não ser quem querem que eu seja. Nesta prisão, preciso lutar para não acreditar que sou o marginal que me tornaram. Um inferno regulado por leis. Mas, vamos à luta. Confio em você. Faça o que for necessário. Preciso viver livre mais um pouco. Mesmo por pouco tempo. Criei uma missão para mim.

O advogado fechou a pasta enquanto falava como amigo.

— Ainda que tudo pareça contra, acredite, dentro de nós só existe duas verdades elementares, Mariano: a liberdade de sermos o que queremos ser e o mau uso dessa verdade. Embora eu trabalhe com o foco nas circunstâncias, não dar o valor devido ao livre arbítrio explica muitos conflitos. Creio que a espécie humana quer o bem, mas usa a sua liberdade para desqualificá-lo, sobretudo pela ganância de ter cada vez mais sem olhar ao seu redor. O crime faz parte importante da cadeia econômica. Quer um exemplo? Então, podemos até pensar de que o demônio não é a droga. É o dinheiro. Caso acabe a indústria da droga ilícita, por baixo, 200 milhões de pessoas perdem a sua renda — ponderou. — Portanto, não existe apenas a incompetência do Estado para desestimular o crime, como você pensa. Existe também o lado obscuro do mau uso da liberdade de escolha de cada um. Seja por um intelectual pretensioso ou um analfabeto faminto. O instante de apertar ou não gatilho, de negar ou dar um pão, é uma decisão pessoal. Nenhuma lei impede. Lembre-se disso.

— Não vejo o demônio do dinheiro, vejo o inferno de estar neste mundo. Quem está feliz não precisa se drogar. Mas, tudo bem. Também eu acreditei no livre arbítrio. Agora me revolto por ter sido o escolhido por alguma coisa que agrega o bem e o mal com indiferença e me envolveu. De que outra forma eu viria parar aqui?

— Não se impressione. O que você espera sentir dentro de uma prisão? Salvar almas? Alimentar os pobres? Divulgar a fé? Defender o capitalismo e condenar as esquerdas? Defender as esquerdas e condenar o capitalismo? Festejar o inferno como se fosse o céu? Aqui não tem espaço para compaixão nem para sonhos. Daqui não sai nenhum santo nem filósofo. E já que você não se droga, procure dormir mais, como fazem todos os presos. E pensar menos. Vou procurar os meios para lhe tirar daqui.

— Consiga, por favor, — pediu Mariano. — Preciso desvendar até o derradeiro fio essa cilada para dar o último nó nesse enredo.

Já esperando que a porta fosse aberta, o Doutor Douglas Mattos perguntou:

— Você tem lido os livros que lhe trouxe?

— Pouco. Antes um bom livro era uma luz. Agora tenho a alma seca até para a leitura. Dedico-me a pensar. Sobretudo, em tudo que me aconteceu e no que quero fazer para me manter vivo. É para isso que não tomo banho de sol.

O SABIÁ NA GAIOLA CANTAVA SEM PARAR

36

Foi a partir daquela longa conversa com o advogado Douglas Mattos que Mariano Paz começou a rever, com mais detalhes, como a sua felicidade, desfeita em um só golpe, o colocou diante de uma decisão sem volta. Através da fresta de luz que o iluminou para, finalmente, aceitar salvar-se pela mentira, encontrou o caminho para matar o responsável pela sua prisão, sem temor das consequências. Tinha um plano de vida. De certo modo, isso o pacificou.

Deitado, olhou para o teto da cela. Viu uma mancha cada vez menos suja, embora o bolor negro estivesse lá. A partir dela começou a criar uma poeira luminosa. Depois apareceu um céu. Aos poucos, azulado. Mais tarde surgiu uma lua cheia. Aos poucos rodeada por estrelas faiscando no teto da cela. Então, teve a certeza que, se o inferno é para todos, o céu também pode ser. "A divisão só está dentro de mim, como dizia minha mãe. Ainda posso mudar o meu destino como mudei esse teto sujo sem tocar nele. Pelo menos dentro de mim. Essa é a única e verdadeira liberdade. O resto é delírio. Posso manter a cabeça acima da realidade em que o mundo está submerso. O mundo que eu crio dentro de mim não tem restrições. Para o bem e para o mal. É o reino das impossibilidades. Só viajo nele por circunstâncias, como diz Douglas. Não por minha escolha. Mas isso não me impede de ser livre e criar um mundo menos sufocante. Era isso que minha mãe insistia em me dizer e eu não entendia bem."

Fechou os olhos. Voltou à infância, a moldar em barro os canários, sabiás, tico-ticos, e soprar nos bicos para fazê-los voar. Viu os passarinhos revoar pelo céu da cela transformado em uma imensa abóbada e encobrir a lua. "Eles continuam sendo parte de mim e eu parte deles. O que se vive uma vez se vive para sempre, é o que diz Chico Ventura. O Chico e o Douglas, cada um com seu olhar, têm lá suas verdades."

Escutou sua mãe e viveu o que já não existia. Ele e ela dentro de um tempo desfeito e mesmo assim mais real do que então existiu. Um tempo sem medida, onde ele podia ver, tocar e entender todas as coisas sem precisar rebuscar o sentido mutilado dado a elas. O tempo mágico da sua infância, do afeto e do viver sem acusações nem culpas. Puro viver.

— Você é mágico meu filho — escutou a mãe dizer. — Como consegue fazer isso?

— Basta soprar. Assim, de leve. Agora, já não é mais barro. Veja, lá vai, voando.

Ela olhou o passarinho voando, sorriu e o beijou. O beijo guardado dentro de um momento que não se desfez. O beijo que existe para sempre.

Outra noite, na cela, pensou no que ela disse: "cuidado com essa magia de ver as coisas ao seu modo, meu filho. Espero que nunca seja acusado por mudar a natureza que os homens deram às coisas. Os homens criam as suas verdades e não aceitam desmentidos. Muitos já foram condenados por isso e os tempos não mudaram. O poder de dar vida ao barro pertence a Deus e não a um ser de carne, sangue e osso. É o que eles acreditam. E você não vai poder se defender. A verdade é a deles. Quem vê o que oculta a verdade deles é abolido, Mariano." Ela o abraçou para protegê-lo.

Durante muitas noites Mariano Paz continuou olhando as suas estrelas penduradas no teto e vendo os seus passarinhos desprender-se do barro amassado por suas mãos e revoar dentro da cela da prisão antes de saírem pela grade.

Na noite de sábado não conseguiu dormir um minuto. O céu no teto da cela se desmantelou e foi levado pela penumbra do amanhecer. Quando percebeu, a manhã sugeriu-lhe uma sombra menos escura do que a noite. Deu-se conta que era um novo dia. Igual a ontem. Igual ao de amanhã? E ele ali. Sem perder a esperança de recuperar a liberdade e cumprir com o seu secreto compromisso.

Perguntou-se se o tempo guarda oculto o que vai acontecer ou apenas as lembranças do que já foi vivido. E de que forma ele, Mariano, contribuiu, sem saber, para desfazer a beleza dos seus dias vividos. Voltou a reforçar a sua decisão de retaliação, com a mesma atração de uma pedra rolando montanha abaixo.

Continuou deitado. "Afinal, quem articulou o acaso que me enlaçou? Seja como for, agora não importa que o real seja apenas esta angústia sem lugar certo para se alojar. Um dia, se eu sobreviver... e vou sobreviver... a engrenagem da fortuna vai girar a meu favor. E assim como tudo conjurou contra mim, também vai conspirar para o que eu espero: ficar livre, saber quem, o porquê e como tudo foi entrelaçado. Esse é o meu pacto com a vida. Vou descobrir e matá-lo. Com essas mãos que estão aqui diante dos meus olhos, com as unhas que um dia voltarão a ser bem cortadas e polidas. Com essas mesmas mãos que faziam os passarinhos de barro ganhar vida."

Escutou as batidas metálicas, como todos os dias. O que ele guardava dentro do silêncio se desfez: o esforço para continuar a viver, as lembranças, o prazer de ver as estrelas e a lua boiando dentro do mar verde esmeralda enquanto pescava. A voz da sua mãe sumiu. O compromisso com uma possibilidade de vingança se desvaneceu.

O agente Zulmar entregou uma caneca de café com leite, um pão e uma banana, um copo descartável com farelo de trigo inchado na água. Deveriam ser dois pães. Mas um deles desviou-se durante a compra. Nem pensar em reclamar. "Seria uma sentença fatal. Aqui, a denúncia do desvio de um pão é punida com morte. Lá fora nem o desvio de um trem de dinheiro (pela causa), merece um pedido de desculpa."

Nada de complicação. Já tinha lá as suas regalias. A visita do advogado, sem restrições, a cela individual na ala de segurança máxima, uma cloaca só dele, uma porção de farelo de trigo estufado em um copo d'água para o intestino funcionar melhor. No Natal, suprema graça, recebeu uma ameixa sem caroço decorando a papa. Parecia o olho de Deus. "Esse farelo faz parte da mordomia para provar à Comissão de Direitos Humanos, que o Estado me reconhece como um ser humano. Preserva o meu intestino de prender o que significa a mais rica palavra da lingua portuguesa e de causar diverticulite. Economiza com a inflamação do cocô preso. Sem dúvida, é um respeito à minha cidadania. Quer dizer, não está preocupado comigo, mas com o que fica preso no meu intestino. Graças a esse risco sou um comensal do rei."

O café tinha o sabor da manhã. Não de uma nova manhã. Da mesma de sempre, estagnada no tempo. Onde tudo se esfacela. Como se fosse fatias incorpóreas da eternidade. Quis perguntar "como está o tempo?", mas não se atreveu. A cara do agente prisional Zulmar era um bloqueio. Naquela manhã Zulmar abominava os presos, o mundo. O seu sabiá tinha amanhecido sem cantar. E Mariano ficou sem saber. "Faz sol ou está nublado? Eu procurava saber isso todas as manhãs, assim que abria os olhos. Ver qual a claridade da manhã era o primeiro desejo de cada dia."

No dia na prisão, Mariano Paz entrou na cela e o agente Zulmar, que o levou pelos corredores, o desconheceu. No dia seguinte olhou para ele e cuspiu fogo.

— Tenho uma filha, a Maria Antônia, com mesma idade da que você estuprou e matou. Coisa de monstro. Mas essa regalia vai logo acabar. A massa vai fazer o mesmo com você e lhe cortar os bagos antes de matá-lo sem nenhuma correria. O capelão diz que nenhum crime é maior do que o ser humano que o praticou. Aqui isso é pura bobagem.

No entanto, dias depois o agente Zulmar falou do seu sabiá-coleira:

— O meu sabiá amanheceu alegre. Não parou de cantar nem no escuro. Dormi e acordei com ele cantando. Elvira, a minha mulher, diz que é ele que fugiu do paraíso e não para de cantar de saudades. E pede para eu soltá-lo. Soltar por que se já recusei um bom dinheiro por ele? Enjeitei um fusca 86. Vale mais do que um carro mil, zero.

Mariano lembrou-se dos passarinhos de barro que soprava para fazê-los voar.

— Acho que a sua mulher tem razão. Você não tem pena do seu sabiá cantar sem poder voar?

— E por que teria? — Zulmar estranhou a pergunta. — Eu gosto de ouvir o seu canto quando estou em casa. Ele faz-me esquecer do meu trabalho. E, solto, voando por aí, não iria longe.

— Mas escutar um sabiá cantando escondido entre as folhas de uma árvore é mais bonito, ou não é?

— Sabiá solto morre de fome — disse o agente, zombando. — Engaiolado não tem a liberdade de voar, mas tem comida garantida e está protegido contra a poluição dos que não gostam de passarinho preso. Não é um bom motivo para cantar lá em casa?

Mariano deu um sorriso inquisitivo.

— Pensando assim você faz uma caridade em mantê-lo na gaiola.

O agente Zulmar mudou de assunto.

— Bem como alguns presos — comparou Zulmar —, ele está feliz. Você sabe que o meu filho Théo, com oito anos já sabia que iria ser professor. Um sociólogo, para entender e melhorar a sociedade, ele disse. E eu disse para ele: esqueça. O que está errado na sociedade não é coisa para ser compreendida, é coisa para ser combatida.

Uma semana depois Zulmar disse:

— Théo é um cabeção. Tivesse eu no seu lugar, não seria professor. Menos ainda agente presidiário que nunca sabe se volta para casa vivo ou morto. Iria ser qualquer outra coisa. Um senador, ou que seja mesmo um vereador. Até um síndico, que mexe com as contas. Quer ser professor. Para ser enterrado vivo. Coberto com a mortalha dos carnês das prestações. Fazer o quê? Hoje esqueceram o farelo.

— O seu filho Théo, tem vocação para político? Os jovens políticos têm ideais de uma sociedade menos injusta. Seu filho não deve ser diferente.

— E lá precisa ter vocação? — surpreendeu-se o agente. E espantou Mariano mais ainda: — Esperto como é, ele sabe que para fazer uma carreira política brilhante tem que adular os pobres e malhar os ricos. Sem perder o patrocínio destes, claro.

Outras vezes o agente Zulmar nem olhava para Mariano. E em outras, o olhava como se seus olhos estivessem vertendo gosma de nojo. Naquela manhã ele mal olhou para dentro da cela. Saiu assobiando. Imitando o seu sabiá. E foi em frente, envolto pela névoa da solidão desprendida dos presos e com o canto do sabiá nos lábios esticados. E a alma vagando dentro do plasma denso das galerias do presídio.

Na volta Zulmar parou diante da cela. Ficou olhando para Mariano Paz. Tinha no olhar uma luz de desprezo e uma sombra de tristeza. Durante um tempo ficou só com o olhar do domador que já não mais percebe o que sente diante do animal enjaulado, depois de conviver com uma fera presa durante muitos anos. Olhava um bicho próximo, com aversão e pena. Até que perguntou:

— Está gostando daqui? Valeu a pena? Quer dar um passeio na ala 5?

— Estou aprendendo a ser um presidiário. Um homem sem valor nem respeito humano. Não é isso? Assim como você foi treinado e aprendeu muito bem a ser carcereiro e o seu sabiá a cantar na gaiola. Ainda que às vezes você se esqueça do que faz e mostre ser boa gente.

Zulmar deu um risinho:

— Começou a rolar rebelião nas alas 5 e 6. Estão fazendo churrasco de coração dos rivais. Isso aqui é o inferno, mas eles, depois de soltos sempre voltam. Deve ser por não terem outro caminho. Será que o inferno lá fora, para eles, é pior do que este? — Olhou na cara de Mariano. — Não esqueça. Eu cuido de você. A massa está esperando só uma saidinha deste corredor. Ontem escutei um buchicho. E eu digo para as chefias: ainda não é à hora dele comer no refeitório nem sair do corredor 1. É melhor sem sol do que presunto bronzeado. Eu tenho prestígio com a chefia.

Saiu assobiando como se fosse o seu sabiá.

Naqueles dias Mariano lutou com ele mesmo para não sentir a condenação de não ser nada. Soterrado na mais sufocante solidão. Nem mesmo mais um número entre os descartados lá fora. E que tão pouco, dentro do presídio, valia uma moeda velha. "Depositado nesta fossa onde a maior parte dos mortos vivos o que querem é sair daqui e retornar a fazer tudo pior. Como acerto de conta pela fraude do que esperavam receber e pelo desprezo que criaram à vida e à morte. Uns poucos sonham apagar o passado. Sabe-se lá como e por qual caminho isso lhes será permitido. Se é que será. Bom, pelo menos todos eles têm uma perspectiva de vida e morte."

O recado do agente Zulmar o deixou mais de apreensivo. "Canibalismo... Churrasco de coração... Estou sendo cuidado. Até quando? Bom, estou vivo. E o importante é saber por que vivo, onde quer que eu esteja. E isso eu sei."

Mariano Paz não desistia de reafirmar, a cada momento, a sua razão de viver. Desde que entrou na cela percebeu que só deixaria de se sentir condenado quando elegesse um sentido para continuar vivendo. Precisava manter essa chama acesa. Sem isso, se transformaria em uma estatua que respira. Todos os dias ele renovava o seu propósito: descobrir e matar o autor da criação do seu infortúnio. Alimentava-se do prato frio da vingança para se sentir livre. Não sabia como, mas confiava em que as mesmas casualidades que teceram a armadilha que o enredou, abrissem o caminho.

Duas noites seguidas sonhou que foi devolvido à vida comum. Passou boa parte da manhã pensando como voltar a viver sem mágoas e rancores, sobre si mesmo e todas as coisas. Sonhar, rir e chorar livremente. Retornar ao mundo com os seus males. As esperanças revigoradas todos os dias; as suas fomes e desperdícios; expor-se à terra com seus amores renovados e outros desprezados; aos seus enganos e suas certezas; as suas tristezas e belezas; as suas paixões e suas indiferenças. As suas traições e suas juras de fidelidade eterna. A esta terra onde os vivos não têm tempo de viver e os mortos são sepultados com mais carinho do que receberam em vida — na fé de uma eternidade livre do sufoco de cada dia. Assim, num passe de mágica, com três palavras: *descanse em paz.* E deu. O paraíso está ganho. — Voltar a pisar nesta terra de alegrias tantas vezes deixadas de lado, onde a correria para ter mais desvia um breve gesto de cortesia. A terra de todos os males e todos os bens. A terra que ele, Mariano Paz, queria voltar a andar com a liberdade de ser feliz e de sofrer. Sim, de também sofrer sem ser compelido a isso.

Por que não? Ver as suaves manhãs de outono e as tardes tempestuosas de verão. Voltar a saber, assim que acordava, se era ou não um dia de sol radiante; poder escolher o que comer, o que beber e o que dizer. A ter com quem falar. E, sobretudo, o que sentir, como lhe dizia a sua mãe: "Não é bem o que você pensa e faz o seu verdadeiro viver. É o que você sente quando pensa e faz, Mariano. Quando você faz coisas sem sentir e pensa mil coisas ao mesmo tempo, tudo se esvai, para ser atropelado por outros pensamentos que também se vão. Sem deixar rastros. Ao contrário, o que você sente, fica dentro de você. Às vezes para sempre. Seja uma dor ou um amor. A memória pode entrar em colapso, mas o coração nada esquece. É o que você sente que lhe faz arrastar-se ou voar. Amar ou odiar. Então, lembre-se, meu filho: a mente é boa para você esquadrinhar seus projetos, questionar, acrescentar conhecimento, ponderar, medir cada palavra, cada gesto, cada ato, cada coisa a fazer ou deixar de fazer, escarafunchar lembranças perdidas. Mas o seu coração é a melhor fonte de sabedoria para você decidir o que está vivendo e o que quer viver. Se você viver só com a razão a vida perde sabor. Vira uma plataforma de computador. Eficiente, mas sem encanto. Uma engrenagem. E engrenagem emperra. Essa disputa entre razão e coração acompanha o ser humano desde quando um nosso ancestral arcaico percebeu, pela primeira vez, há dois milhões de anos, a contenda entre o seu pensamento e a sua emoção. A querela continua. Guarde isso: quando o coração dá um sinal de vida é preciso escutá-lo antes de tomar uma decisão."

Recordou com clareza o que, então, respondeu para ela:

— Mas o coração e a razão podem se tornar uma coisa só.

— Esse será o novo tempo, o tempo da celebração da paz dentro e fora de nós. O de se viver feliz — ela respondeu —, e sem dúvida chegará.

"Aqui na cela, eu não faço outra coisa a não ser pensar. Penso sempre. Friamente. É como separo as coisas para saber o que vou escolher fazer. E não sei se é a minha razão ou o sentimento de indignação que me mantém vivo."

Mesmo assim seu coração o surpreendia.

Não queria muito. Queria apenas voltar à liberdade das escolhas simples. Dar prazer ao seu corpo, escutar e rir com as histórias que Chico Ventura contava. Sentir a vida palpitando no tumulto das cidades e lenta no planalto. Voltar a encantar-se com as araras coloridas. Como se cada coisa fosse um prodígio. Mais sentir a vida do que pensar nela. Ver chegar o sonhado dia em que começaria a Purificação das Instituições, o Dia da Queda do Faz de Conta, como ele chamava. Sentir amor e ser amado, ainda que por um instante. Ou quem sabe, como disse a sua mãe quando ele amargava a traição de Ana Melano, de repente encontrar um grande e definitivo amor. Desses que nem a morte separa. Voltar a ver, em cada pessoa, o bem e beleza que moram dentro de cada uma. Saber renunciar com sabedoria. Ganhar e perder e tornar a ganhar e a perder, naturalmente. Sentir o cheiro das algas e dos mariscos expostos durante a maré baixa, enquanto via o pôr do sol nos montes do oeste. E ter a liberdade de ser ou não feliz. A liberdade que ele não se deu conta que existia e que, por isso mesmo, nunca pensou em perdê-la. Enfim, viver no reino das possibilidades. Mas ao contrário, afundava-se na obstinação de cumprir o seu plano. “Não posso morrer sem acertar essa conta. É isso o primordial. Ainda que meu coração recuse.”

Era essa a sua clausura sem grades.

“Perdi a liberdade. E com ela, se não me cuidar, todo o sentido da vida. E a própria vida. Isso eu não vou deixar acontecer. Ainda que seja para depois eu voltar para esta prisão. Por minha escolha e risco, vou dar um fim em quem me colocou aqui dentro sem que eu tenha a menor culpa.”

A MENTIRA CONQUISTA A LIBERDADE

37

O imprevisível e o planejado começaram a dar as mãos. De fato, como Mariano Paz acreditou boa parte do que ele esperava começou a se revelar de um modo muito claro. Foi notável como tudo se encadeou. Às 10 horas da manhã de quinta-feira, sem ele esperar, o agente Zulmar o levou à sala para advogados. Ali estava o doutor Douglas Mattos. O advogado olhou para ele com firmeza e um sorriso. Depois lhe estendeu a mão.

— E então, como está? — perguntou.

— Um caramujo secando dentro da casca — disse Mariano, sentando-se diante dele. — E tem gente que se queixa de solidão sem saber o que ela é.

— Entendo. Mas aqui na prisão, a maioria é menos solitária do que lá fora. — Sorriu. — Se o problema é esse a sua solidão está no fim. — mostrou o papel com o timbre da Justiça. — Preparar-se para ir embora. Não fácil e nem tão oneroso.

— Obrigado pelo seu esforço, amigo. Posso saber como conseguiu essa vitória?

— O magistrado Salomão Messias é um sábio. Ele é hábil para iluminar os próprios códigos. Fez um exame tecnicamente irretocável dos autos e rendeu-se à nossa apelação. Diante das novas provas, interpretou que a presença de um chumaço de cabelos e a roupa do acusado junto à vítima, por si só, não eram comprovações idôneas, juridicamente irrefutáveis e suficientes, para condená-lo. Ele é reconhecido como tendo a temperança e o espírito reto do mais íntegro magistrado romano, a rara sabedoria salomônica e o conhecimento técnico e discernimento do melhor juiz moderno. E, não bastando, a coragem de não se deixar levar pela opinião pública. — Leu: — *Entre a dignidade humana, ameaçada de condenação por conclusões controversas incapazes de convencer a imaginação jurídica e a justiça duvidosa, por insuficiência de provas irrefutáveis, e ainda que a primeira vista convincentes, devemos ficar, indubitavelmente, com a dignidade humana,* ele sentenciou.

— Sábio. E por que complicaram? De repente tudo ficou fácil. Confirmou o que digo: a mesma lei inocenta e condenada com o mesmo corte da espada, dependendo de quem a usa. Bastou temperança, conhecimento, sabedoria, discernimento e coragem, é isso? — e perguntou, casualmente. — Isso é raro em um meritíssimo julgador?

— É impossível um magistrado julgar, com elevada sabedoria, 120 processos por dia — observou o advogado. — E não existe nada fácil na justiça. Nem mesmo inocentar uma criança que foi pega furtando um pão. Se ela estiver com um maldito pão na mão, então, nem pensar. Para condenar ou absolver é preciso... Deixa pra lá. Ou você pensa que quem cria as leis e os aplicadores das leis são despreparados? Alguns podem entender pouco do ser humano, mas todos são cultos em leis. Vivem disso e para isso.

— Quanto à trabalheira de defender a criança não duvido. Mas, depois de tudo, ficou fácil reconhecer a minha inocência, não foi? Quanto a ser culto em leis é obrigação de quem julga. Existe sapateiro que não saiba colar uma sola? — Mariano surpreendeu-se. — E penso que quem cria as leis é bem pago para isso. O que me faz supor que os famintos e os ignorantes, salvo as raras exceções dos prodígios que saltam barreiras de pontas lanças, não são confiáveis nem para criar ou quem sabe até para aplicar as leis. E menos ainda ser o admirável juiz Salomão Messias.

— Por amor de Deus, Mariano e o que importa isso para você, sobretudo agora que acaba de ser inocentado? Com as novas provas a justiça acolheu a sua inocência. E você continua vestindo a roupa esfarrapada dos injustiçados do planeta?! Por favor.

— Sei. Tem razão, não devia importar. Afinal, a minha inocência foi reconhecida. Obrigado. Contudo, o fato de estar livre da prisão não me desobriga de viver o mundo que passou a me incomodar. A prisão me fez pensar em coisas que nunca tinha me dado conta. Fiz um balanço geral da razão e do coração. Escute uma das minhas conclusões: quem não mata porque a lei pune, não é tão nobre quanto quem não mata por amor à vida do seu semelhante, certo? Mas, para a avaliação geral, são todos iguais. Isso é justo?

— Tudo bem. Mas a sociedade está organizada sob a égide das regras e não sob o sentimento do amor. Não foi o amor que lhe absolveu, foi o império jurídico. Os códigos garantem a ordem entre os humanos e de toda a vida do planeta. Não o amor.

Mariano deu um sorriso parecendo deboche. Mas era pura admiração.

— Pô, você é mesmo muito bom nisso. Antes eu acreditava nas leis. Agora, acho que sobrevivemos pela ingenuidade e a ilusão geral. Uma espécie de torpor exalado pelas regras e normas que tudo cobram e nada oferecem. Pelo faz de conta. Repito: acho que se faz de conta que há Justiça; que há Igualdade; que há Liberdade; que há Democracia. Que há direito à vida. Que ninguém violenta ninguém impunemente. Que todos têm direito à dignidade. E que a humanidade é governada com respeito fundamental, assegurado por leis locais e internacionais. E que todos são livres para fazer as suas opções desde o nascimento à morte, se não afrontarem os códigos. Nesta prisão, descobri que tudo isso é um faz de conta gigantesco. A começar pela prisão generalizada, como controle social. Repara e impede alguma coisa? Aqui dentro, como me disse o agente Zulmar, tanto faz ter roubado um chocolate ou executado 30, todo mundo é nivelado, é bandido igual. Aqui é uma casa de reeducação social, não? E o que a lei consegue, no fim, é nivelar quem entra ladrãozinho de uma latinha de cerveja que dá azia e um passador de peteca, a um matador por encomenda. Como em qualquer comunidade, todos os que entram aqui querem ser úteis. Aqui ao crime. Já que estão no inferno, o melhor a fazer é agradar ao diabo. É a lei maior, a da sobrevivência. Todo mundo sabe disso e faz de conta que não vê. Então, por que gastar uma fábula com a polícia correndo atrás, o promotor acusando, o advogado defendendo, o juiz sentenciando, punindo e soltando? Sabendo que o indivíduo vai sair da prisão pior do que entrou na prisão e custa muitas vezes mais caro do que se fosse desenvolvido para se tornar uma pessoa feliz, um vencedor? Afinal, não custa mais manter um preso do que formar 10 vitoriosos? Por que não mudar o projeto? Isso é normal? Essa é a nossa melhor apostila do dever do estado no plano de educação para todos? Afinal, por que o Poder, voraz em arrecadar, não se torna o cultivador do homem digno ao invés de ser o seu mau senhor? Produtor de marginais? Por que no lugar de abrir caminhos, multiplica as barreiras invisíveis?

— Fora um pouco da sua ingenuidade e romantismo, tudo isso é a realidade, menos o seu faz de conta — replicou o advogado. — As nossas instituições avançaram.

— Pois eu entendo que a realidade é apenas o faz de conta. Faz-se de conta que as leis são aplicadas e dão resultados. E assim se justifica o injusto, a desigualdade, a ignorância, a miséria. A fome. A opressão. A matança em nome do que se considera o certo. Como se a vida não fosse o maior valor. A infelicidade e o Poder amparado na exploração da impotência humana e de mãos dadas com a insensatez. O faz de conta do compromisso com o bem-estar. E pior: estamos tão moldados a viver assim que fingimos ser felizes com o que vivemos. Isso não é um faz de conta? — O advogado fez um gesto dispensando o que estava ouvindo. Mariano continuou — Eu mesmo achava que tudo estava dentro da ordem pré-estabelecida. Aqui, percebi que a organização faz nascer e alimenta o sentimento de vingança contra ela mesma, cultiva o fermento para germinar o crime, arma o cenário para ele vicejar e depois toca a trombeta da lei anunciando que o delituoso será castigado por violar a ordem da moral social, a vida, o patrimônio, à honra, o bem comum, as restrições da sociedade civilizada. E por fim, às vezes pune de fato, para fazer de conta que isso é uma reparação ao crime. Como se dissesse: *fiquem atentos. Nossa sociedade pune os infratores.* Manda o produto mal acabado para os presídios para ele melhor se especializar. O menos inteligente sai mestre e ganha um facho de luz entre eles. O atoleimado é aprovado como irmão servidor. Os menos incultos tornam-se filósofos, estrategistas, comandante supremos do crime. E tudo continua legal. Fala a verdade, Douglas, isso não é uma pantomima? O planeta não é um gigantesco palco? Iluminado pelos códigos e normas para receber as palmas antes de fechar a cortina? Deixa um lazarento desses aí ter o direito de julgar, sem clemência, para ver se ele não condena a sociedade que o gerou. Acredita nisso?

— Sob o seu ponto de vista, sim. Entretanto, sob o ponto de vista da sociedade organizada, não. A injustiça social ainda não é passível de condenação. O que é uma pena — concordou o advogado Douglas Mattos. — Mas um dia chegaremos lá.

— A lei é um ponto de vista de quem organiza a sociedade e que passa a ser obrigatório, você insiste em lembrar-me? Os legisladores têm o ponto de vista. E a justiça se encarrega de fazer cumprir o ponto de vista deles. Tudo bem, é o ritual da democracia. Mas você acha que o miserável sem o direito a um só dos sonhos de quem cria as regras, e que o obriga ser submisso a elas, concorda com essa organização que instituíram? Para mim, isso é um faz de conta.

— Vou repetir o óbvio, Mariano. Não existe grupo humano, por menor que o seja, que sobreviva sem regras que regule as suas relações. Nem em um jogo de palito. Menos ainda uma sociedade complexa como a nossa. Sem lei não há ordem preservada, não há recompensa na medida certa nem punição na dose justa. Pense nisso — limitou-se a dizer o advogado. — Pense apenas nisso, antes de arrazoar.

— Se os autores da injustiça social fossem passíveis de punição a sociedade humana se extinguiria? É isso? — O advogado ficou calado. Mariano voltou aos seus argumentos como se os seus pensamentos fossem uma ferida a ser expurgada. Falava com a língua desatada. — Diga, sinceramente. Desde quando a prisão repara o mal feito, e salva do crime a sociedade? O morto no assalto volta a viver? O roubo volta para seu dono? A mulher estuprada esquece. Desde quando a lei liberta da ignorância, da miséria, cria a paz, a harmonia, o respeito à vida, o amor, garante o alimento, se quem cria a lei é indiferente a tudo isso? Se você ler qualquer constituição, das duas uma: ou vai rir ou vai chorar. Vou lhe contar: eu li o Código de Humarabi, que regulava a hierarquia de homens superiores, homens comuns e escravos. Excluindo o olho por olho, dente por dente, quase quatro mil anos depois ele continua sendo o modelo padrão. Algumas constituições, sorrateiras como a nossa, são um festival de direitos para ser ignorados. Por que então não admitir que o mal faça parte da ordem? Para não reconhecer a derrota do que criamos para preservar o bem? Ou já deturpamos o que é o bem para encobrir o mal? Você sabe, Douglas: os homens superiores controlam a riqueza, o poder, os mercados, criam os conceitos, as necessidades, impõem códigos, crenças, definem a melhor fé, os comportamentos. Classificam o que é moral e imoral. Escute isso: dei-me conta que os inferiores nunca criaram um só valor para ser respeitado por todos. São os bem nutridos que criam as obrigações humanas e a opinião pública. Instituem, enfim, uma civilização com verdades de escassos princípios, de cegueira do justo. São donos das tintas da caiação que desfiguram as esperanças. — Calou-se um instante. — Esta prisão abriu-me os olhos da razão e do coração, como minha mãe recomendava ver as coisas. Parei de brincar de Cidadão Tudo Certo. Esse projeto de bem viver e conviver é o de faz de conta, ou não é? — e repetiu: — Se este é o projeto do Criador para a Criatura deu errado. Ele tirou a sua responsabilidade da reta. E se nos deu a liberdade de construir o projeto humano confiou demais. Deu bobeira. Mas, também nos dá o direito de contrariar as normas que não dão certo e mudar tudo. Ainda que seja para depois continuar tudo igual. Será que ficou impossível mudar o modo de pensar neste planeta? Afinal, somos rochas?

— A sua mãe tinha lá as suas crises de indignação social, mas era contida. Você esqueceu o burguês que é, e virou panfletário? E panfleto não convence ninguém.

— Não. Perdi os antolhos. A prisão abriu-me os olhos. Rompi a casca.

O advogado Douglas Mattos lançou-lhe um olhar desapontado.

— Quanta revolta, meu amigo. Tanto quanto entendo, a lei é um dos maiores fundamentos à regular a convivência social. Desde o princípio da humanidade. Podemos até dizer: o humano é a lei. Fora da lei não há humanidade. Ela é a diretriz da preservação humana. É o que inibi a violação dos direitos fundamentais. Garante a liberdade que não destrói o bom convívio social e a segurança individual. Tem outra criação humana mais bela do que essa? Você acha que sem o império das normas e do direito, o crime acaba? Por favor! Chega. Vamos embora. Você está livre.

— Só mais um instante, por favor. Depois de eu sairmos da prisão não terei oportunidade de conversar essas coisas. Faça a gentileza de me escutar. Posso dispor do seu tempo como amigo, certo? Eu preciso lhe dizer o que passei a entender enquanto tudo o que tinha para fazer era pensar. Sempre gostei de pensar. A minha mãe dizia: agora pare de pensar e faça alguma coisa — sorriu, com a lembrança. — Não acaba o crime, é lógico. Só acho que os efeitos não devem superar as causas. No fim e ao cabo, a lei trata a casca da ferida e não a carne doentia. E mais: o doente não é o ser humano. É a sua sociedade. Você acha que uma pessoa vivendo com dignidade, sabendo que o estado cuida para ela alcançar as suas expectativas, vai querer trocar o que têm por uma vida no crime? Mas, como está falta motivação, encantamento, paixão pelo bem. E fica fácil abandonar o santo, a beleza que levamos dentro de nós e darmos um abraço no diabo. E já que tudo se explica pelos recursos financeiros públicos, eu fiz uns cálculos. É fácil: é mais econômico formar 11 pessoas para a solidariedade e uma vida feliz, do que criar e aperfeiçoar um marginal e mantê-lo preso. — Calou-se por um momento e depois disse, com tristeza. — Você deve estar cansado de me ouvir. Mas, entenda Douglas, a desilusão com o bem é uma miséria moral, uma penumbra cósmica. É como morar sozinho em um planeta. É um beijo no desencanto. É um mergulho sem volta na solidão do nosso coração morto. Um adeus à humanidade. É uma condenação incomparavelmente maior do que estar neste presídio.

— A desilusão do amparo da lei é pior. É a desordem individual e coletiva.

— Na verdade, para o grosso da humanidade o crime e a lei nem sequer existem. Sobretudo quando a justiça abriga o criminoso e condena o inocente. A rigor, com as exceções, a organização da sociedade é a semente do crime. Vivo e vivido. Ela é contravenção e o bandido e a justiça seus produtos aliados. Condenamos os que a lei carimba com os números dos códigos, sem lhes ter permitido aperfeiçoar o seu ponto de vista para escolher. Somos todos cúmplices da sua sorte. Em acordo com a lei.

— Não lhe parece que essa realidade faz parte das diferenças da nossa natureza social? — Douglas Mattos questionou. — Gerando o grande contraste entre pobreza e riqueza, que sempre existiu por que ainda não encontramos a prática de eliminá-lo? Do fato de que com mais justiça social haveria menos ocorrência de crime e, logo, menos infratores? O que me parece óbvio. E não da impotência das leis e da justiça?

— Com certeza. Da natureza divina é que não é. Afinal, o homem é a sua história social. Mas será que faz parte da tal natureza social criar um mundo que só dá valor a quem busca escalar a montanha de ouro? Sem considerar os meios de chegar ao cume? Como o controle do laboratório para vender sentimentos sintéticos? Para vivermos alheios a realidade pessoal e do planeta? E nos faz esquecer como um líder de esquerda enriquece aplicando na bolsa? Ou como um radical de direita, faz fortuna vendendo armas para as revoluções de esquerda? E como um megabilionário investe em grupos de esquerda e de direita sem perder o sono? — acrescentou: — É uma pena que os generosos, os solidários anônimos, os que não desistem de serem justos e se enchem de alegria só por dar, não tenham valor. — Fez uma pausa longa. — Aqui na prisão dei-me conta de que as pessoas evitam falar a palavra amor. Evitam sorrir. Evitam olhar nos olhos. Mas examinam a aparência. Será para esconder o coração morto? São perguntas nesta temporada no inferno, entende? — Fixou o advogado. — Perdemos a doçura e o prazer de sermos humanos. E não nos damos conta disso. É triste, mas é o que eu acho.

O advogado fez de conta que não ouviu nada. Limpou os óculos até gastar as lentes, sem olhar para Mariano. Para o seu tumulto de ideias. "Onde está o coração e onde está a razão?" perguntou-se. E voltou ao que lhe interessava.

— Quer saber como foi no fórum? — e sem esperar respostas. — As testemunhas de acusação, dois homens empregados na mansão de festa de Salvador Cruz, onde aconteceu o crime, deram uma reviravolta. Os investigadores contratados constataram que eles estavam de folga naquele dia. Reinquiridos, disseram que não podiam afirmar com fidúcia o que aconteceu porque só tinham ouvido falar. Quem falou? Gente que estava no bar onde bebiam cerveja, assistindo futebol na televisão. As seis moças, suas testemunhas, provaram que você não estava no local do crime e sim, fazendo festa com elas em seu iate. O magistrado Salomão Messias mais uma vez demonstrou ser um juiz de interpretações sábias do código penal. Reconheceu que, por si só, as provas da acusação, baseadas no inquérito policial, careciam de suficiente credibilidade para a convicção da verdade real dos fatos capaz de configurar a autoria incontroversa do crime — o advogado tornou a explicar. — Quer reclamar disso também?

— Então, como eu disse, não foi difícil a mentira restabelecer a verdade à bem da justiça — repetiu Mariano —, bastou um juiz inteligente, corajoso e sábio. Precisamos de mais Salomão Messias, você não acha? Um juiz desses revigora a justiça.

— Não foi nada fácil. Menos ainda na hora em que a promotora Sílvia Duarte, que enxerga mais longe do que uma águia planando em um céu luminoso, fez as suas perguntas. Como essa: "*De onde você conhece o acusado*?" "Das baladas," — repetiu a mais nova, como havia sido orientada. — "*E quais de vocês estavam com o acusado durante aquele final de semana?*" "Todas nós, doutora" — respondeu a morena de longos brincos e um pendente com inscrições maias. "*E sabe os nomes dos outros homens presentes no iate do acusado*?" "Só estava o Mariano" "*... declarou que a festa descrita era feita por seis mulheres e um só homem de nome Mariano Paz, durante um final de semana, a bordo do iate deste*".

E depois. “*Conte um detalhe sobre o champanhe que beberam durante o final de semana que vocês passaram com Mariano Paz. Qual a marca?*” “Não olhei. Acho que era um Veuve Clicquot Ponsardin”, respondeu, com simplicidade, a moça que, este ano, foi porta bandeira na Marquês de Sapucai.“*Era brut ou demi seco?*” Eu objetei: “A pergunta induz a erro e a uma resposta desnecessária”. A promotora sabia que não tem semi seco deste champanhe. Claro que a intenção da promotora era fazer a mesma pergunta para todas as outras testemunhas e criar uma contradição para colocá-las sob suspeita. *“Naquele final de semana choveu ou fez sol?”* perguntou para a moça com os olhos tremeluzentes. “A pergunta é sem valor para esclarecer os fatos”. “Eu só lembro da água morna, mesmo à noite. Uma ma ra vi lha. E de um peixe de luz com os olhos de fogo saltando do mar e voando em direção a lua, espalhando fosforescência... Lindo. Sabe como é, a gente bebeu muito. Afinal era uma festa, não era um teste de memória”. *“E por que, sendo íntimas do acusado Mariano Paz, nenhuma de vocês procurou depor antes, uma vez que é da opinião pública o que está ocorrendo?”*- “Por que não fomos chamadas. É errado?” — disse a ruiva muito alta, de cabelos curtos. — Douglas lançou sobre Mariano um olhar provocativo. — E você acha que foi fácil provar que você não estava na cena do crime?

— E a verdade? Quem de fato, estava?

— Que droga, Mariano. E importa saber quem estava? O novo fato é que você não estava no local do crime e está livre. É inocente. As novas provas dentro do processo passaram a ser a verdade real. Não os fatos que vitimaram a menina. O que aconteceu, quem praticou, quando, onde, como, o porquê, não importa para nós. A essas alturas para mais ninguém. E, para você, a justiça foi feita. É assim que funciona — modulou a voz. — É preciso ser hábil para transformar a versão dos fatos já aceitos como verdade jurídica. Mais ainda se for acusação de crime hediondo. E quanto mais abominável, mais difícil. Agora o resto deixou de existir.

— Para mim importa saber tudo o que se refere a esse crime. Até a poucas horas eu era o seu autor. Quero saber o que desviou os rumos do meu caminho.

— Mariano, às vezes você se torna muito irritante. Chato. E põe chato nisso. Muita minúcia está fora do tempo em que vivemos. Eu só gosto de muitos detalhes quando leio Flaubert, Madame Bovary. Ou Dostoievski. Que hoje nem seriam aceito pelas editoras sem mandarem que reescrevessem. O que importa hoje é o resultado. Não é a descrição do detalhe. Gosto de ouvir as suas ideais, mas não precisa ser chato.

— De fato, querer entender por que fui injustamente condenado neste mundo que despreza detalhes é uma coisa chata para quem tem a ilusão de estar livre como se fosse um Josef K antes da sua condenação — reagiu Mariano. — Vou saber. Ainda que me custe a liberdade. De resto, Douglas, vale à pena viver sem procurar certas verdades? Pode ser uma coisa de romantismo estúpido, mas eu acredito que não.

— E conquistar a inocência através da mentira não deve ser pensado? — interveio o advogado, já impaciente. — Ou esqueceu que foi a mentira que lhe inocentou?

— Se era a única forma, por que não? — Mariano admitiu. — Mas não revela o que passou a ser um detalhe: a origem verdadeira do crime que me colocou na prisão.

— E para que saber quem cometeu o crime? Pode ser mais uma tremenda dor de cabeça. Esqueça.

— É o meu desafio. Quem acredita em si mesmo sem ter pelo menos um?

O doutor Douglas Mattos perdeu a calma.

— Agora escute de uma vez por todas, antes que eu perca a calma. — Já a tinha perdido há muito tempo. — O seu maior problema acabou. O que houve, agora, é de interesse da polícia. Se é que é — disse, sentindo a desconsideração ao seu ganho de causa. Uma das articulações técnicas mais bem elaboradas de sua carreira e que, pela forma como foi conquistada, iria constar, com omissão de certos detalhes, da melhor literatura jurídica. Parou de falar e ficou pensando: — Quando estão presos prometem vender a mãe para pagar o defensor. Uma vez soltos não pagam nem a custa judicial. Não é este o caso. Mariano é rico, decente até demais, e bom amigo. Mas, droga, não quis nem saber como consegui seis testemunhas afirmarem que passaram o final de semana de 15 de dezembro no mar, fazendo festa com ele. Com registro de saída e retorno do seu iate à marina. Saber quem cometeu o crime. Caramba, e lá alguém ainda está se incomodando em saber o que aconteceu ontem? — Passou a mão na testa. Limpou os óculos. Repôs os óculos para ver melhor Mariano. — Você deve despesas extras. Os honorários nós veremos depois. A lógica para inocentar esse tipo de crime é onerosa. Envolvem muitos. Vamos sair. Ou quer continuar discutindo aqui dentro?

— Tudo bem. Estou mais aliviado. Vamos. A partir de agora vou me dedicar ao que preciso fazer.

O doutor Douglas Mattos desconheceu para sempre que, sem saber, as novas testemunhas articuladas por seu escritório, relataram exatamente o que Mariano Paz, mudando a companhia, realmente fez naquele final de semana de 15 de dezembro. E que, mesmo sem nenhuma delas ter estado lá, as seis moças contaram com minúcia o o que aconteceu, incluindo a visão do peixe de olhos vermelhos, fosforescente, voando para a lua. Assim, elas fizeram com que a mentira se reconciliasse com a verdade. E, assim sendo, a justiça pôde dar para Mariano Paz o prêmio da inocência.

No estacionamento do presídio, antes de se despedir e entrar no carro que lhe esperava, Mariano olhou dentro dos olhos do advogado, o abraçou forte, balançou a cabeça e não se conteve. Fez a pergunta mais tortuosa possível para aquele momento:

— Muito obrigado. Você, que conhece o poder dos meandros da lei e é um sábio em aplicá-los, diga-me uma coisa, Douglas: ainda que se aceite a realidade como um entendimento para facilitar a vida, e não ficarmos parados em discussões filosóficas, não existe duas coisas mais contrárias entre si do que a verdade e a mentira, certo?

— Certo.

— E, no entanto, você as articulou na mais perfeita harmonia para criar o resultado que fez prevalecer a justiça. Será que tem alguma coisa errada?

— Sua mãe tinha razão. Você pensa demais. — disse o advogado, já entrando no seu carro — Não me faça ter um desesperado arrependimento por ter feito a magistral defesa para lhe inocentar. É uma linda manhã.

Foi assim que a versão constante nos arquivos da justiça tornou-se a veracidade oficial dos fatos. Sem, para sempre, revelar quem estava com Mariano Paz. E foi assim que ele conquistou a liberdade para começar, naquele mesmo dia em que o advogado irritou-se com a sua insistência em não aceitar o mundo da mentira com a equivalência do valor da verdade, a procurar para o acerto de contas o autor do ardil que lhe levou à prisão.

O PRISIONEIRO DA VINGANÇA

38

Agora era o sol radiante do verão em um dia sem nuvens. A mesma luz que Mariano Paz tanto amava ressurgiu. Era o mesmo céu do dia em que parou o dilúvio e ele nasceu. Um dia próprio para ele começar a procurar os caminhos que o levariam ao encontro de quem articulou a sua condenação injusta.

Quando entrou no salão da empresa aguardavam-lhe com uma festa. Havia cantoria, palmas, balões estourando, flores, tortas de limão, de abacaxi, de banana, de goiaba, — as que ele mais gostava — abraços e beijos. O espumante lembrou ainda mais a sua mãe. A taça que ela gostava de compartilhar depois de um cansativo dia de trabalho. Os cartazes nas paredes com frases elementares: *liberdade a quem nada deve.* Outra: *Seja bem-vindo, como em todos os dias.* Outra: *a vida é pura doçura para quem adora torta e ama viver.* Como poderia prever o que se daria a partir dali.

— É uma festa para criança? Vindo de vocês que não são chegados a doces, é demais — disse Mariano engolindo a emoção. — Viver, de fato é o que há de mais bonito. E vale à pena festejar, como diz meu amigo Chico Ventura. Obrigado.

No meio da comemoração deu uma escapada e abriu a rede de computadores de sua sala. Não quereria ver nada específico. Era só um comando do hábito. No entanto, viu. Na metade esquerda da tela à sua frente, parte do programa feito para as empresas de Salvador Cruz. Na outra metade o esboço de um programa, com anotações em vermelho, como Mariana costumava trabalhar. O perfil desse programa era rastrear todas as verbas públicas. Desde a arrecadação até o destino final de cada centavo. No alto da tela a anotação feita por Mariana Paz: *refazer meios de controle: todo dinheiro, arrecadado e gasto, passa por bancos e deixa rastro. Testar piloto com empresas que constroem obras públicas.*

Executado, o programa seria a ruína de alguns. E a salvação de uma grande parcela da humanidade "milenarmente roubada," pensou. Lembrou: um mês antes de ser preso deu uma olhada na súmula de sua mãe e desejou dar andamento ao mesmo programa. Mas, na ocasião, a meta era a nanotecnologia de controle de alteração das partículas subatômicas. Agora ele estava ali com as anotações que ele fez. Ao lado do arquivo para as atividades e circulação de dados das empresas associadas, bancos e *offshores*, contratantes de obras de serviços reais ou fictícios, entrelaçados sob o domínio planetário de Salvador Cruz. O contrato exigia que só ele, Mariano, trabalhasse no programa. Era intrigante. Como tiveram acesso? Fez uma varredura e verificou que os trechos relacionados ao arcabouço feito por sua mãe não tinham conexão lógica com o que ele recriou para Salvador Cruz, antes de ser preso. "É só um aviso para chamar a atenção da relação entre os dois programas. Com qual propósito?"

Ampliou o esboço do programa de Mariana. "Entre outras coisas básicas, falta como detalhar a origem de cada arrecadação e cada financiamento, empréstimos, e suas circulações. Era mais um sonho delirante de minha mãe. Mas por que não? O que não falta é interessado, mundo afora, em um programa capaz de rastrear a circulação global das verbas públicas. As falcatruas invisíveis do poder público são mínimas. Nada do falso portal da transparência que mostra e esconde o que quer. — Envolveu-se com o que via. Gostou de estar pensando assim. — É elementar: dinheiro circula sem perder os endereços das suas origens e destinos. Se podemos saber como circula a poeira cósmica, por que não saber por onde percorre o dinheiro do poder público e de qualquer empresa ligada a ele ou não? É primário. Belo desafio. Bem como ela gostava — e se perguntou. — Por que minha mãe iria querer criar esse algoritmo? E por que colocaram esse esboço ao lado do programa que eu fiz para Salvador Cruz?"

A pergunta persistiu. Por que os dois programas estavam diante dos seus olhos? Mais de três meses depois de ele se afastar da empresa? Por obra do acaso? Ou alguém deixou os dois acessados, lado a lado, para ele ver quando saísse da prisão? Se saísse. Quem? Por quê? Sentiu a inquietação da suspeita agitar o coração. Começaria a rastrear a invasão à distância ou a suspeitar de alguém dentro da empresa?

As perguntas eram como raios distantes dentro da escuridão da noite. Desses que mal se percebe e ainda assim se quer saber onde foi. Quando Mariano teve a breve percepção de que ali podia estar o começo do caminho para levá-lo à clareira da vingança que desejava, Salim Afif e Alfonso Gutierrez entraram na sua sala.

— Um novo grande programa? — Afif perguntou. — Ou vamos dar um tempo para outros grandes desafios?

Alfonso Gutierrez foi objetivo demais.

— Quero me dispensar da empresa — disse com excesso de naturalidade —, tenho uma proposta nos Estados Unidos. Não posso perder a oportunidade.

— Pode ser bom para você e para todos — respondeu Mariano com sincera naturalidade e voltou-se para Afif. — Pague todos os créditos dele e tome uma declaração de quitação total, com duas testemunhas, na rescisão contratual. Podem ir.

Logo em seguida entrou Célia com uma limonada suíça.

— Você está bem? Precisa de alguma coisa?

A voz era fraternal. Porém, para o tumulto na cabeça de Mariano soou doce demais. A essas alturas desconfiava de tudo e de todos. "A propósito de quê esta gentileza? O que tem dentro dessa limonada?"

— Você precisa de alguma coisa? — ela tornou a perguntar.

— Não, muito obrigado.

— Não quer voltar para junto de nós?

— Não, obrigado. Já estou de saída. Vou logo subir para o planalto.

— Você mal chegou. Tem alguma coisa errada?

"Por que ela acha que possa ter alguma coisa errada comigo? Claro que ela sabe que tem coisa errada. Quem está envolvido?"

— Não. Vocês têm trabalho pelo menos para mais dois anos e sabem executá-los muito bem — olhou para ela e percebeu estar sendo injusto. Abrandou a voz. — Desculpe. Preciso ficar um pouco sozinho. A prisão me domesticou demais na solidão.

— Entendo. Não deve ter sido fácil. Lastimo muito, Mariano e se eu puder ajudar, conte comigo — e acrescentou, com a voz ainda mais afetiva: — Quem sabe?

Os pensamentos dele estavam presos às suas suspeitas. Percebeu a sutileza da oferta como uma confidência.

— Obrigado. Você é uma pessoa especial. Mas preciso voltar em marcha lenta ao mundo. Hoje a luz do dia chegou a me assustar. Na rua olhei para as pessoas e me senti diferente delas. Agora preciso sair aos poucos do isolamento — ativou o bloqueio e desligou o computador. — A liberdade parece uma roupa leve demais para não me sentir nu. E a gentileza um sinal de alerta. Desculpe.

Célia entendeu o desconforto de Mariano Paz.

— Não precisa se desculpar. Você é forte e com certeza logo sairá desse pesadelo. E tome cuidado para não entrar em outro. Boa sorte.

Na serra, Chico Ventura o esperava do lado de fora do portão. Abraçou Mariano como se estivesse atando-se a uma boa lembrança, ou não querendo se desprender do feliz reencontro. Não escondeu os olhos com duas lágrimas.

— Ando ficando cada vez mais mole. Ressuscitado chora à toa. Perdoe-me não ter ido visitá-lo na prisão. Não é uma coisa que eu possa fazer — desculpou-se. — Você quer descansar um pouco?

— Não, vamos nos sentar na varanda e ver o pôr do sol. Gosto dessa paisagem.

Naquela hora tudo se aquietava aos poucos. No Oeste o sol morria. O horizonte se acobertava com nuvens incendiadas. No céu do leste a lua cheia, generosa, parecia um disco luminoso sustentado por um eixo fantástico. O verde de tudo que cobria a terra, mal se diferenciava da escassa luz do sol e da lua.

Mariano Paz voltou a escutar, dentro e fora das suas recordações, as bicadas dos pica-paus. A falação distante dos papagaios. O canto de milhares de passarinhos no pomar. As bravatas dos bugios antes de se ajeitarem para dormir. O balido das ovelhas, penetrantes e doloridos como uma lança. O rumor da cachoeira, em seu constante diálogo entre as águas, as pedras, o ar e a terra. O berro dos terneiros e o mugido das vacas chamando-os para a última mamada antes da noite. E mais próximo, mas não tão presente, o vozerio dos homens e mulheres voltando do trabalho nos vinhedos. E, dissipando um breve silêncio cósmico, uma mulher, nos fundos da vila, começou a cantar com nostalgia para a sua secreta saudade: — *As andorinhas voltaram, eu também voltei...* (e emendou) *muito procurei e não te encontrei...* — A canção do amor entranhado, rompendo a crosta do esquecimento, o amor que, dele, só ficou aquele cantar. O canto sumiu. Voou horizonte afora a procura do amor perdido e a mulher continuou recolhendo as roupas. Mariano sentiu uma emoção indefinida. E sem se dar conta as duas lágrimas que viu nos olhos de Chico Ventura escorreram dos seus olhos. Uma por tudo que estava morto, pelas dores previsíveis e as imponderáveis. Outra por sentir-se vivo. Ferido, mas não derrotado.

Desta vez não foi o acaso. Foi a sua premonição que o levou a pesquisar na serra, longe do burburinho da cidade, uma pista. Acreditava achar ali o fio condutor do que queria saber. Não imaginava como, mas por intuição, estava certo de que descobriria. E acabou por desvendar não um, mas os dois maiores enigmas da sua vida.

Por fim, sem parar de olhar para o horizonte, disse:

— Quero falar e não sei por onde começar, Chico Ventura.

— Mas sabe o que não deve falar. Não fale sobre prisão, que não faz mais sentido. Fale sobre a liberdade, a vida, o que vai fazer com elas.

— Não entendo como este aqui é o mesmo mundo dos homens que se atropelam, se matam e se atraiçoam.

— Tirando essa paz, aqui não é muito diferente. Entender o mundo dos homens nunca foi uma boa empreitada, Mariano. Nem da razão nem do coração. Quem se meter a entender e querer botar lógica nesse deus-nos-acuda acaba mal. Faz muito tempo que estão vasculhando uma boa ideia para dar sentido ao mundo dos homens. E nenhuma delas satisfaz. Até porque o bom mesmo é a pergunta. A resposta verdadeira, se existir, acaba com o prazer de perguntar. Já pensou não ter o que perguntar sobre o que é este mundo e sobre nós, embarcados nele? O melhor é viver com menos desprazer das respostas e, digamos, com mais amor pela nossa passagem por aqui. Seja lá o que cada um entenda como amor. Ele existe para ser sentido e vivido. Não se pergunte muito. Viva sem complicar. Isso é bastante, não?

— Já é um bom começo de caminho. Mas tenho procuras bem práticas.

O silêncio se alongou. Os dois não sabiam como abordar o que Mariano queria saber. Até que Chico Ventura perguntou:

— Estou ouvindo. Quer falar sobre as tais procuras?

— Nessas horas faz falta não ter um pai. Ele eu desconheço, e minha mãe perdi de um momento para o outro. Sinto-me um pouco fora do ninho dos humanos.

— É esta a sua procura? Um ninho humano? Sem antes saber o que quer chocar nele? Não é um belo começo.

— Não. Nada a ver. Nem sei por que falei isso.

Chico Ventura alisou o bigode um pouco desbotado de tanto tomar chimarrão. Balançou a cabeça, com leveza. E disse:

— Eu podia ter sido o seu avô. Mas, não sou. Mesmo me sentindo como se fosse.

— Como assim?

— Já contei para a sua mãe, mas isso é história para outra hora. Agora quero dizer que você tem um pai. E vivo.

— Quem é?

— Calma.

— E por que não me contou antes?

— Porque você era muito ligado à sua mãe e ela a você. Era bonito de se ver. Para que envenenar um amor assim, enfiando nele um pai desconhecido? Antes, não era a hora. E mesmo agora seria melhor desconhecer. Mas não saber é pior ainda.

— Conte logo, quem é ele.

— Sinceramente, não sei se é melhor saber quem ele é ou viver e morrer com o segredo tão bem guardado por sua mãe. Você verá que ela tinha bons motivos. Agora posso lhe falar porque nunca fui favorável a ela manter esse mistério. E tampouco nunca lhe vi interessado em saber. A sua mãe lhe bastava, não é assim? Eu mesmo nunca prometi a ela esconder a verdade. Respeitei enquanto ela estava viva. Agora, já que você quer saber, eu lhe conto. Só espero que Mariana não se revire onde está quando ouvir o que eu vou lhe contar. Não quero morrer de fato guardando um segredo que perturba os vivos. Os mortos que me perdoem.

— E por que está fazendo tanto rodeio, Chico Ventura?

— Calma. Você não esperou muitos anos para me dizer que gostaria de saber quem era o seu pai? Calma. Tem o antes, o agora e o depois. Vamos por parte.

— Então comece, por favor. Seja com o antes, o agora, ou o depois.

— Essas terras todas pertenciam, por herança secular, a Custódio Cruz, seu avô.

— Isso eu sei. Mesmo não sabendo quem era ele.

— E nem é bom saber tudo. Vou lhe contar algumas facetas dele. O que você não sabe é que um menino de onze, doze anos, ficava espiando pelas frestas das tábuas do antigo galpão o pai dele abusar das suas filhas desde meninas e cada uma delas fugir de casa a troco de qualquer minguada esperança. E por espiar, e por outros gênios do pai dele, o menino apanhava de chicote até riscar o lombo. Ficava ajoelhado sobre grãos de milho, proibido de comer, de beber e de falar. E, o que me parece pior, proibido de chorar. Você imaginou uma criança sem a liberdade de chorar? Tudo para aprender a parar de espiar pelas frestas das tábuas. No entanto, ele gostava de espiar. Mesmo sabendo que iria ser castigado daquele jeito. Isso é coisa para o entendimento de Deus e do

Diabo, não minha. Até porque acho que isso de querer saber para julgar, é coisa de quem quer acusar para esconder as suas falhas. Então, vamos esquecer esse lado. E sabe-se lá por que Teodora, a mãe do guri, assistia a tudo quieta como uma lesma com medo de ver o que se passava fora da sua casca. E aí começa o seu destino.

— Chico, por favor, conta logo o que me interessa. Quem é o meu pai?

Chico Ventura nem ouviu. Fez uma pausa e continuou.

— Talvez nem Deus queira saber o porquê e nem leve em conta o que fizeram. Se Ele ficar entrando nos porquês, vai ficar falando sozinho. Um Deus sem ninguém. Já pensou nisso, Mariano? A solidão de Deus? O Criador sem criaturas? Assusta, né?

— Por favor, Chico. Afinal o que isso tudo tem a haver comigo? Isso tem muito mais a ver com Shakespeare e Sófocles, não comigo.

— Você está muito ansioso. Relaxa. Você não é personagem de nenhum dos dois. Você está aqui sentado nesta varanda olhando o pôr do sol e esperando que eu diga quem é o seu pai, certo? Então, esqueça esses dois. O que eles escreveram, lá atrás, é bonito e continua muito atual, mas não tem sangue. Estou falando da sua vida, vivida, que começou aqui nesta casa muito antes de você nascer e de sua mãe nascer. Um tempo de sofrimento, de atração desmedida, sexo impetuoso, traição conflituosa, culpa desesperada e por aí vai. E ninguém deles tinha lido nem Shakespeare nem o grego. Mas, agora eu conto. Acontece que o seu avô, Custódio Cruz, foi o pai de sua mãe, que é a filha de Antônia, soterrada em uma calamidade na capital. A Antônia, que trabalhou aqui, onde nós estamos agora, depois de se casar com meu amigo, Prudente Paz. Ela era uma mulher linda, um olhar meio selvagem, morena atraente, por quem um dia me apaixonei. Entendeu, agora, de onde vem o seu sobrenome?

— Isso explica por que não sou seu neto. E afinal, quem é meu pai?

— Você não entendeu muito bem. É só um detalhe da minha vida — disse e, continuou o que estava contando. — O menino espião de lombo lanhado, filho de Custódio, é Salvador Cruz. Irmão de sua mãe. E nada do que vou lhe revelar tem a ver com teatro, nem drama nem poesia, nem letra de tango. Nem samba ou bolero. E menos ainda *hip hop.*

Ou qualquer outro lugar. É o que é. O começo da sua história. Neste lugar onde os nossos pés amassam esta terra que pisamos todos os dias. E o irmão de sua mãe não é apenas seu tio. Ele é o seu pai. — Calou-se por um momento, olhou ao longe das campinas e acrescentou. — Este mundo é tão lindo e tão louco como sempre. Graças ao que nós fazemos nele, é claro. É onde você está e é o que é. Você é filho deste mundo. Filho de Mariana e do irmão dela, o poderoso Salvador Cruz. Não é um bom fato para se contar num momento desses. Mas, é isso.

O tumulto na alma de Mariano Paz durou um tempo tormentoso. Dentro dos sentimentos que começou a viver, nada era real. O seu coração e o seu cérebro se abalaram como o tremor do planeta separando os continentes. E, de repente, um facho de luz subiu do fundo do abismo em que ele estava. Voltou à tona. Retornou ao que, na verdade, mais queria saber naquele momento. Começou a discorrer sem parar, como lhe era típico quando uma ideia dominante o assaltava. Como se ele fosse, de fato, neto de Chico Ventura e dele tivesse herdado a língua solta.

— Isso é puro delírio. Foi a loucura das paixões alheias que criaram minha vida e a vida de minha mãe? — Mergulhou no redemoinho da sua nova realidade. — Pelo que se comenta e pelo que vi quando refiz os programas dos interesses de Salvador Cruz, ele, sob a cortina de prestigiado consultor internacional e banqueiro virtual, é de fato um agenciador de todo tipo de verbas públicas. Intermediário de grandes contratos de empresas com tentáculos em todos os continentes. Tão influente que se tornou integrante dos sócios das democracias e das ditaduras, e todo tipo de poder. E, embora ninguém diga claramente, é pedófilo. Foi pedófilo com a sua irmã e sou filho dessas… Sem palavras. Quem o defende diz que falam dele por inveja da sua riqueza e poder. A mim nada disso importou. Minha mãe se referiu raras vezes a ele como sendo meu tio distante, que não existia. E talvez por isso, meses atrás, eu aceitei fazer um programa de controle mais eficiente para as suas empresas. E é logo ele o meu pai? Com tantos homens no mundo, logo ele? Por que não o garçom Olíbio?

— Como vou saber? Sua mãe soube manter em bom segredo. Mas, é a verdade.

Em um estalo, veio a pergunta que Mariano queria fazer e tinha se desviado.

— E isso pode ter alguma relação com a armadilha da minha prisão? Por que os dois programas que lhe falei estavam juntos, na tela do meu computador, no primeiro dia em que sai da prisão? Era um aviso, um sinal de alerta, ou ameaça?

Chico Ventura ouviu o burburinho e as perguntas como se estivesse esperando por elas desde quando viu Mariano chegar e o abraçou no portão.

— Não sei. Quem pode lhe ajudar melhor saber isso é o Celso.

— Por que o Celso?

— Ele andou dando com a língua nos dentes, que armaram contra você. Como soube disso não eu sei. Vá até as terras que herdou do sogro. Você sabe onde é. Um recanto bonito. Boa aguada e boas terras.

Mariano estava paralisado na cadeira de balanço que seu ignorado avô se sentava.

— Que mundo louco, Chico. Roda, roda, rolamos com ele pelos seus túneis, mistura tudo e nos traz à superfície de uma forma brutal. Embaralha as nossas tristezas e alegrias, a nossa solidão, as nossas festas, o nosso luto e a convivência feliz; mistura as nossas ilusões com a realidade; torna irmãs as nossas certezas e ilusões; emaranha as nossas paixões nos desenganos do amor; une as nossas mágoas e esperanças como se fosse um coquetel; funde as nossas mentiras e as nossas juras e as nossas traições e as nossas fidelidades, como se fosse essa a ordem natural. Para, no fim, acabarmos voltando ao endereço onde tudo começou. E nele encontramos a revelação procurada e indesejável. A da origem do nosso sangue desventurado. Isso é o destino ou o mundo é assim mesmo, Chico Ventura?

— Não fique sentado. Pare de pensar. Você não está mais no presídio. Agora não é hora de pensar, é hora de agir. Vá amanhã cedo, eu também quero saber quem foi.

O ACERTO DE CONTAS COM A VERDADE

39

Não foi difícil Mariano Paz chegar à fazenda onde Celso criava umas mil e quatrocentas e tantas cabeças de gado angus vermelho, e preto, alimentados em piquetes de tapetes verdes, formados por pastagens rotativas de alfafa, aveia, azevém, trevo branco e outras gramas de rebrota rápida a cada estação.

Celso entendeu a chegada de Mariano como uma feliz visita. Mantinha a cabeleira farta, com fios brancos encobrindo as orelhas. Não falou em prisão. Depois do almoço de saladas e entrecôte grelhado, mostrou as matrizes e os bezerros.

— Tanta vaca e só um touro? — Mariano se surpreendeu.

— Touro é um desperdício de dinheiro e pastagem. Quando se pode ter a melhor genética em ampolas, o touro é um estorvo muito caro — explicou Celso. No piquete, à frente deles, um animal raro, do tamanho de um dinossauro negro, com pelo luzidio, polido com gel de carnaúba, exalando essência de testosterona, reluzia um olhar inquieto. Olhava as vacas na fila de inseminação e babava por tudo que podia. — Vai ser descartado. Só dá despesa. Comprei essa raridade da raça em uma exposição para fazer uma experiência com monta natural, mas o veterinário desaconselhou. Amanhã vai ser capado e embarca para abate. E como não é precoce, tem valor menor.

— Com toda essa beleza vai ser capado sem dar uma zinha?! Por que não dá uma oportunidade para ele hoje? Com aquela vaca?

A vaca não era menos bela. Um porte atraente, meio exibida, sem ser vulgar.

— Gostei da ideia — disse Celso. — Vamos ver para o que ele serve.

O touro, quando ouviu a conversa, deu um berro longo, que foi engrossando como se fosse a risada de um dragão vendo a fêmea alada dos seus sonhos se aproximando, e festejou a novidade de última hora batendo as patas no chão quase provocando um abalo sísmico. Mariano e Celso sentiram o bafo das suas ventas. Nem podia acreditar na mudança repentina da sua sorte. Pensou que era coisa do seu imaginário, um desvairo da sua frustração. Depois ficou quieto e o corpo todo começou a tremer, sacudido pelo medo de, na hora h, não dar conta do recado. Tinha ouvido um bochicho que a primeira vez é sempre uma incógnita. A vaca, que era a próxima da fila para ser inseminada, foi retirada do brete, exato quando o veterinário já estava com o tubo na mão, e levada para o pátio ensolarado onde os dois se encontraram. Em um minuto se reconheceram, mais pelo odor do que pelos olhos. Foi dupla atração fatal ao primeiro cheiro. Ela era uma vaca negra azulada cintilante, de olhos acesos. E atinada. Fez de conta que não percebeu o nervosismo do touro. Torceu a cola para o lado, apoiou-se nas quatro pernas para suportar o peso daquela magnífica montanha movediça desabando em cima dela, e facilitou tudo. O touro, cego de volúpia, nem percebeu a aprimorada técnica e nem ela sabia que sabia, já que era mãe de três bezerros concebidos por insípidas inseminações. Só podia ser astúcia do seu instinto feminino. Ele, destilando uma paixão capaz de qualquer desatino heroico, parou de tremer, retesou e exibiu os músculos vistosos e se saiu muito bem, umas quatro, cinco vezes, sem perda de tempo.

— Dá prazer em ver a beleza desse gado — comentou Mariano enquanto via a monta. — Só um touro não iria gostar de ver que não participou de nada. Pelo menos este tem história para contar.

O touro não teve o prazer de compartilhar a sua breve e esplendorosa história de paixão com a vaca azulada. À tarde foi capado. No dia seguinte viajou para o frigorífico, anônimo, humilhado entre a novilhada, ruminando a lembrança da sua feliz ventura. Ninguém sabia nada sobre ele enquanto o comiam, fatiado em suculentos bifes, em Xangai, no estrelado restaurante de um antigo palácio, onde em 1860, foi costurado o tratado do fim da Guerra do Ópio que garantiu o tráfico para os ingleses.

— Tenho uma boa parceria com um exportador de carne nobre — comentou Celso. — Além do sabor, a carne desse gado, se bem criado com esta pastagem, como o fizemos, tem um sabor incomparável e derrete na boca. Na brasa, ganha a cor da gula e uma suculência que sacia a alma.

— Você fala como a loura da propaganda do frigorífico — disse Mariano. — Estes bezerros mal se mantêm em pé.

— Nasceram a pouco — explicou Celso. — Aqui a vaca mal lambe a cria. Mas vão começar a saltar muito antes que uma criança abra os olhos depois de nascer.

O tempo ia se arrastando e Mariano inquieto. Só à tarde, depois de muito caminhar e muito ouvir Celso glorificando o angus, pôde falar sobre a que veio. A casa, de arquitetura portuguesa do século 19, estava em cima de uma pequena colina próxima a uma suave curva do rio Canoas. As águas passavam com um carinhoso soar e logo adiante deixavam de existir, tragadas pela corredeira no meio da mata ciliar. A varanda era larga. Dela dava para ficar ao sol da tarde, ver e ouvir a água polindo as pedras e sentir a solidão morna espalhada sobre o verde estendido até a curva celeste.

Mal sentaram e Celso não deu tempo de Mariano falar. Perguntou:

–O que você quer beber? Carolina foi à cidade. Madalena mandará nos servir.

— Se tiver, um suco e um doce de gila gelado. Qualquer suco. O que preciso mesmo é de um doce. Continuo formigão.

Madalena, a filha de Celso e Carolina Monte, que da sala, enquanto lia, ouviu a conversa, apareceu diante deles com o doce de abóbora gila e o suco de butiá adoçado com o perfumado mel de flor de pita, o miraculoso arbusto que floresce uma vez na vida, antes de morrer, nas margens de uma nascente do Canoas. O brilho do sol da tarde nas taças e na jarra de cristal refletia menos luz do que a presença de Madalena. Ela tinha uma postura altiva, olhos verdes cintilantes como os de sua mãe, os cabelos negros e longos, emoldurando o rosto lindo, os dentes alvos, os lábios carnudos. E o olhar... Bem, o olhar... Tinha não muito mais do que a metade da idade de Mariano. Olhava-o dentro dos olhos dele. E sorria, como se o envolvesse com o corpo e a alma. Ele ficou constrangido. Evitou olhar o corpo perfeito dentro da calça jeans justa e o que a blusa branca mais sugeria do que revelava e mais seduzia imaginar. Quando ela o serviu se desequilibrou um pouco e seus rostos se tocaram. Só depois de três dias e três noites pensando e sonhando com ela, Mariano entendeu que desde ali, Madalena passou a ser uma nova fonte fluindo em sua vida. Ali, na varanda, Celso, de imediato, entendeu o que se passava e olhou para a filha como se a interrogasse. Ela sorriu para o pai. Sem qualquer evasiva. Revelando no olhar uma alegre e declarada confissão de felicidade no olhar. Celso balançou a cabeça, incrédulo.

— Não vou estar longe — disse Madalena antes de se retirar —, é só chamar.

Mariano não deu tempo para Celso voltar a falar sobre a nobreza do seu gado. — Até porque ele valorizava um Kobe Beef, do gado tajima. O seu marmoreio. "Pena é a clausura como é criado," pensou, rodando os olhos pelas pastagens com os angus soltos. Contou o que aconteceu. Como foi preso. Detalhou como viu os dois programas lado a lado na tela do computador. E confessou as suas suspeitas do crime que matou a menina ter sido arquitetado para incriminá-lo.

— Fiquei sabendo. Logo você, sempre da paz... — disse Celso, alegrando-se com as recordações — desde que o vi ainda com meses de vida, no Morro da Lagoa. O menino que fazia passarinhos de barro e soprava para vê-los voar... Quem poderia sonhar que hoje estaríamos aqui, falando sobre um crime desses. Como a terra gira.

Mariano contou o que Chico Ventura lhe disse na véspera.

— Ele lhe contou tudo isso?

— Só não entrou em pormenor. Quem sabe para esconder a parte mais feia.

— Chico Ventura não perde oportunidade de contar uma história. É verdade. Também sei disso. Percebi quem era seu pai quando ia à casa no Morro da Lagoa. Tila deixou escapar. E depois, aqui na serra soube mais — admitiu Celso.

— Confesso que me sinto traído. Por você e por Chico Ventura — disse Mariano. — Traído por Tila que sabia de tudo. Desde as intimidades entre minha mãe e Salvador Cruz, quando ela era uma criança, como me deu a entender Chico Ventura. Tila, que viveu como santa de todas as crenças. Ela que saía de uma mesquita e ia cantar na mata. Saía de um terreiro de umbanda e entrava na sinagoga. Uma casa espírita era o seu lar. A igreja ortodoxa um refúgio. O vaticano a entrada do céu. Você sabia, Celso, que ela passou um mês nos altos do Atacama para ver as estrelas mais de perto "e poder sentir a pulsação do cosmo?" E que morreu lá, olhando para o céu como a sua sonhada morada? A Tila, que tanto falava em amor. O amor que podia ter me tirado da solidão da orfandade ignorada ela não sentiu. E não precisava dar um passo para isso. Eu estava ao seu lado desde que nasci. Quanta traição. E você e Chico Ventura, em quem tanto confiei, nada disseram. E minha mãe!

— Respeitei a vontade de Mariana. Ela tinha suas razões para não lhe contar.

— Todos têm sempre boas justificativas para abonar o que fazem e o que deixam de fazer. Desculpas é o que não faltam na terra. Não é assim?

Celso o olhou por um momento. Com o coração nos olhos. Um olhar da alma.

— Entenda, Mariano. Também não concordava com essa teimosia de Mariana esconder quem era o seu pai. Discuti com ela. Bandido ou santo, pai é pai. O meu não era lá essa flor que se cheire, mas pior seria não saber quem era. Tenho amigos, gente honrada, que os pais nunca passariam em uma porta com detector de metal. Aqui na serra fiquei entendendo melhor as razões de Mariana. É um caso complicado. Mais para ela do que para você — entrelaçou os dedos das mãos e os forçou com os braços. — Existem coisas piores. Basta ligar a televisão para ver a previsão do tempo e lá vem desgraça, guerra, violência, as organizações criminosas assumindo o papel do governo. Parece até que a terra passou a ser irrigada com sangue humano. — Pegou os óculos de cima da mesinha e os limpou na camisa antes de colocá-los. — Faz parte. Tanto quanto sei, lá atrás, tudo começou com uma história tumultuada. E também como uma coisa bonita. Não sei se de amor, só de paixão, de desejos. Tudo muito forte. Ouvi contar e passei a ver como tendo sido uma história intrigante. A história de Antônia com Custódio Cruz e o marido dela, Prudente, um nativo que por amor ficou mutilado para a vingança. Ao que sei, foi quando tudo começou.

— E essa história justifica tudo o que houve comigo? — interrompeu Mariano.

— Quem vai saber? É o que aqui se conta. Como vamos entender se foi a força do desejo que dominou ou a fraqueza que aceitou? Li isso há pouco. Talvez, no caso de Custódio Cruz e Antônia, as duas coisas aconteceram. E mesmo assim pode ter havido uma centelha de amor entre eles. Por que não? — indagou Celso. — A lógica dos sentimentos só existe na nossa cabeça. Foi o que li nesse mesmo livro. Como aconteceu comigo e com a sua mãe. É uma coisa complicada, mas acontece. Assim como matar o que se ama para não se admitir o amor que se sente. Não falo de matar a pessoa. Falo de matar o amor. Então, Mariano, por que não aceitar que entre eles, do desejo descontrolado, poderia nascer o amor? É só um pensamento, mas tenho lido coisas assim. Nem tudo o que começa com violência tem que acabar em desgraça. Pode ter nascido um bom sentimento. Como se explica Custódio Cruz ter deixado todas as propriedades para Mariana, se mal a viu quando nasceu? Generoso ele não era. Nem ao menos justo. Pelo que dizem era um baita caco.

— O que vejo é muita falta de amor. É... Antes e depois que eu nasci. Antes e depois que minha mãe nasceu. Hoje sou órfão de mãe e com um pai vivo que eu desconhecia quem era exatamente como aconteceu com ela. E, no meu caso, suspeito dele ser o meu carrasco. Consegue enxergar alguma história bonita em tudo isso?

— Vejo. Quando Custódio Cruz deixou todas as terras para sua mãe, sendo ele o homem que contam ter sido, foi, ao seu jeito, uma confissão de que amava a sua filha, que mal conheceu. E de algum modo, quero dizer, ao seu modo, quem sabe, também amasse a mãe dela, a Antônia. Mesmo tendo Mariana, nascida do abuso e da violência, se é que era só isso. O abuso pode ter se tornado amor — insistiu Celso. — A violência, com o tempo, pode ter se transformado, ainda que muito tarde, em um remendo amoroso. Neste caso foi uma bravura para o homem que Custódio Cruz foi. Posso até pensar que, para ele, fazer de Mariana a sua única herdeira, tenha sido um meio para trazê-la para cá e, ao seu jeito, desfazer o mal e aproximar-se dela. — Ficou pensando, um momento. —Também é de se pensar naquele acidente em que Mariana caiu no mesmo despenhadeiro em que ele se jogou. Ela dirigia muito bem. Foi atraída por ele em outro plano? Sei que é complicado, mas pode ser. — Ficou mudo por um momento e depois disse: — Ou tudo aconteceu como eu gostaria de ter sido.

Mariano Paz quieto, sem pensar no que ouviu.

— Você acha que o programa que lhe contei que minha empresa fez para o império de Salvador Cruz, e aquele que minha mãe deixou planejado, tiveram relação com o que fizeram comigo? — por fim, perguntou.

— Por que essa pergunta?

— Porque é a única suspeita que eu tenho. Preciso começar por ela.

— Pode ser. Tem tudo para ser. Como o que fizeram com você pode ter relação também com o que aconteceu com Mariana. É outra hipótese. Você mesmo disse que foi dela a ideia de criação do programa para rastrear a dinheirama desviada dos governos. Ela dirigia muito bem e conhecia todos os perigos da estrada. É difícil acreditar que ela provocou o acidente.

— Ajude-me a entender. Conte o que sabe. Chico disse que você podia ajudar.

— Você sabe que o Chico Ventura gosta de contar histórias. E até que conta bem, embora se perca em pormenores. Mas, de fato, fiquei sabendo o que pode ser ou não verdadeiro através de Sereno. Lembra dele? Era forte como um touro zebu de exposição. Falava como um trovão e ajudava a fazer os passarinhos de barro como se fosse uma criança? Ele é o chefe da segurança da mansão onde Salvador Cruz faz as suas festas. Aquela que muita gente fala, mas não dá para ver. Onde, dizem, ele leva as meninas e os amigos para fazer as suas orgias. Algumas delas levadas pelas agenciadoras e outras pelas mãos das mães. É o que dizem. É onde Sereno trabalha.

— E o que o Sereno comentou?

— Que, um dia, dois homens da segurança pessoal de Salvador Cruz, foram verificar o monitoramento da mansão. E, contou Sereno, não entendiam nada de câmaras. Ele ficou na espreita como nos seus tempos de caçador, quando fazia o seu corpo se evaporar. Escutou eles conversarem, na suíte de Salvador Cruz, o plano para colocar as roupas e os cabelos. Coisas fáceis de conseguir — disse. — Falaram em como trazer uma menina sem ninguém para reclamar por ela. E Sereno ouviu o seu nome: Mariano. Plantar as provas do crime e atraí-lo para o local para prendê-lo em flagrante. Esse era o plano. Não foi em flagrante, mas funcionou. Como, só eles sabem. É o que sei pela boca de Sereno. — Tomou o suco. — Os motivos Sereno não saber. Mas você pode estar certo. Pode ter relação com os programas. E se foi por isso, dentro da sua empresa tem gente a serviço de Salvador Cruz, desde o tempo de sua mãe. Se não, por que o programa que ela esboçou, como você contou, estaria ao lado do que você fez? Um Judas é o que não falta em qualquer empresa de produção de alta tecnologia. Mais ainda a serviço de quem tem muito mais do que 30 moedas.

— Isso é coisa de bandido experiente — disse Mariano, revoltado. — Eu preciso saber as razões? Saber exatamente se foi Salvador Cruz e por que armou essa bestialidade. É tudo que preciso descobrir.

Celso olhou para ele com apreensão.

— Você tem algum plano?

— Tenho.

— Muito cuidado. Criminoso é criminoso e gente do bem é do bem. Você não tem jeito para certas coisas.

— Por que não usar o mesmo laço que armaram para mim?

— Não esqueça que ele é seu pai. Como já disse, bandido ou santo, pai é pai.

— Não tenho pai. Tenho um reprodutor que sacrifica a cria e dela se alimenta. Como um lobo faminto para sobreviver. Nada mais do que isso. Tenho menos pai do que se eu fosse um desses bezerros que nascem por inseminação.

— Não julgue com ódio. Quem vai saber o porquê ele se tornou o que é?

— Não estou julgando. Estou só dizendo quem ele é para mim.

— Veja bem o que vai fazer. Agora você está livre para a vida. — Celso viu que Mariano não o escutava. — Mas, o que fazer é escolha sua. E se for para lhe deixar em paz, mesmo que eu não acredite que vingança dê paz a alguém, depois de tudo que é a sua vida, vá em frente. Pé que não anda não aprende a saltar as pedras. Foi o que eu fiz. Aceitei os desafios e desatei os nós do passado. Fui em frente. E vivo bem e em paz. Pense nas consequências. E tome cuidado. Procure o Sereno, ele pode ajudar.

Na capital, Sereno facilitou mais do que Mariano esperava. Articulou tudo como se ele próprio fosse a vítima que iria cometer um desagravo. Providenciou a isca na periferia, instruiu Jandira Lemos, a governanta, com quem tinha uma antiga relação bem próxima, para ela avisar Salvador Cruz que sábado três meninas estariam à sua disposição. Era esperar o dia e à hora.

No dia 31 de março, sábado à tarde, Sereno deu dispensa à guarda e mandou servir, na casa de apoio, churrasco e bebidas à vontade durante o dia inteiro para quem ficasse. Deu as senhas e um pen drive com a planta do palacete para Mariano se orientar com precisão, incluindo a entrada secreta. Instruiu como deveria entrar e sair. Ele mesmo desligaria o monitoramento de segurança. E, finalmente, chegou o dia e a hora em que Mariano Paz esperava dar um ponto final à sua vindita.

O confronto sem heróis estava marcado.

Repassou o plano mentalmente tantas vezes que desfez a emoção. Esperou a hora sinistra como se fosse o momento da sua saída da tumba. Na prisão, teve receio de não chegar aonde queria. Passou muitas noites e dias com a morte pairando sobre ele. Era um invasor da comunidade do crime. A sua execução, com crueldade selvagem era uma questão de código de honra e alimento de prazer, como lhe dizia o agente Zulmar, convertido em seu arrimo de cárcere. "A sua vida aqui não vale nada. Quando muito uma cheirada. E sob ameaça, um agente não vai ver nada. Basta uma ordem do comando para a missão ser cumprida. Um minuto de banho de sol é tudo que eles querem." E Mariano, no redemoinho da insegurança, pensava: "O próprio Zulmar pode acertar isso. Mesmo ele, meu protetor, que tanto fala no canto do seu sabiá. E se isso acontecer, eu vou morrer sem ter cumprido o meu compromisso." Sobreviveu. E duas semanas depois de sair da prisão estava no lugar certo. Na suíte ao lado do refúgio indevassável de Salvador Cruz. O dia tinha chegado. A hora era aquela.

No momento certo entrou na suíte da devassidão, que mais parecia um templo indiano do sexo explícito, com obras de arte em terracota com as 10 posições complicadas do kama sutra para quem tivesse o corpo de látex e manual didático rodando em um televisor para travados. Uma parafernália tecnológica completava o cenário. Encontrou Salvador Cruz em pé. Nu. A própria imagem do despudor. No lugar das três, uma só menina. Semi despida. Quieta. Olhos esbugalhados e interrogativos de presa inerte. A espera de ser imolada. Deitada na imensa cama. Pernas cruzadas. Mãos estendidas em cima do ventre. E ele, junto a ela, falando. Doçuras. Sem perceber a entrada de Mariano. E o espanto. Olhos saltando.

— O que você faz aqui? — gritou.

Tentou pegar o telefone.

— Não faça isso. É como se você puxasse o gatilho — e Mariano apontou uma superlativa pistola Serdyukov calibre 9x21, comprada em uma boca.

— Deve haver um engano — a voz, antes estridente e dominante, de repente ficou afetuosa. E partiu para a conquista. — Desculpe, não reconheci você, Mariano. Como é bom revê-lo. Algum problema grave, para se refugiar aqui? Está precisando de ajuda urgente? Não podia me encontrar em outro lugar? Não precisa usar uma arma para conseguir o que deseja. Com certeza eu posso lhe ajudar — falava com um tom de afeição quase verdadeira, se não fosse aqueles olhos de cores inconstantes. — Sei que foi preso. Lastimo muito. Muito mesmo. Quis contratar um escritório dos melhores criminalistas. Mas fiquei tranquilo quando soube quem era o seu defensor.

— Sei bem e o porquê e como me colocou na prisão — disse Mariano.

— Que loucura é esta?

— Saía de perto do telefone. E você menina pare de tremer, se vista, e vá embora. Saía daqui. Suma. E esqueça para sempre o que viu. Esqueça.

Ela correu seminua pelos corredores, levando a rasteirinha e as suas roupas emboladas contra o corpo.

— Vou me vestir — disse Salvador Cruz.

— E que diferença faz? Você não estava feliz nu, há pouco? Que diferença faz morrer nu ou vestido para quem se considera o Deus da terra? Para quem, desconhece o bem e o mal? — disse, com fria aversão.

— Largue essa arma e vamos conversar — suplicou Salvador.

— É o que estamos fazendo. Conversando. Para deixar tudo muito claro. Ou você pensa que vai morrer sem olhar para mim e ver quem você é? Olhe para mim. Olhe para mim, eu disse — rugiu —, olhe para mim senão eu atiro. Veja quem eu sou e reconheça em mim quem você é. — Salvador Cruz o olhou. — Está vendo? Eu sou a dor e você é o câncer. E esse é um confronto final. Meu acerto de conta. Não é uma reunião entre gente que se quer bem. Menos ainda entre pai e filho.

Salvador Cruz fixou o olhar em Mariano Paz. Era a primeira vez que o via como um ser humano real. Um homem com uma arma na mão apontada para o seu peito.

— Mas poderia começar a ser — propôs Salvador. — Eu sou seu pai.

— Sei disso e lastimo. Lamento por minha mãe e por tudo que existe, neste e em qualquer outro mundo, ser seu filho.

— Pense bem, um filho matar o pai sem nenhuma razão. Largue essa arma. Não estrague a sua vida.

— Não mecha as mãos. Não tente pegar o telefone nem gritar. Não quero o seu fim com pressa. Temos o que conversar. O bom seria você apodrecer em uma prisão pelo resto da vida. Ser usado como moça pela massa até morrer. Mas, como sei que isso não vai acontecer nunca, eu decidi qual é a sentença e vou executar a sentença.

— Veja bem, Mariano, eu sou o seu pai — insistiu Salvador Cruz.

— Neste caso, a nossa história não começa aqui. Ela acaba aqui. A minha não é invejável. E foi você quem a criou desde antes de eu nascer. Agora chegou a minha vez de dar a última volta na dourada ciranda da sua vida. Não me importa voltar a ser preso pelo que vou fazer. Antes, vamos relembrar algumas coisas. Calado. Não abra a boca — firmou a arma. — Escute palavra por palavra. Você ainda vê o seu pai abusando das suas irmãs dentro do paiol? E lembra-se de como adotou a minha mãe, sua irmã? Foi para ostentar sua falsa bondade? Ou para criá-la para o seu prazer? Como quem cria uma caça para se banquetear. Lembra-se de como me fez nascer? — Salvador Cruz quis começar a falar. — Calado. Ou quer uma bala na boca? Eu falo e você escuta. Veja um pouco do seu retrato — e continuou —, da sua ostentação em manter uma fundação para proteger meninas desamparadas e, além de amealhar grandes doações para lavar dinheiro, abusar delas? De como é dono de bancos sem portas com agências movimentando milhares de contas secretas mundo afora. E de como aumenta as fortunas clandestinas de políticos e seus sócios: empreiteiras, consórcios, concessionárias e donos de empresas que só existem no papel? Os grandes sócios de todo tipo de poder em todos os continentes. Lembra-se de como a sua ambição não perdoa nem os trocados arrecadados com a compra do papel higiênico para as prisões e os hospitais? Quanto talento!

— E quanta invenção maldosa, Mariano? Quanta alucinação. Isso nunca existiu.

— Não diga que estou mentindo. Na prisão, eu só comia um pão por dia. O outro, antes de chegar ao presídio, escorria para as suas contas. E nunca recebi nem uma folha dos mil caminhões carregados de papel higiênico. E as fortunas desviadas dos megaprojetos e de como as redistribui em contas que rodam centenas de bancos antes de chegar aos dígitos dos senhores do poder e seus parceiros ao redor da terra, é invenção? — Salvador Cruz abriu a boca e Mariano encostou o cano da arma nos seus dentes. Por um momento ouviram o matraquear dos dentes no aço. — E as doações para as campanhas eleitorais, transformando a democracia do faz de conta em um fantástico empreendimento de riqueza, também é pura fantasia, minha?

— Seu pai é um homem honrado, todos sabem disso — afirmou com convicção.

— Você não é meu pai, nem honrado. Você, Salvador Cruz, é um pilar da sujeira que você e os seus iguais espalham neste mundo. Sem qualquer clemência. Como se tudo e todos só existam para servir aos seus interesses. Sem pensar em quem tem fome, tem sede, não sabe ler uma placa com o nome da rua; em quem se humilha ao estender a mão vazia e recolher vazia; nos milhões que comem terra para enganar a fome, como eu vi acontecer na África, enquanto vocês lucram fortunas com programas para socorrer os miseráveis. — Olhou para ele com mais rancor. E ele ouvia quieto, esperando um momento em que o grau do ódio sugasse as forças de Mariano e ele abaixasse a arma. "Quanto mais ele falar e odiar mais se distrai", Salvador apostava. Mariano não parava de falar. — Você pensou, um só momento, no medo de quem vive preso em suas próprias casas enquanto você vive dentro de fortalezas? E dos mortos nas portas dos hospitais como desprezados semitas? Ou você e sua corporação não são deste mundo? Você vê tudo e todos como fonte de lucro? A morte, a dor, a miséria, o sofrimento, não são coisas humanas. São artigos comerciais. Subitens do poder. — Parou de falar. — Vamos. Agora fale. Fale sobre as banalidades que eu inventei. Você é o herdeiro dos empreiteiros da reconstrução de Roma depois do incêndio? Fale. São poucos os privilegiados como você para falar de tudo isso com tanto conhecimento. Quero ouvir. Responda a tudo. E me desminta. Vamos, comece.

E, como quem já esqueceu o que tem na mão, abaixou um pouco a arma.

Salvador Cruz riu. Um riso das entranhas trêmulas. Como um pântano sacudido por um tremor. Ria e transpirava. O suor escorrendo. Empoçando o chão. Reagiu.

— Não imaginava que você, meu sangue, meu filho, ainda que distante de mim fizesse um discurso tão vulgar. Igual aos regados a cerveja nos botequins e a bons uísques e alimentados com caviar em salões dourados. Gritados pelas ruas embandeiradas de ódio aos ricos que empregam os agitadores. Como um ingênuo reformador do mundo. De fato, não devo ser o seu pai. — Tornou-se sério. — Mas sou.

Voltou a rir. Mas não mais o riso solto ressoando nos salões de festas. Era o riso destemperado de quem, acima de tudo, ama o que é e sabe que pode morrer em seguida.

— Pois bem. Se não quer falar e ganhar alguns minutos vamos acabar com isso. Chega — disse Mariano Paz. — Não. Vou lhe dar mais cinco minutos de sofrimento.

Disse isso, recomeçou a lembrar Salvador Cruz de quem de fato ele era. Sem perceber o quanto estava se distraindo. Sem se dar conta começou a desprezar a arma na mão. Talvez esgotado pelo rancor, consumido pelo veneno do ódio, ou porque sua maldade planejada tivesse se dissolvido com tudo o que disse. Quem sabe por sua natural benevolência voltar a querer ocupar o seu lugar para impedi-lo de se tornar um assassino; iluminado pelo instinto lógico próprio do ser humano, que abandona a arma no momento exato de praticar o crime; ou tão somente pelo peso incômodo da arma na sua mão suada. Quem sabe por sua inexperiência? Ou porque tudo isso junto criou um equívoco no seu coração. É possível também, que tudo o que iria acontecer em seguida, teria que ser como foi e não como Mariano planejou. À medida que o tempo passava, o dedo no gatilho foi ficando mais solto; a carne e os nervos da mão rejeitando o aço. E sem se dar conta começou a abaixar cada vez mais a pistola. E deu-se o momento. Na primeira vez que o cano apontou para o chão, Salvador Cruz atirou-se em cima dele como um monte ruindo.

A disputa era a arma. A força de suas mãos, desconhecida para ambos, tornou-as garras de aço fundidas com o a pistola. Os nervos e os músculos dos braços estavam a ponto de estourar. E no meio dos dois a arma se deixando disputar. Assistindo o medo, o ódio e a vingança. Calada. Fria. Com a insensibilidade que o metal guarda das intenções humanas. Permitindo-se ser disputada. Sem revelar o seu secreto desejo de assistir o desfecho. Esperando que os dois consumassem o que já estava deliberado: quem iria morrer e quem iria viver. Até que ela soltou um único, breve, seco, irrecuperável e sinistro estampido. Um fragor que se alojou para sempre dentro do corpo de Salvador Cruz e da alma de Mariano Paz.

A bala, submissa como a arma que a detonou, fez uma inacreditável trajetória. Entrou no lado esquerdo do pescoço, de cima para baixo. Roçou o coração e nele deixou uma sapecada de ferro em brasa. Atravessou o pulmão, o pâncreas, perfurou quatro voltas de intestino, e não parou. Destruiu a próstata. Furou a bexiga. Por fim, explodiu os testículos, antes de se alojar no chão. Como se fosse apenas uma insignificante bolota de aço amassado. Foi assim que ela cumpriu o seu curso no corpo da Salvador Cruz.

Por mais inacreditável para a equipe de cirurgiões, que trabalharam aquela tarde e a noite inteira para minimizar os estragos, a destruição não o matou.

A pergunta que ele fez enquanto sangrava no chão, foi a mesma que Mariana tantas vezes fez. A mesma pergunta que Mariano fazia nos seus dias de prisão — Quem deu o primeiro passo por estes caminhos sem volta para chegar onde estou? — Foi a sua última consciência antes de entrar em coma.

Dois dias depois, na delegacia, Mariano Paz, com a presença do doutor Douglas Mattos, contou o que, porque, onde, quando e como tudo ocorreu, bem ao gosto do delegado. A verdade. Com restrições, iria responder em liberdade. Ainda era réu primário e faltava ouvir a versão de Salvador Cruz, se sobrevivesse.

Vinte e seis dias depois Salvador Cruz saiu do coma e voltou a falar. Ainda na UTI, acompanhado por seus advogados, reverteu a verdade de todos os fatos, já declarados por Marino Paz. Afirmou, para surpresa dos interrogadores, que foi um acidente provocado por ele mesmo.

— Meu filho, Mariano, foi me visitar e eu estava mostrando a arma para ele. Um presente que ganhei na véspera, de um amigo, o empresário russo Vladimir Raskólnikov. Ele pode confirmar. O meu secretário pessoal, José Dantas, tem o endereço eletrônico dele. A arma disparou em minhas mãos. Um acidente por eu não saber manuseá-la. Cinco funcionários da casa viram como foi. É o que lembro — disse, durante num clarão de lucidez.

Respondeu com monossílabas outras cinco perguntas e voltou a sentir a leveza da morte planando sobre ele.

Sereno foi o primeiro a confirmar a versão do depoimento de Salvador Cruz, afirmando que recolheu arma da mão dele e que a mesma desapareceu. Vladimir Raskólnikov ratificou a versão, através de uma correspondência com assinatura eletrônica e fé pública. E o fato passou a ser o declarado por Salvador Cruz. A confissão de Mariano Paz não valeu nada. A verdade dele mais uma vez não valia uma migalha. Ainda que desta vez fosse a verdade para se autoincriminar.

Mariano recebeu a disparatada versão de Salvador como um desastre. Sentiu-se frustrado, traído, mais uma vez ludibriado. O falso testemunho desmantelou o valor do seu acerto de contas. Ainda que ele aceitasse ser crucificado para provar como o fato e o porquê aconteceu, não lhe dariam crédito. A verdade era o poder da palavra de Salvador Cruz. Quem seria capaz de pôr em dúvida o que ele afirmou? Outra vez valeu a falsa versão do fato, não o fato. E mais uma vez Mariano Paz foi inocentado pela contradição da verdade.

No dia primeiro de junho, três meses depois de ser baleado, Salvador Cruz saiu da UTI. Mandou montar uma clínica em sua casa, tal como fez quando Isabel Monte ficou esperando a morte e gravando para a terra a sua entrada na eternidade. Ali, sobreviveu sob a supervisão de quatro médicos, revezando-se, e os cuidados das doze enfermeiras de alto padrão vindas de seis países nórdicos. Todas com seios avantajados e olhos azuis faiscantes, sob a chefia da doutora Cristina Oxhens, uma finlandesa tão linda que não parecia ser uma mulher imaginária, e que seguia à risca o princípio de que ficar calada ou pouco falar é a melhor comunicação com um paciente terminal. Contratadas pelo fiel secretário pessoal José Dantas.

— Que Salvador ainda viva muitos anos — disse Jose Dantas enquanto fechava o contrato — mas, na dúvida bem sei como ele gostaria de morrer

Salvador sobrevivia como um vegetal do deserto transplantado para o cume de uma mina de ouro. Murcho, desfibrado, mas adornado pela beleza das nórdicas.

— Que Salvador Cruz viva, muitos anos ainda — disse José Dantas ao fechar o contrato para a vinda das profissionais — mas, na dúvida, bem eu sei como ele gostaria de morrer: cercado por essas raridades de mulheres, ainda que intocáveis.

Sob o efeito das drogas Salvador delirava dentro do fantástico mundo onde tudo é real e nada existe e onde tudo existe e nada é real. Vendo-se, no delírio, rodeado de mulheres lindas como se elas fossem miragem. Submergindo e vindo à tona. E, nos momentos de escassa lucidez, recriava cenas do que viveu dentro da imaginação desvairada. Embalsamado pelas drogas, vagava em alucinações. E quando tinha um retalho da realidade era entendido como loucura porque queria coisas impossíveis:

— Não quero esta droga. Prefiro a dor. Poder pensar — balbuciou:

Meu corpo está morto. Não sinto nada. Nem quando urino; nem quando evacuo, sem saber. E ainda assim sei que estou vivo. Não sei para que, mas vivo. E não quero morrer. Não sei por que, mas não quero. — Foi vencido pelo torpor e depois acordou vagando. — *Quero olhar Mariano frente a frente, sem aquela arma. Sem dizer nada e não escutar nada. Só nos olharmos sem a arma entre nós. Olhar para ele uma vez na vida como o meu único filho e meu sobrinho, que eu não me dei conta que tinha.* — Dormitou e voltou a balbuciar alheio ao tempo — *Ele entenderá o que sinto. E eu saberei o que ele sente diante de mim sem a muralha daquela arma. Um olhar pode abrir os nossos corações?* — Mergulhou no torpor. Voltou a falar como se o tempo entre a vida e o nada fosse um só. — *É um clarão de sonho? Mas a esperança tem o seu acordo com o sonho. O seu lado de luz e o seu lado de desatino? Será que poderei desfazer com um só olhar o que fiz a vida inteira? E o que deixei de fazer? Eu gostaria de lhe ver, Mariano. Enquanto estou aqui. Ainda que nada mude entre nós. Só quero olhar dentro dos seus olhos, sem esta arma na sua mão.*

— Quero ver Mariano — sussurrou, repetidamente, como um disco emperrado, para a doutora Christina Oxhens, quando ela se aproximou no seu plantão.

— Ver quem?

— Mariano. Meu sobrinho. — Disse alto — Meu filho.

A doutora Cristina entendeu como mais um delírio.

Isso foi exato antes da manhã da quinta-feira, em que Salvador Cruz piorou muito, de forma inesperada. Duas horas antes ele teve uma melhora surpreendente. E festejou um grande acontecimento:

— Meninas — disse, exaltado como um mendigo recebendo um grande prêmio —, fiz cocô e urinei sem ajuda. E sabia o que estava fazendo. Como é bom.

Logo depois a barriga começou a estufar. Às seis horas já tinha crescido como imenso balão de festa infantil, desses que se sabe que vai estourar, mas ainda assim se continua soprando. A pele da barriga começou a ficar azulada, transparente como a película de um ovo. E às 7.42 h estourou.

Nessa mesma manhã Mariano acordou transformado em uma estátua da Ilha de Páscoa. À noite, encolhido dentro de uma solidão mineral, sentiu-se um bloco de granito. Saiu da cama muito tarde. Teve vontade de ir ao encontro de alguém desconhecido. Um apelo forte. Deixou o carro na empresa e saiu a pé. O fracasso da sua vingança, por obra das declarações falsas de Salvador Cruz, abrira imensas rachaduras embaixo dos seus pés e ele procurava onde pisar. Sem ele saber, o rumo estava traçado. Um chamado íntimo. Enquanto caminhava sentiu um odor cada vez mais presente. Seguiu o cheiro. Guiado por ele andou em direção ao outro lado da cidade. Subiu ruas e às 15h30 estava frente da mansão de Salvador Cruz. Os seguranças o deixaram entrar sem uma pergunta. Ele, sem se perguntar o porquê, atravessou a alameda do jardim e começou a subir a escadaria de mármore. Talvez fosse só para olhar Salvador Cruz frente a frente, sem nada escutar dele e sem dizer nada. Ficariam se olhando, calados. Quem sabe esperando vir à tona um sentimento constrangedor, ou mesmo alheio aos seus conflitos. Quem sabe, escutar dele um pedido de perdão e lhe perdoar. Ou pedir perdão a ele a si mesmo pelo ódio enraizado, e livrar-se da tristeza que já perdia a razão de existir? E assim, ficar em paz e deixar fluir, menos penosa, a sua caminhada. Ou para ter um olhar de indulgência e sentir um afeto tardio no lugar do rancor e das mágoas que amortalhavam a sua insônia. Ou seria para se redimir com ele mesmo e deixar a sua bondade natural voltar a reinar, como advertia a sua mãe? E recomeçar a ser feliz. Quem sabe? E por que não? — esquadrinhava a alma enquanto caminhava.

Não pôde ver o corpo assim que chegou. E se o visse, apesar do estrago sofrido, o morto estava mais vivo do que em vida. Bonito, com um discreto sorriso ludibriando a morte, entre flores e mensagens de ouro. Nada a ver com a imagem de quando o viu para matá-lo. Salvador Cruz repousava tranquilo no meio de um esplêndido salão, no andar térreo da sua mansão. As pessoas subiam e desciam as escadarias de mármore azul celeste, vindo da ilha grega de Paros, pisando leve pelos corredores para evitar o eco dos saltos sobre os mosaicos florentinos. O morto, exalava o odor que guiou Mariano. Não forte, mas misterioso e dominador. Impositivo e imperceptível como o ar. O cheiro da morte. Mariano Paz olhou ao seu redor e não viu nenhum semblante de familiar tristeza. As pessoas se deliciavam com os serviços do bistrô do chef Bento Batista. Sorviam com o café do jacu, os chás fumegantes saindo das pratarias, aspiravam champanhe, comiam, elegantemente, os canapés de caviar, os pãezinhos quentes recheados com creme de avelãs. Degustam o prazer de viver. No solário junto ao jardim seis senhores vestidos com ternos escuros, levitavam, envoltos na mágica fumaça e no aroma dos charutos Gurkha Black Dragon, armazenados em um estojo de osso esculpido a mão e servidos por uma moça linda, com ar cerimonioso. Não é um velório. É apenas um cenário, concluiu Mariano.

Durante o tempo em que ficou no velório, Mariano Paz não sentiu tristeza. Queria sentir, mas não sentiu. Pensou sobre a vida e a morte. Refletiu sim, sobre como ali estava o corpo embalsamado daquele que foi, ainda que de forma indesejável, a origem da sua vida. Transformado depois em seu sofrimento maior. E, seja lá como e por quais desígnios, tornou-se a força que lhe motivou a sobreviver ao tormento da prisão, alimentando-se do desejo de matá-lo.

"Quanta fraude do destino — pensou. E retomou à repetida pergunta: — Mas como vamos saber se somos os autores ou as vítimas desta luta perpetua entre a liberdade de escolher e o que de fato vivemos? Nem ao menos temos consciência de como interferimos no nosso e no destino do outro."

Quis repudiar a ideia de que desejar matá-lo lhe gerou forças para sobrevier na prisão. "Querendo ou não, ele deu-me forças para continuar vivo. Mais um ardil. Outra vez ele se tornou o autor da minha vida. E nunca pude nem vou puder amá-lo."

Ninguém sabia o que ele era do morto. Conjeturou que Salvador Cruz nada mais era do que a perda de uma referência Ele morto não tinha nem ao menos como desprezá-lo. Ficaria mais vazio. Pensou em como a morte desfaz não apenas o que foi vivido, mas também o que foi e sonhado viver. Incluindo as frustrações e os rancores. Viu o corpo vestido com um terno azul de fina lã italiana, os lábios e bochechas rosadas como se ele fosse a um dos seus encontros com os verdadeiros donos do mundo. E não era nada. "Apenas um corpo embalsamado, depois de estourar a barriga e espalhar esse cheiro da morte misturado com o perfume funeral que gruda na pele."

— Isso sim pode ser o pior inferno — disse em um sussurro, fixando o olhar no corpo embalsamado. — Ter tanto poder e acabar assim. Com um estouro da barriga. Espalhando esse cheiro da morte mascarado pelo perfume funeral que gruda na pele.

Mariano aproximou-se como pode. Fixou o olhar nas pálpebras de Salvador. Conjeturou, ou quis suspeitar que um dia, em alguma parte, os olhos deles poderiam se abrir frente a frente. Em profundo silêncio. Cheios de interrogações. Talvez, libertos dos seus rancores. E, quem sabe, contando agradáveis revelações sobre o que eles fizeram durante o dia. Ou com a indiferença de quem esquece o que sonhou.

Perguntou-se: "Por que não foi diferente? Se tudo poderia ter sido, por que não o foi? Do começo ao fim, fora de qualquer escolha capaz de evitar o que foi vivido. E ainda assim, o que quer que eu seja ou deixe de ser, querendo ou não, ele está em mim. Sou, também, ele. Como chegamos a esse final nem eu nem ele sabemos. Nem por onde tudo começou. E só nos olhamos, frente a frente, onde tudo acabou."

Mariano saiu sem ninguém o perceber. Mais só do que entrou. Caminhava e. ouvia os seus pensamentos embaralhados com o rumor da cidade:

— Quanta ironia. A morte de Salvador Cruz, que tanto desejei executar, deixou-me mais abandonado — falava pensando. — Não sei se por tê-la provocado ou por que, com ela, rompeu um elo que eu tinha com a vida. Frágil. Indesejável. Um elo que, nesse instante, eu não sei dizer se era de desencontro ou de procura — desviou-se de um poste no meio da calçada. — Agora é ir à busca do que me faça continuar a viver sem tantas desordens. — Olhou para as nuvens se movendo sobre a baia. — Com certeza irei encontrar o caminho. Como diria minha mãe, se aqui estivesse: ainda que tudo conspire contra, nenhum ser humano nasce somente para desencontros, Mariano.

— Veremos.

O RECOMEÇO

40

Mariano Paz passou a noite entre o escritório da casa e o terraço voltado para a Lagoa, olhando o céu estrelado e planejando uma reviravolta na sua vida. Às seis horas da manhã estava pronta a relação das decisões tomadas. A primeira delas era radical. Já com o sol nascente reviu a minuta do documento. Por ele o doutor Douglas Mattos teria poderes para tomar decisões e assinar o que necessária fosse, nas empresas sob o controle de Mariano Paz, menos a do Vale Paz dos Vinhedos. Nessa, ele seria o único gestor.

Às nove horas entrou no escritório do seu advogado.

— Em síntese, nas decisões do conselho administrativo, do qual você é o presidente, eu terei esses poderes por você delegados? — perguntou Douglas Mattos depois de ler e reler. — É isso?

— É. Você terá, entre outras, a minha delegação de poder junto ao conselho.

— É poder demais. Não aceito. E, além disso, não é a minha área.

— É o que eu preciso de você — disse Mariano. — Ainda que o conselho possa revogar suas decisões, elas serão submetidas à minha homologação ou não. Neste caso, terei o poder em última instância e poderei intervir de onde estiver. Terá o meu respaldo. O que sei, não vai haver necessidade.

— Não vou dispor de tempo — ponderou o advogado.

— Não exigirá muitas horas. Delegue o que puder. Terá bons assessores. Nós sabemos que tempo não existe por si só. Constrói-se. E será um desafio novo que, se bem lhe conheço, lhe rejuvenescerá ideias. Com um pormenor que para você não faz diferença, mas, é considerável: a remuneração e participação nos dividendos. Temos programas bilionários em andamento.

— Não será por isso, mas tudo bem. Farei por você durante um ano. Só precisamos alterar dois detalhes desnecessários e ir ao cartório.

— Pode hoje a tarde? Quero estar com tudo pronto esta semana.

— Tem certeza de que isso é o melhor para você? Você é um animal urbano.

— Se animais, ainda que mal, sobrevivem nas jaulas, reeducados e soltos vão viver melhor. Tudo tem o seu preço, amigo. Lá na serra eu vou privar-me de coisas de que gosto muito. Principalmente do mar e das amizades desde a infância, como a sua. E das mulheres lindas, claro. Não conheço outra cidade no mundo com mulheres tão bonitas como nesta Ilha. E de lá aqui, é um belo passeio em um dia ensolarado. Não vou virar ermitão, porque considero isso fuga: não muda o mundo nem salva ninguém — disse Mariano Paz. — Vou fazer como minha mãe fazia. De qualquer lugar, posso acompanhar e em casos necessários, intervir nas empresas. Basta-me ver os relatórios. De imediato não me encanta mais dormir cansado e abrir os olhos vendo só mais desafios de trabalho. E à noite e no dia seguinte tudo igual.

— Não se queixe, você tem uma vida privilegiada como poucos. Agradeça. Você, como foi sua mãe, são bons exemplos de pessoas vitoriosas.

— Se for pelo patrimônio, renda e prestígio, sim. E isso basta? O que mais quero agora é paz e reconquistar a alegria de viver. Quando estou no planalto não sinto falta desta nem de outras cidades e quando sentir, viajarei como gosto. Aqui estou dentro de uma guerra alojada, principalmente, dentro de mim. O que eu quero não é muito, é? — acrescentou: — Além disso, aqui, não faltará quem afirme que eu abusei e matei a menina e que foi o meu dinheiro que me inocentou.

— O advogado lançou sobre ele um olhar interrogativo, como se perguntando: "Esqueceu-se de perguntar se um faminto teria se livrado?"

— E por algum tempo serei visto como o assassino, ou no mínimo, o causador da morte de Salvador Cruz. E, se ele vivo era tido como benfeitor, morto esquecerão ainda mais quem verdadeiramente ele foi. E, se duvidar, muitos dirão que foi um santo homem, praticante da caridade, que fará muita falta. São Salvador Cruz. Não é um lindo nome de santo, Douglas? Missas é que não irão faltar para ele. É difícil desfazer um mito. Mesmo os desprovidos de escrúpulos.

— E encontrarão provas de milagres. Este é o mundo em que vivemos, com Salvador Cruz, seus seguidores e seus contrários. É a realidade — considerou o advogado. — Não há mal nem bem, fora do contexto. E nós todos, como ele, fizemos parte deste mundo. Fugir, só com a morte.

— É verdade. Você já viu alguém querer menosprezar o que criou? Dizem que o diabo tem uma grande agência para valorizar a sua obra. Nós somos fiéis ao que criamos. Mesmo que seja uma deformidade. Este mundo é uma espécie de caos sagrado e amamos viver nele. Não é fácil romper com o sagrado. Mas acredito que cada um de nós pode mudar a si mesmo e construir seu mundo interior sem ser contaminado pelo que está lá fora. Pelo menos isso. E quem sabe assim, de um em um, o mundo de todos, um dia, seja menos injusto, como você também quer vê-lo.

— Você acredita nisso com convicção, Mariano?

— Douglas, a convicção é madrasta da certeza, não é isso? Mas acredito. Não é utopia. Passei a acreditar nisso, de modo racional, enquanto estava na prisão. Um dia o ser humano vai dar-se conta de que assim como tem capacidade para criar a injustiça pode criar o justo. E, se criamos o sofrimento, podemos criar a felicidade na mesma escala. É uma questão de escolha. De desfazer ciladas.

— Para ser sincero, eu penso que, neste momento, você quer fugir do que está em toda parte e dentro de cada um de nós. Só que existe uma coisa elementar: você não evapora os problemas só porque mudou de lugar. — Tome o seu café — lembrou.

— Na verdade, é tudo simples e ao mesmo tempo difícil de entender. Para quem vive como eu vivia antes de ser preso, e para quem vive aprisionado à sua rotina, não consegue botar a cabeça para fora e lançar um amplo olhar sobre a vida. E se o fizer corre o risco de desviar-se do seu rumo. Olhar para dentro de si mesmo cega. Nesses casos não existe saída mesmo — ponderou Mariano. — É se deixar levar. Convencido de que cumpre da melhor forma a sua parte na sociedade e consigo mesmo. E tudo está justificado — tomou o café. — Como de fato estava para mim antes de tudo acontecer. Não é mais o meu caso. Portanto, não é uma fuga, meu caro Douglas. É um encontro com a única pessoa da qual eu não podia me afastar: eu mesmo. Veja uma coisa: quem sabe, graças a tudo o que me aconteceu. Pensando bem, se eu não fosse tão terráqueo deveria agradecer Salvador Cruz. Não por ele me trazer à vida. Por ter, com suas tramas absurdas, me jogado em uma prisão. Nela enxerguei o real mundo em que vivo. Despertei para um sentido de vida menos inumano. — Fez silêncio. — Mas, você tem razão. O detalhe é que eu sou terráqueo urbano. Primata apegado aos hábitos do grupo. E isso tornou a minha decisão mais difícil.

— No fundo, as pessoas criam acordar. Remexem-se, mas não acordam.

— É um modo no mínimo estranho de ver as coisas. Mas, confesso: bonito. Ainda assim, parece uma fuga — insistiu Douglas. — Afinal, se o mundo é este, vamos vivê-lo da maneira mais digna, buscando torná-lo menos injusto, sem se mortificar.

— Concordo. Viver sem mortificação. Ninguém precisa ser sepultado para renascer, como aconteceu com minha mãe. Nem sobreviver a uma bala mortal, como Chico Ventura. Nem ser condenado injustamente para encontrar a liberdade. Podemos dispensar esses deslumbramentos. Mas viver se mortificando pelo simples fato de viver, não é mais patético? Para mim, o inferno é duvidar que o céu possa começar a existir na terra. E se eu não o encontrar fica o consolo de ter tentado.

— Se eu não lhe conhecesse diria que é coisa de alienígena — Douglas Mattos riu.

— Por mim, se é para ser feliz, pouco importa de que planeta eu venho — Mariano Paz riu também

Mariano falava com sinceridade. O advogado gostava da sua inquietude inteligente e dos desafios contra tudo e todos que ele encarava, tal como sua mãe.

— Parece tudo louco, mas você tem certa razão. Bem pensado, nós vivemos fora da terra e pagamos tudo o que se possa imaginar para continuar nela e ser enterrado nela — disse. — Eu mesmo, mal tenho tempo de pensar em mim — comentou. — Meu tempo, como você sabe, é para viver neste escritório com outros advogados, pensar códigos, participar de audiências e juris. Não raro durmo com os processos. Duas vezes por mês eu dou assistência às comunidades carentes e isso me gratifica. E gosto de viver assim. E não penso nas contradições. Sobretudo as que você está vivendo.

— Só as minhas! O absurdo é universal. Não poupa ninguém. Você sabia que o deus Osíris, na Sala das Verdades, pesava o coração dos egípcios mortos? Eu queria que ele tivesse pesado o meu coração enquanto eu estive preso e o de Salvador Cruz na hora que me injuriou. Para eu saber que equívocos podem existir dentro dos corações de um pai e um filho. Ou, por que não, entre um irmão e uma irmã.

— Outro café? Perguntas sem respostas não levam a nada. Só às contradições

— Nunca eu, como minha mãe, duvidei do poder das contradições. Menos ainda depois de saber tudo o que enlaça a minha vida, desde antes de eu nascer. Agora é dar outra direção ao que vou viver.

— Tenho pensado no processo da sua prisão. Como você foi inocentado de um crime premeditado: a morte de Salvador Cruz, que, tecnicamente tem a sua autoria. Tanto quanto tinha a acusação por sequestro, estupro, violência e morte de vulnerável. A diferença é que um crime é verdadeiro e o outro é falso — avaliou o advogado.

— De fato — concordou Mariano —, também eu tenho pensado nessas incoerências. Lembra do que lhe disse? Mais uma vez eu vejo que a justiça é um ponto de vista que pode não ter nada a ver com os fatos.

— É o ponto de vista legal — realçou o advogado. — Penso em como Salvador Cruz armou um laço para se livrar de você e quebrar a sua credibilidade em caso de denunciá-lo por pedofilia, corrupção, evasão de dinheiro, formação de quadrilha, organização criminosa, e mais e mais. E de como, para isso, ter matado uma menina com abuso sexual e transferido a autoria para você. Porque, por todos os indícios, foi ele o autor. Não era um idiota capaz de confiar esse trabalho a alguém, para depois ser chantageado. Premeditou e executou com claros propósitos. Preso, você seria sentenciado pelas leis inapeláveis dos presidiários. Outra limpeza de provas. E ele continuaria com as mãos limpas. Conseguiu em parte: você foi acusado, preso e por fim, como deveria, inocentado de qualquer culpa. Mas, a injustiça e a violação da sua dignidade e da sua moral, e o risco de vida que você sofreu nada repara.

— Não sei se um dia vou conseguir esquecer tudo isso — avaliou Mariano.

— Veja: você arma o mesmo laço para ele. Para matá-lo. Uma coisa sabida que iria acontecer. O agente Zulmar, que lhe quer muito bem, disse-me que escutou várias vezes você falando sozinho sobre o plano de matar quem armou a cilada. Era de se esperar. Você é bom, mas tem o sangue quente. Igual a sua mãe — disse Douglas. — Presenciei a sua necessidade de vingança. Você arma a cilada e o ataca com a arma em punho. Ele recebe o tiro que acabou levando-o à morte. E o inocenta. Afirmou que a arma pertencia a ele e ele mesmo provocou um acidente.

— Uma mentira.

— E como se tudo isso não bastasse, esse homem era o seu pai. O pai que você, até então, desconhecia — Douglas considerou. — Como vamos entender a origem da lógica, se é que existe alguma? A irrefutável, dos crimes premeditados, um para lhe colocar na prisão e, por certo, você ser executado, e o outro, o da sua vingança, até certo ponto justificada pelo forte abalo moral, ou a do perdão de Salvador Cruz?

Mariano escutou refletindo cada palavra.

— Não sei. É um enigma. O crime e o perdão não são lógicos. São apenas questionáveis. A vida não tem a coerência que queremos. Nem o destino é coerente. Pensamos que ele só se cumpre, mas ele não existe sem a nossa participação voluntária, sem termos consciência do desdobramento. Com certeza muitos contribuíram para tudo o que aconteceu. Minha mãe dizia que o amor ou a falta dele explica a vida. Mais do que o destino oculta — disse Mariano. — Todavia, que amor poderia nascer dentro de tudo o que existia? — Douglas continuou olhando-o em silêncio. Ele levantou-se. — Preciso ir.

— Se acha que no planalto você vai desvendar a charada e se reconciliar com a sua visão de felicidade eu lhe desejo sucesso.

Mariano sorriu.

— Vou lhe contar uma historinha. Um dia perguntei para Chico Ventura, uma boa alma que se agregou de mala, cuia e coração, à nossa casa na serra: Chico você é feliz? E ele, parando de chimarrear: *Pois olha: faço o que gosto e quando não é assim procuro gostar do que faço. Além do que, se viver feliz sem sentir a falta de nada disso que as pessoas vivem correndo atrás, nem ficar se perguntando o que é a felicidade, eu sou. Sou muito feliz.* — Mariano completou — É o que eu espero aprender.

Já na porta Douglas lhe disse:

— A propósito, o colega que cuida do espólio de Salvador Cruz quer conversar comigo. Mencionou o seu nome. Não entrou em pormenor, mas percebi do que se trata. Nada ruim. Quer marcar um tempo para falarmos sobre isso?

Mariano Paz o olhou:

— Vou deixar uma procuração para você cuidar dos meus interesses pessoais. Pode ser? Um abraço, amigo. Outra vida me espera e eu por ela. Se ela será o que quero, o tempo dirá. Mas é impossível que, em uma imensa loja de calçados como é este mundo, não exista um par que sirva com conforto para os meus pés.

— Com certeza ele existe.

Não foi preciso muita pesquisa nos espólios do império de Salvador Cruz. Não tinha nada em seu nome. Os códigos do sistema, envolvendo o mundo subterrâneo dos Poderes, se auto deletaram ao tentarem acessá-los e as contas secretas se derreteram. Isso evitou a multiplicação infinita de processos com consequências desastrosas para a organização da civilização e a implosão dos Poderes mundo afora. E impediu a possibilidade de que tudo, tudo mesmo, tivesse que voltar a recomeçar do zero. Só restou, por ironia, a Fundação de Amparo Às Meninas Desprotegidas, que mais uma vez mudou de nome: passou a chamar-se Fundação Mariana Paz.

Sob o ponto de vista dos olhos das leis, Salvador Cruz era um mendigo.

A FELICIDADE TEM SUAS PRÓPRIAS LEIS

41

Mariano chegou à casa do planalto na manhã de domingo e a primeira coisa que fez foi olhar para todos os quadrantes. Não viu uma única nuvem no céu e não escutou nada sobre a terra coberta de verde até a curva do horizonte. Nem um pio, nem um mugido, nem uma voz humana. A vida, aquietada, esperava uma ordem para começar a existir e ele deu uma cutucada para colocar as coisas em movimento. Isso aconteceu no primeiro dia de maio, o sétimo dia da semana. O seu novo mundo começou a ser criado, como em um passe de mágica.

— Chico, mande esvaziar a camionete e prepare-se para fazermos uma festa.

Chico Ventura comandou e tudo começou a se mover. Depois da ressurreição ele se tornara cada vez mais ativado. Ainda que tivesse se decidido a não morrer outra vez, por via das dúvidas, tinha pressa de viver com intensidade, antes que outra morte o surpreendesse. "Nunca se sabe." Em um instante o carro estava rodeado de gente.

— Leopoldo, você tira as malas. E você, Osvaldino, que é mais lerdo, feche o portão para os bichos não estragar o jardim. — Abriu a caixa térmica. — Maria, leve esses peixes para a cozinha. Mas leve logo, antes que apodreça em suas mãos, lerda que é. Não é sempre que se vê um badejo tão grande. Tem um ar de quem se acha o pai de todos os peixes nobres. Arturzinho chame a Dorotéia para dar bom dia para o patrão. Mas que droga mulher, ainda está aí olhando para esse peixe? Quer casar com ele? Esaú traga sal grosso para o peixe antes que ele estrague. — Cheirou os vasos de orégano, coentro e manjericão. — Com certeza hoje à noite o patrãozinho vai querer ele mesmo fazer uma moqueca. Pensa em tudo. Trouxe até os temperos que ele gosta.

— Não vou fazer nada hoje à noite, Chico Ventura. Pode mandar congelar os peixes. Hoje à noite quero um churrasco com todos os que estiverem aqui.

— Você endoidou, Mariano! Pegou a doença da sua mãe! Parece uma das doidices de Mariana. São mais de 100 adultos e as crianças. Não vai dar tempo.

— O problema é seu. Você pode fazer acontecer. Quem negociou com a morte, tem poderes para fazer acontecer um bom churrasco para hoje à noite. E com tanta gente para comer fica fácil arranjar tudo perfeito. Nem precisa fazer milagre. São mais de 100 para ajudar. E envolver é uma das coisas que você sabe fazer muito bem.

— Menos, Mariano, menos. Aprendi a mandar um pouquinho com a sua mãe. E a carne? Onde achar tanta carne para esse povo? Hoje é domingo. São nove horas. Já pensou nisso? Está pensando que vai ser outra boda de Caná?

— Pode ser. Vinho, desta vez, não vai faltar. Já pensei durante a viagem. O Celso tem o gado de melhor carne para um churrasco. Leve alguns dos nossos homens agora de manhã e se entenda com ele, em meu nome, para abater uns novilhos precoces. E claro, ele que venha com a família. Diga-lhe que não é só um convite, é um pedido. Ele me deu muitas alegrias desde que nasci. Ah, sim, e avise o nosso pessoal que amanhã todos terão folga durante a manhã.

— E a colheita?

— Que espere. E se as uvas quiserem estourar, que estourem outra vez.

Durante o café da manhã, apesar do pouco tempo para a festa da noite, Chico Ventura comeu ainda mais devagar do que o seu hábito. Mastigava lento e calado.

— Você acha que fiz mal? — Mariano perguntou depois de contar o que houve na capital e sobre as suas decisões.

— E você? — devolveu Chico Ventura.

— Não estou com pressa de saber. Não é o resultado de um teorema para salvar a terra de invasão alienígena. Quero viver muito para saborear a resposta aos poucos.

— E vai viver. Só você é quem pode ter a resposta. E ela pode vir de uma hora para a outra. Por mim, estou feliz com a sua vinda. Eu e todos. Você é muito querido.

— Menos a Zefa. Ela acha que fui o culpado pela festa da bicharada.

— Engano seu. Ela foi quem mais rezou quando soube que você foi preso.

— É uma mudança radical. É por isso que lhe pergunto.

— Tem que se entender com você mesmo e com Deus, para se livrar do cheiro de enxofre. — Comeu uma coxinha da asa de galinha da angola empanada na massa de pinhão, passou as costas da mão na testa, levantando uns fiapos de cabelos. Ganhou tempo. — Isso é o tipo de decisão que não dou opinião. Nem sei se eu faria ou não o mesmo se estivesse no seu lugar. O que importa agora é estar aqui. Para escolher o que viver sem atropelar ninguém — ergueu a xícara diante dos olhos de Mariano. — Vamos saudar a sua vinda. E a vida. Ela é quem vai responder a sua pergunta sem nenhum erro. Que seja a melhor para você.

— Pois que comece a responder aos pouquinhos — disse Mariano Paz.

— Ou logo. É o que pode acontecer hoje mesmo. Uma boa surpresa para um bom recomeçar a vida não tem dia nem hora marcada. Que tal? Nunca se sabe.

Ao anoitecer o fogo lambia o ar com o braseiro coriscando pequenas chamas. Os quase cento e cinquenta convidados se moviam ao redor do fogo, falando com entusiasmo de tudo e de nada. Nenhuma palavra sobre trabalho. Nada sobre doenças. No céu apareceu a lua gigante. Maior do que todas as luas que todos tinham visto. Daquela que seduz o olhar e faz pensar em coisas insondáveis. Dentro dela, para quem quisesse ver, desfilava o enevoado exército de guerreiros etéreos, comandado por São Jorge, cavalgando nos vales lunares, flamejando as suas espadas de luz. As crianças corriam, gritavam e riam com a animação de quem não tem carne nem osso nem noção de pecado. Flutuavam no paraíso. Ninguém ficou olhando para o céu muito tempo, com aquelas estrelas bailando no compasso da valsa. As pessoas preferiram requebrar sobre a grama com o pagode que os quatro rapazes tocavam. Bem poucos contemplaram as pinceladas de nuvens cor-de-rosa que insistiam em dividir o que era do céu e o que era da terra, no finalzinho do dia. Raros viram as copadas das árvores cintilando. Menos ainda quem viu os olhos faiscantes dos animais que assistiam a tudo com uma interrogação desconfiada. Maria José, a Zefa, sorriu para as estrelas se derretendo em caudas de luz. Madalena, a linda filha de Celso e Carolina, com aqueles grandes olhos verde turquesa, olhava para tudo com encantamento e o coração iluminado pela sua secreta paixão. Em tudo via Mariano Paz. Não lhe parecia o final de um dia e sim o início de um novo tempo em sua vida.

As carnes dos angus começaram a ser assadas ao pôr do sol e aos poucos foram ganhando a cor avermelhada das últimas nuvens borradas de vinho. O aroma despertava a memória de fomes e gulas ancestrais. E uma excitação primitiva.

Finalmente começou a exaltação do prazer. Um sabor que apagou todas as más lembranças e acordou o triunfo de estar vivo. A suculência e a maciez, sobretudo as da costela, soltando os finos ossos, escorriam a sua alma dentro dos pratos, E a cerveja e o vinho separavam e renovavam os sabores, sem conflitos entre eles. De repente ninguém disse mais nada. O prazer de comer exigia concentração na mais primordial felicidade. E, como se isso não bastasse para alimentar o corpo e a alma, todos festejavam o convívio. O acordeão, o violão, a bateria e o pandeiro, o canto do negro Domingos, a música alegre dos rapazes, que nada comeram e beberam pouco, remexeu com as saudades ocultas, reaqueceu os amores mornos, acendeu olhares carinhosos despertou cumplicidades e aumentou a alegria.

Ninguém teve a menor dúvida. Viver era bom. Muito bom.

Por volta da meia noite, os galos, enfeitiçados com a luz da lua gigante, por prazer de iniciar mais cedo a sua missão, começaram a cantar e a acordar as galinhas. Para eles já era a aurora de um novo dia. E de fato era. Eles, criados antes dos homens, sabiam melhor das coisas que governam o céu, a terra e o ar, e não tinham a menor paciência de esconder seus conhecimentos. Com mais entusiasmo o galo vermelho, de esplêndido peito dourado, com a crista do tamanho da sua vaidade, e a sua larga gargantilha de plumas de ouro digna do pescoço de Cleópatra, desfilando majestoso entre as galinhas sonolentas. Cantava mais alto do que todos, chamando as galinhas mais novas, sem desprezar as mais experientes. E começou a acasalar, sem desprezar nenhuma delas, antes da alva, sem perda de tempo para multiplicar a sua beleza.

Àquela hora, os rapazes Bento, Beto e Batista e Domingos, recolheram os instrumentos. Todos reclamaram do brusco silenciar da música. O sono só havia encontrado as crianças de colo. Os demais queriam que a vida não mudasse. Que fosse sempre assim. E, com os corações afortunados, aos poucos começaram a se despedir, meio a contragosto, levando dentro da alma aquela noite lembrada para sempre.

O braseiro exalava um cheiro de festa se desvanecendo. A conversa e o riso de Mariano, Chico Ventura e Dorotéia, Carolina e Celso estendiam a alegria. E os olhos de Madalena o tempo todo fixados em Mariano. Como se os olhos dele fossem o espelho de seus olhos e a multiplicação da sua vida. Ele a olhou profundamente. Ela sorriu feliz com um olhar ainda mais luminoso. Ele acreditou que, naquele momento, começava a se erguer do fosso onde se sentia condenado a viver; e começar a se libertar das suas mortes, dos seus vazios sem fundos, das suas perguntas tormentosas e das procuras que o enveredavam por caminhos sem volta. Aquele olhar e aquele sorriso acenderam-lhe um farol capaz de desvendar outro rumo para o seu destino. Não duvidou: ali começou a ser desfeito a conspiração do que ele viveu. Aquele momento seria o início do seu amanhã. Não mais sozinho nem em encontros passageiros. Teria, finalmente, uma alma envolvendo o seu coração e compartilhando o que lhe fosse dado viver. Teve certeza de que aquela noite se estenderia vida afora. Lembrou do que lhe disse a sua mãe sobre o encontro inesperado com o amor, quando ele era só mágoa pela traição de Ana Melano. E o que lhe desejou Chico Ventura durante o café da manhã. Desfizeram-se, por encantamento, os seus rancores, os seus desgostos e as más recordações, os seus questionamentos e queixas. Abandonou qualquer raciocínio. Deixou o seu coração falar por ele. Como muitas vezes lhe recomendou Mariana Paz. Entrou na Sala das Verdades e viu Osíris lançar sobre ele um olhar de fortuna, antevendo a leveza do seu coração quando morresse. Fixou seus olhos nos olhos de Madalena. E sorriu feliz.

Celso começou a se despedir.

— Vamos indo. Agora é a sua vez de ir me visitar, Mariano. E vá junto Chico Ventura, gosto de ouvir os seus causos. Quero saber direitinho essas histórias de ser santo milagreiro vivo e como se faz para negociar com a morte depois de um balaço no peito. Você nunca me disse com os pormenores.

— Isso de santo milagreiro não existe. O milagre quem faz é a fé de quem acredita, não eu. Você sabe disso — enfatizou. — Só irei se tiver mais um naco dessa carne esperando. De preferência a costela. Aí eu vou e levaremos o vinho — propôs.

— Carne não vai faltar. Vocês levem esse bom vinho que só se bebe aqui e os justos recebem meia taça ao entrar no céu.

— Não vai me dizer que você leu sobre isso, Celso? — Chico provocou.

— Não li, mas tenho certeza do que acabei de dizer — disse. — Eu espero vocês. Vamos beber e conversar. — Deu a mão para Carolina e olhou para a filha. — Vamos.

Madalena olhou para a mãe. Olhou para o pai. Ficou parada, em silêncio, enquanto todos a olhavam. Depois falou, como se fosse um pedido e determinação:

— Posso ficar?

Todos tinham percebido o enlaçamento de olhares entre ela e Mariano. O silêncio que se seguiu não era de surpresa, nem de constrangimento.

Era como se cada um estivesse se incluindo na felicidade do amor entre os dois.

Um amor nascia. Um banquete para a vida começava.

— Você tem certeza? — perguntou, por fim, o seu pai.

— E como tenho, pai.

— Então pergunte para sua mãe.

Carolina Monte olhou para a filha. Um burburinho vibrava o seu cérebro e o seu coração. Lembrou que, naquele momento, estava se repetindo a sua paixão repentina por Celso, há muitos anos, e como a manteve em segredo por saber que ele estava envolvido com Mariana Paz. Era como se o amor que então sentiu estivesse ressurgindo no coração da sua filha. Respirou fundo antes de dizer:

— Se você sabe de que isso não será por uma noite e sim a sua felicidade, não serei eu a ser contra. Assim como minha mãe não me proibiu de amar e ser feliz com o seu pai esses anos todos.

— Mas, e você, Mariano? Calado?! — Celso perguntou. — O que você tem a dizer de tudo isso? Para mim não é uma surpresa, mas para você pode ser o começo de uma história de vida que não estava planejada. E isso não se decide assim, de um momento para outro, como pensa Madalena. Não se constranja em considerar como um pouco de loucura da juventude.

— Não sei bem o que dizer — gaguejou Mariano Paz, sem conter o deslumbramento de uma felicidade até então impensável. — Sinto que, sem saber, eu esperava por esse encontro há muito tempo.

— É como eu também sinto — acrescentou Madalena.

— Por mim, é como se esse momento estivesse nos aguardando. É infantil dizer isso, mas é como sinto. — Olhou nos olhos de Madalena. — Posso dizer que é muito mais do que eu pensava começar a viver a partir dessa noite e de qualquer dia. — Estendeu a mão para ela. — Ainda bem que você tomou a iniciativa. Eu não chegaria a tanto nesta noite. Muita felicidade inesperada, a essas alturas, me assusta.

Todos riram.

Chico Ventura não se conteve:

— Esse é Mariano Paz: faz parte dos homens com a audácia de matar um desafeto a soco, se preciso for. E não tem a coragem de dizer que está loucamente apaixonado. Esperou que Madalena se declarasse.

Madalena o abraçou forte. E demoraram tanto tempo nesse abraço que pareciam querer ficar enlaçados para sempre.

E foi o que o tempo, de fato, se encarregou de demonstrar.

O DESDOBRAMENTO DA HISTÓRIA

42

O amor que Mariano e Madalena começaram a viver naquela noite, um tanto quanto defumados pela fumaça do fogo de chão, onde mais de cento desafiou os contratempos da vida a dois. Para ela era a realização de um plano sonhado a espera da oportunidade certa. Para ele a libertação da má sina.

No dia seguinte, com a manhã ainda acinzentada, Chico Ventura entrou na cozinha vestindo a roupa de sair. Dorotéia acabara de fazer bolinhos de aipim recheado com queijo e charque desfiado e pão de inhame. O bolo de milho fumegava.

— Acho que me apressei. É o hábito, Mariana tomava o café cedo. Vou manter no forno para o casal não comer frio — mediu Chico Ventura. — Aonde você vai todo vestido desse jeito?

— Vou ver como andam as minhas terrinhas e alguns amigos. Coisa de três, quatro dias. Dependendo, quem sabe, uma semana.

— Mas a semana passada você não ficou sete dias no seu sítio e vendo amigos?

— Agora vou aproveitar para visitar gente que não vejo há tempos. Sonhei com o Elviro Topanotti, aquele bom italiano. O amor desses dois mexeu comigo.

— Vá Chico, isso lhe fará bem — disse Dorotéia —, eu cuido deles.

— E indo, eu deixo de incomodar o casal com a minha presença. E você se evapore. Faça o seu trabalho como se não existisse — recomendou. — Mande o pessoal do trabalho de casa ir fazer outras coisas fora. Principalmente o Arturzinho que tem voz de trombone desafinado, e a Silésia, que fala demais e se enfia nos quartos à procura de poeira para limpar. Quanto menos gente por perto melhor. Cuide bem deles. — E já na porta, riu. — Não vai precisar fazer gemada com vinho e ginseng, não.

— Pode deixar. Vou cuidar e fazer de conta que não vejo nem escuto nada — riu.

Ali acabou um ciclo. E começou uma nova história de Mariano Paz, muito além do que ele esperava viver. E ganhou realidade o sonho de Madalena, que desde a tarde em que serviu o doce de gila e o suco de butiá para Mariano, começou a conjeturar viver com ele um amor desmedido, sem desatinos e sem arrependimentos. Um afeto que, como ela fantasiava, desmentisse os limites terrenos que avizinham o amor com o conflito. E, mais louco ainda, que não se rendesse à morte. Teve a prudência de falar sobre o seu desvairado deslumbramento. Por duas razões: não atrair a inveja e não ser mandada fazer check-up cerebral para reajustar os parafusos frouxos.

A vida de Madalena e Mariano foi um lago de amor. Mas, não sempre um mar de rosas. Nasceram os cinco filhos. Duas meninas, Carolina e Mariana, os nomes das avós. E três meninos, Tiago, Bruno e Pedro. Todos eles tiveram caxumba, gripe, febre de lacrar os olhos, dor de barriga, diarreia, amigdalite, dor de ouvidos, teimosias, choraram até ficar roxos e serem sacudidos para não morrer asfixiados pela manhã. E Madalena muitas vezes ficou no quarto sem poder ver a luz do dia, com o humor envenenado pela enxaqueca, nos períodos de TPM aguda. E Mariano nunca se livrou das dores da artrose prematura por excesso de uso do computador, nem dos farelos para os intestinos. A diferença era de que o gosto de terra que eles tinham durante a sua prisão, agora variava a cada manhã. Com o passar dos anos, pegou a mania de pintar os cabelos no tom cinza grisalho, o que desgostava Madalena.

Para a convivência ser mais normal, de quando em vez os dois armavam um arranca-rabo, seguido de agrados e declarações de: — me perdoe, exagerei. — Eu também. Não quero lhe magoar. — Você é a cada dia mais especial. Não estrague isso — Tudo bem, amor, vamos esquecer. — Não faça mais isso, por favor — E voltavam a compartilhar o trabalho, a desfrutar a vida e volta e meia Madalena lembrando:

— Quem disse que o céu não pode começar na terra? Quem, Mariano Paz?

— E quem disse que a vida é um encargo e não uma graça, Madalena? Quem?

— Graças a Deus esta família só sofre de doenças que se curam com o que a natureza nos dá — ostentava Madalena, ao mandar fazer um chá de malva para desinfetar a garganta de Tiago ou de boldo, para todos, após os almoços de domingo.

— Não reclamem do gosto, tomem para desinfetar o fígado — ordenava.

Os filhos cresceram, formaram-se, sem interferência dos pais, no que escolheram, e assumiram seus rumos dentro das empresas. O programa que Mariana Paz começou a criar para que a alta tecnologia virtual servisse à saúde da humanidade, sobretudo sob a gestão de Bruno e Pedro, conquistou a adesão de cientistas de várias áreas do saber avançado. Com o conhecimento antecipado da identidade das partículas subatômicas potencialmente doentes e a inoculação de um nanosensor, a nova versão liberava proteína capaz de bloquear o processo degenerativo agressivo. Assim tornou-se quase intransitável a invasão das células estranhas nas sadias.

As filhas, Carolina e Mariana, não casaram por opção e por falta de tempo para envolvimentos que limitassem as suas liberdades. Como a avó Mariana Paz, que não conheceram, mas sabiam com minúcias como ela era uma visionária determinada, expandiram o mercado agregado às uvas. Elas associaram-se a um laboratório francês e criaram um sofisticado creme rejuvenescedor à base dos subprodutos de uva, capaz de rejuvenescer dez anos em dez dias que elas mesmas passaram a usar.

Expandiram as vendas da Paz dos Vinhedos com as exportações de espumantes sublimes e vinhos nobres, inclusive para os Sete Emirados Árabes, onde promoveram três dias de demonstrações em luxuosas tendas climatizadas nas areias escaldantes do deserto. Aprenderam mandarim antes de instalarem as representações na China. Na Índia, tentaram criar a necessidade de um ritual para matar a sede dos macacos sagrados, convencendo os devotos de que, bebendo os vinhos "especiais", os cinzentos langur fariam mais milagres e parariam de roubar comida. Enquanto confraternizaram parecia um sucesso, mas a demonstração ao vivo foi frustrante. Não ficou uma só garrafa nem taça inteira. Deram-se por satisfeitas com as boas vendas nas lojas especializadas.

Elas foram as primeiras pessoas a levar vinhos e especiarias para um arquipélago de 26 ilhas nas águas mornas, de ondulações suaves no Mar dos Corais, habitadas por descendentes dos navegadores sumérios desgarrados por fortes correntes marítimas quando o império ruiu sob os ataques das tribos de bárbaros aromitas e iam se refugiar no Mediterrâneo. Estavam tão isolados que falavam ainda a língua dos seus ancestrais e só se entendiam entre eles. Escreviam desenhando as figuras. Eram tão dóceis que pareciam atoleimadas e receberam as irmãs Paz como se fossem deusas.

Ali, onde a moeda corrente era de ouro e os trocos pérolas rosadas, com os nativos vivendo segundo as leis da sabedoria comum e os segredos da natureza, Mariana e Carolina Monte Paz instalaram 26 resorts e 26 empórios com vinhos e espumantes supremos, e produtos sofisticados, que deslumbraram a imaginação do mundo com as postagens. A partir de então o arquipélago se tornou roteiro turístico de raros ricos privilegiados que flutuavam com os peixes mordiscando a sola dos pés, causando arrepios e muito riso durante o dia e, à noite, sob o luar permanente, afogavam-se em banhos de espumantes da Vila Paz dos Vinhedos. Tudo em harmonia com os pródigos costumes e a descomplicada cultura local.

Nessa época elas já tinham vinhas no Vale Central do Chile, no Douro, onde produziam preciosos vinhos de 30 anos, uma nesga com um chateuau, no Vale do Loire, para os brancos longevos, na Lombardia, para cultivo da *pinot bianco*. Passaram, assim, a competir com os vinhedos dos melhores terroirs do planeta.

— Está na hora de vocês criarem um ninho para não ficar velhas e sozinhas — insistia Madalena quando as filhas se aninhavam como crianças carentes em seu colo.

— Que diferença faz velha solteira só, ou sozinha tendo filhos? — E rindo mais — O dia que encontrar o homem da minha vida eu me entrego inteirinha a ele.

— Como vou ter tempo e motivações para as ditas relações duradouras? — respondia Carolina. — Já não dou conta do que tenho a fazer.

— E qual o homem que vai querer se atrelar à mulher sem tempo para dormir com ele? Se depender de vocês o sangue da nossa família seca — divertia-se Mariano.

No dia em que mostraram para o pai, o projeto Paraíso, ele questionou:

— Por que tão longe de tudo e não investir em uma hotelaria diferenciada aqui?

— Por vários motivos — argumentou a filha Mariana. — Aqui já existe boa hotelaria na Rota do Vinho. Seria concorrência desleal com os investidores locais.

— Acorda pai! — disse Carolina. — O dia que você conhecer aquelas ilhas não vai querer voltar para aqui! Descobrimos o ninho dos ovos de Colombo.

— Os ancestrais dos habitantes foram os que mais contribuíram com a cultura da humanidade e, de alguma forma secreta, eles guardam a herança de saber e ter o essencial para ser feliz — disse Carolina. — Vocês vão adorar conviver com eles.

— Temerárias e arrebatadoras como a avó — disse Mariano. — Salve a loucura.

— Logo quem falando — reagiu Mariana. — Este ano voltou a casar-se com minha mãe pela enésima vez em uma ilhota do Pacífico. Só os dois e os serviçais.

— E ano que vem já está planejado: voltaremos a casar em um bangalô aéreo na floresta amazônica — disse Madalena. — Será uma cerimônia bem simples.

— Sem nenhum convidado, além dos índios locais. No próximo ano sim, daremos uma grande festa — disse Mariano. — Festejaremos nossas bodas de ouro.

— E nós duas é que herdamos as loucuras da nossa avó Mariana —, riu Carolina.

Mariano e Madalena acreditavam que o grande amor entre eles não estava sujeito à morte repentina. Mas não esqueciam de que o casamento estava exposto ao risco de decrepitude. Contra essa senilidade, que com o tempo deixa os casais mudos por falta do que dizer reacendia a chama inicial, criando novos combustíveis e renovadas motivações. Faziam piqueniques nas cachoeiras dentro da mata. Ficavam em silêncio vendo as imagens irrecuperáveis das nuvens do entardecer. Trocavam-se presentinhos com bilhetes em baixo dos travesseiros. Elaboravam receitas que nem sempre dava certo. Cantavam, desafinados e cheios de emoção, La Cumparcita. Requebravam com Noel Rosa. Desconjuntavam-se com Elvis Presley. Dormiam anestesiados com os cantos gregorianos. Discutiam sobre o sexo dos anjos e a rota da humanidade, segundo ele, desviada do humano e, segundo ela, "faz parte da sua navegação, um dia ela encontra o rumo certo." E se lambuzavam de beijos.

Certa manhã de sábado, depois de duas horas preso no banheiro, Mariano Paz apareceu sem um fiozinho dos cabelos brancos. Brilhando no cinza escuro, sedoso.

— Que tal?

— Um horror — reagiu Madalena. — Estragou o que tinha uma cor linda.

— Eu também gostava mais de seus cabelos negros contrastando com os olhos verdes. Essa cor de pérola barroca não valoriza os seus olhos.

— Não pinte. Gosto deles brancos — ela começou a pedir naquele dia.

Assim passavam os anos. No dia 10 de junho deste ano, sexta-feira à tardinha, quando estavam sentados na varanda de frente para o esplêndido poente daquele outono, comendo uma tortilha de maçã e tomando o chá afrodisíaco que compraram em Granada, no mercado recheado de quinquilharias nostálgicas do que sobrou do comércio do império mourisco na Espanha, Mariano recordou:

— Você lembra como o turco me convenceu a comprar este chá? Imitou: "Perdemos tudo o que conquistamos senhor, menos o prazer do amor. Há milênios este chá é um estímulo para um bom guerreiro não capitular. E uma festa sem igual nas conquistas, senhor. Perdemos o império, mas não o prazer do amor." E eu pensei, veja o que lhe sobrou: vender miudezas, estimulante para o sexo alheio, confinado em uma das três ruelas com mantos coloridos escondendo a luz e o céu de Granada.

— Era um jovem simpático. Meio folgado, para esconder a nostalgia milenar e o orgulho ferido. Ansioso para vender — lembrou Madalena. — Você continua poderoso, não precisa desse chá das arábias. E o que faz efeito não é o chá, é o discurso do vendedor turco — e mais uma vez disse o quanto amava Mariano como ele era. Enrolou os fartos cabelos dele em seus dedos. — Deixe-os branquinhos, amor. Você é lindo como é. O tempo que perde pintando os cabelos, todas as sextas-feiras à tarde, sente aqui na varanda e me fale das suas últimas futurições — pediu. — Conte outra vez como os nossos netos um dia vão plantar vinhedos e trigo nas colinas dos planetas habitáveis, para fugir dos impostos da terra e doar a metade de cada safra para os nossos famintos e acabar com os atravessadores e os exploradores da fome.

— Outra hora eu falo desse projeto. Agora eu só quero ouvir o silêncio. — Ficou calado e, quando despertou: — E mudei de ideia. Bem certo, não faz sentido ir plantar em outros planetas. Nesse, dispomos de terra que, se bem cultivada, sobra alimento. É só não usar mais do que a natureza dispõe e utilizar o solo, como é feito aqui na Vila Paz dos Vinhedos, que dá três vezes mais uvas por hectare, sem perda de qualidade, do que nos nossos vizinhos. E distribuir melhor o que é produzido. Além do que, Madalena, nós desperdiçamos quase a metade do que colhemos! E, se nem sabemos cuidar do planeta onde vivemos, é um disparate conquistar outros planetas. Para destruir também o que lá existe? Melhor aprender a fazer as coisas certas aqui.

Ela sorriu orgulhosa do marido. Apertou sua mão com mais carinho.

— Você não mudou nada com a idade — disse Madalena —, continua mais visionário e contestador do que quando o conheci. Isso me fascina, sabia?

— Nisso não sou como algumas partes do meu corpo que, vez ou outra, precisam de um chazinho dos turcos de Granada. Turco bom de venda aquele, até parece um guru das nossas filhas — disse, matreiro. — Eu não tenho como mudar o que sou — acrescentou. — A terra continua a mesma. Eu também não gostaria de morrer antes de ver esse mundo melhor, como me disse Chico Ventura enquanto sangrava com o tiro no peito. E se ele reviveu é para ver isso acontecer. — Calou, pensando no que disse, e fixou os olhos no horizonte colorido do oeste. — Mas, agora eu quero é ouvir o silêncio. Você já percebeu? O melhor de nós nasce dentro do silêncio. É só escutar o silêncio e abrir os ouvidos do coração que enxerguemos melhor.

— Então vamos escutar o silêncio com os ouvidos do coração — concordou Madalena. — Mas eu adoro como esses seus projetos, aparentemente doidos, me parecem reais. E gosto como você passa os seus dedos em minhas mãos enquanto fala deles, como se quisesse a minha opinião. E quando fica mudo ouvindo os seus pensamentos com a sua mão sobre a minha mão.

Ficaram calados, de mãos dadas, olhando as nuvens criando as inconstantes imagens que as suas imaginações queriam ver.

Ele tomou um gole do chá comprado em Granada e perguntou:

— Diga. O que está pensando?

— Em histórias de amor. As que deram frutos e as que não vingaram. O amor de meu pai com sua mãe, que morreu na casca; o de meu pai com minha mãe que se amaram sempre — ela respondeu com voz suave, modulada pelo tempo. — Nas histórias de amor que Chico Ventura conta. Sobretudo, na que ele não conta: a que viveu aos dezessete anos, sem tocar no assunto de ter a matado, ou não, por ciúme, um rival. E a paixão tardia dele com Dorotéia, que ele também não fala como começou.

— Foi logo depois da ressurreição dele. Enquanto ele negociava com a morte, escutou o desespero de Dorotéia. Antes, era só uma amizade um pouco mais íntima. Coisa de gente solitária. Como deve ter sido a relação de minha mãe com seu pai.

Madalena acariciou a mão de Mariano movendo os dedos com leveza.

— E estou pensando em nós. Em como um grande amor começa a acontecer sem que tenhamos pensado nele e acabamos descobrindo, de repente, que ele sempre existiu. E que em nenhum momento deixou de fazer parte do que fomos e sempre esteve à nossa espera, no momento certo que a sorte marcou. A partir de um simples copo de suco de butiá que lhe servi e o quanto dura — ela relembrou.

— E que pode continuar existindo para além do que vivemos — disse Mariano sem tirar os olhos do horizonte colorido. — Parece uma grande bobagem, mas, com o tempo, já que não vejo nenhum sinal ao contrário, passei também a acreditar nisso.

— A acreditar ou a desejar?

— Às vezes você é muito minuciosa, Madalena. As duas coisas. Mas, qucm sabc, cu pcnsc isso por influência das conversas com Chico Ventura. E, mais louco, pelo o amor que minha mãe sonhava viver. Vou eu saber?

— Amor, que é amor, não é herança de ninguém, Mariano. Nem migra para outro ninho. Não morre, mesmo que se morra, ainda que não seja percebido claramente que é o mesmo amor — Madalena enfatizou.

— De onde você tirou essas ideias! Mesmo entre aqueles que querem matar o amor que sentem? Sufocam, mas não conseguem matar? É isso?

— Mesmo esses. Se for amor, amor, ele não se deixa matar. Faz as suas cobranças, resmunga, esperneia, grita para os céus, foge do inferno, perdoa, cura as mágoas, remove montanhas, mas não morre. Vive para sempre. Para mim, amor mata é a solidão, o sofrimento, desfaz os conflitos, liberta do constrangimento da morte, refaz as nossas alegrias diante de um descontentamento, não trai, não causa feridas incuráveis. Eu acho que amor nunca morre — disse Madalena, como se estivesse sonhando. — Quando muito voa para o céu. Para fugir do peso da terra, das discórdias mortíferas. Um dia, quando chegar à hora certa, ele volta. E começa a viver outras vezes. Deixando um pouquinho de revelação que é o mesmo amor que foi se proteger dos desalinhos e voltou com mais ardor. Quando se ama sem medo de ser feliz a gente sabe que é o mesmo amor, ainda que apareça em corpo diferente. Simplesmente porque não existe outro. Verdadeiro amor tem DNA, Mariano. É o mesmo desde sempre. Acompanha-nos na terra e no céu — beijou Mariano. — Como o nosso.

— Você continua sendo uma romântica incurável. Ainda bem que não é melosa — sorriu Mariano. — Pode ser. Dei-me conta de que o amor e a felicidade têm as suas próprias leis. As que não têm nada a ver com as regras oficiais e oficiosas. Nós é que colocamos o amor, a morte e a vida dentro de modelos. E não nos damos conta, por pura acomodação — e lembrou: — Há muitos anos meu amigo Douglas Mattos me disse que o fato de quebrar as regras não garante nenhuma mudança. De fato, garantir não garante. E eu lhe respondi que, sem romper as regras é ficar engessado em uma zona de conforto muito pobre. É preciso ousar para ver as coisas com outros olhos, pensar e viver além do que todos se acomodam. Isso vale também para o amor.

— Como os passarinhos de barro que você conta que fazia voar soprando no bico sem dar ouvidos aos que, no colégio, o chamavam de feiticeiro — ela lembrou.

— Pode ser. Como os passarinhos que continuam revoando dentro de mim — disse Mariano. Olhou para ela e deu uma risada. — Cuidado eu posso soprar na sua boca e você vira passarinho e sai voando até entrar naquelas nuvens rosadas.

— Para eu continuar existindo dentro de você? Tanto quanto você estará sempre presente em mim? — Acrescentou em um tom afetuoso. — Nesta e em outras vidas. Não quero morrer com desamor. Não quero viver a solidão na eternidade. Não seria justo para mim e menos ainda para você, que, preso, viveu toda a solidão que a terra acumulou. Nem seria um belo fim para nós dois.

Mariano continuou olhando o entardecer com o rosto iluminado pelo sorriso.

Em setembro, Mariano mandou, outra vez, reformar e recobrir os sofás da varanda com novas pelicas de camurça de bezerros angus que seu cunhado Otaviano continuava criando. Sentou-se, passou a mão na pele macia e disse, por premonição, ou sem antever o que se cumpriria:

— Agora sim. Essas pelicas duram uma eternidade. Vamos sentar aqui para sempre.

Foi assim, que, sem mais afundar nos buracos do sofá escavados pelos seus corpos ao longo dos anos, continuaram a se amar. Os cenários eram os mesmos e sempre vistos como pela primeira vez. Sentados, no fim de cada dia, conversavam ou guardavam silêncio. No outono deslumbravam-se com as cores do entardecer. A cada inverno, viam as parreiras adormecer sob as coberturas e a terra se esturricar com a estiagem, e esperavam, com ansiedade infantil, os flocos de neve cair. Em setembro começavam a preparar a alma para ouvir o estardalhaço da passarada e ver as nuvens de borboletas desmaiando o sol. No verão, assistiam as trovoadas de fim de tarde depois de um dia de sol escaldante, torcendo para não cair granizos e comprometer a colheita. Respiravam o aroma das uvas com maturação perfeita. Era assim que as estações encontravam Mariano Paz e Madalena. Celebrando e renovando a vida, rejuvenescendo um amor alheio às necroses irreversíveis do tempo.

— Nada acontece sozinho — Mariano disse na tardinha da última quinta-feira de outubro, ao voltar dos vinhedos florescendo. — A vida é uma soma de muitas coisas, mas não é um enigma, como eu pensava para desvendarmos. Veja: sem que antes fizéssemos os nossos cálculos, somos a melhor soma. Pensei nisso enquanto andava vistoriando os parreirais e conferindo a maturação dos vinhos nos barris de carvalho.

— Uma soma? É verdade. Pensando bem, nada existe sem outro existir — ela concordou. — E, neste caso, você é a soma perfeita de tudo que eu sonhei viver.

— Você anda mais sonhadora do que quando a conheci. É nostalgia?

— Nada disso. Aos 18 anos eu era uma moça com o coração acelerado, escondendo o turbilhão da paixão. Hoje digo o que sinto. É isso.

Continuaram a conversar naturalmente, sem rodeios. Sem precisar do espumante que bebiam no remanso das cachoeiras nas tardes quentes, onde se amavam sobre o chão coberto de folhas. E nas noites de intimidade no quarto. Conversavam, na varanda, sem o esplêndido vinho do jantar. Sem Mozart nem sertanejo de fundo, sem precisar criar um clima. — Sem ficarmos enclausurados dentro deste mundo ordenado por leis, conceitos e preconceitos, todinho descrito e explicado como é e deve ser cada coisa, ele ponderava. — Como se assim, ninguém fosse se perder nos tortuosos caminhos da vida, dizia Madalena. — Neste mundo besta, definido com tanta precisão que, se uma pessoa foge à regra da lógica oficial, ela é expulsa da realidade decretada e perde a licença para existir, emendava Mariano. — Um mundo onde só as relações de causas e efeitos mensuráveis são aceitas como verdadeiras e a palavra não significa o fato, mas sim o que se quer que ele seja, acrescentava Madalena. — E o que chamam de ciência define e cataloga até mesmo a natureza quântica dos sentimentos humanos, encadeava Mariano. — Quântica! Nossa, Mariano, que palavra espantosa para explicar os nossos sentimentos, reagia Madalena. — Sem o que não é expedido alvará de licença para um se humano se tornar real — ele concluía.

As conversas, ora se agitavam, ora caiam na calmaria. E ressurgiam com o disparatado "amanhã vou querer comer mondongo. Há uns trinta anos que não como mondongo," despertou Madalena. E Mariano, saindo do fundo dos seus pensamentos: "preciso tomar providências para que a Fundação Mariana Paz acolha mais meninas desprotegidas. Vou planejar isso. A dor e o sofrimento no abandono da pobreza com certeza são bem mais intoleráveis do que o sofrer na riqueza de uma família."

Assim viviam, participando e festejando as conquistas da humanidade, lastimando as derrotas humanas, intervindo no que podiam. E nele conquistaram a liberdade de, no amor, dispensar o invólucro da indiferença que insiste em se apropriar da convivência duradoura. Amavam-se sem constrangimento. Fora das medidas dos códigos de censura. Além de toda ordem e desordem deste mundo. E falavam do amor, do que pensavam e das razões das coisas, como se, aos ouvidos domesticados, fossem devaneios de crianças namorando longe da moldura dos olhos de seus pais.

No dia 15 de dezembro Mariano Paz sentou no sofá e disse. — Acho que nós dois tornamos as coisas irreais. Pensei nisso enquanto andava pelos vinhedos, que por sinal, prometem uma safra perfeita. Graças à calda bordalesa, mais uma vez teremos uma colheita vantajosa, sem produtos químicos. E também, graças ao clima e a dedicação de todos os parceiros. E veja a contradição, Madalena: quanto melhor eles cuidam e tudo corre favorável, menos eles ganham, porque lhes sobram menos uvas para o recolho do vinho que não classificamos. Ainda assim, irão receber bons dividendos. — Depois do primeiro gole do chá gelado do turco e comer um biscoitinho de fécula, disse. — Não é só psicológico, não, como você diz. O chazinho, entre outras coisas, levanta o astral. Quem me escuta é capaz de dizer que é chá de uma das boas cannabis sativa orgânica cultivada no fundo do quintal. Das que ganhei nos tempos em que eu desconhecia que não existe nenhuma sensação mais miraculosa do que se sentir vivo, nem droga mais alucinógena do que respirar o ar deste mundo que nós criamos. Você sabia Madalena, que o mundo em que vivemos causa mais alienação do que todas as drogas ilícitas juntas? E tem quem diga que é do efeito estufa? Até pode ser. A terra não deve suportar por muito tempo o efeito do calor de tanto corpo humano. Você lembra como desmaiei caminhando no meio da multidão de Tóquio? Mas o que faz mal, eles dizem, é a droga. Faz mal para o governo. Ganancioso como é perde a arrecadação de imposto. Você sabe que o ar que respiramos não mata mais por que já estamos, confortavelmente, viciados nele? Deixa mais dopado do que fiquei com a mais pura cannabis. Aquela que só encontrei uma vez, em Amsterdam.

— Que frescura, Mariano! Por que tão longe? A maconha do Paraguai, com toda a fartura que tem, não seria mais perto e mais barata?

— As do Paraguai davam câncer... Transgênicas, agrotóxicos demais. — Fechou os olhos. — Foi em Amsterdam. Por pura causalidade. Uma alemãzinha linda, com os olhos faiscantes e um ar meio ingênuo, abaixou as pálpebras e me olhou com uma brechinha de quem é capaz de topar qualquer doidice, me ofereceu. A Ingrid. Dentro do Museu Van Gogh. Bem defronte o quadro Os Comedores de Batatas. Enquanto minha mãe estava extasiada olhando a pintura e eu, com uma flecha enfiada no coração, lembrava a traição de Ana Melano. Ali mesmo. A pintura se transformando em um mosaico, crescendo. Senti a sensação de estar andado sobre a tela, como se estivesse deslizando em cima dos magníficos mosaicos da Galleria Vittorio Emanuelle, em Milão. — Abriu os olhos. — Dá para acreditar? Tudo isso acontecendo ali, diante de Von Gogh mostrando os camponeses famintos comendo batatas?

— Descarado. Não concordo com isso de nos tornarmos fantásticos — disse Madalena. — Somos muito reais Quando muito nos permitimos, às vezes, viver o lado oculto da realidade oficial para nos libertar de como fomos educados. E não precisamos de qualquer droga ou desvario de Van Gogh e dessa sua fada cannabis de museu, essa tal Ingrid, com olhinhos de vampiro desidratado.

Madalena disse isso e voltou a pensar em como ela e Mariano Paz, sem nenhum projeto, sem nenhum esforço, tinham ido além dos quebra-cabeças em que as pessoas envolvem o amor e se sepultam dentro da tumba do tempo em que convivem.

Para Mariano isso era elementar: eles viviam apenas as faces simples da vida. Tanto nos negócios, nas empresas, na relação com o mundo e entre eles e os filhos, na intimidade e fora dela. "Minha mãe repetia que o complicado é ser simples", Mariano lembrava. "Hoje acho que ela era acelerada demais. E talvez por isso, morreu cedo."

Viveram assim até o último dia de vida de Mariano. À tarde do dia 6 de janeiro em que ele disse:

— Vou tirar um cochilo. A caminhada desta manhã pelos parreirais me cansou. Com certeza teremos uma safra excepcional, se não acontecer nenhum imprevisto do clima. Lá dentro o ar está tão estagnado que não move uma folha. E quente como as cinzas do Vesúvio durante aquela desagradável viagem à Pompéia e a Ilha de Capri.

Estirou-se no sofá com a cabeça no colo de Madalena. Ela enfiou os dedos em sua cabeleira branca. Ele respirava com lentidão o ar vulcânico. Cochilou e foi morrendo dentro da sonolência. Sem uma queixa ou lamentação. Com um leve sorriso, como quem acaba de ver ao longe uma pessoa amada vindo ao seu encontro.

Morreu durante o sossego da sesta, na varanda, dentro do calor abafado das três horas da tarde, do primeiro domingo de janeiro, que caiu no dia seis, dia dos Santos Reis, 92 anos depois do exato dia em que, ele, Mariano Paz, nasceu. A farta cabeleira branca, sem nenhuma pintura, como Madalena gostava, caia-lhe pela testa e cobria as orelhas. O semblante tranquilo apagou as poucas rugas. Desapareceram as olheiras profundas, herança dos dias tormentosos na prisão, quando então, a jura de vingança era a única razão de continuar vivo e lhe era impossível prever que fosse viver tanto tempo e tão feliz. Madalena segurou suavemente a sua cabeça e o deixou ir com o sorriso de vida que jamais se pagaria. Abrigou o rosto dele em suas mãos e disse, sem lamúria, antes de avisar a todos que Mariano Paz morreu:

— Quero que me escute, Mariano Paz. Não finja que está surdo. Sei que você está me ouvindo. Escute tudo. O que vou dizer é coisa séria. Não precisa esperar muito. Você nunca gostou de esperar. Eu sei o quanto você desgosta da solidão, que lhe faz lembrar os dias na prisão. Eu, logo vou estar com você. O meu tempo aqui também já passou. Não quero perambular como uma alma esquecida pela morte como dizem que acontece com Chico Ventura. Sem você, o que eu vou fazer aqui? E você aí, sozinho, no deserto da morte, conversando apenas com Mariana Paz? Sem poder perguntar qual é a minha opinião? — Passou a língua nos lábios para evitar que tremessem. — Não vou ser a divisão da nossa soma perfeita. Você iria resmungar se eu demorasse muito, não é? — E lembrando-se de dias e noites passadas juntos, sussurrou no ouvido dele. — Não se esqueça das nossas aventuras na cachoeira, na água e no chão forrado de folhas. E os nossos malabarismos no bangalô nas árvores na Amazônia. E o que fizemos durante duas semanas naquela ilhota isolada. Seu abusado. Exagerado. Vou tomar um chazinho do turco antes de partir, está bem? Quer que eu leve uma xícara para você? Com os biscoitinhos que não comeu agora?

Madalena não esperava sentir-se sufocada com tanta saudade. As suas lembranças tornaram-se um ar pastoso. Sábado à tarde ela tomou o banho mais demorado da sua vida. Depois de três horas escolhendo as roupas, as joias e o sapatos, fez um suave *make up* para valorizar os olhos verdes, experimentou as provas de vinte e um frascos antes de se perfumar. Por último vestiu-se para ir a uma festa. A das bodas do seu casamento. Tomou o chá dos turcos de Granada como havia prometido. Encheu outra xícara, de porcelana fina como a película de um ovo, arrumou os biscoitinhos em uma salva de prata forrada com renda inglesa, recostou-se no sofá e partiu ao encontro de Mariano Paz. Morreu de saudades. Com o nome de Mariano desenhado nos lábios. Exato um mês depois dele. Cumpriu a promessa de não fazê-lo esperar muito tempo.

As filhas, Mariana e Carolina, chegaram a tempo do sepultamento. Exato como aconteceu na morte do pai. Só que desta vez, Mariana surpreendeu. Estava acompanhada de um elegante sheik saudita, pós-doutor em filosofia pela Universidade de Cambridge, e que, por amor à Mariana, renunciou a poligamia do seu harém terreno e ao céu que lhe estava reservado com 72 virgens, ou, se preferisse, os ghilmaan, rapazes brancos como pérolas, a sua espera.

Chico Ventura, de branco, observou o árabe feliz, de olhos acesos, sorrindo sem parar durante o velório. Por suposto, Chico deduziu que Mariana tinha herdado, além dos grandes olhos negros e da beleza um tanto selvagem da bisavó Antônia, também o impulso do sangue fervente, o secreto poder que revirou Custódio Cruz do avesso, segundo Celso acreditou, e despertou nele o único e desengonçado amor que sentiu na vida. O sangue herdado que, 121 anos depois, fez com que o sheik Jamal

Mohammed, o Belo, renunciasse o paraíso na terra e celestial, por uma só mulher. A mortal Mariana Monte Paz, beirando os seus 41 anos.

— Encontrou, finalmente, o homem certo? — Pedro perguntou.

— No momento é. Gentil, culto, protetor sem invadir o meu território, e um tanto selvagem na medida certa e na hora adequada — ela respondeu tal qual um dia disse a sua avó Mariana Paz para Chico Ventura, que o seu sonho de amor seria encontrar um homem assim. — O que não combina é um ganho a mais — sabedoria que sua avó Mariana não soube capitalizar.

— Tem certeza que ele existe ou é sua miragem no deserto, minha irmã?

Foi assim que aconteceu. Exatamente como Madalena e Mariano desejavam as suas vidas e as suas mortes. Sem divisão. Viveram e morreram felizes, para além das suas vidas e mortes terrenas. Na contramão do destino de Mariano Paz e do mundo em que viveram. E, para provar que o amor entre eles não tinha acabado, continuaram encontrando-se no sofá, com seus encantamentos na linguagem dos passarinhos.

O Deus nos acuda que isso causou dentro da família só sossegou com a inesperada chegada de Chico Ventura.

A MORTE NÃO FOI O FIM

43

— Vamos chamar Chico Ventura, ele entende disso — sugeriu Tiago. Não foi preciso chamar. Quando Tiago acabou de falar Chico Ventura chegou, antecipado pelo seu pigarro invadindo a sala.

— E por que não? Vocês são ingênuos, meus queridos. Que educação alienada! Ou o sucesso fez perder o senso da realidade, é? Qual é o mistério? Que mania de acharem que a morte tem que ser o fim. A morte não é o fim. É apenas uma mudança.

Esta foi a reação de Chico Ventura, viúvo de Dorotéia, teimoso em acreditar que iria viver até testemunhar o mundo ficar melhor, sentando-se junto aos irmãos Pedro, Bruno, Tiago, os filhos mais velho de Mariano Paz e Madalena Monte, que recém chegara da capital onde presidira o conselho das empresas. Não demonstrou a menor surpresa quando Tiago contou-lhe que sempre que entrava na varanda, durante as suas vindas, via e ouvia nos finais das tardes, seu pai e sua mãe sentados no sofá trinando como passarinhos.

— Os dois às vezes estão calados e outras gorjeando como um casal de canários que não faz questão de voar. Percebo que eles estão sempre de mãos dadas. Isso é coisa de magia, Chico? Ou eu estou doido e vendo o que não existe?

— Gosto do que vejo, mas não entendo o que dizem — acrescentou Rita de Cássia, mulher de Tiago. — Isso não pode ser coisa de amarração de Pomba Gira que a minha sogra fez?

— Que maluquice é essa? Que magia? Isso é natural — disse Chico Ventura. — Um dia vocês vão entender o que eles conversam. O canto dos canarinhos é só uma brincadeira entre eles. Mariano amava pássaro. Quando criança modelava em barro e soprava no bico para fazê-los voar — olhou para o sofá da varanda e deu um sorriso. — Para entendê-los é simples. Basta ouvir com o coração, como diria a avó Mariana.

— Queria entender o que eles falam — disse Pedro. — Não é bom chegar aqui e não poder conversar mais com eles. A saudade dói, Chico.

— Eu nunca escutei nada. Só sei que cada vez que eu chego na varanda lembro-me deles — disse Bruno. — É como se eles estivessem ali e a saudade cresce.

— Gosto de ver, Chico, mas não sei o que fazer. Fico escutando ou faço de conta que não existe nada? — perguntou Pedro.

Chico Ventura, empertigado na sua roupa de sair, com mais clarividência acumulada ao longo dos tempos nos dois reinos, e com a astúcia de quem morreu e reviveu negociando com a morte, conhecendo as dúvidas e artimanhas dos vivos, guardando na memória tudo deste mundo e do além, com a vitalidade desdenhando dos mortais, fez uma verdadeira preleção. Bem ao seu gosto.

— Escutem uma coisa — recomendou. — Eu entendo vocês. Vivo rejeita tudo que não entende. Não criem mais contradições. É simples: deixem Mariano e Madalena continuarem onde estão amando-se ao jeito deles. Não é por que estudaram nas academias que vão se achar com a razão de complicar tudo o que está fora dos manuais das suas verdades — enfatizou, depois de dois pigarros. — Essa crença de tudo acabar com a morte é coisa de gente pobre de espírito, de quem vive com o nariz enfiado na terra, bem ao gosto do sistema. Eu, por exemplo, sei muito bem que estou vivíssimo. E, se querem saber, sinto-me cada vez mais vivo, embora uns digam que sou um santo de pau oco e corpo errante e outros juram que sou um morto vivo zanzando sem pouso, devido certas coisas que cometi — deu uma risada. — Acusam-me até de ser alma penada, pela morte de desafeto por disputa de mulher, como se isso resolvesse as encrencas de um amor rejeitado. Esse nosso mundo é assim mesmo. Até para morto precisam encontrar incoerência, como diria a avó de vocês, Mariana Paz, se agora falasse aqui. Enfim, não interfiram. Deixem Mariano e Madalena se amarem em paz, já que a maioria dos vivos foge de um grande amor por não ter tempo, não acreditar nele, ou, com medo de se machucar —, como se ferida de amor fosse incurável — e outras pobrezas mais. Não se dão conta de que a maior ferida humana é a gangrena do vazio em quem nunca viveu um grande amor — ainda que seja para se machucar um pouquinho. Sem falar naqueles que, quando o encontram, deixam virar uma guerra — e nesse detalhe deu uma passada de olhos por todos os que estavam na sala. — Portanto, convivam com Mariano e Madalena se amando como gostam e onde estão. Eles só morreram para o que não presta. Ou vocês pensam que eles morreram para tudo? Só na cabeça de vocês. Livrem-se desse absurdo, meus queridos.

— Eu estou de acordo — disse Pedro, depois de um longo silêncio geral.

Os outros se olharam. Não sabiam o que falar.

— Essa coisa de misturar a morte com a vida é complicado — disse Bruno.

— Desculpe perguntar: Faz diferença uma coisa da outra, isso de dizerem que você é uma alma penada e um santo de pau oco sem ter onde pousar? — perguntou Rita

— Para mim não. A diferença são eles que fazem — disse Chico Ventura depois de se livrar de um pigarro atravessado na garganta, ardida de tanto tomar chimarrão. — Quanto a mim, não sinto nenhuma necessidade de morrer enquanto não ver este mundo melhor. — Escutou Mariano e Madalena no sofá. Tranquilos como um casal de canários trocando chilreios. Sorriu. — Não interfiram. Deixem-nos se amarem em paz. Carinho de amor é uma das coisas mais lindas que existe nesta terra.

— Como você fala faz-me lembrar o que Mariano disse uma vez: que você encontrou a sua identidade cósmica — disse Rita. — É por isso que fala essas coisas?

Chico Ventura olhou para ela e deu uma baita risada.

— Nossa. Que palavras bonitas: identidade cósmica! Ele disse isso?

— Chico, o amor tem ou não tem contradições? — perguntou Pedro.

— Pode ter. Como tudo que se vive. E daí? Vai deixar de ser amor? Ou você pensa que, quando se vive o amor, tudo tem que ser bem organizadinho? Como a aparição do papa na janela do Vaticano, que, se chover não mostra a cara? E se está com dor de barriga nem pensar.

Bruno olhou para o sofá a espera de ver seu pai e sua mãe e ouvir o que pudesse entender. Depois de prestar muita atenção se conformou.

— Não entendo nada. Só escuto um gorjeio baixinho. Acho que é de canários.

— Bruno, apesar da sua formação e inteligente como seus irmãos, você não entende nada de canários nem de amor. Estudar tanto para não entender nem de canário nem de amor! É uma coisa elementar demais para quem vive com os olhos no computador e a cabeça atulhada de fórmulas. É o que dá. Acaba enredado em uma bela teia de algoritmos criptográficos e acha que tudo se reduz a isso. Queira Deus que um dia você entenda o canto das ondas de uma estrela e que aprenda a ouvir com a alma. Até lá, deixe de colocar dúvidas na verdade do que escuta nas conversas de Mariano Paz e Madalena — disse Chico Ventura. — Só escute. Não pergunte nada.

— É complicado isso de ouvir com o coração, como dizia meu pai — disse Pedro.

— Foi o que ele aprendeu com a mãe dele, a sua avó Mariana Paz — disse Chico.

— Diga-me, Chico. Você acha mesmo que o amor é complicado? — perguntou Marina, a segunda mulher de Bruno, logo depois de entrar na sala, piscando o olho lacrimoso para Rita de Cássia.

— É a pergunta que eu iria fazer — disse Pedro, olhando para Inês, sua terceira mulher, grávida, que entrou na sala junto com Marina.

Como na época em que, sentados na mesma varanda, Chico Ventura ouvia Mariana Paz falar dos seus desgostos e medos, dos projetos delirantes, da obstinada luta para se libertar das marcas de sua trágica infância, e das suas inabaláveis esperanças em contribuir, com os seus programas, para uma sociedade menos injusta, ele percorreu, com os olhos fluindo o esplendor da vida, ainda mais compassivo do que então, o rosto dos descendentes da menina de barro que ressuscitou depois de seis dias sepultada, para vencer os desafios de um destino incômodo e de um mundo impiedoso. Rondou o olhar, pigarreou e disse, com a sua inconfundível calma:

— Não. O amor é pura sabedoria. É a mais poderosa energia que o universo criou. O amor não é complicado, ainda que exista quem mate e morra dizendo ser por amor. Mais complicado do que o amor é o desamor, que é a pura burrice e egoísmo humano. Viver com desamor dá um trabalho infernal. Não é nada fácil. É muito sofrido — disse, lembrando-se de Custódio Cruz. — Quem complica o amor somos nós, Marta. O amor é a único sentimento que abriga com carinho o bem e o mal da vida. A dor e a alegria. E, para não desfazer a nossa felicidade, supera todos os nossos erros. É o único sentimento que perdoa as ofensas e apaga as mágoas. É a única verdade capaz de ir além dos limites do universo conhecido, da vida e da morte, coisa que os verdadeiros sábios desde sempre estavam carecas de saber. É o que nada julga. Povoa de sonhos e consola a solidão do mendigo e da rainha com o mesmo carinho. A sua lei é a tolerância. Bem diferente das nossas leis que reprimem tudo e não tolera nada, não é mesmo? Se vocês duvidarem do que eu digo, perguntem para eles, que estão ali na varanda, sem nenhuma canseira de continuarem se amando, fazendo, do que nós entendemos como a morte, uma festa da vida. — Levantou-se e pegou o chapéu. — Bem, preciso ir. Já falei demais. Mas é que o tema me entusiasmou.

Olhou para o sofá e sorriu, despedindo-se de Mariano Madalena.

— Vocês formam um belo casal de canários — disse para eles. — Há muito eu conjeturava que o amor que se vive na terra também pode ser vivido na eternidade. Agora, sei que eu estava certo. Gostei de ver. Vocês estão cada vez mais apaixonados e mais felizes. Conseguiram apagar as distâncias dos mapas que criamos para separar o céu da terra e a vida da morte. Apesar de tanta idiotice com que aqui se vive, ainda há espaço para o afeto verdadeiro? É isso? — Olhou ao redor. — Vocês também acham?

Antes de se retirar Chico Ventura olhou, cheio de carinho, para os filhos e as noras de Mariano Paz e Madalena. Notou Marina com o olhar entristecido.

— Não levem tão a sério as encrencas. Não permitam que elas acabem com a alegria de viver. E, pior ainda, será depois da morte. Em vez de ser um casal de canários fazendo o ninho, vão brigar no sofá onde namoraram e foram felizes. Entenderam? — Acrescentou: — E não esqueçam: a morte é só uma mudança. Ou estão pensando que existe alguma coisa com um final definitivo? Para o bem e para o mal, não existe. Na vida, tanto quanto na morte, assim como tudo que acontece no vasto universo, nada chega a um final definitivo. Se vocês souberem escutar poderão ouvir a barulheira do primeiro embrião do cosmo se formando, o zunido do disparo da primeira flecha, o último suspiro do crucificado, a mais antiga palavra de amor. Dita com um grunhido. Pela cara vocês não estão acreditando que o escarcéu do big bang ainda está rolando. Está. E, por incrível que pareça, vocês podem escutar o pingo da primeira lágrima de saudade que sentiram, batendo no chão. Duvidam? O que existe uma vez existe para sempre, eu gosto de repetir. O que acontece e o que nasce, nasce e acontece para sempre. Não tem mistério nisso. Misterioso é pensar ao contrário, por pura acomodação. Que tudo acaba para sempre — rodou o chapéu nas mãos para desamassar a aba. — É isso aí. Como sempre, falei demais. Mas, vocês concordam comigo, não concordam? — Já na porta, deu meia volta. — Quanto aos amores do nosso casal de canarinhos no sofá, não se assustem. Não é coisa do outro mundo. E troquem a pelica do sofá quando ficar velha. Eles vão gostar. Uma tarde, nesta varanda, a avó de vocês me disse: "Chico, isso de morrer para tudo e para sempre é uma decisão muito pessoal. Eu só quero morrer para o que não me trás felicidade." Grande mulher, Mariana Paz. A avó de vocês.

Eu pensei no que ela me disse quando fui baleado e negociei com a morte para só pegar a sua mão quando este mundo melhorar muito .

— Mas, nada existe acima da vontade de Deus — se atreveu Rita de Cássia.

— Rita, eu confesso que até hoje eu não sei muito bem qual é a vontade de Deus — disse Chico Ventura. — Mas, Mariano e Madalena não iriam se inimizar com Deus na hora da morte. Concordam? Eles aceitaram o mais natural, o que, se bem entendo, faz parte de Deus. Amar é o mais simples, Rita. E se existe um Deus, garanto que Ele é pura simplicidade. Complicado sou eu. Deixem-me ir, tenho uns amigos para visitar.

— Volte para nos ver, Chico — pediu Pedro.

— Quem sabe. Vai depender do que acontece neste mundo, Pedro. Enquanto ele estiver nesse rebuliço não quero intimidade com a morte. E bem que vocês podem dar uma ajudinha a melhorar o que está aí. E nem precisam declarar guerra aos ricos e sentir culpa por terem sucesso. A riqueza de vocês, conquistada com um século de trabalho começado por Mariana Paz, permitindo vida melhor à humanidade, não é imoral. Imoral é a pobreza, e criminoso é quem a promove, como repetia Mariano Paz. E tampouco precisam fazer algo grandioso, como acabar com a guerra na Palestina. — Viu os olhos lacrimosos de Marina e lançou um olhar penetrante até o fundo das almas de todos eles. — A paz que queremos entre eles, de repente, pode estar faltando nas nossas casas, não é verdade? — Foi até a varanda e, por um momento, ficou escutando Mariano e Madalena gorjeando como passarinhos se acasalando e voltou visivelmente feliz. Todos olharam para ele. — Quanto a eu morrer… Bem pensado, digamos que hoje eu testemunhei um amor lindo bastante para acreditar que este mundo tem jeito, não é mesmo? Assistir Mariano e Madalena trocando carinhos e juras de amor, como um casal de canarinhos apaixonados, permite que um homem morra em paz. Só não sei se é este o meu caso. — Colocou o chapéu — Cada vez gosto mais de viver.

Marta abraçou Chico Ventura e lhe beijou o rosto com a barba bem cortada e sentiu o seu aroma de alfazema pelo resto da sua vida.

— Que perfume bom, Chico — disse Marina, beijando-lhe o rosto.

— É para espantar a morte — disse ele, meio sério meio sorrindo.

— Volte sempre, por favor — ela pediu.

— Sempre?

— Sempre.

— Sempre é muito tempo, Marina.

— Eu sei. Não morra, não.

Chico Ventura afagou com um último olhar cada um dos que estavam na sala. Pigarreou e saiu porta afora. Sabe Deus para onde.